BASTEI
LÜBBE

Von Jilly Cooper erschien außerdem bei BASTEI-LÜBBE:

11 397 Reiter

Jilly Cooper

SPIELER

Aus dem Amerikanischen
von Eva Malsch

BASTEI
LÜBBE

BASTEI-LÜBBE-TASCHENBUCH
Band 11 800

Deutsche Erstveröffentlichung

Printed in Great Britain März 1992
Einbandgestaltung: Roland Winkler
Titelbild: Mauritius
Satz: Fotosatz Froitzheim, Bonn
Druck und Bindung: Cox & Wyman Ltd.
ISBN 3-404-11800-6

Der Preis dieses Bandes versteht sich einschließlich
der gesetzlichen Mehrwertsteuer.

1

Anthony, zweiter Baron Baddingham, Aufsichtsratsvorsitzender und Manager von Corinium Television, saß am Flughafen Heathrow in der Concorde-Abflughalle. An diesem strahlenden Junimorgen hätte er rundum glücklich sein müssen – gesegnet mit beträchtlichem Reichtum, einem Adelstitel, einer brillanten Karriere, einer schönen Wohnung in Kensington, Häusern in Gloucestershire und der Toskana, einer treuen, vielbewunderten Ehefrau, drei reizenden Kindern und einer ziemlich anspruchsvollen Geliebten, von der er sich soeben wortreich am Telefon verabschiedet hatte.

Nun würde er mit seiner Lieblingsmaschine, der Concorde, in seine Lieblingsstadt New York fliegen, um sich dort seiner Lieblingsbeschäftigung hinzugeben, nämlich Corinium-Sendungen ans amerikanische Fernsehen zu verkaufen und amerikanisches Geld für die Produktion weiterer Sendungen aufzutreiben. Tony Baddingham zog es vor, mit dem Geld anderer Leute zu arbeiten, denn dann mußte er die Rechnung nicht selbst bezahlen, wenn seinen Projekten der gewünschte Erfolg versagt blieb.

Als zusätzlicher Bonus lagen die sorgsam gefalteten Morgenzeitungen neben ihm, die er bereits im Post House Hotel gelesen hatte und die allesamt enthusiastische Berichte über die Corinium-Einschaltquoten während der letzten sechs Monate enthielten.

Aber als Tony vor einer Stunde das Post House verlassen hatte, war ihm die Freude durch den Anblick seines Nachbarn und langjährigen Rivalen Rupert Campbell-Black verdorben worden. Der Mann hatte an der Rezeption gestanden, sich mit einer Hand ins Register eingetragen und mit der anderen ein etwas schmuddeliges, aber hinreißendes Mädchen festgehalten. Dieses Mädchen – mit zersplittertem Nagellack, wirrer blonder Mähne, Mascara-Flecken unter den Augen und tiefer Sonnenbräune – war offensichtlich gerade erst aus einem Bett gezerrt worden und kicherte hysterisch. »Rupert! Wir haben keine Zeit! Du wirst dein Flugzeug verpassen!«

»Das wird warten.« Rupert packte den Zimmerschlüssel, zog seine Begleiterin zum Lift, und während sich die Türen wie die Bühnenvorhänge nach dem ersten Akt eines Dramas schlossen, sah Tony die beiden in leidenschaftlicher Umarmung. Von starkem Konkurrenzgeist geprägt, hatte er heftige Übelkeit verspürt. Es fiel ihm nur selten schwer, das Interesse von Frauen zu wecken, schon gar nicht, seit er den Adelstitel geerbt hatte und der Boß von Corinium geworden war. Doch er hatte noch nie was so Begehrenswertes und Wollüstiges angelockt wie diese schmuddelige Blondine, die ihm vage bekannt vorkam.

»Noch etwas Kaffee, Lord Baddington?« Eine der schönen Hostessen in der Concorde-Halle unterbrach Tonys Grübeleien. Er schüttelte den Kopf, von der unverkennbaren Bewunderung in ihrem Tonfall getröstet.

»Müssen wir noch nicht an Bord gehen?« fragte er.

»Wir verspäten uns um ein paar Minuten. Ein kleines technisches Problem. Jetzt wird ein letzter Check vorgenommen.«

Tony blickte sich in der Halle um, wo hauptsächlich Geschäftsleute und amerikanische Touristen saßen. Ein bleicher rothaariger junger Mann im grauen Nadelstreifen fiel ihm auf, der seine Kritzeleien auf einem Notizblock unterbrach, um besorgt auf seine Uhr zu schauen.

Zwanzig Minuten später saß Tony in der Maschine auf einem Platz am Mittelgang, links von einem Japaner, der sich mit einem Taschencomputer befaßte. Auf der anderen Seite des Ganges hatte der junge Mann im Nadelstreifenanzug Platz genommen, mittlerweile noch blasser und sichtlich beunruhigt.

»Guten Morgen, Lord Baddingham.« Eine Stewardeß reichte ihm sein Exemplar des kürzlich eingeflogenen *Wall Street Journals.*

»Ist das technische Problem gelöst?« erkundigte er sich, während die Motoren auf Hochtouren kamen.

Sie nickte strahlend, wich aber seinem Blick aus. Dann schaute sie aus dem Fenster und schien aufzuatmen, als ein schwarzes Auto über das Rollfeld raste. Wenig später erklang eine gleichmütige, wohlbekannte Stimme auf der Gangway. »Tut mir leid, daß ich Sie alle aufgehalten habe. Der Verkehr war einfach teuflisch.«

Sämtliche Stewardessen stürzten sich auf den Neuankömmling und kämpften darum, seine Zeitung tragen und sein Handgepäck im Schließfach verstauen zu dürfen. »Brauchen Sie Ihre Aktentasche, Herr Minister?« fragte ein Mädchen.

Rupert Campbell-Black schüttelte den Kopf. »Nein, danke, Schätzchen.«

Die Stewardeß errötete, entzückt über den Kosenamen. »Dann wünsche ich Ihnen angenehme Ruhe.«

Als die Türen zuknallten, sank Rupert in den Sitz gegenüber von Tony auf der anderen Seite des Mittelgangs. In seinem zerknitterten naturweißen Anzug und dem blaugestreiften Hemd, mit der dunklen Brille und den Bartstoppeln am Kinn, glich er eher einem Rockstar als einem Minister Ihrer Majestät. »Tut mir schrecklich leid, Gerald«, murmelte er in die Richtung des bleichen jungen Mannes im Nadelstreif. »Auf der M4 war ein gräßlicher Stau.«

»Ich muß Ihnen zu Weihnachten einen Wecker kaufen, Sir. Wenn Sie diese Lunch-Ansprache versäumen würden, hätten wir großen Ärger. Es war wirklich nett von den Leuten, die Maschine aufzuhalten.«

»Ja, dem Himmel sei Dank.« Rupert sah sich um, entdeckte Tony und grinste. »Ah, der große Baddingham-Wolf!«

»Das hast du ja gerade noch mit knapper Not geschafft«, meinte Tony.

Beide Männer waren aufeinander angewiesen. Als Parlamentsmitglied brauchte Rupert Publicity-wirksame Auftritte in Tonys Fernsehsender, während Tony Wert darauf legte, daß Campbell-Black der Regierung regelmäßig versicherte, die Corinium sei eine respektable TV-Gesellschaft. Doch das änderte nichts an der wechselseitigen Abneigung.

»Verdammt gute Einschaltquoten hast du in letzter Zeit«, bemerkte Rupert und schnallte sich an. »Ich muß mir mal Corinium-Aktien kaufen.«

Etwas besänftigt gratulierte ihm Tony zur kürzlich erfolgten Ernennung zum Sportminister.

Rupert zuckte die Achseln. »Die Parlamentarier haben eine Scheißangst vor den Fußballrowdys. Anscheinend glauben die, ich könne ein Wunder vollbringen. Gestern war ich im Thames Television«, fuhr er fort, während die Maschine über das Rollfeld glitt. »Nach der Sendung nahm ich einen Drink mit dem Innenminister und dem Aufsichtsratsvorsitzenden von IBA. Beide sagten, du müßtest aufpassen. Du solltest ein bißchen mehr von den Unsummen, die du mit deiner Werbung einheimst, in anständige Programme stecken, sonst könntest du die Konzession verlieren.« Als er sich in den Mittelgang beugte, um den Motorenlärm zu übertönen, wurde Tony von einem Hauch des Parfums gestreift, das die Blondine benutzt hatte. »Außerdem solltest du dich mehr um die Region kümmern. Wie zum Teufel kannst du einen Fernsehsender in den Cotswolds managen, wenn du ständig in London rumhängst und die Werbeagenturen abklapperst?«

»Wenn ich das nicht täte, wären die Aktionäre höchst unzufrieden«, erwiderte Tony pikiert. »Schau dir doch unsere Einschaltquoten an!«

»Man erwartet gute Programme von dir. Und als Abgeordneter deiner Region gebe ich nur weiter, was ich höre.«

»Und als einer deiner einflußreichsten Wähler finde ich, daß du es unterlassen solltest, das Post House mit kleinen Nutten aufzusuchen, die halb so alt sind wie du«, entgegnete Tony wütend.

Rupert lachte. »Das war keine Nutte, sondern Beattie Johnson.«

Sofort erinnerte sich Tony an das Mädchen. Beattie Johnson war eine der skurrilsten, erfolgreichsten Klatschkolumnistinnen von *Private Eye,* »First-Beinahe-Lady in der Fleet Street« bezeichnet.

»Demnächst werden meine Memoiren erscheinen«, erklärte Rupert, »und Beattie ist meine Ghostwriterin. Wir betreiben gerade Forschungsarbeit.«

Als das Flugzeug hochstieg, wandten sich beide Männer zum Fenster. Tony zitterte vor Zorn, während Ruperts Augen nicht einmal vom wogenden, seidenbedeckten Busen der Stewardeß offengehalten werden konnten, die den Passagieren demonstrierte, wie sie ihre Schwimmwesten aufblasen mußten. Nach wenigen Minuten war er eingeschlafen.

Tony nahm ein Glas Champagner entgegen und versuchte sich auf das *Wall Street Journal* zu konzentrieren. Er wußte nicht, was er am meisten haßte – Ruperts gewohnheitsmäßige Verachtung, seine Fähigkeit, überall zu schlafen, seine mühelose Eroberung diverser Frauen oder die offensichtliche

Ergebenheit des bleichen, tüchtigen Gerald, der nun Perrier nippte und an Ruperts Lunch-Rede vor dem Internationalen Olympischen Komitee feilte.

Es gab kaum einen Ehemann in Gloucestershire, wahrscheinlich keinen auf der ganzen Welt, überlegte Tony, der nicht gejubelt hätte, als Ruperts schöne Ehefrau vor vier Jahren während der Olympischen Spiele in Los Angeles mit einem anderen Reiter davongelaufen war, um ihrem Gatten eine schreckliche Demütigung zuzufügen.

Ärgerlicherweise war Rupert nach außen hin unbeeindruckt gewesen, hatte sogar trotz eines eingeklemmten Schulternervs eine Goldmedaille im Springreiten und zwei Jahre später die Weltmeisterschaft gewonnen. Auf dem Gipfel seines Ruhms gab er den Sport auf, wechselte nahtlos zur Politik über und eroberte mit spielerischer Leichtigkeit das Tory-Mandat von Chalford und Bisley. Schlimmer noch – er hatte sich als erstaunlich guter Parlamentarier entpuppt. Aktions- und entschlußfreudig, ließ er sich weder von der Opposition noch von der Premierministerin einschüchtern und war bereit, harte Kämpfe für seinen Wahlkreis auszufechten. Jetzt, wo er Sportminister geworden war, konnte er sich in glamourösen Kreisen bewegen, da und dort Geld für das olympische Team auftreiben oder Aufstände gegen südafrikanische Athleten entschärfen.

Tony schaute zu Rupert hinüber, der lang ausgestreckt im hellgrauen Ledersitz lümmelte und Geralds Beinen einen Großteil ihrer Bewegungsfreiheit nahm, und wurde wieder einmal von schmerzlicher Eifersucht und Mißgunst erfaßt. Er konnte sich keines einzigen Zeitpunkts in seinem vierundvierzigjährigen Leben entsinnen, wo er die Campbell-Blacks nicht beneidet hätte. Trotz ihres exotischen Verhaltens von ganz Gloucestershire bewundert, lebten sie seit Generationen im selben schönen Haus in Penscombe, während Tony im langweiligen Vorort Cheltenham hinter Netzgardinen aufgewachsen war. Außerdem litt er an Minderwertigkeitskomplexen, weil er eine Lokalschule besuchte und dort nicht nur wegen seiner dicken, kleinen Figur gehänselt wurde, sondern auch wegen seines konventionellen, farblosen Vaters, der in Kriegszeiten als Waffenfabrikant für zu wertvoll galt, als daß man ihn an die Front geschickt hätte. Hingegen machte Ruperts Vater Eddie eine brillante Militärkarriere.

Selbst als Tonys Vater aufgrund seiner Verdienste in den Kriegszeiten geadelt worden war, lachten ihn Eddie Campbell-Black und dessen Kumpel aus und nannten ihn Lord Peng-Peng, während sie auf ihren großen Landsitzen mit seinen besten Gewehren herumballerten.

Als Tony in der Nähe der Campbell-Blacks herangewachsen war, hatte er sich sehnlichst gewünscht, nach Penscombe eingeladen und in jene fröhliche, aufregende Clique aufgenommen zu werden.

Aber dieses Privileg wurde nicht ihm, sondern seinem zehn Jahre jüngeren Bruder Basil zuerkannt, der infolge des neuen väterlichen Adelsstands ein Reitpony bekam, auf die Harrow-Schule geschickt wurde und sich dort mit Rupert anfreundete.

Als Ergebnis dieser in früher Jugend erlittenen Mängel wurde Tony äußerst konkurrenzbewußt. Nach seinem Schulabschluß verschmähte er die Familienfirma, stieg in die Werbebranche ein und spezialisierte sich darauf, TV-Sendezeit zu verkaufen. Später machte er sich einen Namen in der Fernsehwerbung. Ein brillanter Unternehmer, der sich auf dem absteigenden Ast wähnte, wenn er beim Weihnachtsdinner nicht mindestens ein Dutzend Anrufe aus Tokio und New York bekam, hatte er in rascher Aufeinanderfolge mehrere Spitzenjobs bekleidet, bis er vor acht Jahren als Krönung seiner bisherigen Laufbahn der Leiter von Corinium Television geworden war.

Nachdem er die beachtliche Körpergröße von eins fünfundachtzig erreicht und um die Zwanzig seinen Babyspeck verloren hatte, war er auf brutale Weise sehr attraktiv geworden. Allerdings glich er mit seiner römischen Nase, den holzkohlegrauen Augen unter schweren Lidern, dem derb geschnittenen Mund und dem kurzen, drahtigen dunklen Haar eher einem sizilianischen Straßenjungen als einem englischen Aristokraten. Sein kraftvoller Körper mit dem Stiernacken, durch regelmäßiges Fitneß-Training in Form gehalten, trug erheblich zu seinem Sex-Appeal bei, ebenso wie die tiefe Stimme, der er alle Reste des einstigen Gloucestershire-Dialekts abgewöhnt hatte. Dieser kam nur zum Vorschein, wenn er von einem seiner beängstigenden Wutanfälle übermannt wurde und mit seinem Gebrüll den Corinium-Mitarbeiterstab flach gegen die cremefarbenen Tapeten des Chefbüros preßte.

Es erzürnte ihn maßlos, daß er trotz seines Erfolgs, seines Reichtums und seiner Macht von Rupert immer noch nicht ernst genommen wurde. Dessen Attacken hätten ihn weniger gestört, wären sie nicht das Echo einer Warnung gewesen, die Charles Crawford am vergangenen Abend ausgesprochen hatte, der rundliche, kurz vor dem Ruhestand befindliche Aufsichtsratsvorsitzende von Independent Broadcasting Authorization (kurz IBA). Die IBA vergab etwa alle acht Jahre Konzessionen an die fünfzehn unabhängigen britischen Fernsehsender, überwachte deren Programme und machte sie zur Schnecke, wenn sie nicht spurten.

Nach seinem Auftritt mit Rupert und dem Innenminister im Thames Television Network war Charles Crawford mit Tony ins Boodles' essen gegangen. Während er sich gierig Sahne über seine Erdbeeren goß, bemerkte er: »Als alter Freund muß ich dir die Leviten lesen. Du hast versprochen, Corinium würde pro Jahr mindestens zehn Stunden dramatische Beiträge senden. Aber du hast nichts weiter produziert als lausige Räuber- und Gendarm-Zweiteiler, die nur auf den amerikanischen Markt abzielen. Warum kannst du kein vernünftiges Programm machen wie Patrick Dromgoole bei HTV?«

Ein paar Sekunden lang knirschte Tony mit den Zähnen. Er hatte es satt, daß man ihm Patrick Dromgoole und HTV ständig als leuchtende Vorbilder unter die Nase hielt. Doch dann riß er sich zusammen und füllte Charles' Glas mit kostbarem Barsac auf. »Die Zeiten werden sich ändern«, erwiderte er besänftigend. »Gerade habe ich BBC den Programmdirektor Simon Harris weggeschnappt. Der ist ganz versessen auf Fernsehspiele und hat sich eine phantastische dreizehnteilige Serie ausgedacht, eine Kreuzung zwischen James Herriot und ›Animal House‹.«

»Das ist immerhin ein Anfang«, knurrte Charles. »Aber dein Regionalprogramm ist auch ziemlich mies. Deine Region, die du dummerweise zu vergessen scheinst, reicht von Oxford nach Bath und von Southampton nach Stratford. Dieses ganze Gebiet sollst du erfassen. Deshalb hast du die Konzession bekommen. Außerdem wissen wir, daß du mit den Werbeeinnahmen von Corinium, die du zur Verbesserung des Programms verwenden müßtest, eine Filmgesellschaft, einen Verlag, ein Reisebüro, eine Kinokette, eine Filmbibliothek und einen Safari-Park gekauft hast. Und was höre ich da von gewissen Plänen, einen amerikanischen Verleih zu erwerben? Amerika! Um Himmels willen!«

»Das habe ich aufgegeben«, log Tony. »Es war nur so eine Idee.«

»Dann belaß es auch dabei. Du mußt öfter in deiner Region sein. Viele deiner Mitarbeiter wissen nicht mal, wie du aussiehst. Ich könnte dich ja verstehen, wenn du in Birmingham oder Manchester leben müßtest, aber Cotchester ist doch eine hübsche zivilisierte Stadt. Du hast die Konzession bekommen, damit du dich um deine Region kümmerst, und bis jetzt sind wir höchst gnädig mit dir umgegangen.«

Und ich habe dich oft genug zu einem verdammt guten Dinner eingeladen, dachte Tony mißmutig.

»Aber wenn Lady Gosling im Herbst meinen Posten übernimmt«, fuhr Charles fort und kratzte mit seinem Löffel den letzten Rest der rosa Creme zusammen, »wirst du die kalte Wolke höherer Bildung über der Branche spüren. Lady G. glaubt an Qualitätsprogramme und möchte möglichst viele Frauen am Ruder sehen. Wenn du weiterhin deinen Mist produzierst, wird sie dich bald ausbooten.«

Nachdem Tony während des ganzen Flugs über dieses Gespräch und Rupert Campbell-Blacks Bemerkungen nachgegrübelt hatte, konnte ihn nur noch die Limousine aufheitern, die ihn am Kennedy Airport erwartete und mindestens einen Meter länger als Ruperts Wagen und doppelt so luxuriös war.

2

In Amerika hielt sich Tony stets streng an die Regel, niemals festzustellen, wie spät es gerade in England war. Um sich für den unbefriedigenden Beginn dieses Tages zu entschädigen, brachte er die nächsten Stunden mit hektischen Verhandlungen zu und verkaufte zwei Situationskomödien und eine Spielshow für so horrende Summen, daß es keine Rolle spielen würde, wenn sie durchfielen. Ins Waldorf zurückgekehrt, erfuhr er von drei telefonischen Aufforderungen seiner anspruchsvollen Geliebten Alicia, er solle sofort zurückrufen. Ausnahmsweise rechnete er sich aus, wie spät es jetzt in England war – nach Mitternacht. Also konnte er nicht mehr anrufen, denn um diese Zeit lag sie mit ihrem Ehemann im Bett. Plötzlich fühlte er sich erschöpft und bereute, daß er sich mit Ronnie Havegal, dem Coproduktionsleiter von NBS, zum Dinner verabredet hatte – insbesondere, weil Ronnie gefragt hatte, ob er Cameron Cook mitbringen könne, einen angeblichen neuen Stern am TV-Himmel. »Wir sind eng befreundet«, hatte Ronnie in seinem gedehnten Harvard-Akzent erklärt. »Hochintelligent. Hat gerade einen Dokumentarfilm über Debütantinnen gedreht, und der wurde für einen Peabody-Preis nominiert. Echte Klasse. So was liebt man in England. Wir zeigen Ihnen die Kassette.«

Tony hatte sich schon oft über Ronnies sexuelle Neigungen gewundert und nicht die geringste Lust, einen ganzen Abend der beharrlichen Weigerung zu opfern, einem schwulen Freund des Produktionsleiters irgendwelche miserablen Programme abzukaufen.

O Gott, wie müde er war... Unfähig, mit den Wasserhähnen in der Dusche umzugehen, sprühte er sich kochende Lava in die Augen. Außerdem vergaß er, den Duschvorhang in die Wanne zu ziehen, wodurch er den Badezimmerboden und sein einziges Paar schwarze Schuhe überschwemmte.

Tony gab viel Geld für Kleidung aus, und seit er als Teenager Marlon Brando in *»Guys and Dolls«* gesehen hatte, liebte er dunkle Hemden mit hellen Krawatten. Das neue dunkelblaue Seidenhemd, das Alicia ihm zum Geburtstag geschenkt hatte, wäre zu schade für die beiden Tunten. Das wollte er sich für morgen aufheben, für den Lunch mit Ali MacGraw. Als er angezogen war, stärkte er sich mit einem doppelten Whisky und legte die Informationsbroschüre zu »Vier Männer auf dem Heuboden«, Simon Harris' Idee für die dreizehnteilige TV-Serie, auf einen Glastisch, zusammen mit einem Video mit Außen- und Innenaufnahmen, die den Amerikanern einen Eindruck vom hinreißenden rustikalen Ambiente der Cotswolds übermitteln sollten.

Ronnie rief von der Hotelhalle aus an, und als er zur Tür hereinkam, verflog Tonys Müdigkeit schlagartig, denn zusammen mit dem Besucher erschien das frechste Sexy-Mädchen, das Tony je gesehen hatte. Ungefähr sechsundzwanzig, trug die junge Dame ein korrektes Leinenkostüm in der Farbe von New Yorker Taxis und Ohrgehänge, die Mini-Satelliten glichen. Sie hatte einen schlanken, wohlgeformten Körper, lange Beine, sehr kurzes schwarzes Haar, glatt aus dem schmalen Gesicht gekämmt, und einen klaren, olivefarbenen Teint. Mit den geraden schwarzen Brauen, den leicht vorquellenden bernsteingelben Augen, der Adlernase und den begierigen Lippen glich sie einem Raubvogel – schön, wild und kaum zu zähmen. Sie strahlte eine geradezu beängstigende sexuelle Energie aus. Ronnie gegenüber, der viel älter war als sie, benahm sie sich so rüde, daß Tony zunächst annahm, die beiden würden miteinander schlafen. Doch wie er bald merkte, war sie zu allen Leuten unhöflich.

»Das ist Cameron Cook«, sagte Ronnie.

Sie nickte in Tonys Richtung, begann in der riesigen Suite umherzuwandern, musterte die blaue Schüssel inmitten des Wohnzimmers, die eine Schmucklilie in Fußballgröße enthielt, das breite Doppelbett nebenan und die sechs Telefone. Sogar in der Dusche stand eines. »Scheiße!« Sie hatte eine leise, rauhe Stimme. »Das ist ja größer als der Buckingham-Palast. Kein Wunder, daß ihr Briten amerikanisches Coproduktionsgeld braucht.«

Tony, der gerade eine Flasche Dom Perignon öffnete, ignorierte den Seitenhieb und fragte, woher sie stamme.

»Aus Cincinnati.«

»Die Stadt der sieben Hügel ... Aber diese Beine müssen Sie in New York gekauft haben.«

Cameron lächelte nicht. »Sie sehen kein bißchen wie ein Lord aus, eher wie ein Mafia-Boß. Wie soll ich Sie anreden? Eure Gnaden? Sir? Mylord? Baron?«

»Nennen Sie mich einfach Tony.« Er reichte ihr ein gefülltes Glas.

Cameron griff nach der Informationsbroschüre zu »Vier Männer auf dem Heuboden«, streifte die flachen Schuhe ab und kuschelte sich mit angezogenen Beinen in das überdimensionale pockennarbige Ledersofa, wo sie winzig klein wirkte. »Was ist das für eine Scheiße?«

»Cameron!« mahnte Ronnie.

»Coriniums neuester Dreizehnteiler«, erklärte Tony. »Im Oktober wollen wir zu drehen anfangen.«

»Wenn Sie amerikanisches Geld kriegen«, erwiderte sie in scharfem Ton.

Er nickte. »Wir senden die Serie am frühen Abend. Sie müßte sowohl Kinder als auch Erwachsene ansprechen.«

»Ein blöder Titel.«

»Es geht um vier Landwirtschaftsstudenten, die zusammen in einem Haus wohnen.«

»Danke, ich kann lesen!« fauchte Cameron und blätterte in der Broschüre. »Und in der ersten Episode findet irgend jemand irgend jemanden mit irgend jemandem im Bett. Jesus, und Sie glauben dann noch, diese Scheiße könnte in Mittelamerika die ganze Familie unterhalten, wo wir schon jahrelang keine einzige Brustwarze auf dem Bildschirm gesehen haben?«

»Hören Sie nicht auf Cameron«, bat Ronnie. »Sie braucht einen Maulkorb.«

»Halt den Mund und laß mich lesen!«

Ronnie erzählte Tony von den jüngsten Veränderungen bei NBS. »Letzte Woche wurden zwanzig Angestellte gefeuert, gute Leute, die fünfzehn Jahre bei uns waren. Die neuen Manager betreiben die Firma wie einen Supermarkt.«

Aber Tony hörte nicht zu. Er beobachtete Cameron. O Gott, wie gern würde er dieses düster schwelende Temperament aus ihr herausbumsen... Als hätte sie seinen forschenden Blick bemerkt, schaute sie auf. »In diesem Glas ist zuviel Luft«, sagte sie und hielt es ihm hin.

»Mit fünfundzwanzig ist man heute schon zu alt fürs TV«, schwatzte Ronnie eifrig weiter. »Ich arbeite mit einem Fünfzigjährigen zusammen. Der hat ständig Angst, man könnte ihn rauswerfen, und deshalb läßt er sich andauernd das Gesicht liften.« Er sah müde aus, neue Falten hatten sich rings um seine Augen gebildet. Cameron warf die Broschüre auf den Glastisch zurück.

»Nun?« Tony hob die Brauen.

»Scheiße, was soll ich sagen? Gräßlich provinziell, aber die Dialoge sind viel zu kompliziert. Wenn man mit einem Programm die Schwarzen in Alabama, die mexikanischen Bauern und die russischen Juden vor die Mattscheibe locken will, darf der Wortschatz die Zahl dreihundert nicht übersteigen, und ich kenne keinen einzigen von diesen Stars. Außerdem haben Sie den falschen Helden. Johnny ist der Kerl, mit dem sich die Amerikaner identifizieren werden. Der hat Drive, er kommt aus einer armen Familie und wird's schaffen. Dieser Lord steht ohnehin schon ganz oben. Und alle vier sind zu wehleidig. So was hassen die Amerikaner. Im Augenblick sehnt sich die ganze Nation wieder nach starken Patriarchen, aggressiven, verläßlichen Männern. Mit diesen vier Typen in einem Haus haben Sie eine tolle Chance, die Freundschaft zwischen Männern auszuschöpfen. Damit meine ich keine Schwulitäten, sondern Kameradschaft. Der Mann von heute schießt erst mal, und später kümmert er sich um seine Gefühle.«

»Mögen Sie solche Männer?« Tony stand auf, um die Videokassette in den Recorder zu schieben.

»Scheiße! Nein! Ich rede vom Fernsehpublikum. In Ihrer Serie bügelt ein Kerl das Ballkleid für die Frau. So was ist Mist.«

Tony füllte Camerons Glas zum drittenmal. »Schauen Sie

sich das mal an.« Auf dem Bildschirm erschien ein honigfarbenes Cotswold-Dorf, umgeben von goldenen Weizenfeldern, mit einer alten Kirche und einem reizvollen Queen-Anne-Haus. »Da drin soll Lord Wills Vater wohnen.«

»Ziemlich überkandidelt«, meinte Cameron, während die Kamera über eine Lindenallee, Rosenstöcke und einen See mit gelber Iris an den Ufern schwenkte.

»Schön«, sagte Ronnie ehrfürchtig.

»Das gehört mir«, verkündete Tony selbstgefällig.

»Haben Sie eine Ehefrau, der es auch gehört?« fragte Cameron.

»Natürlich, sie ist eine ausgezeichnete Gärtnerin.«

»Sieht wie Disney-Land aus.«

Tony schaltete den Recorder ab und goß den Rest der Flasche in Camerons Glas. »Letztes Jahr hat Corinium einige Programme an Amerika verkauft, für über zwölf Millionen Pfund. Also sind wir keine blutigen Anfänger. Einige Ihrer Vorschläge sind recht interessant, aber wir müssen uns auch an ein etwas gebildeteres Publikum bei uns daheim wenden.«

»Wir sollten jetzt bald essen gehen«, warf Ronnie ein. »Sie müssen sehr müde sein, Tony.«

»Keineswegs«, entgegnete Tony, der Cameron ansah. »Ich muß nur mal ganz kurz verschwinden.« Im Badezimmer zog er seinen roten Füllfederhalter und ein Notizbuch hervor und schrieb sich Camerons kritische Bemerkungen auf. Dann kämmte er sich, lächelte seinem Spiegelbild zu und kratzte hastig eine Erdnußschale zwischen den Zähnen hervor. Glücklicherweise hatte er vorhin nur selten gelächelt.

Sogar in einem überfüllten Restaurant, wo es von Prominenz wimmelte, zog Cameron alle Blicke auf sich. Ihre kampflustige, grimmige Schönheit und ihre Weigerung, nach rechts oder links zu schauen, veranlaßten sogar die arrogantesten Gäste, die Brille aufzusetzen und das Mädchen ein zweites Mal zu begutachten. Sobald sie das Essen bestellt hatten, begann Ronnie von Tisch zu Tisch zu schlendern.

»Ein netter Bursche«, bemerkte Tony, um nach Komplimenten zu angeln.

»Er ist ganz versessen auf die sogenannte gute Gesellschaft«, sagte Cameron abfällig. »Sehen Sie doch, wie er sich überall anbiedert! Er braucht dringend einen großen Erfolg. Seine beiden Serien im letzten Jahr waren gräßliche Flops.«

»Inwiefern werden Sie von den Neuerungen bei NBS betroffen?«

Cameron zuckte die Achseln. »Die stören mich ebenso wenig wie die internen Streitereien. Aber jetzt, wo die Geldsäcke das Sagen haben, werde ich wahrscheinlich nicht mehr das Programm machen können, das ich mir wünsche.«

»Wie sind Sie zum Fernsehen gekommen?«

»Ich habe mit einem Stipendium in Barnard studiert und nebenbei gejobbt. Nach dem Studienabschluß ging ich zur *New York Times* und später in die Nachrichtenredaktion von NBS. Letztes Jahr wechselte ich zur Dokumentarfilmabteilung über, als Drehbuchautorin und Produktionsleiterin. Im Augenblick bin ich für Fernsehspiele und Serien verantwortlich.«

Tony lachte. »Was wollen Sie denn sonst noch?«

»Geld, Macht, Ruhm. Ich möchte die erste Frau werden, die einen Fernsehsender managt.«

»Wie wär's mit Heirat und Mutterschaft?«

Cameron schüttelte so heftig den Kopf, daß ihr die Satellitenohrringe fast die Sicht versperrten. »So was steht der Karriere nur im Weg. Ich habe bei NBS zu viele Frauen gesehen, die bei wichtigen Besprechungen angerufen wurden und nach Hause rasen mußten, weil ihre Kinder vierzig Grad Fieber hatten.«

Der Kellner servierte den ersten Gang. Schnecken für Cameron, Möweneier für Tony. Ronnie, der noch nicht bestellt hatte, kehrte an den Tisch zurück, bestrich ein Brötchen mit Butter, aß es aber nicht.

»Und überhaupt«, fuhr Cameron ärgerlich fort, »was für einen Sinn hätte es denn, eine Ehe einzugehen? Schauen Sie sich die Kerle doch an! New York quillt geradezu über von unreifen, egoistischen Männern, die keine Verantwortung übernehmen wollen.«

»Die sind alle schwul.« Tony schälte ein Möwenei, tauchte es in Selleriesalz und reichte es Cameron, die es entgegennahm, ohne sich zu bedanken.

»Bullenscheiße! Und was alles noch schlimmer macht – in New York laufen unzählige erfolgreiche, talentierte Frauen herum, die's kaum abwarten können, in irgendein Bett zu hüpfen.«

»Geben Sie mir ihre Telefonnummern«, schlug Tony leichthin vor.

»Werden Sie bloß nicht albern!« fauchte Cameron. »Die Männer mögen keine intelligenten Frauen. Bei denen fühlen sie sich unterlegen. Und ich verstehe nicht, warum die Frauen so abhängig von den Männern sind. Überall sieht man sie in ihren schicken Kostümen, mit ledernen Aktenkoffern, hört sie ständig von Unabhängigkeit quatschen, und dann klammern sie sich an eine lausige Beziehungskiste, statt ohne Männer zu leben.« Wütend strich sie den letzten Rest Knoblauchbutter in ein Schneckengehäuse.

Ronnie ging wieder von Tisch zu Tisch, und der Oberkellner zog eine große Show ab, als er Camerons Steak Diana am Tisch briet und Pilze und Frühlingszwiebeln in die brutzelnde Butter warf.

»Anscheinend sind Sie im Herzen eine Puritanerin«, meinte Tony und füllte wieder einmal ihr Glas. »Ihre Vorfahren sind nicht zufällig mit der *Mayflower* rübergekommen?«

»Nein, aber mein Vater war Brite. Ich habe einen britischen Paß.«

Das wird ja immer besser, dachte Tony. Der Oberkellner schüttete Napoleon-Cognac über das Steak und zündete es an. Orange-violette Flammen loderten empor und beleuchteten Camerons feindseliges Raubvogelgesicht. Ein anderer Kellner servierte Tony Schnapperfisch, umgeben von winzigen Zucchini, Mais und Möhren.

»In diesem Lokal gibt's einen Typ, der nichts weiter zu tun hat, als die Rüben zurechtzuschnitzen.« Cameron stahl eine Zucchini von Tonys Teller und betrachtete sie. »Viel zu klein, wie der New Yorker Durchschnittsschwanz«, meinte sie verächtlich und verschlang das Gemüse mit einem einzigen Bissen.

3

Als sie das Restaurant verließen, fuhren Limousinen für Ronnie und Tony vor, Cameron blieb zwischen den beiden Männern stehen.

»Ich habe Ihre Sendung über die Debütantinnen noch nicht gesehen«, sagte Tony. »Die könnten wir uns im Aaldorf anschauen.«

Ronnie schüttelte den Kopf. »Geht ihr allein. Ich bin müde.«

In der Hotelsuite entstand eine fast unerträgliche Spannung. Tony goß zwei große Cognacs ein und zog seinen Mantel aus. Trotz der Klimaanlage spürte er Schweiß unter den Achseln. Schweigend schauten sie sich Camerons Video an, dessen hervorragende Qualität er schon nach fünf Minuten erkannte. Der Kommentar beschränkte sich auf ein Minimum, Cameron ließ die Debütantinnen und Mütter für sich selbst sprechen. Aber man spürte, welch wütenden feministischen Abscheu ihr die anmaßende Dummheit dieser Frauen einflößte, wieviel Mitleid sie mit den *nouveaux riches* empfand, die in diese erlesenen Kreise vorzudringen versuchten, mit dem Mauerblümchen, das bei allen Tänzen unbeachtet in einer Ecke saß.

»In England wird man begeistert sein«, sagte Tony, als der Film zu Ende war. »Ich werde dafür sorgen, daß man Ihr Werk kauft.«

»Danke.« Cameron ließ das Band zurücklaufen. »Jetzt werde ich gehen. Morgen muß ich um sechs aufstehen, und Sie leiden vermutlich unter der Zeitverschiebung.«

Tony hob eine Hand, um sie zurückzuhalten und berührte ein dickes Schulterpolster. »Setzen Sie sich. Ich möchte mit Ihnen reden. Haben Sie einen festen Freund?«

»Bis vor drei Monaten hatte ich einen.« Sie setzte sich aufs andere Ende der Ledercouch. »Ich brauche niemanden, der auf mich aufpaßt. Nur einen, der die Funken fliegen läßt. Wenn ich mit einem Mann keinen Spaß habe, mache ich Schluß. Sind Sie glücklich verheiratet?«

»Es hält sich in Grenzen. Meine Ehe ist gut für die PR, und wir kommen ganz gut miteinander aus, wenn wir uns nicht allzuoft sehen.« Diese Frau ist genau das, was ich haben müßte, um die Leute bei Corinium aufzuwecken, dachte er. Superschlau, ambitioniert, aggressiv. Der neuen Aufsichtsratsvorsitzenden von IBA, Lady Gosling, müßte sie gut gefallen. Cameron würde die Fehler des Programms erkennen und es vorsichtig am amerikanischen Markt orientieren, ohne irgend jemandem auf die Zehen zu treten. Und da sie einen britischen Paß hat, könnte man sich das übliche Gerangel um die Arbeitserlaubnis sparen. »Wollen Sie in England arbeiten?«

»Wieviel?«

»Dreißig Riesen.«

»Soll das ein Witz sein? Hier verdiene ich hundert.«

»Bei uns ist das Leben billiger. Außerdem bekämen Sie Spesen.«

»Ich müßte irgendwo wohnen.« Sehnsüchtig dachte sie an die honigfarbenen Häuser, die sie in Tonys Video gesehen hatte.

»Das läßt sich arrangieren.«

»Wenn ich auf dem Land lebe, brauche ich ein Auto.«

»Natürlich.«

Sie warf ihm einen Blick zu. »Wann komme ich in den Aufsichtsrat?«

»Cameron, ich bin der Boß von Corinium«, erwiderte Tony sanft. »Ich werde das entscheiden.«

»Gut, ich will's mir überlegen«, sagte sie gleichmütig. »Aber vorher sollten Sie lieber mit mir schlafen.«

Sein Gesicht verriet nichts von seiner Überraschung. »Warum? Glauben Sie, ich würde Ihnen den Job nachher nicht mehr anbieten?«

Zum erstenmal an diesem Abend lächelte sie. »Nein, aber vielleicht will ich ihn dann nicht mehr haben.«

Im Schlafzimmer nahm er ihr die riesigen Satelliten ab und massierte die geröteten Ohrläppchen. »Kriegst du mit diesen Dingern ein gutes Bild rein?« Sonst gab es nicht viel auszuziehen, nur das gelbe Kostüm und ein gelbes Höschen. Nie hätte sich Tony träumen lassen, daß ein so sehniger, muskulöser Körper eine so seidenweiche Haut haben konnte.

Angesichts der Tatsache, daß es jetzt in England acht Uhr morgens war, fand er seine eigene Leistung recht beachtlich. Viel später, während sie eng umschlungen am Boden lagen, wurden sie vom Telefon gestört. Es war Georgie Baines, der Verkaufsdirektor von Corinium. »Tony, ich dachte, Sie wollen die Umsatzzahlen von diesem Monat hören. Ich habe Sie doch nicht geweckt?«

»Ich bin schon seit Stunden auf.«

»Das kannst du laut sagen«, murmelte Cameron und kroch unter ihm hervor.

»Vier Millionen mehr als letztes Jahr!« jubelte Georgie.

Es klopfte an der Tür, Tony legte den Hörer auf, wickelte ein Handtuch um seine Hüften und ließ den Zimmerkellner herein, der das am Vorabend bestellte Frühstück brachte.

Tony fand Cameron im Bad, wo sie ihr frischgewaschenes Höschen mit dem Haarfön trocknete. Sie trug sein Geburtstagshemd aus dunkelblauer Seide, eine seiner roten Paisley-Krawatten um die Taille gebunden. Das Haar war noch naß von der Dusche, und sie sah sensationell aus. »Komm wieder ins Bett«, sagte er.

»Geht nicht. Heute morgen steht ein Arbeitsfrühstück auf meinem Programm, und ich muß vorher da sein, um nachzusehen, ob keine Wanzen im Zimmer versteckt wurden.« Sie warf die Minifläschchen mit Shampoo, Duschgel und Eau de Toilette in ihre Handtasche, zog die Schulterpolster aus ihrer gelben Kostümjacke und schob sie unter Tonys Hemd. Dann schlenderte sie ins Schlafzimmer und nahm eine große Erdbeere von der halben Grapefruit auf dem Frühstückstablett.

»Was hast du heute vor?«

»Ab zehn bin ich im Studio, um acht Uhr abends müßte ich fertig sein. Und du?«

»Ich treffe einige Leute, zum Beispiel gehe ich mit Ali MacGraw zu Mittag essen – die paßt eher in meine Altersklasse, Schätzchen.« Er küßte sie auf die Stirn. »Und ich will dieses Hemd wiederhaben.«

»Du kannst ja mein gelbes Kostüm anziehen. Wenn ich's tragen würde, wüßte Ronnie, daß ich diese Nacht nicht zu Hause war.« Sie nahm einen Spiegel aus der Handtasche und stöhnte beim Anblick ihres Gesichts im hellen Sonnenschein. »Er wird's so oder so merken.«

»Ich ruf dich an«, versprach er. Nachdem sie gegangen war, duschte er, zog sich an, bestellte telefonisch eine Sekretärin aus dem Corinium-Büro in der Fifth Avenue zu sich und diktierte ein neues Konzept für »Vier Männer auf dem Heuboden«. Zu Mittag besaß er eine neue, schön gebundene Broschüre mit einer Charakteranalyse des neuen Helden, der kein Lord mehr war, sondern der Arbeiterklasse entstammte, einer neuen Liste der potentiellen Hauptdarsteller und Drehorte sowie eine Probe für einen vereinfachten Dialog – alles nach Camerons Vorstellungen.

Während Tony die Broschüre durchlas, wurde er von Ronnie angerufen. »Wie gefällt Ihnen Cameron?«

»›Gefallen‹ ist nicht das richtige Wort. Was nervt sie denn so schrecklich?«

»Nun ja, sie ist mehr *enfant* als *terrible*«, erwiderte Ronnie, der unbedingt mit Tony ins Gespräch kommen wollte, begütigend. »Zu ehrgeizig und etwas zu freimütig in ihren Äußerungen. Erzählen Sie's niemandem weiter, aber der Programmdirektor wird ihren letzten Dokumentarfilm nicht senden, und sie war so unhöflich, daß sie aus der Serienabteilung rausgeschmissen wurde. Aber sie ist hochintelligent.« Er seufzte traurig. »Leider legt man hier keinen Wert mehr auf Talent. Übrigens – könnten Sie die ›Vier Männer auf dem Heuboden‹ erst mal uns vorführen?«

»Natürlich«, antwortete Tony aalglatt.

Nach einem überaus erfreulichen Lunch mit seiner alten Freundin Ali MacGraw spazierte Tony zu USBC, dem mörderischen Rivalen von NBS. Die Blumen auf dem Mittelstreifen der Park Avenue welkten in der Hitze, während er an General Motors und dem Pan Am-Gebäude mit den zahllosen gleißenden Fenstern vorbeischlenderte, die bunten Markisen und die schönen New Yorkerinnen bewunderte, die seine Blicke mit schmeichelhaftem Interesse erwiderten. Vielleicht hatte Cameron recht, was die Unzulänglichkeit der New Yorker betraf.

Das Video mit den honigfarbenen Häusern und der Cotswold-Landschaft entzückte den Coproduktionsleiter von USBC und den Tagesprogrammdirektor. »Wir wollen eine echte Männerfreundschaft zeigen«, erklärte Tony mit seiner schönen, tiefen Stimme, die wie Jahrgangsportwein aus einer kostbaren Karaffe floß, »keine Schwulitäten, sondern Kameradschaft. Der Held, ein Junge aus der Unterschicht, wird weder steinreich, noch bekommt er das Mädchen, aber er entdeckt seine Integrität. Trotz ihres Tiefgangs ist die Story einfach genug, um die mexikanischen Bauern ebenso zu begeistern wie die Schwarzen in Alabama.« Aus den Augenwinkeln beobachtete Tony, wie der Vizepräsident der Fernsehgesellschaft ins Büro kam, und erwärmte sich noch intensiver für sein Thema. »In England haben wir die Nase voll von wehleidigen, gefühlsbetonten Typen. Die Jungs in unserer Serie sind nett zu Tieren und Frauen, aber sie feuern erst mal von der Hüfte aus und befassen sich nachher mit ihren Emotionen, und sie würden sich nicht mal als Leiche mit einer Schürze blicken lassen. Wir wollen wieder richtige Männer auf dem Bildschirm sehen, Würde und Ritterlichkeit für unser Geschlecht zurückerobern und ...« Er merkte, daß er vielleicht ein wenig übertrieben hatte, und ging rasch zu finanziellen Belangen über. »Für eine Dreiviertelmillion pro Stunde können wir's machen. Und es ist um dreißig Prozent billiger, wenn wir in England drehen.«

Der Vizepräsident bewunderte das diskrete blaue Krönchen auf Tonys dunkelgrünem Hemd, nachdem er soeben am Telefon von seiner Frau angebrüllt worden war, weil er vergessen hatte, ihr umgeändertes Kostüm bei Ralph Lauren abzuholen. Lord B. hat wirklich Klasse, dachte er. Und völlig recht. Es wird Zeit, daß wir Männer wieder Männer werden.

»Sehr interessant, Tony. Wir werden einige Leute über das Projekt informieren. Bleiben Sie ein paar Tage in New York?«

»Ja.«

»Zeigen Sie das Video auch anderen Leuten?«

»Natürlich.«

»Wir lassen so schnell wie möglich von uns hören.«

Inzwischen hatte es geregnet, die Bäume schimmerten in dunklerem Grün. Über der Innenstadt hing der feuchtwarme Geruch eines Treibhauses. Die Park Avenue war eine festgefügte gelbe Masse hupender Taxis. Tony wußte, daß er Ronnie anrufen und bearbeiten müßte, beschloß aber, ihn ebenso wie Cameron schmoren zu lassen, zog aus dem Waldorf aus und flog nach Los Angeles, ohne eine Adresse zu hinterlassen.

Cameron wohnte im zehnten Stock eines Apartmenthauses am Riverside Drive, mit grandioser Aussicht auf den Hudson. Sobald sie es betreten hatte, schaltete sie den Anrufbeantworter ein. Keine Nachricht von Tony. Nicht einmal ein Klicken zeigte an, daß er angerufen und gleich wieder aufgelegt hatte.

Mittlerweile verfügte sie über ausreichende Informationen, um zu wissen, daß er ein prinzipienloser Scheißkerl war, mehr am Geld interessiert als an guten TV-Programmen, ein Meister der Aufsichtsratsintrige und aalglatt. Das alles beeinträchtigte Camerons Überzeugung, ihm gewachsen zu sein, keineswegs. Sie war fest entschlossen, den Job anzunehmen, denn sie hatte schon immer in England arbeiten wollen.

Es würde ihr schwerfallen, ihr weißgetünchtes Apartment mit den gelben Vorhängen und Binsenmatten auf den polierten Parkettböden zu verlassen. Zur Einrichtung des Wohnzimmers gehörten ein Konzertflügel, ein Zahnarztsessel, dessen Bezug wie Tonys Krawatte ein rotes Paisley-Muster hatte, und ein dreißig Zentimeter hoher goldener Zeh, heimlich vom Fuß eines Engels im Metropolitan-Museum abgesägt. Bücher verdeckten den Großteil einer Wand, aber ein halbes Regal war mit Videos von Camerons TV-Sendungen gefüllt, die ihre Identität darstellten. In den letzten Jahren hatte sie stets das Gefühl gehabt, nur dann zu existieren, wenn ihr Name auf dem Bildschirm auftauchte, in einem Vor- oder Nachspann. Und nun war sie völlig aus der Bahn geworfen worden, nur weil ein englischer Lord nicht anrief, dessen Skrupellosigkeit sie ebenso faszinierte wie seine sexuelle Ausstrahlung.

Am nächsten Morgen hatte sich der Hudson in ein weißes Metallband verwandelt, träumerisch qualmten die Elektrizitätswerke im Morgennebel. Vielleicht hatte Tony ihr den Job nur angeboten, um sie in sein Bett zu kriegen, doch das glaubte sie nicht. Wäre er nur an einem Abenteuer interessiert gewesen, hätte er das gesagt.

Als sie im Waldorf anrief, um Tony ihre Zusage mitzuteilen, erfuhr sie, er sei ausgezogen, ohne eine Adresse anzugeben. »Der Typ scheint mächtig beliebt zu sein«, meinte die Telefonistin. »Alle Welt will ihn sprechen.«

Auch das New Yorker Corinium-Büro verriet nicht, wo Tony steckte. Schlimmer noch – die Morgenzeitung enthielt ein charmantes Foto, das ihn zeigte, wie er mit Ali MacGraw das Lokal »Four Seasons« verließ.

In Los Angeles, wo Tony sich weder um den Verkauf von »Vier Männer auf dem Heuboden« noch um den Erwerb des amerikanischen Verleihs kümmern mußte (dieses Geschäft ließ er durch eine Holding-Firma abwickeln, um die IBA nicht zu verärgern), dachte er über Cameron nach.

Zwei Tage später wieder in New York, ignorierte er die von wachsender Verzweiflung geprägten NBS-Hilferufe und ging zu USBC. Dort schloß er den Vertrag ab, nachdem er mit dem Hinweis auf Disneys brennendes Interesse eine weitere Viertelmillion Dollar pro Serienfolge herausgeschlagen hatte.

Verschwitzt kehrte er ins Waldorf zurück, duschte und goß sich einen großzügigen Whisky ein, dann rief er Cameron an. Er mußte den Hörer auf Armeslänge vom Ohr weghalten. »Wo zum Teufel warst du denn, du Bastard?« kreischte sie.

»Ich hatte zu tun. Inzwischen habe ich genug Geld für ›Vier Männer auf dem Heuboden‹ aufgetrieben.«

»Wo?«

»Bei USBC.«

»Armer Ronnie! Darüber wird NBS gar nicht glücklich sein. Wahrscheinlich werden sie ihn feuern. Er hat recht, du bist wirklich ein Scheißkerl.«

»So solltest du nicht mit deinem neuen Boß reden.«

Ihr Herz hämmerte wie rasend, und ihre Hand war plötzlich so feucht, daß ihr beinahe der Hörer entglitt.

»Hallo? Hast du über den Job nachgedacht?« fragte er.

»Wie soll ich wissen, ob ich dir trauen kann?«

»Gib mir deine Adresse. In einer halben Stunde bin ich bei dir, und wir reden im Klartext.«

Als er in Camerons Wohnung eintraf, mit einer Champagnerflasche bewaffnet, sah er zu seinem Ärger einen unmöglich hübschen jungen Mann im Zahnarztsessel lümmeln, ein Glas in der Hand, das eindeutig kein Mundwasser enthielt. »Wer zum Teufel ist das?« schnaubte Tony.

»Skip, mein Anwalt«, erklärte Cameron. »Er ist vorbeigekommen, um den Vertrag aufzusetzen.«

»Verdammt, warum trägt er mein Hemd und meine Krawatte?«

Cameron lachte. »Da ich nach England ziehen werde, habe ich ihm die Sachen zum Abschied geschenkt.«

4

An einem kalten Freitag im Februar, genau zwanzig Monate, nachdem Tony Baddingham in New York Cameron Cook engagiert hatte, erlebte sein Mitarbeiterstab eine noch viel dramatischere, strittigere Bereicherung. Nach der geheimen Vertragsunterzeichnung am Morgen schaute er mittags im IBA-Büro in der Brompton Road vorbei, um mit der neuen Aufsichtsratsvorsitzenden, Lady Gosling, ein Glas Sherry zu trinken und ihr die verwirrende Neuigkeit mitzuteilen. Danach brach er zur zweistündigen Fahrt nach Cotchester auf.

Sogar an einem trüben Februarnachmittag verbreiteten die goldgelben Häuser eine Atmosphäre von Heiterkeit und Wohlstand. Auf dem Marktplatz im Norden der Stadt verkündete eine Reiterstatue von Charles I., daß Cotchester einmal eine königliche Festung gewesen war. Rings um den Sockel pickten Tauben im Stroh, das die am Vormittag verkauften Schafe und Rinder zurückgelassen hatten. Im Süden erhob sich die Kathedrale, deren riesige Glocke nur während der Rush-hour gedämpft wurde.

Ein schönes Queen-Anne-Gebäude beherrschte die High Street, früher eine Getreidebörse, jetzt das Hauptquartier von Corinium Television. Im Lauf der letzten zwanzig Jahre waren an der Rückseite Studios, Garderoben, ein imposanter Konferenzraum und elegante Büros für die Direktoren angebaut worden. Die dunkelroten Lettern CTV auf dem Dach konnten meilenweit gesehen werden. Gekrönt wurden sie von einem eindrucksvollen Widder, einem Rammbock mit verschlungenem Geweih, einst ein Symbol für den in dieser Gegend sehr intensiven Wollhandel, jetzt – wie böse Zungen im CTV-Personal behaupteten – für Tony Baddinghams sexuelle Exzesse.

Eine Wand des Konferenzraums bestand aus einem Fenster mit Aussicht auf die Kirche, Wiesen und Trauerweiden, deren gelbe Zweige in den River Fleet hingen – eine friedvolle Szenerie, die einen krassen Gegensatz zu den Spannungen und Fehden in der Fernsehgesellschaft bildete.

Die Spannungen verstärkten sich an diesem Freitag durch Tonys unerwartete Rückkehr aus London. Um drei Uhr berief er eine Programmplanungssitzung ein, obwohl er wußte, daß die meisten Mitarbeiter auf einen frühen Beginn ihres Wochenendes hofften.

Nach der erfreulichen Besprechung mit Lady Gosling war er in ausgezeichneter Stimmung daheim eingetroffen. Simon Harris, der ehemalige BBC-Goldjunge, und Cameron Cook hatten das Programm so stark verbessert, daß Tony keinen Konzessionsentzug mehr befürchten mußte. Aber um vor der neuen Konzessionsvergabe im nächsten Jahr alle Rivalen aus dem Feld zu schlagen, hatte er eine wichtige Entscheidung getroffen. In den nächsten beiden Jahren sollte CTV nicht nur mit glanzvollen Stars prangen, sondern auch ein erstklassiges Regionalprogramm bieten. Um seine Ideen für dieses Programm zu verkünden, hatte er die unvorhergesehene Sitzung einberufen. Unglücklicherweise befand sich nur das halbe Personal im Haus. Der Leiter der Nachrichtenredaktion war in München, der Leiter der Dokumentarfilmabteilung nahm in Rom einen Preis entgegen, der Leiter der Unterhaltungsabteilung und die wohlgestaltete Leiterin des Kinderprogramms litten an einer Darmgrippe, was einige hochgezogene Augenbrauen verursachte, da beide am Vortag kerngesund gewesen waren.

Tony setzte sich ans Kopfende des Konferenztisches, wurde aber sofort wegen eines dringenden Anrufs aus Los Angeles hinausgerufen. Die einzigen Leute im Raum, die sich nicht vor ihm zu fürchten schienen, waren Charles Fairburn, der Leiter des religiösen Programms, der sich zu Mittag betrunken hatte, und Cameron Cook, für Fernsehspiele und Serien zuständig. Der Progammdirektor Simon Harris – prinzipientreu, intelligent, stets bestrebt, beide Seiten eines Problems zu sehen und deshalb als unentschlossen bezeichnet – zitterte rechts von Tonys Platz. Um einen Ausschlag zu verstecken, den er wundgekratzt hatte, hielt er die Hände unter den Tisch. Da er den Eindruck einer gewissen Autorität erwecken wollte, hatte er sich kürzlich einen zottigen Bart wachsen lassen. Als er das Jackett auszog (Tony bestand auf einer Zentralheizung mit tropischen Temperaturen), hörte man das Valiumfläschchen in der Tasche klirren und sah feuchte Flecken unter seinen Armen.

Neben Simon saß Tonys persönlicher Assistent, Cyril Peacock, als Flieger im Zweiten Weltkrieg der Schrecken der deutschen Luftwaffe, später sensationeller PR-Manager bei Corinium. Die wichtigste Pflicht eines persönlichen Assistenten in der TV-Branche ist absolute Loyalität. Einige TV-Bosse kaufen diese Loyalität mit Geld, was gefährlich ist, weil jemand anderer noch mehr dafür bezahlen könnte. Tony erkaufte sie mit Terror. Nachdem Cyril sein persönlicher Assistent und zeitweise auch Pressesprecher gewesen war, hatte er den armen Mann ermutigt, seine gesamten Ersparnisse in eine Firma zu stecken, die prompt pleite gegangen war. Nun hing der drohende Verlust seines Jobs und seiner Pension wie ein Damoklesschwert über dem Haupt des bedauernswerten Sechzigjährigen, und Tony genoß es, ihm die schmutzige Arbeit aufzubürden. Am Montag mußte Cyril vier Leute entlassen.

Links von Tony saß seine Sekretärin Miß Madden, ebenfalls um die Sechzig, unscheinbar und von unwandelbarer Ergebenheit erfüllt. Ohne Termin ließ sie niemanden ins Büro ihres Chefs, abgesehen von Cameron Cook, der sie in intensiver Haßliebe verbunden war.

Weiter unten am Tisch hatte James Vereker Platz genommen, der bildschöne, wundervoll frisierte Moderator der regionalen Sechs-Uhr-Nachrichten »Cotswold Roundup«. Eigentlich hätte er sich jetzt im Studio auf seine Abendsendung vorbereiten müssen, aber weil er nichts versäumen wollte, hatte er seine Teilnahme an der Sitzung erzwungen. Nun nutzte er Tonys Abwesenheit, um seinen Text umzuschreiben.

James schaute zu Cameron hinüber und überlegte, ob sie diese Besprechung schon Anfang der Woche mit Tony im Bett geprobt und ob man einander mit dem Spiel »Wer von uns beiden ist am widerlichsten« aufgeheizt hatte. Er musterte Camerons braunen Kaschmirpullover, den hellbraunen Wildlederrock, die Charles-Jourdan-Stiefel, das laszive ungeschminkte Gesicht und fühlte wilden Haß in sich aufsteigen. Heute hatte sie ihr kurzes Haar mit Gel zu aufwärts strebenden Spitzen gezwirbelt und glich einem Stachelschwein, das sich in Schmalz gewälzt hatte. Mit betonter Geste verrückte er ein Frühlingsblumenarrangement, das von der Aufsichtsratssitzung am Mittwoch übriggeblieben war, um sich die Sicht auf Cameron zu versperren, und bot Miß Madden ein Hustenbonbon an, das sie errötend entgegennahm. Er wußte, wem er schmeicheln mußte. Wenn er Miß Madden den Hof machte, würde sie ihn vor Tony lobpreisen und ihm, falls nötig, Zutritt ins Allerheiligste gewähren.

Als Tony zurückkehrte, standen alle auf außer Cameron, die ihn angelegentlich ignorierte. Vielleicht haben sie gestritten, dachte James Vereker hoffnungsvoll.

»Zunächst möchte ich Cameron zur Nominierung für einen BAFTA-Preis gratulieren«, begann der Boß in munterem Ton. »Wie Sie alle wissen, waren die ›Vier Männer auf dem Heuboden‹ nicht nur ein großer internationaler Erfolg, sie haben auch zahllose Touristen in die Cotswolds gelockt. Nun suchen wir weitere Projekte, die diese Gegend in den Mittelpunkt des Interesses rücken.«

Natürlich hat er vergessen, daß diese Serie meine Idee war, dachte Simon Harris bitter. Cameron ignorierte Tony immer noch und betrachtete ein gerahmtes Foto an der Wand, das ihn zeigte, wie er Prinzessin Margaret half, auf dem Rasen vor dem CTV-Hauptquartier einen Kirschbaum zu pflanzen.

O Gott, die haben tatsächlich gestritten, dachte James.

»Ich möchte weitere Folgen drehen«, fuhr Tony fort. »USMC übernimmt wieder die Produktionskosten. Und ich finde, Cameron sollte eine unverheiratete farbige Mutter bei den vier Landwirtschaftsstudenten einquartieren, um die IBA gnädig zu stimmen.«

Charles Fairburn unterdrückte ein Grinsen. Die IBA war ganz versessen auf Minderheiten.

»Unverheiratete farbige Mütter studieren nicht Landwirtschaft«, stieß Cameron wütend hervor.

»Es gibt für alles ein erstes Mal«, erwiderte Tony freundlich. »Außerdem könnte es doch die Freundin von einem unserer vier Jungs sein.«

»Um Himmels willen, warum bauen wir denn keine einbeinige lesbische Schäferin ein?«

»Oder einen tauben arbeitslosen Bauern?« schlug Charles Fairburn vor und kämpfte mit einem Schluckauf. »Oder einen behinderten Erntearbeiter?«

»Das reicht!« fauchte Tony, dann verbreitete er sich über die Pläne zu einer obskuren Michael-Tippett-Oper. Das bewog Cameron, die Stirn zu runzeln, da sie hinter diesem Projekt Lady Baddinghams Einfluß witterte (Tonys Frau war eine Opernnärrin). Und schließlich kam er auf das Thema zu sprechen, das er zu Mittag mit Lady Gosling erörtert hatte. »Ein paar Zuschauer haben sich über die zu ausgiebig kopulierenden Feldmäuse in unserer Sendung ›Natur bei Nacht‹ beklagt. Und was das Kinderprogramm betrifft – die Gewaltakte in ›Dorothy Dove‹ haben ebenfalls Anstoß erregt.«

»Was für Gewaltakte waren das?« erkundigte sich Simon Harris.

»Der Taube Priscilla wurden alle Federn ausgerissen.«

James war versucht zu erzählen, wie sehr seine Kinder gerade diese Sendung genossen hätten, beschloß aber, den Mund zu halten.

Tony starrte Charles an. »Es gab noch weitere Beschwerden – über den mangelnden Tiefgang unseres religiösen Programms. Nach dieser Sitzung müssen wir uns mal unterhalten, Charles. Die IBA ist höchst unzufrieden mit ›Lumpen und Seide‹.«

Simon Harris wurde dunkelrot. Er hatte den Amerikanern die Idee für diese Sendung abgekauft und sie für das britische Fernsehen umgearbeitet. »Die Einschaltquoten sind sensationell!« protestierte er.

»Ich weiß. Aber die IBA meint, die Figuren seien zu glamourös. Wir brauchen ein paar arbeitslose Vogelscheuchen, die für ein bißchen Realität sorgen.«

Cameron warf Tony einen giftigen Blick zu: »Ich kann euch meine unverheiratete farbige Mutter leihen.«

»Außerdem«, fügte Tony ungerührt hinzu, »meint die IBA, wir sollten mehr Frauen im Aufsichtsrat haben. Immerhin ist Lady Evesham fast fünfundsechzig, also müßten wir ein paar andere einflußreiche Damen aufstöbern.«

Die Männer starrten sich entsetzt an. Wollte Tony dies als Vorwand benutzen, um Cameron Cook in den Aufsichtsrat zu berufen?

»Außerdem«, ergänzte Tony, »ist man der Meinung, daß immer noch viel zu wenige von unseren Direktoren hier in der Gegend leben.«

Das betrifft auch Cameron, dachte James erbost, und ihr exquisites Regency-Haus am Stadtrand von Cotchester.

Nicht ohne Selbstzufriedenheit berichtete Tony, Freddie Jones, der Elektronik-Multimillionär, und Rupert Campbell-

Black, der Sportminister, die beide in der Nachbarschaft wohnten, würden diesen Abend beim West Cotchester-Jagdball an seinem Tisch sitzen, und er wolle bei dieser Gelegenheit herausfinden, ob sie als potentielle Direktoren in Frage kämen. »Damit hätten wir gute Namen in unserem Briefkopf. Und bis zur Konzessionsbestätigung müssen wir unsere regionalen Abgeordneten bei Laune halten.«

James Vereker, der einzige Mitarbeiter, der zu dem Jagdball eingeladen war, konnte nach dem Ende der Konferenz der Versuchung nicht widerstehen und betonte, er würde sich ebenso wie seine Frau Lizzi schon sehr auf den Abend freuen, und wann sie denn zum Cocktail erscheinen sollten?

»Um acht herum«, entgegnete Tony und ordnete seine Papiere.

James spürte die Laserstrahlen aus Haß und Neid, die von allen Seiten auf ihn einstürmten, insbesondere aus Camerons Richtung. Das müßte der arroganten Gans zu denken geben, dachte er. Seit sie für den BAFTA-Preis nominiert war, wurde sie ein bißchen zu groß für ihre Charles-Jourdan-Stiefel.

Während Tony den Raum verließ, schaute James auf seine Uhr. Halb fünf. In anderthalb Stunden würde seine Sendung beginnen, um sieben ging sie zu Ende. Wenn er die elf Meilen bis nach Hause fahren, baden und sich sorgfältig ankleiden wollte, mußte er sich beeilen. Am besten duschte er nur und fönte sich das Haar trocken, dann würde er Zeit für sein Make-up finden: Bronzegel und Mascara. Im Februar wirkte man sonst so schrecklich blaß. Er überlegte, ob er das türkisfarbene Hemd anziehen sollte, das seine blaugrünen Augen hervorhob, oder das weiße mit der türkisblauen Smokingschleife und entschied sich für ersteres.

Im Nachrichtenstudio suchte er die Sekretärin heraus, die am intensivsten in ihn verliebt war, und reichte ihr zwanzig mit der Hand geschriebene Seiten, betitelt »Armut und Alter, ein Essay von James Vereker«. »Sicher wird es Ihnen Spaß machen, das für mich abzutippen. Ich brauch's erst am Montag.«

Ein mittlerweile völlig ernüchterter Charles Fairburn folgte Tony ins Chefbüro. Dort verblüffte ihn sein Boß mit einem warmherzigen Grinsen. »Die Einschaltquoten sind wirklich nicht übel, Charles. Wenn Sie nächste Woche noch den Bischof von Cotchester, ein paar Sikhs und eine Priesterin reinbringen, die über Selbstverleugnung und Fastentage spricht, damit werden Sie Lady Gosling sehr beglücken. Hören Sie, am Sonntag muß ich in der Kirche die Lesung halten. Ein kniffliges Thema. Ich möchte, daß der Sinn ganz klar rauskommt. Könnten Sie das für mich hinkriegen?«

5

James Vereker fuhr in seinem Porsche nach Hause, von der herzerwärmenden Gewißheit erfüllt, daß »meine Sendung«, wie er sie nannte, gut gelaufen war. Seine auffälligsten Eigenschaften waren, abgesehen von seinem blendenden Aussehen, ein totaler Egoismus und eine chronische Unsicherheit. Man behauptete sogar, er würde ein tragfähiges Fernsehgerät in Restaurants mitnehmen, um sich selbst auf dem Bildschirm nicht zu versäumen. Als Lokalberühmtheit fuhr er nur ungern nach London und noch viel widerwilliger ins Ausland, weil ihn dort niemand erkannte.

In seinem Haus hatte Birgitta, das kurvenreiche Kindermädchen, gerade seine beiden Abendhemden, das weiße und das türkisfarbene, gebügelt. Nun besprühte sie sich mit Parfum und erneuerte ihr Make-up, um für seine Heimkehr gewappnet zu sein.

Ich wünschte, Birgitta würde etwas mehr Zeit opfern, um die Kinder ins Bett zu bringen, dachte James' Frau, als sie in ihr Arbeitszimmer stürmten und die mütterliche Aufmerksamkeit forderten. Lizzie hatte zwei Romane veröffentlicht und gute Kritiken erhalten. Nun entstand ein dritter, der ihr eine Menge Schwierigkeiten machte. Seit acht Jahren war sie mit James verheiratet. Anfangs hatte sie ihn mit ihren Autorenhonoraren unterstützt, um ihm beim Einstieg in die TV-Branche zu helfen. Früher superschlank, hatte sie in letzter Zeit beträchtlich zugenommen.

Die Verekers bewohnten ein großes unübersichtliches Haus mit einem großen unübersichtlichen Garten, zwei Meilen von Rupert Campbell-Blacks Domizil entfernt, an einem schilfgesäumten See, in den der wirbelnde Frogsmore-Bach mündete. Vor fünf Jahren hatten sie das Haus gekauft, kurz nach James' Arbeitsantritt bei Corinium. Bei der entscheidenden Besichtigung im Hochsommer hatten sie nur die romantischen Aspekte gesehen, ohne zu erkennen, daß das Gebäude tief unten im Tal lag und fünf Monate pro Jahr auf Sonnenschein verzichten mußte. Das spielte für James, der den Großteil seines Lebens bei CTV verbrachte, kaum eine Rolle. Wenn das Haus eingeschneit war, kam er einfach ein paar Tage nicht heim. Um so mehr litt Lizzie unter diesen unerfreulichen Bedingungen, da sie den ganzen Tag zu Hause an der Schreibmaschine saß und zu viele Kekse aß, um die Kälte aus ihrem Körper zu verscheuchen. Auch für die Kinder war der Zustand unangenehm, da sie sich immer wieder erkälteten, ebenso für die Kindermädchen, die von der düsteren, deprimierenden Atmosphäre gepeinigt wurden, wann immer James nicht da war.

Lizzies Alltag bestand darin, die Kinder vor Erkältungen zu schützen und Kindermädchen an Kündigungen zu hindern, so daß sie kaum noch Zeit zum Schreiben fand. Unglücklicherweise konnte James der Versuchung nicht widerstehen, mit den hübscheren Nannys zu schlafen, so daß sie unweigerlich gingen, wenn er sein Interesse auf andere Damen konzentrierte. Lizzie pflegte den jeweiligen Stand der Dinge herauszufinden, indem sie die Tagebücher der Mädchen las, während sie in Cotchester oder im nahen Stroud einkauften. Birgitta, die gegenwärtige Nanny, führte ihr Tagebuch in Schwedisch, das Lizzie nicht beherrschte. Aber mit Hilfe eines schwedischen Wörterbuchs begann sie den Inhalt zu entschlüsseln, in dem der Name »James« viel zu oft vorkam. Mittlerweile war sie an seine Untreue gewöhnt. Sie nahm an, daß er seine kleinen Abenteuer brauchte, um sein Selbstwertgefühl zu heben. Aber seine Seitensprünge störten sie immer noch. Sie sehnte sich nach einem Bewunderer, der sie über die Enttäuschungen hinwegtrösten könnte, fand sich aber zu dick, um anziehend zu wirken.

Beinahe erlitt sie einen Nervenzusammenbruch, als die Haustür hinter James ins Schloß fiel. Sie hatte viel zu spät aufgehört, an ihrem Roman zu arbeiten, und – immer noch mit der Handlung ihres Werkes beschäftigt – viel zu lange gebadet und ihr Haar gewaschen. Dann stellte sie fest, daß das tief ausgeschnittene schwarze Seidenkleid, das sie an diesem Abend tragen wollte, viel zu eng geworden war. Also mußte sie etwas anderes anziehen, ein dunkelrotes Samtkleid, das zu ihrem hektischen Teint paßte. Wenigstens verdeckte der lange Rock die im heißen Bad angeschwollenen Fußknöchel. Weil sie nichts mehr sah, schnitt sie ihre Ponyfransen mit der Küchenschere ab, ohne zu ahnen, daß Birgitta dieses Gerät kürzlich benutzt hatte, um die Rinde von den Speckscheiben der Kinder zu schneiden. Nun klebten die Ponyfransen zusammen und rochen nach Speck. Gerade wollte sie ihr Haar noch einmal waschen, als James erschien. »Nimm ein Bad, Liebling!« schrie sie verzweifelt und versuchte die Röte in ihren Wangen mit grüner Grundierung zu mildern.

»Ich habe im Studio geduscht«, erklärte er, »und so muß ich mich nur noch umziehen. In fünf Minuten müßten wir gehen. Wie hast du meine heutige Sendung gefunden?«

»Wundervoll«, log Lizzie, die keinen einzigen Blick auf den Bildschirm geworfen hatte. Da es draußen dunkel war, konnte sie ihr Make-up nicht im Auto auftragen. »Morgen lese ich euch eine Extrageschichte vor«, versprach sie den Kindern, die sich auf dem Treppenabsatz jammernd an sie klammerten. »Oder vielleicht kann...« Hoffnungsvoll hob sie die Stimme. »... Birgitta euch etwas vorlesen, bevor ihr schlafen geht.«

Aber Birgitta beobachtete James, der sich nun doch für das weiße Hemd entschieden hatte und sich eine rosa Nelke ins Knopfloch steckte. Der arme Mr. Vereker, dachte sie, wie hübsch er in seinem Dinnerjackett ist! Und er muß mit so einer häßlichen Vogelscheuche ausgehen.

»Du siehst großartig aus, James«, sagte Lizzie pflichtbewußt.

Tiefhängende Wolken verhüllten den Mond. Während die Autoscheinwerfer auf graue Mauern, giftgrüne Sträucher und hohe blonde Schilfgräser fielen, versuchte Lizzie vergeblich, ihren Eyeliner aufzutragen. Unterdessen schilderte James jeden kleinen Triumph der Planungssitzung und seiner anschließenden Sendung.

»Kommen irgendwelche interessanten Leute zu diesem Ball?« fragte sie, während er eine Atempause machte.

»Rupert Campbell-Black, seine Geliebte, Beattie Johnson, und Freddie Jones.«

»Wer ist das?«

»Liest du keine Zeitung?« fragte James entsetzt. »Das ist Mr. Elektronik!«

O Gott, dachte Lizzie seufzend, ich wage nicht zu fragen, was Elektronik ist, und ich wette darauf, daß ich beim Dinner neben ihm sitzen werde.

»Und Paul Stratton und seine neue Frau.«

»Oh, wie aufregend!« quietschte sie.

Vor drei Jahren, kurz nach dem Wahlsieg der Konservativen, hatte Stratton – Tory-Abgeordneter von Cotchester und einst integerer Innenminister – seinen Wahlkreis und die ganze Nation schockiert, indem er seiner getreuen Gemahlin Winifred mit seiner blutjungen Sekretärin davongelaufen war.

»Offenbar haben sie ein Haus in Chalford gekauft«, fuhr James fort. »Dort wollen Paul und Sarah – so heißt sie, glaube ich – die Wochenenden verbringen.«

»Ich frage mich, ob sie so schön ist wie auf den Fotos. Rupert wird sich bestimmt an sie heranmachen. Es hat ihm schon immer Spaß gemacht, Paul zu brüskieren.«

»Sei nicht albern, die Strattons sind eben erst von ihrer Hochzeitsreise zurückgekommen.« James steuerte den Wagen um eine scharfe Kurve und brachte das Gespräch wieder auf seine eigene Person. »Ich habe das Gefühl, dieser Abend wird ein Wendepunkt in meiner Karriere. In letzter Zeit ist Tony ungemein freundlich zu mir. Als ich heute abend in Miß Maddens Büro ging, um herauszufinden, wen wir auf der Party treffen werden, lag auf Tonys Schreibtisch eine vertrauliche Aktennotiz über die Herbstprojekte. Die konnte ich mit einiger Mühe umgekehrt lesen, wenigstens teilweise. Offenbar will Corinium ein paar interessante Interviews zur besten Sendezeit bringen. Mehr wagte ich nicht zu eruieren, sonst hätte ich womöglich Miß Maddens Argwohn erregt. Aber ich nehme an, Tony denkt dabei an mich. Deshalb hat er uns für heute abend eingeladen.«

Tony Baddingham lag im heißen, nach Floris duftenden Badewasser und bewunderte seinen flachen Bauch. Ausnahmsweise blieb das drahtlose Telefon stumm und bot ihm die Gelegenheit, seine Vorfreude auf den Ball zu genießen.

Einer der wesentlichsten Pluspunkte des Erfolgs lag darin, daß man Leute, die einen früher herablassend behandelt hatten, nun selber herablassend behandeln konnte. Zum Beispiel Paul Stratton. Wie amüsant würde es sein, Paul und dessen kleiner Frau freundschaftlich die Hand zu reichen. Wie unterwürfig würden sie ihre Dankbarkeit bekunden.

Und dann Rupert... Nichts auf der Welt ersehnte Tony inbrünstiger als eine Situation, wo ein niedergeschlagener, reumütiger, mittelloser Rupert, der infolge irgendwelcher Umstände sein gutes Aussehen eingebüßt hatte, Tonys Gunst und Freundschaft suchte. In einer noch wilderen Phantasie paradierte er mit einer besonders reizvollen Geliebten, die Ruperts Charme gleichgültig gegenüberstand. »Verstehst du denn nicht?« schrie Cameron in einer eingebildeten Szene Rupert an. »Tony ist der einzige Mann, den es jemals in meinem Leben geben wird!«

Tony ließ noch etwas kochend heißes Wasser in die Wanne laufen, um sich gegen die arktischen Temperaturen im restlichen Haus zu wappnen. Unablässig stritt er mit seiner Frau Monica, die eine Zentralheizung als mutwillige Verschwendung betrachtete.

»Ich habe immer noch ein schlechtes Gewissen, weil ich Winifred nicht erzählt habe, daß Paul und Sarah heute abend kommen«, sagte sie, als er etwas später, vollständig angezogen, ihr Schlafzimmer betrat. Sie saß am Toilettentisch, bürstete vehement ihr kurzes blondes Haar und trug dasselbe smaragdgrüne Taftkleid wie auf den letzten vier Jagdbällen. Zu Tonys Diamanten sah es wunderbar aus, konnte aber die geplatzten roten Äderchen in ihren Wangen nicht mildern, die unausweichlichen Folgen ihrer Gartenarbeit und ausgedehnter Spaziergänge bei jeder Wetterlage mit den Labradors in den Gloucestershire-Tälern. Aber ihre eher maskuline Schönheit, die an eine stolze Galionsfigur erinnerte, brauchte keine Betonung.

Im ganzen Umkreis wegen ihrer noblen Erscheinung und totalen Humorlosigkeit bekannt, war sie die einzige Frau, der Tony mit unwandelbarer Höflichkeit begegnete. Im eisigen Schlafzimmer mit der hohen Decke stapelten sich Bücher über Gärtnerei und Opern auf den Nachttischchen zu beiden Seiten des antiken Vier-Pfosten-Betts mit den roten Vorhängen, das Tony vielleicht einmal wöchentlich aufsuchte. Nach achtzehnjähriger Ehe schenkten ihm diese Zusammenkünfte immer noch eine unglaubliche sexuelle Befriedigung.

Auf der Kommode standen silbern gerahmte Fotos von den drei Kindern. In ihrer Fairneß ließ Monica die anderen beiden nicht wissen, daß sie den älteren Sohn Archie, der letzte Woche sechzehn geworden war, am liebsten mochte – auch nicht, daß ihr die zwei gelben Labradors und ihre großen Leidenschaften, Oper und Gärtnerei, viel mehr bedeuteten als ihr Ehemann.

Sie freute sich nicht auf diesen Abend. Bis drei Uhr morgens würde sie mit all den Leuten reden müssen, die Tony für so wichtig hielt. Am unangenehmsten erschien ihr die Aufgabe, Winifred zu trösten, deren Exgatte mit seiner neuen Frau den Ball besuchen würde. »Ich finde das so unfair!« fuhr sie fort. »Und ich habe Winifred geschworen, diesen kleinen Tramp niemals über meine Schwelle zu lassen.«

Tonys Brauen zogen sich zusammen wie zwei schwarze Raupen. »Paul ist immer noch unser Abgeordneter, selbst wenn er aus dem Kabinett geworfen wurde. Und wegen der Konzessionsvergabe im nächsten Jahr muß ich ihn einladen, welche Frau er auch immer heiraten mag.« Er trat vor, um die Schließe ihres Diamantenhalsbandes zuschnappen zu lassen, und sie sah ihn im Spiegel. In dem dunkelroten Frack mit den taubengrauen Aufschlägen wirkte er sehr distinguiert, doch das nahm Monica kaum zur Kenntnis.

»Ich müßte Winifred anrufen und sie vorbereiten.«

»Laß das lieber bleiben. Ich gehe jetzt nach unten und erwarte dich in einer Minute.«

6

Eine Stunde später begannen die Partygäste im großen, dunkel getäfelten Salon mit den Wandteppichen aufzutauen und entfernten sich allmählich vom knisternden Buchenholzfeuer im riesigen Kamin. Lizzie Vereker, von mindestens sechs Gläsern Champagnerpunsch gestärkt, befand sich in heiterer Stimmung und hatte ihr Übergewicht ebenso vergessen wie das knapp sitzende rote Kleid. Vorerst waren weder Rupert noch Beattie Johnson eingetroffen, aber es gab trotzdem viel zu sehen. Zum Beispiel war Paul Strattons neue Frau einfach umwerfend in dem gelben Seidenkleid, das zu ihrem dichten, hochgesteckten goldblonden Haar paßte und mit einem tabakbraunen Fransenschal ergänzt wurde.

Nachdem sie Tonys und Monicas Fragen scheu und einsilbig beantwortet hatte, ließ sie sich mit James und Bas bekannt machen, dem jüngeren Bruder des Hausherrn – einen Playboy mit lackschwarzem Haar, glatter Olivenhaut und einem ziemlich stark ausgeprägten kleinen Finger, um den er die Frauen zu wickeln pflegte. Seine extravaganten Komplimente zauberten mit der Zeit ein Lächeln auf Sarahs volle Korallenlippen, und der Schal glitt herab, um wohlgeformte gebräunte Schultern zu entblößen. Offenbar hat sie die Flitterwochen mit Paul irgendwo im Süden verbracht, dachte Lizzie.

Paul war auf dieser Hochzeitsreise nicht so aufgeblüht. Sein dunkles Haar, früher glatt nach hinten gekämmt, war silbergrau geworden und fiel ihm nun in jugendlichem

Übermut in die Stirn, fast bis zu den Brauen. Sarah hatte ihn anscheinend zu der Paisley-Fliege ermutigt, die sich ständig unter seinem Doppelkinn verbog. Sein einst so kantiges Gesicht wirkte jetzt schlaffer, aber er lächelte so strahlend wie eh und je, und er liebte immer noch den Klang seiner eigenen Stimme. Gerade unterhielt er sich mit Freddie Jones, dem dicken, vergnügten Elektronik-Multimillionär mit den rotgoldenen zerzausten Locken, den runden abenteuerlustigen graublauen Augen und der Stupsnase. Nach Lizzies Meinung sah er amüsanter aus als alle anderen.

Auf der anderen Seite des Raumes sah sie James mit einer gertenschlanken Frau sprechen, die Grübchen in den Wangen und kurze braune Locken hatte. Ihr hellblaues Kleid mit dem wadenlangen weiten Rock und dem von Schleifchen geschmückten Chiffonoberteil über einer Satinkorsage war das häßlichste, das Lizzie je erblickt hatte. Trotzdem lachte die Frau, offenbar Freddie Jones' Gattin, verdrehte die Augen und starrte hingerissen in James' schönes, bronzebraun getöntes Gesicht.

Lizzie nahm sich noch einen Drink und ging auf etwas unsicheren Beinen zu der an der Wand hängenden Sitzordnung für den Jagdball, der im Rathaus stattfinden sollte. Sie würde neben Freddie Jones sitzen und James rechts von Monica Baddingham. Vielleicht würden sich seine Zukunftsträume tatsächlich verwirklichen.

»Ich möchte wissen, wo Rupert bleibt!« rief Monica mit ihrer rauhen Stimme. »Wir müssen gleich gehen, sonst fängt das Dinner ohne uns an!«

Lizzie schaute wieder zu James hinüber, der ihr herrisch winkte. Im nächsten Moment stand er neben ihr, packte ihr Handgelenk und zischte: »Merkst du denn nicht, daß ich dir schon die ganze Zeit Zeichen gebe? Ich möchte dich mit Valerie Jones bekannt machen. Nächsten Monat eröffnet sie eine Boutique in Cotchester. Du mußt unbedingt hingehen und was kaufen.«

Niemals, gelobte sich Lizzie, wenn sie solche Kleider wie dieses hellblaue feilbietet . . .

»Lizzie schreibt Romane«, teilte er Valerie Jones mit, als müßte er die vergammelte äußere Erscheinung seiner Frau erklären.

»Das würde ich sehr gern tun, wenn ich Zeit dazu hätte«, erwiderte Valerie. »Ständig sagen die Leute: ›Sie müssen endlich ein Buch schreiben, Mrs. Jones, wo Sie doch so ein faszinierendes Leben führen!‹« Sie verzog ihr Gesicht zu einer Grimasse, die sie offenbar für ein Lächeln hielt.

Aus der Nähe stellte Lizzie fest, daß Valerie makellos saubere Finger und die reinweißen Augäpfel eines Menschen hatte, der weder las noch trank. Die Frau war winzig und puppenhaft hübsch, doch ihre porzellanblauen Augen waren die kältesten, die Lizzie kannte.

»So, jetzt lasse ich euch zwei Mädchen allein, damit ihr euch näher kennenlernen könnt«, verkündete James und fügte hinzu, an Valerie gewandt: »Später müssen wir miteinander tanzen. Ich wette, Sie sind leicht wie eine Daunenfeder.«

»Als ich heute morgen auf die Waage stieg, hatte ich achtundneunzig Pfund«, schmachtete Valerie.

Und neunzig davon bestehen aus Egoismus, sagte sich Lizzie und fragte: »Wo wohnen Sie denn?«

»In Whychey.«

»Ganz in unserer Nähe. Wir leben in Penscombe.«

Doch das interessierte Valerie nur mäßig. »Die Boutique liegt nur eine Viertelstunde entfernt, also kann ich sofort hinfahren, wenn eine Krise eintritt oder wichtige Kundschaft kommt.«

»Was für ein Haus haben Sie in Whychey?«

»Oh, eine wunderschöne elisabethanische Villa! Natürlich

mußten wir die grauenhafte dunkle Täfelung herausreißen und den Garten völlig neu gestalten lassen. Es wird wohl noch zwei Jahre dauern, bis wir Green Lawns in das Paradies verwandelt haben, das uns vorschwebt.«

Lizzie runzelte verwirrt die Stirn. »Das einzige elisabethanische Haus in Whychey, das ich kenne, ist Bottom Hollow Court.«

»Wir haben den Namen geändert, Green Lawns gefällt uns besser.«

In diesem Augenblick kam Monica hinzu. »Wir haben beschlossen, nicht auf Rupert zu warten.«

Draußen herrschte bittere Kälte. Valerie verließ das Haus in einem fast bodenlangen Nerz, und Lizzie beobachtete, wie Freddie Jones seiner Frau in den Wagen half.

»Ist sie nicht süß?« fragte James. »Sie wußte so gut über meine Sendung Bescheid.«

»Sarah Stratton?« fragte Lizzie.

»Nein, Valerie Jones. Hoffentlich kommt Freddie in den Aufsichtsrat. Bei Corinium könnten wir ein paar interessierte Ehefrauen wie Valerie gut gebrauchen.«

Ist James denn so ein schlechter Menschenkenner, überlegte sie verblüfft. »Was hältst du von Sarah Stratton?«

»Nicht viel. Sie wußte nicht einmal, wer ich bin. Paul hätte sie eigentlich instruieren müssen.«

Der Autokonvoi rutschte auf der vereisten Straße dahin, und als sie das Rathaus erreichten, tanzten Schneeflocken durch die Nacht.

Das Rathaus von Cotchester, ein grandioses Gebäude im Barockstil, war 1902 errichtet worden. In den Speiseräumen zu beiden Seiten des Ballsaals drängten sich lachende, schwatzende Leute. Der Corinium-Tisch zog die meiste Aufmerksamkeit auf sich. Krug-Flaschen zirkulierten (Tony war immer großzügig, wenn er eine Einladung von der Steuer absetzen konnte), das Dinner hatte längst begonnen, aber Rupert Campbell-Black und Beattie Johnson ließen sich noch immer nicht blicken. Sarah Stratton, die an Ruperts rechter Seite hätte sitzen sollen, und Tony, der sich auf Beattie zu seiner Linken gefreut hatte, versuchten ihren Ärger und ihre Enttäuschung zu verbergen. Um so besser amüsierte sich Lizzie Vereker neben Freddie Jones, der in breitem Cockney-Akzent auf sie einredete und trotz des etwas zu straffen roten Kummerbunds erstaunlich attraktiv wirkte.

»Ich verstehe nichts von Elektronik«, gestand sie nach einem Schluck Krug, »aber ich weiß, daß Sie ein großer Mann in dieser Branche sind. James sagte, Sie würden zu den mächtigsten Leuten in England gehören.«

»Meine Frau beeindruckt das gar nicht. Es ist ein Irrtum, wenn man behauptet, alle Frauen würden sich in die Macht verlieben. Immerhin hat sich schon seit Jahren keine in mich verliebt. Ich wäre gern so groß wir Ihr Mann. Aber meinen kleinen Wuchs habe ich von meiner Mom geerbt, die Schultern von Dad, und der Rest mußte irgendwo reingepackt werden.« Freddie brüllte vor Lachen.

Am Kopfende des Tisches hörte Monica höflich zu, während James Vereker über seine Sendung und seine Ideen für neue Programme sprach, und musterte verstohlen Sarah Stratton. Sie ist so schön, dachte sie. Gegen diese Frau hatte die arme Winifred keine Chance.

Große Platten mit Roastbeef wurden aufgetragen, und Lizzie fragte, während sie sich bediente: »Wie kommt Rupert mit Beattie Johnson aus?«

Freddie zuckte die Achseln. »Nicht sehr gut. Ständig hört sie Hochzeitsglocken läuten, und wir wissen doch alle, wie taub Rupert auf diesem Ohr ist.«

Lizzie kicherte. »Hat sie seine Memoiren schon zu Ende geschrieben?«

»Wahrscheinlich verschafft sie ihm erst mal Material fürs

letzte Kapitel.« Freddie tauchte einen Vorlegelöffel in eine cremige Masse aus Kartoffel-Dauphinoise und häufte eine üppige Portion auf Lizzies Teller.

»Worum geht es in Ihrem Montagsprogramm?« erkundigte sich Valerie auf der anderen Seite des Tisches bei James.

Paul Stratton, links von Monica, nutzte die Gelegenheit und bemerkte leise: »Es ist sehr nett von dir, daß du Sarah heute abend unter deine Fittiche nimmst. Ich wußte ja, wie nahe du Winifred stehst.«

Beinahe erstickte Monica an ihrem Roastbeef. Sie wollte nicht über Winifred reden.

»Das bedeutet Sarah sehr viel«, fuhr er fort. »Sie hatte solche Angst vor diesem Abend.«

Jetzt sieht man ihr das nicht mehr an, dachte Monica.

»Damals hatte ich ein schlechtes Gewissen«, gestand er eher fröhlich. »Aber wir sind ja alle Sünder, was? Ich finde, jetzt kann ich wieder mit hoch erhobenem Kopf die High Street von Cotchester entlanggehen.«

»Tatsächlich?« Monica schaute ihn erbost an.

»Natürlich kann man etwas, das fünfundzwanzig Jahre gedauert hat, nicht über Nacht zerstören.« Paul spießte ein Stück Yorkshire-Pudding auf. »Manchmal vermisse ich Win und die Mädchen immer noch, besonders wenn ich alte Freunde wie dich und Tony sehe.«

Er will wirklich und wahrhaftig mein Mitleid erregen, dachte Monica ungläubig. Glücklicherweise erschien in diesem Augenblick einer der Rathauspförtner und flüsterte ihr etwas ins Ohr. »Danke.« Sie klopfte mit ihrem Löffel auf den Tisch und schrie Tony zu, der am anderen Ende des Tisches saß: »Rupert schafft es nicht! Es ist ihm etwas Wichtiges dazwischengekommen!«

»Wahrscheinlich sein Schwanz«, meinte Lizzie beiläufig, was ihr einen vernichtenden Blick von James eintrug.

»Schade«, meinte Sarah, »ich hatte mich so darauf gefreut, ihn kennenzulernen.«

Und Tony war unfähig, seinen Zorn zu maskieren. »So eine gottverdammte Unverschämtheit!« explodierte er.

Ruperts Verrat dämpfte die Stimmung. Erst als das Sillabub in hohen Gläsern serviert wurde, unternahm Bas Baddingham – unter anderem Partner in einer ortsansässigen Maklerfirma – einen Versuch, die Atmosphäre aufzulokkern. »Ist sonst noch jemandem das Gerücht zu Ohren gekommen, daß Declan O'Hara das Anwesen Penscombe Priory gekauft hat?«

Eine Zeitlang herrschte verblüfftes Schweigen, dann fragte Valerie: »Wieviel hat er dafür bezahlt?«

»Eine halbe Million«, antwortete Bas.

»Ziemlich viel«, murmelte Valerie.

»Das ist ja so ein romantisches Haus!« seufzte Lizzie. »Und dieser herrliche verwilderte Garten!«

»Aber teuflisch kalt!« James erschauerte. »Außerdem viel zu teuer für ein Wochenendhaus.«

Zur Hölle mit dem Geheimnis, das ich den ganzen Tag gehütet habe und mit dem ich Rupert auf diesem Ball beeindrucken wollte, dachte Tony. Sein jetziges Publikum war gut genug, und so spät am Abend konnte niemand die Presse informieren. »Declan wird hier wohnen«, verkündete er und blickte langsam in die Runde. »Im September tritt er seine Stellung bei Corinium an.«

Alles schnappte nach Luft, dann folgte ein weiteres überraschtes Schweigen. Declan O'Hara – ein jähzorniges Ärgernis, aber enorm begabt – war so ungefähr das kostbarste Eigentum der BBC. Seine wöchentlichen Interviews prominenter Leute, stets zur besten Sendezeit, wurden von der ganzen Nation begierig verfolgt und diskutiert. Im Gegensatz zum normalen Talkshowmaster hielt er nichts von Schulterklopfen, warb niemals vor einer Sendung um das

Privileg, die berühmte Persönlichkeit mit dem Vornamen anreden zu dürfen, und rückte auch nicht auf dem pastellfarbenen Sofa näher, um in aller Gemütlichkeit Intimitäten auszutauschen. Seine Opfer saßen ihm gegenüber, und sobald sie auf Sendung waren, hörte er ihnen wie ein ernsthafter Jesuitenpriester zu, bombardierte sie gnadenlos mit vernichtenden Fragen und wartete so unerträglich lange auf Antwort, daß sie unweigerlich zu Geständnissen verleitet wurden. Zur bitteren Enttäuschung seiner zahllosen weiblichen Fans blieb die Kamera meist auf die interviewte Person gerichtet und nur ganz selten auf Declan selbst.

Armer James, dachte Lizzie, oh, der arme, arme James. Jetzt wissen wir, wer die CTV-Interviews im Herbst machen wird.

»Wie zum Teufel hast du Declan dazu überredet?« fragte Bas.

»Er hat die Nase voll von BBC«, erklärte Tony. »Und als sie ihm große Teile aus seinem Reagan-Interview rausgeschnitten haben, war das Maß voll. Bei uns will er live senden, damit so was nicht passieren kann.«

»Leute wie Reagan werden nie nach Cotchester kommen«, wandte Paul Stratton ein.

»Declan zuliebe schon«, widersprach Freddie.

Die Kellnerinnen entfernten die unberührten Sillabubs.

»Declan ist links angehaucht«, meinte Paul.

»Das ist noch milde ausgedrückt«, sagte Tony. »Aber da im nächsten Jahr vermutlich die Sozialisten an die Macht kommen, weil ihr Jungs nur Mist baut, können wir's uns nicht mehr leisten, Rechtsaußen zu spielen.«

James zuliebe versuchte Lizzie ihre Aufregung zu unterdrücken und wandte sich zu Monica. »Kennen Sie ihn?«

»Er war mit seiner Frau zum Lunch bei uns. Sie ist sehr nett.«

»Schön?«

»O ja. Und sie haben drei entzückende Kinder. Der Junge wird bald zwanzig und geht aufs Trinity-College in Dublin, die Mädchen sind siebzehn und vierzehn.«

»Und Rupert wohnt auf der anderen Seite des Tals.« Lizzie schüttelte den zottigen Kopf. »Declan wird seiner Frau und seinen beiden Töchtern Keuschheitsgürtel umschnallen müssen.«

Tony schaute vergnügt zu James und genoß die Verzweiflung des beliebtesten CTV-Moderators, der in letzter Zeit viel zu sehr von sich eingenommen gewesen war. Nichts liebte Tony mehr, als seine Leute auf die richtige Größe zurechtzuschneiden.

Während Likör und Zigarren gereicht wurden, setzte er sich neben Freddie Jones. Nachdem Rupert ihn versetzt hatte, war er um so eifriger bestrebt, den Elektronikbonzen in den CTV-Aufsichtsrat zu hieven. Da das Satellitenfernsehen ausgebaut werden sollte, wären Freddies Millionen und seine technischen Kenntnisse ungemein wertvoll. »Wenn Declan kommt, werde ich ihn bitten, Sie zu interviewen.«

Auch Valerie wechselte den Platz und gesellte sich zu Monica. »Was für ein großartiges Menü, Lady Baddingham!«

»Oh, bitte, nennen Sie mich Monica.«

»Danke, Monica. Wenn Sie möchten, sagen Sie doch Mousie zu mir. Diesen Kosenamen hat mir Fred-Fred gegeben. Nur ganz besonders gute Freunde dürfen Mitglieder des Mousie-Clubs werden.«

Die Band begann »Red Red Wine« zu spielen, und nebenan lockte der spiegelblanke Tanzboden.

»Tony hätte mir ruhig einen Hinweis geben können«, schimpfte James, während er Lizzie umherschwang und die bewundernden Blicke der jungen Mädchen ringsum ausnahmsweise nicht wahrnahm. »Nun stehe ich wie der letzte Trottel da.«

Er tat Lizzie unendlich leid, aber die Aussicht, daß Declan

in die Cotswolds ziehen würde, war so aufregend, daß sie den Kummer ihres Mannes nicht teilen konnte.

Den restlichen Abend widmete Tony der Aufgabe, Freddie zu umwerben, aber zwischendurch gönnte er sich einen Tanz mit Sarah. Sie war wirklich hinreißend. Verständlich, daß Pauls Herz seinen aufgeblasenen Schädel besiegt und daß er Winifred den Laufpaß gegeben hatte – aber würde er seine junge Frau halten können? Offenbar hatte sie sich in ihn verliebt, weil er mächtig und unerreichbar gewesen war. Jetzt hatte man ihn aus dem Kabinett gefeuert, und mit seiner Karriere ging es steil bergab. Aus Angst, bei der nächsten Wahl seinen Sitz im Parlament zu verlieren, hoffte er inständig auf einen Direktorposten im Corinium-Aufsichtsrat. Viel netter wäre es, Pauls Frau einen Job zu geben, dachte Tony, während er ihren formvollendeten Körper in den Armen hielt und den Duft ihrer dichten blonden Haare einatmete. Dabei versuchte er, nicht allzu auffällig auf ihren goldbraunen Busenansatz zu starren. Vielleicht könnte sie die Spätnachrichten übernehmen. Das würde Paul überhaupt nicht gefallen, überlegte er. Der Kerl hätte ihn seinerzeit nicht so gönnerhaft behandeln sollen.

»Es war so nett von Ihnen, uns heute abend einzuladen«, bedankte sie sich. »Immerhin sind Sie mit Winifred befreundet. Pauls Freunde waren nicht besonders nett zu mir. Sie glauben, ich hätte seine Karriere ruiniert.«

Tony schenkte ihr sein Piratenlächeln, und sie lachte. Alles, was ihm jetzt noch fehlt, ist ein Säbel zwischen den Zähnen. »Ich finde, Sie haben Paul einen großartigen Entschuldigungsgrund geliefert, warum er nicht Premierminister werden kann, Sarah. Er hätte es nämlich nie geschafft, weil er weder Talent noch Überzeugungskraft besitzt.«

»Sie sprechen von dem Mann, den ich liebe, Tony.«

»Tut mir leid.« Es hörte sich nicht so an, als meinte er das ernst. »Ich werde James Vereker sagen, er soll Sie für unsere neue Reihe ›Frauen hinter berühmten Männern‹ interviewen.«

»Wenden Sie sich lieber an Valerie. Sie kommandiert den armen Fred-Fred mit einer Mistgabel herum.«

»Wahrscheinlich hat sie tagelang Benimmbücher studiert, um rauszufinden, wie man die Mistgabel manierlich hält.«

Wieder am Tisch, legte Tony die Hand über sein Glas, als der Kellner Krug einschenken wollte. »Ich fahre noch diese Nacht nach London zurück. Morgen geben wir Declans neuen Job bekannt, und da wird der Teufel los sein.«

»Der Wilderer von Gloucestershire schlägt wieder zu«, bemerkte Lizzie und bekam von James einen schmerzhaften Tritt gegen das Schienbein.

Als alle zur High Street hinausströmten, lag eine dicke Schneeschicht auf dem Pflaster. Weiter unten an der Straße trug der rote CTV-Rammbock bereits ein weißes Krönchen auf dem gewinkelten Geweih.

»Fahr vorsichtig, Tony!« rief Monica, während ihr der Chauffeur Percy den Wagenschlag des Rolls aufhielt. Glücklich sank sie in die graue Polsterung, bald würde sie zu Hause sein und sich vor dem Einschlafen noch mindestens eine Stunde lang »Lohengrin« anhören.

»Ich wette, der alte Rammbock macht wegen der Cook einen Umweg über die Hamilton Terrace«, stieß James hervor und starrte Tonys BMW nach.

Tony fuhr den Highway hinab. Sobald er alle anderen Autos abgeschüttelt hatte, wendete er und kehrte nach Cotchester zurück.

7

Um drei Uhr morgens arbeitete Cameron Cook immer noch an der ersten Story für die neuen Folgen von »Vier Männer auf dem Heuboden«. Am Montag wollte sie Autoren engagieren. Es war nicht leicht, gute Leute zu finden, die sich herumkommandieren ließen.

Abgesehen von einer Dusche und Zähneputzen traf sie keine Vorbereitungen für Tonys Besuch. Keine Seidenbettwäsche, kein schwarzes Negligé, kein Fracas – den intensiven, trockenen Duft, den Tony so liebte und den er ihr eimerweise schenkte. Sie trug noch denselben braunen Kaschmirpullover wie im Büro, eine enge schwarze Hose und kein Make-up. Nach zwanzig Monaten war ihre Gleichgültigkeit das einzige, was Tony noch fesselte, ihre Weigerung, nach seiner Pfeife zu tanzen. Vielleicht würde er gar nicht kommen, um sie zu bestrafen, nachdem sie bei der Besprechung so bissig gewesen war. Aus lauter Wut, weil er ohne sie zum Jagdball ging und auch noch diesen idiotischen James Vereker dazu eingeladen hatte, war sie nach der Besprechung aus dem Haus gestürmt, ohne auch nur ein einziges Wort mit ihm zu wechseln. In Zukunft mußte sie sich besser beherrschen. Sobald Tony einen wunden Punkt in ihrer Seele bemerkte, würde er ein Messer hineinstechen.

Trotz allem lebte sie gern in England. Sie erinnerte sich noch gut an den Julitag, wo sie von Tony am Flughafen abgeholt und zu dem honiggelben Haus gefahren worden war, das er für sie gekauft hatte. Ausnahmsweise war er damals ziemlich nervös gewesen. Gemeinsam gingen sie durch die schönen, in gedämpften Farben gehaltenen Räume mit den hohen Fenstern und hübschen Alkoven für Porzellanvitrinen. Abgesehen von der gutausgestatteten Küche und dem Fernseher im Salon gab es kein Möbelstück außer einem großen Vier-Pfosten-Bett aus Messing im Schlafzimmer.

Cameron öffnete ein Fenster und blickte in den Garten mit den hellrosa Rosen und alten Apfelbäumen. Der frischgemähte Rasen duftete, dahinter ragte der graugoldene Turm der Kirche von Cotchester empor, und sie fand das alles so schön, daß sie in Tränen ausbrach. Tony, der sie bis dahin nicht angefaßt und gedacht hatte, sie würde das Haus hassen oder unter Heimweh leiden, lief zu ihr und nahm sie in die Arme. »Darling, was ist denn los? Wir finden was anderes, wenn's dir nicht gefällt.«

Da schluchzte Cameron in sein preußisch-blaues Seidenhemd, es wäre das schönste Haus, das sie je gesehen hätte. Und warum sollten sie das Bett nicht einweihen? Der Liebesakt war noch wunderbarer gewesen als in New York.

Doch damals hatte sie zum letztenmal in seiner Gegenwart Schwäche gezeigt. Sie fand keine Zeit, um festzustellen, ob sie Heimweh empfand oder nicht, denn sie stürzte sich mit aller Kraft in die Arbeit. Um jedes Detail der dreizehn Episoden von »Vier Männer auf dem Heuboden« kümmerte sie sich selbst, kämpfte mit Regisseuren, Kostümbildnern, Schauspielern und Technikern, die allesamt nicht allzu glücklich waren, als sie von einem siebenundzwanzigjährigen amerikanischen Emporkömmling Befehle entgegennehmen mußten. Zwischendurch richtete sie ihr Haus ein, fuhr von Southampton nach Stratford und von Bristol nach Oxford, stöberte Antiquitäten auf, machte sich mit den Cotswolds vertraut und suchte neue Ideen für Fernsehprogramme.

Ihr restliches Leben drehte sich um Tony. Jede Woche verbrachte er mehrere Abende bei ihr! Den Leuten fiel auf, daß er Dinner- und Cocktailpartys plötzlich überraschend früh verließ, und er ging oft mit ihr auf Reisen. Trotzdem gab es noch sein Eheleben, aus dem sie brutal ausgeschlossen wurde. Nur ein einziges Mal besuchte sie sein schönes Haus, die Falconry, als Monica und die Kinder gerade nicht daheim waren. Ein- oder zweimal traf sie Monica auf Büropartys oder Geschäftsempfängen. Die Lady nahm sie kaum zur Kenntnis. Einerseits wurde es Tony durch Monicas Desinteresse an seinem Job erleichtert, sie zu hintergehen, andererseits dachte Cameron: Wenn man eine Rivalin hat, soll sie wenigstens wissen, daß man existiert. Sie glaubte, Tony würde nur bei Monica bleiben, weil ihm die alberne alte Schachtel den Anschein von Respektabilität verlieh und weil er vor der Konzessionserneuerung keinen Skandal gebrauchen konnte.

Cameron stand von ihrem Schreibtisch auf und begann durch das Wohnzimmer zu wandern, das in einem blaugrauen Blümchenmuster tapeziert war. Dazu hatte sie scharlachrote Vorhänge und blaugraue Teppiche gekauft. In England hatte sie sich ein neues Klavier angeschafft, aber den Zahnarztsessel, den goldenen Engelszeh aus dem Metropolitan-Museum und alle ihre NBS-Videos hatte sie mitgebracht. Auf dem Kaminsims stand ein signiertes Foto der jungen Stars von »Vier Männer auf dem Heuboden« neben einem großen phallusförmigen Kaktus, den ihr das ganze Team am Ende der Dreharbeiten geschenkt hatte. »Darling Cameron«, stand auf dem Kärtchen, das daran lehnte, »Sie sind stachlig, aber umwerfend.«

Offenbar würde Tony in dieser Nacht nicht zu ihr kommen. Sie hatte sich's endgültig mit ihm verdorben. Langsam ging sie zum Fenster und sah, daß es schneite. Schnee hatte die Kelche des Winterjasmins gefüllt, der an der Vorderfront des Hauses hochkroch und dabei mit den Klettertrompeten kämpfte. Wenn man nach oben will, muß man kämpfen, dachte Cameron. Tony hatte angedeutet, er wolle sie vielleicht im Aufsichtsrat aufnehmen, doch James Vereker, Simon Harris und die anderen würden dagegen Sturm laufen. Auf allen Ebenen mischte sie sich ein, kritisierte jedes Programm, jedes Skript, das ihr zwischen die

Finger geriet. Sie wußte, wie unbeliebt sie bei CTV war. Aber sie strebte nicht nach Popularität, sondern nach Macht, nach der Möglichkeit, Sendungen in ihrem Sinn zu gestalten, ohne auf Tonys Protektion angewiesen zu sein.

Tief in Gedanken versunken, bemerkte sie weder den BMW, der am Straßenrand hielt, noch Tony, bis er einen Schneeball gegen die Fensterscheibe warf. Cameron wünschte, er würde nicht so gräßlich hübsch aussehen in diesem roten Mantel. Sie haßte die Jagd, nicht weil sie die Füchse bemitleidete, sondern weil sie die verdammte Arroganz der englischen Jäger verabscheute.

»Wie war's?« fragte sie, während sie eine Flasche Champagner aus dem Kühlschrank nahm.

»Großartig.«

Sofort kehrte ihre Feindseligkeit zurück. »Und wie bist du mit Rupert zurechtgekommen?«

»Der Bastard war nicht da. Aber ich hab den anderen erzählt, daß Declan für Corinium arbeiten wird.« Tony sah Camerons erschrockenen Blick und fügte hinzu: »Keine Angst, es war schon so spät, daß niemand die Presse informieren konnte. Du hättest James' Gesicht sehen sollen.« Da grinste sie, und er meinte: »So gefällst du mir besser. Warum warst du eigentlich so eklig bei der Besprechung?«

»Ich hatte Migräne.«

Er wußte, daß sie log, wollte aber nicht streiten. Bald veranlaßte er sie, sich auszuziehen und mit ihm in das große Messingbett mit den hellgrauen Seidenvorhängen zu gehen, die Corinium ebenso bezahlt hatte wie alle anderen Einrichtungsgegenstände in diesem Haus. Als Vorwand war angegeben worden, Cameron würde in ihrem Gästezimmer VIPs aufnehmen, das sei billiger als die Unterkünfte im Cotchester Arms, wo es ein grauenvolles Essen und keine Klimaanlage gab.

»Tust du das, um dich von der Arbeit abzulenken?« fragte

Tony, als eine nackte Cameron in all ihrer wilden, gierigen Schönheit auf ihm saß.

»Wer sagt denn, daß es mich von der Arbeit ablenkt? Ich habe ein Idee.«

»Welche?« Er spürte, wie sich ihre Muskeln um seinen Penis verengten, und wußte nicht, warum er ihr jemals irgend etwas verweigert hatte.

»Ich möchte bei Declans Sendung Regie führen.«

Tony verließ Cameron um sechs Uhr und fuhr nach London. In seinem Apartment in Rutland Gate wollte er baden, sich rasieren und frühstücken.

Den roten Mantel über dem Arm, schloß er die Tür auf. Zunächst dachte er, es sei eingebrochen worden. Kleidungsstücke lagen auf dem Boden der Diele verstreut, leere Flaschen, gebrauchte Gläser und Teller bedeckten den Küchentisch. Dann entdeckte er in Monicas Schlafzimmer seinen nackten, schlafenden Sohn Archie in den Armen eines ungemein hübschen Mädchens.

Tonys Wutschrei schreckte die beiden hoch, das Mädchen kroch verlegen unter die geblümte Decke. Archie murmelte, es tue ihm schrecklich leid, aber er habe geglaubt, seine Eltern wären auf dem Jagdball.

»Das waren wir auch«, fauchte Tony. »Jetzt nehme ich ein Bad, und wenn ich fertig bin, seid ihr zwei verschwunden.«

Wenigstens ist Archie manierlich genug, das Mädchen heimzubringen, überlegte er, als er zum zweitenmal innerhalb von zwölf Stunden in kochend heißem Badewasser saß. Süßes kleines Ding. Er hatte immer befürchtet, Archie könnte unter dem Einfluß seiner dominanten Mutter, die ihn vergötterte, bisexuell werden. Nun stellte Tony erfreut fest, daß der Junge in seine Fußstapfen trat. Er mochte seinen älteren Sohn unheimlich gern.

Als er Speck und Eier briet, kehrte Archie kleinlaut zurück.

»Was zum Teufel glaubt der Hausaufseher deines Internats, wo du bist?«

»Im Bett, nehme ich an.«

»Aber er weiß nicht, in welchem. Wie alt ist sie?«

»Sechzehn.«

»Also kein Kind mehr, Gott sei Dank. Wenn du je wieder Mummys Bett benutzt, enterbe ich dich. Was meinst du, wie sie sich aufgeregt hätte, wenn sie mit mir hierhergekommen wäre?«

»Wir müssen's ihr doch nicht sagen, oder?« Archies rundes Gesicht wurde blaß.

Tony sagte sich, auch er selbst würde einiges erklären müssen, wenn Monica erfuhr, daß er erst um acht Uhr morgens hier eingetroffen war. Und so stimmte er zu. »Aber das darf nie wieder passieren! Du mußt deine Prüfungen bestehen. Und du weißt, wie wichtig gute Zensuren sind, und jetzt erwartest du wohl, daß ich dir ein Frühstück serviere?«

8

Sechs Monate später, am feuchtesten Augusttag seit fünfzehn Jahren, hielt Declan O'Hara in Penscombe Priory Einzug, was das ganze County in helle Aufregung versetzte. Es regnete so stark, daß James Vereker sein Publikum in »Cotswold Roundup« vor Überschwemmungen auf der Cotchester-Penscombe-Straße warnte. Und Lizzie überlegte, der Regen könnte dem Iren Declan und seiner Familie helfen, hier heimisch zu werden.

Lizzies Kinder waren nicht im Haus, Mrs. Makepiece, die Putzfrau, sollte erst später kommen, und Ortrud, das Kindermädchen, das Birgitta im April ersetzt hatte, saß oben in ihrem Zimmer und vertraute ihrem Tagebuch zweifellos Ergüsse über James an. Endlich einmal fand Lizzie Zeit für ihre Arbeit. Aber der neue Roman langweilte sie. Heller Sonnenschein hatte den Regen verdrängt, und sie sah gelb verfärbte Blätter an den Zweigen der Trauerweide, die ihr die Sicht auf den See versperrte. In diesem Jahr wird es nicht mehr viele schöne Tage geben, dachte sie. Rasch stand sie auf, beschloß, einen Spaziergang zu machen und bei den O'Haras vorbeizuschauen.

Sie wanderte an den Wiesen vorbei, die Ruperts Pferde abgegrast hatten, und sah sein herrliches braunes Haus im Sonnenlicht dösen. Der Garten war nicht mehr so schön wie zu früheren Zeiten. Die Buchen, die seine Exfrau rings um den Tennisplatz gepflanzt hatte, waren jetzt viel zu hoch.

Lizzie folgte dem Ufer des Frogsmore, und eine halbe Meile hinter Ruperts Landsitz erreichte sie das Dorf Penscombe mit seinen alten aschblonden Häusern, zwischen grünen Hügeln. Durch einen Buchenwald, dessen glatte graue Stämme wie die Pfeifen einer Riesenorgel aufragten, führte ein Zickzackweg bergauf, und als Lizzie atemlos an seinem Ende stehen blieb, blickte sie über einen breiten Rasen, der sich beinahe in ein Heufeld verwandelt hatte, zu Penscombe Prior, einem Gewirr aus mittelalterlichen Schornsteinen, spitzen Giebeln, gotischen Türmen und Zinnen. Hohe schwarze Eiben und Zedern flankierten das Bauwerk. Links vom Rasen, wo die Nonnen vor der Auflösung des Klosters, im Gebet versunken, dahingeschlendert sein mußten, erstreckten sich überwucherte Rosenspaliere.

Arme O'Haras, dachte Lizzie, als sie weiterging. Nach Scheidung und Tod ist ein Umzug angeblich das traumatischste Erlebnis. Aber als sie um einen großen Teich voller Wasserrosen herumging, gellte ihr aus zwei Türmen ohrenbetäubende Rockmusik und aus den beiden anderen Opernklänge entgegen, vermutlich »Rheingold«.

Die alte, mit Nägeln beschlagene Eichentür stand offen, auf der gekiesten Zufahrt wurde gerade ein Speditionswagen ausgeladen. Lizzie spähte ins Haus, sah schäbige Möbel, einen großen Konzertflügel, dessen gelbe Tastatur sie lüstern anzugrinsen schien, und mehrere Kartons voller Bücher. »Hallo!« rief sie, worauf eine häßliche, angeberische schwarzweiße Promenadenmischung erschien, wütend kläffte und mit einem fest zusammengeringelten Schwanz wedelte. Sie wandte sich zur Küche, die im ältesten, aus dem dreizehnten Jahrhundert stammenden Teil des Hauses lag, und entdeckte eine Frau, die sie für Maud hielt, Declans Gattin. Hinreißend, aber unpassend gekleidet, in einem paillettenbestickten rosa T-Shirt und lindgrünen Jogginghosen, einen juwelenbesetzten Kamm im langen roten Haar, packte sie ganz langsam Porzellan aus. Immer wieder unterbrach sie die Arbeit, strich die Zeitungsseiten glatt, in die das Geschirr eingewickelt worden war, und las sie, dabei trank sie Whisky aus einer Teetasse.

Auf der Fensterbank kniete ein Teenager mit kurzem, stachligem rosa Haar, Zahnspange und bleichem, klugem, sympathischem Gesicht und richtete ein Fernglas auf Rupert Campbell-Blacks Haus. In klobigen schwarzen Schuhen, faltigen Socken, formlosen Shirts und einer schwarzen Strickjacke glich das Mädchen einem Landstreicher, der soeben seine ältesten Sachen angezogen hatte. Keiner der beiden nahm von Lizzie Notiz, aber eine große junge Dame in Jeans und dunkelgrünem Pullover mit dichtem schwarzem Haar und sonderbaren silbergrauen Augen schaute lächelnd auf.

»Ich wohne unten im Tal«, verkündete Lizzie, »und ich habe Ihnen Eier und eine Flasche mitgebracht. Die dürfen Sie aber noch nicht aufmachen, weil sie ziemlich durchgeschüttelt ist. Legen Sie sie lieber in den Kühlschrank.«

»Oh, wie nett von Ihnen!« sagte die Schwarzhaarige mit tiefer, weicher Stimme. Sie sah sehr müde aus.

Maud hatte gerade die Lektüre einer Zeitungsseite beendet, die sie nun beiseite legte. Sie hob den Kopf, und Lizzie blickte in erstaunliche, mandelförmige schläfrige Augen, von dichten, dunkelroten Wimpern umrahmt und leuchtend grün wie Bristol-Glas. Sie entschied, daß Lizzie ein gewisses Interesse verdiente, und stellte ihre Töchter vor – Agatha, Taggie genannt, die große Dunkelhaarige, und Caitlin, die Kleine mit den rosa Stacheln.

Die Spüle war mit Blumensträußen, immer noch in Zellophanverpackungen, vollgestopft. Lizzie schlenderte darauf zu und las ein Kärtchen von Tony und Monica Baddingham.

»Die Presse der ganzen Nation ist hier gestern durch den Schlamm getrampelt und hat versucht, Declan zu interviewen«, seufzte Maud. »*TV Times* war den ganzen Vormittag hier und fotografierte uns beim Einzug. Für nachmittags haben sich zwei Lokalzeitungen angesagt, und ein Mann vom Elektrizitätswerk erklärte uns, hier müßten alle Leitungen neu verlegt werden. Kommen Sie, trinken Sie was mit mir!« Sie zog eine Tasse aus einer *New Statesman*-Seite, schüttete Whisky für die Besucherin hinein und füllte ihren eigenen Drink auf.

»Ein herrliches Haus.« Lizzie prostete ihnen mit der Tasse zu. »Herzlich willkommen! Wir freuen uns alle so, daß Sie hier wohnen werden.«

»Nach dem gestrigen Regenguß haben wir festgestellt, daß die Dächer an einem halben Dutzend Stellen lecken«, sagte Maud, »also muß einiges repariert werden.«

»Wir wollen die Wiese an irgendwelche Kühe verpachten.« Caitlin ließ das Fernglas sinken und nahm sich einen Schokoladenkeks, den sie mit der schwarzweißen Promenadenmischung teilte. »So ein Umzug bringt einen ganz durcheinander. Daddy versucht oben zu arbeiten und ist wütend, weil er sein Telefonbuch verloren hat. Und Taggie hat ihren BH verloren.«

»Caitlin!« Das große Mädchen wurde rot.

»Und ich habe mein Herz verloren«, fuhr Caitlin fort und starrte wieder durch das Fernglas zu Ruperts Haus hinüber. »Würden Sie mich mit ihm bekannt machen?«

»Er ist nur selten da«, erwiderte Lizzie, »aber wenn er da ist, wird er sich ganz bestimmt selber vorstellen.«

»Das ist unfair!« stöhnte Caitlin. »Nächste Woche muß ich ins Internat und kann mich nicht als erste an ihn ranmachen. Wahrscheinlich wird er sich in Taggie verknallen – oder sogar in Mummy.«

Es klopfte an der Tür, und ein Möbelpacker trug ein gelbes Kleid in einem Plastiksack herein. Wohin sollte er das bringen?

»Mein Brautkleid!« rief Maud theatralisch, nahm es ihm aus der Hand und hielt es an ihren Körper. »Vor einundzwanzig Jahren! Unglaublich!«

»Grauenhaft!« meinte Caitlin. »Wie konntest du Daddy in so einem Fetzen einfangen. Aber vermutlich sah er dich erst, als er auf den Altar zuging, und da war's zu spät.«

»Sei still, Caitlin«, tadelte Taggie, während sich Mauds Gesicht vor Ärger verkniff. »Mummy war eine sehr schöne Braut. Du hast doch die Fotos gesehen.«

Ein anderer Möbelpacker pochte an die Tür und wollte wissen, wo das Klavier aufgestellt werden sollte. »In dem Zimmer rechts von der Haustür«, entgegnete Maud.

»Nein!« kreischte Caitlin. »Da ist Aengus drin. Daddy hat ihn schon zweimal rausgelassen.«

»Aengus ist unser Kater.« Taggie lächelte Lizzie entschuldigend an. »Er neigt ein bißchen zur Nervosität.«

»Oh...« Wehmütig packte Maud ein Babyfläschchen aus. »Das hat Patrick gehört, als er noch klein war.«

Anklagend zeigte Caitlin auf die leere Whiskyflasche. »Und das da hat Daddy gehört, als er zweiundvierzig war.«

»Laß mich doch in Ruhe!« Maud warf ihr einen giftigen Blick zu.

Als Lizzie einen Bücherstapel in der Ecke inspizierte, fand sie voller Entzücken ihren ersten Roman. »Das hab ich geschrieben!« platzte sie heraus.

»Tatsächlich?« Erstaunt schlug Maud das Buch auf und musterte das Foto über dem Klappentext.

»Damals war ich noch dünner«, erklärte Lizzie.

»Ich hab's sehr gern gelesen.«

In diesem Augenblick kam ein Punker im Lord-Byron-Stil hinzu, mit makellosen Wangenknochen, kurzen, glänzenden, senkrecht hochstehenden dunklen Haaren und violetten Schatten unter den Augen, die so aussahen wie die von Maud, nur dunkler und direkter. Offensichtlich ihr Sohn.

»Patrick, Darling!« rief Maud. »Das ist Lizzie Vereker. Sie hat diesen wundervollen Roman geschrieben und wohnt unten im Tal, also ist Penscombe vielleicht doch keine kulturelle Wüste.«

»Hallo, Lizzie.« Patrick bekundete, er habe das Buch ebenfalls gemocht, und wo sollte das Klavier aufgestellt werden?

Mauds Antwort ging in einem Wutschrei unter, als Declan in die Küche stürmte, in einer Hand eine Zeitungsseite, in der anderen ein drahtloses Telefon. Lizzie hielt den Atem an. Nie hätte sie gedacht, daß er so groß und breitschultrig war und so heroisch wirkte. Graue Strähnen durchzogen das dichte schwarze Haar, harte Arbeit und Sorgen hatten Falten um den Mund und die Augen gegraben, die so düster anmuteten wie die regennassen Eiben neben dem Haus. Auf der einst gebrochenen Nase saßen halbmondförmige Brillengläser, ein Stoppelbart bedeckte das Kinn.

»Das ist Lizzie Vereker«, stellte Maud den Gast vor. »Sie

hat uns Eier und Champagner gebracht und schreibt himmlische Bücher.«

Declan starrte Lizzie an und gab ihr das Gefühl, gar nicht zu existieren. »Ich kann das verdammte Telefonbuch nicht finden!« Sein irischer Akzent war stärker ausgeprägt als bei der restlichen Familie. »Und mein verdammtes Notizbuch mit den Telefonnummern finde ich auch nicht. Ich muß im Claridge anrufen, und ich kriege keine Verbindung zur Londoner Telefonauskunft. Seit einer halben Stunde versuche ich es schon.« Er wählte die Nummer und hielt den Hörer in die Luft, damit alle das Besetztzeichen vernehmen konnten.

»Soll ich's versuchen?« erbot sich Lizzie. »Auf dem Land muß man erst mal 192 wählen, wenn man mit London sprechen will, dann 01 vor der Nummer.« Zwei Minuten später hatte sie das Claridge am Apparat und überreichte ihn einem verblüfften, dankbaren Declan, der sich mit Johnny Friedlander verbinden ließ.

Beinahe fiel Lizzie in Ohnmacht. Friedlander war ein brillanter, wahnsinnig begehrenswerter amerikanischer Schauspieler, mit einem allgemein bekannten Hang zum Kokain und zu minderjährigen Schulmädchen. Declan lud ihn zu seiner ersten Corinium-Sendung im nächsten Monat ein. »Ich würde Sie gern bitten, bei mir zu übernachten«, fügte er dann mit seiner berühmten, heiseren, unheimlich erotischen Raucherstimme hinzu, »aber zur Zeit leben wir in einem beschissenen Chaos, also wären Sie in einem Hotel besser untergebracht. Nach der Sendung essen wir zusammen... Danke, Johnny. Ich könnte mir niemanden vorstellen, der sich für den Start dieser Sendereihe besser eignen würde als Sie.«

»Aber er hat noch nie ein Interview gegeben«, bemerkte Lizzie, nachdem Declan das Gespräch beendet hatte.

»Ich weiß. Ist das nicht phantastisch?« Plötzlich lächelte er, entblößte Zahnlücken, sah ein bißchen wie Taggie aus, und Lizzie bekam weiche Knie. »Und das alles nur, weil Sie gelernt haben, ein Telefon zu benutzen. Ich werde Ihr Buch ganz bestimmt lesen.« Er wandte sich zu Maud. »Hast du gehört, Darling? Johnny kommt in meine Sendung.«

»Wie nett«, erwiderte sie desinteressiert.

Lizzie fragte Declan: »Was schreiben Sie denn im Moment?«

»Hauptsächlich Schecks.« Er schaute aus dem Fenster, dann rannte er zu Caitlin und riß ihr das Fernglas aus der Hand. »Ein Feldschwirl, höchst selten in diesem Teil der Welt. Hier scheint es interessante Vögel zu geben. Ich gehe jetzt in die Stadtbibliothek, Darling«, verkündete er und versuchte Maud auf die Wange zu küssen.

»Du hast weder gefrühstückt noch zu Mittag gegessen«, protestierte Taggie bekümmert.

»Das sieht dir ähnlich«, murrte Maud. »Einfach zu verschwinden und uns die ganze Arbeit allein machen zu lassen.«

»*Taggie* die ganze Arbeit allein machen zu lassen«, verbesserte er sie mit einem scharfen Unterton in der rauhen Stimme.

Nachdem er gegangen war und Maud mit Lizzie noch einen Whisky getrunken hatte, läutete es an der Haustür. Gleich darauf kam Caitlin mit einem Blumenstrauß in die Küche, öffnete das Kuvert und las vor: »Für Declan und Maura.«

Lizzie beobachtete, wie Maud irritiert die Stirn runzelte. Sicher war es nicht immer angenehm, mit einem berühmten Mann verheiratet zu sein. Manche Leute wußten nicht einmal, wie sie hieß.

»Wo ist Grace?« fragte Maud mißgelaunt.

»Noch im Bett«, antwortete Caitlin. »Sie sagte, sie habe wegen der Stille nicht schlafen können.« Zu Lizzie gewandt, erläuterte sie: »Grace ist unsere sogenannte Haushälterin.«

»Ich muß jetzt gehen«, sagte Lizzie bedauernd.

»Nehmen Sie noch einen Drink«, schlug Maud vor, ohne aufzublicken.

»Vielen Dank, aber ich habe noch einiges zu tun. Die Kinder kommen bald nach Hause. Es muß fast vier sein.«

»Ich begleite Sie ein Stück«, erbot sich Caitlin. »Gertrude braucht Auslauf. Kommst du mit, Mummy?«

»Nein, danke«, entgegnete Maud geistesabwesend. »Ich muß die Fenster abmessen, wegen der Vorhänge.«

»Vorhänge!« murmelte Caitlin verächtlich, als sie mit der Besucherin und dem Hund das Haus verließ. »Das einzige, was meine Mutter halbwegs richtig messen kann, ist die Dauer ihres Katers nach einer Party.« Als sie Lizzies hochgezogene Brauen sah, fuhr sie fort: »Leider bin ich in einem Alter, wo man die Eltern ständig kritisiert. Und unglücklicherweise kann man die Nabelschnur nicht sanft durchschneiden. Das muß man mit einem Rasiermesser machen, ohne Narkose.«

Im Sonnenschein fiel Lizzie auf, wie bleich und dünn Caitlin war, Gertrude sprang voraus und stöberte im Buchenwald nach Kaninchen.

»Ist Rupert Campbell-Black wirklich so attraktiv, wie alle Leute behaupten?« fragte das Mädchen.

»Ja«, seufzte Lizzie. »Und er wird immer attraktiver.«

»Angeblich war er in seiner Jugend furchtbar wild.«

»Und er hatte eine ziemlich ausgedehnte Jugend.«

»Und er ist intelligent.«

»Eher gerissen – und ein guter Geschäftsmann.«

»Mein Bruder Patrick ist auch so. Ich bin intelligent, Taggie ist schön, Patrick ist beides.«

»Oh, sicher wirst du auch mal sehr schön«, meinte Lizzie.

»Vielleicht sehe ich später besser aus. Im Augenblick bin ich unterernährt, und meine Zähne lassen zu wünschen übrig. Ich mußte den Zahnarzt zwingen, mir diese Spange zu verpassen. Meine Mutter glaubt, daß man nur zum Zahnarzt gehen soll, wenn was weh tut.«

»Taggie scheint eine gute Hausfrau zu sein. Ist sie klug?«

»O nein. Der arme Liebling ist Legasthenikerin und hat große Probleme mit Kochbüchern. Dabei möchte Tag so gern eine gute Köchin werden. Patrick erzählte mir, als sie klein war, hätten alle geglaubt, sie wäre geistig zurückgeblieben, nur weil sie nicht lesen konnte. Mummy schrie sie immer an und dachte gar nicht daran, sie zu einem Psychiater zu schicken. Das ist eben der Jammer, wenn man berühmte Eltern hat. Sie kümmern sich nur um ihren eigenen Kram. Wenn man in der Schule gut ist, nikken sie alle weise, und sagen, klar, Declans Tochter, das muß in ihren Genen stecken. Und wenn man schlecht ist wie die arme Tag, wird man für faul gehalten. Als sie von der Schule abging, hatte sie ihr letztes bißchen Selbstvertrauen verloren.«

»Aber sie ist doch so schön«, protestierte Lizzie.

»Ich weiß, aber sie merkt das nicht. Sie ist schrecklich verliebt in Ralphie Henriques, einen von Patricks brillanten Freunden. Dieses Jahr verführte er sie auf einem Maiball im Trinity. Ich hatte gehofft, sie würde mir erzählen, wie's war. Aus diesen Aufklärungsbüchern erfährt man ja überhaupt nichts. Aber sie ist verschlossen wie eine Auster, und er ruft nie mehr an. Nur eine Postkarte aus Cork, dann nichts. Können Sie sich vorstellen, was in Tag vorgeht? Patrick sagte, Ralph habe jetzt eine andere, eine aufgeweckte kleine Blondine, die Sophokles in der Originalsprache liest. Die arme Tag kann nicht mal Englisch lesen.«

»Und Patrick? Gefällt's ihm auf dem Trinity-College?«

»Klar, er fühlt sich in Dublin zu Hause und findet, mein Vater würde seine Wurzeln verraten, weil er in England arbeitet. Und er verachtet Daddy, weil er im Fernsehen auftritt.«

»Aber dein Vater ist ein Genie!« wandte Lizzie erschrokken ein. »Seine Interviews sind Kunstwerke!«

»Ich weiß, aber Patrick meint, Daddy sollte lieber Bücher schreiben und vor allem die Yeats-Biographie fertigstellen, an der er schon seit Jahren arbeitet. Früher hat er wundervolle Dramen verfaßt.«

»Was will Patrick machen, wenn er das Trinity verläßt?«

»Schreiben. Er ist koordinierter als Daddy. Ich weiß, Daddy verdient eine Menge Geld, doch das wird alles ausgegeben, und bei der Arbeit streitet er ständig mit allen Leuten. Mein Bruder ist ruhiger, eine Art Prosa-Version von Daddy. Aber angesichts seiner Prinzipientreue wundert es mich, daß Patrick nichts dabei findet, Riesenschulden zu machen, die Mummy natürlich mit Daddys verachteten Fernsehhonoraren begleicht.«

Sie wanderten nun an Ruperts Haus vorbei. Trotz der Windstille wehte Distelwolle durch die Luft, als wäre irgendwo ein Kissen geplatzt. Über den Buchen sahen sie die mit Kletterpflanzen bewachsenen Zinnen und Türme von Penscombe Priory. Der Spaziergang hatte etwas Farbe in Caitlins blasse Wangen gezaubert. »Wenn man sich all die Nonnen vorstellt, die hier im Mittelalter lebten«, seufzte sie begeistert, »wie sie über das Tal schauten und sich nach Rupert Campbell-Blacks Ahnherren sehnten!« Lizzie beschloß, dieses romantische Phantasiebild nicht mit dem Hinweis zu vernichten, Ruperts Haus sei erst im siebzehnten Jahrhundert erbaut worden, und Caitlin fuhr fort: »In was für einem romantischen Haus wir jetzt wohnen! Dort werden uns allen aufregende Dinge passieren, sogar Tag.«

»Ganz sicher«, stimmte Lizzie zu.

»Jetzt muß ich zurückgehen. Darf ich Sie besuchen, wenn ich das nächste Mal ein Wochenende hier verbringe?«

Wie auf Wolken schwebte Lizzie heim. Welch ein faszinierender Nachmittag... Die Aussicht, neue Freunde zu finden, beglückte sie seit einiger Zeit genauso wie damals in ihrer Jugend ein neuer Verehrer. Als James später als gewöhnlich nach Hause kam, fühlte sie sich immer noch wie im siebten Himmel. »Wie hat dir meine Sendung gefallen?« fragte er.

Lizzie mußte gestehen, sie habe vergessen, sich »Cotswold Roundup« anzuschauen, weil sie auf einen Drink bei den O'Haras gewesen sei.

»Hat Declan was über mich gesagt?« wollte James wissen.

»Nein.«

»Hast du ihnen denn nicht erzählt, daß du mit mir verheiratet bist?« rief er schockiert.

9

Declan hatte zwei Lebensinhalte: seine Arbeit und seine Frau.

In einer strohgedeckten Hütte an einem grünen Berghang geboren, hatte er mit zehn Jahren seinen Vater verloren. Dieser fiel in betrunkenem Zustand von einem Traktor und brach sich das Genick. Danach zog die Familie nach Cork in die Heimatstadt der protestantischen Mutter. Indem sie als Putzfrau und Sekretärin jobbte, gelang es ihr, Declan und seine drei Brüder großzuziehen. Die einzige Freude in ihrem anstrengenden Leben war Declan, der mit seinen hervorragenden schulischen Leistungen ein Stipendium für ein Geschichtsstudium am Dubliner Trinity-College erhielt. Bald schrieb er Gedichte und Theaterstücke, arbeitete auf freiberuflicher Basis für die *Irish Times* und schickte Geld nach Hause.

In seinem zweiten Trinity-Jahr ging er ins Theater und schaute sich »The Playboy of the Western World« an. Ganz Dublin schwärmte für die rothaarige, grünäugige Maud, die als Pegeen Mike auftrat. Tagelang wanderte Declan wie in Trance umher, dann setzte er sich hin, schrieb innerhalb eines Monats ein Stück für sie und schickte es ihr per Post. Beeindruckt lud sie ihn ein, sie hinter der Bühne zu besuchen, und der wilde, hochbegabte schwarzhaarige Junge mit den vulkanischen Stimmungen faszinierte sie. Sein Stück lief drei Monate im Theater, war ein sofortiger Erfolg, und Mauds besondere Strahlkraft wurde von allen Kritikern bemerkt. In der sechsten Woche war sie schwanger, und gleich nach der letzten Vorstellung heiratete sie Declan. Bald merkte er, daß er seine Frau und das Baby nicht ernähren konnte, indem er Dramen verfaßte, und so gab er seine akademische Karriere auf und nahm eine feste Stellung bei der *Irish Times* an.

Als Patrick älter war, wollte Maud auf die Bühne zurückkehren, doch dann kam Taggie auf die Welt und schließlich Caitlin. In chronischer Geldnot ging Declan zum Fernsehen, wo er in kurzer Zeit zum Star avancierte. Die BBC holte ihn nach London, ein Jahr später schrieb er seine eigenen Sendungen, und seine Interviews erreichten zwei Jahre lang die höchsten Einschaltquoten.

Declan war nicht nur die natürlichste Person, die man jemals auf dem Bildschirm gesehen hatte. Im Gegensatz zu anderen Talkmastern stellte er sich selber nie in den Mittelpunkt und war stets bestens über seine Gäste informiert. Seine ruhige, einfühlsame, aber unnachgiebige Art, Fragen zu stellen, veranlaßte viele prominente Leute, Charaktereigenschaften zu enthüllen, die zuvor niemand gekannt hatte.

Diese Enthüllungen fanden nicht immer den Beifall der BBC, die sich ärgerte, wenn ein Sinnfeiner zu attraktiv wirkte oder ein Politiker zu unsympathisch. Wegen seiner düsteren Launen und Alkoholexzesse berüchtigt, erregte er immer heftigeres Mißvergnügen bei seinen Vorgesetzten, lehnte aber jede Einmischung von oben entschieden ab. Schließlich ging er zu Tony Baddingham, der ihm dreimal soviel zahlte wie die BBC. Der Stellungswechsel erfolgte auch deshalb, weil Declan keinen anderen Weg sah, seine Steuerschulden zu begleichen. Außerdem sehnte er sich nach dem Land. Er dachte, dort könnte man billiger leben als in London und er würde mehr Zeit für seine Familie, insbesondere für Maud, finden und seine Yeats-Biographie vollenden.

Maud, träge und egozentrisch, verbrachte den Großteil ihres Daseins mit der Lektüre von Romanen, Einkaufsbummeln und Tratschereien. Eine starke erotische Spannung verband sie mit Declan, aber nach einundzwanzig Jahren glaubte er noch immer nicht, sie endgültig erobert zu haben. Und er befand sich in der Zwickmühle. Um Mauds Extravaganzen zu finanzieren, mußte er unentwegt arbeiten, während sie sich langweilte und – um ihn zu ärgern – mit anderen Männern flirtete. Ein weiterer Grund für Declans Übersiedlung aufs Land lag in einem Flirt während des letzten Jahres, der außer Kontrolle geraten war.

Eine Woche nach dem Einzug der O'Haras in Penscombe Priory begann Declan bei Corinium zu arbeiten. In der Nacht zuvor wartete er vergeblich auf den Schlaf. Seine Freunde bei der BBC hatten kein Blatt vor den Mund genommen und verkündet, Tony Baddingham sei ein Scheißkerl und es wäre sicher leichter, für die ITV zu arbeiten, die sich angeblich noch reaktionärer und restriktiver verhielt als die BBC. Letzten Endes verließ er die BBC genauso traurig wie damals Irland. Seine Mitarbeiter gaben mehrere übermütige und tränenreiche Abschiedspartys und schenkten ihm das »Complete Oxford Dictionary of National Biography«. Das war's dann gewesen – und irgendwie hatte er das Gefühl, er wäre sein Leben lang vor etwas davongelaufen – seinem Instinkt.

Während er in dem großen Doppelbett lag, eine Zigarette nach der anderen rauchte und die Morgendämmerung durch die vorhanglosen Fenster hereinkriechen sah, schlief Maud friedlich neben ihm, das rote Haar auf dem rosa Kissen ausgebreitet, eine dunkelblaue Samtdecke um die Hüften. Die Brüste fielen seitwärts auf ein hellgrünes Laken. Nichts paßt bei uns zusammen, dachte Declan.

Er sehnte sich danach, mit ihr zu schlafen, um die Panik und Anspannung zu mildern, aber vor zehn Uhr würde sie nicht aufwachen. Sie war genauso besessen von ihrer Nachtruhe wie er von seiner Arbeit. Tony hatte ihn gebeten, gegen elf zu kommen, aber da er seine Angst nur mit Arbeit bekämpfen konnte, beschloß Declan, schon früher in seinem Büro zu sein. Er erwartete mehrere Zeitungsausschnitte über Johnny Friedlander aus Amerika.

Dem Himmel sei Dank für Taggie, dachte er, als er in ein schön gebügeltes schwarzgrün kariertes Hemd schlüpfte. Die Haushälterin Grace, die ebenfalls nie vor zehn Uhr aufstand, besaß die Gabe, alles zu versengen, was sie mit ihrem Bügeleisen traktierte, oder die Knöpfe wegzuplätten.

Er ging in die Küche, um die Autoschlüssel zu holen, und da stieg Taggie die Hintertreppe herab, barfuß, im Nachthemd, mit trüben Augen. »Daddy, du hättest noch im Bett bleiben sollen.«

»Ich konnte nicht schlafen, und da hielt ich es für besser, jetzt gleich ins Büro zu gehen.«

»Du mußt frühstücken oder wenigstens eine Tasse Kaffee trinken.« Als er den Kopf schüttelte, legte sie die Arme um seinen Hals. »Alles wird klappen, ich weiß es. Vergiß nicht, du bist der Beste von der Welt.«

Viertel vor acht erreichte Declan das CTV-Gebäude, im

selben Augenblick, wo der Nachtwächter seinen Dienst beendete. Die Halle war leer bis auf eine Putzfrau, die mürrisch einen Mop vor sich herschob, und einen jungen Mann in pinkfarbener Hose, der auf der marmornen Rezeption Rosen in einer Vase arrangierte.

In der Gewißheit, daß alle weiblichen Mitarbeiterinnen an diesem Morgen ihre Haare waschen und Parfumflaschen über sich schütten würden, um für Declans Ankunft gerüstet zu sein, war die Empfangsdame nach unten in die Toilette geeilt. Dort wollte sie ihr Augen-Make-up erneuern, ehe um neun die Horden hereinströmen würden. Deshalb wartete Declan ein paar Minuten und bewunderte die gerahmten Preisurkunden an den Wänden, offenbar alle von Cameron Cook errungen. Und als dann noch immer niemand an der Rezeption erschien, fuhr er mit dem Lift zum fünften Stock hinauf, wo er eine Kaffeemaschine und eine Tür mit seinem Namen entdeckte.

Es war ein grandioses Büro mit dickem blauem Teppichboden, einem riesigen blitzblanken Schreibtisch, einem Radio, zwei Fernsehern, einem Videogerät und einem überdimensionalen roten Rosenstrauß, offenbar von dem rosa behosten Jüngling arrangiert. Das Fenster bot einen wunderbaren Ausblick auf taufeuchte Wiesen, aber noch wunderbarer fand Declan zwei dicke Luftpostkuverts auf der jungfräulichen rosa Löschblattunterlage. Bald war er in die Zeitungsausschnitte über Johnny Friedlander vertieft, großteils spekulatives und fiktives Material, weil Johnny niemals Interviews gab.

Die mächtige Glocke der Cotchester-Kathedrale hatte soeben dreimal geschlagen, als plötzlich eine rotbackige Dame in mittleren Jahren, von einer Devon-Violets-Wolke umhüllt, hereinstürmte, einen spitzen Verblüffungsschrei ausstieß, wieder hinausstürmte und kreischte: »Er ist da, Lord B., er ist da!«

Eine Minute später erschien Tony Baddingham, das Gesicht dunkel vor Zorn. »Wo zum Teufel waren Sie?«

Declan lehnte sich in seinem komfortablen Sessel zurück. »Ich sitze hier seit etwa acht Uhr.«

»Verdammt, warum haben Sie niemandem was gesagt?«

»Es war niemand da, dem ich was sagen konnte.«

Tony beherrschte sich mühsam und schüttelte Declans Hand. »Also, dann herzlich willkommen. Hören Sie, draußen wartet die Presse aus allen Landesteilen auf Ihre Ankunft. Beinahe mußte ich die Polizei holen.«

»Man teilte uns mit, Sie hätten um halb acht Ihr Haus verlassen«, erklärte die Dame, die nach Devon Violets roch und Tonys Sekretärin war, Miß Madden. »Wir dachten schon, Sie hätten einen Autounfall erlitten.«

»Andererseits«, meinte Charles Fairburn, der Leiter des religiösen Programms, »sind die ersten Tage an einem neuen Arbeitsplatz wie Geburtstage. Niemand darf gemein zu dir sein, Declan.«

»Verschwinden Sie, Charles!« fauchte Tony.

»Bis später, mein Lieber!« rief Charles, rannte wieder hinaus und stieß beinahe mit einem aschfahlen Cyril Peacock zusammen.

»Die Leute sind schon völlig aus dem Häuschen. Wo zum Teufel steckt dieser Idiot?«

»Er war die ganze Zeit hier«, erwiderte Tony vorwurfsvoll. »Sie haben eben nicht aufgepaßt, Cyril. Wie üblich.«

»Oh, hallo, Declan! Willkommen bei Corinium.« Cyrils falsche Zähne klapperten heftig. »Die Reporter warten alle draußen auf dem Parkplatz.«

Rebellisch schüttelte Declan den Kopf. »Ich habe ihnen nichts zu sagen.«

»Zum Beispiel könnten Sie die Behauptung des *Guardian* dementieren, Sie seien nur zu CTV gegangen, um Ihre

Steuerschulden zu bezahlen«, schlug Tony mit kalter Stimme vor, »und keineswegs Ihrer Karriere zuliebe.«

»Ich interviewe die Leute, ich gebe keine Interviews«, entgegnete Declan ungerührt.

Tony versuchte es mit einer anderen Taktik. »Es wäre so großartig für unsere Mitarbeiter. Wir alle wollen Fotos von Ihnen haben – wie Sie zum erstenmal hier vorfahren und nachher im Konferenzraum ein Glas Champagner trinken. Und anschließend gehen wir alle an die Arbeit.«

Plötzlich fand Declan, daß er einen Drink brauchte. »Also gut, ich hole mein Auto.«

»Das geht nicht, man würde Sie sehen. Geben Sie Cyril die Schlüssel. Er bringt den Wagen zur Vorderseite des Hauses, und dann können Sie noch mal vorfahren.«

»Es ist ein Mini«, erklärte Declan, »er parkt in der äußersten Ecke.«

Während er seinen völlig verschmutzten Mini in die Parklücke mit seinem Namensschild steuerte – zwischen Tonys braunen Rolls-Royce mit dem silbernen Corinium-Rammbock auf der Motorhaube und Camerons grünem Lotus –, reagierte die Schar der Reporter und Fotografen überhaupt nicht. Aber in der nächsten Sekunde hämmerte eine empörte Faust auf das Wagendach. Declan kurbelte das Fenster einen halben Zoll herunter und sah eine Hakennase über Raubvogellippen. »Ja?«

»Hier dürfen Sie nicht parken, Sie Arschloch!« schrie eine wütende weibliche Stimme.

»Warum nicht?«

»Können Sie nicht lesen, Sie gottverdammter Trottel? Dieser Platz ist für Declan O'Hara reserviert.«

»Tatsächlich?« antwortete er sanft. »Dann bin ich ja an der richtigen Stelle.« Er drehte das Fenster hoch, stieg aus und überragte Cameron, die nach Luft schnappte und zurücktrat. Augenblicklich erkannte sie die zerzausten schwarzen Locken, die düsteren dunklen Augen und das berühmte Gesicht, zerklüftet wie die irische Küste. Der Schock verstärkte ihre Feindseligkeit.

»Zum Teufel, wo waren Sie? Um elf hätten Sie hier sein müssen. Jetzt ist es zwanzig Minuten später.«

»Ich war die ganze Zeit in meinem Büro, aber dort hat niemand nachgesehen.«

Ein vielstimmiger Aufschrei erklang, als die Presse ihn erkannte. Alles stürmte herbei, Kameras klickten wie Webstühle. Aus allen Fenstern des CTV-Gebäudes hingen Mitarbeiterinnen mit frisch gewaschenen wehenden Haaren und jubelten. Declan winkte ihnen grinsend. In der Eingangshalle drängten sich alle heran, um ihn zu begrüßen. Er bahnte sich seinen Weg durch die Menge, schüttelte Hände und lächelte maskenhaft. Glücklicherweise sorgte Tony dafür, daß die Pressekonferenz nur ein paar Minuten dauerte. »Wir alle sind überglücklich, weil Declan zu Corinium gekommen ist«, verkündete er, als alle mit Champagner versorgt waren. »Sicher wird er hervorragende Arbeit in unserem Haus leisten und unser Programm mit seinem zündenden Talent beleben.«

Declan unterdrückte ein Gähnen.

Die Pressekonferenz war ein Labsal, verglichen mit der Besprechung, die dann in Tonys Büro abgehalten wurde.

Tony, Declan und Cameron marschierten durch das winzige Vorzimmer, wo ein bleicher, schweißüberströmter Cyril Peacock auf das Donnerwetter wartete, das ihn nach der katastrophalen Begrüßungszeremonie treffen würde. In Miß Maddens Büro lauerte ein ängstlicher Programmdirektor, Simon Harris. »Tut mir schrecklich leid, daß ich nicht da war, als Declan ankam«, entschuldigte er sich, während er Tony ins Chefbüro folgte. »Fiona wurde ins Krankenhaus eingeliefert, und ich mußte die Kinder zur Schule bringen.«

»Hätte das nicht die Nanny machen können?« herrschte Tony ihn an.

»Die mußte das Baby in die Klinik bringen.« Simon kratzte an seinem Ekzem.

»Das bedaure ich sehr«, wandte sich Declan an ihn. »Ist Ihre Frau okay?«

»Multiple Sklerose«, sagte Simon hilflos. »Sie wird wieder mal untersucht.«

»Das tut mir sehr leid.« Declan umfaßte eine schlaffe, feuchte, bebende Hand. O Gott, wie er gealtert ist, dachte er. Simon sah gräßlich aus, die Augen voll nackter Angst, die Schultern des grauen Anzugs mit Schuppen bedeckt.

»Setzen wir uns!« Tony dirigierte Cameron und Declan ärgerlich zu den grünen Ledersofas, die zwei Wände seines riesigen Büros säumten, Simon mußte sich mit einem harten Stuhl direkt vor seinem Boß begnügen. Trotz seiner Größe wirkte der Raum mit den zahlreichen Fernsehern und Videogeräten, den hohen, schimmernden grünen Tropenpflanzen, dem massiven leeren Schreibtisch und dem mächtigen geschnitzten Stuhl unangenehm vollgestopft. Eine Schüssel mit fleischfarbenen Orchideen auf der Tischplatte und die Zentralheizung, die Treibhaustemperaturen verbreitete, verstärkte die Dschungelatmosphäre. Declan erwartete jeden Augenblick, einen Leoparden hinter dem Aktenschrank hervorspringen zu sehen. Da er bereits zwei Gläser Champagner geleert hatte, wollte er weitertrinken, aber bis zum Lunch würde es noch mindestens eine halbe Stunde dauern.

»Nach dem Mittagessen werde ich Sie Cameron anvertrauen, Declan«, sagte Tony, »aber beim Start will ich dabeisein.«

Declan musterte Cameron, die ein orangegelbes ärmelloses T-Shirt und einen kurzen schwarzen Lederrock trug. Die Haare waren mit Gel nach hinten gestrichen, die Augen funkelten wild. Wie ein Geier, der den Vormittag bei Vidal Sassoon verbracht hat, dachte Declan. Er haßte Besprechungen und sehnte sich nach seinen Friedlander-Zeitungsausschnitten.

Cameron war immer noch wütend, nachdem sie sich auf dem Parkplatz lächerlich gemacht hatte, und fest entschlossen, die Oberhand zurückzugewinnen. »Ich möchte Ihrer Sendung mehr Pep geben«, begann sie. »Wir haben schon mehrere Titelsongs ausgesucht, die in Frage kommen. Wenn wir den richtigen gefunden haben, wird er auf Platte aufgenommen. Sicher klettert er sofort an die Spitze der Charts und wird Corinium einen beträchtlichen Zusatzprofit einbringen. Aber sie muß sofort auf den Markt. Würden Sie sich die Songs heute nachmittag anhören?«

Declans Augen, die das Gesicht eines Gesprächspartners niemals verließen, schienen sich zu verdunkeln. »Meine Titelmelodie steht schon fest: Die ersten Takte von Schuberts Fünfter Sinfonie.«

»Zu hochgestochen.«

»Die Sendung ist kultiviert, die Melodie großartig, und wir brauchen keine Tantiemen dafür zu bezahlen. Sie muß nur noch stilvoll verjazzt werden.«

Cameron kochte vor Zorn, wollte aber vor Tony und Simon nicht das Gesicht verlieren, und so nahm sie Zuflucht bei einer anderen Taktik, die bei James Vereker sicher schöne Erfolge erzielen würde. »Ich höre immer wieder dieselbe Klage über Ihre Sendung.«

»Welche?« fragte Declan leise.

»Die Fernsehzuschauer sehen zu wenig von Ihnen. Wir wollen Sie mehr in den Vordergrund rücken. Deshalb haben wir eine phantastische Dekoration mit Bücherregalen, hervorragenden abstrakten Gemälden und einem jadegrünen Sofa entwerfen lassen...«

»Nein«, fiel Declan ihr mit scharfer Stimme ins Wort. »Ich interviewe nur Leute, denen ich gegenübersitze.«

»Nun, darüber können wir später reden.«

»Das werden wir nicht. Wir entscheiden das sofort. Ich brauche zwei Charles Rennie Mackintosh-Sessel, einander gegenüber, in einem Abstand von anderthalb Metern, auf einem runden stahlblauen Podium.«

»Stahlblau?« kreischte Cameron.

»Stahlblau«, bestätigte Declan. »Die Sessel erheben sich wie Inseln aus blauem Glanz, vor einem grenzenlos wirkenden weißen Rundhorizont.«

»Das ist verrückt!« Außer sich vor Wut, wandte sich Cameron zu Tony. »Nun?«

»Es ist Declans Sendung«, erwiderte Tony gelassen. »Mittlerweile muß er wissen, wie er das Beste aus seinen Gästen herausholt.«

»Wie kann er das wissen, wenn er noch nie ein Sofa ausprobiert hat?«

»Mit einem Sofa würde die Sendung wie jede andere Talkshow aussehen«, murmelte Simon.

»Niemand hat Sie gefragt, Sie Idiot!« zischte Cameron.

Eher ein Habicht, kein Geier, entschied Declan. Sie bevorzugt lebendige Opfer. Er malte sich aus, wie sie über grünen Hügeln kreiste und den Boden nach Beutetieren absuchte.

Cameron straffte die Schultern und wandte sich wieder zu Declan. »Der Beginn Ihrer Sendung wird geändert. Erst mal sitzen Sie zwei bis drei Minuten allein vor der Kamera und erzählen was über Ihren Gast. Damit ersetzen wir die langweiligen Standfotos und Sequenzen mit Filmkommentar.«

»Diese langweiligen Standfotos und Sequenzen mit Filmkommentar«, sagte Declan gefährlich leise, »dienen dem Zweck, das Publikum auf den Gast einzustimmen und die Tonart des Interviews festzulegen.«

»Da muß ich Ihnen widersprechen.« Tony legte seinen

roten Füllfederhalter beiseite. »Sie haben eine enorme Ausstrahlung, Declan, Ihretwegen schalten die Zuschauer ihre Fernseher ein. Deshalb sollten Sie das Programm eröffnen und sich in einem anständigen Anzug auf dem Bildschirm zeigen.» Mißbilligend betrachtete er Declans abgewetzte Lederjacke, das karierte Hemd und die uralten Jeans.

»Wir wollen anders sein als die BBC«, warf Cameron bissig ein, »sonst wird behauptet, wir servieren den Leuten denselben alten Kohl.«

»Nun, wir haben ja noch drei Wochen Zeit, um das alles zu regeln«, bemerkte Tony. »Es hat Cameron großen Spaß gemacht, potentielle Gäste für Sie auszusuchen.«

»Ich entscheide selbst, wen ich interviewe«, erwiderte Declan kühl.

Cameron starrte ihn aus schmalen Augen an. »Vielleicht sind Ihre Wunschpartner zu uninteressant.«

Declan verblüffte sie alle mit der Ankündigung, er würde die Sendereihe am 21. September mit Johnny Friedlander eröffnen und in der folgenden Woche Jackie Kennedy erwarten. Verzweifelt versuchte Cameron die Stellung zu halten, indem sie über Mrs. Kennedy schimpfte, die andauernd von ihrer öden Verlagsarbeit quatschen würde.

»Mag sein«, gab Declan zu, »aber auch über ihre Ehen und ihr Leben als Single in New York.«

»Wird es Ihr Budget nicht übersteigen, wenn Sie diese Frau einfliegen lassen?« forderte Cameron ihn heraus.

Plötzlich entspannte er sich und schenkte ihr sein boshaftes, zahnlückiges Schuljungengrinsen. »Sie kommt privat nach England und wird wahrscheinlich bei uns wohnen.«

Fünfzehn zu null für Declan, dachte Simon Harris entzückt. Dann hieß es Spiel und erster Satz, als Declan bekanntgab, in den anschließenden Wochen würde er den französischen Außenminister interviewen, der gerade in einen saftigen Sexskandal verwickelt war, danach Mick Jagger und die umstrittenste aller königlichen Prinzessinnen. In ihrem hektischen Rückzugsgefecht warf Cameron ein, sie habe ausgezeichnete Mitarbeiter, die am besten sofort mit ihren Recherchen über Friedlander und Jackie Kennedy beginnen sollten.

Eine ausgedehnte Pause entstand. Langsam nahm Declan eine Zigarette aus einer Packung, zündete sie an und blies den Rauch nur knapp an Camerons Gesicht vorbei. »Ich recherchiere immer selbst«, informierte er sie sanft.

»Um Himmels willen!« schrie Cameron. »Sie können nicht ganz allein Material über solche Leute sammeln!«

»Das mache ich seit zehn Jahren.«

»Für so was braucht man ein Team!«

»Ihre Rechercheure könnten Standfotos und Filmsequenzen für den Anfang der Sendungen aussuchen«, schlug Declan freundschaftlich vor.

Simon zupfte an seinem Bart. »Wir haben eine ausgezeichnete Bibliothek.«

»Halten Sie den Mund!« zischte Cameron.

Tony bemerkte die Mißbilligung in Declans Miene, konsultierte seine Uhr und stand auf. »Das war ein äußerst anregender Meinungsaustausch, aber jetzt habe ich Hunger.« Indem er Simon absichtlich ausschloß, fügte er hinzu: »Cameron und ich haben einen Tisch in einem kleinen französischen Restaurant bestellt, ein paar Meilen außerhalb von Cotchester. Hoffentlich begleiten Sie uns, Declan. Dort könnten wir die – eh – Diskussion fortsetzen.« Er schenkte seinem neuen Talkmaster ein breites Lächeln, das dieser nicht erwiderte.

»Danke, aber ich gehe mit Charles Fairburn essen.«

Tony wollte ihm befehlen, diesen Termin abzusagen, dann entschied er, daß er noch genug Zeit finden würde, um den Boß hervorzukehren. Außerdem hatte ihn dieser Kampf zweier Willenskräfte stimuliert, und er verspürte den plötzlichen Wunsch, mit Cameron zur Hamilton Terrace zu fahren, um sich ein kurzes Zwischenspiel im Bett zu vergönnen.

»Was haben Sie für heute nachmittag vor?« fragte sie Declan.

»Ich gehe nach Hause. Heute morgen habe ich Zeitungsausschnitte über Jonny bekommen, und alle meine Nachschlagewerke sind daheim.«

»Ich hoffe, Sie betreiben den Großteil Ihrer Recherchen hier im Haus und halten Tony und mich auf dem laufenden. Wir sind ein Team, okay? Und wir wollen immer lückenlos informiert werden. Bei Corinium gibt's meistens Probleme, wenn der eine nicht weiß, was der andere tut.«

»Ich muß allein gelassen werden, sonst kann ich nicht arbeiten.«

»Ich produziere diese Sendung!« stieß sie hervor.

»Ja, aber es ist *meine* Sendung, die Sie produzieren.»

Einige Sekunden lang starrten sie sich an, dann zuckten alle zusammen, als es an der Tür klopfte. Wie eine aufgehende Sonne erschien Charles Fairburns rotes, strahlendes Gesicht im Spalt. »Seid ihr fertig, meine Süßen? Ich wollte Declan zum Lunch abholen.«

Sie gingen in ein hübsches rosaweißes Restaurant nahe der High Street. Hübsche Kellner mit rosaweißen Fliegen eilten von allen Seiten auf Charles zu. »Wir haben den üblichen Tisch für Sie reserviert«, erklärten sie und geleiteten die beiden in eine finstere Ecke.

»Gute Jungs«, meinte Charles. »Die wissen, daß ich Fenster verabscheue, weil man bei Tageslicht meine roten Äderchen sieht. So, und nun setzt eure kleinen Ärsche in Bewegung und bringt mir einen kolossal trockenen Martini. Und was möchte mein Freund? Immer noch Whisky, Declan?«

»So schlimm ist es also?« fragte Declan drei Minuten später, als Charles seinen Martini getrunken und den Kellner um einen zweiten gebeten hatte.

»Nun, ich will die Firma nicht schon an deinem ersten Tag schlechtmachen, lieber Junge, aber die Lage ist ein bißchen gespannt.«

Declan zerpflückte ein Brötchen. »Cameron Cook.«

»Du hast es erfaßt.«

»Was für eine Position nimmt sie eigentlich ein?«

»Meistens eine liegende. Sie ist Tonys kleines Sexobjekt. Offiziell leitet sie die Abteilung Fernsehspiele und Serien – sehr passend, weil sie ständig Szenen macht. Außerdem hat sie die Finger bis zu den Ellbogen in allen anderen Sparten drin. Und so hat sie Tony auch eingeredet, daß sie deine Sendung produzieren muß. Das Essen hier ist einfach göttlich.« Charles lächelte den Kellner an. »Ich nehme Leber mit Marmelade und Radicchiosalat.«

Declan, der schlichte Speisen vorzog, bestellte Steak mit Bratkartoffeln und grünen Bohnen.

»Und eine Flasche 32«, fügte Charles hinzu. »Und da Sie schon mal dabei sind, bringen Sie uns gleich noch einen Whisky und einen Martini.»

Sobald der Kellner in Richtung Bar verschwunden war, kehrte Charles zum Thema Corinium zurück. »Der gesamte Mitarbeiterstab steht kurz vor der Revolution. Man hat ihnen Gehaltserhöhungen verweigert, und sie werden gezwungen, eklige Sendungen zu machen, um die Konzession zu behalten. James Verekers grausiges ›Roundup‹ ist nur mehr eine Bühne für Lokalpolitiker und Tonys Geschäftsfreunde. Und die Produktion von ›Sommernachtstraum‹ dauert nur deshalb so lange, weil keine Kulissenschieber zu kriegen sind. Die müssen alle in der Falconry schuften, um eine Schwimmhalle für Tony zu bauen und einen Wintergarten anzulegen – wenn sie nicht gerade einen Whirlpool für Cameron installieren.«

Declan grinste. Sein Freund hatte schon bei der BBC die Gabe besessen, die Dinge weniger schrecklich erscheinen zu lassen.

»Und die Leute freuen sich auch nicht besonders drüber, daß man dich für ein Riesengehalt engagiert hat, um die IBA zu umwerben«, fuhr Charles fort, leerte seinen dritten Martini und bedeutete dem Kellner, den Rotwein einzuschenken.

Declan drückte seine Zigarette aus. Plötzlich war er nicht mehr hungrig.

»Ach, diese Leber ist himmlisch!« Als die Martinis zu wirken begannen, hob sich Charles' Stimmung. »Aber die Kollegen mögen dich, Declan. Ich habe ihnen klargemacht, daß du ein netter Kerl bist.«

»Danke.«

»Sie bewundern deine Arbeit, und sie können's gar nicht erwarten, die Funken fliegen zu sehen, wenn du dich mit Miß Cook in die Haare kriegst.«

»Das hab ich schon.« Declan beobachtete, wie das Blut aus seinem Steak quoll, als das Messer hineinschnitt. »Erzähl mir von Tony.«

»Ein komplizierter Scheißtyp. Man weiß nie, woran man mit ihm ist. Überall postiert er seine Spitzel, so daß wir uns alle ständig nachspionieren. Aber wenn's ihm beliebt, kann er einen beängstigenden Charme versprühen. Weil er sich meistens so widerlich aufführt, hat man – falls er mal nett ist – das Gefühl, der Zahnarzt würde aufhören, in einem offenen Nerv rumzubohren.«

»Und wie muß man ihn behandeln?«

»Nun, er behauptet, Leute zu mögen, die ihn wie Cameron anbrüllen. Aber unglücklicherweise können wir beide nach einem Streit nicht mit ihm ins Bett gehen, wo er jetzt vermutlich gerade mit Cameron liegt. Wenn er in London ist, geht's bei uns viel friedlicher zu. Aber die IBA hat ihm dringend empfohlen, mehr Zeit in Cotchester zu verbringen, also ist er jetzt ziemlich oft hier – nicht zuletzt, weil er eine Affäre mit Cameron hat – und macht uns alle verrückt.«

»Wird er Monica verlassen?«

»Das bezweifle ich. Wegen der Konzession kann er sich keinen Skandal leisten. Bedauerlicherweise ist Miß Cook sehr tüchtig. Aber wenn sie in den Aufsichtsrat kommt, wird sie uns allen Ärger machen. Wir hoffen, daß du sie in die Flucht schlagen wirst, Declan. Trinken wir noch eine Flasche, und dabei erzählst du mir alles über die arme gelangweilte Maud und deinen zauberhaften Sohn.«

10

Vierzehn Tage, nachdem Declan seine Stellung bei Corinium angetreten hatte, wurde Caitlin auf ihr neues Internat in Oxfordshire gebracht. Ihre letzte Woche im Elternhaus fiel mit Mummys Entdeckung von P.D. James-Romanen zusammen. Und so verbrachte Maud ihre Tage auf dem Sofa im Wohnzimmer. Ein P.D. James-Buch lag auf einem Stapel T-Shirts, Shorts und marineblauen Jogginghosen. Wenn jemand hereinkam, zog sie hastig einige Kleidungsstücke über den Roman und tat so, als würde sie Caitlins Namensschilder einnähen. In derselben Woche schloß Grace, die Haushälterin, Bekanntschaft mit dem lokalen Wirtshaus. Und so blieb es Taggie überlassen, den Haushalt zu führen und Caitlins Sachen für das Internat in Ordnung zu bringen.

Am Tag der Abreise war das Auto um vierzehn Uhr dreißig vollgeladen. Zum selben Zeitpunkt beschloß Maud, ihr Haar zu waschen, sich sorgfältig anzukleiden, um die anderen Eltern zu beeindrucken. Um vier fuhren sie schließlich davon, und Caitlin stand Höllenqualen aus, weil sie befürchtete, sich zu verspäten.

»Auf Wiedersehen, mein dämonischer Liebhaber!« rief sie Ruperts Haus zu, als Declan den rostigen Mini die Zufahrt hinablenkte. »Leg dich auf Eis, bis ich zurückkomme!«

Niemand sprach auf der Fahrt. Declan, dessen erstes CTV-Interview in einer Woche stattfinden sollte, konnte nur noch an Johnny Friedlander denken. Maud war in P.D. James vertieft. Taggie und Caitlin saßen auf den Rücksitzen, unter einem Berg aus Lakritzenstangen, Radios, Schallplatten und Teddybären.

Nach einer Dreiviertelstunde erreichten sie die roten Ziegelmauern von Upland House, dem Internat, das sich auf einem grünen Gipfel erhob, von einem Kiefernregiment umgeben. Während der Mini von schimmernden BMWs und Volvos überholt wurde, überlegte Caitlin, wie peinlich es doch war, mit so berühmten Eltern in einer so schäbigen Karre an ihrer neuen Wirkungsstätte einzutreffen.

Da sie so spät kamen, waren alle Betten an der Fensterseite des Schlafsaals schon belegt. Caitlin mußte sich mit einem Bett neben der Tür begnügen. Also rechnete sie damit, ertappt zu werden, wenn sie unter der Decke mit Hilfe ihrer großen Taschenlampe las, dem Abschiedsgeschenk von ihrer Mutter.

Während Taggie den Koffer auspackte, die Finger immer noch wund vom Einnähen der Namensschilder, schlenderte Maud umher, verbreitete Parfumwolken und fing die bewundernden Blicke vorbeigehender Väter ein. Declan saß auf dem Bett, starrte düster auf all die Nachttischchen voller Fotos von schwarzen Labradors, Ponys und Müttern, die zwanzig Jahre jünger aussahen als die leibhaftigen im Schlafsaal, und fragte sich, ob es wahnsinnig gewesen war, als er sich von Maud dazu hatte überreden lassen, Caitlin aufs Internat zu schicken.

Als sie gingen und die Mädchen sich an den Fenstern drängten, um einen Blick auf Declan zu werfen, machte sich Maud nicht gerade beliebt bei der Internatsleiterin. »Keine Bange, Caitlin-Darling!« rief sie. »Wenn's dir hier nicht gefällt, kannst du jederzeit nach Hause kommen!«

»Bye, Tag!« sagte Caitlin fröhlich. »Heul doch nicht! Und vergiß nicht, Rupert regelmäßig zu beobachten. Ich schau euch nicht nach, wenn ihr wegfahrt, denn das bringt Unglück.«

»Sie wird sich hier ganz bestimmt wohl fühlen, Schätzchen.« Declan tastete nach hinten und tätschelte Taggies zitternde Schultern, bis er beide Hände um das Lenkrad klammerte, um den Mini durch einen kurvenreichen Blättertunnel zu steuern. Bald war er wieder in seine Gedanken versunken.

»Sei nicht albern, Taggie!« fauchte Maud. »Ich bin Caitlins Mutter, ich bin es, die sich die Augen ausweinen müßte, weil ich mein Baby verliere. Aber ich kann mich trösten«, fügte sie hinzu und widmete sich wieder P.D. James.

Als Taggie an diesem Abend ins Bett ging, fühlte sie sich noch elender. Nun würde niemand mehr das Licht im Flur brennen lassen, um Geister zu verscheuchen. In ihrem Turmzimmer kam sie sich vor wie in einem Baumwipfel. Das Gemäuer ächzte im Sturm wie ein altes Schiff. Sie schaute über das Tal hinweg und sah endlich Licht in Ruperts Haus. Wie glücklich wäre Caitlin bei diesem Anblick gewesen. »Lieber Gott, beschütze sie«, betete Taggie, »und laß nicht zu, daß sie in diesem Internat ihr heiteres Wesen verliert.«

Die O'Hara-Kinder, von häufig wechselnden Haushälterinnen großgezogen und von ihren Eltern meist vernachlässigt, standen einander sehr nahe. Taggies Beziehung zur angebeteten, aber auch gefürchteten Mutter war nie besonders eng gewesen. Ihre Geburt hätte Maud fast das Leben gekostet. Später glaubten die Ärzte, Taggies Legasthenie würde mit einem leichten Gehirnschaden zusammenhängen, der bei dieser langwierigen, schmerzhaften Niederkunft entstanden sein könnte.

Maud brachte für Taggie nicht die gleichen Gefühle auf wie für Patrick, den sie so mühelos zur Welt gebracht hatte. Später war sie maßlos enttäuscht, weil das Mädchen nicht lesen und schreiben lernte. Auch in anderen Dingen war Taggie ungeschickt. Ständig zog sie ihre Kleider verkehrt an, knöpfte sie falsch zu und war unfähig, ihre Schnürsenkel zu verknoten. Weil sie keinen Orientierungssinn hatte, landete sie stets im falschen Klassenzimmer und brachte die falschen Bücher mit. Wegen ihrer Größe wurde sie für älter gehalten und infolgedessen für um so fauler und dümmer.

Der zweieinhalb Jahre ältere Patrick tat sein Bestes, um sie zu beschützen. Aber in der Schule, wo sie von ihren Kameraden gehänselt und von den Lehrern angebrüllt wurde, konnte er ihr nicht helfen, auch nicht daheim, wo Maud manchmal die Beherrschung verlor und zu schreien anfing, aber letzten Endes Taggies Hausaufgaben machte, nur um ihre Ruhe zu haben. Niemals vergaß Patrick diese Hausaufgaben voller Tränenflecken und roter Korrekturen von Lehrerhänden.

Mühelos errang er ein Stipendium für Westminster, und dort fand er einen Freund, der eine legasthenische ältere Schwester hatte. Dieser meinte, Taggie müsse eine Sonderschule besuchen und Patrick überredete seine Eltern dazu, sie von einem Psychologen untersuchen zu lassen. Maud verriet niemals, was der Experte in jenem kurzen, bitteren Gespräch nach den Tests gesagt hatte. Und nach der Diagnose fehlte ihr auch die Geduld, Taggie Abend für Abend beim Studium des Alphabets zu helfen. Diese Aufgabe überließ sie Patrick und Caitlin, denn Declan war ebenfalls zu beschäftigt.

Der fünfjährige Spezialunterricht führte zu einer dramatischen Verbesserung. Mit sechzehn schrieb Taggie ihren ersten Aufsatz. Mit der Reihenfolge des Alphabets hatte sie nach wie vor Probleme, immer noch las sie langsam und zögernd und folgte den Zeilen mit dem Zeigefinger. Auch das Schreiben bereitete ihr Schwierigkeiten. Die Zeichensetzung war für sie ein Buch mit sieben Siegeln, ihre Rechtschreibung grauenhaft, und sie wußte noch immer nicht automatisch, wo rechts und links war.

Um Briefe oder Kochrezepte zu schreiben, mußte sie sich sehr viel Zeit nehmen. Nach dem Einzug in die Priory brauchte sie viel länger als die anderen, bis sie sich in den fremden Räumen zurechtfand. Telefonnummern ließ sie sich immer zweimal sagen, seit jenem alptraumhaften Tag, wo einer von Mauds Liebhabern aus Amerika angerufen und um einen Rückruf gebeten hatte. Taggie notierte die falsche Nummer, und der Mann meldete sich nie. Wenn Maud betrunken war, brachte sie diesen Zwischenfall regelmäßig zur Sprache und behauptete, durch die Schuld ihrer Tochter habe sie die große Liebe ihres Lebens verloren.

In der Schule bekam Taggie nur in Kochen und Handarbeit gute Noten, erhielt aber trotzdem ein zufriedenstellendes Abschlußzeugnis. »Taggie ist ein liebes Mädchen«, schrieb der Direktor, »fleißig, freundlich und verantwortungsbewußt. Sie verdient ein erfolgreiches Leben.«

Sie absolvierte eine Lehre in einem Restaurant, das einem Freund ihres Vaters gehörte. Zwei Jahre später zog sie mit ihrer Familie nach Penscombe, und der Mann hatte bedauernd erklärt, er würde sie gern behalten, könne ihr aber ohnehin nichts mehr beibringen. Nach seiner Ansicht kochte sie rein instinktiv – eine Prise da, eine Prise dort. Mit ein bißchen mehr Selbstvertrauen, versicherte er Declan, würde sich Taggie zu einem zweiten Escoffier entwickeln.

Ihr größter Wunsch war ein eigener Partyservice. Sicher

gab es in Gloucestershire viele hundert Leute, die Dinnerpartys arrangieren lassen oder vor den Weihnachtsfeiertagen ihre Gefriertruhen füllen lassen wollten. Aber neuerdings verbrachte sie einen Großteil ihrer Zeit damit, für die Familie zu sorgen oder sich aus Liebeskummer um Ralphie Henriques in den Schlaf zu weinen. Vielleicht würde es ihr jetzt, wo Caitlin im Internat und Patrick vor dem Semesterbeginn am Trinity für drei Wochen nach Frankreich gereist war, endlich gelingen, ihr eigenes Leben zu beginnen.

Der nächste Morgen konnte Taggies Stimmung nicht bessern. Sie vermißte Caitlin schrecklich, kein Brief von Ralphie war bei der Post, und als Patrick aus Frankreich anrief, wo er bei Ralphies Familie wohnte, erwähnte er seinen Freund nicht. Als sich Taggie schließlich dazu durchrang, nach ihrem Liebsten zu fragen, bekam sie zu hören: »Es geht ihm gut, wir fahren Wasserschi und besaufen uns. Um ehrlich zu sein – du solltest ihn vergessen, Tag, und dir lieber einen netten, rotbackigen Gloucestershire-Farmer suchen.«

Die Alternativen für den Nachmittag bestanden darin, Äpfel zu ernten, grüne Tomaten einzukochen und Maud auf die Nerven zu fallen. Da beschloß Taggie, lieber mit Gertrude spazierenzugehen und das Dorf zu erforschen. Um ihre Legasthenie zu bekämpfen, versuchte sie sich jeden Tag ein neues Wort einzuprägen. An diesem Tag lautete das Wort »abscheulich«. An Penscombe war überhaupt nichts abscheulich. Weiß, von samtiger violetter Klematis bewachsen, schimmerten die kleinen Cottages im Sonnenlicht. Im Dorfladen gab ihr Mrs. Banks einen Hammelknochen für Gertrude und die neue *TV-Times* mit Declans Foto auf der Titelseite, und auf der Straße wurde sie von einer alten Dame mit blauem Windspiel angesprochen und vor den Dachsen gewarnt, die in den Priory-Wäldern hausten.

Von der Freundlichkeit der Leute aufgemuntert, trat Taggie den Heimweg an. Der Himmel war strahlend blau, nur am Horizont hingen ein paar kleine violette Wolken. Wenn doch nur Ralphie hier wäre und Hand in Hand mit ihr durch den Buchenwald schlendern würde. . . An der Auffahrt zwischen den Eiben, Stechpalmen und Lorbeerbäumen erinnerte sie sich an das Versprechen, das sie Caitlin gegeben hatte – das Versprechen, Rupert im Auge zu behalten. Sie blickte über das Tal und schnappte entsetzt nach Luft, als sie einen großen braunen Rauchpilz hochsteigen sah. Zwei von Ruperts Feldern hinter dem Haus mußten brennen.

Sie lief in die Priory, stürzte in die Küche, holte das Gloucestershire-Telefonbuch hervor. O Gott, jetzt mußte sie Ruhe bewahren. Wenn sie in Panik geriet, würde sie keinen einzigen Buchstaben lesen können. Callan, Calvay, Camamile – qualvoll langsam glitt ihr Zeigefinger das Namensverzeichnis hinab. Es gab zwei Campbells, einen in Gloucestershire, einen in Nailsworth, keine Campbell-Blacks. Anscheinend hatte Rupert, ebenso wie ihr Vater, eine Geheimnummer.

Riesige Rauchwolken quollen aus dem rot flackernden Feld, die Flammen näherten sich dem Haus. Taggie wählte 999. Alle Feuerwehrwagen seien unterwegs, erklärte der Mann am anderen Ende der Leitung, aber er würde es in Cotchester versuchen. »Keine Bange, Mädchen, wir fahren so bald wie möglich hin.«

Sie rannte mit Gertrude über den Rasen, durch den Buchenwald, über die Weiden, übersprang den sprudelnden Frogsmore und kletterte die Böschung hinauf. Stacheldraht zerriß ihr Kleid, doch darauf achtete sie ebensowenig wie auf die stechenden Nesseln und Dornen, die ihre nackten Arme und Beine attackierten. Unterwegs verlor sie einen Schuh, hastete keuchend an verblüfften Pferden vorbei, durch kniehohes Gras, vorbei an alten Eichen und Buchen, umrundete den See, stürmte Ruperts Rasen hinauf, durch eine Terrassentür, in einen schönen hellgelben Salon. Inzwischen war sie völlig außer Atem und konnte nicht einmal »Feuer« schreien.

Die Vordertür stand offen, aber niemand ließ sich blikken. Taggie kehrte durch die Terrassentür in den Garten zurück und wollte gerade zu den Stallungen laufen, als sie schrilles Gelächter aus der Richtung des Tennisplatzes zur Linken des Hauses hörte, der von einer Buchenhecke verborgen wurde. Während sie einen Kiesweg entlangrannte, hörte sie ein Mädchen rufen: »Ich treffe keinen einzigen Ball. Anscheinend hätte ich beim Lunch nicht so viel trinken dürfen.«

»Tittenfehler!« verkündete eine gedehnte Männerstimme. »Deine Titten waren mindestens sechs Zoll über der Linie.«

»Schwanzfehler!« konterte das Mädchen und kicherte hysterisch. »Du mußt mindestens zehn Zoll über der Linie sein.«

»Oh, du schmeichelst mir. Aber das brächte ich niemals fertig, wenn du mich nicht so aufregen würdest.«

»Feuer!« keuchte Taggie in die Richtung der Buchenhecke, aber aus der kam keine Antwort.

Der Mann lachte. »Jetzt mach ich dich erst mal hier auf dem Platz fertig – und nachher im Schlafzimmer.«

Taggie lief die Hecke entlang, bis sie zu einer Öffnung kam. »Feuer!« krächzte sie. Und dann sah sie zu ihrem Entsetzen, wie ein großer, blonder, schlanker, sonnengebräunter Mann und ein schönes blondes Mädchen mit goldenem Körper splitterfasernackt Tennis spielten. Er schlug auf, der Ball sauste über das Netz, und das Mädchen ließ mit einem spitzen Schrei ihr Racket fallen, rannte zur Seite des Platzes und bedeckte ihre Blößen mit einem hellrosa Hemd. Der Mann schlug noch einmal auf, dann schlenderte er zum Netz, über dem ein dunkelblaues Handtuch hing.

»Feuer«, murmelte Taggie und hielt sich die Hände vor die Augen.

»Was haben Sie gesagt?« schrie er. »Es ist okay, jetzt können Sie herschauen.«

Vorsichtig nahm Taggie die Hände herunter. Er hatte sich das Handtuch um die Hüften gewickelt. Glattes blondes Haar, breite braune Schultern, spöttische kornblumenblaue Augen – eindeutig Rupert Cambell-Black, so wie sie ihn von Caitlins Fotos her kannte.

Unbehaglich spürte Taggie, wie sich ihre Brüste heftig hoben und senkten, wie ihre Wangen brannten. »Ihre Felder stehen in Flammen.«

»Das sollen sie auch.«

»Warum denn?«

»Auf diese Weise wird man nach der Ernte die Stoppeln am schnellsten los.

»Das ist ja a-a-abscheulich!« wisperte Taggie. »Und die armen Hasen und Feldmäuse und Wühlmäuse und Maulwürfe und Vögel?«

Rupert zuckte die Achseln. »Die haben Beine beziehungsweise Flügel und können fliehen.»

»Nicht so schnell!« erwiderte Taggie wütend. »Sie sind ein Mörder!»

»Vermutlich wollen Sie auch, daß ich meine Felder nicht mehr umpflüge, weil ich die armen Würmer und Käfer und Läuse und Asseln nicht so grausam behandeln darf. Soll ich ein Staatsbegräbnis für all die Tierchen arrangieren?«

Die Blondine kicherte. Sie war nur wenige Jahre älter als Taggie, die nun die Beherrschung verlor. »Oh, halten Sie doch den Mund! Wie wäre Ihnen denn zumute, wenn man Sie anzünden würde, während Sie im Bett liegen?«

Rupert deutete mit dem Kopf auf das blonde Mädchen. »Das macht sie ziemlich oft.«

»Seien Sie nicht so eklig! Oh, Sie sind a-a-abscheulich –

einer von diesen Typen, die ständig was umbringen müssen, beim Jagen oder Angeln!«

In diesem Augenblick stürmte eine Hundeschar, soeben von ihrem Spaziergang mit einem der Reitknechte zurückgekehrt, auf den Tennisplatz. Einige Spaniels, ein schwarzer Labrador und ein schöner zottiger Spürhund stürzten sich spielerisch auf Gertrude, die sich entrüstet sträubte und ihren Schwanz noch enger zusammenringelte.

»Warum bringen Sie dieses häßliche Vieh nicht in seinen Saustall zurück?« Rupert hob einen grünen Tennisball auf und schleuderte ihn nach Gertrude. »Und hören Sie auf, andere Leute bei ihren unschuldigen Nachmittagsvergnügungen zu stören!«

»Wagen Sie es bloß nicht, sich an Gertrude zu vergreifen!«

Rupert griff nach seinem Racket und ließ das Handtuch fallen. »Wir waren bei vierzig null, nicht wahr, Darling?«

Die Blondine kicherte wieder. Aber im nächsten Moment erstarb ihr katzenhaftes Lächeln, als mit lautem Sirenengeheul drei Feuerwehrwagen die Zufahrt heraufrasten.

»Verdammt!« schrie Rupert.

Schluchzend floh Taggie durch das Tal nach Hause. Was für ein gräßlicher, gemeiner, abscheulicher Mann!

Maud saß im Garten. Sie trug einen breitrandigen schwarzen Hut, um ihren hellen Teint vor der Sonne zu schützen, trank Wodka mit Tonic und las P.D. James.

»Gerade habe ich Rupert Campbell-Black kennengelernt«, sagte Taggie.

Maud hob den Kopf, sah das glühende Gesicht ihrer Tochter, das zerzauste schwarze Haar, das zerrissene rote Kleid, die zerkratzten langen Beine und Arme. »O Gott! Ich weiß, er hat einen schrecklichen Ruf, aber *so* weit hast du es doch nicht kommen lassen, Taggie, oder?«

11

Am nächsten Sonntag gab Monica Baddingham eine Lunchparty, um Maud und Declan in Gloucester willkommen zu heißen und den Wintergarten einzuweihen, den die Bühnenarbeiter von Corinium angelegt hatten. Declan wollte Taggie mitnehmen, aber sie weigerte sich errötend, als sie hörte, Rupert sei wahrscheinlich auch eingeladen.

»Ich glaube, Monica hat mir erklärt, daß wir beim Dog and Trumpet links abbiegen müssen«, sagte Maud und trug auf die schmollende Unterlippe eine zweite Schicht korallenrotes Lipgloss auf.

Declan war in miserabler Stimmung. Weil Maud sich in allerletzter Minute die Haare gewaschen hatte, würde er sich wieder einmal verspäten, und nun mußte er auch noch durch halb Gloucestershire fahren. »Warum zum Teufel kannst du dir keine Notizen machen, wenn dir jemand den Weg beschreibt?«

»Er ist dein Boß, also hättest du ihn fragen sollen, wie man nach Falconry kommt.«

Declan sagte nichts mehr und verzichtete auch auf einen Kommentar über Mauds tief ausgeschnittenes schwarzes Seidenkleid mit dem grünen Schal, das zwar zu ihren Augen, aber nicht zu einem Sonntagslunch paßte. Er brach sein Schweigen erst, als sie zwischen flechtenbewachsenen, von zwei steinernen Rammböcken gekrönten Torpfosten hindurchfuhren. »Da sind wir. O Gott, die Leute verschwinden schon wieder.«

Ein dunkelgrüner BMW kam ihnen entgegen, und die Fahrerin kurbelte das Fenster herab. »Willkommen in Gloucestershire! Ich liebe Ihre Sendung! Sie müssen uns mal zum Dinner besuchen! Und jetzt sollten Sie sich beeilen, die Getränke gehen zur Neige!«

»Jesus«, murmelte Declan.

Das schöne Queen-Anne-Haus der Baddinghams lag in einer Senke, von einem ausgedehnten Park umgeben. Die Sonnenuhr ging immer zwanzig Minuten vor, um den Leuten das angstvolle Gefühl zu geben, sie hätten sich verspätet, und sie zu veranlassen, bald wieder aufzubrechen. Über der Verandatür stand in goldenen Lettern das Baddingham-Motto: »In einem gut bewaffneten Land herrscht Frieden.« Ausgestopfte Hirsch-, Tiger- und Büffelköpfe starrten glasig von den Wänden der Eingangshalle herab.

»Bald wird mein Kopf auch da oben hängen«, meinte Declan, als Tony sichtlich verärgert aus dem Salon kam.

»Können Sie denn niemals pünktlich sein, Declan? Seit einer Dreiviertelstunde wollen wir essen.«

»Tut mir schrecklich leid«, sagte Maud in ihrem liebenswürdigsten Ton. »Declan und ich sind an Londoner Lunchzeiten gewöhnt.«

»Nun, dann müssen Sie sich auf rustikale Gepflogenheiten umstellen. Der Pimms ist aus. Was wollen Sie trinken?«

»Ah, da sind Sie ja!« Monica kam heran, in einem Hemdblusenkleid aus blauer Baumwolle und Sandalen an den großen nackten Füßen. »Taggie sagte mir am Telefon, Sie seien schon unterwegs. Schade, daß Sie das Mädchen nicht mitgebracht haben! Die Männer sind bei weitem in der Überzahl. Trinken Sie rasch was, dann essen wir. Wahrscheinlich können wir den Aperitif zum letztenmal in diesem Jahr draußen nehmen«, fügte sie wehmütig hinzu und dachte, daß sie sich jetzt viel lieber mit ihren Lilien befassen würde. Sie drückte Maud einen Drink in die Hand und führte sie durch den Salon mit den Gobelins in den neuen Wintergarten, der sich über die gesamte Länge des Erdgeschosses erstreckte, mit Statuen von Göttinnen, weißgestrichenen Eisenbänken und tropischen Pflanzen ausgestattet.

»Sehr schön«, murmelte Maud und nahm einen großen Schluck Whisky.

Die Gäste, die sich auf dem Rasen versammelt hatten, wandten sich zum Ausgang des Wintergartens und starrten sie an.

»Komm heraus, Maud!« rief Charles Fairburn, bereits ziemlich beschwipst. Da er seinen Kuß falsch timte, prallte sein rundes, glänzendes Gesicht wie eine Billardkugel von ihrer Wange ab. »Du bist schön wie immer«, meinte er und zog sie beiseite.

»Sie werden Maud nicht mit Beschlag belegen, Charles«, sagte Monica in entschiedenem Ton.

»Ich werde sie mit allen bekannt machen«, entgegnete er. »Dein Mann veranstaltet einen Riesenwirbel bei Corinium«, fuhr er etwas leiser fort.

»Tatsächlich?« Mauds Interesse hielt sich in Grenzen. »Ist dieser attraktive Mann da drüben Rupert Campbell-Black?«

»Oh, mit dieser Frage beleidigst du Rupert. Hier siehst du James Vereker, den populärsten CTV-Nachrichtenmoderator. Er ist furchtbar genervt, seit dein Mann für Corinium arbeitet.«

James kochte in der Tat vor Wut. Er war so spät zu diesem Lunch gekommen, wie er es wagte, um einen großen Auftritt zu inszenieren, und dann von Declan übertrumpft worden, der sich noch später eingefunden hatte. Nun kreisten ihn drei Freundinnen der Gastgeberin ein, alberne alte Schachteln, die ihn bestürmten, er möge ihre Wohltätigkeitsbasare im Herbst und zu Weihnachten eröffnen, natürlich ohne Gage. Wenn man Monicas Zehennägel anschaut, dachte er angewidert, könnte man glauben, sie hätte das Gartenunkraut mit den Füßen gejätet. Und Paul Stratton, wesentlich dicker als früher, sah in diesen engen neuen Jeans geradezu lächerlich aus. Das Hemd stand bis zur Taille offen und enthüllte eine mit spärlichem grauem Haar bedeckte Brust. Beinahe hätte James Jeans und ein blaues Hemd angezogen. Nun war er froh, daß er seinen neuen grauen Pullover mit dem rosa Elefanten trug, von einem seiner Fans gestrickt.

»Kommen Sie, James!« schrie Charles Fairburn. »Ich möchte Sie mit Maud O'Hara bekannt machen.«

James entschuldigte sich bei den alten Schachteln und wanderte hinüber, Maud O'Hara war ungewöhnlich schön.

»Hallo!« Auch Lizzie Vereker gesellte sich hinzu und umarmte Maud. »Freut mich, Sie wiederzusehen. Danke für den Whisky damals. Sind Sie inzwischen nüchtern?«

Charles erschauerte. »*Mir* würden Sie so eine Frage niemals stellen. Was war eigentlich los mit diesen Feuerwehrleuten, die Rupert erwischt haben sollen, als er mit einer Blondine Tennis spielte – völlig unbekleidet?«

»Angeblich ist sie das Mädchen, das den Senfsamen im ›Sommernachtstraum‹ mimt«, sagte James.

»Ich habe gehört, Titania hat solche Angst vor Aids, daß sie sich weigert, Zettel zu küssen, wenn er keinen Bluttest machen läßt.«

»Ist Rupert da?« fragte Maud, die sich nicht für den Corinium-Klatsch interessierte.

»Irgendwo«, erwiderte Lizzie. »Wahrscheinlich steckt er in einer dieser Gartenlauben, wo sich alle außer Monica schlecht benehmen.«

Es war ein schöner Garten. Hellrosa Rosen erhoben sich aus einem Lavendelmeer und kletterten an den Hausmauern hoch, Eibenhecken schützten Anemonen, Rittersporn und Margeriten vor kaltem Wind. Ein Fischteich wurde vom gewundenen River Fleet gespeist, der durch Cotchester floß.

»Hoffentlich essen wir bald«, sagte ein nervöser Mann mit gelbem Zottelbart. Ein schlafendes Baby hing in einer

Schlinge an seinem Hals. Verzweifelt versuchte er zwei Kinder festzuhalten, die sich heftig wehrten. »Die Fütterung von Tonys Fischen kann diese Bande nur für einen begrenzten Zeitraum fesseln«, setzte er hilflos hinzu.

Lizzie machte Simon mit Maud bekannt und fragte: »Wie geht's Fiona?«

»Sie muß noch drei Wochen im Krankenhaus bleiben. Heute hat das Kindermädchen frei, sonst hätte ich diese Lümmel nicht mitgebracht. Aber der Versuchung einer anständigen Mahlzeit konnte ich einfach nicht widerstehen.«

Monica erschien in der Tür des Wintergartens. »Kommt zum Lunch! Sie bleiben mit den Kindern draußen, Simon. Ich lasse Ihnen was hinausbringen.«

Als Maud ins Speisezimmer ging, kam Declan ihr entgegen und sah zum erstenmal in dieser Woche glücklich aus. »Darling, ich muß dir Rupert vorstellen. Er kennt Johnny sehr gut und hat mir tolle Geschichten über ihn erzählt, die seinem Charakter eine völlig neue Dimension geben.«

Maud hielt den Atem an und fragte sich: Wie konnte ich James Vereker mit diesem Mann verwechseln?

»Willkommen in Penscombe.« Rupert küßte sie auf die Wange. »Tut mir leid, daß ich bei Ihrem Einzug nicht da war, aber ich hatte schrecklich viel zu tun.«

»Das haben wir schon gehört, Rupert«, mischte sich Charles ein. »Was war denn mit diesen Feuerwehrleuten und Ihren brennenden Feldern?«

Rupert grinste. »Verschwinden Sie, Fairburn.«

»Holt euch endlich was zu essen!« rief Monica hinter einem langen weißgedeckten Tisch hervor.

Maud stand vor Declan und Rupert, leerte ihr drittes Glas Wein und fühlte sich völlig genervt.

»Ich kenne Ihr Haus sehr gut«, bemerkte Rupert. »Bei

einer Party hab ich mal etwas, das kein Fuchs war, durch die Büsche gejagt und mir die Hose am Stacheldraht zerrissen. Wie macht sich der Garten?«

»Die Nesseln sind auf dem Kriegspfad«, erklärte Declan.

»Engagieren Sie einen Gärtner, sonst werden Sie dieses Unkraut niemals los. Ich kann Ihnen jemanden empfehlen.«

»Wie nett von Ihnen«, murmelte Maud. »Vielleicht könnten Sie mir auch helfen, das Schlafzimmer neu zu tapezieren.«

»Tapezieren war noch nie meine Lieblingsbeschäftigung, schon gar nicht in Schlafzimmern.«

»Kommen Sie, Maud!« rief Monica ungeduldig. »Sie müssen meinen Schwager Bas kennenlernen. Er kann es kaum erwarten.«

Bas, etwa zehn Zentimeter größer als Tony und ausgesprochen attraktiv auf eine aalglatte, schurkische, südländische Art, küßte Mauds Hand, drehte sie dann um und preßte die Lippen auf den Puls. »Calèche«, flüsterte er. »Ich liebe dieses Parfum. Tragen Sie es am ganzen Körper?«

Maud lachte. »Leben Sie hier?«

»Ich betreibe eine Bar in der Cotchester High Street. Dort pflegen sich die Angestellten meines bösen Bruders zu versammeln, um sich gegen ihn zu verschwören. Zweifellos wird sich Ihr berühmter Gatte diesem Bund demnächst anschließen. Sie müssen ihn dazu bringen, daß er Sie irgendwann mal in meine Kneipe mitnimmt.«

»Sei nicht so dumm, Bas!« schimpfte Monica. »Maud, das sind Paul Stratton, unser Cotchester-Parlamentarier, und seine Frau Sarah.«

Sie sieht eher wie seine Tochter aus, dachte Maud. Mit seinem sorgenvollen, durchfurchten Gesicht und dem in die Stirn gekämmten blaugrauen Haar glich Paul einer jener einst berühmten TV-Persönlichkeiten, die Hausfrauen in Werbespots dieses oder jenes Waschpulvers empfahlen.

»Ah, die Jungvermählten!« Bas küßte Sarah auf den Mund.

»Basil!« fauchte Monica. »Du stehst allen nur im Weg! Maud, ich glaube, Sie kennen Freddie Jones noch nicht, unseren elektronischen Wunderknaben.«

»Ach, du meine Güte, sind Sie hinreißend!« schmachtete Freddie.

Maud fühlte sich wie im siebenten Himmel. Schon lange war sie nicht mehr von so vielen attraktiven Männern auf einmal bewundert worden. Echte Machos, im Vergleich zu diesen wehleidigen Londoner Typen... Und sie zog ausnahmsweise größere Aufmerksamkeit auf sich als Declan. Dieses Kleid verfehlte niemals seine Wirkung.

»Kommen Sie, Mrs. O'Hara.« Rupert hatte zwei Teller gefüllt, eine Flasche Weißwein und zwei Gläser besorgt. »Wollen Sie drinnen oder draußen essen?«

»Drinnen. Ich bekomme so leicht Sommersprossen.«

Rupert fand einen Fensterplatz im Wintergarten und schaute sich anerkennend um. »Sehr hübsch, das hat Corinium sicher mehr gekostet als fünf Wochengehälter Ihres Mannes.«

Simons Monstren sausten vorbei und warfen einen Aspidistratopf um. Zehn Sekunden später folgte ihnen der Vater, Hühnerfrikassee im Bart. Das Baby in der Schlinge brüllte wie am Spieß. »Sind sie hier vorbeigekommen?« fragte er hektisch.

Im Salon krachte es, und Rupert antwortete: »Leider ja.«

Fast genauso schnell rannte Paul Stratton in die entgegengesetzte Richtung, um Sarah zu suchen, die kichernd mit Bas in einer Ecke saß.

»Pauls neue Jeans scheinen ihn noch wirksamer zu kastrieren als seine neue Frau«, meinte Rupert, der seinen Teller in atemberaubender Geschwindigkeit leer aß.

»Sie ist sehr schön«, sagte Maud.

»Ein Tramp. Und Paul lebt in einem Wolkenkuckucksheim.«

»Wie ist Bas?« Sie stellte ihren unberührten Teller auf den Boden.

»Wundervoll. Er hat eine ungemein erfolgreiche Bar, handelt nebenbei mit Immobilien, geht im Winter vier Tage pro Woche auf die Jagd, spielt den ganzen Sommer Polo und bumst die hübschesten Mädchen von vier Countys.«

»Er sieht Tony kein bißchen ähnlich.«

»Sie hatten verschiedene Väter. Nachdem Tonys Mutter Lord Peng-Peng dreiundzwanzig Jahre lang unerschütterlich die Treue gehalten hatte, verliebte sie sich in einen argentinischen Polospieler. Zur allgemeinen Verblüffung war Bas das Resultat dieser fragwürdigen Affäre. Daher auch der Name seiner Kneipe – Bar Sinister.«

Maud lachte. Schon viele Männer hatten ihr gesagt, ihr Lachen sei zauberhaft – leise, musikalisch, heiter. »Erzählen Sie mir von Freddie Jones«, bat sie.

»Er ist ein Heiliger.«

»Weil er Ihre Pferde kauft?«

»Nicht deshalb. Übrigens, ich habe Declan ein Pferd angeboten, falls er einmal jagen will.«

»Er reitet sehr gut, weil er auf einer Farm aufgewachsen ist. Wer ist denn diese kleine Frau, die sich gerade zu seinem Ohr beugt und unentwegt alberne Grimassen schneidet? Es sieht ganz so aus, als müßte er gerettet werden.«

Rupert wandte den Kopf. »Bloß nicht von mir! Das ist Freddies Frau Valerie, die den englischen Thron anstrebt. Unglücklicherweise glaubt Freddie, daß sie schon drauf sitzt. Das Ehepaar Jones zu ertragen – das ist in dieser Gegend ein chronisches Problem.«

»Sie sind sehr direkt in Ihrem Urteil, Rupert.« Maud betrachtete seine langen Finger und wünschte, sie würden ihr Seidenkleid aufknöpfen.

»Ich mag Leute, oder ich mag sie nicht.«

Sie schenkte ihm ihr schönstes Lächeln. »Hoffentlich mögen Sie mich.«

»Das weiß ich noch nicht«, entgegnete er langsam, schaute auf ihren Mund und dann auf ihre Brüste. »Ihren Mann mag ich sehr, aber Sie sind so aufregend, daß Sie nicht auf der anderen Seite des Tales wohnen dürften.«

Declan blickte durch das Fenster des Wintergartens auf Mauds bleiches, verzücktes Gesicht und fand sie viel exotischer als Monicas Orchideen. Eifersucht drehte ihm den Magen um. Wenn er diese Party doch nur verlassen und einige Stunden an seinem Yeats-Buch arbeiten könnte... Er hatte seine Pflicht in diesem Haus erfüllt, mit dem gräßlich pompösen Paul Stratton geredet, sich bei Simon Harris nach dessen Frau erkundigt, zahlreiche Fragen nach seinen berühmten Interviewpartnern beantwortet und mindestens drei älteren Frauen zugehört, deren Töchter Englisch studierten und unbedingt zum Fernsehen wollten. Und jetzt wurde er von dieser monströsen Zwergin festgenagelt.

»Wir sind so glücklich auf Green Lawns«, teilte sie ihm selbstgefällig mit. »Die Priory haben wir uns auch mal angesehen. Sie stand ja endlos lange zum Verkauf. Ein furchtbar kaltes Gemäuer! Ich könnte unmöglich in einem Haus leben, in das nicht von morgens bis abends die Sonne scheint.«

Sie hielt ihr dummes Gesicht in die Sonne, und Declan beobachtete, wie Maud durch ihr Haar strich und sich zu Rupert neigte. Von beiden unbemerkt, fraß ein dicker Labrador Mauds Hühnerfrikassee.

»Sogar Freddie war nervös, bevor er Sie kennenlernte«, erzählte Valerie. »Ich sagte: ›Sei nicht albern, Fred-Fred, berühmte Menschen sind genauso wie alle anderen, aber meistens drogensüchtig und sehr einsam, weil sie von allen Freunden verlassen wurden.‹«

»Ich wünschte, einige unserer Freunde würden uns verlassen«, sagte Declan grimmig. »Deshalb sind wir aufs Land gezogen.«

In der Eingangshalle wies Tony einem bleichen Simon Harris die Tür. Das ältere Monstrum hatte soeben eine Ming-Vase zertrümmert.

»War – sie sehr alt?« stammelte Simon mit bebenden Lippen.

»Nein, nur gut sechshundert Jahre«, fauchte Tony. »Raus!«

»Ich ersetze Ihnen den Schaden.«

»Dafür müßten Sie zwei Jahresgehälter aufwenden, und da Sie ständig über Ihre Geldsorgen jammern, werden Sie sich wohl kaum dazu durchringen können. Und jetzt verschwinden Sie, bevor diese kleinen Bastarde alles kurz und klein schlagen!«

»Ich muß gehen«, sagte Rupert.

»Oh...« Maud wünschte, dieser Nachmittag würde bis in alle Ewigkeit dauern.

»Ich werde jetzt meine Kinder bei meiner Exfrau abholen.«

»Wie alt sind sie?«

»Acht und zehn.«

»Kommen Sie doch mal mit den beiden zu uns. Taggie, meine Tochter, ist ganz verrückt nach Kindern. Hat Ihre geschiedene Frau wieder geheiratet?«

»Ja, meinen früheren Chef d'équipe, Malise Gordon.« Rupert stand auf. »Er betreute das britische Team, als ich noch Springreiter war.«

Lizzie Vereker nahm Valeries Platz neben Declan ein. »Müssen Sie gerettet werden?«

»Jetzt nicht mehr. Wie kommen Sie mit Ihrem Buch voran?«

»Überhaupt nicht. Haben Sie Lampenfieber vor Ihrer ersten CTV-Sendung?«

»O ja. Eigentlich dürfte ich gar nicht unter Menschen gehen. Ich bin so nervös, daß ich mich mit niemandem einigermaßen vernünftig unterhalten kann.«

»Viel Glück mit Johnny.« Rupert blieb auf dem Weg nach draußen vor den beiden stehen.

»Essen Sie doch nach der Sendung bei uns«, lud Declan ihn ein.

»Geht leider nicht. Ich fliege nach Irland. Wir beide sind zwar sehr beschäftigt, aber irgendwann wird's schon klappen. Dann schaue ich mir Ihre Nesseln an.« Rupert beugte sich hinunter und küßte Lizzie. »Bye, Darling.« Als er die leere Halle durchquerte, kam Sarah aus einem der Badezimmer im Oberstock und roch nach Anais-Anais. »Komm, füttern wir die Fische«, schlug er vor und nahm ihre Hand. Auf einem grasbewachsenen, von hohen Eibenhecken gesäumten Weg führte er sie zum Teich. Von Simon Harris' Monstren bis zum Platzen vollgestopft, kräuselten die Karpfen nicht einmal die Wasserfläche. »Hattest du Schwierigkeiten, Sarah?«

Sie schüttelte den Kopf. »Es war so komisch, als ich von deinem Tennisplatz weglief, das rosa Kleid über dem Kopf. Die ganze Feuerwehrbrigade von Gloucestershire wird mein Schamhaar wiedererkennen, aber mein Gesicht – niemals.«

Rupert grinste und zog sie hinter den dichten Vorhang einer Traueresche. Nach einem Kuß fragte er: »Wann spielen wir den Satz zu Ende?«

»Sehr bald, bitte.« Ihr glattes goldbraunes Gesicht schimmerte grünlich im Schatten der Blätter, und sie glich einer Wassernymphe. »Wie ist Maud O'Hara?«

»Sie kam mir ziemlich ungebunden vor.«

»Es sah so aus, als wollte sie dich an sich binden.«

»Warst du eifersüchtig?« Sarah nickte, und Rupert meinte

seufzend: »Ein Jammer, daß der Sommerurlaub deines Mannes mit meinem zusammenfällt.«

»Er ist nie verreist«, stöhnte sie, während seine Finger zwischen ihre Beine glitten. »Gehen wir in die Laube?«

»Ich muß die Kinder abholen und bin ohnehin schon spät dran.«

»Wann sehe ich dich wieder?« keuchte sie, als sich seine andere Hand von hinten in ihr Höschen schob.

»Soll ich dich nach Irland mitnehmen? Am Mittwochnachmittag reise ich ab.»

»Das geht nicht. Meine ekligen Stiefkinder kommen probeweise zu uns, für ein paar Wochen. Paul holt sie am Dienstag in Gatwick ab.«

»Dann haben wir mindestens fünf Stunden Zeit. Ruf mich an, sobald er das Haus verläßt.«

12

Gertrude, die Promenadenmischung, mußte sich in den nächsten drei Tagen die Pfoten wund laufen. Wenn Maud nicht mit ihr in einem neuen lila T-Shirt und passendem geblümtem Rock durch das Tal wanderte und hoffte, Rupert zu begegnen, durchstreifte Declan mit der Hündin die Wälder, legte sich die Fragen zurecht, die er Friedlander stellen wollte, und trieb Cameron Cook in den Wahnsinn, weil er nie da war, wenn sie ihn sprechen wollte.

Ihre Geduld wurde auf eine weitere Probe gestellt, weil ihre persönliche Assistentin Windpocken bekam und durch Daysee Butler ersetzt werden mußte, das hübscheste, aber auch dümmste Mädchen bei Corinium.

»Warum buchstabieren Sie ›Daisy‹ so komisch?« fauchte Cameron.

»Weil es so im Vor- oder Nachspann mehr hermacht«, antwortete Daysee schlicht. Wie alle persönlichen Assistentinnen in diesem Herbst, wanderte sie mit einem Manuskripthalter und einer Stoppuhr umher, trug weite, in Wildlederstiefel gesteckte Hosen und Pullover mit Bildern auf der Vorderseite.

»Was für eine Tittengalerie!« murmelte Charles Fairburn.

Am Tag des ersten Interviews dröhnte Declans Stimme durch die ganze Priory.

»Was ist denn los?« fragte Taggie erschrocken.

»Ich habe kein einziges Paar Socken. In allen Schubladen habe ich nachgesehen, sogar im Wäschekorb. Der gottverdammte Patrick und die gottverdammte Caitlin haben alle meine Socken gestohlen. Jetzt weiß ich nicht, was ich anziehen soll.«

»Ich fahre nach Cotchester und kaufe dir welche«, versuchte sie ihn zu besänftigen.

»Nein, ich fahre hin und kaufe dreißig Paar in so scheußlichen Farben, daß keiner von euch jemals den Wunsch verspüren wird, sie zu klauen.«

Er war todmüde, hatte keinen Schlaf gefunden und befürchtet, Johnny würde entweder gar nicht oder völlig stoned auftauchen. Am Vortag war er mit Cameron Cook für zwölf Stunden ins Studio gegangen, um über Standfotos und Filmsequenzen zu streiten. Daysee Butlers idiotische Zwischenbemerkungen hatten keinem von beiden geholfen, ebensowenig wie Declans kategorische Ablehnung eines Alternativskripts, das er als anmaßenden Mist bezeichnete. Cameron tat so, als stammte es von einem ihrer Rechercheure. In Wirklichkeit hatte sie sich das ganze Wochenende damit herumgeplagt. Während Declan seinen eigenen schönen lyrischen Text aufnahm, rächte sie sich, indem sie ihn zwang, einzelne Passagen wegen eingebildeter falscher Aussprache oder technischer Fehler oder störender Nebengeräusche mehrmals zu sprechen. Am Ende des Tages waren sie keineswegs freundschaftlich auseinandergegangen.

Nachdem er seine Socken gekauft hatte, traf er gegen fünf im Studiokomplex ein. In Studio 2 lief gerade eine Spielshow. Der Showmaster fuchtelte wie ein verrückter Seelöwe mit beiden Händen über dem Kopf herum und animierte das Studiopublikum zu Beifallsäußerungen. In Studio 1 war die Produktion von »Sommernachtstraum« zum Stillstand gekommen, weil Cameron, mit den ersten Filmkopien unzufrieden, einen neuen Kameramann engagiert und die Crew daraufhin prompt die Arbeit niedergelegt hatte.

Die unterwürfige, übereifrige Deirdre Kilpatrick, Rechercheurin für »Cotswold Roundup«, trank gerade mit einer berühmten Romanschriftstellerin, die von James interviewt werden sollte, eine Tasse Tee. »James wird Sie fragen, wen Sie als perfekten romantischen Helden betrachten, Ashley. Und da wäre es nett, wenn Sie antworten würden: Sie, James.«

»Ich trete nur im Fernsehen auf, weil mein Agent behauptet, dadurch würden sich meine Bücher besser verkaufen«, erwiderte die Autorin. »Oh, ist das nicht Declan O'Hara? Also, das ist wirklich ein perfekter romantischer Held.«

Declan floh in seine Garderobe und versperrte die Tür. Einige Glückwunschkarten und Telex erwarteten ihn.

Während er dreißig Paar neongelbe Socken auf die Couch warf, klopfte es, und die Garderobiere kam herein. »Soll ich was bügeln?« erkundigte sie sich.

Düster starrte er in den Spiegel. »Nur mein Gesicht.« Aber dann gab er ihr seinen Anzug – hellgrau, aus ganz leichtem Stoff, weil er eine Stunde lang unter heißen

Scheinwerfern sitzen mußte. Sie hängte sein Hemd und die Krawatte auf einen Bügel, dann kreischte sie beim Anblick der gelben Socken: »Die können Sie unmöglich anziehen!«

»Niemand wird sie sehen«, entgegnete Declan.

In Studio 3 saßen zwei Techniker in Declans und Johnnys Sesseln, während die Crew die Beleuchtung und Kamerapositionen ausprobierte. Crispin, der Ausstattungsleiter, schwirrte in einem lavendelblauen Pilotenanzug umher. Das Szenenbild entsprach Declans Wünschen. Nur die Charles-Rennie-Mackintosh-Sessel waren durch Holzstühle ersetzt worden. Hinter Declans Kopf ragte eine konische Lehne wie ein Zauberhut empor, ein Symbol von Autorität und Magie. Aus einer Trotzreaktion heraus hatte Crispin auf die stahlblauen Tische, die zu beiden Seiten des Podestes wie Pilze hochwuchsen, blaurot gestreifte Gläser und Karaffen gestellt.

»Ich will schlichte Gläser«, fuhr Declan ihn an.

»Aber die sind so langweilig«, schmollte Crispin.

»Ich will sie aber haben – und lassen Sie diese verdammten Blumen verschwinden.«

»Cameron hat sie eigens bestellt.«

Drohend griff Declan nach dem Bukett. »Ich brauche keinen Grabschmuck!«

Mißmutig gab sich Crispin geschlagen. »Also gut, keine Blumen.«

Declan suchte die Männertoilette auf, wo er eine halbe Stunde lang zitterte. Bei seiner Rückkehr ins Studio stellte die Crew gerade ihre vier Kameras auf. »Kennt ihr schon den neuesten irischen Witz?« fragte der erste Kameramann. »Ein Paddy geht in eine Apotheke, um sich einen Heroin-Fix zu holen...« Erschrocken verstummte er, als er im Nacken gepackt wurde.

»Wenn Sie in meiner Sendung zu tun haben, werden Sie keine irischen Witze erzählen!« brüllte Declan. »Sie getrauen sich nicht mehr, Witze über Juden oder Neger oder Krüppel zu erzählen. Warum müssen Sie ständig auf den armen Iren herumhacken?« Mit einem Stoß schleuderte er den Mann durch das halbe Studio und stapfte hinaus.

»Ich werde mich bei meinem Vertrauensmann in der Gewerkschaft über Sie beschweren!« schrie der Kameramann ihm nach und rieb sich den Nacken.

In der Kantine hatten sich mehrere Mitarbeiter versammelt, um Johnny Friedlander zu sehen und Declan zu unterstützen, indem sie seine Sendung verfolgten. Bei Corinium herrschte immer noch ein latenter *esprit de corps.* Irgend jemand hatte die Farbe des Fernsehers auf der Theke so eingestellt, daß James Verekers Gesicht einer Jaffa-Orange glich. »Wie müßte nach Ihrer Ansicht ein romantischer Held aussehen, Ashley?« fragte er.

»So wie Sie, James.«

»Das ist sehr nett von Ihnen, Ashley.« James strich seine getönten Haarsträhnen glatt. »Was ist denn so romantisch an mir?«

»Sie wirken so zärtlich, James, und Sie haben eine große innere Kraft.«

»Hat irgend jemand Declan gesehen?« fragte Daysee Butler und schob ihre obere Hälfte mit Goofy am Busen zur Tür herein, worauf sich ein Chor schriller Pfiffe erhob. Der Sendetermin war bedenklich näher gerückt.

»Auf dem Klo«, antwortete Charles Fairburn. »Ein Wunder, daß er seine Garderobe nicht da hinein verlegt hat. Er kann nicht mal mehr einen Brandy bei sich behalten.«

»Declan!« donnerte der erste Kameramann. »Sie brauchen keine Angst zu haben! Daysee ist viel zu schüchtern, um hier reinzukommen, aber Johnny Friedlanders Gefolge hat gerade angerufen. Sie sind von der M4 abgebogen und in zwanzig Minuten da.«

»Dem Himmel sei Dank!« stöhnte Declan.

»Und da ist ein Brief für Sie.« Ein Zettel wurde unter der Toilettentür hindurchgeschoben.

»Lieber Declan«, stand darauf, »tut uns leid, daß wir Paddy-Witze erzählt haben. Wir werden das in Zukunft bleiben lassen.« Die ganze Crew hatte unterschrieben, und das Postskriptum lautete: »Kennen Sie den von dem Engländer, dem Waliser und dem Schotten?«

Declan grinste, schaute auf seine Uhr, und beinahe übergab er sich noch einmal. In einer knappen Stunde würde er vor den Kameras sitzen.

Johnny Friedlander fuhr in einer schwarzen Limousine vor, die sich bis ans Ende der Cotchester High Street zu erstrekken schien. Eine PR-Agentin und vier Leibwächter begleiteten ihn. In einem zweiten Wagen saßen vier Anwälte. Beim Anblick der Wölbungen in den Anzügen der Leibwächter ließ die Presse den Star ohne großes Aufhebens passieren.

Sobald er die reizvolle Daysee Butler sah, zog er sie in seine Garderobe und versperrte die Tür. Die vier Leibwächter blieben davor stehen, die Arme vor der Brust verschränkt.

»Wer ist dieses Mädchen?« fragte Johnnys PR-Agentin alarmiert.

»Nur ein kleiner Arsch«, antwortete einer der Leibwächter.

»Bestimmt keine Reporterin?«

»Die könnte nicht einmal zwei zusammenhängende Sätze schreiben«, beteuerte Charles Fairburn, der aufgekratzt vorbeirannte.

In Declans Garderobe machte sich eine hübsche Maskenbildnerin mit einem Schaf über dem Busen ans Werk. Er wünschte, er könnte sich auf die Schafweide legen. »Lassen Sie mich wenigstens die dunklen Ringe unter den Augen wegschminken und ein bißchen Grundierung auftragen«, murmelte sie. »Gegen diese Blässe muß ich unbedingt was tun. Und Sie hätten sich wirklich rasieren können.«

»Ich zittere schon den ganzen Tag so stark, daß ich mich dabei geschnitten hätte.«

»Dann werde ich Sie rasieren.«

In diesem Augenblick stürmte Cameron herein. »Friedlander hat sich mit Daysee in seiner Garderobe verbarrikadiert!«

»Sehr gut«, meinte Declan. »Wenn er bumst, schnupft er wenigstens keinen Koks.«

Tony Baddingham saß in seinem Büro im fünften Stock, noch nervöser als Declan, und schenkte seinen Gästen, darunter mehrere bedeutsame Werbekunden, der Bürgermeister und die Bürgermeisterin von Cotchester sowie Freddie und Valerie Jones, Krug ein.

In einer Ecke des Konferenzraums saßen Johnnys vier Anwälte, nippten an Perriers und erwogen mit Hilfe von Taschencomputern die Möglichkeiten einer Klage gegen Corinium.

»Verdammt, warum haben Sie soviel Presse antanzen lassen?« zischte Tony ins Ohr Cyril Peacocks, der genau wußte, daß sich sein Boß genauso ärgern würde, wenn nur eine Handvoll Reporter erschienen wäre.

Obwohl Tony die alleinige Verantwortung für Declans Engagement trug, hinderte ihn das nicht daran, die ganze Schuld in Simon Harris' Schuhe zu schieben. »Sie müßten Declan unter Kontrolle halten, Simon. Dafür sind Sie schließlich da. Er hat Cameron nicht mal ein schriftliches Konzept gegeben.«

»Im Augenblick braucht sie nur noch ein Büßerhemd«, meinte Charles.

»Declan ist mein Lieblingsstar«, sagte die Bürgermeisterin zu Valerie. »Ich kann es kaum erwarten, ihn nachher persönlich kennenzulernen.«

»Oh, wir kennen ihn schon recht gut«, erwiderte Valerie Jones, die ihm auf der sonntäglichen Lunchparty zum einzigen Mal begegnet war.

Im ganzen Gebäude wuchs die Spannung.

»Declan hat mich ganz durcheinander gebracht«, klagte James Vereker auf dem Weg zur Kantine. »Wie kann man nur soviel Nervosität verbreiten?«

Daysee kam aus Johnnys Garderobe und sah aus, als hätte sie den Heiligen Gral gefunden. »Er duscht gerade«, verkündete sie. »Und dann soll die Maskenbildnerin kommen.«

Es war fünf Minuten vor dem Start. Die vier Leibwächter hatten im Studio Stellung bezogen. Im Kontrollraum saß das Produktionsteam und starrte auf zwei Monitor-Reihen. Auf vier Bildschirmen sah Cameron Johnny Friedlanders schönes, degeneriertes, von rotgoldenem Haar umrahmtes Gesicht mit den hohlen Wangen, der kalifornischen Sonnenbräune und den tiefliegenden blauen Augen. Gertenschlank, fast ausgemergelt, rekelte er sich in seinem Dreitausend-Dollar-Anzug, die Ärmel bis zum Ellbogen hochgekrempelt, aber die Lässigkeit war nur gespielt. »Warum zum Teufel habe ich mich auf diese Scheiße eingelassen?« schimpfte er.

»Tut mir leid«, sagte Declan und meinte es ernst.

»Ah, das ist schon okay. Ich habe nur immer das Gefühl, daß ich den falschen Text spreche, wenn er von mir selber ist. Rupert hat mich übrigens angerufen. Er sagte: ›Diesem Burschen können Sie trauen. Er ist einer von uns.‹«

Declan hörte Daysees Stimme in seinem Kopfhörer. »Das Schulterfreie in Rosa ist schicker, aber meine Sommerbräune ist schon fast verschwunden.«

»Könnten wir einen kleinen Tontest machen?« bat der Aufnahmeleiter. »Was haben Sie zum Frühstück gegessen, Johnny?«

Der Star lachte. »Wollen Sie mich hinter Gitter bringen?«

Links von Cameron checkte Daysee verschiedene Stoppuhren. Sobald sie auf Sendung waren, würde sie das schulterfreie rosa Kleid vergessen und das Programm kühl wie ein Computer timen. Rechts saß ein Bildmischer im roten T-Shirt, die Hände über einem Regiment funkelnder quadratischer Tasten, bereit, sofort das von Cameron gewünschte Bild einzustellen.

»Also, dann wünsch ich uns allen viel Glück.« Cameron drückte die Daumen.

Daysee umklammerte ihre Stoppuhr und starrte auf die roten Digitalziffern. »Noch eine Minute... Zwanzig Sekunden, zehn, fünf, vier, drei, zwei, eins – und los!«

Die verjazzten Schuberttakte erklangen, auf dem Bildschirm explodierte eine Rakete und ließ bunte Sterne auf das nächtliche Cotchester herabregnen, die gleich darauf den Namen »Declan« bildeten. Jubelgeschrei erfüllte die Kantine, Tony paffte seine Zigarre.

»Ich will noch einen Gin-tonic«, sagte ein bereits betrunkener Reporter von der *Mail on Sunday*.

»Halten Sie den Mund!« riefen Johnnys vier Anwälte einstimmig und lauschten wie Habichte, in der Hoffnung, irgend etwas Ehrenrühriges aufzuschnappen.

Als Zugeständnis an Cameron schwang Declan seinen Sessel herum und blickte direkt in die Kamera. Sekundenlang war seine Kehle staubtrocken. Er hat die erste Frage vergessen, dachte Cameron verzweifelt. Doch dann sagte er: »Es ist mir eine große Freude, meinen ersten Gast in dieser neuen Sendereihe zu begrüßen, den besten amerikanischen Schauspieler der letzten fünfzehn Jahre. Aber er gibt erst heute abend sein erstes Interview.« Zu Johnny gewandt, fuhr er fort: »Warum?«

»Ich hasse Publicity«, erwiderte Johnny gedehnt. »Wenn alle Journalisten ausgerottet wären, könnte man endlich das Leben genießen.«

Im Konferenzraum erhob sich empörtes Geheul. Die Reporter hörten auf, ihre Gläser nachzufüllen, und begannen zuzuhören.

»Die Presse haßt alle erfolgreichen Leute«, fügte Johnny hinzu, »und wühlt in ihrem Sexualleben herum. So sehr man sich auch bemüht, das gelassen hinzunehmen – es ärgert einen doch, wenn man in der Zeitung liest, man sei von seiner allerneuesten Freundin mit irgendeinem griechischen Masseur betrogen worden. Jeden Tag werden meinen Exmiezen Millionen angeboten, damit sie alles ausplaudern.«

»Wie kommen Sie damit zurecht?« fragte Declan.

»Ich lese keine Zeitungsausschnitte mehr, ich wiege sie nur, und wenn der Stapel zu leicht ist, fange ich an, mir Sorgen zu machen.«

»Aber hofieren Sie die Öffentlichkeit nicht, indem Sie ihr so betont ausweichen?«

Johnny grinste. »Kommen Sie mir bloß nicht mit diesem Mist!«

Und so lieferten sie sich Wortgefechte, lachten, alberten herum, fast wie zwei alte Freunde, die über jemanden reden, den sie kennen und mögen, dessen Handlungsweise sie aber häufig mißbilligten. Freimütig schilderte Johnny seine Abenteuer mit Filmpartnerinnen, und dabei wirkte er so aufrichtig und charmant, daß ihm die Presse jene Beleidigung vergab. Die Anwälte faßten sich an den Kopf, aber sie grinsten.

Declan nutzte einen Tip, den Rupert ihm gegeben hatte, und sagte: »Nun stehen Sie vor Ihrer größten künstlerischen Herausforderung...« Johnny hob die Brauen. »Nächstes Jahr werden Sie in Stratford den Hamlet spielen.«

Johnny blinzelte verwirrt, und im Konferenzraum brach die Hölle los.

»Niemand weiß das!« schrien die Anwälte. »Der gottverdammte Vertrag ist noch gar nicht unterschrieben!«

»Ich dachte, ich müßte es mal versuchen«, antwortete Johnny. »Schauspielerinnen werden nicht ernstgenommen, bevor sie häßlich und ungepflegt und schmutzig auf der Leinwand erscheinen oder sich vergewaltigen lassen. Unsereins muß immer noch den Hamlet spielen. Und ich mag den Typ. Er hat Probleme mit seinem Stiefvater. Ich glaube, Claudius hat Hamlets Vater gar nicht umgebracht. Das bildet sich der Junge nur ein. Er haßt seinen Stiefvater. Und ich habe meinen gehaßt.«

»Warum?«

»Er hat meine Mutter geheiratet, dieser Bastard, und ich war furchtbar eifersüchtig.«

Tony sog an seiner Zigarre. Die Anwälte befingerten ihre Computer. Sogar die Reporter schwiegen.

Declan wartete unerträglich lange. Auf seiner hellblauen Insel in etwas dunklerem Meer wirkte Johnny plötzlich sehr verwundbar. »Er hat meine kleine Schwester mißbraucht. Deshalb bin ich abgehauen. Mein Stiefvater rief mich an, um mir zu sagen, meine Mutter würde an Krebs sterben. Ich glaubte ihm nicht, und deshalb fuhr ich nicht nach Hause.« Er stützte den Kopf in die Hände. »Am nächsten Tag starb meine Mutter. Sie nahm sich das Leben. Das habe ich bis jetzt noch niemandem erzählt.«

»Warum hat sie Selbstmord begangen?« fragte Declan sanft.

Johnny sah auf, seine Augen wirkten wie leere Höhlen. »Sie war eifersüchtig, weil mein Stiefvater meine Schwester bevorzugte. Jesus, was für ein Unglück!«

»Befürchten Sie, als Hamlet nicht ernstgenommen zu werden, weil Sie Amerikaner sind?«

Erleichtert über den Themenwechsel, fand Johnny beinahe zu seiner lässigen Haltung zurück. »Um Himmels willen, der Junge ist Däne! Es kommt ausschließlich auf die schauspielerische Leistung an. Ich könnte ihn wie J.R. spielen.« In breitem Texanisch begann er »Sein oder Nichtsein« zu deklamieren. Es war so komisch, daß die Kameraleute kaum ihre Apparate stillhalten konnten. Im Lauf des Monologs wechselte er zu Prinz Charles' Akzent über, was noch amüsanter wirkte. Nur die letzten zehn Zeilen sprach er in normalem Ton – so gut, daß Declans Atem stockte. Zum Schluß sagte Johnny im Cockney-Slang: »Das macht fünfhundert Pfund, bitte.«

»Man wird Sie ernst nehmen«, meinte Declan.

»Ich kann blitzschnell von einer Stimmung zur anderen übergehen. Deshalb bin ich ein guter Filmschauspieler. Aber vier Stunden auf der Bühne zu stehen – das ist was anderes. Nun, ich habe schon immer gefährlich gelebt...«

Declan holte tief Luft. »Sind Sie deshalb nach Amerika zurückgekehrt? Um sich dem Gericht zu stellen?«

»Das ist eine Unverschämtheit!« schrien die Anwälte, hellauf begeistert von der Aussicht auf lukrative Rechtsstreitigkeiten. »Wir haben vereinbart, daß diese Sache nicht erwähnt wird!«

»Ich bin zurückgekehrt, weil ich Heimweh hatte«, erwiderte Johnny. Er machte immer noch einen entspannten Eindruck, aber seine Fingerknöchel traten weiß hervor, als er die Armstützen seines Sessels umklammerte.

»Hatten Sie schon immer eine Vorliebe für ganz junge Mädchen?«

»Klar, wenn sie hübsch waren. Und die Kleine, um die es da ging, war besonders hübsch.«

»Wußten Sie, daß sie erst vierzehn war?«

»O ja. Sicher hätte ich's nicht tun dürfen, aber sie war so süß. Und ich habe ihr bestimmt keinen seelischen Schaden zugefügt. Inzwischen ist sie glücklich verheiratet und hat ein Baby.«

»Wie sind Sie im Gefängnis zurechtgekommen?«

Johnnys Augen verwandelten sich wieder in leere Höhlen.

»Dort ist es nicht sehr gemütlich. Aber als berühmter Filmstar ist man sowieso niemals frei. Wenn man in den Knast wandert, tauscht man nur die eine Gefangenschaft gegen eine andere aus. Und ich habe in jener Zeit viel gelernt. Ich könnte heute nacht Ihr Haus plündern, während Sie im Bett liegen.«

Declan streckte die Beine aus.

»Was für außergewöhnliche Socken«, meinte das Mädchen von der *Mail on Sunday* und goß sich noch einen Gintonic ein.

»Hatten Sie Probleme mit den anderen Häftlingen?« fragte Declan.

»Eigentlich nicht. Ein Kerl konnte nicht zählen und dachte, das Mädchen wäre nicht vierzehn, sondern vier. Er walkte mich ein bißchen durch. Aber ich habe auch ein paar gute Freunde gefunden.«

»Für ältere Frauen hatten Sie nie was übrig?«

Johnny dachte kurz nach, dann grinste er boshaft. »Nein, die haben Hängeärsche. Und die können einen im Bett nicht richtig wärmen.«

Im Kontrollraum läutete das Telefon. »Um Gottes willen, bringt ihn vom Sex weg. Die Anwälte werden uns die Hölle heiß machen! Wenn er nicht sofort den Mund hält, verlieren wir die Konzession!«

»Eine verdammt gute Sendung«, erwiderte Cameron und legte auf. Aber sie sorgte dafür, daß im zweiten Teil der Talkshow, nach der Werbeeinblendung, keine verfänglichen Themen mehr angesprochen wurden. Declan veranlaßte seinen Gast zu einer allseits begeistert aufgenommenen Schlußbemerkung, indem er die Frage stellte: »Werden Sie nach dem Hamlet überhaupt noch Ambitionen haben?«

»Ich glaube, ich wünsche mir eine gute Ehe«, erwiderte Johnny ernsthaft. »Neulich besuchte ich meine Großmutter. Sie ist seit sechzig Jahren verheiratet. So was betrachte ich als echte Leistung – so wie man einen Ziegelstein auf den anderen legt, um eine Kirche zu bauen, ein richtiges Lebenswerk. Wahrscheinlich werde ich's nie erreichen, aber es wäre schön.«

Lächelnd bedankte sich Declan bei seinem Gast, und während der verjazzte Schubert erklang, glitt der Nachspann von unten nach oben. Weil Daysee von Johnnys letzten Worten so entzückt war, hatte sie ihr Timing verpatzt, und so färbte sich der Bildschirm königsblau, kurz bevor Cameron Cooks Name erscheinen sollte. Das Corinium-Firmenzeichen wurde eingeblendet mit dem kleinen roten Rammbock, der sein Geweih etwas höher zu tragen schien als sonst, und eine Sekunde später begann ein Werbespot.

Neuer Jubel brach in der Kantine und im Konferenzraum los, sogar die Crew applaudierte spontan und drängte sich um Declan und Johnny. Oben raste die Presse zu den Telefonen.

»Ich muß unbedingt mit Declan über diese Socken reden«, verkündete das Mädchen von der *Mail on Sunday* und goß sich noch einen Gin-tonic ein.

»Großartig!« rief Freddie Jones. »Wirklich großartig! Herzlichen Glückwunsch!«

Die Anwälte kamen auf Tony zu und schwenkten seine Hand. »Wir hatten eine Scheißangst, aber Johnny kam phantastisch rüber.«

Fünf Minuten später legte Tony den Telefonhörer auf und eilte nach unten zu Declan. »Lady Gosling war ganz begeistert.«

»Danke«, entgegnete Declan. »Macht's Ihnen was aus, wenn wir nicht zu Ihnen hinaufkommen? Johnny will niemanden sehen. Er hat ein Stadium erreicht, wo er ausflippen könnte. Ich nehme ihn mit nach Hause, und wir essen in aller Ruhe zu Abend.«

»Klar, ich verstehe. Wir sprechen uns morgen. Aber ich möchte Ihnen schon heute gratulieren.«

Als Cameron den Konferenzraum betrat, wurde immer noch gejubelt. Tony ließ sich sogar dazu herbei, sie zu umarmen. »Lady Gosling hat angerufen. Die Sendung hat ihr ungemein gut gefallen, und sie läßt dir ihre Glückwünsche ausrichten.«

Aber Cameron fühlte sich wie ausgehöhlt und völlig verzweifelt – nicht nur wegen ihres fehlenden Namens im Nachspann. Sie hatte eine Sendung produziert und inszeniert, ohne wirklichen Anteil daran zu haben. Die neue Sendereihe stand und fiel mit Declan.

13

Declans erste Corinium-Sendungen waren ungeheuer erfolgreich. Die Interviews mit Jackie Kennedy, der Prinzessin, Mick Jagger und Harold Pinter überboten einander. Zahlreiche ausländische TV-Stationen übernahmen die Sendereihe. Declan-Sweatshirts, -Teetassen und -Posters verkauften sich schneller als Bikinis im Juni, und falls Schubert vom Himmel herabblickte, mußte er verblüfft und entzückt beobachten, wie seine Fünfte Sinfonie in den Charts nach oben galoppierte.

Nach der ersten Sendung milderten sich Declans Aggressivität und innere Anspannung. Er trank sogar mit der Crew in der Kantine, blieb aber unnachgiebig, wann immer es darum ging, seinen Willen durchzusetzen. Cameron lag haßerfüllt auf der Lauer. Im Augenblick war Tony völlig hingerissen von Declan, aber da sie beide Männer kannte, wußte sie, daß dies kein Dauerzustand werden konnte.

Die Kündigungswelle bei Corinium war zwar durch Declans Ankunft gestoppt worden. Aber Simon Harris näherte sich einem Nervenzusammenbruch, und in der Bar Sinister murmelten die CTV-Mitarbeiter immer aufsässiger in ihre Sancerre-Gläser, daß Cameron in den Aufsichtsrat gehievt werden sollte. Um ihre Selbstgefälligkeit etwas zu dämpfen, lud Tony die zauberhafte Sarah Stratton zum Lunch ein und veranlaßte James Vereker, sie Anfang November in der Reihe »Frauen hinter berühmten Männern« zu interviewen. Cameron geriet in helle Wut, die das ganze Personal zu spüren bekam.

In der Woche, wo Sarah interviewt werden sollte, wurde Declan in Tonys Büro gerufen und fragte Miß Madden im Vorbeigehen: »Was macht Ihre Erkältung?«

»Oh, ich fühle mich schon viel besser«, antwortete sie errötend. »Wie nett, daß Sie daran denken! Aber jetzt sollten Sie sich beeilen. Cameron ist schon da.«

Unheilvoll, in einem schwarzen Rollkragenpullover, schwarzen Lederhosen und Pumps mit spitzen Absätzen, lehnte Cameron am Fenstersims. Declan fragte sich, ob sie im Bett in diesem Schuhwerk über Tony hinwegspazierte. Zigarrenrauch erfüllte den Raum. Tony trank einen Brandy, bot seinem Talkmaster aber keinen an. »Setzen Sie sich«, begann er munter. »Ich muß Ihnen beiden gratulieren. Soeben habe ich erfahren, daß wir beim Interview mit der Prinzessin unseren lokalen Einschaltquotenrekord gebrochen haben.«

Declan sank auf eines der niederen Sofas, die er mit seinen langen Beinen schrecklich unbequem fand.

»Cameron und ich haben einen Entschluß gefaßt.« Tony lehnte sich in seinem Sessel zurück. »Wir finden, nun müßten Sie Ihre Flügel etwas weiter ausbreiten. Diese Woche werden Sie Maurice Wooton interviewen.«

»Der ist zu unwichtig«, entgegnete Declan rundheraus. Lord Wooton war ein profilierter Bauunternehmer in Cotchester, aber von geringem internationalen Interesse. »Außerdem erwarte ich diese Woche Graham Greene.«

»Das ist okay«, sagte Cameron. »Sie interviewen Lord Wooton am Freitagabend, in einem Special nach den Zehn-Uhr-Nachrichten.«

»Warum kann James das nicht machen?«

»James ist bereits mit Sarah Stratton beschäftigt. Außerdem wollen wir Sie haben.«

»Laut Vertrag muß ich pro Woche nur ein Interview machen.«

»Keine Bange, das bekommen Sie extra bezahlt«, erklärte Tony. »Wir möchten Sie richtig in unseren Lokalsender eingliedern.«

»Dazu habe ich keine Zeit.« Es war heiß in Tonys Büro, und Declan spürte, wie sich sein Hemd mit Schweiß vollsog.

»Wir haben unsere Rechercheure«, sagte Cameron in einem Ton, als spräche sie mit einem Zweijährigen. »Deirdre Kilpatrick hat grandioses Material über Wooton ausgegraben.«

Declan stemmte sich von dem weichen Sofa hoch. »Ich erledige meine Recherchen immer selbst«, entgegnete er kühl und ging hinaus.

Hurra, dachte Cameron, es wirkt.

Am Donnerstagmorgen rief sie Declan zu Hause an. Er hatte seinen freien Tag und war bis vier Uhr nachts aufgeblieben, um Graham Greene zu lesen. Die nächsten beiden Tage wollte er seiner Yeats-Biographie widmen, und nun befahl ihm Camerons gräßliche Krächzstimme, am Freitag um elf an einer Besprechung teilzunehmen. »Damit wir über ein paar Ideen für das Wooton-Interview diskutieren können.«

Declan legte auf. Als er am nächsten Morgen um halb zwölf noch immer nicht aufgetaucht war, rief sie wütend in der Priory an. Maud meldete sich und sagte, es tut ihr leid, aber Declan liege im Bett.

»Um diese Zeit? Ist er krank?«

»Keineswegs. Er liest.«

»Ich will sofort mit ihm reden.«

Declan empfahl Cameron, in den River Fleet zu springen, und erklärte, er habe nicht die Absicht, wegen der Besprechung sein Haus zu verlassen. Daraufhin rief Tony an und befahl ihm, abends ins Studio zu kommen und Maurice Wooton zu interviewen. Declan hatte soeben eine Steuerrechnung über achtzigtausend Pfund erhalten, die er nur bezahlen konnte, wenn er weiterhin für Corinium arbeitete. Und so versprach er, später zu erscheinen, aber er würde seine Fragen vorher nicht einreichen.

Um zwei Uhr betrat er das CTV-Gebäude. Wie er wußte, waren Cameron und Tony um diese Zeit noch beim Lunch. Er ging in die Nachrichtenredaktion, um sich bei Sebastian Burrows, dem jüngsten, intelligentesten und deshalb frustriertesten Corinium-Reporter, Informationen zu holen.

»Deirdre hat wie eine Verrückte für Ihr Wooton-Interview geschuftet«, berichtete Seb.

»Klebt irgendwelcher Dreck an ihm?« fragte Declan.

»Er gehört zu Tonys besten Freunden. Genügt das nicht?«

»Nicht ganz. Gibt's was Konkretes?«

Sebastians schmales Gesicht leuchtete auf. »Ich hätte genug, um ihn für zehn Jahre hinter Gitter zu bringen, aber ich wage es nicht, dieses Material zu verwenden.«

»Her damit«, sagte Declan.

Am selben Freitag, nach mehreren anstrengenden Besprechungen mit der Football Association und Clubmanagern über das Rowdy-Problem auf den Fußballplätzen, entschied Rupert Campbell, daß er einen freien Tag verdient hatte, und ging mit Basil Baddingham auf die Jagd. Die Witterung war schlecht. Es regnete den ganzen Tag, und die Füchse blieben vernünftigerweise in ihrem Bau. Als die Jäger zu

Ruperts dunkelblauem Aston-Martin zurückkehrten, klebten unzählige Blätter wie Strafzettel an der Windschutzscheibe. Durch eine gelbliche Dämmerung fuhren sie nach Hause.

»Mit wem treiben wir's heute abend?« fragte Bas.

»Mit niemandem«, seufzte Rupert. »Ich muß zu einer Wohltätigkeitsparty gehen.«

»Schade. Ich wollte dir eine erstaunliche Mieze zeigen.«

»Das ist was anderes. Wo wohnt sie?«

»In der Penscombe Priory.«

Rupert glaubte, Maud wäre gemeint. »Ist sie nicht ein bißchen zu reif für dich?«

»Nein, ich rede von der Tochter. Die ist einsame Klasse.«

In der Priory war die Haushälterin Grace auf dem Dachboden über eine Truhe mit Mauds alten Kleidern gestolpert. Maud, die soeben ihren letzten P.D. James beendet hatte und an Entzugserscheinungen litt, ging nach oben und begann die Sachen anzuprobieren. »Damit bin ich 1968 die Dublin High Street raufgeschlendert«, erinnerte sie sich und stolzierte in einem rotweiß gestreiften Minirock umher, der ihre immer noch schönen Beine voll zur Geltung brachte. »Da war ich erst vierundzwanzig.«

»Jetzt sehen Sie keinen Tag älter aus«, meinte Grace.

»Oh, das habe ich auch sehr gern getragen.« Maud zog ein saphirblaues Minikleid mit Rüschenkragen aus der Truhe. »Ich hatte es bei Patricks Taufe an. »Ob ich noch hineinpasse?«

»Sitzt wie ein Handschuh«, sagte Grace, die gerade in einen Maximantel schlüpfte. »Verblüffend.«

Während sich Maud in einem hohen Spiegel bewunderte, der an schrägen Dachbalken lehnte, hörte sie Gertrude bellen. Nicht unzufrieden mit ihrer Erscheinung, ging sie hinunter und blieb auf halber Höhe am Treppenabsatz stehen.

Sie sah zwei Köpfe in der Halle, einen dunklen und einen blonden. Sekundenlang setzte ihr Herzschlag aus.

»Maud«, schrie Bas, »sind Sie da?«

»Hier oben«, erwiderte sie, die Beleuchtung des Treppenhauses im Rücken.

»Ich dachte, du wärst im Internat, Caitlin.«

»Ich bin's.« Langsam stieg Maud die Stufen hinab. »Grace und ich albern grade ein bißchen rum und probieren meine alten Kleider.«

»Wie jung waren Sie, als Sie das da zuletzt trugen?«

»Etwa einundzwanzig.«

»Jetzt sehen Sie wie achtzehn aus«, meinte Bas und küßte sie.

»Mit diesem Kompliment haben Sie sich einen großen Drink verdient, und deshalb sind Sie vermutlich auch gekommen. Grace!« rief sie nach oben, »könnten Sie uns bitte was zu trinken machen? Ich will mich rasch umziehen!«

»Nein, tun Sie das nicht«, flehte Rupert. »Ich wette, dieses Kleid hatten Sie an, als Declan sich in Sie verliebte.«

»Wo ist Declan?« fragte Bas, während sie in die Küche gingen.

»Er wurde ins Studio beordert, weil er eine zusätzliche Sendung machen muß.« Maud goß Whisky in drei Gläser.

»Haben Sie was zu essen? Ich bin halb verhungert.«

»Irgendwo müßten ein Schokoladenkuchen und eine Quiche sein. Sehen Sie mal nach, vielleicht finden Sie was.«

Rupert schaute sich um. In der Mitte des Raumes stand ein großer, blankgescheuerter Tisch mit Stühlen zu beiden Seiten. Gedichtbände und Kochbücher drängten sich in den Regalen. In einer Ecke stand ein Schaukelpferd über Gertrudes Korb. Auf einem Stapel frischgebügelter Hemden schnarchte der Kater Aengus. An eine Korktafel waren Rezepte und Tierfotos gepinnt, von Taggie aus Zeitschriften ausgeschnitten. Abgesehen vom Fernseher auf einer Schubladenkommode schienen sämtliche Flächen mit Briefen, Rechnungen, Fotos, Zeitungen, Magazinen und Kugelschreibern übersät zu sein.

»Eine hübsche Küche«, sagte Rupert.

Valerie Jones, die eine halbe Stunde später eintraf, fand die Küche überhaupt nicht hübsch. Mauds nackte Schenkel schockierten sie ebenso wie der Anblick von Rupert und Basil, die ihre gestiefelten Beine auf den Tisch gelegt hatten und Declans Whisky in sich hineinschütteten. Rupert aß ein Brot mit Brombeermarmelade, Bas löffelte gerade die Reste einer Makrelenmousse. Sehr adrett im Tweedkostüm mit Jagdhut, berichtete sie, gerade sei sie mit Lady Baddingham bei einer Sitzung des Ausschusses für verarmte Aristokraten gewesen und vorbeigekommen, um zu fragen, ob Maud ihr alte Kleider für den Weihnachtsbasar im nächsten Monat geben könne. »Da Sie kürzlich umgezogen sind, müssen Sie doch eine Menge altes Zeug zum Wegwerfen haben.«

»Nur ihren Mann.« Bas machte sich über die Quiche her.

»Ich werfe niemals Kleider weg«, erklärte Maud. »Trinken Sie was mit uns?«

»Ich muß noch fahren. Hätten Sie eine Limonade?«

»So was gibt's hier nicht, wenn Maud dieses Kleid trägt«, sagte Rupert und schnitt sich ein Stück Schokoladenkuchen ab.

»Dann nehme ich Tee. Und ich hätte schrecklich gern ein Stück von diesem Kuchen. Oh, die Brombeermarmelade sieht ja himmlisch aus!«

»Taggie hat die Brombeeren unten in Ihrem Tal gepflückt, Rupert, also wir müssen Ihnen ein Glas davon geben.« Maud stellte den Teekessel auf den Herd und fühlte sich überglücklich.

In diesem Augenblick kam Grace in Mauds rotschwarzem Mini herein. »Ich gehe zum Glasbläserlehrgang im Fraueninstitut, Maud. Bis später.«

Valerie runzelte verblüfft die Stirn. »Ich wußte gar nicht, daß heute abend eine Veranstaltung im Haueninstitut stattfindet.«

»Dieser Kurs wurde in den Pub verlegt«, antwortete Maud, während die Haustür krachend ins Schloß fiel.

»Man sollte nicht auf so vertrautem Fuß mit dem Personal stehen und einander niemals beim Vornamen nennen«, meinte Valerie mißbilligend. »In Gloucestershire tut man so etwas nicht.«

»Bye, Grace!« schrie Rupert. »Amüsieren Sie sich gut!«

Valerie kniff die Lippen zusammen. Sie beobachtete, wie Maud kochendes Wasser auf einen Teebeutel goß, und hoffte, daß die Tasse sauber war.

»Diese Quiche ist wirklich gut«, verkündete Bas. »Und laß um Himmels willen was von dem Schokoladenkuchen übrig, Rupert!«

»Hat Grace den gebacken?« erkundigte sich Valerie. Vielleicht war diese Grace eine bessere Perle, als es den Anschein hatte.

»Grace kann nicht kochen«, entgegnete Maud. »Taggie hat das alles gemacht. Sie möchte einen Partyservice eröffnen.«

»Sie sollte lieber in der Bar Sinister arbeiten«, schlug Bas vor, und als Taggie hereinkam, nahm er die Füße vom Tisch und stand auf. »Darling, ich hab mich schon gefragt, wo Sie stecken.«

Sie war sehr blaß, ein dicker schwarzer Zopf hing an ihrem Rücken hinab, und über endlos langen nackten Beinen trug sie eins von Declans roten Hemden. »Hallo!« begrüßte sie Bas erfreut, dann drehte sie verlegen den Kopf beiseite, als er auf ihren Mund zielte, so daß sein Kuß in der Luft landete.

Zu Valeries Entsetzen zog Maud den Teebeutel mit den Fingern aus der Tasse. Dann stellte sie ihre Tochter vor.

Taggie lächelte Valerie an, ignorierte Rupert und nahm sich eine Dose gebackene Bohnen aus dem Kühlschrank und begann sie mit einem Löffel zu essen.

Rupert musterte sie verwirrt. »Haben wir uns nicht schon mal getroffen?« Plötzlich lachte er. »Jetzt fällt's mir ein. Auf der Tennisparty.«

Taggie wurde dunkelrot.

»Eine brillante Quiche, eine atemberaubende Mousse, ein herrlicher Schokoladenkuchen«, lobte Bas mit vollem Mund.

»Das war alles für Daddys Dinner...«, fing Taggie bekümmert an, dann verstummte sie. Manchmal hätte sie ihre Mutter umbringen können. Sie wollte nach oben gehen, aber Bas setzte sich neben sie und bot ihr einen Job in der Bar Sinister an. »Das ist sehr freundlich von Ihnen«, murmelte sie, »aber ich habe zwei Jahre in einem Restaurant gearbeitet und will mich jetzt selbständig machen.«

»Sie können jeden Tag zu mir kommen und mein Frühstück kochen«, sagte Rupert. Sie sah ganz anders aus als das wütende Mädchen, das ihn wegen seiner Stoppelfelder angeschrien hatte. »Übrigens, du hattest recht, Bas.«

Taggie war völlig durcheinander und stand in Gegenwart dieses grausigen Monstrums, das sie seit Wochen in ihren Alpträumen verfolgte, wahre Höllenqualen aus. Nacht für Nacht erschien ihr Rupert, mit bronzebrauner eingeölter Haut, aufrecht in jeder Beziehung und in seiner Nacktheit so unbefangen wie ein Zuluhäuptling. Und da saß er nun, trank den Whisky ihres Vaters und lachte sie über den Tisch hinweg an. Aus reiner Nervosität sprang sie auf und schaltete den Fernseher ein.

»Dieser Widerling!« rief Rupert, als James Vereker vom Bildschirm lächelte.

Sarah Stratton wünschte, sie hätte sich niemals bereit erklärt, in James' Sendung aufzutreten. Während eines Werbespots wurde sie ins Studio dirigiert, dann saß sie auf dem berühmten rosa Sofa neben Vereker. Eine Maskenbildnerin eilte herbei, um ihr das hochrote Gesicht etwas heller zu tönen. Ihre Nervosität wuchs.

»Schauen Sie nie in die Kamera, Sarah«, wurde sie von James instruiert, »immer nur auf mich.«

Die Titelmelodie von »Cotswold Roundup« explodierte und verkündete das Ende des Werbespots.

»Sarah Stratton«, sagte James, »Sie sind nun seit fast neun Monaten mit dem Cotchester-Abgeordneten Paul Stratton verheiratet. Wie sehen Sie Ihre Rolle als Ehefrau eines Parlamentariers?«

»Ich unterstütze meinen Mann in jeder Beziehung«, antwortete sie und starrte geradewegs in die Kamera.

In der O'Hara-Küche drehte Rupert den Fernsehapparat lauter.

»Ist das nicht Lizzie Verekers Mann?« fragte Maud. »Ich mag Lizzie.«

»Sie ist bezaubernd«, meinte Rupert. »Wenn sie dreißig Pfund abnimmt, heirate ich sie. Ich finde, Sarah wirkt ziemlich unsicher. Ständig leckt sie sich über die Lippen und schaut nach allen Seiten. Aber sie sieht großartig aus.«

Sarah erklärte gerade, wie problematisch es sei, sich in einen verheirateten Mann zu verlieben. »Ich habe keinen Druck auf Paul ausgeübt und ihn niemals aufgefordert, seine erste Frau zu verlassen.«

»Quatsch!« rief Bas. »Sie hatte einen Meißel in der Handtasche und versuchte ihn wie einen Rankenfüßler von einem Stück Treibholz zu kratzen.«

»Aber weil er sich meinetwegen von ihr scheiden ließ«,

fuhr Sarah fort, »aus *eigenem* Antrieb, werde ich nun als liederliche Person gebrandmarkt.«

»Mit gewisser Berechtigung«, warf Rupert ein. »Und ihr Mann ist von krankhaftem Geiz besessen. Es ist so verdammt schwer, in seinem Haus einen Drink zu bekommen, daß man ihn zum Dürreminister ernennen sollte. Das kann man *Ihnen* nun wahrlich nicht vorwerfen, liebste Maud!« fügte er hinzu, als sie den letzten Whisky in sein Glas goß.

Taggie, die gerade Hemden bügelte, hob verwundert die Brauen. »Irgendwo hab ich sie schon mal gesehen«, murmelte sie, dann lief sie wieder dunkelrot an, als sie sich erinnerte, daß Sarah jene schöne Blondine war, die nackt mit Rupert Tennis gespielt hatte.

Er las ihre Gedanken. »Sie ist eine ausgezeichnete Tennisspielerin... Oh, Sie versengen das Hemd!«

Wütend bügelte sie weiter, und Maud bemerkte: »Taggie sieht zuviel fern.«

»Sharon darf nur hin und wieder am Wochenende bestimmte Sendungen anschauen«, warf Valerie selbstzufrieden ein. »Als meine Schwester und ich so jung waren, hatten wir genug Amüsement, auf unsere Weise.«

Rupert nickte. »Ich auch – bis mein Kindermädchen mir einredete, davon würde man blind.«

James steuerte das Ende des Interviews an und fragte, ob Sarah berufliche Pläne habe. Strahlend lächelte sie ihn an. »Als berühmter Mann müssen Sie doch wissen, daß die Gattinnen berühmter Männer stets an zweiter Stelle stehen müssen. Und wenn man die zweite Frau eines solchen Mannes ist, bemüht man sich um so intensiver, eine gute Ehe zu führen. Man verzichtet auf eine eigene Karriere, um alle Leute Lügen zu strafen, die behauptet haben, das Glück würde nicht von Dauer sein.«

Taggie war schockiert. Wie konnte Sarah so reden, wenn sie eine Affäre mit Rupert hatte?

Er beobachtete sie und entschied, daß sie tatsächlich wunderschön war. Besonders die silbergrauen Augen mit der schwarz umrandeten Iris faszinierten ihn. Die Nase war etwas zu groß, aber der Mund mit der kurzen Oberlippe anbetungswürdig. Er stellte sich vor, dieses glänzende schwarze Haar auf einem Kissen ausgebreitet zu sehen. Und ihre Bewegungen... Sie besaß die sanfte Tolpatschigkeit eines irischen Wolfshunds, der nichts dafür kann, wenn er mit seinem Schwanz Teetassen umwirft. Maud bemerkte, mit welch lässiger, fast lustvoller Zuneigung er ihre Tochter musterte, und empfand heiße Eifersucht. »Hol uns noch eine Flasche Whisky, Taggie«, befahl sie in scharfem Ton, »und räum das Geschirr weg!«

»Aber das ist Daddys letzte Flasche«, protestierte Taggie.

»Als wenn dein Vater seinen Gästen jemals einen Drink verweigern würde!« zischte Maud.

Taggie schaltete das Bügeleisen aus, holte die Flasche und stellte sie mit einem Knall auf den Küchentisch. An der Hintertür winselte Gertrude.

»Ich bringe dich hinaus, Darling.« Taggie zerrte schwarze Gummistiefel aus einer Ecke.

»Ziehen Sie sich warm an, Kindchen«, riet Valerie. »Und wenn Sie auf dem Land vorankommen wollen, sollten Sie grüne Stiefel tragen.«

»Wenn Sie auf dem Land wirklich vorankommen wollen«, ergänzte Rupert gedehnt, »sollten Sie den Schwanz dieses Hundes geradebiegen lassen.«

Taggie warf ihm einen vernichtenden Blick zu und ließ krachend die Tür hinter sich ins Schloß fallen.

»Was ist denn los mit ihr?« fragte Bas.

Maud öffnete die Whiskyflasche. »Sie ist verliebt in einen von Patricks Freunden, aber der nimmt ihre Existenz kaum zur Kenntnis.«

Draußen war es herrlich mild. Der Wind wehte orangegelbe Blätter über den Rasen und seufzte im Wald. Nach dem Regen rauschte der Bach noch lebhafter durch den Garten. Rostfarbene Wolken zogen über den Himmel. Dazwischen blinkten die ersten Sterne. Taggie folgte dem Rosenweg, den früher die Nonnen benutzt und dabei um Erlösung gebetet haben mußten, genauso wie sie, so viele Jahrhunderte später. »Oh, bitte, lieber Gott, laß diesen gräßlichen Mann aus unserem Haus verschwinden.«

Ihre Mutter fühlte sich offenbar zu Rupert hingezogen. Diesen verzückten Blick, die geröteten Wangen hatte Taggie schon oft genug gesehen. Und er stachelte sie auch noch an mit seinen sch-schlüpfrigen Bemerkungen (endlich hatte sie das an diesem Tag erlernte Wort in einen Satz eingebaut), trank Daddys Whisky und aß ihm das Dinner weg.

Trotz der warmen Nacht erschauerte sie, als sie sich vorstellte, was ihr wieder einmal bevorstand. Maud würde verlangen, daß Taggie ihr Alibis verschaffte. Aber diesmal konnte sie lange drauf warten.

Valerie fuhr nach Hause, während Maud, Basil und Rupert weitertranken.

Als Taggie viel später die Küche betrat, traf sie zu ihrer Erleichterung nur mehr ihre Mutter und Bas an. »Daddy interviewt in ein paar Minuten Lord Wooton.«

»Mein Mann«, erklärte Maud ihrem Gast, »verwandelt sich immer in die Person, die er demnächst in seiner Sendung erwartet. Vor dem Gespräch mit Margaret Thatcher trug er streng geschnittene Kostüme und nannte mich im Bett ›Denis‹.«

Bas bemerkte Taggies mißbilligende Miene, klopfte einladend auf den Stuhl neben sich und meinte, das Interview müßte interessant werden, da Tony alle Register zog, um Wooton in den CTV-Aufsichtsrat zu locken.

Rupert kehrte aus dem Badezimmer zurück und schwenkte einen *New Statesman.* »Soll das heißen, daß Declan so was liest?«

Maud nickte. »Er glaubt auch dran.«

»Wenn man soviel verdient, kann man doch kein Sozialist sein.«

»Ich weiß«, entgegnete sie seufzend. »Er ist nun mal schrecklich inkonsequent.«

»Sicher würde er sein Geld mit den Armen teilen«, verteidigte Taggie ihren Vater, »aber du gibst ja alles aus!«

»Wenn du dich nicht wie ein zivilisierter Mensch benehmen kannst, solltest du ins Bett gehen!« fauchte Maud. So hatte ihre Tochter noch nie mit ihr geredet.

Tony kam ins Studio 3 zu Declan, stank nach Brandy und schwang eine riesige Zigarre durch die Luft. Er war in strahlender Laune. An diesem Tag hatte er ITN zwei Reportagen verkauft und soeben ganz ausgezeichnet mit Maurice Wooton zu Abend gegessen. Nun würde Declan den Mann wunschgemäß interviewen und sich in Zukunft wohl kaum weigern können, weitere Specials zu machen.

Vielleicht nächste Woche mit Freddie Jones.

»Maurice pinkelt gerade«, verkündete Tony. »Er ist schon zurechtgemacht. Gehen Sie sanft mit ihm um. Er mag als knochenharter Geschäftsmann verschrien sein, aber er liebt seine Enkelkinder und spendet eine ganze Menge für die Wohlfahrt. Wenn Sie ihn dazu kriegen, über Opern oder seine Katzen zu reden, kann er richtig charmant werden.«

»Zeigen Sie nur seine Schokoladenseite, Declan!« befahl Camerons Stimme aus dem Kontrollraum. »Und Kamera 2 – könnten Sie's verhindern, daß Lord Wootons kahler Oberkopf ins Bild kommt?«

Der Aufnahmeleiter führte Maurice Wooton herein, der offensichtlich etwas zuviel mit Tony getrunken hatte. Aber in der Maske war sein Gesicht mit Hilfe von grünlicher Grundierung erbleicht, die grauen Bartkoteletten hatte man geschwärzt. Die sinnliche wulstige Unterlippe erinnerte Declan an die Orchideen in Tonys Büro.

Zunächst flackerten Standfotos und Filmszenen über den Bildschirm, die Cameron ausgesucht hatte. Lord Wooton tobte mit seinen Katzen umher, besuchte Kinder in Krankenhäusern, spielte mit seinen Enkeln Kricket, schaute zu, wie die Grundsteine verschiedener Gebäude gelegt wurden und nahm im Buckingham-Palast den Orden des Britischen Reiches entgegen. Sichtlich entzückt starrte er auf den Monitor.

Heimlich entfernte Declan seinen Ohrhörer und steckte ihn in die Tasche. Seine ersten Worte waren reine Heuchelei. »Als führender Bauunternehmer in Gloucestershire, wahrscheinlich im ganzen West Country, müßten Sie sehr stolz auf Ihre Leistungen sein.«

Glücklich faltete Maurice Wooton die Hände. »Man ist immer nur so gut wie die Leute, die für einen arbeiten, Declan. Und ich habe erstklassige Leute, natürlich handverlesen.«

»Schade, daß Sie nicht besser für Ihre Mitarbeiter sorgen«, meinte Declan liebenswürdig. Um Beispiele aufzuführen, erwähnte er einen Manager, der gefeuert worden war, weil er sich nach einer Operation am offenen Herzen zu lange im Krankenhaus erholt hatte – dann einen anderen, der sich beim Sturz von einem Baugerüst das Rückgrat gebrochen hatte und nun vergeblich auf eine Entschädigung wartete.

Tony rief Cameron im Kontrollraum an. »Zum Teufel, was ist da los? Sag ihm, er soll Maurice nach seinen verdammten Enkelkindern fragen!«

»Ich kann ihn nicht erreichen!« schrie Cameron. »Er hat sich den Ohrhörer rausgenommen!«

»Dann sag dem Aufnahmeleiter, Declan soll sich das Ding verdammt noch mal wieder reinstecken!«

Declan ignorierte Maurice Wootons gestotterten Protest, ging zu illegalen Firmenübernahmen und zweifelhaften Deals über. Dann zitierte er einen geheimen Bericht aus dem Rathaus, in dem behauptet wurde, das Unternehmen habe trotz eines hohen städtischen Zuschusses einen viel zu billigen Wohnblock gebaut.

Vorübergehend sprachlos, öffnete und schloß Wooton den Mund wie ein violetter Ochsenfrosch. Gnadenlos fuhr Declan fort: »Ein noch unerfreulicherer Aspekt Ihrer geschäftlichen Karriere ist die Bestechung von drei Labour-Stadträten in der Wohnungsbauabteilung der Stadtverwaltung, die Ihnen den Auftrag für ein Apartmenthaus an der Bankside zuschanzten.«

»Das ist ungeheuerlich!« explodierte Wooton.

»Sie bestreiten das?«

»Natürlich!«

Aus den Augenwinkeln sah Declan, wie ihm der Aufnahmeleiter hektisch bedeutete, den Ohrhörer wieder einzusetzen, und beachtete ihn nicht. »Warum haben dann Stadtrat Bridie, Stadtrat Yallop und Stadtrat Rogers je fünftausend Pfund auf ihren Konten, die von Ihrer Schweizer Bank überwiesen wurden? Hier sind Fotokopien von den Bankauszügen, den Überweisungsformularen und Ihren Briefen.« Triumphierend schwenkte er die Papiere unter Wootons behaarten, bebenden, feuerroten Nasenlöchern, dann warf er sie auf den Tisch. »Gott sei Dank, gibt es in diesem Rathaus auch noch integere Beamte.«

Wooton sprang auf und brüllte, das alles seien niederträchtige Lügen und er würde jetzt nach Hause fahren, um seine Anwälte zu informieren. Gleich darauf stürmte er aus dem Studio, das sich in hellem Aufruhr befand. Wie versteinert saß Declan in seinem Sessel.

Zu ihrer bitteren Enttäuschung wurden die Corinium-Zuschauer nun mit sanfter Musik und Aufnahmen von wilden Blumen in Cotchester traktiert. So versäumten sie Tonys Auftritt im Studio. »Fünf Jahre lang habe ich diesen Mann hofiert!« brüllte er. »Und nun wollte er endlich dem Aufsichtsrat beitreten und fünfzehn Millionen in unser Satellitenprojekt investieren!«

Declan stand auf und überragte Tony. »Sie hätten mir Zeit geben sollen, gründliche Recherchen durchzuführen. Vielleicht hätte ich dabei etwas Nettes über ihn herausgefunden, wenn ich das auch bezweifle.« Und damit ging er hinaus.

In der Priory wischte sich Rupert die Lachtränen aus den Augen und wandte sich zu Maud. »Das war die beste Sendung, die ich seit langem gesehen habe. Nach Tony Baddingham ist Maurice Wooton so ungefähr der größte Scheißkerl in England, und Ihr Mann ist der erste Sozialist, den ich aufrichtig bewundere. Wahrscheinlich werden jetzt alle Telefonleitungen bei Corinium von Gratulanten blokkiert.« In diesem Augenblick läutete das Küchentelefon, und er nahm den Hörer ab.

»Eine brillante Sendung! Hier spricht die *Western Daily Press*. Ist Declan da?«

»Was hab ich Ihnen gesagt?« Rupert hielt Maud den Hörer hin. »Schauen Sie nicht so grimmig drein!« ermahnte er Taggie. »Gleich fahre ich nach Hause und hole noch eine Flasche für Ihren Vater.«

Nachdem Rupert mit dem Whisky zurückgekehrt und dann, gefolgt von Bas, gegangen war, beobachtete Taggie ihre Mutter. Maud stand vor dem Spiegel in der Halle, toupierte ihr Haar, strich das Minikleid über ihren Hüften glatt und setzte sich dann an das Klavier im Salon.

Sie muß sehr betrunken sein, urteilte Taggie aufgrund der

zahlreichen falsch angeschlagenen Tasten. Und was sollte sie ihrem Vater zum Abendessen servieren? Seufzend begann sie die benutzten Teller in die Geschirrspülmaschine zu stellen. Sie hörte die Haustür ins Schloß fallen, ging in die Halle und sah Declan in den Salon starren, wo Maud gerade Schumann spielte – in dem Kleid, das sie am Anfang ihrer Ehe getragen hatte.

Er trat hinter sie und legte die Hände auf ihre Schultern. »Warum hast du das angezogen?«

»Ich habe zusammen mit Grace ein paar alte Kleider weggeräumt.«

»Du siehst wundervoll aus.« Abrupt verstummte Schumann, als Declan die Hände unter den Rüschenkragen schob. »Gehen wir ins Bett.« Während Maud vor ihm die Treppe hinaufstieg, schob er seine Hände zwischen ihre nackten Schenkel. »Wie feucht du bist...«

Schläfrig lächelte sie über die Schulter. »Ich habe den ganzen Abend nur an den Augenblick gedacht, wo du nach Hause kommen würdest.«

14

Jeden anderen Mitarbeiter hätte Tony wegen des skandalösen Wooton-Interviews gefeuert. Am Wochenende studierte er Declans Vertrag. Unglücklicherweise gab es da keine Klausel, die dem Talkmaster verboten hätte, seine Opfer mit ungenießbaren Wahrheiten zu konfrontieren. Und so erhielt Declan nur einen geharnischten Brief mit der Androhung von erheblichen Schwierigkeiten, falls er noch einmal aus der Rolle fallen sollte.

Tonys Messer wurde zusätzlich gewetzt, als die Regierung sofort eine Untersuchung der Vorgänge in der Wohnungsbauabteilung des Cotchester-Rathauses anordnete, und die Presse Declans Special am Freitagabend in den Himmel hob.

»Endlich zeigt Corinium die Zähne«, schrieb die *Western Daily Press.*

»Jetzt tanzt Corinium nicht mehr nach der Tory-Pfeife«, meinte der *Guardian.*

Am schlimmsten fand Tony den enthusiastischen Anruf der IBA. »Großartig! Jetzt kann Ihnen niemand mehr politische Voreingenommenheit anlasten.«

Am nächsten Mittwoch fand bei Corinium eine Aufsichtsratssitzung statt. Tonys Laune besserte sich nicht gerade, als die betagte Lady Evesham – nicht-exekutive Direktorin und Vizekanzlerin der lokalen Universität – im strömenden Regen neben seinen Rolls-Royce radelte. Warum mußte die dumme alte Schachtel ständig eine Stunde zu früh kommen, in den Büros herumschnüffeln, mit dem Personal reden und Ärger machen. Tony verkroch sich hinter der *Financial Times* und hoffte, der Lady zu entrinnen, aber da klopfte sie auch schon an sein Fenster. Widerstrebend kurbelte er es ein paar Zoll herunter.

»Gratuliere!« rief sie und näherte ihre faltigen Lippen dem Fensterspalt. »Solche Sendungen wie das Wooton-Interview sollten wir öfter bringen. Der Mann ist ein Schurke, und wir müssen für die Gerechtigkeit eintreten. Das werde ich Declan persönlich sagen.«

Aber Tony hatte andere Sorgen. Bei jenem Telefonat hatte die IBA nicht nur Declan gepriesen, sondern auch beklagt, daß CTV dem Southampton-Gebiet immer noch zu wenig Aufmerksamkeit schenke.

»Charles Fairburn arbeitet gerade an einer Sendung über Isaac Watts«, hatte Tony gekontert.

»Wer ist das?« fragte der Leiter der IBA-TV-Abteilung.

Hastig konsultierte Tony die Programmvorschau. »Ein

berühmter Philosoph, Dichter und Lehrer. Er schrieb unter anderem: ›O Gott, unser Helfer in früheren Zeiten‹.«

»In der Gegenwart nützt uns das nicht viel. Eine gottgefällige Stunde am Sonntag genügt den Leuten in Southampton nicht. Ich spreche von Lokalnachrichtensendungen.«

Um diesem Gespräch Rechnung zu tragen, beorderte Tony seine beiden tüchtigsten Exekutivdirektoren, die normalerweise in London arbeiteten, aber wegen der Aufsichtsratssitzung nach Cotchester gekommen waren, vorher in sein Büro. »Beauty and the Beast« genannt, kümmerten sich Georgie Baines und Ginger Johnson um Verkauf und Finanzen.

Der schöne Georgie, mit großen braunen Augen und einem noch größeren Spesenkonto ausgestattet, verstand sich auf alle Arten von Manipulationen, füllte die Taschen der großen Werbeagenturen ebenso wie seine eigenen und verhalf Corinium zu ganz beträchtlichen Einnahmen. Das »Beast« Ginger Johnson, ein Schlägertyp mit Karottenhaar und Rote-Bete-Teint, glich einem unappetitlichen Wintersalat und legte das Geld, das Georgie anhäufte, möglichst gewinnträchtig an.

Als die beiden am Mittwoch das Chefbüro betraten, trafen sie Tony beim Studium einer Landkarte an. »Hier werden wir ein Studio bauen«, verkündete er und zeigte auf den roten Punkt von Southampton.

»Das kostet mindestens fünf Millionen!« rief Ginger entsetzt. »Wir brauchen dort kein Studio.«

»Die IBA wird begeistert sein«, erwiderte Tony glückstrahlend. »Mehr Sendungen, mehr Mitarbeiter, flächendeckende Nachrichten. Wir müssen das verdammte Ding gar nicht bauen. Aber wenn wir der IBA die Bewilligung des Aufsichtsrats und ein paar Baupläne unter die Nase halten, wird sie Ruhe geben, bis unsere Konzession verlängert worden ist.«

»Der Aufsichtsrat wird nicht zustimmen, wenn wir in allen anderen Sparten das Budget kürzen«, gab Ginger zu bedenken.

»Überlassen Sie das nur mir«, entgegnete Tony.

Am nächsten Mittwoch herrschte große Aufregung bei Corinium, als Dame Nellie Finegold – mit Lady Evesham befreundet und eine der letzten noch lebenden Suffragetten – in Declans Sendung auftreten sollte, aber kurz davor einen Herzanfall erlitt und tot umfiel.

Noch größere Aufregung wurde von der Premierministerin verursacht. Sie eröffnete gerade in Gloucestershire ein neues Krankenhaus und wollte später mit dem Cotchester-Regiment dinieren. Bereitwillig sprang sie für Dame Nellie ein, um Declans äußerst erfolgreichem TV-Talk mit dem Oppositionsführer in der vergangenen Woche entgegenzuwirken. Entzückt über die Gelegenheit, vor achtzehn Millionen Fernsehzuschauern zu sprechen, glaubte sie, mit Declan fertig zu werden und stellte nur eine einzige Bedingung, auf die Tony ohne Zögern einging: Declan mußte seine Fragen vorlegen, ehe die Sendung begann, und sich verpflichten, später nicht davon abzuweichen.

»Jetzt können wir ihn festnageln«, sagte Tony boshaft zu Cameron. »Nachdem er seine Fragen vorher eingereicht hat, werden wir drauf bestehen, daß er das in Zukunft bei allen Interviews macht. Dann manipulieren wir ihn nach Herzenslust. Du hast ja gesehen, wozu er fähig ist. Stell dir mal vor, was er in einem Wahljahr anrichten würde, wenn wir ihm nicht die Flügel stutzen!«

Müde und nervös ging Declan ins Chefbüro, einige Zeitungsausschnitte über die Premierministerin in der Hand. Tony lehnte sich in seinem Sessel zurück und streckte die Beine aus. »Ein großer Tag für Sie.«

»O ja, ich freue mich schon drauf, ihr an die Gurgel zu fahren.«

»Aber, aber, wir wollen doch lieb und nett sein.«

»Die Premierministerin tritt nur in unserer Sendung auf, wenn sie vorher genau weiß, was sie gefragt wird«, betonte Cameron, »also machen Sie keinen Unsinn.«

»Das ist doch lächerlich!« schimpfte Declan. »Warum soll sie anders behandelt werden als meine sonstigen Gäste?«

»Weil sie die Premierministerin ist, Sie Schaf, und weil sich die IBA letztlich vor ihr zu verantworten hat und weil sie deshalb bei Laune gehalten werden muß.«

»Nicht von mir.«

»Seien Sie doch nicht so verdammt stur!« kreischte Cameron.

Der erbitterte Streit, der nun folgte, endete mit Declans Weigerung, das Interview zu machen. Er verließ das Büro, worauf Cameron und Tony entsetzte Blicke wechselten. Was zum Teufel sollten sie jetzt tun? Seit dem Lunch kündigte CTV immer wieder die dramatische Umbesetzung der Gastrolle an.

»James muß einspringen«, sagte Tony. »Aber das geben wir erst unmittelbar vor der Sendung bekannt, sonst verlieren wir unser Publikum.«

James saß in seinem Büro und las gerade einen Brief, in dem sich Sarah Stratton für das Interview bedankte. Er fand sie sehr attraktiv und überlegte, mit welchem Trick er ein Wiedersehen herbeiführen könnte. Doch das vergaß er sofort, als Cameron hereinstürmte. Wenig später konzentrierte er sich nur noch auf eine einzige Frau – die Premierministerin.

»Hier ist eine Aufstellung ihrer Aktivitäten in den letzten zwei Monaten – aber darüber sind Sie ohnehin informiert, nicht wahr?« fragte Cameron.

James errötete. Zum erstenmal hatte sie ihm ein Kompliment gemacht. »Ich dachte, Declan soll sie interviewen.«

»Der ist krank.«

»Steht es schlimm um ihn?«

»Nicht schlimm genug!« stieß Cameron erbost hervor.

Sobald sie gegangen war, dankte er Gott für die erst in der letzten Woche frisch gebleichten Haarsträhnen und rief Lizzie an. »Heute wird's später. Ich interviewe die Premierministerin.«

»Du meine Güte! Frag sie mal, wann sie zum letztenmal gebumst hat.«

»Sei nicht albern, die Lage ist ernst. Ich schicke einen Fahrer rüber. Gib ihm meinen dunkelblauen Anzug, das jadegrüne Seidenhemd und die saphirblaue Krawatte. Und ruf die Strattons an, bitte sie, die Sendung aufzuzeichnen.« Sarah sollte die Stunde seines Ruhms miterleben. »Ich traue unserem Recorder nicht ganz.«

Als Cameron später auf dem Weg zum Kontrollraum das Studio durchquerte, wurde sie beinahe von Aramis-Duft umgeworfen. »Sie ist da. Tony wird sie gleich hierherbegleiten. Sind Sie nervös?«

»Noch nicht.« James rückte die Kissen auf dem rosa Sofa zurecht.

»Endlich mal wieder was anderes als Declans ödes Szenenbild. Viel Glück.«

James kämmte sich zum hundertstenmal und puderte seine glänzende Nase mit Nouveau-Beige. Wie die meisten Frauen hatte die Premierministerin eine Schwäche für hübsche, charmante Männer. Als sie in dunkelblauem Taft zwischen den schwarzen Vorhängen hervorkam und von Tony über die Kabel geführt wurde, sprang James auf. Sekundenlang kämpfte Diorella mit Aramis. Aramis siegte mühelos.

»Willkommen in Cotchester, Madam. Ich kann gar nicht in Worte fassen, welch eine große Ehre es für mich ist, Sie kennenlernen zu dürfen.« James vergönnte ihr die ganze Strahlkraft seiner aquamarinfarbenen Augen, die auf subtile Weise von dem jadegrünen Hemd und der saphirblauen Krawatte betont wurden. Als sie ihm die Hand reichte, neigte er den frisch gesträhnten Kopf und küßte sie unterwürfig.

»Blöde Ziege«, murmelte der erste Kameramann.

»Nehmen Sie doch Platz«, bat James.

Die berühmte Sitzfläche landete auf dem rosa Sofa, und Tony gurrte: »Madam, nun weiß ich Sie in guten Händen.«

»In der Tat, Lord Baddingham«, erwiderte sie mit ihrer sanften Stimme.

Das Interview verlief im Barbara-Cartland-Stil. Vor unangenehmen Fragen sicher, war die Premierministerin entspannt und heiter.

»Manche Leute sehen nur die stahlharte Seite Ihres Wesens, Madam, und begehen den lächerlichen Fehler, sich einzubilden, Sie hätten kein menschliches Interesse an den Arbeitslosen, den Armen und Alten.«

»Mr. Vereker . . .« Ihre Stimme senkte sich um eine Oktave. »Wenn Sie bloß wüßten, wie viele schlaflose Nächte wir verbringen und uns wegen der drohenden Unterkühlung dieser bedauernswerten Leute sorgen, gerade jetzt, wo uns ein neuer Winter bevorsteht.«

»Wie oft will dieses blöde Arschloch noch das Wort ›menschlich‹ verwenden?« zischte Cameron in die Richtung Tonys, der bei ihr im Kontrollraum saß.

»Sei still, sie geht echt aus sich heraus!«

In der Werbepause wurde die Premierministerin richtig kokett, und gegen Ende der Sendung vergoß sie sogar Tränen, als sie von den Kümmernissen ihrer Mutterschaft sprach.

»Sie sind für uns alle eine Mutter«, beteuerte James und reichte ihr sein nach Aramis duftendes Taschentuch.

»Könntest du mir einen Kotzbeutel geben?« stöhnte Cameron.

»Ich finde das gut«, protestierte Tony. »Damit gewinnt sie sicher eine Menge Stimmen.«

Cameron drückte auf die Taste. »Noch zehn Sekunden, James.«

»Vielen Dank, daß Sie uns Ihr menschliches Gesicht gezeigt haben, Madam«, verabschiedete sich James, »und kommen Sie bitte bald wieder nach Cotchester.«

Während der Nachspann lief, lachten und scherzten sie miteinander.

»Ich hätte gern eine Aufzeichnung von diesem Interview Mr. Vereker«, bemerkte die Premierministerin.

Draußen filmte ein zweites CTV-Kamerateam ihren Aufbruch, der von handverlesenen Mitarbeitern lethargisch bejubelt wurde. Charles Fairburn schwenkte eine britische Flagge, während der hohe Gast von Tony und Cameron die Stufen hinabgeleitet wurde und meinte: »Wenn wir doch bloß ein paar zusätzliche Sendeminuten kriegen könnten!«

Als die Premierministerin im Wagen saß, drehte sie das Fenster herunter und sagte besorgt: »Hoffentlich fühlt sich Mr. O'Hara bald besser.«

»Was für eine menschliche Frau ...«, seufzte James.

Am nächsten Morgen kam er in den Genuß eines vorübergehenden Ruhms. Die BBC und ITN strahlten das Interview aus, das von der Tory-Presse lauthals gelobt wurde. Der *Mirror* und der *Guardian* beklagten allerdings, James hätte die Premierministerin sogar mit einem Mord davonkommen lassen. Am Freitag erfuhr die Öffentlichkeit, Declan sei gar nicht krank gewesen, sondern habe sich schlicht und einfach geweigert, die Regierungschefin zu interviewen. Die Leute in den anderen TV-Stationen grinsten wissend. Sie hatten von Anfang an gewußt, daß Tonys und Declans Flitterwochen nicht von langer Dauer sein würden.

15

Während Declan in der Küche mit Maud über diverse Geldausgaben stritt, läutete das Telefon. »Ja?« fauchte er in die Sprechmuschel.

»Hier ist Valerie Jones«, meldete sich eine superkultivierte, vage vertraute Stimme.

»Ja?« wiederholte Declan, nicht klüger als zuvor.

»Wir haben uns bei Lady Monicas Lunchbuffet kennengelernt. Fred-Fred und ich wollten Sie für den 7. Dezember, das wäre morgen in einer Woche, zum Dinner einladen. Wir erwarten nur ein paar enge Freunde. Tony und Monica Baddingham ...«

Declan hatte genug gehört. Es tue ihm leid, erwiderte er, aber für diesen Abend habe er schon etwas vor.

»Nie gehen wir aus!« schrie Maud empört.

»Es war die gräßliche Zwergin, die wir bei den Baddinghams getroffen habe. Ein Abend bei dieser Person wäre die reine Hölle.«

»Vielleicht würden wir andere amüsante Leute sehen. Wie können wir irgend jemanden kennenlernen, wenn du alle Einladungen ablehnst?«

Maud schmollte den ganze Tag, und Declan versuchte sich mit der mutwilligen, explosiven Persönlichkeit John McEnroes auseinanderzusetzen, den er am Mittwoch in seiner Talkshow erwartete. Aber Mauds miserable Stimmung durchdrang das ganze Haus und störte ihn in seiner Konzentration. In der Abenddämmerung ertrug er es nicht mehr, ging nach unten und entschuldigte sich. »Tut mir leid, das war sehr selbstsüchtig von mir. Ich muß arbeiten, aber geh doch allein hin. Fühlst du dich einsam?« fragte er, als sie sich an seine Brust warf. »Möchtest du nach London zurück?«

Heftig schüttelte sie den Kopf. »Ich vermisse nur meine

Freunde. Vielleicht können wir zu Silvester eine kleine Geburtstagsparty für Patrick geben.«

»In diesem Jahr nicht. Das können wir uns unmöglich leisten.«

»Er wird fünfundzwanzig. Und er hatte immer lausige Geburtstage, weil er so kurz nach Weihnachten geboren ist. Nur eine winzige Party, mit einem halben Dutzend Paaren! Taggie kann kochen, das wäre ein gutes Training für sie. Übrigens bis jetzt hat sie noch keine Antwort auf ihre Werbekarten bekommen.«

Declan wollte nein sagen, aber da läutete erneut das Telefon. Taggie nahm in der Küche den Hörer ab. Fünf Minuten später rannte sie aufgeregt zu ihren Eltern in den Salon. »Etwas U-u-ungeheuerliches...« Dies war das Wort des Tages. »... ist passiert! Valerie Jones hat meine Karte bekommen und mich gebeten, ihre Dinnerparty am nächsten Freitag zu arrangieren. Ist das nicht ungeheuerlich?«

»In der Tat.« Declan befreite sich aus Mauds Umklammerung und nahm seine Tochter in die Arme.

»Sie hat uns eingeladen«, seufzte Maud. »Weißt du schon, was du kochen wirst? Worauf müssen wir denn verzichten?«

»Ich gehe morgen zu Valerie und bespreche das Menü mit ihr«, erklärte Taggie.

Maud packte die Gelegenheit beim Schopf. »Daddy hat gesagt, wir können am Silvesterabend eine kleine Party für Patrick geben«, behauptete sie und ignorierte Declans entsetzte Miene. »Also solltest du dir langsam überlegen, was du da servieren willst.«

Taggies ohnehin schon glückliches Gesicht leuchtete noch heller. »Was für eine ungeheuerliche Idee!«

Oben im Turmzimmer preßte sie ihr heißes Gesicht an die kühle Scheibe eines schmalen gotischen Fensters.

Wenn eine Party für Patrick stattfinden sollte, mußte man seinen besten Freund einladen. Bald würde sie Ralphie wiedersehen.

Valeries Dinnerparty war Taggies erster großer Job. Aber ihre Nervosität wurde von den Zuständen ihrer Auftraggeberin weit übertroffen. Valerie ärgerte sich maßlos über Fred-Fred, weil er Rupert eingeladen hatte. Dieser wollte eine französische Schauspielerin mitbringen. Doch die saß an einem Drehort in Schottland fest, und so mußte in letzter Minute eine Partnerin für ihn gefunden werden. Die Wahl fiel auf Cameron Cook, deren Dokumentarfilm über arrangierte Ehen gerade einen amerikanischen Preis errungen hatte. Daß die TV-Produzentin Tonys Geliebte war, ahnte Valerie nicht.

Unablässig schwirrte sie in der Küche herum, kostete und kritisierte alles, was Taggie zubereitete (»Etwas mehr Cayennepfeffer in die Gurkensauce, Agatha!«), stellte sich die bange Frage, ob sie vor dem Dessert noch etwas Käse reichen sollte, und zerbrach sich den Kopf über die Tischordnung. Beim Studium eines Benimmbuchs verkündete sie: »Der wichtigste Mann muß neben mir sitzen.«

»Das bin ich«, sagte Freddie und brüllte vor Lachen.

»Sei nicht albern, Fred-Fred«, schimpfte sie, »und hör zu naschen auf!«

»Diese Fischpastete ist erstklassig«, meinte Freddie, der zum Lunch immer nur einen Salat bekam.

»Brauchen Sie den ganzen Tag für dieses Dessert, Agatha?« Ungehalten betrachtete Valerie das Schloß aus Eiscreme und Baiser, das Taggie gerade mit einer Schlagsahnebrandung aus dem Spritzbeutel umgab. »Die Küche ist das reinste Chaos.«

»Ich mache rechtzeitig sauber«, versprach Taggie. »Alles andere ist fertig.«

Die Gäste sollten um halb neun eintreffen und um neun zu essen beginnen. Um Viertel vor sieben mußten die mit Preiselbeeren und Ingwer marinierten Fasanen in den Backofen geschoben werden.

»Sie müssen noch die Speisekarten schreiben«, sagte Valerie, »eine für jedes Tischende, am besten in Französisch.«

Taggie wurde blaß. Sie konnte die einzelnen Gänge nicht einmal auf englisch buchstabieren. Ein Zittern erfaßte ihren ganzen Körper.

»Ich sehe mal nach, ob im Eßzimmer alles in Ordnung ist«, fügte Valerie hinzu.

Sie hatte zwei schöne rosa Blumenarrangements bestellt. Auch das Speisezimmer war eine Sinfonie in Rosa, mit einem rosengeschmückten Tafelaufsatz. Valerie liebte diese Schattierung, die so feminin wirkte und wundervoll zu ihrem Abendkleid aus malvenfarbenem Samt mit dem weiten Rock und den Trompetenärmeln paßte. Zum Glück gab es keine Suppe – Fred-Fred schlürfte immer so laut. Inzwischen hatte sie festgelegt, wer neben wem sitzen würde. Nun stand sie am Kopfende des Tisches und übte ihre Kommandos. »Servieren Sie bitte die Vorspeise, Agatha... Räumen Sie das Geschirr ab, Agatha... Jetzt das Dessert...« Danach kam ein heikler Augenblick. Valeries Blick glitt über die Stühle, wo die Frauen sitzen würden. »Sollen wir nach oben gehen?« Aber wenn dieser gräßliche Rupert das falsch verstand und ihr ebenfalls nach oben folgte? Diesem Mann war alles zuzutrauen. Sicherheitshalber entschied sie sich für eine andere Formulierung: »Wollen wir *Damen* jetzt nach oben gehen?«

Mittlerweile stand Taggie kurz vor einer Panik. »Wie soll ich das bloß mit den Speisekarten hinkriegen?«

»Ich helfe Ihnen«, erbot sich Sharon, die Tochter des Hauses, die nicht nur die Statur ihres Vaters, sondern auch seine Gutmütigkeit geerbt hatte. »In Französisch hatte ich immer ganz gute Noten. Ich glaube, ›Fasan‹ heißt ›payson‹.«

Erleichtert legte Taggie letzte Hand an das Dessert und schob die Fasanen in den Ofen. Sie durfte nicht vergessen, gehackten Dill über den Krabbencocktail zu streuen.

Wenig später betrat Valerie, bereits im Abendkleid, die Küche und bestand darauf, daß Taggie ein schwarzes Kleid mit weißer Schürze anzog, dessen Saum viel zu hoch über den schwarzbestrumpften Knien endete, und ihr Haar hochsteckte. »Sie werden den Gästen die Tür öffnen, Agatha, in der Küche nach dem Rechten sehen und bei Tisch bedienen.«

Sharon fragte Taggie: »Möchten Sie mit mir den Denver-Clan sehen?«

»Diesen Schund wirst du dir nicht anschauen, Sharon!« stieß Valerie hervor. »Du mußt die Horsd'œuvres herumreichen und dich auch ansonsten nützlich machen.« Irritiert zuckte sie zusammen, als Musik aus allen Lautsprechern des Hauses plärrte.

»Daddys Titelmelodie!« rief Taggie entzückt.

»Fred-Fred, dreh diesen grausigen Lärm leiser!« schrie Valerie.

»Monica liebt klassische Musik!« erwiderte er.

»Nun ja, dann laß es so . . .« In diesem Moment läutete es. »Agatha, machen Sie die Tür auf. Bringen Sie die Mäntel der Herren in die Toilette im Erdgeschoß und die Damensachen nach oben ins Herrschaftsschlafzimmer. Zwischendurch führen Sie die Gäste in den Salon, wo sie von Mr. Jones und mir erwartet werden.«

Die Strattons kamen in die Halle. Taggie und Sarah starrten einander ein paar Sekunden lang an und erinnerten sich an die Begegnung auf Ruperts Tennisplatz. Dann legte Sarah mit einem boshaften Lächeln ihr rotes Samtcape ab. Ihre Sonnenbräune war verblaßt, aber das schulterfreie schwarze

Taftkleid mit der Turnüre zeigte alle Vorzüge ihrer schönen, üppigen Figur. Taggie sah Paul zum erstenmal und fand, daß er schrecklich alt und verhärmt wirkte. Sicher gab es in seiner Ehe mit diesem temperamentvollen jungen Mädchen einige Schwierigkeiten.

Als nächster Gast erschien Cameron Cook. Taggie erkannte sie aufgrund von Declans Beschreibung und bemühte sich, sie nicht zu hassen. Die Schönheit dieser Frau hatte er nicht erwähnt. Sie trug ein dunkelrotes Samtjackett mit schwarzer Satinhose und schwarzer Krawatte. Das straff zurückgekämmte Haar betonte die glatte weiße Stirn und die dichten dunklen Brauen. Sie schaute durch Taggie hindurch, und da sie keinen Mantel dabei hatte, ging sie schnurstracks an ihr vorbei in den Salon.

Bald danach traf Tony mit Monica ein. Er war verreist gewesen, ausnahmsweise ohne Cameron, weil er bei einer Konferenz unzutreffende Angaben über die nächsten Corinium-Projekte gemacht hatte. Nun ließ er sich bei ihrem Anblick ein äußerst unschmeichelhaftes Mißvergnügen anmerken. Er fühlte sich immer unbehaglich, wenn seine Frau und seine Geliebte im selben Raum waren. Schlimmer noch – anscheinend hatte man Cameron als Tischgefährtin für Rupert eingeladen. Und aus den Lautsprechern tönte auch noch Declans verfluchte Titelmelodie.

»Was für eine himmlische Musik!« rief Monica.

»Kommen Sie, schauen Sie sich alles an.« Freddie führte sie zu den elektronischen Raffinessen seines Privatstudios.

»Haben Sie auch Wagner?« fragte sie, und wenig später dröhnte zu Valeries Entsetzen Siegfrieds Trauermarsch ohrenbetäubend durch das ganze Haus.

»Was zum Teufel machst du hier«, zischte Tony, zu Cameron gewandt.

»Ich wurde eingeladen«, erwiderte sie kühl.

»Wir müssen vorsichtig sein.«

»Natürlich«, stimmte sie zu und hielt ihr Glas in die Richtung Regs, des eigens für diesen Abend engagierten Butlers, um es nachfüllen zu lassen. »Wir dürfen die Konzession nicht gefährden.«

Lizzie und James kamen mit einiger Verspätung an und hatten offenbar gestritten. Er gesellte sich sofort zu Sarah und kostete es genüßlich aus, Cameron in einem gesellschaftlichen Rahmen zu begegnen, wo sie fehl am Platz und ausnahmsweise ziemlich unsicher war. Lizzie, die grauenvoll aussah (sie hatte wieder einmal zu lange an ihrem Roman gearbeitet und keine Zeit gefunden, ihr Haar zu waschen), hatte Bantamhuhneier für Valerie und Freddie mitgebracht. Als sie Taggie entdeckte, leuchteten ihre Augen auf. »Machen Sie sich keine Sorgen, sicher wird alles großartig schmecken.«

Valerie schaute wieder einmal auf ihre Uhr. Viertel nach neun, und immer noch kein Rupert.

»Macht nichts«, meinte Freddie und füllte alle Gläser nach. »An einem Freitagabend kann man sich ruhig mal ein bißchen entspannen.«

In der Küche rührte Taggie verzweifelt im Kartoffelbrei. Wenn das Dinner nicht bald anfing, würde alles verderben. Es läutete, und Reg kniff sie in eine Hinterbacke. »Raus mit ihnen!« Puterrot vor Zorn und Verlegenheit, die Beine eingeknickt, damit das schwarze Kleid länger wirkte, öffnete sie die Haustür. Grinsend schlenderte Rupert in die Halle. »Na, haben Sie in letzter Zeit wieder mal die Feuerwehr gerufen?«

»Möchten Sie Ihren Mantel ablegen?« fragte sie förmlich.

»Viel lieber würde ich Ihnen das Kleid ausziehen. Aber weil ich so spät dran bin, muß ich mich beeilen und meinen Frieden mit der Gastgeberin schließen.«

Cameron verschluckte sich an ihrem Champagner. Sie war Rupert noch nie persönlich begegnet. Von Tonys fast pathologischer Eifersucht vergiftet, hatte sie den Politiker für einen angeberischen Scheißkerl gehalten, typisch für die englische Oberschicht. In Fleisch und Blut war er einfach umwerfend, und er wirkte eher amerikanisch als englisch.

Nachdem er sich bei Valerie entschuldigt hatte, küßte er Monica, die ihn fragte: »Hast du Cavendish Cook schon kennengelernt?«

»Guten abend, Sir«, sagte er und bewunderte Camerons Samtjackett.

»Cavendish arbeitet für Tony«, fuhr Monica fort. »Ich glaube, letzte Woche haben Sie schon wieder einen Preis gewonnen, Cavendish. Phantastisch.«

Valerie entdeckte Sharon, die sich durch die Halle zur Küche schlich und kreischte: »Sharon! Sharon! Komm her und begrüß Tante Monica! Ständig stiehlt sie sich davon, um den Denver-Clan zu sehen«, fuhr sie fort, zu Monica gewandt. »Aber ich dulde nicht, daß sich meine Kinder Seifenopern anschauen.«

»Oh, ich liebe den Denver-Clan.« Monica lächelte Sharon an. »Sag mal – haben sich Blake und Krystle wieder versöhnt?«

Rupert wanderte zu James hinüber, der sich immer noch mit Sarah unterhielt. »Ein verdammt gutes Interview haben Sie mit der Premierministerin gemacht. Sie ist ganz begeistert von Ihnen und hat mich um Ihre Adresse gebeten, damit sie Ihnen schreiben kann.« James, der ihn immer gehaßt hatte, schmolz schneller als ein Schneeball in der Mikrowelle. Aber Rupert beachtete ihn nicht mehr und küßte Sarahs weiße Schulter. »Was für ein aufregendes Kleid...«

Beim Dinner saß Sarah neben Rupert, redete nur Unsinn und dachte: Das größte Problem bei Seitensprüngen besteht darin, daß man in der Öffentlichkeit vergessen muß, was einem der Liebhaber privat gesagt hat. Er entfaltete seine Serviette und bemerkte: »Ich habe Ihre Talkshow mit Vereker gesehen. Sehr interessant. Waren Sie nervös?«

Das Blut stieg ihr in die Wangen. »Schrecklich nervös.« Da sie dieses Thema am vergangenen Nachmitag ausführlich im Bett besprochen hatten und Ruperts Hand unter dem Tisch in den Seitenschlitz ihres Kleides kroch, war es ihr unmöglich, nicht zu kichern.

Glücklicherweise lenkte Taggie die allgemeine Aufmerksamkeit auf sich, indem sie die Fischpastete servierte. Da sie sich nicht merken konnte, wo rechts und links war, ging sie zu James, nachdem sie Monica bedient hatte.

»Im Uhrzeigersinn!« kreischte Valerie.

Eine weitere peinliche Situation entstand, als Rupert und Lizzie über die Speisekarte gebeugt, in hysterisches Gelächter ausbrachen. »Geringwerter französischer Fasan«, übersetzte Rupert, »Krawattencocktail und Wüstenchâteau.«

»Möchte jemand Vollkornbrötchen?« rief Valerie und schwenkte einen Korb.

»Weißbrot kommt mir nicht ins Haus!«

»Und dabei esse ich es so gern«, seufzte Freddie.

Rupert nickte. »Ich auch. Zu Weihnachten schicke ich Ihnen einen Laib.«

Cameron saß Tony gegenüber, versuchte verzweifelt, seinen Blick nicht einzufangen und wünschte sich sehnsüchtig, sie könnte geistreich brillieren. »Wie läuft Ihre Serie über die Altenpflege?« fragte sie James.

Seine Augen leuchteten auf. »Ich glaube, wir haben endlich eine geeignete Moderatorin gefunden – eine Mrs. Didbody – farbig, fünfundsiebzig, eine Witwe mit einer fünfzigjährigen Tochter, also eine alleinerziehende Mutter«, fügte er triumphierend hinzu.

»Dann kann uns die Konzession wohl kaum durch die Lappen gehen.« Cameron wandte sich zu Rupert. Er war der attraktivste Mann, den sie seit ihrer Ankunft in England und vielleicht sogar zeit ihres Lebens gesehen hatte, eine Kombination aus Eleganz, lässiger Arroganz und der Unfähigkeit, Situationen zu widerstehen, wo er als Störenfried auftreten konnte. Offensichtlich schlief er mit Sarah Stratton.

»Köstlich!« Lizzie tauchte ein Stück Brot in den letzten Rest ihrer Krabbensauce. »Haben Sie diesen Cocktail gemacht?« fragte sie die Gastgeberin.

»Ja«, antwortete Valerie, als Taggie gerade draußen war.

Lizzie wandte sich an Tony. »Was macht Archie?«

»Er geht auf die Handelsakademie und bildet sich ein, nun könnte er mir erklären, was ich bei CTV alles falsch mache«, erwiderte Tony grinsend.

Er ist wirklich nur dann nett, wenn er von seinen Kindern redet, dachte sie.

In der Küche hackte Taggie Petersilie für die Zucchini und hörte die Tischglocke klingeln. Sie warf das Messer beiseite, rannte ins Eßzimmer und zupfte an ihrem schrecklich kurzen Kleid.

»Würden Sie bitte die Vorspeise abservieren, Agatha ...«, sagte Valerie.

Den Geschirrstapel auf den Armen, eilte sie in die Küche zurück, wo der mittlerweile angetrunkene Reg die Fasanen tranchierte. Sie wünschte, er würde nicht so dicke Scheiben schneiden. Womöglich reichten die Fleischstücke nicht für alle Gäste. »Zart wie ein Weiberkuß«, meinte er und schob sich eine Scheibe in den Mund.

»Oh, das sieht sehr verlockend aus – kann ich was davon haben?« fragte die kugelrunde Sharon.

»Später.« Taggie goß Sauce über die Platten und streute Petersilie auf die Zucchini. »Jetzt muß ich erst mal die Leute da drin bedienen.«

»Ich nehme die Zucchini«, erbot sich Sharon, die einen Blick auf Rupert werfen wollte.

Den Fasan servierte Taggie in der richtigen Reihenfolge. Dabei sah sie, daß Ruperts Hand immer noch im Schlitz von Sarahs Kleid steckte, aber dann mußte er die Finger hervorziehen, der widerliche Typ, um sich ein Stück Fasan zu nehmen. Bildete sie es sich nur ein, oder rieb er dabei absichtlich seinen Ellbogen an ihrem Busen? Während sie ihm die Kartoffeln reichte, trat sie so weit wie möglich zurück und bog sich über ihn wie eine Stehlampe. Und als sie an der anderen Tischseite entlangging, schienen ihr seine boshaften, lüsternen blauen Augen zu folgen und machten sie immer nervöser. Reg füllte die Gläser mit Mouton Cadet, und als er bei Valerie ankam, bemerkte sie: »Das wäre nun alles, Reginald und Agatha. Wenn jemand noch etwas möchte, werde ich läuten.«

Es hat wunderbar geklappt, dachte sie später, während Taggie das Käsebrett abservierte. Alle schienen sich großartig zu amüsieren. In fünf Minuten sollte das Dessert aufgetragen werden, das Schloß mit dem Burggraben.

Rupert wandte sich zu Cameron und dachte, wie grundverschieden sie doch von Sarah war, dünn und hungrig – im Gegensatz zu der satten, kurvenreichen Blondine. »Ich würde schrecklich gern pinkeln gehen«, murmelte er, »nur damit ich einen Vorwand habe, um hier herumzuwandern und zu sehen, was für eine Monstrosität unsere Gastgeberin aus diesem einst so zauberhaften Haus gemacht hat. Früher war ich hier oft auf Kinderpartys.«

»Ich kann Sie mir gar nicht als Kind vorstellen.«

»Bei den Doktorspielen habe ich immer gemogelt.« Er sah, daß Sarah auffällig mit James flirtete – vielleicht, um ihn eifersüchtig zu machen oder um Paul auf eine falsche Fährte zu lenken.

Mißbilligend beobachtete Valerie, wie Cameron eine Zigarette zwischen die Lippen steckte. Rupert ergriff eine rosa Kerze und gab ihr Feuer. »Gehen Sie mit Tony und seinen Freunden auf die Jagd?« fragte sie.

»Manchmal«, erwiderte Rupert leise. »Und gelegentlich sind wir hinter demselben Wild her.« Er lächelte nicht, und als sie in sein Gesicht sah, das plötzlich raubtierhafte Züge annahm, spürte sie ein Zittern zwischen den Beinen. O Gott, wie sie ihn begehrte. »Soll ich Sie nach Hause fahren?« erbot er sich.

»Nein.« Sie hätte weinen können. »Ich bin mit meinem Wagen hier.«

»Mit dem Lotus?«

Sie nickte.

»Eine nette Sozialleistung von Corinium.« Sofort kehrte er zu seiner früheren scherzhaft-lässigen Attitüde zurück. »Wie ich vorhin feststellen konnte, hat James endlich einen Porsche ergattert, also muß ich meinen loswerden.«

»Ooohs« und »Aaahs« ertönten, als Taggie das Schloß aus Eiscreme, Baiser und Schlagsahne hereintrug. Rupert fragte Cameron, was sie bei Corinium mache, und beobachtete, wie die junge Köchin um den Tisch herumging, die Zunge zwischen die Zähne geklemmt, krampfhaft bemüht, die Dessertplatte geradezuhalten. Das Make-up von Schweiß verschmiert, das hochgesteckte Haar kämpfte gegen die Nadeln, aber nichts konnte die langen Beine, die dichten dunklen Wimpern, die üppigen Kurven der Brüste beeinträchtigen. Sie bewegte sich wieder in der verkehrten Richtung, aber die anderen waren schon zu angeheitert, um das zu bemerken.

»Ich produziere Declan. Warum treten Sie nicht mal in unserer Sendung auf?«

»Was?« Rupert riß seine Gedanken von Taggie los.

»Lassen Sie sich doch mal von Declan interviewen. Da würden sicher die Funken fliegen.«

»Dazu habe ich keine Lust. Außerdem würden Sie keine klappernden Skelette aus dem Schrank fallen hören.« Nachdem Taggie die Gastgeberin bedient hatte, ging sie langsam auf ihn zu. »Wie kommen Sie denn mit Declan aus?« fragte er Cameron boshaft.

»Er ist ein Widerling.«

»Sehr hübsch«, lobte Rupert und betrachtete das Dessert. »Irgendwie habe ich das Gefühl, daß ich eine Abbruchgenehmigung brauche, ehe ich da reinschneide. Danke, mein Engel«, fügte er hinzu und nahm sich eine Schloßzinne mit einem Sahneberg.

Taggie ignorierte ihn und trat an seine andere Seite, um Cameron die Platte hinzuhalten.

»Wie um alles in der Welt wird Declans Frau mit ihm fertig?« seufzte Cameron.

»Fragen Sie Taggie«, riet Rupert. »Maud ist ihre Mutter.«

Cameron wurde sichtlich blaß. Zum erstenmal nahm sie Notiz von Taggie und versuchte sich zu entsinnen, was für schreckliche Dinge sie über Declan gesagt hatte. »Tut mir leid. Das wußte ich nicht.«

In ihrer Verlegenheit häufte sie sich zu viel von dem Dessert auf ihren Teller. Die Platte schwankte, und Rupert bemerkte Taggies nervöses Zittern. Der Rock war eindeutig zu kurz. Fast gedankenlos schob er eine Hand zwischen ihre Schenkel. Gellend schrie sie auf und ließ den beträchtlichen Rest des süßen Schlosses auf Camerons schönes rotes Samtjackett und die schwarze Satinhose fallen.

»Sie blöde Gans!« kreischte Cameron unbeherrscht. »Was treiben Sie denn da?«

Schluchzend floh Taggie in die Küche.

Valerie hatte sich angewöhnt, in allen Situationen Würde zu bewahren, und so brachte sie die hysterische Cameron rasch nach oben. Wütend wandte sich Lizzie zu Rupert. »Sie Bastard! Wußten Sie denn nicht, daß das Taggies erster Job war? Seit Monaten versucht sie mit ihrem Partyservice Fuß zu fassen. Sie hat wie eine Göttin gekocht. Und Sie mußten ihr alles verderben!«

Rupert hob die Scherben der Dessertplatte vom Boden auf. »Wenn man so aussieht, ist eine Karriere unwichtig.«

»Wie herzlos Sie sind! Sie haben wohl keine Ahnung, daß die arme Taggie Legasthenikerin ist! Stellen Sie sich mal vor, wie schrecklich es sein muß, wenn man als einziges Mitglied einer so brillanten Familie unter geistigen Mängeln leidet?«

»O Jesus!« Rupert war ernsthaft erschrocken. »Das wußte ich wirklich nicht. Es war ganz allein meine Schuld, Freddie. Ich konnte der Versuchung, Ihre Köchin ein bißchen zu nekken, nicht widerstehen. Aber Sie hätten das Mädchen nicht so sexy anziehen dürfen. Ich gehe wohl besser hinaus und entschuldige mich.«

»Lassen Sie sie bloß in Ruhe!« schrie Lizzie und stürmte in die Küche, um eine weinende Taggie zu trösten, die bereits von einem wankenden Reg wirkungslos betätschelt wurde.

»Gehen Sic ins Eßzimmer«, befahl ihm Lizzie, »wischen Sie den Dreck weg, und geben Sie den Leuten noch was zu trinken.« Zärtlich umarmte sie das zitternde Mädchen. »Ist ja nicht so schlimm, mein Schatz.«

»Es tut mir schrecklich leid«, schluchzte Taggie. »ich habe mir so gewünscht, daß dieses Dinner ein voller Erfolg wird.«

»Machen Sie sich keine Sorgen. Wir alle haben schon seit Jahren nicht mehr so gut gegessen.« Lizzie riß ein Küchentuch von der Rolle und wischte Taggies Wangen ab. »Rupert ist ein Bastard. Sobald er eine hübsche junge Frau sieht, kann er sich einfach nicht beherrschen.«

Valerie rauschte in die Küche. »Cameron zieht gerade eins von meinen Kleidern an.«

»Es tut mir so leid, Mrs. Jones«, jammerte Taggie mit halberstickter Stimme.

»Ich habe ihr gerade versichert, wie phantastisch sie gekocht hat«, sagte Lizzie.

»Reißen Sie sich zusammen, Agatha!« Valerie war wütend, weil sich nun überall herumsprechen würde, daß sie nicht selbst gekocht hatte. »Räumen Sie das restliche Geschirr weg, und fragen Sie, ob Lord Baddingham und Miß Cook etwas Obst möchten, weil sie kein Dessert bekommen haben.«

»Cameron hat genau das Dessert gekriegt, das sie verdient«, kicherte Lizzie.

»Ich gehe nicht mehr da hinein«, protestierte Taggie entsetzt.

»Doch, das werden Sie«, entgegnete Valerie, »wenn Sie wieder für mich arbeiten wollen.«

James ärgerte sich, weil Lizzie so ein Aufhebens um Declans idiotische Tochter machte, und Sarah grollte Rupert, der Taggie so ungeniert betastet hatte. Tony hingegen freute sich über die Wende, die der Abend genommen hatte. »Das Kind ist genauso gefühlsbetont und unausgeglichen wie der Vater«, bemerkte er.

»Eine verdammt gute Köchin«, meinte Freddie.

Als Taggie mit rotgeweinten Augen und hängendem Kopf eine Schüssel voller Pfirsiche und Weintrauben ins Eßzimmer trug, drückte ihr Monica die Hand. »Ein köstliches Dinner, meine Liebe. Nächste Woche gebe ich einen Damenlunch. Würden Sie mir helfen? Er soll keine großartige Party werden, nur eine gemütliche Zusammenkunft. Morgen rufe ich Sie an.«

Taggie schluckte dankbar und antwortete, sie würde diesen Auftrag sehr gern übernehmen. Dann wurde die Aufmerksamkeit von ihr abgelenkt, denn Cameron kehrte in einem von Valeries gräßlichen schwarzen Kleidern zurück. Es hatte eine Riesenschleife am Hinterteil und saß viel zu eng.

»Es tut mir furchtbar leid«, murmelte Taggie, als sie an Cameron vorbeiging. »Natürlich bezahle ich den Schaden.«

»Das können Sie gar nicht«, zischte Cameron.

»Seien Sie nicht so eklig!« herrschte Rupert sie mit scharfer Stimme an und legte eine Hand auf Taggies Arm. »Es war ganz allein meine Schuld, Engelchen, und ich bedaure es aufrichtig.«

Schweigend schüttelte sie seine Hand ab.

James schlenderte zu Valerie. »In wenigen Minuten beginnt eine meiner Sendungen. Darf ich hinaufgehen und fernsehen?«

»Natürlich. Wir sollten jetzt nach oben gehen, meine Damen.«

Cameron blieb bei den Männern, um Port zu trinken, doch das nützte ihr nicht viel. Tony zog den Gastgeber in eine Ecke und überredete ihn zu einem Lunch nach Weihnachten, bei dem Freddies Eintritt in den CTV-Aufsichtsrat besprochen werden sollte. Und so mußte sie sich mit dem unmöglichen Paul begnügen, weil Rupert in der Küche verschwand. Dort räumte Taggie gerade die Geschirrspülmaschine voll und machte Kaffee. »Gehen Sie weg!« schluchzte sie. »So einen b-b-bösartigen Mann wie Sie habe ich nie zuvor gesehen.«

»Ist ja alles wieder gut«, lallte Reg unter dem Küchentisch hervor.

16

Am Montagmorgen stürmte Declan in Camerons Büro, ohne anzuklopfen. »Sie waren auf Valerie Jones Dinnerparty?«

»Allerdings«, bestätigte sie kühl.

»Wie ich höre, hat Taggie das Dessert auf Sie gekippt. Wenn Sie die Flecken nicht rauskriegen, komme ich für den Schaden auf.«

Cameron hatte befürchtet, er würde ihr Vorwürfe wegen ihrer übertriebenen Reaktion machen. Nun atmete sie erleichtert auf. »Es war nicht so schlimm. Am Samstag habe ich die Sachen in die Reinigung gebracht. Bald sind sie wieder okay.«

»Dann bezahle ich die Reinigung.«

»Das soll Rupert übernehmen.«

Declans Augen verengten sich. »Dieser Mistkerl! Arme kleine Tag... Sie war völlig verzweifelt.«

»Oh, sie hat ihre Sache ausgezeichnet gemacht.« Cameron fand, daß sie nun ein bißchen großzügig sein konnte. »Das Essen war himmlisch, und Monica hat sie gebeten, eine Lunchparty zu arrangieren.«

»Ich weiß, sie hat am Montag angerufen und Taggie aufgemuntert.«

»Alles war Ruperts Schuld.«

»Wenn ich den Bastard zwischen die Finger kriege...«

»Laden Sie ihn doch in Ihre Sendung ein«, schlug Cameron beiläufig vor. »Das wäre eine viel subtilere Methode, ihn zu beerdigen.«

Declan runzelte die Stirn. Es verstieß gegen seine Prinzipien, jemanden zu interviewen, nur um ihn fertigzumachen.

»Er hat Ihre Tochter wirklich in eine abscheuliche Situation gebracht.« Cameron ließ nicht locker, weil sie einen Vorwand brauchte, um Rupert anrufen zu können.

Declan nickte. »Also gut.«

Sogar Tony wurde vorübergehend aus seiner Anti-Declan-Stimmung gerissen. »Eine verdammt gute Idee. Wenn er Rupert genauso blamiert wie Maurice Wooton, verdopple ich sein Gehalt.«

Cameron rief Rupert an. »Ich wollte nur fragen, wie es in den nächsten Monaten mit Ihren Terminen aussieht.«

»Sie hätten am Freitagabend mit mir nach Hause kommen sollen«, erwiderte er und erklärte, er habe nicht die Absicht, in Declans Sendung aufzutreten.

Da spielte sie ihre Trumpfkarte aus. »Nun, dann sage ich ihm, daß Sie ein Feigling sind.«

»Seien Sie nicht albern!» entgegnete er irritiert. »Okay, ich denke drüber nach.«

Damit mußte sie sich vorerst zufriedengeben.

Am Weihnachtsabend wurde bei Corinium übermütig gefeiert. Der betrunkene Seb Burrows aus der Nachrichtenredaktion kletterte an der Fassade des Gebäudes hoch und stülpte Charles Fairburns russische Pelzmütze auf das rote Geweih des Rammbocks. Ein anderer Witzbold zog den Hörnern des Bronzebocks im Konferenzraum regenbogenbunte Kondome über, kurz bevor Tony den Lokalvertreter der IBA zu einem Weihnachtsumtrunk hineinführte. Sekretärinnen mit Flitter im Haar rannten kreischend durch die Korridore. Als James Vereker an der Tür des Konferenzraums vorbeiging, um Geschenke von seinen Fans zum Wagen hinauszutragen, stürzten sich vier schreiende Mädchen auf ihn und öffneten den Gürtel und den Reißverschluß seiner Hose. Die fiel zu Boden und enthüllte Boxershort, die – dem Anlaß entsprechend – mit Weihnachtsmännern bedruckt war. Tony geleitete gerade den IBA-Repräsentanten in den Flur und kochte vor Wut, aber nicht so sehr wie Cameron, die herausfand, daß er Miß Madden beauftragt hatte, nicht nur für sie, sondern auch für Monica ein Weihnachtsgeschenk zu kaufen.

»Ich habe mich für zwei Diamantenarmbänder entschieden«, wisperte die Sekretärin verschwörerisch, »und ich dachte, Sie möchten sich vielleicht eins aussuchen.«

»Ich nehme das größere«, entgegnete Cameron grimmig.

Wie James erbost feststellen mußte, hatte Declan zehnmal so viele Weihnachtskarten bekommen wie er selbst. Und der Weihnachtsbaum in der Eingangshalle verdeckte James gerahmtes Foto. Die Sicht auf Declans Foto wurde natürlich nicht versperrt, so daß alle es bewundern konnten.

Trotz seiner beklagenswerten finanziellen Lage lud Declan alle seine Mitarbeiter, sogar Cameron, zu einem grandiosen Lunch im Dog and Trumpet außerhalb von Cotchester ein, worauf der Geschäftsführer alle Corinium-Angestellten auf Lebenszeit aus dem Restaurant verbannte. Wie der erste Kameramann bemerkte: »Man muß nicht nach dem Weg fragen, wenn man zu einer CTV-Weihnachtsparty geht, man braucht nur den Blaulichtern zu folgen.« Auf dem Heimweg durch die High Street trafen sie Charles Fairburn, der soeben in der Kirche die Live-Übertragung der Christmette organisiert hatte, Cointreau trank und sein Spesenkonto verpraßte.

Um Mitternacht bot Cotchester mit den goldenen Häusern und der hohen Kathedrale, mit Flutlicht übergossen, einen märchenhaften Anblick. Im Kirchenschiff, von Kerzenflammen und TV-Scheinwerfern erhellt, drängten sich zahllose Leute in der Hoffnung, auf dem Bildschirm zu erscheinen und Declan O'Hara zu sehen. Tony hielt die erste Lesung und verhaspelte sich zweimal, zur Freude seines Personals. Für die zweite Lesung hatte sich Rupert zur Verfügung gestellt, und als seine lässig-gedehnte Stimme erklang, gab es in der ganzen Gemeinde kein Mädchen außer Taggie, das ihn nicht am nächsten Morgen im Weihnachtsstrumpf finden wollte.

Taggie zog ein winziges Päckchen aus ihrem Strumpf. Es enthielt einen schönen Amethystanhänger an einer Silberkette, und als sie langsam las, was auf dem beiliegenden Kärtchen stand, stockte ihr Atem. »Liebe Taggie, tut mir leid, daß ich so ein mieses Schwein war. Frohe Weihnachten. Wir sehen uns zu Silvester. Alles Gute, R.«

»Oh, wie schön!« schluchzte sie und floh in ihr Turmzimmer. Der Neumond und die Sterne schienen nur für sie zu funkeln. Ralphie hatte sich also doch noch an sie erinnert, und in sieben Tagen würde sie ihn wiedersehen.

17

Am Silvesterabend welkte die Weihnachtsdekoration in der Priory. Der Kater Aengus hatte mittlerweile alle Schmuckstücke am Tannenbaum zertrümmert und war zu Bauchlandungen auf den zur Schau gestellten Weihnachtskarten übergegangen. Ein wilder Sturm tobte durch das Tal, ließ die Fenster klirren und heulte in den Schornsteinen. Auf dem Rasen kämpfte ein riesiges rosaweiß gestreiftes Zelt, von Gasöfen beheizt, mit seiner Vertäuung.

»Wir könnten die Betrunkenen draußen rundherum auf die Zeltspannringe legen, damit sie das Ganze festhalten«, schlug Patrick vor und nahm noch einen Schluck Moet.

»Wenn du nicht bald mit dieser Sauferei aufhörst, wirst du auch zu diesem Team gehören«, meinte Caitlin.

»Ich habe Geburtstag, und an seinem Geburtstag darf sich jeder abscheulich benehmen. Außerdem war ich noch niemals einundzwanzig.« Er war überglücklich, denn seine Mutter hatte ihm ohne Wissen des Vaters einen nagelneuen Golf geschenkt.

Maud war zum Friseur gegangen. Davor hatte sie angefangen, die Sitzordnung für die Party festzulegen, was Caitlin und Patrick nun zu Ende führten. Taggie hatte versucht, die Tischkarten zu schreiben, aber in ihrer Aufregung über Ralphies bevorstehende Ankunft nur falsche Buchstaben gemalt. Aus Angst vor dem Sturm war sie in die Küche geeilt, um die Firma anzurufen, die das Zelt aufgestellt hatte. Ihre Arme schmerzten von der Zubereitung des Kartoffelteigs für ein Dutzend große Fleischpasteten. Für den Obstsalat hatte sie mindestens eine Milliarde Weinbeeren geschält. Das Knoblauchbrot lag in Alufolie gewickelt auf dem Tisch, die Truthahnsuppe mußte nur noch aufgewärmt werden. Das Kedgeree fürs Frühstück, mit Gurken, Krabben und hartgekochten Eiern, stand im Kühlschrank, die Geburtstagstorte für Patrick in Gestalt eines Shamrocks, des kleeblattförmigen Wahrzeichens von Irland, war eingefroren.

Für die Lautsprecher der Stereoanlage mußte noch ein Verlängerungskabel gefunden, in die Außenlampe eine neue Glühbirne geschraubt werden, und Caitlin hatte noch immer nicht alle Wegweiser für die Badezimmer und Garderoben geschrieben. Aber allmählich geriet alles unter Kontrolle. Noch nie hatte sich Taggie so erschöpft gefühlt, doch sie wollte nicht mit ihrem Schicksal hadern, denn der liebe Gott würde sie mit Ralphie belohnen.

Im Zelt schrieb Caitlin hastig neue Tischkarten, um alle zu ersetzen, auf denen ihre Schwester die Namen falsch buchstabiert hatte. »Monknicker Baddingham«, kicherte sie. »Die setzen wir rechts neben Daddy. – Guck dir das an, Patrick!« kreischte sie nach einem Blick auf einen der Tische. »Mummy will neben Rupert Campbell sitzen. Nein, daraus wird nichts!« Sie nahm das Kärtchen von Mauds rechter Seite und stellte es ehrfürchtig auf einen anderen Tisch neben ihre eigene, hinter ein großes Blumenarrangement, daß ihre Mutter nicht spionieren konnte. Dann kritzelte sie Ruperts Namen auf eine zweite Karte. »Er wird rechts und links von mir plaziert, damit's kein Mißverständnis gibt.«

Patrick stellte fest, daß er zwischen seiner derzeitigen Freundin Lavinia und einer gewissen Sarah Stratton sitzen sollte. Caitlin wollte Taggies Karte neben die von Ralphie stellen, aber ihr Bruder schüttelte den Kopf. »Lieber nicht.

Er bringt Georgina Harrison mit. Die beiden waren das ganze Semester unzertrennlich.«

»Warum hat er Taggie dann diesen Amethyst geschickt und sich dafür entschuldigt, daß er so ein mieses Schwein war?«

»Das kommt mir höchst unwahrscheinlich vor. Letzte Woche hatte er nicht einmal genug Geld, um seiner Mutter eine Schachtel Taschentücher zu kaufen, und mir ist er fünfzig Pfund schuldig. Bist du sicher, daß sie dieses Geschenk auch wirklich von Ralphie hat?«

»Völlig sicher. Der falsche Hund! Offensichtlich spielt er ein doppeltes Spiel.«

Maud kehrte vom Friseur zurück, das Haar in schlangenförmige Locken gelegt.

»Sehr schön, Mummy«, sagte Taggie.

»Scheußlich«, murmelte Caitlin.

Bas Baddingham rief an, um zu fragen, ob er seine neue Freundin mitbringen dürfe. »Klar«, erwiderte Maud. »Je mehr Leute, desto besser.«

»Was glaubst du, wie viele kommen werden?« erkundigte sich Patrick.

»Oh, etwa dreihundert«, erwiderte sie leichthin.

»Dann haben wir viel zuwenig Geschirr und Besteck ausgeliehen!« rief Taggie entsetzt.

Maud drehte sich zu ihrem Sohn um. »Fahr schnell zu Rupert rüber und borg dir was aus.«

Taggies Grauen wuchs. »Er kommt auch? Ich dachte, er würde irgendwo Ski fahren.«

»Er ist eigens wegen unserer Party zurückgekommen«, sagte Maud träumerisch. »Gerade sah ich ihn durch Penscombe fahren. Nun, wenn's hier nichts für mich zu tun gibt, gehe ich nach oben und lackiere mir die Nägel.« Auf dem Weg zum Zeltausgang entdeckte sie die zwei Karten mit Ruperts Namen, links und rechts von Caitlins Platz. Wütend riß sie die eine in Fetzen und stellte die andere wieder neben ihre eigene. »Du wirst *nicht* neben Mr. Campbell-Black sitzen, Caitlin, sondern neben Archie Baddingham und sehr nett zu ihm sein! Taggie, hat Grace alle Betten für Patricks Freunde gemacht?«

»Nein. Irgend jemand hat sie beim Lunch im Pub beleidigt, und danach ist sie vor lauter Wut schlafen gegangen.«

»Weck sie auf!« fauchte Maud. »Und mach sicherheitshalber noch ein paar Betten mehr.«

»Die Leute können ja auch in den Lehnstühlen übernachten«, meinte Patrick besänftigend, während er die Schlüssel seines neuen Autos aus der Tasche zog. »Ich fahre jetzt zu Rupert.«

»Das Bett für Ralphie habe ich im Gästezimmer gemacht«, gestand Taggie errötend.

Um halb sieben kam Declan nach Hause, nachdem er ein Interview mit dem Bischof von Cotchester aufgenommen hatte, das – wie er nur zu gut wußte – jedes zündenden Funkens entbehrte. Im Lauf des Tages waren seine düsteren Ahnungen gewachsen, als einer nach dem anderen – Charles Fairburn, James Vereker, Simon Harris, Daysee Butler und zu allem Überfluß auch noch Cameron Cook und Tony Baddingham zu verstehen gegeben hatten, sie würden ihn am Abend sehen. Offenbar waren Mauds gesellschaftliche Kontakte bei den CTV-Weihnachtspartys intensiver geworden, als er es vermutet hatte. Aber mit einem heftig wackelnden rosaweißen Zelt auf dem Rasen, gedeckten Tischen für zweihundert Personen, mehreren Disco-Boys, die den Sound checkten, und dreihundert Flaschen Moets auf Eis in den verschiedenen Badewannen der Priory hätte er niemals gerechnet.

Brüllend rannte er in den Oberstock und sah Maud auf dem Bett liegen, nackt bis auf eine Gesichtsmaske und Pads über den Augen. »Was zum Teufel geht hier vor? Willst du mich ruinieren?« Erbost warf er die Tür hinter sich zu und begann umherzulaufen.

Im Salon darunter sahen Patricks soeben eingetroffenen Freunde beim Begrüßungsdrink den Mistelzweig am Kronleuchter baumeln. Dann hörten sie Maud schreien.

»Ach, du meine Güte!« seufzte Caitlin. »Anscheinend ist Daddy nicht in Partystimmung.« Sie rannte nach oben, wo Taggie hektisch ein Bett nach dem anderen bezog, und rief vor der Tür ihrer Eltern: »Seid doch still! Ihr regt Gertrude auf!«

Taggie hörte, wie immer mehr von Patricks Freunden eintrafen, rannte zum Treppengeländer und schaute in die Halle hinab. Lavinia, Patricks hübsche Freundin, überreichte ihm gerade ein Geschenk. Hinter ihr tauchte ein schönes dunkelhaariges Mädchen auf, und – Taggie hielt den Atem an – direkt unter dem Mistelzweig am Lüster stand Ralphie, traumhaft wie eh und je mit seinen großen blauen Augen und goldenen Locken. Nervös eilte sie ins Gästezimmer zurück, warf noch ein Holzscheit ins Kaminfeuer und arrangierte die Christrosen in der blauen Vase auf dem Nachttisch ein zweites Mal. Wenigstens gab es in diesem Raum Vorhänge und ein sehr komfortables Bett für Ralphie – und vielleicht auch für sie . . . Es klopfte, und sie rief: »Herein!«

Das schöne dunkelhaarige Mädchen betrat das Zimmer. »Oh, wie gemütlich es hier ist!« Sie warf eine prall gefüllte Reisetasche auf das Bett. »Glauben Sie, daß ich baden kann?«

»Ja – na-natürlich«, stotterte Taggie. »Aber vielleicht ist das Wasser nicht sehr heiß.«

»Sie müssen Taggie sein, denn Sie sehen genau wie Patrick aus. Oh, diese herrlichen Christrosen! Sie hätten sich nicht soviel Mühe machen sollen.«

Taggies Wangen brannten so stark, daß sie das Gefühl

hatte, man könnte Spiegeleier darauf braten. »Eigentlich ist das Ralphies Zimmer.«

»Und meins«, ergänzte das Mädchen fröhlich. »Ich bin Georgina Harrison, seine Freundin.«

Nie zuvor hatte Patrick einen so abgrundtiefen Kummer gesehen. Ein wildes Schluchzen erschütterte Taggies ganzen Körper. »Ich ertrage es nicht! Ich liebe ihn so sehr!«

»Das weiß ich, Engelchen, aber er ist furchtbar oberflächlich, und du bist einfach nicht sein Typ – und viel zu groß für ihn. Das ist genauso, als würde sich ein Yorkshire-Terrier mit einem Wolfshund paaren – na ja, vielleicht nicht ganz so, aber weil er so klein ist, hat er Angst vor großen Mädchen. Letzten Sommer sagte er zu mir: ›Deine Schwester könnte absolute Spitze sein, wenn sie winzig klein wäre.‹«

»Ich kann doch nicht schrumpfen!«

»Das nicht, aber du kannst dich zusammenreißen. Komm, zieh dich an. Mum und Dad streiten zwar nicht mehr, aber sie schaffen's einfach nicht, eine Party zu organisieren, Mrs. Makepiece ist mit zwei scheußlichen Teenager-Kindern angekommen, und Grace und Butler Reg und seine Freunde vergreifen sich viel zu oft am Moet. Sei ein braves Mädchen und wisch dir die Augen ab. Immerhin werde ich nicht jeden Tag einundzwanzig.«

Nie zuvor hatte Maud so schön ausgesehen. Die Medusenlocken umrahmten ihr bleiches Gesicht, das durch die Hitze der Kaminfeuer in allen Räumen nun ein bißchen Farbe bekommen hatte. Ihr tief ausgeschnittenes efeugrünes Taftkleid schmiegte sich eng an den Körper und betonte ihre Augenfarbe. Perlen glänzten an den Handgelenken, an den Ohren und am Hals. Wenn sie Rupert an diesem Abend nicht erobern konnte – dann niemals.

»Ah, ein neues Kleid!« schimpfte Declan, der vor dem Spiegel im Salon eine schwarze Krawatte umband.

»Ach, dieses alte Ding!« erwiderte Maud spöttisch.

»Nur was in dem Kleid drin steckt, ist alt«, meinte Caitlin mürrisch. Sie hatte etwas vom Parfüm ihrer Mutter geklaut und dabei die Rechnung für das Kleid gesehen. Warum mußte sie soviel Geld für ihre Garderobe ausgeben, wo sie doch ohnehin schon einen Mann hatte? Caitlin befürchtete, ihr Vater könnte sich absichtlich betrinken, und um die arme Taggie machte sie sich noch größere Sorgen. Aber auf einer Party, zu der mehrere hundert Leute kamen, würde das Mädchen vielleicht jemand anderen finden.

Tu so, als wäre es ein Job, sagte sich Taggie mit zusammengebissenen Zähnen, während sie in der Truthahnsuppe rührte. »Könntest du Caitlin bitten, mal nachzusehen, ob Aengus in einem Schlafzimmer eingeschlossen ist?« wandte sie sich an Tracey, Mrs. Makepieces Tochter, die in einem hautengen schwarzen Rock und weißer Polyesterbluse und Perlen vor dem Küchenspiegel stand und ihr drahtiges Haar hochzwirbelte, um einen von Patricks Freunden zu umgarnen.

Draußen dirigierte Mrs. Makepieces Punkersohn Kevin die Autos auf ein nahes Feld. Zwischendurch kam er immer wieder herein und wappnete sich mit einem Schluck Wein gegen den kalten Wind. Reg und seine beiden Freunde vollbrachten Höchstleistungen im Trinken und Servieren. Grace war schon beschwipst. »Wie müde du aussiehst!« sagte sie zu Taggie. »Was hast du denn getrieben?«

Gertrude kläffte sich heiser, während immer mehr Leute erschienen. Die Party war zweifellos ein Erfolg. Maud hatte eine großartige Mischung zustande gebracht – viele Londoner Freunde, die sich für die Schönheit des Hauses und die attraktive Gastgeberin begeisterten, Patricks Kommilitonen von Trinity, ein großes Corinium-Kontingent und die neuen

Freunde aus Gloucestershire. Nach einem zweistündigen Besäufnis vor dem Dinner waren die meisten ziemlich angeheitert.

Zu seiner eigenen Verblüffung genoß Tony das Fest. Klug genug, um seiner Eitelkeit zu schmeicheln, behandelte Maud ihn wie einen Ehrengast, führte ihm die schönsten Frauen zu und stellte ihn mit den Worten vor: »Declans großartiger Boß.« Bald schnurrte er wie ein Leopard, den man auf einer Ziegenfarm losgelassen hatte.

Archie, sein geliebter Sohn, betrank sich im Oberstock mit Caitlins Freundinnen. Die arme dicke Sharon Jones war schrecklich schüchtern. Caitlin machte sie mit einem Jungen nach dem anderen bekannt und befahl ihnen, sich um Sharon zu kümmern. Aber sie rannte jedesmal unweigerlich schon nach wenigen Minuten zu ihrer Mutter zurück, deren Ärger sichtlich wuchs. »Ich habe dir doch gesagt, du sollst dich mit Leuten in deinem Alter anfreunden«, zischte Valerie.

Mrs. Makepiece eilte zu Maud. »Miß Taggie sagt, wir sollten jetzt essen. Alles ist fertig.«

In diesem Augenblick schlenderte Rupert zur offenen Tür herein. Schnee auf dem Abendanzug und im Haar.

»Rupert!« rief Maud erfreut. »Sie haben's also doch geschafft!«

Unter dem Mistelzweig im Hallenlüster küßte er sie auf den Mund. »Sie sehen sensationell aus.«

»Nicht so sensationell wie Sie«, wisperte Maud. »Wie braun Sie sind! Anscheinend hatten Sie herrliches Wetter.«

»Aber hier scheint die Temperatur zu sinken«, bemerkte er, als Declan auf dem Absatz kehrtmachte und zur Küche stapfte.

Caitlin rannte ins Zelt, stellte ihre Tischkarte wieder an Ruperts rechte Seite und entfernte den Kater Aengus von Valerie Jones' Teller.

18

Beim Dinner war Tony Baddingham sogar noch glücklicher. Wie er hochzufrieden erriet, mußten Declan und Maud furchtbar gestritten haben, vermutlich übers Geld. Mindestens dreihundert Leute waren da, und nach dem in Strömen fließenden Moet zu schließen, hatte man nicht gespart. Gut so – je intensiver Declans Bankkonto schrumpfte, desto abhängiger wurde er von Corinium, desto ungenierter konnte man ihn quälen und manipulieren. Dann schaute er quer durch das Zelt zu Maud hinüber, die Rupert anstrahlte, die Ellbogen zusammenpreßte, um die Furche zwischen ihren Brüsten zu vertiefen, und ihre Truthahnsuppe nicht anrührte. Bei diesem Anblick überlegte Tony, daß Declan wahrscheinlich nicht wegen der Partykosten wütend war, sondern aus Eifersucht. Um so besser, denn es bedeutete, daß er Rupert – falls sich dieser interviewen ließ – kreuzigen würde.

Sarah Stratton setzte sich mit ausdrucksloser Miene neben Tony. »Gut, daß wir nebeneinander plaziert wurden«, sagte er. »Ich will mit Ihnen reden.«

Im Oberstock rauchten, tranken und schmusten die Teenager und brüllten vor Lachen, während sie eine weitere Schachtel Tampax öffneten und die Wattezylinder wie Raketen umherschossen. Archie teilte sich eine Flasche Moet mit Caitlin, die Rupert vorübergehend im Stich gelassen hatte, um heimlich eine Zigarette zu rauchen. »Hast du eine Freundin?« fragte sie.

»Ich hatte eine«, erwiderte Archie, »aber die ist mir wegen meiner Pickel weggelaufen.«

»Deshalb solltest du dir keine Sorgen machen. Die Pickel bedeuten, daß du eine Menge Testosteron produzierst und später ein ganz wilder Liebhaber werden müßtest.«

»Mein Vater hat gesagt, in deiner Familie seien nur Irre, aber ich finde dich verdammt cool.«

Maud hatte Declan absichtlich zwischen Monica und Valerie gesetzt, damit er keine Szene machen konnte. Er war so betrunken, daß er seine Karriere zu ruinieren drohte. Monicas Vortrag über »Othello« nahm er kaum wahr, bis sie auf Jago zu sprechen kam. »Der ist noch bösartiger als Scarpia.«

»Allerdings«, stimmte Declan zu. »Genau wie Ihr Mann.«

»Noch etwas Knoblauchbrot?« fragte Valerie, die ihren Ohren nicht traute.

»Ihr Mann ist ein absoluter Scheißkerl«, fügte Declan hinzu.

»Ich weiß.« Seelenruhig brach Monica ein Stück Knoblauchbrot ab. »Aber ich habe drei Kinder und halte nichts von einer Scheidung.«

»Ich auch nicht.« Er füllte beide Gläser nach.

»Sie werden Tony doch nicht allzusehr ärgern? Corinium braucht integre Leute wie Sie, und ich möchte, daß Sie Ihren Job behalten.«

»Da scheint Ihr Mann eine andere Ansicht zu vertreten.«

»Wir sollten aufhören, über Tony zu diskutieren«, meinte sie sanft, »sonst könnten wir sehr indiskret werden. Eine wundervolle Party! Und wie zauberhaft Maud aussieht!«

»Hat Ihnen schon mal jemand gesagt, daß Sie eine sehr schöne Frau sind?« fragte Declan.

Ein rosiger Schimmer überzog Monicas Wangen. »Jetzt übertreiben Sie aber. Essen Sie lieber etwas von dieser Fleischpastete. Sie schmeckt vorzüglich.«

Doch er hörte nicht zu und beobachtete Maud, die ihren Tischgefährten anstarrte. Sein Blick entging Monica nicht, und sie versuchte ihn zu trösten. »Regen Sie sich bloß nicht über Rupert auf. Bertie Berkshire hat ihn einmal mit einem besonders unangenehmen Virus verglichen, der jede Ehefrau früher oder später erwischt. Aber wir kommen alle drüber hinweg.«

Verwirrt wandte er sich zu ihr. »Sie etwa auch?«

Monica seufzte. »Ich auch, obwohl Rupert nichts davon ahnte. Don Giovanni muß auch so gewesen sein. Er kann dem Reiz der Eroberung einfach nicht widerstehen. Außerdem vermißt er das Springreiten immer noch, was er allerdings niemals zugeben würde, und nun muß er die schmerzhafte Leere, die durch den Verzicht auf seinen Sport entstanden ist, immer wieder füllen.«

»Normalerweise füllt er die schmerzhafte Leere in den Frauen anderer Männer«, meinte Declan bitter.

Endlich mußte Maud aufhören, Rupert mit Beschlag zu belegen, und sich Declans altem Boß von der BBC, Johnny Abrahams, zuwenden, der links von ihr saß. »Jetzt können Sie auch mal mit mir reden«, sagte Caitlin zu Rupert.

Ihr fröhliches Gesicht mit den intelligenten Augen gefiel ihm. »Wir haben uns bei der Christmette kennengelernt, nicht wahr? Sag mal – wird mir deine Schwester jemals verzeihen?«

»Nun ja, auf der Party bei der Familie Jones waren Sie ziemlich gemein zu ihr, und dann die Sache mit den Stoppelfeldern ... Da hat Taggie sicher übertrieben reagiert, aber sie ist ganz verrückt nach Tieren, und bei diesem Wetter zieht sie ständig erfrorene Würmer aus der Erde. Und sie hat sich ganz besonders geärgert, weil Sie so unfreundlich zu Gertrude waren.«

»Gertrude?«

»Unsere Hündin. Die finden Sie sicher furchtbar häßlich, aber wir alle mögen sie sehr.«

Rupert grinste. »Vielleicht hätte ich den Anhänger nicht Taggie, sondern Gertrude schicken sollen.«

»O mein Gott!« rief Caitlin entsetzt. »*Sie* waren das also! Sie haben die Karte mit R. unterschrieben, und deshalb dachte Taggie, das Geschenk wäre von Ralphie. Sie ist schrecklich in ihn verknallt.«

»Nun, dann freut es mich, daß ich ihr eine so wundervolle Weihnachtsfreude bereitet habe«, bemerkte Rupert bissig.

»Caitlin!« rief Maud in scharfem Ton. »Sag Taggie, sie soll die Obstsalatteller wegräumen. Wir müssen Patricks Torte anschneiden, sonst sitzen wir um Mitternacht immer noch hier herum.« Zu Rupert gewandt, fuhr sie fort: »Wir haben Karten für Phantom of the Opera. Übernächste Woche. Wollen Sie mitkommen?«

»Taggie, Taggie!« schrie Caitlin und stürmte in die Küche. »Mummy will, daß du die Teller wegräumst, damit wir die Torte anschneiden können. Und es war Rupert, der dir den Anhänger geschickt hat, weil es ihm leid tut, was auf Valerie Jones' Party passiert ist.«

Taggie ließ die Torte beinahe fallen. »Was hast du gesagt?«

»Diesen Anhänger hast du von Rupert bekommen.«

»Oh, ich hasse ihn«, flüsterte Taggie.

»Unsinn! Er ist wirklich nett. Setz dich doch mal zu ihm! Reg und seine Kumpel sollen die Torte ins Zelt bringen. Die Leute können sie ja auch auf den Obstsalattellern essen. Geh schon, Tag!«

»Niemals!« keuchte Taggie. Sie war leichenblaß geworden. »Ich schicke den Anhänger zurück.«

Fünf Minuten vor Mitternacht stand Declan schwankend auf und klopfte mit seinem Messer auf den Tisch. »Nun möchte ich auf meinen Sohn trinken! Er ist ein guter Junge und hat uns viel Freude gemacht.«

»Mir auch«, piepste Patricks Freundin Lavinia. Alle lachten und stimmten »Happy Birthday« an, als Reg und seine Gefährten auf unsicheren Beinen die Torte ins Zelt brachten.

Lauter Jubel klang auf. Und während Caitlin die letzte der Kerzen anzündete, kam wie ein finsterer Fremdling Cameron Cook herein – in einem hautengen, schulterfreien Minikleid aus schwarzem Wildleder, eine schwere Metallkette um den Hals, und über einem der langen schwarzen Wildlederhandschuhe funkelte Tonys Geschenk, das Diamantenarmband.

Jede andere Frau hätte in diesem Aufzug billig ausgesehen. Aber die gertenschlanke, sehnige Cameron mit ihrer hungrigen Schönheit schaffte es, sowohl bedrohlich als auch hinreißend zu wirken.

»Ach, du verdammte Scheiße!« sagte Patrick.

»Blas deine Kerzen aus!« befahl Caitlin.

Ohne den Blick von Cameron zu wenden, gehorchte er, dann wandte er sich zu seinem Vater. »Wer zum Teufel ist das?«

»Das schlimmste Biest in der TV-Branche«, antwortete Declan tonlos.

»Vielleicht wird sie deine Schwiegertochter.«

»Tut mir leid, daß ich so spät komme.« Cameron bahnte sich durch das Gedränge einen Weg an Mauds Seite. »Wir hatten so gräßlich viel zu tun.«

»Ich freue mich jederzeit, Sie zu sehen«, entgegnete Maud lächelnd. »*Caitlin* wird Ihnen was zu essen bringen«, fügte sie betont hinzu, aus Angst, ihre Tochter könnte sich wieder an Rupert heranmachen.

»Sie brauchen einen Drink«, meinte Patrick.

Wie hübsch er ist, dachte Cameron. Wie Declan, aber irgendwie intensiver. »Leider hatte ich keine Zeit, ein Geschenk für Sie zu kaufen.«

»Sie haben sich selber mitgebracht«, entgegnete er leicht spöttisch. »Was Besseres konnte ich mir gar nicht wünschen.« Er füllte sein Glas mit Champagner und reichte es ihr.

»Danke.« Cameron leerte es in einem Zug.

In diesem Moment dröhnte aus allen Lautsprechern im Zelt Big Ben, um die mitternächtliche Stunde einzuläuten. Alles jubelte und küßte sich, und Patrick nahm Cameron in die Arme und küßte und küßte und küßte sie. Endlich lösten sie sich voneinander, und er sagte leise: »Darauf habe ich einundzwanzig Jahre gewartet.«

»Schauen Sie sich mal Tonys Gesicht an«, wisperte Lizzie Vereker schaudernd in Charles Fairburns Ohr.

Das Geschirr wurde weggeräumt, die Tische an die Zeltwände gerückt, damit man tanzen konnte. Inzwischen gingen einige Frauen ins Haus, um sich frisch zu machen. Patrick eilte zur Küche, weil er sich bei Taggie bedanken wollte. Und Tony packte Camerons Arm, ohne zu bedenken, daß Monica ihn beobachten könnte. »Zum Teufel, was treibst du eigentlich?«

Cameron zuckte zusammen. »Ich versuche mich zu amüsieren. Bisher hatte ich nicht viel von den Feiertagen.«

»Ich konnte nicht weg von zu Hause.«

»Natürlich nicht.«

»Du hast absichtlich so ein provozierendes Kleid angezogen.«

»Nun, wenn es dich provoziert, erfüllt es seinen Zweck.«

Patrick schaffte es nicht bis zur Küche, denn sein Vater zerrte ihn in die Bibliothek. »Um Himmels willen, Cameron ist tabu!«

»Warum?«

»Sie ist Tony Baddinghams Geliebte.«

»Aha. Hast du Angst um deinen Job?« Sekundenlang glaubte Patrick, Declan würde ihn schlagen.

»Das ist es nicht. Aber du ahnst nicht, wie bösartig die beiden sind.«

»Er vielleicht, sie nicht. Und sie braucht zur Abwechslung mal einen Spielkameraden in ihrem eigenen Alter.«

»Er hat ihr ein paar äußerst unangenehme Gewohnheiten beigebracht«, sagte Declan seufzend.

»Zum Beispiel, mit dir zu streiten.«

»Sie paßt nicht zu dir.«

»Das ist mir scheißegal«, erwiderte Patrick und verließ die Bibliothek.

Cameron flüchtete aus dem Zelt, um ihr Make-up zu erneuern. Nach Patricks Kuß konnte kein Lippenstift übriggeblieben sein. Im einzigen Schlafzimmer, das nicht von knutschenden Teenagern okkupiert wurde, bürstete sich Sarah Stratton das Haar und meinte: »Eine nette Party.«

»Scheint so.«

»Ich bin froh, daß wir uns hier treffen. Tony hat mir einen Job bei Corinium angeboten. Soll ich ihn annehmen?«

»Klar«, entgegnete Cameron kühl.

»Sie glauben also nicht, daß er nur auf meinen Körper scharf ist?«

»Sicher nicht.« Camerons Hände zitterten so heftig, daß es ihr schwerfiel, den Lippenstift aufzutragen. »Hat er sich an Sie rangemacht?«

»Nicht direkt, aber er hat mich mit Komplimenten überschüttet, und ich muß sagen – für einen so alten Mann ist er recht attraktiv.«

Sie gingen in die Halle hinunter, wo James Vereker umherschlenderte. Indem er Cameron betont ignorierte, forderte er Sarah zum Tanz auf. Und die war mit allem einverstanden, das Ruperts Eifersucht wecken konnte. »Verstehen Sie sich gut mit Tonys Geliebter?« fragte er.

»Oh – ist sie das?« Bestürzt schnappte Sarah nach Luft und berichtete von ihrem Gespräch mit Cameron. »Dann nehme ich den Job bei Corinium lieber doch nicht an.«

Ich bringe Tony um, dachte Cameron auf dem Rückweg ins Zelt und kochte vor Zorn. Tony und Patrick erwarteten sie. Patrick war schneller. »Tanzen wir«, sagte er und nahm ihre Hand. »Für den Rest dieses Abends lasse ich dich nicht mehr los. Wahrscheinlich für den Rest meines Lebens.«

In der Küche machte eine unglückliche Taggie sauber. Plötzlich sah sie Rupert in der Tür stehen, und das Blut stieg ihr in die Wangen. »Das war ein köstliches Dinner«, begann er mit sanfter Stimme und bemerkte ihre geröteten Augen. »Würden Sie bitte aufhören, Aschenputtel zu spielen, und mit mir tanzen?«

»Danke, ich habe zuviel zu tun, und danke für den Anhänger – ich wußte es nicht ...«, stammelte sie. Ruperts Hand umfaßte ihre bebenden Finger, und sie folgte ihm ins Zelt. »Ich bin eine sehr schlechte Tänzerin«, murmelte sie.

»Macht nichts. Wir schwanken einfach nur in einer dunklen Ecke hin und her.« Taggies Haar roch nach Fleischpastete, und als er sie an sich zog, spürte er die weichen und doch festen Rundungen ihrer Brüste, die unglaublich schmale Taille. Ihr ganzer Körper versteifte sich vor Nervosität und Verlegenheit, und sie besaß überhaupt kein Gefühl für Rhythmus. »Hatten Sie ein schönes Weihnachtsfest?« fragte er.

»Ja.«

»Haben Sie schöne Geschenke bekommen?«

»Ja.«

»Entspannen Sie sich, mein Engel.« Besänftigend strich er über ihren Rücken, als wäre sie eines seiner Fohlen. »Sehen Sie doch, Gertrude verfolgt uns! Sie weiß, was für ein Lump ich bin, und läßt Sie nicht aus den Augen.«

Taggie fing einen mißbilligenden Hundeblick auf und stieß ein kurzes Lachen aus, das halb wie ein Schluchzen klang.

»Gute Gertrude, schöne Gertrude ...« Rupert beugte sich hinab und streichelte das schwarzweiße Fell. »Da sehen Sie's, ich tue mein Bestes.« Nachdem er sich wieder aufgerichtet hatte, nahm er Taggies Gesicht in beide Hände. »Schauen Sie nicht so traurig drein! Sie werden ihn vergessen.«

Sie blinzelte verwirrt. »Wieso wissen Sie es?«

»Caitlin hat's mir erzählt. Sie dachten, der Anhänger wäre von ihm, Taggie. Es tut mir leid.«

»Das war sehr freundlich von Ihnen«, entgegnete sie steif, »aber ich nehme keine Geschenke von Männern an.«

»Ich verstehe. Nur von Jungs.« Fest umfaßte er ihre Taille, denn er wußte, daß sie die Flucht ergreifen wollte.

Am anderen Ende des Zeltes sah sie Ralphie mit Georgina tanzen. Er streichelte die Wange des Mädchens, und da riß sich Taggie stöhnend von Rupert los, rannte aus dem Zelt und ins Haus, in ihr Turmzimmer hinauf, um sich erneut die Augen auszuweinen.

In der Küche deklamierte Declan Verse von Yeats, umgeben von Erstsemesterstudenten, schmutzigem Geschirr und Gläsern. Cameron und Patrick hörten Hand in Hand zu.

»Wenn er betrunken ist, rezitiert er am besten«, wisperte Patrick, »dann verliert er seine Befangenheit.«

»Er müßte eine Sendung über Yeats machen.«

»Der ist wohl kaum von regionalem Interesse.«

»Auf Kanal vier wäre es möglich.«

Maud war ins Schlafzimmer gegangen, um ihre Brüste im grünen Taftausschnitt zu arrangieren, das Haar mit Parfum zu besprühen und Korallenrouge auf die bleichen Wangen zu tupfen. »Ich bin noch keine Frau in mittleren Jahren«, flüsterte sie ihrem Spiegelbild zu, »sondern immer noch jung und schön.«

Auf dem Rückweg nach unten hörte sie Declan in der Küche deklamieren. Nun drohte ihr für etwa eine halbe Stunde keine Gefahr. Unter dem Lüster in der Halle glänzten die Beeren der Mistelzweige heller als Mauds Perlen. Es war drei Uhr morgens. Bald sollte das Kedgeree serviert werden.

Wie als Antwort auf ihre Gebete hörte sie Ruperts Stimme. »Ich habe auf Sie gewartet.« Er nahm ihre Hand und führte sie ins Arbeitszimmer, wo Caitlin sicherheitshalber ebenfalls Mistelzweige aufgehängt hatte.

Ruperts Hand fühlte sich warm und trocken an, der Daumenballen fleischig, was angeblich auf einen stark ausgeprägten Sexualtrieb schließen ließ. Ihr Herz klopfte wie rasend, sie mußte versuchen, distanziert zu erscheinen, ein wenig mysteriös. Als er sich zu ihr wandte, verspürte sie den sehnlichen Wunsch, sein markantes Kinn zu liebkosen. Es wird geschehen, dachte sie in ekstatischer Freude, während er die Tür schloß, um das Geschrei und Gelächter auszusperren.

Er schaute ihr tief in die Augen. »Seit wir uns kennen, möchte ich Sie um etwas bitten. Sie werden mir doch nicht böse sein?«

»Nein, nein«, hauchte Maud. Das Atmen fiel ihr schwer.

»Wahrscheinlich halten Sie mich für den schrecklichsten Schuft von der Welt.«

»O nein. Ich glaube, die Leute verkennen Sie.« Er trat näher, und sie roch den schwachen Zitronenduft seines Aftershaves.

»Ich bin völlig verrückt ...«, begann er.

»Oh – sprechen Sie doch weiter«, stammelte sie.

»... verrückt nach der kleinen Taggie. Aber sie kann mich nicht ausstehen. Würden Sie ein gutes Wort für mich einlegen?«

»Taggie!« schrie Maud, außer sich vor Wut. »Taggie! Um Himmels willen, sie ist achtzehn und Sie sind siebenunddreißig! Außerdem leidet sie an Legasthenie, wodurch sie noch jünger wirkt. Wie können Sie es wagen, Sie widerlicher Lustmolch!« Verzweifelt brach sie in Tränen aus, stürmte aus dem Zimmer, die Treppe hinauf und sperrte sich in ihrem Schlafzimmer ein. Das ertrug sie nicht. Stets hatte sie jeden Mann bekommen, den sie wollte. Und nun war sie vom größten Wüstling in Gloucestershire unter dem Mistelzweig verschmäht worden, weil er Taggie bevorzugte – ausgerechnet Taggie. Das machte alles noch schlimmer. In ihrer fast pathologischen Eifersucht auf Taggie kannte sie niemand anderen, an den sie einen Mann noch schwereren Herzens verlieren würde. War das ihr Schicksal – älter und reizlos zu werden, so daß keiner sie jemals wieder begehren würde?

Eine Stunde später deklamierte Declan immer noch vor einem hingerissenen Publikum.

»Jetzt weißt du, warum er keine anzüglichen Interviews mit dem Bischof von Cotchester machen kann«, sagte Patrick zu Cameron, und sie nickte.

»›Eine Frau von so strahlender Schönheit‹«, sagte Declan, »›daß die Männer um Mitternacht Getreide droschen für eine Haarlocke. Eine kleine gestohlene Haarlocke.‹« Er hob den Kopf, sah Maud und wiederholte langsam: »›Eine kleine gestohlene Haarlocke.‹« Einige Sekunden lang starrten sie sich an, dann sprach er leise weiter. »›Da ist Grau in deinem Haar. Die jungen Männer halten nicht mehr den Atem an, wenn du vorbeigehst.‹«

Bedrückt wandte sie sich ab. Declan warf seine Zigarette ins Spülbecken und stieg über die Studenten hinweg, die verzückt am Boden saßen. Auf der Treppe holte er Maud ein. Da er zwei Stunden lang nichts mehr getrunken hatte, war er fast nüchtern. »Was ist los? Hat er dich abgewiesen?«

Sie nickte, Tränen hingen an ihren Wimpern.

»Das habe ich schon im September kommen sehen. Ich wollte dich warnen.«

»Warum hast du es nicht getan?«

Declan seufzte. »Hätte das einen Sinn gehabt? Er paßt nicht zu dir. Vielleicht wäre es eine Woche lang gutgegangen, einen Monat – dann hätte er dich fallenlassen.«

»Tut mir leid. Aber er ist so attraktiv.«

»Ich weiß.« Er strich mit seinem Daumen über ihre zitternden Lippen. »Gehen wir schlafen.«

»Mitten in der Party? Ich habe soviel Geld dafür ausgegeben.«

»Das macht nichts«, erwiderte er, während sie die restlichen Stufen hinaufstiegen. »Ich liebe dich. Und ich bin der einzige von allen, der dich versteht.«

»Ja, ich weiß«, wisperte Maud.

Sie betraten ihr Schlafzimmer, und er schloß die Tür.

Caitlin ging vorbei und hörte, wie der Schlüssel herumgedreht wurde. Sie nahm das Schild von der Badezimmertür, auf der »Damen« stand, drehte es um, schrieb »Nicht stören, Sex in Aktion« darauf und hängte es an die Klinke des Elternschlafzimmers.

Die Party war immer noch in vollem Gang. Freddie tanzte mit Lizzie, preßte sie an sich und beteuerte: »Ich liebe Sie – bei meinem Leben und mindestens anderthalb Flaschen Moet.«

Tony sah ein, daß es nicht gelingen würde, Cameron auch nur für eine Sekunde von Patrick wegzulotsen. »Gehen wir«, sagte er tonlos zu Monica.

»Gut«, stimmte sie widerstrebend zu. »Ich habe Archie schon stundenlang nicht mehr gesehen. Wo steckt er denn?«

»Wahrscheinlich oben«, mischte sich Caitlin ein.

Monica wankte die Treppe hinauf und hielt sich am Geländer fest. So viel hatte sie seit ihrem Debütball nicht mehr getrunken. Es war wirklich komisch. Nachdem sie mehrere von Pärchen okkupierte Zimmer inspiziert hatte, entdeckte sie ihren geliebten Sohn im nächsthöheren Stock auf einer Chaiselongue, wo er an Tracy Makepiece festklebte, eine Hand in ihrer Bluse. »Archie!« donnerte Monica. »Steh auf!« Archie gehorchte, und sie fügte hinzu: »Wir gehen! Sofort!«

In der Halle erzählte sie ihrem Mann, was der Junge beabsichtigt hatte.

»Jesus!« explodierte Tony. »Bringen wir ihn weg, ehe es zu spät ist!«

»Wir müßten uns bei Maud und Declan bedanken. Wo sind deine Eltern?« fragte sie Caitlin.

»Die liegen leider schon im Bett.«

»Nun, dann sag Ihnen bitte, wir hätten uns alle sehr amüsiert.«

»*Du* hast dich vielleicht amüsiert!« zischte Tony und rutschte auf der vereisten Zufahrt aus, weil er seinen Rolls-Royce und den frierenden Chauffeur gar nicht schnell genug erreichen konnte. »Aber ich war noch nie auf einer so scheußlichen Party, und diese Caitlin ist ein Biest.«

»Sie ist süß«, lallte Archie.

»Wenn du dich noch mal mit einem dieser O'Hara-Kinder abgibst, enterbe ich dich.«

Nachdem sich Rupert so schlecht benommen hatte wie alle anderen auch, kam er um fünf Uhr morgens ins Wohnzimmer, hielt nach der Whiskykaraffe Ausschau und sah einen schwarzweißen Schwanz unter dem Klavier hervorlugen. »Gertrude!«

Der Schwanz bebte. Rupert bückte sich und erblickte sowohl Gertrude als auch Taggie. »Was machen Sie denn hier?«

»Ein Besoffener liegt bewußtlos in meinen Bett«, schluchzte Taggie. »Jedes Schlafzimmer in diesem Haus ist besetzt. Diese verdammte Party! In der Küche kann ich nicht saubermachen, denn dort treibt sich Ralphie mit seiner Freundin rum, die Disco-Leute sind noch nicht bezahlt, und Mummy und Daddy sind schlafen gegangen, und ich will kein Mauerblümchen sein und allen im Weg stehen.«

»Mir stehen Sie nicht im Weg. Kommen Sie.« Rupert zog sie unter dem Klavier hervor, gleichzeitig rollte ihm eine leere Champagnerflasche entgegen. »Haben Sie das alles allein getrunken?«

»Fast.«

Er warf ein paar Holzscheite ins sterbende Kaminfeuer, drückte Taggie auf das Sofa und setzte sich zu ihr. Gertrude postierte sich dazwischen. »Eine wundervolle Party«, bemerkte er.

»O nein, es war eine Katastrophe«, widersprach Taggie verzweifelt. »Patrick ist mit Lord Baddinghams Geliebter weggelaufen, und jetzt hat Lord Baddingham eine noch größere Wut auf Daddy als vorher. Und Mummy hat sich ganz schrecklich in jemanden verknallt...« Sie wurde rot, als ihr einfiel, daß es sich um Rupert handelte, und fügte hastig hinzu: »Ich weiß nicht, in wen, und jetzt muß der arme Daddy für das alles bezahlen. Ich habe versucht, die Kosten möglichst niedrig zu halten, aber Mummy war nicht zu bremsen und bestellte Champagner in rauhen Mengen und lud viele hundert Leute ein.«

»Ihr Vater muß bei Corinium sehr gut verdienen«, wandte Rupert ein.

»Das schon.« Taggie drückte Gertrude an sich wie ein verängstigtes Kind seinen Teddybären. »Aber nicht genug. Gestern hat er eine riesige Steuerrechnung bekommen, und dabei hat er noch nicht mal die letzte bezahlt. Mummy und Patrick und Caitlin nehmen das einfach nicht ernst. Sie glauben, Daddy wäre ein Faß ohne Boden. Um wirklich gute Arbeit zu leisten, braucht er seine Ruhe. Deshalb sind wir aufs Land gezogen – um Frieden zu finden und damit er sein Buch zu Ende schreiben kann. Und er verabscheut Lord Baddingham, er findet ihn furchtbar kor – kor ...« Sie stolperte über das Wort.

»Korrupt«, sagte Rupert.

»Ja genau. Und Daddy ist so eigensinnig. Sicher wird er gefeuert, wenn es zu weiteren Streitigkeiten kommt. Und die BBC will ihn nicht mehr haben.«

»Natürlich will ihn die BBC. Ihr Vater ist ein Genie.«

»Was nützt ihm das, wenn er uns am Hals hat? Wir helfen ihm nicht, wir saugen ihn nur aus.«

»Sie nicht, Taggie.«

»Doch. Immer wird er mich am Hals haben. Ralphie liebt mich nicht. Niemand wird mich jemals lieben.«

Rupert ließ sie eine Zeitlang weinen, dann brachte er sie zum Lachen, indem er Gertrude seine Krawatte umband.

»Es – es tut mir leid«, stotterte Taggie und wischte sich mit einem Seidenschal, den irgend jemand liegenlassen hatte, die Augen ab. »Ich bin so selbstsüchtig.«

»O nein.« Rupert sah sich plötzlich in einer onkelhaften Beschützerrolle, so als hätte sich einer seiner Hunde eine Schnittwunde an der Pfote zugezogen. Er wünschte, ein Besuch beim Tierarzt und ein paar Stiche könnten Taggies Probleme lösen. »Ich hole jetzt den Betrunkenen aus Ihrem Bett, damit Sie schlafen können.«

»Erst muß ich noch die Disco-Leute bezahlen.« Sie stand auf und zog einige Banknoten aus der George-V-Krönungsdose auf dem Schreibtisch.

»Ich erledige das.« Rupert nahm ihr das Geld aus der Hand. »Aber vorher gehen wir nach oben.«

Im Turmzimmer zerrte er mit einiger Mühe Charles Fairburn aus dem Bett, schleppte ihn die Wendeltreppe hinab und legte ihn auf die Chaiselongue, die vor kurzem noch von Archie und Tracey Makepiece benutzt worden war. Da in Taggies Kammer arktische Temperaturen herrschten, riß er im Gästezimmer einem kopulierenden Paar die Daunendecke weg und brachte sie ihr. Inzwischen hatte sie ein rotes Flanellnachthemd angezogen. Sie putzte sich gerade die Zähne, und mit den dunklen Schatten unter den Augen sah sie wie eine Zwölfjährige aus. »Alles wird gut«, versprach er, steckte sie ins Bett und deckte sie zu.

»Sie – Sie sind so nett«, stammelte sie. »Tut mir leid, daß ich so unhöflich war. Und danke für den Anhänger.«

Als er ihre Wange berühren wollte, begann Gertrude, die immer noch seine schwarze Krawatte trug, wütend zu knurren. »Vielleicht haben Sie mir verziehen. Aber Gertrude nicht.«

19

Um halb acht dröhnte der Disco-Lärm immer noch. Patricks Freunde schliefen im ganzen Haus verteilt, auf Sofas und in Lehnstühlen. Zufrieden schnarchte Charles auf der Chaiselongue. Im kleinen Wohnzimmer packten Cameron und Patrick Geburtstagsgeschenke aus, argwöhnisch beäugt von Gertrude, deren Hals nach wie vor von Ruperts schwarzer Krawatte geschmückt wurde. Um die erlahmenden Funken des Kaminfeuers zu schüren, warfen sie das Geschenkpapier darauf. Eine so reiche Beute hatte Cameron nie zuvor gesehen – goldene Manschettenknöpfe, Rolex-Uhren, eine Leica, eine Picasso-Zeichnung, ein rotsilbern gestreifter seidener Morgenmantel... Wie ein Märchenprinz, dessen Gunst die benachbarten Könige mit üppigen Geschenken zu gewinnen suchten, dachte sie. Voller Bitterkeit erinnerte sie sich an ihren eigenen einundzwanzigsten Geburtstag. Ihre Eltern hatten sich nicht einmal die Mühe gemacht, ihr eine Karte zu schicken.

»In Liebe, Lavinia«, lautete die Gravur auf einem silbernen Flachmann, und Cameron fragte: »Wer ist das?«

»Meine Exfreundin.«

»Exfreundin? Seit wann?«

»Ungefähr seit zwei Minuten vor Mitternacht.«

Sie zog einen dunkelblauen Kaschmirschal aus einem goldenen Kuvert. »Von Georgie und Ralphie.«

»Wie nett von den beiden! Ich wette, dafür hat Georgina gezahlt.« Patrick schlang den Schal um Camerons Hals und zog sie zu sich heran. »Dieses Geschenk gehört dir. Alles, was ich habe, gehört dir.« Er küßte sie und hörte erst auf, als das Telefon läutete.

Nach dem Gespräch legte er grinsend auf. Der Vikar von Penscombe hatte gefragt, ob man den Disco-Sound für eine Stunde leiser drehen würde, damit er den Frühgottesdienst abhalten konnte.

»Ich muß gehen«, sagte Cameron.

»Nein. Ich sage den Disco-Jungs, sie sollen verschwinden, und dann beobachten wir beide den Sonnenaufgang.«

In drei von seinen Pullovern, Taggies Jeans – an den Knöcheln dreimal umgeschlagen –, Caitlins Gummistiefeln und einem schicken dunkelblauen Wollmantel mit Samtkragen, den Bas Baddingham über das Treppengeländer gehängt hatte, verließ Cameron mit Patrick das Haus. Der Wind hatte nachgelassen, aber ein beißender Frost hatte die Zäune verzuckert und den Wasserfall im Wald in lange Eiszapfen verwandelt. Gertrude rannte vor ihnen her und sprang in Schneewehen.

»Wie schön!« Cameron schaute in das Tal hinab. »Wieviel davon gehört euch?«

»Das Grundstück bis zum unteren Feldrand. Der Rest des Tales ist Rupert Campbell-Blacks Eigentum.«

Ein Königreich, dachte sie und ließ ihren Blick über die weißen Felder wandern, den mit Planen abgedeckten Tennisplatz, Ruperts goldenes Haus und den Buchenwald dahinter. Sie beobachtete, wie Patrick einen Schneeball in den Wald warf und der Hund hinterher jagte, dann fragte sie: »Sag mal – schleichen sich deine Eltern immer heimlich ins Bett, wenn sie eine Party geben?«

»Die beiden führen eine sonderbare Ehe.« Patrick hob seine neue Leica und nahm Cameron ins Visier. »Guck mal zum Bach runter, Darling. Mein Vater betrachtet meine Mutter als Maud Gonne.«

»Die Frau, in die Yeats verliebt war?«

»Genau. Maud Gonne war eine rabiate Revolutionärin. Weil Yeats wußte, daß er sie mit seinem dichterischen Werk nicht beeindrucken konnte, schloß er sich einer politischen Bewegung an, die ein vereinigtes Irland anstrebte. Dann heiratete sie John MacBride, einen anderen Revolutionär. Das brach Yeats Herz, animierte ihn aber zu seinen besten Gedichten. Er behauptete, Maud Gonne sei ohne Fehl und Tadel, wie Helena von Troja.«

»Um Himmels willen, deine Mutter ist keine Revolutionärin, und sie hat keinen anderen geheiratet.«

»Aber sie ist so schön wie Maud Gonne, und mein Vater hat auf geradezu fatalistische Weise akzeptiert, daß sie jenseits von Gut und Böse ist und immer Affären haben wird.«

»Liebt sie ihn nicht?«

»Auf ihre Art schon. Einmal habe ich sie gefragt, warum sie ihn ständig betrügt. Da sagte sie, da alle Frauen von der Welt hinter ihm her seien, könne sie ihn nur halten, indem sie ihn immer im ungewissen lasse.«

»Aber wenn er nur sie liebt und all diese Frauen gar nicht haben will – kann sie da nicht mit diesem Spiel aufhören und seine Gefühle erwidern?«

»Das wäre zu einfach. Sie glaubt, sobald er ihrer sicher wäre, würde er sie verlassen. Und so geht das Spiel immer weiter.«

»Ich wünschte, es wäre Schluß damit. So, wie die Dinge liegen, ist es ziemlich mühsam, mit Declan zusammenzuarbeiten.«

Sie setzte sich auf einen umgestürzten Baumstamm und sah zu, wie er mit einem Zweig »Patrick liebt Cameron« in den Schnee schrieb. Dann zog er den mittlerweile mit Brandy gefüllten Flachmann hervor und gab ihn ihr. »Ist dir warm genug?«

Sie nickte und nahm einen Schluck. Hand in Hand beobachteten sie die riesige rote Sonne, die über den schwarzen Buchenwipfeln hochstieg. Patrick wandte sich zu Cameron. »Laß mich dich anschauen.« Das schwarze Haar, nicht mehr glatt mit Gel nach hinten gekämmt, wehte ihr um Wangen und Stirn, dichte Fransen, die ihre schrägstehenden gelbbraunen Augen und die Hakennase milderten. Die Haut und die vollen Lippen schimmerten im Morgenlicht bernsteinfarben.

Patrick seufzte. »Sogar die Sonne wird an die Wand gespielt. Du strahlst so hell, daß ich bei deinem Anblick eine dunkle Brille tragen müßte.«

Darüber lachte Cameron, dann dachte sie bestürzt, daß es leicht wäre, sich in ihn zu verlieben. »Wie viele Semester mußt du noch studieren?« fragte sie auf dem Rückweg.

»Zwei.«

»Und was wirst du tun?«

»Mit dir ins Bett gehen, wenn wir zu Hause sind.«

»Sei kein Arschloch. Davon abgesehen?«

»Theaterstücke schreiben.«

»Einfach so?«

»Einfach so. Ich habe schon mit einem angefangen.«

»Wovon handelt es?«

»Von den Einschüchterungsmethoden der britischen Soldaten in Ulster.«

»Du bist verrückt. Die BBC und die ITV würden so was

nicht mal mit der Kohlenzange anfassen, und das West End-Theater auch nicht.«

»Der Broadway schon, und ein Stück, das dort Erfolg hat, wird auch hier aufgeführt.«

»Du bist ziemlich selbstsicher, was?«

»Nicht besonders. Ich weiß nur, was ich vom Leben will.« Er trat näher zu Cameron, schob seine Hände unter die drei Pullover und wärmte sie an den kleinen Brüsten. »Vor allem will ich dich.«

In der Priory kamen die Leute allmählich zum Vorschein. Bas hatte so viele Alka-Seltzer in ein Glas Wasser geworfen, daß es überschäumte, und suchte seinen Mantel. Caitlin aß Haferbrei und las »Die erste Lady Chatterley«.

»Ich fahre jetzt nach Hause und rufe im Büro an, dann muß ich schlafen«, sagte Cameron.

»Nein!« protestierte Patrick. »Wenn wir schlafen, ist es nicht mehr mein Geburtstag, und der Bann wäre gebrochen.«

Er führte sie über die Wendeltreppe zu seinem weißgetünchten Schlafzimmer im Ostturm hinauf. Dort gab es weder Teppiche noch Fenstergardinen. Die Einrichtung bestand aus einem Schreibtisch, einem Stuhl, einem grünweißen Sofa voller Bücher und einem orientalischen Bett mit roten Vorhängen und Glocken an den Spitzen aller vier Pfosten. Cameron sah, daß die Decke des Raumes grau gestrichen war, mit weißen Sternen. Hätte ich doch nur so ein Zimmer gehabt, als ich ein Kind war, dachte sie bitter.

Patrick ging wieder nach unten, um das Frühstück zu holen, und als er zurückkam, trug Cameron seinen neuen rotsilbernen Morgenmantel. Sie saß im Bett und las einen Keats-Band, den er mit Randbemerkungen versehen hatte. Die Sonne schien durch das bunte Fenster herein, färbte ihr Gesicht smaragdgrün, rubinrot und violett, so daß sie wie eine Regenbogennymphe aussah. Sekundenlang setzte sein Herzschlag aus. Er hatte Croissants mitgebracht, Taggies Brombeermarmelade, grüne Trauben und starken Kaffee. Am vergangenen Abend hatte sie auf ihr Dinner verzichtet, war deshalb ausgehungert und aß viel mehr als er. Verwundert stellte er fest, daß sie sogar mit Croissant-Krümeln auf den Lippen begehrenswert wirkte. Aber nicht einmal der schwarze Kaffee konnte sie wachhalten. Patrick schlief nicht. Er machte sich Notizen für einen Essay über Keats, aber die meiste Zeit betrachtete er ihr Gesicht, das sich im Ruhezustand entspannt und alle Aggressivität verloren hatte.

Sie erwachte erst, als die Abenddämmerung hereinbrach. Verwirrt, beinahe erschrocken schaute sie sich um.

»Alles okay«, sagte Patrick sanft.

Sie stand auf und ging zum Fenster, Orion leuchtete sie an. Schwarz hoben sich die hohen Eiben und Zedern vom Schnee ab, ein unheimliches, halb ersticktes Krächzen erklang. »Was ist das?«

»Die Füchse bellen. Ein Liebesruf ... Komm her.«

»Erst wenn ich mir die Zähne geputzt habe.« Sie ergriff ihre Handtasche und stieg die Treppe hinab, voller Angst, Declan zu begegnen. Statt dessen hörte sie Maud und Caitlin streiten, als sie das Badezimmer verließ.

»Ich bin nicht wie Lady Chatterley!« kreischte Maud.

»Ich beneide dich um deine Familie«, sagte Cameron, als sie neben Patrick unter die Bettdecke kroch. Er trug immer noch einen Pullover und Jeans.

»Wie oft warst du zu Hause, seit du hier lebst?«

»Überhaupt nicht.«

»Warum nicht? Ab und zu muß man seine Familie sehen, und sei es auch nur, um sich in die Haare zu geraten.«

Die Diskussion eine Etage tiefer wurde immer lebhafter.

»Meine Eltern sind geschieden. Mein Vater hat wieder geheiratet und meine Mutter lebt mit jemandem zusammen.

Ich will nicht drüber reden.« Plötzlich zitterte Cameron, ihre Zähne klapperten, furchtsam irrten ihre Augen umher.

»Das mußt du aber. Wie kann ich dich lieben, wenn ich nicht alles über dich weiß.«

»Nein!« Es war fast ein Schrei.

»Erzähl's mir. Ich will dir helfen.«

Sie sträubte sich noch eine Zeitlang, dann gab sie nach. »Meine Mutter verließ meinen Vater, als ich vierzehn war. Sie nahm an Friedensmärschen teil, versuchte sich selbst zu finden, wie sie es nannte, und nachdem ihr das Geld ausgegangen war, zog sie in eine Frauenkommune. Mich nahm sie mit, aber mein Hund mußte daheim bleiben, weil er ein Männchen war.« Bitter lachte sie auf. »Das habe ich ihr nie verziehen. Mein Vater heiratete wieder, und Mom tat sich mit Mike zusammen.«

»Dein Stiefvater?«

Eine lange Pause entstand. »So könnte man's nennen. Mike ist Lesbierin. Meine Mutter schrieb einen Artikel über ihre Beziehung, der im *Village Voice* erschien. Alle ihre Freundinnen fanden sie furchtbar tapfer, aber meine Klassenkameradinnen kicherten und stießen sich an.«

»Armes Baby«, flüsterte Patrick und ergriff Camerons bebende Hände.

»Eines Abends war ich mit Mike allein im Haus. Ich saß in meinem Zimmer und lernte... Das habe ich noch niemandem erzählt, ich kann nicht darüber sprechen.«

»Du mußt«, erwiderte er eindringlich und zog sie an sich. »Hab Vertrauen zu mir, mein Schatz.«

»Mike rief, ich solle nach unten kommen und ihr das Abendessen machen«, fuhr Cameron tonlos fort, so leise, daß er sie kaum verstand. »Ich briet Eier mit Speck, und da fing sie plötzlich an, mir die Kleider vom Leib zu reißen und versuchte mich zu küssen. Sie war so schrecklich stark. Mit aller Kraft schwang ich die Pfanne herum und schlug sie damit, dann rannte ich in die Nacht hinaus. Ich ging zum Nachbarn und behauptete, Mike habe mich verprügeln wollen. Sie riefen Dad in Washington an, und am nächsten Tag kam er und holte mich ab. Er ging vor Gericht, und das Sorgerecht wurde ihm zugesprochen.«

»Was geschah dann?«

»Es klappte nicht«, antworterte Cameron müde. »Meine Stiefmutter ist Anwältin, mein Vater Diplomat. Sie hatten ein Baby und schrecklich viel zu tun, und mit einer jungen Wilden wie mir wurden sie nicht fertig. Ich machte Szenen, blieb ganze Nächte lang weg, und sie merkten nicht, daß ich nur jemanden brauchte, dem ich etwas bedeutete. Schließlich brannte ich durch. Ich bekam ein Stipendium in Barnard und jobbte nebenbei. Später arbeitete ich für die *New York Times* und dann fürs Fernsehen. Der Rest ist Hysterie...« Sie stieß wieder ihr bitteres Lachen aus.

»Armer Liebling!« Patrick küßte sie auf die Stirn. »Hattest du nie einen Freund, der wirklich für dich da war?«

»Oh, ich habe wie verrückt herumgebumst, nur um zu beweisen, daß ich heterosexuell bin. Dann begann in den Staaten die Aids-Angst, und schließlich tauchte Tony auf.«

»Wohl kaum eine ideale Vaterfigur.«

»Ich bin nicht von ihm abhängig«, erwiderte Cameron etwas zu hastig. »Ich bin von niemandem abhängig. Und ich fühle mich nur irgendwo zugehörig, wenn ich meinen Namen auf dem Bildschirm lese.« Jetzt zitterte sie am ganzen Körper und war wütend auf sich selbst, weil sie so viel verraten hatte. »Wahrscheinlich läufst du nun zu Declan und erzählst ihm alles, damit ihr euch über mich lustig machen könnt.«

»Sei nicht kindisch!« stieß er hervor. »Ich werde für dich sorgen und alle bösen Erinnerungen auslöschen, und wenn es ein ganzes Leben dauert.« Ohne ihr Gesicht aus den Augen zu lassen, begann er sein Hemd aufzuknöpfen.

»Das geht mir zu schnell«, flüsterte sie.

»Ich will's nicht mit dir treiben, ich werde dich nur in den Armen halten. Du mußt begreifen lernen, daß dich jemand nicht nur wegen deines himmlischen Körpers und deiner Karrieresucht liebt.«

Patrick stand zu seinem Wort. Allmählich hörte sie zu zittern auf und schlief ein, erschöpft von ihren Enthüllungen. Um Mitternacht ließ sie sich nicht mehr davon abbringen, nach Hause zu fahren. Patrick wollte sie hinbringen, doch das lehnte sie ab. »Ich habe meinen Wagen hier.«

»Aber ich möchte dein Haus sehen.«

»Das ist Tonys Territorium.«

»Nicht mehr. Tony gehört der Vergangenheit an.«

Cameron seufzte. »Es ist ein bißchen komplizierter.«

»Ich komme mir vor wie Demeter, die Persephone in die Unterwelt zurückkehren läßt«, sagte er, als er sie hinausbegleitet hatte und ihr half, den Sicherheitsgurt in ihrem Auto festzuschnallen. »Fahr um Himmels willen vorsichtig! Die Straßen sind wie Glas. Morgen rufe ich dich an. Ich liebe dich.«

Verdammt, dachte Cameron auf der Zufahrt zu ihrem Haus. Ich muß vergessen haben, das Licht im Wohnzimmer auszuschalten. In der Halle schaute sie in den Spiegel. Von Makeup keine Spur. Trotz des Schlafs wirkten die Ringe unter den Augen fast dunkler als die Brauen. Patrick hatte sie sozusagen pur gesehen, aber sie fühlte sich seltsam geläutert und von Frieden erfüllt. Morgen würden sie miteinander schlafen. Und sie wußte, wie wundervoll es sein würde.

Ihr erwartungsvolles Lächeln erlosch, als sie Tony im Wohnzimmer antraf. Die Kassetten ihrer Sendungen lagen am Boden verstreut, der Aschenbecher quoll über von Zigarettenstummeln, die zuvor halbvolle Whiskyflasche war fast leer. Tony, ein langsamer Trinker, mußte also schon seit

Stunden hier sein. Sie schloß die Tür und lehnte sich dagegen, das Herz schlug ihr bis zum Hals.

Mit einem unangenehmen Lächeln blätterte er in Papieren, die auf dem Tisch lagen. »Gerade habe ich deinen Vertrag studiert«, verkündete er in freundschaftlichem Ton. »Möchtest du sofort gehen, oder bestehst du auf Einhaltung aller Bedingungen?«

Die letzten vierundzwanzig Stunden schienen niemals existiert zu haben. Dies hier war die Wirklichkeit. Ihrer Karriere, ihrer einzigen Sicherheit, drohte der Ruin. »Ich habe nichts verbrochen«, flüsterte sie angstvoll, »du kannst mich nicht feuern.«

»Das muß ich gar nicht. In sechs Wochen läuft dein Vertrag ab.« Während er seine sorgsam manikürten Fingernägel betrachtete, fuhr er fort: »Ich kam hierher, um dir mitzuteilen, daß Simon Harris endlich seinen längst erwarteten Nervenzusammenbruch erlitten hat und letzten Nachmittag ins Irrenhaus gebracht wurde. Du weißt, was ich von Unpünktlichkeit halte, und wenn sich die Heimkehr von einer Party um vierundzwanzig Stunden verzögert, erscheint mir das ein bißchen zu lange.«

»Wir haben uns nie am Sonntag gesehen«, wandte sie unlogischerweise ein.

»Trotzdem verlange ich, daß du jedes Wochenende hier verbringst.« Lächelnd griff er nach seinem Whiskyglas. »Du verdammte kleine Nutte«, murmelte er. Und im nächsten Augenblick schüttete er ihr die Flüssigkeit ins Gesicht.

Zunächst war sie sprachlos, während der Whisky auf ihr Wildlederkleid tropfte. Dann sagte sie mit gepreßter, hoher Stimme: »Merkwürdig – jedesmal wenn ich etwas Teures zum Anziehen kaufe, kommt irgendein Trampel an und gießt mir was drauf. . .« Plötzlich verlor sie die Beherrschung und schrie: »Du Bastard! In drei Jahren hatte ich kein einziges Wochenende frei! Ständig tanze ich nach deiner Pfeife.«

»Dafür bezahle ich dich!« Tonys Augen funkelten vor Vergnügen.

»Wenn du mir alle Überstunden bezahlt hättest, wäre ich jetzt Howard Hughes. Du hurst herum und tust, was dir beliebt, und von mir erwartest du, daß ich mich wie eine Nonne benehme – wenn du nicht gerade meine Dienste in Anspruch nimmst! O nein, das genügt mir nicht!« Sie stürzte sich auf ihn und versuchte sein Gesicht zu zerkratzen, doch er packte ihre Handgelenke, und der Schmerz raubte ihr sekundenlang den Atem. »Das alles könnte ich hinnehmen«, stieß sie zwischen zusammengebissenen Zähnen hervor, »wenn in unserer Beziehung wenigstens ab und zu eine gewisse Gleichberechtigung gelten würde. Du machst mir die Hölle heiß, wenn ich jemand anderen sehe. Aber du findest überhaupt nichts dabei, Sarah Stratton zum Lunch einzuladen, Annäherungsversuche zu unternehmen und ihr einen Job anzubieten.«

»Das ist es also«, entgegnete er grinsend. »Wer hat's dir denn erzählt?«

»Sie selber.« Verzweifelt versuchte Cameron, sich loszureißen. »Und sie verriet mir auch, daß du immer noch mit Monica schläfst.«

»Dann muß sie über ein ausgezeichnetes Spionagesystem verfügen.«

»Und mir redest du immer wieder ein, du hättest sie schon jahrelang nicht mehr angerührt.«

»Es ist sehr aufregend, mit Monica zu schlafen! Wegen des Seltenheitswerts.«

»Also deshalb hat Miß Madden für uns beide Diamantenarmbänder gekauft. Jesus Christus!«

Lachend ließ er ihre Handgelenke los. »Das hast du also auch herausgefunden? Arme kleine Cameron, wie mußt du während der Weihnachtstage gelitten haben! Eifersucht ist eine äußerst zerstörerische Emotion. Damit tut man nur sich selber weh.«

»Ich hasse dich!« Sie riß sich das Armband herunter, schleuderte es auf Tony, verfehlte ihn aber, und so prallte es gegen das Fenster und rutschte knirschend die Glasscheibe herunter, als würde jemand mit den Fingernägeln über eine Schiefertafel kratzen. »Verschwinde! Morgen ziehe ich hier aus, aber laß mich jetzt in Ruhe.« Schluchzend sank sie auf das Sofa. Ihre Enthüllungen Patrick gegenüber hatten ihr wieder einmal vor Augen geführt, wie schrecklich es war, sich unsicher zu fühlen. Nun war sie wieder eine verängstigte Sechzehnjährige, die in die Nacht hinausraste, weg von Mike, und nicht wußte, was ihr bevorstand.

Tony goß etwas Brandy in ein Glas, ging zu ihr, und sie spürte seinen muskulösen Schenkel an ihrem. Mühsam widerstand sie dem Impuls, ihn zu umklammern, wie ein Kind, das sich trostsuchend an einen Baumstamm festhält. »Du warst also eifersüchtig«, schnurrte er. »Hast du deshalb mit diesem Jungen geflirtet?«

»Natürlich.«

Er packte sie an den Haaren und zog ihren Kopf hoch. »Hast du mit ihm geschlafen?«

»Ja. . . Nein«, verbesserte sie sich hastig, »nicht so, wie du denkst. Ich war verdammt müde, nachdem ich mir nächtelang um alles mögliche Sorgen gemacht und keine Ruhe gefunden hatte. Und als ich auf seinem Bett lag, fielen mir die Augen zu.«

»Sonst ist nichts passiert?«

»Gar nichts! Er ist doch noch ein Kind.«

»Weiß Declan, daß du die Nacht in seinem Haus verbracht hast?«

»Keine Ahnung. Ich habe ihn nicht gesehen.«

Wegen der Konzession, die unbedingt verlängert werden mußte, wollte er Cameron eigentlich nicht verlieren. Aber es amüsierte ihn, sie noch ein wenig zu quälen. »Versprichst du, den Jungen nie wiederzusehen?«

»Ja«, stimmte sie erschöpft zu, »aber vielleicht versucht er, mich zu sehen.«

»Dann müssen wir eben ein bißchen Druck auf Declan ausüben.«

Tony zog ihr die Jacke aus und meinte: »Das ist ein sehr aufregendes Kleid. Du solltest es nicht mehr in der Öffentlichkeit tragen.« Er setzte sich zu ihr und schob eine Hand zwischen ihre Beine.

»Ich kann nicht«, stöhnte sie, »nicht diese Nacht! O Tony, ich bin völlig erledigt!«

»Doch, du kannst, wenn du Programmdirektorin werden willst.«

Drei Tage nach der Party erforschte Taggie vorsichtig ihr Herz und stellte fest, daß der Kummer um Ralphie viel weniger weh tat als erwartet. Im selben Moment läutete es an der Tür.

Rupert stand auf der Schwelle und schaute ihr direkt in die Augen. »Hallo! Seit Ihrer wundervollen Party habe ich keinen Bissen runtergebracht.«

»Ach, du meine Güte...«

Er grinste. »Könnte ich vielleicht mein Geschirr und das Besteck wiederhaben?«

Taggie war an unerwiderte Liebe gewöhnt, Patrick nicht. Stets hatte er mühelos das Interesse aller Mädchen erregt, und so erschien es ihm unglaublich, daß Cameron ihn nicht sehen wollte. Trotz der Tiraden Declans und Mauds flehender Bitten bestürmte er sie mit Briefen und Anrufen. Als beide unbeantwortet blieben, wartete er stundenlang vor den Corinium-Studios und vor ihrem Haus.

Cameron fand kaum Zeit zum Nachdenken. Sie mußten

nicht nur Declans Sendung produzieren und ihre neuen Aufgaben als Programmdirektorin erfüllen, sondern wurde auch noch mit einer Palastrevolution konfrontiert, weil ihre Beförderung den Kollegen ein Dorn im Auge war.

Am Nachmittag vor seiner Rückkehr aufs Trinity-College rief Patrick in Camerons Büro an. Sie erwartete einen Anruf von Rupert, mit dem sie seinen Auftritt in Declans Sendung besprechen wollte. Und so nahm sie den Hörer ab, statt das wie üblich ihrer Sekretärin zu überlassen.

»Kann ich Cameron sprechen?« fragte Patrick.

Sie erstarrte, dann erwiderte sie mit Cockney-Akzent: »Leider sitzt sie im Augenblick nicht an ihrem Schreibtisch.«

»Wo ist sie?« schrie Patrick. »Vielleicht liegt sie mit dem Boß unter *seinem* Tisch.«

Sie legte auf.

Als sie abends nach Hause kam, läutete das Telefon. Rupert war am Apparat und erklärte zu ihrem Erstaunen, trotz seines übervollen Terminkalenders könne er sich im Februar einen Mittwochabend für das Interview freinehmen. Zufällig war es der Valentinstag. »Das war eine nette Silvesterparty, was? Ich sah, wie Sie in diesem Lederkleid reinkamen, und hoffte, Sie würden aus der Haut fahren.«

Im nächsten Moment fuhr sie beinahe wirklich aus der Haut, weil sie einen Kuß im Nacken spürte. Patrick war durch die unverschlossene Tür hereingekommen. »Verschwinde!« zischte sie und legte eine Hand auf die Sprechmuschel.

Er schüttelte den Kopf, schlenderte ins Wohnzimmer und hinterließ schwachen Whiskygeruch.

Wütend beendete sie das Gespräch mit Rupert – viel zu früh für ihren Geschmack – und folgte dem ungebetenen Gast.

»Hübsch hast du's hier. Jetzt verstehe ich, warum du deinen Job nicht vorschnell aufgeben willst.«

»Raus!« schrie sie.

»Erst wenn ich weiß, warum du dich nicht gemeldet hast.« Er war leichenblaß, hatte dunkle Schatten um die Augen und mehrere Pfund abgenommen.

»Ich sah keinen Grund, dich anzurufen. Wir hatten unseren Spaß, und das war's.«

»Spaß?« wiederholte er entgeistert. »Mehr war's nicht für dich – der Sonnenaufgang und alles, was du mir von deiner Mutter und Mike erzählt hast – und daß du in meinen Armen eingeschlafen bist?«

»Halt den Mund!« Furchtsam blickte sie sich um und erwartete jeden Augenblick, Tony würde unter dem Klavier hervorspringen.

Patrick griff nach den Anemonen, die er auf den Zahnarztsessel gelegt hatte. »Die hab ich für dich gekauft. Um Himmels willen, ich liebe dich! Verstehst du das denn nicht?«

Cameron riß ihm die Blumen aus der Hand und schleuderte sie in den Kamin. »Verschwinde! Wenn Tony kommt, bringt er uns beide um.«

»Baddingham ist ein Monstrum«, sagte Patrick und setzte sich auf den Klavierhocker. »Er korrumpiert dich und dressiert dich zu seinem Rottweiler, der allen Mitarbeitern an die Gurgel fährt, wenn sie nicht spuren. Wenn du bei ihm bleibst, wirst du niemals aus der Unterwelt rauskommen.«

»Ich verstehe mich sehr gut mit Tony. Immerhin sind wir schon drei Jahre beisammen. Und es gibt nichts, das mir wichtiger wäre als meine Karriere.«

»Du hast also versprochen, mich aufzugeben, als du Programmdirektorin geworden bist?«

»Was kannst *du* mir denn bieten?«

Patricks Finger landeten auf disharmonischen Klaviertasten. »Weil ich arm bin – nur meine Träume«, erwiderte er bitter.

»Hör auf mit dieser Seifenoper!«

»Natürlich, damit kennst du dich aus. Du hast ja genug in diesem Genre produziert. Kann ich einen Drink haben?«

»Ich glaube, dein Limit ist schon erreicht. Außerdem wird Tony jeden Augenblick kommen.«

»Und dann setzt er sich in diesen Zahnarztstuhl und sagt: ›Ganz weit aufmachen!‹ Dann geht's los – rumms, wumms, danke, Mammon! Oh, mein Gott!« Er schlug den Klavierdeckel zu und stand auf.

»Sei nicht so widerlich!« zischte Cameron. Am Neujahrstag, als sie in seinen Armen geschluchzt hatte, war er ihr so stark erschienen. Jetzt wirkte er schrecklich jung und verängstigt. Und sie fühlte sich selber zu unsicher, um Schwäche anziehend zu finden.

»Tut mir leid«, murmelte er, »aber es ist nun mal eine Qual, dich zu lieben. Das ist alles. Hör mal, ich würde alles tun. Ich gehe vom Trinity ab und suche mir einen Job. Das würde mir nicht schwerfallen. Pa hat gute Beziehungen.«

»Dafür ist er gut genug, was?« spottete Cameron. »Du schimpfst über seine Philistersendung, aber du nutzt ihn schamlos aus. Nun, ich lasse mich *nicht* von dir ausnutzen. Geht das denn nicht in deinen Neandertalerschädel, daß ich nichts mit dir zu tun haben will?«

»Ich kann mir nicht helfen«, sagte Patrick und ging zur Tür. »Die schöne gnadenlose Dame hat mich völlig in ihrer Gewalt.«

Im nächstbesten Pub trank er bis lange nach der Sperrstunde. Und das Barmädchen hatte Mitleid mit dem hübschen, offenbar untröstlichen jungen Mann, der ganz still dasaß und ins Leere starrte.

Um Mitternacht parkte Patrick sein Auto in einiger Entfernung von Camerons Haus und stieg aus. In grimmiger Kälte schlief Cotchester unter einer Daunendecke aus Schnee. Am Himmel, von den Straßenlampen rostrot gefärbt, flackerten große Sterne. Eiszapfen hingen von Camerons Dachrinnen, neben ihrem grünen Lotus stand Tonys verdammter dunkelroter Rolls-Royce mit dem Corinium-Rammbock auf der Motorhaube.

Licht brannte im Oberstock – in Camerons Schlafzimmer, erriet Patrick, malte sich aus, wie Tony brutal über ihren schönen Körper herfiel, und hätte ihm am liebsten einen dieser spitzen Eiszapfen ins Herz gestoßen.

Da er nur einen Pullover und alte Jeans trug, zitterte er heftig. Plötzlich sah er, daß der Schlüssel im Zündschloß des Rolls steckte. Die Wagentür ließ sich öffnen. Er zog den Schlüssel heraus und warf ihn in einen Lavendelbusch.

Um vier Uhr morgens schaute Tony auf seine Uhr. »Ich muß gehen.«

Cameron versuchte nicht, ihn umzustimmen. Sie war restlos erschöpft. Um die Erinnerung an Patrick auszulöschen, bestand Tony neuerdings auf Sexualmarathon. Viermal in dieser Nacht, dachte er selbstzufrieden. Niemand konnte ihm vorwerfen, daß seine Kräfte nachließen. Und sie wagte nicht zu protestieren.

Sie hörte die Haustür ins Schloß fallen und war schon fast wieder eingeschlafen, als der Schlüssel im Schloß knirschte. »Habe ich meine Wagenschlüssel hier liegenlassen?« schrie Tony.

Nachdem sie das ganze Haus durchwühlt, den Rolls auf den Kopf gestellt und die Zufahrt abgesucht hatten, schrien sie einander an, bebend und halb erfroren. Licht war in den Fenstern gegenüber aufgeflammt, in den Häusern zu beiden Seiten bewegten sich Vorhänge. Tony konnte das Auto weder starten noch jemanden zu Hilfe holen, der es wegschob. Wenn er seinen Chauffeur Percy anrief, würde sich das Mißgeschick in Windeseile herumsprechen. Schließlich bestellte er ein Taxi. Seine Laune besserte sich nicht, als der Fahrer ihn erkannte.

In der Falconry erzählte er Monica eine komplizierte Geschichte. Er habe beschlossen, diese Nacht heimzukommen. Das Auto sei auf dem Highway ins Schleudern geraten und von der Straße geschlittert, und er habe es stehenlassen müssen. Vor dem Einschlafen beschloß er, seine Frau am nächsten Morgen möglichst lange im Bett zu beschäftigen, damit sie nicht nach Cotchester fuhr und den Rolls vor Camerons Tür entdeckte.

Letzten Endes stöberte der arme, getreue Cyril Peacock Ersatzschlüssel auf und holte den Wagen zu Mittag ab. Bis dahin hatte fast das gesamte Corinium-Personal auf dem Weg zur Arbeit die Luxuskarosse des Chefs gesehen und lachte sich ins Fäustchen. Am Nachmittag ging Cameron an der Anschlagtafel für den CTV-Stab vorbei. Auf der Karte, die ihre Ernennung zur Programmdirektorin verkündete, hatte jemand dazugeschrieben! »... und Geliebte des Rolls.«

Etwas später rief Patrick vom Birmingham Airport an, um sich von ihr zu verabschieden, ehe er aufs College zurückkehrte.

»Hast du Tonys Autoschlüssel geklaut?« schrie sie.

»Sag ihm, er soll im Lavendelbusch links von der Haustür nachschauen.«

»Du blödes Arschloch! Wenn Monica zufällig vorbeigekommen wäre, hättest du Tony vors Scheidungsgericht gebracht.«

»Ich dachte, genau das willst du.«

»Sei nicht so verdammt infantil!«

»Ich konnte nicht anders.« Patricks Stimme brach. »Der Gedanke, daß er mit dir im Bett liegt...«

»Verschwinde aus meinem Leben! Du kennst die Regeln nicht.«

»Ich liebe dich.« Nun weinte er beinahe.

»Aber ich liebe dich nicht. Du bist mir nur lästig. Hau ab und versuch was Vernünftiges mit dir anzufangen!«

Sie hatte schreckliche Angst, als sie Tony die Wahrheit über die Autoschlüssel erzählte, dann sah sie verblüfft seine grimmige Befriedigung. »Was für ein dummer kleiner Junge!« meinte er. »Einen so großen Nagel in den Sarg seines Vaters zu schlagen...«

20

Ende Januar bat die IBA offiziell um Bewerbungen für die neuen Konzessionen. Nicht nur die fünfzehn Privatsender, die sich im Besitz einer Lizenz befanden, reichten Gesuche ein, sondern auch die Konkurrenzfirmen, die sie ausbooten wollten. Diese schickten dem Gremium schön gebundene Broschüren mit detaillierten Angaben über Finanzierung, Personalpolitik, künftige Projekte und Zusammensetzung der Aufsichtsräte.

Anfang Mai waren alle Bewerbungen eingetroffen, und die IBA begann sie zu studieren. Danach fanden im ganzen Land öffentliche Versammlungen statt, bei denen festgestellt werden sollte, ob sich das Publikum von seinem jeweiligen Regionalsender gut bedient fühlte. Im Anschluß an Besprechungen zwischen der IBA und den einzelnen TV-Stationen im Oktober und November würden die Konzessionen im Dezember vergeben werden.

Tony Baddingham kannte die Vorliebe der IBA und insbesondere Lady Goslings für Frauen und wollte Cameron in den Aufsichtsrat holen, ließ sie aber vorerst noch zappeln, um sie für den Fehltritt mit Patrick zu bestrafen. Außerdem meuterte das Personal immer noch wegen ihrer Beförderung zur Programmdirektorin. Doch die Leute hatten ein kurzes Gedächtnis. Und Cameron fand bei der Übernahme von Simon Harris' Aufgabenbereich ein solches Chaos vor, daß man ihm nach seiner Entlassung aus der psychiatrischen Klinik mit gutem Grund kündigen konnte. Doch das mußte diskret geschehen, und später, kurz vor der Vergabe der Konzessionen, plante Tony seine neue Programmdirektorin in den Aufsichtsrat zu berufen.

Zu seinem Kummer lehnte Freddie Jones einen Sitz im Aufsichtsrat ab, mit der Erklärung, er habe schon genug mit seinem Elektronik-Imperium, seinen Rennpferden und seiner Jagdleidenschaft zu tun. Dieser Fehlschlag konnte Declan nicht zur Last gelegt werden, aber Tony gab ihm an allem anderen die Schuld. Er warf ihm vor, die Nachrichtenredaktion mit seinen subversiven linksorientierten Ansichten zur Rebellion zu verleiten, Charles Fairburn zu immer umfangreicherem Spesenverbrauch zu animieren und Cameron ständig die Laune zu verderben.

Das gesamte Corinium-Personal vertrat einhellig die Meinung, Declan habe nur eine einzige Chance, die Gunst des Chefs wiederzuerlangen – er mußte Rupert Campbell-Black beim Interview am Valentinstag ans Kreuz schlagen. Und der Talkmaster blickte diesem Massaker mit grimmigem Genuß entgegen. Bei seinen Recherchen studierte er in wachsender Faszination die Vielschichtigkeit von Ruperts Charakter. Offensichtlich verwaltete der Sportminister sein Amt höchst erfolgreich. Es war ihm gelungen, das Rowdytum auf den Fußballplätzen erheblich einzudämmen, und er hatte eine Menge Geld für das olympische Team aufgetrieben. Unentwegt stritt er mit der Lehrergewerkschaft über den

Verfall des Wettkampfsports an den Schulen, er stritt mit der Football Association, mit Kabinettskollegen, sogar mit der Premierministerin. Meistens setzte er seinen Willen durch und überwand entschlossen ein bürokratisches Hindernis nach dem anderen. Unerschütterlich von seinem eigenen Urteilsvermögen überzeugt, war er manchmal etwas zu arrogant, und da er selbst ein bedeutender Sportler gewesen war, neigte er dazu, eher für die Spieler als für das Management Partei zu ergreifen. Aber wenn er die Funktionäre attackierte, war das stets berechtigt.

Wie Declan herausfand, lag eine trostlose Kindheit hinter Rupert. An materiellen Dingen hatte es ihm nie gemangelt, aber an Liebe und Stabilität. Seine schöne Mutter war bereits zum fünftenmal verheiratet, die vierte Ehe des Vaters soeben in die Brüche gegangen. Schon mit einundzwanzig hatte Rupert das große Familienlandgut in Penscombe übernommen, bald danach die Erträge beträchtlich gesteigert und gleichzeitig als Springreiter Karriere gemacht. Die Presse hatte sich ebenso häufig über seine angebliche Grausamkeit zu den Pferden verbreitet wie über seine fast zwanghaften Aktivitäten als Schürzenjäger.

Declan sprach mit Ruperts bestem Freund Billy Lloyd-Foxe, dem Leiter der BBC-Sportredaktion, der nur Positives zu sagen wußte. Rupert habe ihm stets geholfen, ihn von seinem Alkoholismus geheilt und seine Ehe gerettet. Malise Gordon – der ehemalige Chef d'équipe und jetzige Ehemann von Ruperts Exfrau Helen – erklärte, die stärkste Motivation des einst so erfolgreichen Springreiters sei stets der unbändige Siegeswille gewesen, ein Charakterzug, der sich auch in anderen Belangen zeige. »Was immer er tut, er steigt stets ganz nach oben.« Ruperts frühere Freundinnen bezeichneten ihn als grauenhaft, aber unwiderstehlich, nicht zuletzt, weil er sie stets zum Lachen gebracht habe. Mehrere Kabinettsmitglieder sprachen respektvoll über ihn, aber ohne Zuneigung.

Alle erwähnten seine phänomenale Energie, mit der er seine Springreiterlaufbahn bewältigt hatte und nun die anstrengenden Pflichten des Sportministers erfüllte. Als Olympiasieger an die Bewunderung des Publikums und die mühelose Eroberung weiblicher Fans gewöhnt, ließ er sich weder von der Speichelleckerei beeindrucken, die alle Parlamentarier umgibt, noch von den Schimpfkanonaden der Presse oder den Anfeindungen im Unterhaus. Weil er furchtlos und finanziell unabhängig war, leistete er gute politische Arbeit und setzte sich in unwandelbarer Entschlossenheit für seinen Wahlkreis ein.

Dies war der Mann, über den sich Declan lückenlos informierte, von dem er sich allmählich besessen fühlte, während er durch die frostigen Täler Gloucestershires wanderte oder sich Nacht für Nacht ruhelos in seinem Bett umherwälzte. Und als er sich in dunklem, brennendem Haß die Fragen für das Interview zurechtlegte, dachte er: Dies ist der Mann, der mir jederzeit Maud oder Taggie oder sogar Caitlin wegnehmen könnte.

Der Valentinstag brach an. Bei Corinium herrschte die übliche Hektik, und den Postboten drohten Leistenbrüche, während sie, mit riesigen Säcken voll bunter Glückwunschkarten beladen, die Cotchester High Street hinauftaumelten. Keines dieser Kuverts war an Cameron adressiert. Nicht, daß sie das bemerkt hätte. Seit sie Simon Harris' Posten übernommen hatte, arbeitete sie bis zum Umfallen.

Patrick bombardierte sie mit immer unglücklicheren Briefen, die sie nicht beantwortete. Am Valentinsmorgen hatte er ihr einen riesigen Maiglöckchenstrauß ins Haus geschickt.

»Liebe Cameron«, lautete der Begleitbrief, »meine Freunde glauben, ich hätte Aids, weil ich soviel Gewicht verloren habe. Nachdem Du mir empfohlen hast, etwas Vernünftiges mit meinem Leben anzufangen, wird es Dich freuen, daß ich das Trinken aufgegeben habe (fast), mein Theaterstück schreibe und fleißig studiere. Das Stück handelt nicht mehr von der britischen Unterdrückung in Irland, sondern von der Liebe eines jungen Mannes zu einer älteren Frau, die sich nicht von einem abscheulichen Bastard losreißen kann. Vielleicht muß ich Dir sogar dankbar sein, weil Du die Sammlung meiner Erfahrungen mit Liebeskummer bereichert hast. Wußtest Du, daß James Joyce seine Frau wirklich und wahrhaftig zu Affären ermutigt hat, um herauszufinden, wie das ist, wenn einem Hörner aufgesetzt werden? Blöder Kerl, er kann sie nicht geliebt haben.

Meine Mutter schrieb, mein Vater sei unglaublich reizbar. Ist es denn so schlimm bei Corinium? Bevor Du diesen Brief zerreißt, solltest Du bedenken, daß er eines Tages eine ganze Menge wert sein wird und Dir einen angenehmen Lebensabend ermöglichen könnte, wenn Dein vergreister Liebhaber Baddingham längst ins Gras gebissen hat. Ich liebe Dich und bleibe im Dunkel. Patrick.«

Ehe sie das Haus verließ, um zu Corinium zu fahren, legte sie die Maiglöckchen vor die Hintertür – für den Fall, daß Tony nach Declans Sendung mit ihr nach Hause kommen würde. Das war allerdings unwahrscheinlich. Die Beziehung verschlechterte sich. Sie stritten nicht mehr so oft, aber wenn Tony mit ihr schlief, zeigte er eine Brutalität und Kälte, die er ihr zuvor erspart hatte.

Um alles noch schlimmer zu machen, arbeitete die mittlerweile strahlend schöne Sarah Stratton als angehende Moderatorin bei Corinium. Ihr Katzenlächeln, der blonde Heiligenschein, der weiche Angorabusen und die Anais-Anais-Schwaden warfen das gesamte männliche Personal um. James Vereker trug jeden Tag einen anderen pastellfarbenen Rollkragenpullover und führte sich auf wie ein liebeskranker

Schuljunge. Der Chef der Nachrichtenredaktion nahm seine Aufgabe, Sarah in ihren neuen Wirkungsbereich einzuführen, überaus ernst.

James erhielt so viele Valentinsgrüße, daß er seinen Fans in »Cotswold Roundup« dankte und eine Studiodiskussion über das Thema »Sind die Männer heutzutage romantischer als früher?« abhielt. Für Sarah kam nur eine Valentinssendung, mit dem Poststempel von Penscombe, ohne Inhalt. Da Rupert ihr noch keinen einzigen Brief geschrieben hatte, wußte sie nicht, ob die schwungvolle blaue Adresse auf dem Umschlag seiner Handschrift entsprach, aber sie zweifelte kaum daran. Declan wurde ein ganzer Postsack geliefert, aber er öffnete ihn nicht, weil er zu intensiv mit Rupert beschäftigt war.

Taggie sah einem anstrengenden Tag entgegen. Niemand hatte ihr einen Valentinsgruß gesandt. Am Abend sollte sie ein Dinner für den obersten königlichen Exekutivbeamten des Countys arrangieren. Sie hatte eine Ratatouille gemacht und den Topf über Nacht zum Auskühlen in die Speisekammer gestellt. Morgens stand er auf dem Rasen – eine Aufmerksamkeit Declans gegenüber den Dachsen, die das Gemüse allerdings verschmäht hatten. Dies war die einzige Ablenkung, die er sich neuerdings außer der Beobachtung seltener Vögel gönnte – er deponierte Lebensmittel im Garten und wartete dann in der schwach erleuchteten Küche auf Füchse und Dachse.

Nun stürmte er bloßfüßig durch das Haus und klagte über die von seinen Kindern entwendeten neongelben Socken, die er bei seiner ersten Corinium-Talkshow in Mode gebracht hatte. Als er unter Caitlins Bett nachsah, fand er eine Wodkaflasche, leer bis auf eine Küchenschabe, und erklärte zum unzähligsten Mal, Grace müsse nun endgültig gefeuert werden.

Kurz bevor er zum Corinium-Gebäude fuhr, rannte Taggie aufgeregt und schwenkte ein riesiges Valentinskuvert voller großer Herzen. »Was soll denn das sein?« rief er.

»Von Rupert – ein Valentinsgruß für Gertrude.«

»Warum denn das?« fauchte Maud.

»Einmal sagte er, sie sei häßlich. Inzwischen muß er seine Meinung geändert haben. Wie außerordentlich...«, triumphierend flocht Taggie ihr Wort des Tages ein, »...nett von ihm.«

Hölle und Verdammnis, dachte Declan, als er in die feuchte Februarkälte hinausging. Es genügt ihm nicht, Maud und Taggie zu umgarnen, jetzt muß er auch noch meinen Hund verführen.

Taggie lief ihm nach. »Du wirst Rupert doch nicht allzu hart anpacken?«

Für Rupert verlief der Tag äußerst hektisch. Nach einer erbitterten Diskussion mit dem UEFA-Komitee, das sich immer noch weigerte, englische Fußballvereine zu den europäischen Cup-Wettbewerben zuzulassen, mußte er den Skandal um einen chinesischen Tischtennisspieler glätten, den man bei einem Ladendiebstahl erwischt hatte. Danach versuchte er dem Advertising Institute einzureden, es gebe keinen Grund, warum ein großer Kondomfabrikant das Finale der Rugby-Liga im nächsten Jahr nicht sponsern sollte. Schließlich besänftigte er die Gesundheitsbehörde, die auf die Barrikaden gegangen war, weil ein berühmter Rennfahrer bei einem Fernseh-Interview ein Marlboro-T-Shirt getragen hatte. Diese Besprechungen dauerten ziemlich lange, und als er endlich nach Cotchester aufbrechen wollte, wurde er in letzter Minute zur Premierministerin gerufen, die von ihm verlangte, er sollte die British Lions veranlassen, ihre Südafrika-Tournee abzusagen.

Rupert verlor die Geduld. »Politik hat nichts mit Sport zu

tun, und ich werde niemanden veranlassen, irgend etwas zu boykottieren. Sie haben nicht die leiseste Ahnung, was es heißt, ein Athlet zu sein, Madam. Denken Sie doch einmal an den Tag zurück, wo sie Premierministerin wurden. Wie hätte es Ihnen denn gefallen, wenn Sie aufgefordert worden wären, den Job abzulehnen – eine Chance, die Sie womöglich nie wieder bekommen würden? Sie dürfen die Leute nicht zwingen, nach Prinzipien zu handeln, die sie – ginge es um Ihre eigene Person – niemals befolgen würden.«

Frostig entließ sie ihn mit der Bemerkung, er würde hoffentlich noch einmal darüber nachdenken.

»Ich fühle mich wie ein Fußball am Ende des Cup-Finales«, sagte Rupert, als er neben seinem Chauffeur Sydney in die schwarze Regierungslimousine sank. »Heute bin ich wirklich geschafft. Wie ist denn das Rennen um halb vier ausgegangen?«

Bis zur Heathrow-Ausfahrt debattierten sie über Pferdesport, dann schlief Rupert ein. Gerald Middleton, sein Privatsekretär, saß auf dem Rücksitz, studierte bei eingeschaltetem Licht den Terminkalender und machte sich Notizen. Zwischendurch sah er immer wieder auf die Uhr. Sie würden gerade zur rechten Zeit im Corinium-Gebäude eintreffen, und das war gut so – dann würde der Minister keine Zeit für allzu viele Whiskys vor der Sendung finden.

Cameron ging schon sehr früh in den Kontrollraum, um sich vor der allgemeinen Hektik eine Atempause zu vergönnen und noch einmal in Ruhe zu überlegen, was sie zu tun hatte. Ruperts kühles Gesicht starrte ihr von den Monitoren entgegen, die zu Beginn der Sendung Standfotos und Filmsequenzen zeigen würden, um sein Leben zu illustrieren. Im Studio wurde gerade die Reihenfolge der Standfotos gecheckt. Auf dem Bildschirm erschien Rupert beim Gewinn der Weltmeisterschaft, dann auf dem olympischen Siegerpodest, den

Arm in einer Schlinge. Dann kamen Bilder von seiner schönen Ehefrau Helen, von Beattie Johnson und Nathalie Perrault, der glamourösen französischen Filmschauspielerin, von Amanda Hamilton, der Frau des Außenministers. Jake Lovell tauchte auf, Ruperts Erzrivale im Springreiterzirkus, dann der Chef d'équipe, Malise Gordon, der nun mit Helen verheiratet war. Alle sahen aus wie Figuren aus einer Hollywood-Miniserie. Declan strebte ganz offensichtlich ein Gemetzel an.

Allmählich traf die Crew ein. Daysee Butler, mit Stoppuhren und blauer Wimperntusche beladen, nahm ihren Platz links von Cameron ein. Sie trug ein neues rosa Sweatshirt, dessen Vorderfront eine große graue Katze aufwies.

»Rupert wird in fünf Minuten kommen«, sagte Cameron. »Begrüßen Sie ihn, Daysee, und bringen Sie ihn sofort in die Maske.«

Declan war bereits auf den Monitoren zu sehen, zusammengesunken in seinem Talkmastersessel. Cameron fand, daß er ziemlich mitgenommen wirkte. Er war viel dünner geworden, die grauen Strähnen im schwarzen Haar hatten sich verdichtet. Die violetten Schatten unter den Augen erinnerten sie an Patrick. Aber an den durfte sie jetzt nicht denken.

Rupert, Gerald und Sydney warteten am Empfang und betrachteten die Fotos von Declan, Charles Fairburn und James Vereker, der jetzt nicht mehr vom Weihnachtsbaum verdeckt wurde.

»Verdammt will ich sein, da kommt Farrah Fawcett«, sagte Sydney, als Daysee mit schwingenden Hüften die königsblaue Stahltreppe herabschritt und ihr wippendes erdbeerblondes Haar ebenso gekonnt zur Geltung brachte wie die kurvenreiche Figur. »Würden Sie mir bitte in die Maske folgen, Sir?«

»Könnten wir beide statt dessen nicht in die nächste Bar gehen?«

Daysee schaute auf ihre Uhr. »Dazu haben wir leider keine Zeit, Sir«, erwiderte sie ernsthaft. »In fünfzehn Minuten beginnt die Sendung.«

»Wie herrlich braun Sie sind!« Die Maskenbildnerin mattierte Ruperts Nase und Stirn mit Nouveau-Beige.

»Ich war letztes Wochenende Schi fahren.« Zum millionsten Mal überlegte er, warum er seine Zustimmung zu diesem Interview gegeben hatte. Teilweise, weil Cameron gedroht hatte, sie würde ihn vor Declan als Feigling hinstellen. Aber zwischen harten Arbeitsstunden und amüsanten Späßen mit Nathalie Perrault, sowohl im Bett als auch auf den Schipisten, hatte er immer wieder an Taggies Tränen auf der Silvesterparty gedacht, an ihre Sorge um die katastrophale Finanzlage des Vaters.

Daysee brachte ihm einen mahagonibraunen Whisky, den Gerald sofort zum Waschbecken trug, um ihn mit Wasser zu verdünnen. »Sie haben den ganzen Tag nichts gegessen, Sir.«

»Sehr wohl, Nanny.«

»Ich muß Sie jetzt nach unten bringen«, sagte Daysee.

Gerald rückte Ruperts blaugepunktete Krawatte zurecht. »Seien Sie um Himmels willen vorsichtig! Wenn er eine Frage stellt, die Ihnen mißfällt, sagen Sie einfach, Sie würden nicht in dieser Sendung auftreten, um persönliche Dinge zu diskutieren. Schimpfen Sie nicht über andere Minister, und verlieren Sie nicht die Beherrschung.«

Rupert grinste: »Man könnte glauben, ich hätte meinen ersten Schultag vor mir.«

»Manchmal benehmen Sie sich so«, entgegnete Gerald, ohne zu lächeln.

21

»Wie fotogen er ist!« meinte Cameron, als Rupert gegenüber von einem angespannten, ernsten Declan Platz nahm. »Dieses prägnante Kinn! Und wie sich seine Augen in die Länge ziehen, wenn er lacht...«

»Declan ist nervös«, sagte der Bildmischer, nachdem der Tontechniker beide Männer um eine Sprechprobe gebeten hatte. »Seine Stimme zittert.«

Declan musterte seinen Gast, der lässig dasaß und mit seiner Indianerbräune, dem gutgeschnittenen Anzug und dem blauen Seidenhemd, das genau zu den unverschämten Augen paßte, alles ausstrahlte, was zur privilegierten Elite gehörte. Er erinnerte sich, wie Maud in der Nacht von Patricks einundzwanzigstem Geburtstag in seinen Armen geschluchzt hatte, und seine Entschlossenheit wuchs.

Interessiert beugte sich Rupert vor und betrachtete das Namensschild an einem von Declans auffälligen Socken, Charlotte Webster-Lee.

»Das ist eine Freundin von Caitlin!« stieß Declan hervor.

»Ich glaube, ich habe ihre Mutter einmal sehr gut gekannt. Ist Charlotte blond und blauäugig?«

Kann er's nicht mal für eine Minute sein lassen, fragte sich Declan wütend.

Das gibt Ärger, dachte Rupert, während er freundschaftlich mit der Crew über die Chancen des Cotchester-Fußballvereins gegen Westminster United am Samstag schwatzte. Der Mann will mich ins Grab bringen.

»Noch eine Minute, Declan«, verkündete der Aufnahmeleiter.

»Viel Glück«, sagte Cameron.

Der Aufnahmeleiter gab Declan ein Zeichen, das Rotlicht flammte auf, und sie waren auf Sendung.

»Mein heutiger Gast braucht eigentlich nicht vorgestellt

zu werden«, begann Declan. »Er wurde als bester Springreiter der Welt bezeichnet, als hübschester aller Engländer, die Glasur auf der Tory-Torte – unser Sportminister und Abgeordneter von Chalford und Bisley, Rupert Campbell-Black.« Danach kam er sofort zur Sache. »Stört es Sie, wenn die Leute behaupten, Sie seien der attraktivste Mann von England?«

»Warum sollte es?«

»Haben Sie nie befürchtet, die Torys könnten Sie nur deshalb in ihren Reihen aufgenommen haben, damit Sie der Partei ein bißchen dringend benötigten Glamour verleihen?«

»Nein, niemals – weil es nicht stimmt.«

»Aus welchem anderen Grund könnte man Sie gefördert haben?«

»Ich verstehe mehr vom Sport als sonst jemand in der Partei«, antwortete Rupert. »Nachdem ich sechzehn Jahre in einer äußerst nervtötenden Sportart aktiv war, besitze ich die Fähigkeit, mit Streß in jeder Form fertig zu werden. Wenn man in der Springreiterbranche wie ein König gefeiert wird, kann man schon einen Tag später am Boden liegen. Diese Erfahrungen helfen mit, das Auf und Ab in der Politik zu verkraften.«

»Finden Sie in der Politik genauso große Befriedigung wie früher im Springreiten?«

»Natürlich nicht, aber auch sie hat gewisse Erfolgserlebnisse zu bieten.«

»Zum Beispiel?«

»Der Fonds für die Olympischen Spiele hat die Vier-Millionen-Grenze bereits überschritten, und wir haben noch achtzehn Monate Zeit. Das Rowdytum auf den Fußballplätzen ist um siebzig Prozent gesunken. Allmählich wird an den Gesamtschulen wieder in verstärktem Maße Wettkampfsport betrieben. Und...« Rupert lächelte boshaft. »Mein Einsatz für die Rugby-Nationalmannschaft hat sich gelohnt. England hat Irland am letzten Samstag vernichtend geschlagen.«

Gerald, der im Konferenzraum an einem Glas Perrier nippte, stöhnte gequält. Auf diesen billigen Seitenhieb hätte Rupert besser verzichten sollen.

»Die Regierung erhält von den Fußballclubs pro Jahr Steuergelder von zwei Millionen Pfund«, fuhr Declan fort. »Trotzdem verlangen Sie von den Vereinen, in diesem Jahr zwei Millionen für verstärkte Sicherheitsmaßnahmen auszugeben, um der Gewalttätigkeit in den Stadien zu begegnen. Warum gewähren Sie ihnen keine finanzielle Unterstützung?«

»Da einzelne Fußballer hunderttausend pro Jahr verdienen, bin ich der Meinung, daß die Vereine selber für Ordnung auf ihren Plätzen sorgen können.«

»Manche Leute glauben, Sie würden nur deshalb gegen gewalttätige Fans kämpfen, um Pluspunkte in Ihrem Wahlkreis zu sammeln.«

»Oh, wirklich?« fragte Rupert höflich.

Scheiße, dachte Declan, diese Falle habe ich mir selber gestellt.

»Nur weil den Wählern etwas gefällt, muß es nicht falsch sein«, fügte Rupert nachsichtig hinzu. »Ich möchte, daß die Väter mit ihren Kindern wieder in die Stadien gehen können, ohne Schlägereien befürchten zu müssen. Sonst wird der Fußball in der Öffentlichkeit keine Unterstützung mehr finden, und es dürften immer weniger junge Talente heranwachsen.«

Declan beschloß, andere Saiten aufzuziehen. »Wie ich der Abendzeitung entnommen habe, unterstützen Sie die Südafrika-Tournee der British Lions und geben somit einem korrupten, niederträchtigen Regime Ihren Segen.«

»Unsinn!« Rupert fragte sich, ob die Premierministerin jetzt zuhörte. »Der Sport darf nicht mit Politik in Verbindung gebracht werden. Da die Athleten nur für einen kurzen Zeitraum auf dem Höhepunkt ihrer Leistungskraft stehen, sollte man ihnen erlauben, an Wettkämpfen teilzunehmen, wo immer sie wollen. Es ist verdammt einfach, auf Prinzipien herumzureiten, wenn man keine Opfer bringen muß.«

Und so ging das Wortgefecht weiter. Im großen und ganzen konnte Rupert die bohrenden Fragen des Interviewers mühelos parieren. Und dann bemerkte Declan: »Man hat Sie den ›blauäugigen Knaben der Premierministerin‹ genannt.«

»Der Ausdruck ›Knabe‹ dürfte wohl etwas übertrieben sein. Ich bin siebenunddreißig. Aber ich habe tatsächlich blaue Augen.«

»Sie scheint gutaussehende Männer zu bevorzugen.«

»Wenn sie das nicht täte, müßte sie ihren Geisteszustand untersuchen lassen«, erwiderte Rupert kühl. »Mögen Sie häßliche Menschen lieber?«

»Sie sind schon immer gut mit den Frauen ausgekommen. War es nicht Amanda Hamilton, die Sie auf die politische Bühne geholt hat?« Auf dem Bildschirm erschien ein Foto der Außenministersgattin.

»Ebenso wie ihr Mann Rollo. Beide haben mich ermutigt.« Trotz wiederholter drängender Fragen weigerte sich Rupert, näher auf seine Beziehung zu Amanda einzugehen.

»Es war Mrs. Hamilton, die Sie zur ersten Sitzung mit einigen Vertretern Ihres Wahlkreises fuhr«, betonte Declan. »Entstehen eigentlich manchmal Konflikte zwischen Ihren Regierungsaufgaben und den Pflichten, die Sie in Ihrem Wahlkreis erfüllen müssen?«

»Natürlich. Ich finde zu wenig Zeit für meinen Wahlkreis, obwohl er an erster Stelle stehen müßte. Hier wohnen die Leute, die mich gewählt haben. Auch ich habe mein ganzes bisheriges Leben in diesem Gebiet verbracht, und ich protestiere genauso wie die anderen gegen eine Autobahn, die an Penscombe vorbeiführen soll, nur eine halbe Meile entfernt.«

Vergnügt ging Tony im Konferenzraum auf und ab, wo er mit Sarah Strattons Unterstützung zwei wichtige Sponsoren und Gerald bewirtete. »Langsam verliert Rupert die Beherrschung«, meinte er leise.

»War es nur Machtgier, die Sie in die Politik getrieben hat?« erkundigte sich Declan beiläufig.

»Das Geld und die Sehnsucht nach möglichst viel Freizeit gewiß nicht!« stieß Rupert hervor. »Die meisten Minister sind hoffnungslos überarbeitet. Manchmal kommt man erst um drei Uhr morgens von einer Sitzung im Unterhaus heim, und dann muß man noch seine Notizen durchsehen. Da fangen die Probleme an. Man ist so erschöpft, daß man dem Bau eines Atomkraftwerks im eigenen Wahlkreis zustimmt, und sechs Monate später merkt man, was man getan hat. Zum Glück habe ich einen außergewöhnlich tüchtigen Privatsekretär, Gerald Middleton, der immer alles unter Kontrolle hat. Und ein weiterer Vorzug...«, er gähnte demonstrativ, »...ist eine Fähigkeit, die ich mir während meiner sportlichen Laufbahn angeeignet habe – ich kann überall und jederzeit schlafen.«

»Mit jeder Gefährtin, die gerade verfügbar ist?«

»Nein«, antwortete Rupert gedehnt, »da war ich immer sehr wählerisch.«

»Aber dem Pressematerial über Ihre Vergangenheit ist etwas ganz anderes zu entnehmen.«

Ein Foto von Samantha Freebody wurde eingeblendet (dieses Starlet hatte behauptet, mit Rupert geschlafen zu haben, als er noch verheiratet gewesen war), gefolgt von Schönheiten wie Amanda Hamiltons Tochter Georgina, Beattie Johnson und Nathalie Perrault.

»Kamera zwei«, befahl Cameron. »Wir brauchen Ruperts Reaktion.«

Aber Ruperts Gesicht blieb ausdruckslos.

Declan griff nach einem Zeitungsausschnitt, der auf dem Tisch lag. »Ein Aristrokrat in Gloucestershire hat Sie als Virus bezeichnet, der jede Ehefrau früher oder später erwischt.«

»Was seine Frau im besonderen angeht – eher später«, konterte Rupert leichthin, aber in seiner Wange zuckte ein Muskel.

»Glauben Sie nicht, daß Sie angesichts der Aids-Gefahr Ihren Lebenswandel ändern sollten?«

»Klar. In der Fastenzeit verzichte ich auf Sex.«

Tony wurde unruhig und rief im Kontrollraum an. »Declan soll endlich aufhören, um den heißen Brei herumzustreichen.«

»Tony sagt, Sie sollen die Kanonen abfeuern«, tönte Camerons Stimme aus Declans Ohrhörer, und der Talkmaster straffte die Schultern.

»In den letzten beiden Jahren haben Sie gewisse Sympathien für die Fußballrowdys bekundet.«

Rupert starrte auf seine Schuhe. »Wahrscheinlich führen die meisten unter der Woche ein sehr langweiliges Leben. Viele sind arbeitslos, oder sie stehen in den Fabriken an Drehbänken, wo sie immer nur das gleiche tun. Das Stadion ist ihre Bühne, ihre Chance, den Frustrationen der vergangenen Woche Luft zu machen. Im allgemeinen randalieren sie nur, wenn ihre Mannschaft verliert oder wenn ihr ein Elfmeter versagt wurde.«

»Sie waren ein schlechter Verlierer, nicht wahr?« Declans blasses Gesicht nahm die Züge eines Jesuiten an.

Lauernd schaute Rupert ihn an. »Warum nimmt man an einem Wettkampf teil – doch nur, um zu siegen, oder?«

»War Ihr Siegeswille so übermächtig, daß Sie Ihre Pferde geschlagen haben?« Ruperts Augen verengten sich, aber er schwieg, und Declan fuhr fort: »Sehen wir uns mal dieses

Tier an.« Der Bildschirm zeigte für ein paar Sekunden das Foto eines zum Skelett abgemagerten Pferdes. »Das ist Macaulay. Sie schlugen ihn so grausam, daß er nicht mehr springen wollte, wenn Sie im Sattel saßen. Deshalb verkauften Sie ihn in den Nahen Osten, wo er beinahe verhungerte. Ihr Todfeind Jake Lovell päppelte den Hengst wieder auf und beteiligte sich mit ihm an der Weltmeisterschaft.«

»Kamera zwei!« schrie Cameron. Aber Ruperts Miene war immer noch unbewegt, nur die langen Finger, die das Wasserglas auf dem Tisch umklammerten, verrieten Emotionen.

»Bedauern Sie es, daß Sie Ihre Pferde so schlecht behandelt haben?«

»Ich habe sie nicht alle schlecht behandelt, sonst wären sie nicht so gut gesprungen. Natürlich bedaure ich jenen Fall. Dafür gibt es keine Entschuldigung.«

»Jake Lovell war Ihr Erzrivale, weil Sie ihn in der Schule herumkommandiert hatten«, fuhr Declan gnadenlos fort. »Schließlich rächte er sich, indem er bei den Olympischen Spielen 1980 mit Ihrer Frau davonlief. Wie war Ihnen damals zumute?«

Gerald geriet in Panik. Rupert wird ihn gleich umbringen, dachte er. Solche Fragen hat ihm noch niemand zu stellen gewagt.

»Ich war vor allem wütend, weil meine Frau Jake und mich ablenkte, als wir uns darauf konzentrieren sollten, eine Goldmedaille für das Team zu gewinnen«, antwortete Rupert.

»Trotzdem gewannen Sie die Medaille – obwohl Sie sich auch noch die Schulter verrenkt haben.«

»Ich wollte allen zeigen, daß unser Team die ganze Welt schlagen konnte, auch wenn ein Mann ersetzt werden mußte und ein anderer verletzt war.« Von Declan aufgefordert, erzählte Rupert von jenen Olympischen Spielen und von

Rocky, dem Pferd, mit dem er Gold errungen hatte und das immer noch in Penscombe lebte. »Zu Rocky bin ich furchtbar grausam«, fügte er gedehnt hinzu. »Er läuft in meinem großen Garten herum, zertrampelt die Blumenbeete und starrt durchs Salonfenster herein.«

Ich mag diesen Mann, dachte Declan. Warum versuche ich ihn zu kreuzigen?

Damit die Sponsoren nicht zuhören konnten, ging Tony in das Büro neben dem Konferenzraum, um Cameron anzurufen. »Declan wird weich, verdammt noch mal! Sag ihm, er soll Rupert fertigmachen!«

»Und was empfanden Sie, als Helen sich von Jake trennte und Ihren Team-Manager heiratete?« fragte Declan in diesem Augenblick.

»Nun, ich bin keineswegs explodiert. Es war genauso, als hätte meine Jugendliebe meinen Schuldirektor geheiratet.«

»Stört es Sie, daß sie jetzt glücklich ist?«

»Überhaupt nicht«, entgegnete Rupert erstaunt. »Den Kindern geht es jetzt viel besser. Und sie verdient ihr Glück, denn sie hatte es sehr schwer an meiner Seite.«

»Inwiefern?«

»Der Spitzensport verträgt sich nicht mit der Ehe. Wenn Helen mich brauchte, war ich nie da. Als sie Marcus zur Welt brachte, saß ich auf einem verschneiten Alpenpaß fest. Außerdem ärgerte sie sich, weil meine Hunde ständig ins Bett sprangen.«

Declan nickte. »Angeblich hatten Sie Ihren schwarzen Labrador Badger lieber als Ihre Frau.«

»Den hatte ich schon vor ihr. Und nach der Scheidung lebte er noch sechs Jahre bei mir. *Er* kritisierte mich nie und versuchte auch nicht, mich zu bessern.«

»Ist es das, was Sie sich von den Frauen wünschen? Kritiklose Bewunderung?«

Rupert grinste. »Wahrscheinlich.«

Die Fragen blieben pointiert, aber die Feindseligkeit war verschwunden. »Seit Ihrer Scheidung wurde Ihr Name mit mehreren reizvollen Frauen in Verbindung gebracht. Haben Sie nie mit dem Gedanken gespielt, wieder zu heiraten?«

»Nur weil ich gerne mit einer Concorde fliege, muß ich mir so eine Maschine nicht kaufen.«

Aus den Augenwinkeln sah Declan ein Handzeichen des Aufnahmeleiters – noch drei Minuten. »Was machen Sie in Ihrer Freizeit am liebsten?«

Rupert legte den Kopf schief. »Ich dachte, das ist eine Sendung für die ganze Familie.«

»Sie müssen doch irgendwelche Hobbys haben«, sagte Declan hastig.

»Jagen und Angeln.«

Declans Lippen kräuselten sich. »Also nur blutrünstige Sportarten.«

»Die mag ich nicht alle. Zum Beispiel ist es keineswegs ein reines Vergnügen, von Ihnen interviewt zu werden.«

»Touché«, entgegnete Declan lachend. »Wen würden Sie im Jenseits am liebsten wiedersehen?«

Die Stimme schien Rupert kaum zu gehorchen. »Badger.«

»Oh, wie süß«, hauchte Daysee im Kontrollraum.

»Wenn Sie auf Ihre sechzehn Jahre im Springreitzirkus zurückblicken – was fiel Ihnen am schwersten? Der Gewinn der ersten Bronzemedaille, die King Cups drei Jahre hintereinander, das Mannschaftsgold 1980 oder die Weltmeisterschaft?«

Nur für einen kurzen Moment spiegelte Ruperts Gesicht nackte Verzweiflung wider. »Was mich fast umbrachte, war der Entschluß, diesen Sport aufzugeben.«

Während Schuberts Fünfte Sinfonie ertönte und der Nachspann lief, konnte man eine höchst uncharakteristische Szene beobachten. Declan erhob sich aus seinem Sessel und schüttelte Ruperts Hand. Sobald sie nicht mehr auf Sendung waren, kam Cameron ins Studio. Vielleicht lag es daran, daß sie nach dem Verlassen des dunklen Kontrollraums ins ungewohnte Licht blinzelte – jedenfalls schienen ihre gelben Augen alle Angriffslust verloren zu haben. »Eine großartige Talkshow, Declan – Ihre beste bisher. Und Sie waren wundervoll, Rupert. Wie geschickt Sie all die harten Fragen pariert haben!«

»Hoffentlich findet mein Boß das auch. Manchmal hatte ich das Gefühl, von der IRA verhört zu werden.«

Gemeinsam fuhren sie im Lift zum Konferenzraum hinauf, wo Tony die allgemeine Begeisterung keineswegs teilte. Aber vor den beiden bedeutenden Sponsoren mußte er sich beherrschen. Beide schwärmten für Declan ebenso wie für Rupert und fanden, daß sie soeben einen großartigen Gladiatorenkampf miterlebt hatten. Mit bebenden Händen goß sich der normalerweise abstinente Gerald einen dreifachen Whisky ein.

»War das nicht himmlisch?« rief Sarah, puderte sich emsig die Nase und öffnete einen weiteren Perlmuttknopf an ihrem grauen Kleid. »Declan hat eine verletzliche Saite in Ruperts Herzen bloßgelegt. Ich glaube, im Grunde braucht der Arme nur die Liebe einer verständnisvollen Frau.«

Und die Aufmerksamkeit eines ganzen Harems, ergänzte Gerald in Gedanken. Er hatte Ruperts Affäre mit Sarah entschieden mißbilligt und für politisches Dynamit gehalten. Nun hoffte er, die Geschichte würde nicht wieder von vorn anfangen.

Aber als Rupert mit Declan und Cameron eintrat, lief Sarah zu ihm und warf die Arme um seinen Hals, so daß er in den Genuß frei schwebender Brüste und eines halben Eimers Anais-Anais kam. »O Darling, du warst wundervoll! So ehrlich!«

»Was anderes blieb mir nicht übrig – außer aufzustehen und zu gehen.«

»Danke für den Valentinsgruß«, murmelte sie. »Wann sehen wir uns?«

Ehe er antworten konnte, mischte sich Gerald ein. »Es tut mir leid, Sir. Ich dachte nicht, daß Declan so weit gehen würde.«

Rupert hob erstaunt die Brauen und warf einen Blick auf das Whiskyglas seines Sekretärs. »Sind wir in Schwierigkeiten?«

»Das weiß ich nicht. Die Presse läuft schon Amok. Wir müssen Sie durch eine Seitentür hinausschmuggeln.«

Nachdem Tony die beiden Sponsoren mit Rupert bekannt gemacht hatte, ließ er seine Wut an Declan aus. »Habe ich nicht gesagt, Sie sollen ihn ans Kreuz schlagen?«

»Das habe ich versucht«, erwiderte Declan kühl, »aber er war zu gut für mich.« Damit drehte er sich auf dem Absatz um und ging zur Bar.

Cameron ahnte das Donnerwetter, das ihr von Tonys Seite drohte, nahm hastig eine Quiche vom Buffet und gesellte sich zu der Gruppe, die sich um Rupert gebildet hatte. Sofort wandte er sich ab, um mit ihr zu reden, was Sarah mit hellem Zorn erfüllte. Nach der Anspannung des Interviews stiegen erotische Gefühle in ihm auf, so wie früher nach großen Springreiten. In den alten Tagen hatte er im Pferdeanhänger weibliche Reitknechte oder Wettkampf-Groupies gebumst. Nun konnte er offenbar zwischen Daysee, Sarah und Cameron wählen – Daysee war zu dick, Sarah zu besitzergreifend. Aber Cameron strahlte eine ungeheuer erregende, wilde Nymphomanie aus, und ein Abenteuer mit ihr hätte den zusätzlichen Reiz, Tony eins auszuwischen. »Heute abend mußte ich meine ganze Cleverneß aufbieten, um einigermaßen heil über die Runden zu kommen«, bemerkte er eisig. »Ich nehme an, Tony hat Declan gegen mich aufgehetzt.«

»Tut mir leid«, sagte Cameron. Als sie den Kopf hob,

konnte sie den Blick nicht mehr von seinem Gesicht losreißen.

»Daß es Ihnen leid tut, genügt nicht«, entgegnete er. »Ich werde mich auf meine Weise entschädigen.«

Aus den Augenwinkeln sah sie, daß Tony unverwandt herüberstarrte, und hielt sekundenlang den Atem an. »Würden Sie noch mal bei uns auftreten? Am dritten Donnerstag im März wird die Miß Corinium Television gewählt, und Sie könnten mit Declan in der Jury sitzen.«

»Vielleicht kann ich mich dazu entschließen – wenn Sie mir eine Belohnung versprechen.«

»Welche?« fragte sie, obwohl sie die Antwort ahnte.

»Eine Nacht mit Ihnen – im Hotel Cotchester Arms. Sie würden sich am nächsten Morgen kaum rühren können – das schwöre ich Ihnen.«

Es dauerte eine Weile, bis sie merkten, daß ein nervöser Gerald auf Ruperts Arm klopfte. »Telefon für Sie. Die Premierministerin.«

»Du lieber Himmel!« seufzte Rupert.

»Gut gemacht!« lobte die Premierministerin mit ihrer vollen Stimme, die manchmal so klang, als fließe Sahne aus einer Konservendose. »Wir sind sehr stolz auf Sie.«

»Wirklich?« fragte er verblüfft.

»Sie sind wunderbar mit diesem bösartigen kleinen Kommunisten zurechtgekommen. Dieses Interview wird uns bei den Meinungsumfragen ein paar Pluspunkte einbringen.«

»Großer Gott«, sagte Rupert, als er den Hörer auflegte. »Es hat ihr gefallen!«

»War das tatsächlich die Premierministerin?« fragte einer der Sponsoren ehrfürchtig.

»Hat sie mich erwähnt?« wollte James wissen, soeben von einer Wohltätigkeitsveranstaltung für Senioren zurückgekehrt.

»Ich habe für uns alle einen Tisch im Horn of Plenty reservieren lassen«, sagte Cameron beiläufig zu Rupert. »Um halb zehn. Die Autos stehen unten bereit.«

Trotz ihrer äußeren Gelassenheit spürte er ihre erwartungsvolle Nervosität. Und dann sah er Declans graues, unglückliches Gesicht und erinnerte sich an Taggies Tränen in der Silvesternacht. »Das ist nett von Ihnen, aber ich fahre jetzt mit Declan nach Penscombe. Wir haben einiges zu besprechen.«

Rupert führte Declan und Gerald in seine Küche mit der tiefen Balkendecke und dem Fliesenboden, dann inspizierte er den Inhalt des Kühlschranks und der Speisekammer, während sein Sekretär eine Flasche Whisky und drei Gläser aufstöberte.

Declan betrachtete inzwischen die Bilder an den Wänden – Gemälde, die Hunde und Pferde darstellten, und gerahmte Fotos von zwei unglaublich hübschen Kindern.

»Das ist Tabitha.« Rupert zeigte auf ein kleines Mädchen, das ein mit Bändern geschmücktes Pony ritt.

»Zauberhaft.«

»In der Juniorklasse hält sie sich verdammt gut.«

»Reitet der Junge auch?« Declan musterte ein sensibles, angespanntes Gesicht mit übergroßen Augen.

»Nein, er neigt zu asthmatischen Anfällen. Aber er fährt hervorragend Schi und ist hochintelligent.« Ruperts Stimme hatte eine seltsame Schärfe angenommen.

»Darf ich mich mal umschauen?«

»Natürlich.«

Declan wanderte durch schöne, in Pastellfarben gehaltene Räume, bewunderte die kostbaren Gemälde, darunter ein Gainsborough und ein Thomas Lawrence und die liebevoll polierten antiken Möbel. Wie ein Museum, dachte er, ein wunderschönes Haus, aber es scheint sich nach jemandem zu sehnen, der wirklich darin lebt. In der Bibliothek überwältigte ihn die Vielzahl wertvoller Erstausgaben – Scott, Dickens, Keats und Shelley und Wilde. Selbstvergessen blätterte er im »Bildnis des Dorian Gray«, als Rupert ihn eine halbe Stunde später fand.

»Das Essen ist fertig ... Großer Gott, bei dieser Beleuchtung können Sie doch nicht lesen!»

Declan blinzelte verwirrt. »Darf ich hier wohnen?«

»Leihen Sie sich aus, was immer Sie möchten. Sonst kümmert sich kein Mensch um diese Bücher. Helen tat zwar so, kam aber nie über das erste Kapitel hinaus.«

Auf dem Küchentisch waren Räucherlachsscheiben, dunkles Brot, Möweneier und die Hälfte einer aufgewärmten Hühnerpastete angerichtet. Gerald hatte Tomatensalat gemacht und Kartoffeln gebraten.

»Das ist sehr nett von Ihnen«, murmelte Declan. »Ein Dinner mit Tony hätte ich nicht ertragen.«

»Taggies Niveau bin ich leider nicht gewachsen«, bemerkte Rupert und fügte beiläufig hinzu: »Wie geht's ihr?«

»Sie hat sich sehr über den Valentinsgruß für Gertrude gefreut.«

Rupert grinste. »Welch eine Ironie, daß ich die erste Valentinskarte meines Lebens einem Hund geschickt habe.«

Sie sprachen über Politik, Pferde und Sport, und der Gastgeber weihte Declan in den Lokalklatsch und die Frühgeschichte von Penscombe ein. Erst als beide ziemlich betrunken waren und Gerald ein Gästezimmer aufgesucht hatte, fragte Rupert, wie der Job bei Corinium sei.

»Grauenvoll.«

»Tony?«

Declan nickte müde. »Es wird immer schlimmer.«

»Nach der Sendung wirkte er nicht allzu glücklich.«

»Das war er auch nicht. Er hatte mich beauftragt, Sie auseinanderzunehmen.«

Rupert grinste. »Das wäre Ihnen beinahe gelungen. Ich weiß, warum Tony mein Blut sehen will. Aber warum Sie? Nur weil ich ein Tory bin?«

»Nein, weil Sie Tag die Dinnerparty bei Valerie Jones vermiest haben.«

»Oh...«

»Und ich dachte, Sie wären auf Patricks Geburtstagsparty hinter ihr her gewesen.« Über Maud mochte Declan nicht sprechen.

Rupert sog an seiner Zigarre. »Wäre das so schlimm?«

»Sie ist erst achtzehn und schrecklich unsicher. Einer solchen Beziehung wäre sie einfach nicht gewachsen – sie würden sie zerknicken wie einen Nachtfalter, der zwischen die Tasten einer Schreibmaschine gerät.«

»Autsch!« sagte Rupert und erschauerte.

»Heute abend konnte ich beobachten, wie die Weiber um Sie herumgeschwirrt sind – Sarah, Cameron, diese schwachsinnige Daysee... Die können Sie alle haben, aber bitte, verschonen Sie Taggie.«

Rupert wollte das Thema noch nicht fallenlassen. »Aber sie macht einen so tüchtigen Eindruck. Bei Valerie hat sie brillant gekocht und Ihre Silvesterparty praktisch allein geschaukelt.«

»Oh, natürlich ist sie tüchtig. Sie dürfen nicht glauben, Legastheniker wären dumm, nur weil sie Schwierigkeiten mit dem Lesen und Schreiben haben. Albert Einstein, Leonardo da Vinci und Thomas Edison waren alle legasthenisch. Und Gerald Patton hat es nie geschafft, das Alphabet auswendig zu lernen.«

»Großer Gott!« rief Rupert. »Da müssen wir ja jeden Moment damit rechnen, daß Taggie eine Riesenarmee kommandiert!«

Lachend stand Declan auf und trat ans Fenster. »Kann man die Priory von hier aus sehen?«

»Ja.« Rupert folgte ihm und zeigte nach links, wo zwischen Baumwipfeln ein Licht brannte. »Taggie ist noch wach, das ist ihr Turm«, erklärte er, ohne zu überlegen. Als er Declans bestürzten Blick bemerkte, fügte er rasch hinzu. »Das ist schon okay. Ich mußte in der Silvesternacht einen Betrunkenen aus ihrem Zimmer schleppen, weil sie schlafen gehen wollte – allein.« Nach einer kleinen Pause fuhr er leichthin fort: »Wissen Sie, was ich schon immer wollte: Diesen Wald unterhalb Ihres Hauses kaufen.«

»Das ist ein ziemlich nutzloses Grundstück.«

«Fünfzig Meter rechts vom Bach könnte man eine perfekte Trockenschipiste anlegen, an beiden Seiten von Bäumen abgeschirmt.«

»Was glauben Sie, was der Wald wert ist?«

»Etwa fünfunddreißigtausend«, log Rupert.

»Das wäre verdammt viel.« Damit könnte ich das Finanzamt glücklich machen und die Stromrechnung und Caitlins Schulgeld bezahlen, überlegte Declan.

»Denken Sie drüber nach. Wollen wir am Samstag auf die Jagd gehen? Ich leihe Ihnen ein Pferd.«

Als Declan endlich zur Priory zurückkehrte, ließ er im Auto alle Lichter brennen und trat mehrere violette Krokusse in den Beeten am Rasenrand flach. Auf der Treppe erwarteten ihn Taggie und Gertrude, die beide die gleiche mißbilligende Miene zur Schau trugen. »Warum warst du so a-a-außerordentlich gemein zu Rupert?« fragte seine Tochter.

22

Am dritten Montag im März hatte Cameron Cook die sadistische Idee, das gesamte Corinium-Personal um acht Uhr morgens zu einem Arbeitsfrühstück im Studio 1 einzuladen. Während die Leute verschlafen Croissants und Orangensaft konsumierten, erklärte Tony mit aufmunterndem Lächeln, was jeder einzelne tun könnte, um die Konzession zu sichern. »Das sind aufregende Zeiten«, meinte er strahlend. »›Dorothy Dove‹ und ›Vier Männer auf dem Heuboden‹ wurden erneut für den BAFTA-Preis nominiert. Nächste Woche startet unsere neue Seniorenserie ›So jung, wie man sich fühlt‹. Und wir freuen uns, bekanntgeben zu dürfen, daß Naomi Hargreaves diese Sendung moderieren wird, die letztes Jahr im Alter von fünfundsechzig den Mount Everest bestiegen hat.« Er sprach noch von einigen anderen Projekten, dann fügte er mit einem Seufzer der Erleichterung hinzu: »Der ›Sommernachtstraum‹ ist endlich fertig. Morgen und am Mittwoch müssen noch ein paar Szenen nachgedreht werden, und am Donnerstag ist das Studio 1 für die Miß Corinium frei.«

Um Declan herabzuwürdigen, hatte er dessen Sendung mit keinem Wort erwähnt. Aber als er sich jetzt im wohlgefüllten Studio umschaute, stellte er erbost fest, daß sein Talkmaster durch Abwesenheit glänzte.

Declan saß zu Hause. Seit fünf Uhr morgens rang er mit seiner Yeats-Biographie. Beim Anblick seiner Notizen und getippten Manuskriptseiten fühlte er sich wie Vidal Sassoon – konfrontiert mit dem Haargestrüpp einer Wildwestbewohnerin, das seit fünfzig Jahren keinen Kamm gesehen hatte. Er wünschte, er besäße Sassoons Geschick. Schon seit Wochen war er so müde, daß ihm kein einziger origineller Gedanke mehr kam. Graces Kündigung hatte die Situation keineswegs verbessert. In heller Empörung war sie davongelaufen, nachdem er sie angebrüllt und ihr vorgeworfen hatte, seine gesamten Whisky-Vorräte seien durch ihre Kehle geflossen. Maud – wütend über den Verlust ihrer Verbündeten und Sparringspartnerin – gab Declan die alleinige Schuld und weigerte sich, mit ihm zu reden.

Das Telefon läutete und unterbrach seine trübsinnigen Überlegungen. Ursula, seine Sekretärin, rief an, um ihm mitzuteilen, sie habe Grippe.

»Armes Ding«, sagte Declan. »Bleiben Sie im Bett. Soll ich Ihnen irgendwas bringen?«

»Nein, aber es tut mir schrecklich leid – ich habe vergessen, Sie an Camerons Arbeitsfrühstück zu erinnern.«

Im CTV-Studio 1 kam Tony allmählich zum Ende seiner langen Rede. »Zweifellos werden wir die Konzession behalten, aber ich muß betonen, daß wir dieses Jahr auf dem Präsentierteller stehen. Die IBA wird nicht nur unser Programm, unsere Finanzlage und unsere Personalpolitik genauestens überprüfen, sondern auch unser privates Benehmen, und sämtliche Beschwerden als Minuspunkte registrieren. Zum Beispiel wurde letzte Woche bei Seb Burrows' Geburtstagsparty das Beaufort-Zimmer im Cotchester Arms demoliert. Wenn Sie noch mal Geburtstag haben, Seb...«, Tonys breites Grinsen leuchtete auf, »... werden Sie gefeuert.«

Das Personal merkte, daß soeben ein Witz gemacht worden war, und kicherte kraftlos.

»Und vergessen Sie nicht – die äußere Erscheinung ist ungeheuer wichtig.«

Wie auf ein Stichwort kam Declan herein, leichenblaß, unfrisiert, schwarze Bartstoppeln am Kinn, die Innenseite seines Pullovers nach außen gekehrt. »Tut mir leid, Tony, ich hab's vergessen.«

»Wir haben die Versammlung soeben beendet«, erklärte

Tony kühl. »Bedauerlicherweise haben Sie den Zug verpaßt, aber das ist ja nicht ungewöhnlich.«

»Wohin gehen Sie?« schrie Cameron, als Declan sich zur Tür wandte.

»Nach Hause. Ich muß eine ganze Menge Schlaf nachholen.«

Am nächsten Tag begann der Frühling. Der Leiter der Nachrichtenredaktion schickte ein Team mit dem Auftrag los, spielende Lämmer auf einer Weide zu filmen. James trug einen neuen primelgelben Jogginganzug, um sein Publikum zu Spenden für eine Frühlingsschlankheitskampagne zu animieren, deren Einnahmen für die Herzforschung verwendet werden sollten. Und Declan interviewte den Dirigenten Guilini. Diese Talkshow wurde ausnahmsweise aufgezeichnet, weil Guilini noch vor dem Sendetermin nach New York fliegen mußte, wo ein Konzert auf dem Programm stand.

Declan wollte sich den Donnerstag freinehmen, um mit Rupert zum Gold Cup zu fahren. Und so ging er am Mittwoch ins Büro, um einen gewaltigen Berg aus Post und Aktennotizen zu durchforsten. Nach einem Streit mit Maud über Telefon- und Schnapsrechnungen, die sie in der Küche hinter Kochbüchern versteckt hatte, erschien ihm das Corinium-Haus trotz aller Krisen wie ein ruhiger Hafen. Außerdem hatte am Vortag ein Finanzbeamter die Priory aufgesucht, um zwanzigtausend Pfund einzutreiben, und die Behauptung, der Hausherr sei nicht daheim, mit dem Versprechen beantwortet, am nächsten Morgen wiederzukommen – ein weiterer Grund für Declan, ins Büro zu flüchten. Allmählich sah er keinen anderen Ausweg mehr, als den Wald an Rupert zu verkaufen.

O Gott, er war so müde. Seufzend starrte er die Papiere an, die sich auf seinem Schreibtisch häuften, dann griff er nach der ersten Aktennotiz und las: »Der Schwulen- und

Lesbenunterausschuß des Abstinenzlerclubs wurde soeben in Sexualitätsunterausschuß umbenannt.«

Wie auf ein Stichwort trat Charles Fairburn ein, der gerade seine Spesen kassiert hatte. »Komm, wir gehen auf einen Drink in die Bar Sinister.«

Declan schüttelte trübsinnig den Kopf. »Ich muß das alles aufarbeiten.«

»Über Fanpost darf man sich nie beklagen«, tadelte Charles. »Übrigens bin ich noch schlimmer dran als du. Morgen muß ich in Southampton einen Bericht über die erste Kommunion der Taubstummen drehen. Sehen wir uns bei Tonys Badminton-Fete?«

»Er lädt mich nie mehr ein«, erwiderte Declan grimmig.

»Du bist ziemlich in Ungnade gefallen, was?« sagte Charles mitfühlend. »Und dabei arbeitest du viel härter als wir alle zusammen. Jeden Tag erwarte ich, daß mir die Königinmutter den Faulheitspreis verleihen wird... Ah, das ist besser. Wenigstens grinst du wieder mal.« Das Telefon klingelte, und er nahm den Hörer ab. »Hi, Miß Madden... Okay, ich schick ihn rauf... – Tony fährt in zwanzig Minuten nach London, dem Himmel sei Dank«, verkündete er, nachdem er aufgelegt hatte. Vorher will er dich sprechen. Ich fürchte, er ist in miserabler Stimmung.«

Im Gegensatz zu dieser Vermutung war Tony bestens gelaunt. »Ah, Declan, machen Sie die Tür zu, und setzen Sie sich.« Die Zentralheizung lief wie üblich auf Hochtouren, so daß Declan mit einem Hitzschlag rechnete. »Wie erklären Sie sich das?« Tony warf ihm eine Ansichtskarte hin, die ein Krokodil mit klaffendem Rachen zeigte.

»Ein Bild von Deinem Boß«, las Declan auf der Rückseite. »Falls wir uns vorher nicht mehr sprechen – ich hole dich um elf in der Priory ab. Rupert.« Die Karte wies weder eine Adresse noch eine Briefmarke auf.

»Wer zum Teufel hat das Kuvert geöffnet?« fragte Declan.

»In dem Jahr, wo die Konzession vergeben wird, machen wir die gesamte Post auf«, erläuterte Tony liebenswürdig. »Nur um zu checken, ob irgendeiner unserer Mitarbeiter von Konkurrenzsendern abgeworben werden könnte.«

»Allmählich geht's hier zu wie beim KGB.« Declan bemühte sich nicht, seine Wut zu verbergen.

»Wie ich außerdem feststellen konnte, begeistern Sie sich neuerdings für elitäre Sportarten.« Tony reichte ihm vergnügt einen aufgeschlagenen *Daily Express*, so zusammengefaltet, daß ein Foto von Declan und Rupert bei der Fuchsjagd zu sehen war. Die Bildunterschrift lautete: »Nach der zündenden Talkshow wurde das Kriegsbeil begraben.« Seufzend schüttelte der CTV-Boß den Kopf. »Sie verkehren nicht gerade in den besten Kreisen, Declan.«

»Wenn Sie so denken, warum wurde Rupert dann in die Miß Corinium-Jury berufen?«

»Ein Ausrutscher von Cameron. So was wird nicht mehr passieren.« Tony stand auf und ging zur Bar. »Möchten Sie einen Drink?« Declan lehnte ab, und sein Chef füllte ein Glas für sich selbst. »Gut so. Ich fürchte, gestern beim Guilini-Interview waren Sie nicht ganz nüchtern. Ich mache mir ernsthafte Sorgen um Ihre Einschaltquoten. Nur zehn Millionen in der ersten Märzwoche. Wir überlegen, ob wir Ihre Talkshow aus der Hauptsendezeit rausnehmen und auf halb elf oder elf verschieben sollen.«

»Das wäre doch Wahnsinn! Die zehn Millionen haben wir der BBC zu verdanken, die zur selben Zeit ›Dallas‹ brachte. Wir werden unser Publikum zurückgewinnen.«

»Das bezweifle ich«, entgegnete Tony brutal. »Ihre Zugkraft hat erheblich nachgelassen, Declan. Es gab mal Zeiten, wo jedes einzelne Ihrer Interviews Schlagzeilen machte.« Er setzte sich wieder, streckte die Beine aus und schaute sein

Gegenüber mitleidig an. »Ich weiß, wie deprimierend es für einen Star sein kann, wenn er nicht mehr die Nummer eins ist. Ich hoffe, Sie werden sich jetzt nicht in Übertreibungen flüchten, Declan. Warum zittern Ihre Hände?« Selbstzufrieden betrachtete er seine sorgsam manikürten Fingernägel. »Meine zittern nicht.«

Declan sprang auf. »Weil Sie nicht mit Leuten von Ihrer Sorte zusammenarbeiten müssen!«

»Ich versuche Mitgefühl zu zeigen, und zum Dank werde ich beschimpft«, erwiderte Tony mit einer Stimme, die Declans Blut zu gefrieren drohte, und drückte auf einen Knopf. Miß Madden erschien so schnell, daß sie an der Tür gelauscht haben mußte. »Mr. O'Hara möchte gehen«, verkündete ihr Chef gebieterisch.

Wieder in seinem Büro, nahm Declan mit bebenden Fingern eine Whiskyflasche aus einer Schreibtischschublade, schüttete zwei Zoll in einen Pappbecher und leerte ihn. Die erste Sendung in seinem Postberg, die er wirklich registrierte, war ein Manuskript mit einem Brief von Patrick, der sein Theaterstück vollendet und ihm zur Lektüre geschickt hatte. »Liebster Pa, früher habe ich mich oft über Deine Werke mokiert, jetzt kannst Du's mir mit gleicher Münze heimzahlen. Bitte, lies mein Stück und sag mir die Wahrheit. Richte Cameron liebe Grüße aus, falls Ihr noch miteinander redet. Nächste Woche sehen wir uns. Herzlichst, Patrick.«

Der Junge kommt viel besser mit allem zurecht als ich, dachte Declan. Er wollte sich gerade in das Manuskript vertiefen, als es an der Tür klopfte. Miß Madden, mit glühendem Gesicht, brachte ihm eine Tasse Kaffee und zwei Roastbeef-Sandwiches. »Sie essen zu wenig, Declan.«

»Sie meinen wohl, ich trinke zuviel. Das ist süß von Ihnen, Darling. Was bin ich schuldig?«

»Ich lade Sie ein.« Die Röte in ihren Wangen vertiefte

sich noch. »Da Lord Baddingham nach London gefahren und Ursula krank ist, dachte ich mir, ich könnte Ihnen vielleicht helfen, die Post zu sichten. Wahrscheinlich sind es zum Großteil Fanbriefe.«

»Das bezweifle ich.«

»Sie sollten sich Lord Baddinghams Bemerkungen nicht so zu Herzen nehmen. Er will Sie nur anspornen. Bitte, verlassen Sie uns nicht. Wir brauchen Sie so dringend.«

Declan war gerührt. Pflichtbewußt suchte er die Fanpost heraus und übergab sie Miß Madden. Als sie gegangen war, gelang es ihm nicht, sich auf das Pressematerial über seinen nächsten Interviewpartner, Bob Geldorf, zu konzentrieren. Ziellos begann er durch das Haus zu wandern und landete in dem Studio, wo James und Sarah vor einem kleinen Seniorenpublikum eine Nachmittagssendung aufzeichneten. James interviewte gerade eine große Frau im Nadelstreifenanzug mit Monokel. Unzureichend vorbereitet, nachdem er zu lange mit Sarah beim Lunch gesessen hatte, blätterte er verzweifelt in seinen Notizen. Endlich fand er die Fragenliste seiner Rechercheurin Deirdre. Verdammt, eine Komponistin... Er war völlig unmusikalisch. »Willkommen, Dame Edith Spink«, begann er, und das Studiopublikum klatschte lethargisch. »Darf ich Sie Edith nennen?«

»Sie dürfen, aber eigentlich heiße ich Enid«, erwiderte die Komponistin.

Verwirrt konsultierte er seine Notizen. Nach der Aufzeichnung würde er Deirdre umbringen. »Endlich kann ich Ihnen persönlich sagen, wie gut mir Ihre Sinfonien gefallen, Enid.«

»Ich habe nur eine geschrieben«, fauchte Dame Enid.

Declan stand im Dunkel bei der Tür und begann sich zu amüsieren. Dame Enid Spink war eine berühmte Musikerin und wurde in Großbritannien vermutlich nur von dem Komponisten Michael Tippett übertroffen. Als bekannte

Lesbierin und Feministin war sie wütend, weil Corinium in diesem Jahr eine Tippett-Oper sendete und keine von ihr.

»Soeben waren Sie in den Vereinigten Staaten, um Ihre neueste Oper zu dirigieren, Enid«, fuhr James fort. »Eh – Was halten die Amerikaner von Ihrem Werk?«

»So eine dumme Frage! Ich habe mich nicht bei allen erkundigt. Das sind nämlich mehrere Millionen, wissen Sie.«

Du Biest, dachte er wütend, dir werd ich's schon noch zeigen. »Viele Kritiker meinen«, las er in Deirdres Notizen, »diese neue Oper entspreche nicht Ihrem Niveau.«

Dame Enids Faust landete auf ihrem nadelgestreiften Schenkel. »Nennen Sie mir vier!« donnerte sie.

»Oh – wic, bitte?« stammelte James.

»Nennen Sie vier dieser Kritiker«, beharrte Dame Enid.

Das konnte er nicht, und die Komponistin marschierte aus dem Studio. Er wischte sich den Schweiß von der Stirn und dankte Gott, weil es keine Live-Sendung war. Glücklicherweise erschien Cameron erst zehn Minuten später.

Nun war Sarah an der Reihe. Sie befragte ein paar Fußballerinnen zu dem Thema, ob man immer noch in einer Männerwelt lebte. Obwohl ein kompetenter Regisseur anwesend war, konnte Cameron der Versuchung, ihre Muskeln spielen zu lassen, nicht widerstehen, und machte Sarah immer nervöser, die sich mehrmals bei ihrem einleitenden Text verhaspelte.

»Danke, daß Sie den März bei uns verbringen«, wandte sich Cameron nach dem zehnten Take an das gackernde Seniorenpublikum.

Sarah warf einen flehenden Blick auf James, der sich plötzlich brennend für seine Nagelhäute interessierte, und versprach sich zum elftenmal.

»Reißen Sie sich endlich zusammen!« kreischte Cameron. »Oder wollen Sie uns auf diese Weise Ihre Kündigung mitteilen?«

Declan hatte genug gesehen. »Seien Sie nicht so ekelhaft!« brüllte er Cameron an und ging auf sie zu. Die Crew grinste breit und klatschte ihm Beifall, das Publikum geriet beim Anblick des Superstars aus dem Häuschen, jubelte und applaudierte ebenfalls, im Glauben, dieser Auftritt würde zur Sendung gehören.

»Wie können Sie es wagen!« überschrie Cameron den Lärm. »Ich gehe nach Hause!«

»Setzen Sie schon mal Wasser auf!« rief ihr der Aufnahmeleiter nach. »In einer halben Stunde kommen wir alle zum Tee!«

Die Zuschauer stürzten sich auf Declan, flehten um Autogramme, und Sarah dankte ihm unter Tränen. »So, jetzt können Sie mit der Sendung weitermachen«, sagte er und trat hastig den Rückzug an.

In seinem Büro stärkte er sich wieder mit Whisky und las Patricks Theaterstück. Danach schwankte er zwischen Freude und Verzweiflung, denn das Werk seines Sohnes war ganz einfach wundervoll – unglaublich originell, komisch, sehr bewegend, manchmal leicht übertrieben, aber es strahlte die ganze Vitalität und Furchtlosigkeit der Jugend aus. Die Lektüre führte Declan wieder einmal vor Augen, wie gründlich er seine eigene Karriere vermasselt hatte.

Als er gehen wollte, kam Cameron herein. »Tut mir leid, daß ich mich heute nachmittag so aufgeführt habe. Nächsten Monat starten die neuen Folgen von ›Vier Männer auf dem Heuboden‹, und ich bin schrecklich nervös.«

»Wenn Sie das nächste Mal Dampf ablassen wollen, suchen Sie sich ein Opfer von Ihrem eigenen Kaliber«, erwiderte er unfreundlich. »Sarah wäre sehr gut, wenn Sie ihr nicht ständig Angst einjagen würden.« Er klemmte sich Patricks Manuskript unter den Arm und warf die leere Whiskyflasche in den Papierkorb. »Da Tony die Post anderer Leute öffnet, wird er vermutlich auch die Papierkörbe kontrollieren. Das müßte ihn endgültig von meiner Trunksucht überzeugen. Vermutlich waren Sie's, die ihm erzählt hat, ich sei bei meiner letzten Sendung blau gewesen.«

Das Blut stieg ihr in die Wangen. »O nein...« Um das Thema zu wechseln, zeigte sie auf das Manuskript. »Was ist das?«

»Patricks Stück.«

»Gut?«

»Hervorragend. Eines Tages wird's Ihnen noch leid tun, daß Sie ihn verschmäht haben.«

»Ihnen bestimmt nicht!« fauchte sie.

»Nein.« Er warf ihr einen verächtlichen Blick zu. »Nichts auf der Welt würde mich mit größerem Grauen erfüllen als eine feste Beziehung zwischen Ihnen und Patrick. Übrigens, er schickt Ihnen liebe Grüße.«

Cameron versuchte es noch einmal. »Hören Sie, ich weiß, es macht Sie fertig, hier zu arbeiten.«

»Erstaunlich, daß Sie im Präsens reden«, unterbrach er sie und wandte sich zur Tür.

»Sie vergessen doch nicht, daß Sie morgen bei der Wahl unserer Miß Corinium Television in der Jury sitzen? Um sieben müssen Sie mit Rupert im Studio sein.«

»Das ist so ungefähr alles, wozu ich noch gut bin«, meinte er müde, ehe er das Büro verließ.

Wegen eines heftigen Schneesturms mußte das Gold Cup-Rennen in Cheltenham um eine Stunde verschoben werden. Daran war ebenso niemand schuld wie an der Tatsache, daß Rupert auf das siegreiche Pferd gesetzt hatte. Infolgedessen betrank er sich zusammen mit Declan, und so trafen sie erst um Viertel vor acht in Cotchester ein.

Cameron, Tony und James, der die Sendung in einem mitternachtsblauen Dinnerjackett mit rosa Fliege moderieren sollte, kochten vor Wut.

»Das ist eine Unverschämtheit!« tobte Cameron. »Jetzt haben wir keine Zeit mehr, um Ihnen ein paar Anweisungen zu geben. Gehen Sie in mein Büro, dort warten die anderen Juroren und die fünfzehn Finalistinnen.«

Zur Jury zählten außer Rupert und Declan ein Popstar namens Big Lil, der Bürgermeister von Cotchester, der Leiter des Fremdenverkehrsamts und ein Weltumsegler namens Ron.

»Nachdem er zehn Monate ohne Mädchen auskommen mußte, sollten wir ihn am Stuhl festbinden«, wisperte Rupert.

»Wir wählen jetzt die letzten sieben«, erklärte Cameron den Juroren. »Suchen Sie Typen aus, mit denen man überall hingehen kann.«

»In die Besenkammer, unter den Maulbeerbaum«, ergänzte Rupert.

Mit den sieben Glücklichen gingen sie ins Studio 1, wo ein sogenanntes geladenes Publikum an mehreren Tischen saß, und die Übertragung begann.

Die fünfzehn Bewerberinnen trippelten in Badeanzügen und hochhackigen Schuhen über den Laufsteg. Obwohl die Juroren bereits die letzten sieben schon gewählt hatten, glaubte das Studiopublikum, die Teilnehmerinnen und die Fernsehzuschauer, dies würde erst jetzt geschehen. Als Rupert und Declan die Mädchen zum erstenmal so leicht geschürzt sahen, entschieden sie, die nicht berücksichtigten hätten viel bessere Figuren und Beine, und so versuchten sie lauthals, ihren Sinneswandel kundzutun.

»Sie sollen jetzt die ersten drei aussuchen«, zischte Cameron.

In der Werbepause eilte Rupert mit Declan auf die Toilette, nahm unterwegs eine Champagnerflasche von einem der Tische und versteckte sie unter seinem Jackett. Cameron erwartete die beiden im Korridor und schob sie in eine leere Garderobe. »Big Lil singt seine neue Single, während sich die letzten sieben umziehen. Ihr zwei bleibt da drin und benehmt euch.«

Declan nahm einen Schluck aus Ruperts Flasche. Sie vergaßen, daß sie Mikrophone trugen, und begannen über die Mißwahl zu diskutieren.

»Warum hat James Vereker rote Schuhe an?« fragte Rupert.

»Das muß am Blut von den vielen Stichwunden liegen, weil ihm doch alle Leute ihre Messer in den Rücken bohren.«

»Was hältst du von Miß Bisleys Arsch?«

»Wunderbar. Und wie findest du Miß Chipping Sodburys Titten?«

»Phantastisch, aber nicht so groß wie Miß Wooton-under-Edges Venushügel.«

»Was glaubst du, mit welcher Tony Baddingham bumsen wird?« fragte Declan.

»Mit allen!« Rupert fiel auf eine Couch und schrie vor Lachen, während Declan zitternd an der Wand lehnte.

Im nächsten Moment stürmte ein kalkweißer Mann herein und berichtete, die Unterhaltung sei im Kontrollraum mitgehört worden, auch von Cameron und Tony. Danach verschleierten sich für Declan die Ereignisse. Miß Bisley aus Cotchester wurde zur Miß Corinium Television gekrönt und vergoß sogar ein paar Tränen, aber nicht genug, um ihre wasserfeste Wimperntusche zu verschmieren.

»In einer halben Stunde erwarte ich Sie in meinem Büro«, fauchte Tony in Declans Ohr, ehe er den Bürgermeister und mehrere VIPs nach oben geleitete.

»Es wird nicht lange dauern«, sagte Declan zu Rupert. »Warte im Auto auf mich.«

Er holte seinen Vertrag aus dem Aktenschrank in seinem Büro, fuhr mit dem Lift zum fünften Stock hinauf und fühlte sich seltsam glücklich. Als er in der Tür des Konferenzraums stand, hörte er Miß Bisley zu Miß Painswick sagen, Miß Cotchesters Problem sei die mangelnde Fotogenität ihres Venusbergs.

Tony redete mit seinen VIPs, deren lüsterne Blicke die

Mädchen abtasteten. Declan ging zu ihm und klopfte auf seine Schulter. »Ich will Sie sprechen.«

»Verschwinden Sie!«

»Jetzt – in Ihrem Büro. Oder ich sage diesen fiesen Typen, was ich von Ihnen halte.«

»Seien Sie vorsichtig!« warnte Miß Madden, die in einem malvenfarbenen Satinkleid an ihrer Schreibmaschine saß.

Declan warf ihr eine Kußhand zu, als er hinter Tony ins Chefbüro schlenderte. »Sie sehen zauberhaft aus, Madam.«

»Wie können Sie es wagen?« donnerte Tony, sobald Declan die Tür hinter sich zugeknallt hatte, und schaltete unbemerkt seinen Kassettenrecorder ein.

»Das kann ich, weil Sie ein Ekel sind.«

Tony lief puterrot an. »Bei jeder Gelegenheit haben Sie versucht, meine Autorität zu untergraben!«

Mit gemächlichen Schritten ging Declan auf ihn zu. »Gewalt ist keine Lösung, aber ein verdammt guter Anfang.«

Erschrocken wich Tony zur Wand zurück, seine Hand näherte sich dem Knopf an seiner Sprechanlage. »Rühren Sie mich bloß nicht an!«

Als Declan die Hand hob, neigte sich Tony so weit zurück, daß sein Kopf gegen das gerahmte Foto stieß, das ihn mit der Königin zeigte. Erst dann nahm er das gefaltete Papier wahr, das ihm unter die Nase gehalten wurde.

»Mein Vertrag«, erklärte Declan. Langsam und genüßlich zerriß er ihn in winzige Fetzen, die er auf Tonys Scheitel streute und kehrte zur Tür zurück.

Zunächst war Tony sprachlos. Schließlich fragte er, als Declan bereits nach der Klinke griff: »Soll das eine Kündigung sein?«

»Allerdings. Sieben Monate lang habe ich mich für Sie prostituiert. Das reicht. Heute nacht werde ich zum erstenmal seit dem Beginn meiner Tätigkeit für Corinium wieder richtig schlafen.«

»Ist Ihnen klar, daß Sie einen Vertragsbruch begehen?«

»Das ist mir scheißegal.« Declan öffnete die Tür. »Ich lasse mich nicht von Ihnen zerbrechen, so wie sie Cyril und Simon und die anderen geistig verkrüppelten armen Schweine in diesem Haus zerbrochen haben.«

Sobald sich die Tür geschlossen hatte, drückte Tony auf die Rücklauftaste des Recorders und goß sich einen Brandy ein. »Miß Madden!« schrie er und nahm die Kassette aus dem Gerät. »Tippen Sie das ab, mit einem Dutzend Kopien. Dann stecken Sie diese Fetzen in ein Kuvert und schreiben ›Declan O'Haras Vertrag‹ darauf. Warum heulen Sie, zum Teufel?«

»Er ist so ein netter Mensch«, schluchzte Miß Madden. »Immer hat er sich nach meinem Befinden erkundigt, als wäre es wichtig für ihn.«

Der Sturm war verebbt. Verschwommen schien der Mond durch die Wolken auf den Parkplatz wie eine Zehn-Watt-Birne. Rupert hatte inzwischen die Champagnerflasche geleert.

»Tut mit leid, daß du warten mußtest«, sagte Declan und stieg ins Auto.

»Wie war's?«

»Ich bin draußen.«

»Jesus! Ich dachte, du hättest einen wasserdichten Vertrag.«

»Leider war er nicht whiskydicht. Komm, jetzt wollen wir uns ernsthaft besaufen.«

23

Besorgt um ihren Vater, schlief Taggie sehr unruhig, gestört von einer rastlosen Gertrude, die jedes Knarren im alten Gemäuer und jede Efeuranke, die der Wind gegen die Fensterscheiben peitschte, als Declans Heimkehr mißdeutete.

Um fünf stand Taggie auf, blickte über das Tal hinweg wie so oft in diesen Tagen und sah Licht in Ruperts Haus. Sie versuchte, ihren Vater nicht um den Tag mit Rupert zu beneiden. Sein Job machte ihm so schwer zu schaffen, er hatte eine Atempause verdient. Als sie nach unten ging, um zu sehen, ob das Auto zurückgekehrt war, erschrak sie. Es stand quer über einem Blumenbeet, sämtliche Lichter eingeschaltet.

Auf leisen Sohlen begann sie das Haus zu durchsuchen.

Im Schlafzimmer war Declan nicht (Maud lag quer über dem Bett, als wollte sie ihm den Zugang verweigern), auch nicht im Gästeraum oder in Patricks Zimmer. Sie fand ihn weder in der Küche noch im Wohn- und Eßzimmer, und allmählich geriet sie in Panik. Da drang aufgeregtes Gekläff aus der Bibliothek. Gertrude hatte ihn aufgestöbert. Immer noch vollständig angezogen, war er am Schreibtisch eingeschlafen, über der Yeats-Biographie, den Kugelschreiber immer noch in der Hand. Der Inhalt eines Whiskyglases hatte sich über das Manuskript ergossen und das trunkene Gekritzel verwischt.

Taggie legte eine Decke um seine Schultern und schob ein Kissen unter seinen Kopf, aber er rührte sich nicht.

Sechs Stunden später erwachte er, schrecklich verkatert und von bösen Ahnungen erfüllt.

Stöhnend wankte er in die Küche, wo Maud mit steinerner Miene in ein verkehrt herum gehaltenes Anthony-Powell-Buch starrte. Ungebeten warf Taggie vier Alka-Seltzer in ein Wasserglas. Declan nahm einen Schluck, würgte und ergriff die Flucht.

»Nun, was hat dich so lange aufgehalten?« fragte Maud, als er zitternd und noch bleicher zurückkehrte.

»Ich erinnere mich nicht.«

Das Telefon läutete, und er preßte ächzend die Hände an die Schläfen. Der *Scorpion* war am Apparat, das schäbigste aller Boulevardblätter. Ob Declan zu sprechen sei? »Er ist nicht da«, antwortete Taggie hastig.

»Wie ich höre, hat er bei Corinium gekündigt. Wissen Sie, wo ich ihn erreichen kann?«

Taggie wurde blaß. »Sind Sie sicher?«

»Völlig sicher. Das Pressebüro hat's soeben bestätigt.«

»Jedenfalls ist er nicht hier.« Sie warf den Hörer auf die Gabel. »Daddy – warum hast du g-g-gekündigt?«

»Jesus. Hab ich das wirklich getan?«

»Du verdammter Idiot!« zischte Maud. »Ruf Tony sofort an und entschuldige dich! Sag, du seist betrunken gewesen!«

In diesem Augenblick erschien Ursula, noch mitgenommen von ihrer Grippe, in heller Aufregung angesichts der Ereignisse. Joyce Madden hatte sie mitten in der Nacht schluchzend angerufen und informiert.

»Ich habe ihm soeben empfohlen, sich so schnell wie möglich bei Tony zu entschuldigen«, sagte Maud. »CTV muß ihn wieder einstellen. Er ist doch so ein großer Star.« Die Verachtung in ihrer Stimme war unverkennbar.

Ursula seufzte. »Da bin ich mir nicht so sicher.«

Taggie schob ihr einen Stuhl hin. »Setzen Sie sich, ich mache Ihnen eine Tasse Tee.«

»Declan hat einen Vertrag, und gestern abend war er zu besoffen, um irgendwas Schriftliches festzulegen«, meinte Maud.

Die Sekretärin wandte sich zu Declan, der zusammengesunken am Küchentisch saß, den Kopf in die Hände gestützt. »Erinnern Sie sich an irgendwas?«

»An viele häßliche Mädchen in Badeanzügen«, murmelte er. »Und danach habe ich wahrscheinlich mit Tony gestritten.«

Ursula nickte. »Das stimmt. Sie haben ihm einiges an den Kopf geworfen und den Vertrag zerrissen.«

»O Jesus!« Declan richtete sich auf und öffnete ein blutunterlaufenes Auge. »Tatsächlich?«

»Tony hat das Gespräch aufgezeichnet, und Miß Madden mußte es sofort tippen. Zweifellos sind die Kopien schon auf dem Weg zur IBA und sonstwohin.«

»Du Idiot«, flüsterte Maud.

»Ich gehe nicht zurück«, erklärte Declan.

»Du hast keine Wahl. Die BBC wird dich nicht mal mit der Kohlenzange anfassen. Ausnahmsweise wirst du klein beigeben müssen.«

»O Mummy!« protestierte Taggie, während sie Declan und Ursula zuckersüßen starken Tee servierte.

»Du bist selber an allem schuld, Declan«, fuhr Maud fort. »Tagelang gehst du mit Rupert auf die Jagd, und dann betrinkst du dich vor einer Sendung. Ihr führt euch auf, als wärt ihr kleine Schuljungen.« Wie glühende Lava brannte wilde Feindseligkeit in ihr, seit Rupert sie zurückgewiesen und mit Declan Freundschaft geschlossen hatte.

»Ich rufe im Personalbüro an und kündige ebenfalls«, sagte Ursula wichtigtuerisch. »Für einen Polizeistaat will ich nicht mehr arbeiten.«

O Gott, dachte Declan, das bedeutet, daß ich ihr das Gehalt weiterzahlen muß, bis sie einen neuen Job findet. Aber er legte eine Hand auf ihren Arm und erwiderte: »Danke, meine Liebe, das ist sehr loyal von Ihnen.«

Alle zuckten zusammen, als das Telefon erneut klingelte. Diesmal meldete sich Maud. Es war der *Star.* »Wir haben keine Ahnung«, behauptete sie. »Declan hat uns nichts verraten. Was ist denn passiert?« Hingerissen von ihrer sanften, einschmeichelnden Stimme, erzählte ihr der Reporter alles, was er wußte. »Ich verstehe«, erwiderte sie. »Wo ist Rupert?«

»Vor zehn Minuten kam er in London an, um den Vorsitz

bei einem Seminar über Alkoholismus bei ehemaligen Hochleistungssportlern zu führen.«

»Danke, wir rufen Sie zurück, wenn Declan nach Hause kommt.« Sie legte auf und starrte Declan wütend an. »Wie konntest du nur! Über Tony herzuziehen, während du ein Mikrophon am Revers hattest! Ich dachte, du bist ein Profi.«

Er hörte ihr kaum zu. »Wir müssen das Haus verkaufen.«

Wieder läutete das Telefon. Declan stand auf und riß den Hörer von der Gabel. »Verdammt noch mal, könnten wir endlich unsere Ruhe haben?«

»Wie charmant!« antwortete eine schrille Stimme. »Hier ist deine Tochter Caitlin. Falls du deren Existenz nicht vergessen hast. Warum holt mich kein Mensch ab?«

Die gellende Frage war weithin vernehmlich aus dem Apparat gedrungen, und Taggie rief: »O Gott! Ich dachte, sie kommt erst morgen nach Hause!«

»Fahr schon endlich los und hol sie!« stieß Maud hervor, die es versäumt hatte, Caitlins Mitteilung bekanntzugeben.

»Ich gehe spazieren«, verkündete Declan.

»Wozu?« kreischte Maud.

»Um nachzudenken.«

»Dann laß dir schleunigst was einfallen. Ich habe nicht die Absicht, dieses Haus zu verkaufen.«

Mildes, sonniges Wetter war den Schneestürmen des Vortages gefolgt. Zum erstenmal seit Monaten sangen wieder die Vögel in den Bäumen und umwarben einander. Declan wanderte am Ufer des Forgsmore entlang, wo der Frühling über Nacht Einzug gehalten hatte. Am Wasserrand wetteiferten Primeln, Huflattich und Schöllkraut in leuchtendem Gelb. Sogar die kompromißlosen Brombeersträucher ließen winzige hellgrüne Blätter sprießen. Im Wald fand er die ersten Anemonen und weißen Veilchen. Beinahe glaubte er zu hören, wie die Knospen an den Bäumen aufbrachen.

Warum hatte er alles mit seiner verdammten intellektuellen Arroganz verdorben? Er hätte bis Ende April bei Corinium bleiben und dann im Urlaub einen neuen Job suchen sollen. Nachdem er den Sender in einem Anfall trunkener Publicity verlassen hatte, würde ihn niemand einstellen.

Er zerrieb wilde Knoblauchblätter zwischen den Fingern. Der Geruch erinnerte ihn an Lunches in Soho und endlose Komplotte mit seinen Kumpeln, die gemeinsamen Bestrebungen, bei der BBC die Welt zu verbessern. Er hatte London geliebt, doch er wollte nicht zurück.

Es war so warm, daß er auf dem Heimweg den Mantel auszog, sich ans Ufer setzte und das Wasser beobachtete, das fröhlich funkelnd im Sonnenschein sprudelte. Gertrude watete darin herum, brachte ihm einen Zweig und hoffte, er würde am anderen Ende ziehen. Als er es nicht tat, ließ sie den Zweig fallen und leckte über Declans Gesicht.

Am Spätnachmittag versank Taggie in dunkle Verzweiflung. Ursula war nach Hause gegangen, nachdem sie den ganzen Tag lang die Presse abgewimmelt hatte. Declan saß, erschöpft von einem schrecklichen Streit mit Maud, in der Bibliothek und weigerte sich, mit irgend jemandem zu reden. In der Küche hielt Caitlin den Hund auf dem Schoß und schaute zu, wie ihre Schwester ein Huhn mit einer Mischung aus Aprikosen, Wurstbrät, Brotkrumen und Knoblauch füllte.

»Für die letzte Englischarbeit habe ich eine Eins bekommen«, erzählte Caitlin, »aber eine Schülerin aus der Oberstufe hat mir vorher alle Fragen verraten. Und zwei Mädchen aus der sechsten Klasse haben in den Ferien abtreiben lassen.«

»Wie nett«, erwiderte Taggie geistesabwesend und bewegte langsam die Lippen, während sie das Rezept für Kartoffeln Lyonnaise studierte.

»Du hörst ja gar nicht zu!«

»Tut mir leid. Ich mache mir solche Sorgen um Daddy. Anscheinend hat er sein ganzes Selbstvertrauen verloren. Noch nie habe ich ihn so niedergeschlagen gesehen.«

»Das liegt nur an seinem Kater«, meinte Caitlin.

Zum hundertsten Mal läutete das Telefon, die Verbindung war gräßlich. »Kann ich mit Declan reden?« fragte eine Männerstimme.

»Er ist nicht zu sprechen!« entgegnete Taggie hysterisch.

»Taggie, sind Sie's?«

»Ja.«

»Wie geht's Ihrem Vater?«

»Nicht besonders gut.« Sie spürte, wie ihr das Blut in die Wangen stieg und wandte Caitlin den Rücken zu. »Er hat bei Corinium gekündigt.«

»Das ist teilweise meine Schuld. Ich hätte ihn daran hindern sollen, über Tony herzufallen. Aber es ist besser, wenn er nicht mehr bei CTV arbeitet. Der Job hat ihn fast umgebracht. Sind Sie okay, Schätzchen?«

Der plötzliche sanfte Klang seiner Stimme rührte sie zu Tränen. »Ja«, murmelte sie.

»Sagen Sie ihm, ich komme später hinüber.«

Im Oberstock schaltete Declan den Fernseher ein, um sich die Siebzehn-Uhr-Fünfundvierzig-Nachrichten anzuschauen. Tony Baddingham, eine rote Nelke im Knopfloch, gab eine Pressekonferenz. »Declan O'Hara hat gestern abend seine Kündigung eingereicht, und wir haben das akzeptiert. Natürlich sind wir sehr betrübt über diesen Verlust«, fügte er in fröhlichem Ton hinzu. »Aber offen gestanden – es gab einige Meinungsverschiedenheiten, und bei Corinium ist man der Ansicht, die Leute, die zu groß für ihre Stiefel werden, sollten lieber die Teppiche anderer Leute abnutzen.«

Declan schaltete den Apparat aus und starrte auf die Bodenbretter. Er hatte keine Teppiche, die er abnutzen konnte, und vermutlich würde er auch nie welche haben. Das Telefon läutete wieder einmal. »Verdammter Idiot!« wurde er von einem gewerkschaftlichen Vertrauensmann bei Corinium beschimpft. »Sie hätten noch eine Weile durchhalten und sich dann feuern lassen sollen.«

»Ich weiß«, entgegnete Declan fast entschuldigend. »Aber ich wollte wenigstens einen allerletzten Rest meiner Integrität wahren.«

»Ich wünschte, Sie würden herkommen. Die Jungs wollen streiken. Declan, Sie brauchen nur ein Wort zu sagen, und wir blasen alle Lichter aus. Dann bleibt der Bildschirm dunkel, bis Sie Ihren Job wiederhaben.«

Declan war so gerührt, daß er vorerst nicht sprechen konnte. Dann erklärte er bärbeißig, das wäre sinnlos. »Ich kann nicht mehr für Tony arbeiten, aber trotzdem vielen Dank. Und richten Sie auch den anderen Jungs aus, daß ich ihnen dankbar bin.« Langsam legte er auf und lauschte einem Rotkehlchen, das vor dem Fenster jubilierte, obwohl schon der Abend hereinbrach.

Taggie klopfte an die Tür, bekam keine Antwort und trat ein. Er sah so blaß und unglücklich aus, daß sie zu ihm rannte, über Bücher und Papierstapel am Boden stolperte und die Arme um ihn schlang: »Bitte, sei nicht so traurig! Es ist doch egal, wenn wir wieder nach London ziehen müssen. Wir waren glücklich dort. Du mußt nur dein Selbstvertrauen wiederfinden, dann wird alles wieder gut. Übrigens, Rupert hat angerufen. Er will vorbeikommen.«

Vor dem Spiegel in ihrem Zimmer stellte sie erschrocken fest, wie furchtbar sie aussah. Den ganzen Tag hatte sie keine Zeit gefunden, sich zu waschen oder auch nur die Zähne zu putzen. Sie wußte, daß sie sich keine Chancen bei ihm ausrechnen durfte, daß allein schon der Gedanke anmaßend war, aber plötzlich wollte sie so hübsch wie nur möglich sein, wenn sie ihn wiedersah. Caitlins Begrüßungsdinner kann warten, entschied sie. Jetzt würde sie erst mal baden und ihr Haar waschen.

Als sie eine Stunde später in die Küche kam, stieß ihre Schwester einen Pfiff aus. Taggie trug einen rotschwarz gestreiften Rollkragenpullover, den Patrick ihr zu Weihnachten geschenkt hatte, und schwarze Jeans, in schwarze Stiefel gesteckt. Das noch feuchte Haar hatte sie im Nacken mit einem schwarzen Band zusammengebunden. Außer einem dunklen, sanft verwischten Eyeliner, der ihre silbergrauen Augen zu vergrößern schien und leuchten ließ, trug sie kein Make-up. Das heiße Bad und der Haartrockner hatten ihren blassen Wangen etwas Farbe gegeben.

»Weil du so wenig aus dir machst, vergißt man ganz, wie schön du bist«, bemerkte Caitlin kritisch, »viel schöner als sonst jemand, den ich kenne.«

»Sei nicht albern«, entgegnete Taggie verlegen und schob den Bräter mit dem Huhn in den Backofen.

»Wann ist das Essen fertig?«

»Um neun.«

»Gut, dann kann ich vorher noch den Denver-Clan sehen. Mit wem gehst du aus?«

»Mit niemandem.« Angelegentlich ließ Taggie die Pastinaken abtropfen. »Du magst doch Pastinakenpüree?«

»Ich vergöttere es. Aber wenn du nicht ausgehst – warum hast du dich dann so herausgeputzt?«

»Ich habe mich einfach gräßlich gefühlt«, entschuldigte sich Taggie und warf die Pastinaken in den Mixer. »Den ganzen Tag bin ich nicht dazu gekommen, mich zu waschen.«

»Hm.« Caitlin beobachtete, wie ihre Schwester Curry, Butter und Sahne zu den Pastinaken tat. »Ich wittere Rupert Campbell.«

»Ach, halt den Mund.« Taggie schaltete den Mixer ein.

Geduldig wartete Caitlin, bis das Surren des Geräts verstummt war, dann deklamierte sie kichernd: »Der Frühling erwacht, und die Liebe erblüht ...«

»Sei still!« schrie Taggie, hob Gertrudes Gummiknochen auf und schleuderte ihn auf ihre Schwester, verfehlte ihr Ziel und traf beinahe Rupert, der die Haustür offen vorgefunden und sich selbst hereingelassen hatte.

»Hallo, Gertrude!« rief er. »Wie zauberhaft du heute aussiehst! Und was für ein reizendes Ringelschwänzchen du hast!« Er bückte sich, um die verwirrte Hündin zu streicheln, und Taggie lachte. »So gefallen Sie mir, Mädchen.« Nach den Exzessen des Vortags wirkte er etwas mitgenommen, schien sich aber einer ausgezeichneten Laune zu erfreuen. »Hi, Caitlin, wie geht's?«

»Gut!« antwortete sie und strahlte ihn an. »Gerade wollte ich für meine Schwester ein Gedicht aufsagen und ...«

»Caitlin!« flehte Taggie und konzentrierte sich krampfhaft auf das Pastinakenpüree, das sie mit einem Löffel aus dem Mixer kratzte.

Rupert ging zu ihr und zog sie an sich. Die meisten Frauen hätte er auf den Scheitel geküßt, aber sie war so groß, daß seine Lippen auf ihren Schläfen landeten. »Machen Sie sich keine Sorgen um ihren Papa, Engelchen. Frederico, der Zauberkönig, und ich werden alles zurechtbiegen.«

»Ich – ich bringe Ihnen was zu trinken«, stammelte Taggie. »Was möchten Sie? Daddy ist in der Bibliothek.«

»Ich hätte gern Bacardi und Cola, Schatz«, sagte Freddie Jones, der hinter Rupert hereingekommen war. »Und falls Rupert irgendwas bei sich behalten kann, hätte er gern Whisky mit Soda.«

»Wenn kein Malibu da ist, nehme ich Wodka mit Tonic, Tag«, fügte Caitlin hinzu.

Taggie floh in die Speisekammer, und bevor sie die Flaschen aus dem Regal holte, berührte sie ungläubig die Schläfe, die Rupert geküßt hatte. Ekstatisch preßte sie die Finger auf den Mund. Was ist nur los mit mir, fragte sie sich und überlegte, ob das Huhn für sechs Personen reichen würde.

»Hallo, Declan«, grüßte Freddie, als sie die Bibliothek betraten und den zusammengesunkenen Hausherrn am Schreibtisch antrafen. »Gerade habe ich diesen verdammten Tony in den Nachrichten gesehen. Seien Sie froh, daß Sie nichts mehr mit dem hinterfotzigen Bastard zu tun haben.«

Rupert setzte sich auf die Fensterbank und wartete, bis Taggie die Drinks serviert hatte, dann schloß er die Tür hinter ihr. »Hör mal, Declan. Frederico und ich haben über dich gesprochen. Und als hartgesottene Geschäftsmänner wollen wir ein Supertalent wie dich nicht vergeudet sehen.«

»Wir gründen unsere eigene Produktionsfirma«, erklärte Freddie, »und Sie machen das Programm für britische Sender und den Markt in Übersee.«

Sie brauchten ziemlich lange, um Declan klarzumachen, daß sie ihren Entschluß keineswegs gefaßt hatten, um ihm einen Gefallen zu tun. Eine Zeitlang starrte er auf sein unberührtes Glas. Schließlich begannen seine Augen zu leuchten. »Ich hab noch eine bessere Idee. Warum schnappen wir Corinium nicht die Konzession weg?«

Freddie wechselte einen Blick mit Rupert. »Sind wir da nicht zu spät dran?«

»O nein – nicht, wenn wir sofort loslegen. Die Gesuche müssen bis Anfang Mai eingereicht sein.«

»Wir kennen genau die richtigen Leute, also dürfte es uns nicht schwerfallen, einen Aufsichtsrat zusammenzutrommeln«, meinte Rupert.

»Mit der Finanzierung gibt's auch keine Probleme.« Freddie hüpfte begeistert auf und ab. »Und ich versorge euch mit all dem nötigen technischen Know-how.«

»Die Corinium-Projekte kenne ich«, sagte Declan, »also können wir ein besseres Programm vorlegen.«

Taggie steckte den Kopf zur Tür herein. »Will irgendwer noch was trinken?«

Declan schüttelte den Kopf, ebenso wie Freddie, der nur einen Schluck genommen hatte. Aber Rupert hielt ihr sein leeres Glas hin. »Bitte, mein Engel. Aber diesmal mit Soda.«

»Oh, habe ich Ihnen Cola gegeben? Dann muß der arme Mr. Jones Bacardi mit Soda bekommen haben.«

»Ich glaube, das ist ihm kaum aufgefallen«, sagte Rupert. Während Freddie und Declan in wachsender Aufregung Pläne schmiedeten, dachte er über Taggie nach. Wie sie bei jenem Kuß auf die Schläfe gezittert hatte, und wie entzükkend sie aussah mit ihren langen Beinen in diesen schwarzen Stiefeln.. Aber ich darf mich da in nichts hineinsteigern, ermahnte er sich grimmig. Sie ist Declans Tochter und somit tabu. Mühsam verdrängte er sie aus seinen Gedanken und hörte Declan sagen: »Tonys einzige Trumpfkarte bei der IBA ist Cameron Cook, und die Mitarbeiter sind drauf und dran, gegen diese Frau zu rebellieren.«

»Und wenn ich sie verführe und auf unsere Seite ziehe?« schlug Rupert vor.

»Diese intrigante, bösartige Bestie wollen wir nicht haben!« explodierte Declan.

»Wart mal ab, bis ich sie in die Mangel genommen habe. Mit schwierigen Pferdchen konnte ich schon immer gut umgehen. In ein paar Wochen frißt sie mir aus der Hand, das garantiere ich dir.«

24

Überwältigt von den Wechselfällen des Tages, ging Declan ins Bett und kam erst nach sechsunddreißig Stunden wieder zum Vorschein. Am Samstagmorgen wachte er kurz auf, um Gott zu danken, daß er nie mehr für Tony arbeiten mußte, und schlief wieder ein. Am strahlend schönen Sonntagmorgen entschuldigte er sich bei Maud, weil er so ein Ekel gewesen war. Sie entschuldigte sich, weil sie so ein Biest gewesen war, und nachdem er ihr von der Bewerbung um die Konzession und dem Verkauf des Waldes an Rupert erzählt hatte, gelobten sie einander, ihre Ehe von nun an erfreulicher zu gestalten, und liebten sich leidenschaftlich. Restlos befriedigt fragte sie sich danach, warum sie jemals andere Männer angeschaut hatte.

Als Taggie später den Lunch kochte, hörte sie ihre Mutter am Klavier Schubertlieder spielen und singen. Diese wechselvollen Stimmungen verwirrten sie, aber es erleichterte sie, daß die Streitigkeiten überstanden waren.

Rupert hatte den Samstag mit einem Jagdausflug und einigen Terminen in seinem Wahlkreis verbracht. Am Sonntag probierte er einige neue Pferde aus, die letzte Woche aus Irland geliefert worden waren. Eine kastanienbraune lebhafte Stute weckte den Wunsch, wieder einmal an einem Springreiten teilzunehmen. Doch diesen Gedanken verwarf er sofort wieder. Im Sommer sollten Wahlen stattfinden, außerdem mußte er sich um die IBA-Konzession kümmern. Am Nachmittag würde er sich mit Freddie und Declan treffen, um eine Kampagne zu planen. Sie wollten in Freddies Haus darüber diskutieren. Ihr Vorhaben mußte geheim bleiben, bis das Gesuch eingereicht war, denn vor Penscombe Court und der Priory hing immer noch die Presse herum, in der Hoffnung, pikante Einzelheiten über Declans Trennung von Corinium zu erfahren.

Nachdem er die Stute einem Reitknecht übergeben hatte, ritt er wie jeden Sonntag, wenn er daheim war, auf Rocky, dem alten Goldmedaillengewinner, über die Felder. Die Hunde stoben vor ihnen her, scheuchten Fasane auf und jagten Hasen. Rocky liebte diese Ausflüge, und um zu beweisen, was für ein großartiges Gespann sie immer noch waren, ließ Rupert ihn gelegentlich über niedere Mauern, Bäche oder umgestürzte Baumstämme springen. In der Ferne hörte er die Kirchenglocken von Penscombe läuten, und auf der anderen Seite des Tales sah er die Priory im Schatten liegen. Bald würde sich das Laub der Buchen, die davor wuchsen, verdichten und ihm die Sicht auf das Haus versperren.

Die Primeln am Frogsmore-Ufer erinnerten ihn in ihrer süßen, vertrauensvollen Unschuld an Taggie, die – das fühlte er – nur erblühen konnte, wenn sie liebevoll beschützt wurde. Plötzlich wünschte er sich, er könnte die gleiche Rolle spielen wie die Dornenzweige über den Primeln und alles Bedrohliche von ihr fernhalten. In einem Tagtraum setzte er sie auf sein sanftmütigstes Pferd, ritt mir ihr über seine Ländereien, zeigte ihr seine Lieblingsplätze und liebte sie dann zwischen Wildblumen wie so viele Frauen in seinem Leben – aber mit Taggie wäre es anders. Jesus, ich muß mich zusammenreißen und möglichst auf eine andere Frau konzentrieren, beschloß er. Glücklicherweise würde Nathalie Perrault an diesem Abend eintreffen, um einige Tage zu bleiben. Außerdem mußte die Verführung Cameron Cooks in die Wege geleitet werden.

Als Rupert in Freddies Haus kam, war Declan schon da, sah um zehn Jahre jünger aus und diskutierte lebhaft mit dem Hausherrn über die Firmengründung.

»Zuerst müssen wir einen Aufsichtsratsvorsitzenden ernennen«, bestimmte Freddie.

»Dafür eignest du dich am besten«, meinte Rupert.

»Okay, aber als Vize brauchen wir eine respektable Persönlichkeit, einen Lord oder Bischof.«

»Außerdem müssen wir bedenken«, warf Declan ein, »daß die IBA trotz aller Forderungen nach Qualität Bewerber bevorzugt, die nicht nach achtzehn Monaten pleite gehen, und deren Programm eine gesunde Finanzlage garantieren. Deshalb müssen wir einen erfahrenen Manager und einen tüchtigen Programmdirektor engagieren.«

»Du wirst unser Manager«, sagte Rupert.

»Aber ich kann nicht mit Geld umgehen.«

»Dafür kennst du dich in der Fernsehbranche aus. Ich kümmere mich um die Finanzen, und ich werde einen erstklassigen Buchhalter auftreiben, der dir mit Argusaugen auf die Finger schauen wird. Zwischen ihm und mir und Freddie eingeklemmt, kannst du nichts falsch machen.«

»Ich kenne einen guten Programmdirektor«, verkündete Declan, »Harold White, früher bei der ITN und BBC, jetzt bei London Weekend.«

»Ich hab schon einige Berechnungen angestellt«, bemerkte Freddie. »Wir brauchen mindestens fünfzehn Millionen Pfund, um unseren Sender in den ersten beiden Jahren über Wasser zu halten. Und davor brauchen wir etwa zweihunderttausend für die PR-Kampagne . . .«

». . . die wir verlieren werden, wenn die IBA unser Gesuch ablehnt«, fiel Declan ihm ins Wort.

Freddie nickte. »Genau. Warum bringen wir das Geld nicht selber auf? Damit hätten wir alles besser unter Kontrolle.«

Rupert wollte zustimmen, dann sah er, wie Declan das Gesicht verzog, und erwiderte: »Darüber reden wir später. Wie soll sich der Aufsichtsrat zusammensetzen?«

»Abgesehen von den Leuten, die den Sender tatsächlich leiten, brauchen wir ein paar nicht-exekutive Lokalmillionäre.«

»Und bevor wir an irgend jemanden herantreten, müssen wir einen Namen haben.

»Da hab ich mir schon was überlegt«, sagte Declan. »Wie wär's mit ›Venturer‹?«

»Klingt gut – nach Wagemut und Risikofreude«, meinte Rupert. »Und das Firmensymbol?«

»Auch darüber habe ich nachgedacht«, entgegnete Declan. »Du weißt doch, wie gut mir die Bronzestatuette in deinem Wohnzimmer gefällt.« Zu Freddie gewandt, fuhr er fort: »Das ist ein kleiner Junge in Shorts und Hemd. Er beschattet mit einer Hand seine Augen und schaut in die Ferne – genau die richtige Mischung aus Kraft, Anmut und Weitblick.«

»Ja, ich kenne die Figur, sie ist phantastisch!« rief Freddie entzückt. »Wir lassen ein paar Entwürfe zeichnen, suchen einen aus, und der kommt dann auf unser Briefpapier.«

»Und auf T-Shirts und Krawatten und Stoßstangenaufkleber«, ergänzte Rupert.

»Wo kriegen wir Studios her?« fragte Declan.

»Nun, wenn Tony den Corinium-Komplex verkauft, wäre es billiger, ihn zu übernehmen, als ein neues Haus zu bauen«, entgegnete Rupert. »Aber falls er Ärger macht, müssen wir Ausweichpläne haben.«

Valerie Jones war außer sich vor Wut. Sie gab niemals zu, den *Scorpion* zu lesen. Aber der Fisch für den Speisezettel am Wochenende war in die Samstagsausgabe gewickelt und die Schlagzeile über die Kündigung Declans, der sich zuvor mit Rupert betrunken hatte, unübersehbar gewesen. Nun saßen die beiden mit Fred-Fred im Hobbyraum, in dicken Zigarrenrauch gehüllt, und dabei konnte nichts Gutes herauskommen. Um Valeries Klagen über seine laute Stereomusik nicht mehr hören zu müssen, hatte Freddie das Zimmer mit schalldichten Wänden ausstatten lassen, deshalb hörte sie nicht, was da drinnen besprochen wurde – nicht einmal, als sie imaginäres Unkraut aus dem Blumenbeet unterhalb des Fensters zupfte. Warum blieben die Fenster bei diesem herrlichen Wetter geschlossen?

»Soll ich ihnen Tee bringen?« fragte die bedauernswert übergewichtige Sharon, die Rupert immer noch aus der Ferne liebte.

»Nein!« fauchte Valerie. »Du hast deine religiösen Studien noch nicht absolviert. Miß Fidduck hat gesagt, du mußt das täglich mindestens eine Stunde machen. Außerdem hast du Merrylegs noch nicht gestriegelt. Was glaubst du wohl, warum dein Vater ein Rennpferd für dich gekauft hat?«

Sharon watschelte nach oben, und Valerie ertrug es nicht länger. »Der Tee!« verkündete sie zehn Minuten später und stürmte mit einem Tablett in Freddies Hobbyraum.

Declan ging auf und ab und verteilte Zigarettenasche am Boden. Freddie schwang in seinem Drehstuhl hin und her. Rupert rekelte sich auf dem Sofa und spielte mit einem von Freddies entspannenden Chefspielen, bei dem man zwei große Kugellager klirrend gegeneinanderstoßen mußte. Alle drei blickten mit unverhohlenem Ärger auf.

»Was für ein Gestank!« Valerie stellte das Tablett ab und riß das Fenster auf, so daß Freddies Papiere umherflogen. »Ich verstehe nicht, wie man bei einem so prachtvollen Wetter hier drinnen bleiben kann. Hoffentlich bist du bald fertig, Fred-Fred. Sir Arthur erwartet uns um halb sieben zum Cocktail, und du hast versprochen, vorher mit mir durch den Park zu gehen.« An Rupert und Declan gewandt, fuhr sie fort: »Im Juli wollen wir Green Lawns für die Allgemeinheit öffnen. Die Eintrittsgelder gehen an die Nationalgesellschaft für den Schutz mißhandelter Kinder. Es überrascht mich, daß Penscombe Court dieses Jahr geschlossen bleiben soll, Rupert!« setzte sie mit erhobener Stimme hinzu, um das immer intensivere Klirren der Kugellager zu übertönen.

»Ich kann der Allgemeinheit unmöglich mein wild wucherndes Unkraut zumuten«, entgegnete Rupert. »Sicher kann ich den mißhandelten Kindern auch mit einem Scheck helfen.«

»Maud hat sicher kein Interesse daran, *Ihren* Garten zu öffnen«, sagte sie zu Declan. »Soeben habe ich im *Sunday Express* einen Artikel über Ihre jüngsten Aktivitäten gelesen. Tony Baddingham behauptet, Sie hätten Corinium unter anderem auch deshalb verlassen, weil Sie es nicht verkraften konnten, von ›Dallas‹ übertrumpft zu werden.«

Während Freddie sie mit sanfter Gewalt hinausführte, überlegten Rupert und Declan, daß es ihnen viel schwerer fallen würde, Valerie vor dem Dezember nicht zu erwürgen, als die Konzession zu ergattern.

Die nächsten fünf Wochen verliefen in wachsender Hektik. Viele Konzessionskandidaten in anderen Teilen Englands hatten mehrere Jahre geopfert, um Geld aufzubringen, Aufsichtsräte zusammenzutrommeln und ihre Programme zu perfektionieren. Um die Vorgänge zu beschleunigen, teilten Freddie, Declan und Rupert die Tätigkeit eines Werbeoffiziers unter sich auf.

»Es ist sinnlos, Leute anzuschleppen, die nichts beizutragen haben«, meinte Declan. »Wir dürfen Prominenz nicht mit Leistung verwechseln, und wir können nur Investoren brauchen, die in dieser Gegend wohnen. Sobald wir einen wirklich großen Fisch an Land gezogen haben, kommen die anderen von selbst.«

Hubert Brenton, der Bischof von Cotchester – derzeit wütend auf Tony, der die Ostermesse nicht aus der Cotchester –, sondern aus der Gloucester-Kathedrale übertragen wollte – sollte als erster einen Vertrag unterzeichnen. In der nächsten Woche lud Declan in die Priory ein, und weil es ein Freitag in der Fastenzeit war, bereitete Taggie saftige Jakobsmuscheln vor, gefolgt von Seezungen Veronique. Maud trug ein Kreuz am Hals und das tizianrote Haar zu einem Nackenknoten geschlungen. Bei Tisch bat sie den Bischof mit sanfter Stimme, ein Gebet zu sprechen.

Rupert hatte beschlossen, einige Pfunde abzunehmen, um Cameron Cook erobern zu können, und vorerst auf Alkohol zu verzichten, aber trotzdem einen exquisiten Weißwein in die Priory mitgebracht. Caitlin, die im Gegensatz zu der armen Sharon Jones ihre religiösen Studien mit der Bestnote beendet hatte, diskutierte ausführlich mit Hubert Brenton über den Heiligen Lukas und den verlorenen Sohn.

Eine etwas heikle Situation entstand, als sie ihr Brot mit der Butterseite nach unten zu Boden fallen ließ und »Scheiße« sagte, aber zu ihrer Erleichterung berichtete der Bischof in diesem Augenblick der Gastgeberin von seiner erst kürzlich beendeten Reise ins Gelobte Land. Glücklicherweise war er letztes Wochenende am See Genezareth entlanggewandert und hatte die Zeitungsberichte über Declans Trennung von Corinium verpaßt.

Nach dem Lunch zogen sich Maud, Taggie und Caitlin diskret zurück, und Declan holte Ruperts ehrwürdigen Portwein hervor.

»Sie trinken nicht?« fragte der Bischof, als Rupert die Karaffe weiterreichte.

»Nein, Mylord«, antwortete Rupert tugendhaft, »nicht zur Fastenzeit.«

Hubert Brenton hatte den Lebenswandel des jungen Mannes stets mißbilligt und freute sich, daß dieser nun endlich versuchte, sein Playboy-Image abzulegen. Declan und Freddie brachten das Gespräch auf Corinium und das erschrekkend armselige religiöse Programm des Senders. Dann erwähnten sie ihr Vorhaben, CTV Konkurrenz zu machen, und gaben ihrer Hoffnung Ausdruck, der Bischof würde Venturer unterstützen und stellvertretender Aufsichtsratsvorsitzender werden.

»Heutzutage«, sagte Hubert Brenton entzückt, »ist das Fernsehen ein Schlüsselfaktor für Lebensqualität und die Etablierung gottgefälliger Werte. Diese neue TV-Station könnte mir helfen, die Kommunikation in der Diözese auszuweiten.«

Das »kleine Direktorenhonorar von zehntausend im Jahr«, das Freddie in Aussicht stellte und das »wohltätigen Zwecken zugeführt werden könnte«, gab schließlich den Ausschlag.

Noch einfacher war es, Henry Hampshire, den königlichen Vertreter im County, für das neue Unternehmen zu gewinnen. Freddie und Rupert umwarben ihn bei einem kostspieligen Lunch in London. Wie sich herausstellte, grollte er Tony, der einem Bauunternehmer ein Grundstück verkauft hatte – zehn Meilen von der Falconry, aber nur eine Viertelmeile von Henrys Haus entfernt und genau in dessen Blickfeld. Außerdem pflegte er schon seit langer Zeit eine enge Freundschaft mit Rupert, die niemals gefährdet wurde, da seine überaus häßliche Ehefrau den Sportminister nicht interessierte.

Declan informierte sich über die Vorlieben und Abneigungen Lady Goslings, der IBA-Aufsichtsratsvorsitzenden. Dabei fand er heraus, daß Dame Enid Spinks ihre beste Freundin war – jene Komponistin, der James Vereker ein so katastrophales Interview zugemutet hatte. Als Declan sie in der Universität von Cotchester besuchte, wo sie die musikalische Fakultät leitete, verstanden sie sich großartig.

»Das war die schlimmste Sendung, in der ich jemals auftrat«, versicherte Dame Enid mit ihrer dröhnenden Stimme, während sie altbackenen Kuchen in mahagonifarbenen Tee tunkten. »Zudem finde ich, daß man bei Corinium einen schrecklich philisterhaften Standpunkt einnimmt, was die Musik angeht. Vor der letzten Konzessionsvergabe versprach Tony Baddingham, dieser betrügerische kleine Furz, ein Jugendorchester in Cotchester zu finanzieren. Bis jetzt haben wir keinen Penny gesehen.«

Wahrheitsgemäß erklärte Declan, die Firma könne vorerst nur TV-Sendungen finanzieren, er hoffe aber, Dame Enid würde als Beraterin bei der Planung des Musikprogramms fungieren.

»Wenn Sie die Konzession kriegen – booten Sie dann diesen kleinen Fatzke aus, diesen Vereker?« fragte sie.

»O ja«, versprach Declan.

Nachdem Dame Enid ihre Unterschrift geleistet hatte, war es ein Kinderspiel, Professor Crispin Graystock für Venturer zu interessieren, einen reichen linksorientierten Literaturwissenschaftler. Er hatte widerborstiges Haar, wild funkelnde Augen und ein teigiges, formloses Gesicht, wünschte sich aber sehnlichst, ein Fernsehstar zu werden, weil er glaubte, seine schmalen, unbeschreiblich trostlosen Gedichtbände würden sich dann besser verkaufen lassen.

Rupert engagierte Marti Gluckstein, einen brillanten Buchhalter, der es blendend verstand, sich am Rande der Gesetze zu bewegen. Und Declan – eingedenk des IBA-Faibles für Minoritäten – rekrutierte Wesley Emerson, den westindischen Werfer und Helden des Cotchester-Kricketclubs. Am leichtesten war die Eroberung Basil Baddinghams, den Rupert fragte: »Willst du Tony ernsthaft ärgern?«

»Wieviel?« erkundigte sich Bas, nachdem sein Freund nähere Erklärungen abgegeben hatte.

»Zehn Riesen.«

»Das ist ja geradezu billig, angesichts des guten Zweckes. Ich bin dabei.«

Nachdem der Aufsichtsrat im großen und ganzen bestand, brauchte Venturer hochkarätige TV-Profis. Dieses Problem mußte auf subtile Weise gelöst werden. Alle tüchtigen Leute hatten bereits Angebote von anderen Konsortien erhalten, und neue Konzessionskandidaten bemühten sich, alteingesessenen Sendern die Stars wegzuschnappen. Wie Declan wußte, kontrollierte Tony schon seit Wochen die Post seiner Mitarbeiter, hörte Telefongespräche ab und durchwühlte abends nach Dienstschluß Schreibtischschubladen und Papierkörbe.

Deshalb taktierte Declan äußerst behutsam. Anfang April rief er Harold White an, Programmdirektor bei LWT, das anerkanntermaßen brillanteste, fortschrittlichste Köpfchen in der Fernsehbranche. »Hallo, Harold, hier ist Declan.«

»Welch ein Zufall! Den ganzen Tag habe ich versucht, deine private Telefonnummer rauszukriegen. Wir wollen dem Sender Granada die Konzession abjagen. Möchtest du dich unserem Konsortium anschließen?«

»Danke, lieber nicht. Wir sind gerade erst nach Gloucestershire übersiedelt, und ich kann keinen neuerlichen Umzug verkraften. Warum kommst du nicht zu uns?«

Venturer wollte der IBA versprechen, man würde – falls man die Cotchester-Konzession erhalte – einen Großteil des Corinium-Personals übernehmen. Drei Mitarbeiter bemühte sich Declan schon jetzt zu sichern, ehe sie von anderen Sendern weggelockt wurden. »Ich möchte Charles Fairburn haben«, erklärte er Rupert. »Er kennt das Gebiet wie seine Westentasche und ist hochintelligent. Im Augenblick langweilt er sich halb zu Tode. Ich würde ihn nicht im religiösen Programm einsetzen, sondern in der Dokumentarfilmabteilung.«

Declan erkannte Charles nicht, als dieser in der Priory ankam, mit falscher Nase, Schnurrbart, Sonnenbrille und grünem Tirolerhut.

»Man kann gar nicht vorsichtig genug sein«, meinte Charles und huschte ins Haus. »James Vereker hat sich heute mittag drei Stunden lang neue Strähnen ins Haar färben lassen, und Tony weigert sich zu glauben, daß das keine Vorbereitung für einen Stellungswechsel sein soll.«

Glücklicherweise war er mit Declan allein, denn als er von den Venturer-Plänen erfuhr, brach er in Tränen aus. Einen schrecklichen Augenblick lang glaubte Declan, er habe seinen Freund beleidigt. »Tut mir leid«, murmelte er, »ich dachte, die Religion ödet dich an.«

»Tut sie ja auch!« schluchzte Charles. »Du verstehst das nicht! Allein schon die Vorstellung, daß ich Corinium den Rücken kehren kann! Du ahnst ja gar nicht, wie wir dich alle vermissen! Tony demoralisiert einen so entsetzlich. Mit der Zeit fürchtet man, man würde nie wieder gut genug sein, um für jemand anderen zu arbeiten. Wie soll ich dir nur danken, Declan! Glaubst du, wir bekommen die Konzession?«

Declan fand das »wir« rührend. »Nun ja, ein anerkannter Sender hat bessere Chancen als ein unbeschriebenes Blatt, aber Tony genießt nicht gerade den besten Ruf, und wir trommeln ein unglaublich starkes Team zusammen. Wenn ich dir sage, wer dabei ist – wirst du den Mund halten?«

»Klar.« Charles wischte sich die Augen ab. »Soll ich irgendwen bei Corinium aushorchen?«

Nachdem Declan erklärt hatte, er sei am Verkaufsdirektor Georgie Baines und an Seb Burrows aus der Nachrichtenabteilung interessiert, nickte Charles beifällig. »Tolle Jungs. Und Cameron? Diese Woche wird sie wahrscheinlich einen BAFTA-Preis einheimsen.«

Heftig schüttelte Declan den Kopf. Er hoffte, Rupert würde Cameron inzwischen vergessen haben.

Am Abend rief Rupert ihn aus London an. »Wir brauchen einen tüchtigen Sportexperten. Wie wär's mit Billy Lloyd-Foxe?«

»Großartig! Von Billy hab ich nur Gutes gehört. Redest du mit ihm?«

Am nächsten Tag nahm Rupert mit seinem alten Freund und früheren Mannschaftsgefährten im Springreiten einen

Drink. Billy, der für die BBC arbeitete und in finanziellen Schwierigkeiten steckte, sah blaß und müde aus. Seine Frau Janey, eine Journalistin, hatte soeben ihr zweites Baby bekommen, und die schlaflosen Nächte zehrten an seinen Kräften. Begeistert stürzte er sich auf Ruperts Angebot, insbesondere als er erfuhr, daß er das Dreifache seines jetzigen Gehalts verdienen würde.

»Du mußt aber nach Gloucestershire ziehen«, warnte ihn Rupert.

»Nichts kann mich davon abhalten. Du weißt, wie ich London hasse. Wäre auch für Janey ein Job drin?«

»Natürlich! Wir hätten schon längst an sie denken sollen. Die IBA ist ganz versessen auf Frauen. Janey könnte eine eigene Sendung bekommen. Ihre Talkshows für Yorkshire waren phantastisch. Sag ihr, sie soll vor Weihnachten nichts allzu Ehrenrühriges in ihrer Kolumne schreiben. Wir wissen erst im Dezember, ob wir die Konzession kriegen.«

»Und was passiert bis dahin?« fragte Billy, den Gewissensbisse plagten, weil Rupert ihm einige doppelte Whiskys spendierte und selber nur Perrier trank. »Ich gehe liebend gern zu Venturer, aber bevor du mir ein Gehalt zahlen kannst und die Konzession in der Tasche hast, will ich's mir nicht mit der BBC verderben.«

»Das ist okay. Georgie Baines, Seb Burrows, Harold White und Charles Fairburn sitzen im selben Boot wie du. Wir schreiben in unserem Gesuch, wir hätten schon erstklassige, erfahrene Leute engagiert, könnten aber ihre Namen aus Sicherheitsgründen nicht nennen, ehe wir im November eine Besprechung mit der IBA abhalten.«

»Was für eine aufregende Nacht-und-Nebel-Aktion! Ich glaube, dieser neue Job wird mir Spaß machen.«

»Wir brauchen noch mehr Frauen«, meinte Declan. »Janey Lloyd-Foxe ist hinreißend und begabt, aber eher ein Leichtgewicht, und Dame Enid fast ein Mann.«

»Bald mache ich mich an Cameron Cook heran«, sagte Rupert, der schon zwölf Pfund abgenommen hatte.

»Das ist zu riskant. Sie würde uns an Tony verraten.«

Zusammen mit Freddie trieb Rupert das erforderliche Kapital für Venturer auf. Zwischen seinen anstrengenden Terminen als Sportminister gab er mehrere Lunches für Henriques Bros., eine Londoner Handelsbank. Dabei fiel es ihm schwer, trocken zu bleiben und seine Diät einzuhalten, doch er bewahrte dadurch einen klaren Kopf, und Ende April bekam er die Zusage für einen potentiellen Sieben-Millionen-Kredit.

Freddie lud ein halbes Dutzend reicher Geschäftsfreunde in seinen Londoner Konferenzraum ein, ließ sie von Taggie bewirten und kredenzte zum Bœuf en croute einen so ehrwürdigen Jahrgangsrotwein, daß nach dem ersten Schluck ein einminütiges Schweigen herrschte. »Jesus, schmeckt der gut«, sagte schließlich der Manager von Oxford Motors.

Freddie lehnte sich in seinem Sessel zurück, seine grauen Augen funkelten fröhlich. »So einen Wein kann ich mir nur einmal im Jahr leisten. Aber ich würde ihn gern jeden Tag trinken, und dazu brauche ich Sie, Gentlemen.« Nachdem er Namen wie Marti Gluckstein, Rupert und Declan hatte fallenlassen, wurden ihm am Ende der Lunchparty acht Millionen zugesichert.

In bester Stimmung stieg er in den Zug nach Gloucestershire, sah eine umfangreiche Dame den Bahnsteig entlangschlendern, erkannte Lizzie Vereker und lud sie in sein Erste-Klasse-Abteil ein. Wie er bald feststellte, stand ihre Euphorie der seinen in nichts nach. Dank eines wundervollen neuen Kindermädchens, das anscheinend immun gegen James' Annäherungsversuche war, hatte sie ihren neuen Roman zu Ende schreiben können, und der Verlag war begeistert. Daraufhin bestellte Freddie zwei halbe Flaschen Moet und fragte, während der Zug durch Slough ratterte: »Wie geht's James?«

»Er ärgert sich schrecklich, weil die Leute ihn ständig nach der privaten Telefonnummer Declan O'Haras fragen, den sie für ihre Konsortien gewinnen wollen. Haben Sie Declan in letzter Zeit gesehen?«

»Nein«, log Freddie, wenn auch ungern. Während er Lizzies rundes, lächelndes Gesicht und den üppigen Kaschmirbusen betrachtete, überlegte er, wie nett es wäre, wenn sie zu Venturer käme. Sie strahlte genau die richtige besänftigende Wirkung aus, um alle glücklich zu machen. Außerdem konnte sie drei Romane vorweisen und lebte in der Region.

Er brachte sie in seinem roten Jaguar nach Hause, den er am Bahnhof geparkt hatte, und fragte: »Darf ich Sie demnächst mal zum Lunch einladen?«

»Eigentlich müßte ich nein sagen«, erwiderte Lizzie, »aber das bringe ich einfach nicht fertig.«

Auf der Heimfahrt schaute er in der Priory vorbei, wo er Declan und Rupert in der Bibliothek antraf, von Videos umgeben.

Declan schrieb gerade jenen Teil des Gesuchs, der das Corinium-Programm in Fetzen reißen würde, und schaute sich mit Rupert eine »Cotswold Roundup«-Sendung an. Sarah interviewte eine alte Dame, die ihre Gasrechnung nicht bezahlen konnte. James saß auf dem rosa Sofa und schaute menschlich drein.

»Sie ist bildhübsch und wäre umwerfend, wenn man sie ins rechte Licht rücken würde«, meinte Declan. »Wir brauchen noch ein paar Frauen.«

»Nein, nein, nein, nein«, widersprach Rupert. »Sie hat viel zuwenig Profil.«

»Was haltet ihr von Lizzie Vereker?« fragte Freddie mit belegter Stimme.

»Keine schlechte Idee«, entgegnete Declan. »Sie ist eine ausgezeichnete Schriftstellerin.«

»Und James wäre wütend«, fügte Rupert hinzu.

»Aber wir treten erst später an sie heran«, schlug Declan vor. »Sie steckt zu tief in Tonys Dunstkreis drin, und er darf nichts von unseren Plänen erfahren, bevor die IBS alle Bewerbungen erhalten hat.«

25

Am zweiten Montag im Mai ging Ursula (die immer noch für Declan arbeitete, obwohl er sich ihr Gehalt kaum leisten konnte) mit ihrer alten Freundin Joyce Madden Mittagessen. »Versuchen Sie herauszufinden, was Tony nächstes Wochenende vorhat«, war sie von Rupert telefonisch gebeten worden.

Ursula liebte Verschwörungen. Nach dem Lunch und einer halben Flasche Sauternes vibrierte sie vor Aufregung und rief Rupert an. »Joyce verriet mir unter dem Siegel der Verschwiegenheit, Tony und Cameron würden eine pikante Reise nach Madrid unternehmen. Cameron fliegt am Freitagnachmittag los. Angeblich braucht sie Ruhe, um die Corinium-Bewerbung zu überarbeiten, ehe sie an die IBA geschickt wird. Am Freitagabend gibt Tony in der Falconry eine Badminton-Party, und Samstag mittags bricht er nach Madrid auf. Sie wohnen im Ritz, und am Samstagabend nimmt Cameron irgendeinen Preis für ›Vier Männer auf dem Heuboden‹ entgegen. Montags fliegen sie in getrennten Maschinen nach Hause.«

»Gut gemacht, Ursula«, entgegnete Rupert. »Könnten Sie

es in dieser Phase verantworten, Declan nichts von allem zu erzählen?«

Angestrengt überlegte er, wie er seinen Angriff auf Cameron gestalten sollte, und am Nachmittag hatte er plötzlich eine Inspiration. Er telefonierte mit einem Freund, einem attraktiven Herzog, der in Badminton wohnte. »Würdest du mir einen großen Gefallen tun?«

»Hängt davon ab, wie groß.«

»Am Wochenende ist doch die Prinzessin bei dir?«

»Ja.«

»Könntest du Tony und Monica Baddingham für Samstag zum Dinner einladen?«

»Muß das sein? Gegen Monica habe ich nichts, aber er ist so ein gräßlicher Snob.«

»Ich gebe dir die irische Stute um fünfhundert Pfund billiger.«

»Gut, dann bin ich einverstanden.«

»Ich verreise am Wochenende«, teilte Rupert am nächsten Morgen seinem Sekretär mit, als sie den Terminkalender durchsahen. »Gestern abend lief ich dem Minister für schottische Angelegenheiten in die Arme, und der erinnerte mich dran, daß die Hearts am Samstag in Madrid spielen. Es wäre falsch, wenn niemand von offizieller Seite dabei wäre.« Er sah, wie Gerald Middleton die Brauen hob, und fügte hinzu: »Das einzige britische Team im Semifinale.«

Gerald liebte es nicht, wenn Termine umgestoßen wurden. »Am Freitagabend müssen Sie den Vorsitz bei einer Protestversammlung gegen die Autobahn in Gloucester führen.«

»Ich weiß. Rufen Sie die Leute an und sagen Sie, daß es mir schrecklich leid tut. Sie haben meine volle Unterstützung, aber für diese Veranstaltung müssen sie sich jemand anderen suchen. Und könnten Sie mir Geschenke für die

Ehefrauen des britischen Botschafters in Madrid und des spanischen Sportministers besorgen?«

Am nächsten Abend fuhr er gut gelaunt zur Priory, wo Declan immer noch in Videos wühlte. Basil Baddingham saß auf der Schreibtischkante, trank eine Bloody Mary und diskutierte Taktiken. »Gerade habe ich Declan erzählt, ich hätte ein Haus für euch, falls Tony nicht bereit ist, uns die Corinium-Studios zu verkaufen. Im November kommt die Cotchester Hall auf den Markt. Warum schaust du eigentlich so verdammt selbstzufrieden drein, Rupert?«

»Das wollte ich euch gerade sagen. Ich fliege am Wochenende nach Madrid.«

»Aber wir halten am Sonntag unsere erste Venturer-Sitzung ab«, protestierte Declan. »Alle kommen, sogar Harold White und Marti Gluckstein.«

»Wo denn? In der Bar Sinister?«

»Das wäre zu nahe bei Corinium«, erwiderte Bas. »Freddie hat ein phantastisches kleines Pub in Salisbury Plain aufgestöbert, das niemand kennt und wo man himmlisch essen kann. Der Wirt betreibt die Kneipe nur zum Spaß.«

Declan runzelte immer noch mißbilligend die Stirn. »Du müßtest dabeisein, Rupert. In diesem Stadium sind solche Besprechungen lebenswichtig, um einen gewissen *esprit de corps* zu erzeugen. Dabei werden alle möglichen Ideen erörtert werden.«

»Du weißt doch, daß ich nie welche habe.«

»Was machst du eigentlich in Madrid?« wollte Bas wissen.

»Ich schaue mir ein Fußballspiel an.«

»Quatsch! Da steckt noch was anderes dahinter.«

»Nun ja, ich brauche ein bißchen Entspannung«, gab Rupert zu. »Ein Mann lebt nicht vom Brot allein.«

Im Frühling wird auch der verbissenste Workaholic von Rastlosigkeit überwältigt, von der Sehnsucht, Hand in Hand mit einer großen Liebe durch erblühende ländliche Gefilde zu wandern. Cameron Cook bildete da keine Ausnahme. Als sie am Freitagmorgen ihren Koffer für Madrid packte, war es so warm, daß sie nackt im Schlafzimmer herumlief. Durch die offenen Fenster wehte der Duft von frischgemähtem Gras herein, rings um die knorrigen grauen Stämme der Apfelbäume im Garten wuchsen Tazetten und Narzissen. Die Trauerweiden, die sich in der Ferne über den Fluß neigten, hatten sich in hellgrüne Schleier gehüllt.

Während des letzten Monats hatte sie mehrere Stunden pro Woche in einem Solarium verbracht, um sich die von Tony hochgeschätzte goldene Bräune anzueignen. Außerdem befand sie sich in hervorragender Form. Erst am letzten Abend hatte der Trainer im Fitneßzentrum erklärt, er kenne keinen perfekteren, harmonischeren Körper als ihren. Jedesmal, wenn sie am großen Spiegel im Schlafzimmer vorbeiging, bewunderte sie sich – obwohl Tony am Vortag ihr Selbstvertrauen wieder einmal vernichtet hatte.

Sie war in Sarah Strattons Garderobe hereingeplatzt, um eine Änderung im Ablauf von »Cotswold Roundup« mit ihr zu besprechen. Und da hatte sich die Blondine gerade eine Champagnerflasche mit Tony geteilt – das Haar auf prosaische Lockenwickler gedreht, in einem taubengrauen Seidenunterkleid, das den Busenansatz ebenso entblößte wie die Schenkel zwischen dem Höschen aus taubengrauer Seide und den hellgrauen Strümpfen. Tony lehnte in einiger Entfernung an der Wand, aber daß beide bei Camerons Eintritt abrupt verstummten, wirkte irgendwie beunruhigend.

Cameron hätte Sarah normalerweise angebrüllt, weil diese vor einer Live-Sendung trank, aber das konnte sie nicht, wenn es vom Boß geduldet wurde. Statt dessen machte sie ihm nach Dienstschluß Vorwürfe.

Tony zeigte keinerlei Reue. »Die arme Sarah war ein bißchen nervös, weil sie den Chef der Handelskammer interviewen mußte. Sie hatte Angst, er könnte die Konzessionsvergabe beeinflussen, und fragte mich, was für Fragen sie stellen sollte. Weißt du, was ihr größter Vorzug ist?« fuhr er mit einem boshaften Grinsen fort. »Sie geniert sich nicht, einem Mann ihre Verletzlichkeit zu zeigen. Und sie ist so bezaubernd feminin.«

»Im Gegensatz zu mir?«

Tony hatte die Achseln gezuckt und ihr drahtiges Haar zerzaust. »Niemand würde dich als feminin bezeichnen, Darling.«

An diesem Morgen zog Cameron, die noch nie Babydolls und andere Unterwäsche als schlichte, knappe Bikinis getragen hatte, erbost los und gab ein Vermögen für Spitzenhemden und -höschen sowie Nachthemden und passende Negligés aus.

Ihr Selbstbewußtsein litt auch auf andere, subtilere Weise. So sehr sie diesen Posten auch ersehnt hatte – seit sie Programmdirektorin war, verbrachte sie einen Großteil ihrer Zeit bei Besprechungen und kam immer seltener dazu, das zu tun, was sie so meisterhaft verstand, nämlich Sendungen zu produzieren. Die neuen Folgen von »Vier Männer auf dem Heuboden«, die nächste Woche starten sollten, waren hauptsächlich von anderen Leuten produziert, inszeniert und geschrieben worden. Nachdem sie sich zur Spitze hochgearbeitet hatte, erkannte sie, wie so viele Männer, daß die Aussicht von da oben gar nicht so grandios war. Und wie sie außerdem feststellte, schreckte sie die Jungs nur ab, wenn sie im Büro, im Fitneßzentrum oder im Privatleben die Muskeln spielen ließ. In den letzten drei Jahren hatte sich, von Tony und Patrick abgesehen, niemand in sie verliebt. Und Tony schien sich allmählich mit ihr zu langweilen.

Ihre trübe Stimmung hielt während der Reise nach Madrid an. Aber die schwarze Limousine, die sie am Flughafen erwartete, und die Luxussuite im Ritz, vom spanischen Fernsehen bezahlt, heiterten Cameron schließlich auf. Zu dem Apartment gehörten zwei Schlafzimmer mit Doppelbetten, ein riesiger Salon voller Antiquitäten und ein Bad mit Haartrockner und zwei flauschigen weißen Frotteemänteln. Eine Champagnerflasche im Eiskübel und ein Obstkorb standen bereit, alle Räume waren mit Blumenarrangements geschmückt, passend zu den hellrosa Wänden. Überall gab es Telefone, sogar in der Dusche. Und das war nur ihre Suite, die für Tony, sicher genauso geräumig, lag nebenan.

Als sie in einen Granatapfel biß, fiel ihr Blick auf eine Radierung, die das Urteil des Paris zeigte. Hera und Athene, beide vollständig bekleidet, starrten wütend auf Aphrodite, die einen nackten Schenkel und eine unverhüllte Brust zur Schau stellte und den Apfel entgegennahm. Sie sah genau wie Sarah Stratton aus. Cameron drehte das Bild zur Wand. Es mußte an ihrer Müdigkeit liegen, daß sie sich plötzlich wieder so deprimiert fühlte. Der Appetit auf das Abendessen war ihr vergangen, also schluckte sie zwei Valium und legte sich ins Bett.

Am nächsten Vormittag arbeitete sie an der Corinium-Bewerbung. Dann aß sie im Hotel zu Mittag, wanderte durch Madrid, das anscheinend fest in der Hand schottischer Fußballfans war, und verbrachte zwei Stunden im Prado, um bei der Betrachtung von Goyas und El Grecos seelisch zu gesunden. Als sie in ihre Suite zurückkehrte, läutete das Telefon. Joyce Madden war am Apparat.

»Lord Baddingham bedauert es ganz schrecklich.« Ihrem Tonfall war anzumerken, daß sie diese Empfindung nicht teilte. »Den ganzen Nachmittag hat er versucht, Sie zu erreichen. Leider kann er nicht zur Preisverleihung nach Madrid kommen. Es ist etwas dazwischengekommen. Der Herzog hat ihn für heute abend zum Dinner nach Badminton eingeladen, und das kann er im Jahr der Konzessionsvergabe unmöglich ablehnen. Hallo! Hallo?« Aber da hatte Cameron schon aufgelegt.

Sie war so wütend, daß sie die ganze Schokolade verschlang, die auf einem Silbertablett lag. Wie konnte er es wagen, sie wegen einer albernen Dinnerparty zu versetzen? Wenig später klopfte es an die Tür, und der Zimmerkellner überreichte ihr einen riesigen Rosenstrauß. »Tut mir leid, ich kann nicht kommen, Darling«, stand auf dem beiliegenden Kärtchen. »Viel Glück für morgen. Alles Liebe, Tony.«

Cameron schleuderte die Blumen über die Brüstung ihres Balkons auf die Straße hinab, wo sie auf johlenden Schottenfans landeten, und schrie lauthals: »Bastard! Saftsack! Arschloch!«

»Nicht so laut!« sagte eine gedehnte Stimme. »Sie erschrecken die Tauben.«

Sie wirbelte herum und schnappte verlegen nach Luft, denn auf dem Nachbarbalkon stand Rupert, ein Whiskyglas in der Hand. »Was machen Sie denn hier?« murmelte sie.

»Ich möchte dabeisein, wenn die Hearts das Halbfinale gewinnen. Natürlich konnte ich nicht zu hoffen wagen, eine Suite im Ritz zu bekommen. Aber in letzter Minute hat ein gewisser Mr. Smith seine Reservierung storniert.« Er lächelte boshaft. »Welch ein ungewöhnlicher Zufall, Sie hier anzutreffen! Warum schauen Sie denn so zornig drein?«

»Ich bin schlecht gelaunt. Beim hiesigen Fernsehen spricht kein Mensch Englisch.«

»Sie erwarten Gäste?«

»Jetzt nicht mehr.«

»Das Bukett, mit dem Sie die Volksmassen bombardiert haben, war also ein Friedensangebot des windigen Barons?«

»Warum sind Sie so verdammt scharfsinnig?« Dann siegte helle Wut über ihren Stolz. »Gerade rief Miß Madden an, um mir zu sagen, er könne nicht kommen. Er muß zu einer Dinnerparty in Badminton gehen.«

»Das dürfte stimmen. Soviel ich weiß, gibt der Herzog eine Party zu Ehren seines Hausgastes, der Prinzessin. Wollen wir was trinken? Bei Ihnen oder bei mir?«

»Bei mir. Aber geben Sie mir eine halbe Stunde Zeit. Ich möchte baden.«

Das alles ging ihr zu schnell. Was führte Rupert hierher? Es konnte kaum ein Zufall sein. Er war der schlimmste Wüstling von der Welt, und keine Frau überstand eine Affäre mit ihm ohne seelische Wunden. Warum war sie dann so überglücklich? Sie stutzte ihr Schamhaar und rieb Fracas auf ihren Bauch und die Innenschenkel. Die neue pfirsichfarbene Satinunterwäsche schien ihre Haut zu liebkosen. Sie entschied sich für ein schlichtes aprikosengelbes Kleid und schloß züchtig alle Knöpfe bis zum Hals, aber der Saum endete mehrere Zentimeter über dem Knie und ließ ihre Beine endlos wirken.

Alle mächtigen Männer sind attraktiv, nette mächtige Männer unwiderstehlich. Zu Camerons Verblüffung verzichtete Rupert auf seine üblichen sexuellen Anspielungen und schien sich ernsthaft für ihre Karriere zu interessieren, für die Corinium-Projekte und die Argumente, die der Sender bei der Bewerbung um die Konzession vorbringen würde, und er war unglaublich gut informiert. Dabei hatte sie gedacht, er würde sich nur mit Sport und Bumsen befassen. Weil sie sich so großartig mit ihm unterhielt, merkte sie nicht, daß sie fast die ganze Champagnerflasche allein getrunken und er seinen Whisky kaum angerührt hatte. Als er aufstand, um ihr Glas nachzufüllen, streifte sein Blick die Papiere, die auf dem Schreibtisch lagen. »Woran arbeiten Sie denn?«

»An der endgültigen Fassung für das Bewerbungsschreiben.«

»Macht Ihnen irgend jemand Konkurrenz?» erkundigte er sich beiläufig.

»Eine Gruppe von Geschäftsleuten in Bristol, die sich Mid-West nennt. Die behaupten, wir seien zu Cotchester-orientiert. Aber ich bezweifle es doch sehr, daß sie eine Chance haben.«

Also sind wir zu dritt, dachte Rupert. »Macht sich Tony Sorgen?«

»Nein, aber zu große Siegesgewißheit können wir uns nicht leisten. Letztes Jahr hat Southern die Konzession verloren – anscheinend, ohne irgendwas falsch zu machen. Ab und zu muß die IBA Veränderungen vornehmen, um ihre Daseinsberechtigung zu demonstrieren.«

»Und Declan? Da hat Tony eine tolle Zugnummer eingebüßt. Wie will er ihn ersetzen?«

»Das weiß ich nicht. Vermutlich wird er in den nächsten Wochen irgendein As aus dem Ärmel ziehen, um die Medien von Declans Kündigung abzulenken. Die schnüffeln immer noch bei uns rum.«

»Haben Sie eine Ahnung, wer der neue Star sein könnte?«

»Nein. Tony gibt sich gern geheimnisvoll.«

»Macht es Ihnen Spaß, als Programmdirektorin zu arbeiten?«

Cameron zuckte die Achsen. »Nicht so sehr, wie ich gedacht hatte. Es gibt so viele Auseinandersetzungen. Letzte Woche mußte ich vier Leute feuern. Haben Sie so was schon mal getan?«

»Oft. Sie sollten von Corinium weggehen. Alle Sender würden sich um Sie reißen.«

Cameron schaute zu ihren Papieren hinüber. »Ich möchte, daß Tonys Konzession verlängert wird. Im Herbst suche ich mir wahrscheinlich einen neuen Job. Es ist mir ohnehin ein Rätsel, warum ich so lange bei dem Bastard geblieben bin. Ist es eigentlich normal, daß man in letzter Minute zu einer

Dinnerparty eingeladen wird, an der eine königliche Hoheit teilnimmt?«

»Nein«, erwiderte Rupert.

»Also muß er schon vor einer Ewigkeit davon gewußt haben. Und er war zu feige, um mir zu sagen, daß er nicht nach Madrid kommen kann.«

Er schüttete den Rest der Flasche in Camerons Glas. »Vielleicht hat er geschwiegen, damit Sie keine anderen Arrangements treffen. Nun, vielen Dank für den Drink«, fügte er hinzu und stand auf. »Ich gehe essen.«

Camerons Glücksgefühl verflog schlagartig. »Auf Wiedersehen«, entgegnete sie kühl und starrte durch die Balkontür auf Platanen am anderen Ende der Plaza, die sich im Licht der sinkenden Sonne rosa färbten.

In seine Suite zurückgekehrt, zog Rupert einen Kassettenrecorder von der Größe eines Bleistifts aus der Hemdtasche, nahm das Band heraus und verstaute es in einem Geheimfach seines Aktenkoffers.

Frustriert stellte sich Cameron unter eine eisige Dusche, die den Fracasduft, die Bodylotion und das heiße Verlangen wegspülte. Das Wasser rauschte so laut, daß es eine Weile dauerte, bis sie das Telefon hörte. Zweifellos Tony, der seine Vormachtstellung sichern wollte. Um ihn zu ärgern, ließ sie es läuten. Erst nach zwei Minuten meldete sie sich.

»Cameron...« Schwindlig vor Erleichterung lehnte sie sich an die Wand der Duschkabine.

»Ja?«

»Muß ich mich wie Tarzan über die Balkonbrüstung schwingen, oder lassen Sie mich rein?«

Rupert trug immer noch das blaugestreifte Hemd, aber dazu nur die Hose seines Anzugs. Ohne die Tarnung des Jacketts sah Cameron die göttlichen Proportionen seines Körpers – breit in den Schultern, überall sonst schmal und stromlinienförmig. Als er auf sie zukam, wickelte sie das

Badetuch fester um sich, sah jung und verletzlich aus mit dem nassen Haar, das flach am Kopf klebte – wie ein Raubvogel, der überrumpelt wurde, nachdem er sein normalerweise gesträubtes Nackengefieder geglättet hatte.

Behutsam öffnete er ihre Rolex-Uhr, die sie vor der Dusche abzunehmen vergessen hatte, und legte sie beiseite. »Ich wollte mal sehen, ob du eine Designer-Fotze hast.« Ihre Antwort unterbrach er mit einem Kuß, das Badetuch glitt zu Boden.

Es war gut, daß ich so viel abgenommen habe und jeden Morgen eine Stunde gejoggt bin, dachte er. Sonst hätte er wohl kaum mit Cameron Schritt halten können. Sie glich einem elektrifizierten Aal, kannte sämtliche sexuellen Tricks, nahm alle erdenklichen Positionen ein und kommandierte ihn wie ein Hauptfeldwebel herum. »Du bist unglaublich«, murmelte er an ihrem Hinterkopf, »bei dir fühlt sich ein Streichholz wie eine Zigarre.«

Nach zweistündigen ununterbrochenen erotischen Aktivitäten in beiden Schlafzimmern, auf dem Sofa im Salon, unter der Dusche und vor allen vorhandenen Spiegeln brachen sie auf dem Teppich zusammen, und Rupert kam das vierte – und für seinen Geschmack auch das letzte Mal – zum Höhepunkt.

»Ich bin noch nicht soweit«, flüsterte Cameron in sein Ohr.

»Um Himmels willen, stimmt was nicht?« fragte er verblüfft.

»Alles okay. So gut bin ich noch nie gebumst worden. Wahrscheinlich bin ich zu nervös und verkrampft.«

»So leicht werfe ich nicht das Handtuch. Entspann dich und hör zu kämpfen auf.« Er rutschte nach unten und teilte ihr feuchtes Schamhaar.

Cameron erwachte, tastete über das Bett und merkte, daß nicht Tony neben ihr lag. Rupert war eindeutig der attraktivste Mann, mit dem sie je geschlafen hatte. Und alles war vollkommen gewesen, nachdem sie ihm gestattet hatte, die Führung zu übernehmen. In nur vierzehn Stunden war sie ein anderer Mensch geworden. Tony hatte ihr Sicherheit geschenkt, aber kein Glück. Jetzt empfand sie zum erstenmal in ihrem Leben Liebe, und das erschreckte sie.

Das Telefon klingelte und weckte Rupert. Tony rief aus seinem Auto an, also war die Verbindung nicht besonders gut – ein Glücksfall. Denn Rupert begann sie zu küssen und lenkte sie so gründlich ab, daß sie sich weder an praktische Details wie den Zeitpunkt der Preisverleihung oder ihres Rückflugs erinnern noch den geforderten Enthusiasmus für die witzigen Bemerkungen aufbringen konnte, die Tony bei seiner Konversation mit der Prinzessin gemacht hatte.

»Es ist Tony«, schrieb sie hektisch auf den Notizblock neben dem Telefon.

»Na und?« schrieb Rupert.

»Tut mir leid«, keuchte Cameron. »Ich habe bis spät in die Nacht an der Bewerbung gearbeitet.«

»Wie wird sie denn?«

»Sehr gut«, kreischte Cameron, als Rupert sich auf sie warf und mit breitem Grinsen in sie eindrang. »Hör mal, ich muß jetzt Schluß machen. Ich fahre nach Toledo. Ich rufe dich an, bevor ich morgen abfliege ... Du bist unerträglich!« schrie sie Rupert an, nachdem sie den Hörer auf die Gabel geknallt hatte.

»Wie war die Dinnerparty?«

Sie schnitt eine Grimasse. »Er sagte, er sei nur hingegangen, weil er gedacht habe, der Herzog würde Unterstützung brauchen – denn ein königlicher Besuch bringe immer gewisse Aufregungen mit sich.«

Rupert mußte sein Gesicht an ihren Hals pressen, um seinen Lachreiz zu verbergen. Sie liebten sich wieder, nicht so vital wie am Vorabend, aber zärtlicher.

»Kann ich jetzt runtersteigen?« fragte Cameron schließlich, während sie auf ihm saß.

»Du *kannst*«, zitierte er seine alte Kinderfrau, »aber ob du *darfst* – das ist eine andere Frage.«

Sie streichelte seine Wange. »Kommst du heute abend mit mir?«

Energisch schüttelte er den Kopf. »Zuviel Presse.«

In ihrem neuen gletscherblauen Kleid sah Cameron so verführerisch aus, daß Rupert sie beinahe wieder ins Bett gezerrt hätte. »Puh...« Stolpernd wich sie ihm aus. »Ich werde wie John Wayne aufs Podium wanken. Hoffentlich schlafe ich während der Ansprachen nicht ein.«

Sobald sie auf dem Empfang ankam, bestätigte sich die Richtigkeit ihres Entschlusses, hierherzukommen. Ivor Hick, Projektinspizient des CTV-Konsortiums, unterhielt sich mit einer großen, dünnen Spanierin. Außerdem erkannte Cameron einige Leute von Granada und TVS sowie einen Gefolgsmann Robert Maxwells. »Was zum Teufel treiben Sie hier?« flüsterte sie Ivor zu.

»Tony interessiert sich für Anteile am spanischen Fernsehen. Die hiesige Regierung gründet drei neue Kanäle, und von einem will Tony fünfundzwanzig Prozent haben. Maxwell, Granada und TVS sind auch dahinter her.«

Cameron seufzte. »Das bedeutet weniger Geld für die Sendungen.«

»Aber mehr Sicherheit für Tony, falls er die Konzession verliert«, entgegnete Ivor. »Diversifikation – so heißt dieses Spiel.«

Rupert gab Cameron eine halbe Stunde. Als er sie auf dem Bildschirm zum Dinner gehen sah, studierte er ihren Kalender und sprach ihre künftigen Termine auf Band – Tony stand sehr oft auf dem Programm. Dann öffnete er ihren Aktenkoffer und nahm die CTV-Bewerbung heraus.

Zuerst erklärte ihm das hübsche Mädchen an der Rezeption, das Büro sei geschlossen und er könne seine Papiere nicht fotokopieren lassen. Aber spanische Hotelgäste hatten nur selten so blonde Haare, so blaue Augen und so weiße Zähne, und sie schwenkten fast nie so viele Peseten durch die Luft. Sie würde mal sehen, erklärte sie. Irgendwie müsse sie die Papiere ins Büro schmuggeln, und das würde eine Weile dauern, da der Manager gerade drin sitze. Sobald alles erledigt sei, würde sie Rupert in seinem Zimmer anrufen. Schwitzend kehrte er nach oben zurück, wanderte auf und ab, trank Whisky. Auf dem Bildschirm war die Preisverleihung in vollem Gang. Stars taumelten auf das Podium, wischten sich die Augen ab, dankten allen Mitgliedern des Teams und allen *madres* und *padres* für deren Hilfe. Wenn Cameron schon dran gewesen und, von Lust überwältigt, schon auf dem Weg zu ihm war . . .

Er eilte wieder in die Halle hinunter, wo er die Empfangsdame antraf – hochrot vor Aufregung, aber mit der kompletten Kopie. Erst in seiner Suite stellte er fest, daß die dumme Kuh die einzelnen Seiten falsch geordnet hatte. Zum Beispiel steckte James Verekers Nachmittagsprogramm mitten in den technischen Angaben. Es war langwierig und mühsam, alles zu ordnen, und er konnte nicht einmal sicher sein, ob es nun stimmte. Erneut fuhr er mit dem Aufzug nach unten, um die einzelnen Kapitel abheften zu lassen. Und als er wieder in die Liftkabine stieg, sah er Cameron durch die Drehtür hereinkommen. Er drückte auf den Knopf, polterte knarrend in den siebenten Stock, stürmte in Camerons Suite, deren Tür er leichtsinnigerweise offengelassen hatte, weil er keinen

Schlüssel besaß, und verriegelte sie von innen. Mit zitternden Händen verstaute er das Original in Camerons Aktenkoffer und hoffte, daß es so darin lag wie zuvor, ließ das Schloß zuschnappen und schob die Kopie in sein Jackett, unter die Achsel. Im nächsten Moment klopfte es an die Tür.

»Rupert, laß mich rein!« rief Cameron.

Er öffnete die Tür und tat so, als müßte er sich den Schlaf aus den Augen reiben. »Tut mir leid, daß ich hier eingedrungen bin, Darling. Ich wollte nicht von den Zimmermädchen gestört werden, die ständig Betten machen und Schokolade bringen. Wie war's?«

»Grausig. Nie wieder werde ich eklig zu Kameraleuten sein. War es nicht gräßlich, als ich geweint habe?«

»Ich fand dich süß, und alle waren so gerührt, als du versucht hast, Spanisch zu sprechen.«

Zum Glück hörte sie in ihrer inneren Anspannung nicht richtig zu.

»Hast du schon gegessen?«

»Ich bin nicht hungrig.« Rupert näherte sich der Tür. »Außerdem habe ich furchtbare Kopfschmerzen.«

»Ich gebe dir ein Aspirin«, sagte sie und ging auf ihren Aktenkoffer zu.

»Nebenan habe ich was Stärkeres«, erwiderte er hastig. »Ich bin gleich wieder da.«

In seiner Suite brach er fast zusammen. Bei seinen Springreitturnieren und riskanten erotischen Abenteuern hatten ihn seine Nerven nie so im Stich gelassen. Mit bebenden schweißnassen Fingern schob er die Kopie in das Geheimfach seines Aktenkoffers.

Als er zu Cameron zurückkehrte, hatte sie die Schuhe ausgezogen, lag auf dem Bett und trank Weißwein. »Gut, daß du nicht dabei warst! So viele Leute hätten dich erkannt. Ich habe dir die *Sunday Times* mitgebracht.«

»Danke.« Rupert schlug automatisch den Sportteil auf,

und sein Lächeln erlosch sofort. »Verdammt!« stieß er hervor und studierte die Titelseite.

»Was ist denn los?«

»Tumulte nach beiden Pokal-Halbfinales! Zwei Polizisten wurden niedergestochen, mehrere Autos umgestoßen und verbrannt, Schaufensterscheiben zertrümmert, zwanzig Leute ins Krankenhaus eingeliefert, fünfundvierzig verhaftet. Zum Teufel! Da mache ich mal ein Wochenende blau, und dann muß so was passieren!« Sekunden später telefonierte er mit Gerald in London.

»Ich versuche schon seit gestern, Sie zu erreichen, Herr Minister.« Offenbar waren andere Leute im Zimmer, sonst hätte Gerald keinen so förmlichen Ton angeschlagen.

»Ist es sehr schlimm?«

»Ja. Vier Personen befinden sich immer noch auf der Intensivstation.«

»Ich fliege noch heute nacht zurück.«

»Es tut mir leid, Herr Minister. Nach all Ihrer harten Arbeit ist das ein tragischer Rückschlag.«

Um ein Uhr nachts konnte Rupert in einen Privatjet steigen, den ihm der britische Botschafter zur Verfügung stellte. Als er das Hotel verließ, schien er Camerons Existenz vergessen zu haben. »Verzeih mir, daß ich so sang- und klanglos verschwinde, Darling, aber ich bin wirklich stocksauer. Ich war mir so sicher, die Rowdys im Griff zu haben.« Er nahm ihr Gesicht in beide Hände. »Es war wundervoll. Ich rufe dich nicht an, sonst kriege ich womöglich Tony an die Strippe. Am besten meldest du dich bei mir. Hier ist Geralds Nummer. Er weiß immer, wo ich zu finden bin.« Und dann war er weg.

Cameron beugte sich über die Balkonbrüstung, in der Hoffnung, ihn ins Taxi steigen zu sehen. Es war immer noch warm, und als sie den Duft der Zitronenbäume im kleinen Hotelgarten einatmete, glaubte sie plötzlich Ruperts schönes

Haus in Gloucestershire vor sich zu sehen, umgeben von herrlichen Ländereien. Und da entschied sie, daß sie sich im Grunde nur ein einziges Statussymbol wünschte – einen Cartier-Ehering mit den Initialen R.C.-B. und C.C. auf der Innenseite.

26

Ein politischer Sturm erwartete Rupert in England. Der dramatische Rückgang der Ausschreitungen in den Fußballstadien war ein Glanzlicht der Tory-Regierung gewesen. Deren Argumente und Ansprüche wirkten nun, nach den beklemmenden Gewaltaktionen, ziemlich zweifelhaft. Da eine Wahl vor der Tür stand, wollte die Opposition Blut sehen und beantragte in einer Sondersitzung am Montagabend ein Mißtrauensvotum gegen den Sportminister. Rupert war zwar überzeugt, daß linksgerichtete militante Elemente hinter den Tumulten standen, und wies im Parlament auch darauf hin. Doch er konnte es nicht beweisen, und die Regierung gewann das Votum nur um Haaresbreite. Einige Torys beobachteten die Ereignisse keineswegs mit Mißfallen, Rupert war schon viel zu lange der Liebling der Premierministerin. Das Pokal-Finale sollte erst am 15. Mai stattfinden, aber er konzentrierte schon jetzt seine ganzen Energien auf das Ziel, weitere Gewalttätigkeiten zu unterbinden.

Den Großteil der nächsten Woche verbrachte er mit dem Bestreben, nicht die Geduld zu verlieren, während er – eine geifernde Reportermeute auf den Fersen – die beiden niedergeschmetterten Fußballvereine besuchte und die Verletzten tröstete. Erst am Mittwochnachmittag kam er wieder nach Penscombe Court. In seinem Hubschrauber landete er auf dem Rasen. Inzwischen blühten Glockenblumen am Waldrand, die grünen Blätter der Buchen drängten sich aus den schmalen braunen Knospen heraus. So ärgerlich die letzten Tage auch gewesen waren – die Heimkehr beruhigte ihn, wie schon so oft. Zwei Nachrichten von Gerald erwarteten ihn – die beiden niedergestochenen Polizisten waren außer Lebensgefahr, Cameron Cook hatte dreimal angerufen und eine Nummer hinterlasen. Statt sich bei ihr zu melden, duschte Rupert hastig und fuhr zur Priory hinüber, wo ein Aprilregen den frischen Duft feuchter Erde und Nesseln hervorgerufen hatte.

In der Halle wurde er von einem noch intensiveren Geruch nach brutzelnden Zwiebeln und Knoblauch begrüßt. Taggie mußte zu Hause sein, was ihn, wenn es ihm auch nicht bewußt wurde, noch mehr besänftigte. Er ging in die Bibliothek, wo Freddie, Bas und Charles einem ziemlich unempfänglichen Declan Tips für die Abfassung des Konzessionsgesuchs gaben.

»Was für schlimme Tage hast du hinter dir!« meinte Declan. »Armer Bastard! Du mußt dir wie Sisyphus vorkommen.«

»Sicher, obwohl ich nicht weiß, wer das ist«, erwiderte Rupert.

»Gib ihm was zu trinken, Bas«, sagte Declan.

»Nur Perrier«, bat Rupert. »Ich muß bald zurückfliegen, wegen einer Abstimmung. Wie war die erste Venturer-Sitzung?«

Die anderen schauten sich an, und Declan antwortete: »Aufregend. Erzähl du's ihm, Freddie.«

»Nun ja, wir waren alle in diesem Pub in Salisbury Plain«, begann Freddie leicht verlegen. »Ich hätte schwören können, daß es dort immer leer und verlassen war. Aber als wir unsere Aperitifs tranken und diesen Kricketwerfer Emerson grade dran gehindert hatten, dem Bischof einen Joint anzubieten, kam die Presse der gesamten Nation in drei Bussen an. Die Leute wollten ein bißchen was essen und dann zuschauen, wie in einem Army-Stützpunkt weiter unten an der Straße ein neuer Panzertyp eingeweiht wurde.«

»O Gott!« Rupert fing zu lachen an. »Haben Sie euch gesehen?«

»Billy the Kid hätte einen Saloon nicht schneller räumen können«, entgegnete Freddie.

»So rasch wir konnten, fuhren wir zu Priory zurück...« Bas runzelte die Stirn. »Rupert, hörst du eigentlich zu?«

Durch das Fenster hatte Rupert beobachtet, wie Taggie im Kräutergarten Thymian pflückte und innehielt, um verzückt auf einen Regenbogen zu starren. »Oh, ich habe nur den Regenbogen bewundert.« Rasch öffnete er seinen Aktenkoffer. »Ein Ostergeschenk, das euch alle aufmuntern wird«, erklärte er und legte triumphierend zwei Kassetten und die Kopie der Corinium-Bewerbung auf den Schreibtisch.

Declan setzte seine Brille auf. »Was ist das?«

»Zwei äußerst informative Gespräche mit Cameron Cook und eine Kopie der korrigierten endgültigen Fassung des Corinium-Gesuchs.«

Freddie, Bas und Charles waren so begeistert, daß ihnen Declans empörte Mißbilligung nicht auffiel.

»Wo hast du das her?« fragte Freddie ehrfürchtig.

»Ich habe das Wochenende in Madrid verbracht, großteils im Bett mit Cameron.«

Bas' Kinnmuskeln bebten. »Weiß das mein Bruder?«

»Er sollte auch hinkommen. Aber ich habe einen Kumpel gebeten, ihn für Samstag einzuladen. Das konnte Tony unmöglich ablehnen.«

»Ich nehme an, er hat ihre königliche Hoheit in Badminton getroffen«, bemerkte Bas grinsend.

»Mein Gott, du hast das arrangiert, Rupert?« rief Charles verblüfft. »Tony hat überall damit geprahlt.«

Rupert schlenderte zur Bar und goß sich noch etwas Perrier ein. »Und so mußte er Miß Cook versetzen, die nicht allzu gut gelaunt war, bis ich auf dem Nachbarbalkon erschien und Tonys Platz einnahm.«

»Sie wird dir an die Gurgel fahren, wenn sie's herausfindet«, meinte Charles entzückt.

»Das wird sie nicht. Sie hat nicht den geringsten Anhaltspunkt.« Beifallheischend drehte sich Rupert zu Declan, der ihn erbost anstarrte.

»So was ist ehrlos!«

»Ich muß träumen!« rief Rupert verwundert. »Lieber Declan, wir wollen in ein ganz großes Geschäft einsteigen. Wir spielen nicht Flohhüpfen. Lies mal, was Tony da alles in Aussicht stellt, dann kannst du ihm zuvorkommen. Das schwülstigste Zeug, das man sich nur denken kann! Falls man ihm Glauben schenken darf, wird er die nächsten zehn Jahre in exzessiver Wohltätigkeit und elisabethanischen Dramen schwelgen.«

»Ich werde das nicht lesen!« stieß Declan hervor. »Entweder wir halten uns an die Gebote der Fairneß, oder wir blasen alles ab.«

»Glaubst du, Tony würde so was nicht tun, wenn er die Chance dazu hätte? Ich dachte, du wolltest ihn ausbooten?«

»Nicht, indem ich seine Methoden anwende«, konterte Declan kühl, ergriff die Kopie des Corinium-Gesuchs und ließ sie in den Papierkorb fallen. »Wenn einer von euch versucht, das wieder rauszuholen, werfe ich es in den Kamin.«

»Zum Teufel mit dir und deiner verdammten Konzession«, sagte Rupert tonlos.

»Moment mal!« Freddie sprang erschrocken auf.

Aber Rupert war schon hinausgestürmt. In der Halle prallte er beinahe mit Taggie zusammen, die mit einem Stapel Blusen und grüner Röcke – Caitlins Ausstattung für den Schulbeginn – zur Treppe ging. »Was ist denn los?« fragte sie bestürzt.

»Ihr verrückter Vater...«

»Was hat er denn gemacht? Kommen Sie mit in die Küche.«

Er folgte ihr, lehnte aber den Drink ab, den sie ihm anbot. »Ich trinke nicht. Außerdem werde ich nie wieder einen Tropfen vom Alkohol Ihres Vaters anrühren.«

»Was ist denn passiert?« fragte Taggie verwirrt, dann merkte sie, daß das Steak mit den Nieren, das sie gerade briet, anzubrennen drohte, rannte zum Herd und rührte in der Pfanne.

»Das ganze letzte Wochenende war ich in Madrid, um's mit Cameron Cook zu treiben«, erzählte Rupert wütend, »um sie auf unsere Seite zu ziehen und Informationen über das Corinium-Gesuch zu bekommen. Am Sonntagabend fraß sie mir nicht nur aus der Hand, ich hatte auch die ganze Bewerbung heimlich kopieren lassen.« In seinem Zorn merkte er nicht, daß Taggies Holzlöffel sich nicht mehr bewegte.

»Und was hat Daddy dagegen?« fragte sie mit seltsam hoher Stimme.

»Er will die Kopie nicht lesen, weil er meine Taktik unfair findet. Jesus, kein Wunder, daß er pleite ist!«

Freddie erschien in der Küchentür. Aber als er die beiden zusammen sah, entschied er, daß es Taggie besser gelingen würde, Rupert zu beruhigen, als irgendeinem seiner Freunde. Auf Zehenspitzen schlich er zur Bibliothek zurück.

»Ich mache Ihnen eine Tasse Tee«, erbot sich Taggie.

Während sie den Kessel zum Kochen brachte und den Tee drei Minuten ziehen ließ, gewann sie ihre innere Ruhe wieder. Rupert konnte ins Bett gehen, mit wem er wollte. Und vielleicht hat er wirklich nur mit Cameron geschlafen, um diese Kopie zu beschaffen, dachte sie hoffnungsvoll. Andererseits war Cameron wunderschön, und Patrick würde es das Herz brechen, wenn er es jemals erfuhr. O Gott, welch ein Durcheinander.

Rupert lehnte sich an den Herd und starrte düster auf eine Vase voller Glockenblumen.

»Aus unserem Wald«, erklärte Taggie, um ihn von seinem Problem abzulenken. »Schön, nicht wahr?«

Beinahe hätte er entgegnet, das sei jetzt sein Wald, aber er sagte nur: »Versuchen Sie bloß nicht, mich zu besänftigen.«

Sie reichte ihm eine Tasse Tee, dann holte sie tief Atem. »Ich glaube, Daddy hat recht.«

Entgeistert schaute er sie an. »Was?«

»Er kann es nicht ausstehen, wenn man mogelt, und er legte schon immer großen Wert auf seine Int-Int...« In ihrer Nervosität stolperte sie über das Wort.

»Integrität. Und die besitze ich vermutlich nicht.«

»Doch, aber auf andere Weise. Wenn Sie die Konzession bekommen, weil Sie Tony Baddingham nachspioniert haben, könnte er nicht damit leben.«

»Glauben Sie, Tony würde nicht mit allen schäbigen Tricks kämpfen, wenn er von unseren Plänen wüßte?«

»Aber Daddy möchte sich nicht auf eine Stufe mit ihm stellen. Er mißbilligt Lord Baddinghams Methoden, und das ist auch der Grund, warum er ihm die Konzession abjagen will.«

»Nicht mit meiner Hilfe.« Rupert stellte die Tasse ab. »Ich steige aus.«

»O nein, bitte nicht!« flehte Taggie. »Es ist so wunderbar, daß Sie zum Konsortium gehören. Sie haben soviel Ch-Ch-Charisma.«

»Ist das Ihr Wort des Tages?«

»Nein – mein Wort für alles an Ihnen.« Taggie wurde rot. »Und die anderen finden Sie auch ganz toll.«

»Dann haben sie eine komische Art, das zu zeigen.« Er

ging zur Tür, und Taggie rannte ihm nach. Ihre Augen füllten sich mit Tränen.

»Bitte! Daddy braucht Sie wirklich! Er ist zwar schrecklich klug, aber nicht so erfahren wie Sie.«

Rupert wandte sich zu ihr und sah ihre Tränen. Sie trug ein altes graues Jeanshemd von Declan, das die sonderbare Silberfarbe ihrer Augen betonte. »Liebste Taggie...« Die Unmutsfalten auf seiner Stirn glätteten sich. »Wie könnte man Ihnen einen Wunsch abschlagen?«

»Dann machen Sie also weiterhin mit?«

Rupert zuckte die Achseln. »Wahrscheinlich – aber ich bin ziemlich sauer.« Er griff in die Tasche und zog ein Lederetui hervor. »Ich habe in Madrid ein Osterei für Sie gekauft. Hoffentlich gefällt's Ihnen besser als das Geschenk, das ich für Ihren Vater mitgebracht habe.«

Sie öffnete das Etui, und der Anblick eines kleinen, mit Rubinen und Diamanten besetzten Eises verschlug ihr den Atem.

»Schauen Sie sich's genauer an, Taggie.«

Als sie das Ei öffnete, kam ein winziger goldener Vogel mit Rubinaugen zum Vorschein, und Rupert meinte: »Das arme Ding hat Bindehautentzündung.«

»Oh, wie zauberhaft! Vielen Dank. Kein anderer bringt mir solche Geschenke mit.«

Schüchtern neigte sie sich zu ihm, küßte ihn auf die Wange, und er sagte sich energisch: Sie ist die kleine Schwester, die ich niemals hatte. »Ihr Steak brennt an«, warnte er sie, dann verließ er hastig das Haus.

In der Bibliothek tat Freddie sein Bestes, um Declan den Marsch zu blasen. »Rupert ist ungemein clever, und wir können's uns nicht leisten, ihn zu verlieren. Weißt du, warum in meinem Betrieb noch niemand gestreikt hat? Weil ich nicht alle Leute nach demselben Schema beurteile. Ich kultiviere die individuellen Fähigkeiten meiner Leute. Ständig behauptest du, man müßte kreativen Menschen die richtige Atmosphäre bieten, damit sie was leisten. Und wenn Rupert was wirklich Kreatives tut, machst du ihm die Hölle heiß.«

Von Bas und Charles in ehrfürchtigem Staunen beobachtet, zog Freddie die Kopie aus dem Papierkorb, und Declan starrte ihn entsetzt an. »Aber verdammt noch mal, das ist unehrenhaft! Du selber hättest diesen Schrieb nie gestohlen, was?«

»Dazu hätte ich gar nicht die Nerven. Aber jetzt, wo wir ihn haben, werde ich ganz sicher reinschauen. Das ist ein Krieg, kein Flohhüpfen, wie Rupert so treffend bemerkt hat. Und im Krieg ist jedes Mittel erlaubt.«

Nach einer lebhaften Parlamentsdebatte, bei der sich Rupert – sehr zum Ärger der Premierministerin – den Gegnern der Todesstrafe für Terroristen gestellt hatte, war es zehn Uhr abends geworden. Um sich eine Lektion der Regierungschefin zu ersparen, floh er in sein Büro. Er nahm seine Krawatte ab, öffnete den obersten Hemdknopf und goß sich einen Whisky mit Soda ein. O Gott, wie müde er war... Seit fünf Uhr morgens hetzte er von einem Termin zum anderen, in der letzten Woche hatte er kaum Schlaf gefunden, und am nächsten Tag mußte er um sechs aufstehen.

Der schrille Klang des Telefons ließ ihn zusammenzukken.

»Rupert? Hier ist Cameron.«

Verdammt, er hatte sie völlig vergessen. »Tut mir leid, daß ich nicht anrufen konnte. Es ging so hektisch zu. Wann sehen wir uns?« Er unterdrückte ein Gähnen.

»Keine Ahnung. Am Wochenende fliege ich mit Tony nach Los Angeles. Dort will er während der Ostertage ein paar Deals unter Dach und Fach bringen. Dann geht's nach

Cannes, wo wir ein paar Coproduktionspartner treffen. Ich komme erst Montag in einer Woche zurück.«

Rupert schaute auf den Kalender. Das wäre am 26. April. Bis zum 30. würde er verreist sein, und am 3. Mai mußten die Bewerbungen für die Konzession eingereicht sein. Also würde er nach Camerons Rückkehr kaum Zeit finden, sie für Venturer zu erobern.

»Wo bist du?« fragte er.

»Zu Hause.«

»Allein? Ich fahre sofort los.«

»Bist du verrückt: Weißt du, wie spät es ist?« Aber es gelang ihr nicht, die Freude in ihrer Stimme zu unterdrükken.

»Eine Stunde habe ich noch zu tun. Um diese Zeit dauert die Fahrt etwa anderthalb Stunden. Einen Strafzettel wegen Geschwindigkeitsüberschreitung kann ich mir nicht erlauben. Gegen zwei bin ich bei dir.«

Cameron war nackt, als sie ihm die Tür öffnete.

»Ich hätte der Milchmann sein können«, meinte er vorwurfsvoll.

»So spät bist du nun auch wieder nicht dran«, flüsterte sie, preßte ihren warmen duftenden Körper an ihn, und ihr offenkundiges Entzücken über das Wiedersehen vertrieb wie durch ein Wunder seine Müdigkeit.

Als er ihr ins Schlafzimmer folgte, überlegte er, daß es ihm in diesem Fall ausnahmsweise keine Schwierigkeiten bereiten würde, eine Beziehung zu festigen.

27

Während der Reise erschrak Cameron immer wieder über die Intensität ihrer Sehnsucht nach Rupert. Los Angeles war schlimm genug – und Cannes so qualvoll nahe bei England.

Am zweiten Donnerstag der Trennung wurde Camerons Herzenskummer von Zorn verdrängt. Eine von Tonys unzähligen Tochtergesellschaften, die Falconry Films Inc., hatte eine lausige Miniserie namens »Blinder Passagier« über eine verwaiste Aristokratin gedreht, die sich als Kajütenjunge verkleidet auf ein Piratenschiff schlich und eine Affäre mit dem Kapitän anfing. Als PR-Gag ließ Tony einen Klipper in den Hafen von Cannes bringen und gab eine sündteure Party an Bord. Mißmutig beobachtete Cameron, wie sich trinkfreudige internationale Käufer und deren Gespielinnen – ausnahmslos im Bikini – die Bäuche mit Kaviar und Champagner vollschlugen und hatte das Gefühl, sie würden alles verprassen, was sie mit »Vier Männer auf dem Heuboden« für Corinium verdient hatte.

Mit dunkler Brille, in Jeans und einem schwarzen Hemd, auf das ein diskretes Krönchen gestickt war, sah Tony selber wie ein Pirat aus. Im Verlauf der Reise hatte sie genug Zeit gefunden, ihn mit Rupert zu vergleichen. Beide galten als Scheißkerle. Aber Tony war eiskalt, sogar in seiner Sinnlichkeit, völlig korrupt, von Neid zerfressen und sadistisch in seinem Bestreben, andere Leute zu vernichten. Hingegen schien Rupert nur scharfzüngig zu sein, weil er zu Arroganz neigte und sich leicht langweilte.

Gerührt erinnerte sie sich an jene Nacht, wo er sie trotz eines langen Arbeitstages noch so spät besucht hatte. Nach dem Liebesakt war er nicht eingeschlafen, wie es die meisten Männer getan hätten, sondern wach geblieben, um sie nach Tonys Plänen in Los Angeles und Cannes zu fragen.

In beruflicher Hinsicht konnte sie mit dem Erfolg der Reise zufrieden sein. Die dritte Staffel von »Vier Männer auf dem Heuboden« wurde bereits im voraus weltweit verkauft. Die Repräsentanten zahlreicher Fernsehsender gratulierten ihr zu den Preisen, die sie im letzten Jahr gewonnen hatte, und machten ihr schmeichelhafte Angebote.

In der Priory arbeitete Declan immer noch an der Venturer-Bewerbung. »Wir stellen uns die Aufgabe, die Wahrheit zu sagen«, schrieb er, »informativ, unterhaltsam und interessant zu wirken, die Zentren der Macht zu beobachten, deren Mißbrauch anzuprangern und niemandes Sprachrohr zu sein.« O Gott, es war so schwer, Klischees zu umgehen und stets präzise zu sein. »Wir wollen der Region eine national anerkannte Fernsehidentität geben«, fuhr er fort. »Das hat Corinium nach unserer Ansicht versäumt. Diese Gesellschaft hat in der letzten Bewerbung ein neues Studio versprochen, ein Jugendorchester, einen Treuhandfonds für Kunst und Wissenschaft, adäquate Ausbildungsmöglichkeiten und Mitbestimmung aller Angestellten – nichts davon ist verwirklicht worden. Außerdem wurde zugesagt, daß fünfzig Prozent der Einnahmen abzüglich der Steuer an die Aktionäre gehen würden und der Rest für neue Sendungen verwendet werden sollte. Auch dieses Versprechen wurde nicht eingehalten.«

Er wollte gerade das Programm von Venturer erläutern, als Gertrude kläffend vom Sofa sprang und Papiere durcheinanderwirbelte, um Rupert und Freddie zu begrüßen.

Ruperts Blick wanderte über das Chaos aus Manuskripten, Notizen, Video- und Tonbandkassetten, Kaffeetassen und überquellenden Aschenbechern. »So ein Saustall! Warum erlaubst du Taggie nicht, hier Ordnung zu machen?«

»Ich bin abergläubisch«, murmelte Declan. »Zwischen zwei Projekten räume ich nie auf, sonst könnte es passieren, daß ich was wegwerfe, das ich später brauchen würde.«

Rupert warf das Magazin *Broadcast* auf den Tisch und schlug eine ganzseitige Corinium-Annonce auf, die ein grandioses Foto von Cameron zeigte und alle ihre bisher errungenen Preise auflistete. »Wir müssen sie unbedingt haben.«

»Sie ist viel zu hoch oben, um sich für Venturer zu interessieren«, protestierte Declan hastig.

Freddie setzte sich auf die Fensterbank. »Wir brauchen prominente Frauen.«

»Bedenk doch, wie nützlich sie uns für den Rest des Jahres als Maulwurf im Corinium-Lager wäre, Declan«, fuhr Rupert eindringlich fort.

»Wir haben Georgie und Seb und Charles.«

»Die schlafen nicht mit Tony. Außerdem ist sie seine Trumpfkarte. Außerdem – wenn die IBA von Anfang an weiß, daß sie zu uns kommt, ist er unten durch.«

»Jedenfalls würde sich ein Versuch lohnen«, meinte Freddie, »wir brauchen ihr nicht alles zu verraten – jetzt noch nicht.«

»Ich muß sie so oder so informieren«, erklärte Rupert. »Wenn sie am Dienstag morgen in der Zeitung liest, daß wir uns um die Konzession bewerben, können wir die Hoffnung auf ihre Mitarbeit begraben.«

Declan schüttelte den Kopf. »Ich finde es unmoralisch und gefährlich, Cameron als Spitzel zu benutzen. Außerdem wird sie keineswegs begeistert sein, wenn sie hört, was du bereits getan hast.«

Freddie fuhr mit allen Fingern durch seine Locken. »Meiner Frau habe ich nichts erzählt«, gestand er, »und es immer wieder hinausgeschoben. Und ich glaube, sie wird auch nicht begeistert sein.«

Aus Cannes zurückgekehrt, stürzte sich Cameron in die Arbeit an der neuen Staffel von »Vier Männer auf dem Heuboden«. Rupert war im Ausland, um ein Tennisturnier zu organisieren, dessen Einnahmen in den olympischen Fonds fließen sollten. Und so trafen sie sich erst Freitag nachts wieder.

Wie immer fuhr sie zu schnell. Glücklicherweise herrschte kaum noch Verkehr, als sie um die Ecken schlitterte, bei Rot über Kreuzungen raste und es kaum erwarten konnte, Rupert wiederzusehen. Im Dorf Penscombe brannten fast keine Lichter mehr, aber große funkelnde Sterne und ein Vollmond wiesen ihr den Weg. Das helle Grün der Kastanien zu beiden Seiten der Auffahrt zum Court hieß sie willkommen, und als sie mit quietschenden Reifen vor dem Haus hielt, fielen die Scheinwerfer auf einen weißen Magnolienbaum in voller Blüte, der am Rasenrand wuchs, so überirdisch schön, daß Cameron ihn hingerissen anstarrte. Ich will Rupert heiraten, dachte sie, und als Braut genauso wundervoll aussehen wie dieser Baum.

Die Haustür flog auf, Hunde stürmten heraus, bellten und wedelten mit den Schwänzen. Daß sie am Autolack scharrten, störte Cameron nicht. Rupert folgte ihnen, das blonde Haar silbern im Mondschein. Er streckte ihr die Arme entgegen und hob sie hoch, trug sie über das Getümmel der Hunde hinweg in die Halle und stellte sie wieder auf die Füße. Sofort kniete sie nieder, um die Labradors und Spaniels zu umarmen, die ihre nackten Arme und Beine ableckten. »Wie zauberhaft sie sind!«

»Wie seltsam und wie nett!« meinte Rupert, als er Cameron in den Salon führte. »Ich hätte nie gedacht, daß du Hunde magst.« Er nahm eine Flasche Dom Perignon aus einem Eiskübel, um sie zu öffnen. Auf dem Tisch stand eine Platte mit Räucherlachs und gebutterten Brötchen. »Nach einem langen, anstrengenden Tag halte ich nichts von Liebe auf leeren Magen, und ich werde dich noch lange nicht schlafen lassen.«

Sie trat hinter ihn, strich über die kräftigen Schultern, deren harte Muskeln sie durch das rosaweiß gestreifte Hemd spürte, und schmolz fast dahin vor Lust.

»Was gibt's Neues bei CTV?« fragte er.

»Ich komme mir vor wie ein Maulwurf.«

Beinahe verschüttete Rupert den Champagner, als er die Gläser füllte. »Wie meinst du das?«

»Wenn man zwölf Stunden in einem Studio festsitzt, beginnt man zu fürchten, man würde das Tageslicht nie mehr sehen.«

Erleichtert atmete er auf. »Oh, das verstehe ich. Und Cannes? Hast du dich inzwischen von den Strapazen erholt?«

»Fast.« Cameron trank einen großen Schluck. »Ah, jetzt geht's mir besser. Stell dir vor, fünfzehn Konsortien wollten mich an Land ziehen.«

»Wie schmeichelhaft für dich!« Rupert häufte Räucherlachs auf ein Brötchen und reichte es ihr. »Interessante Angebote?«

»Nicht übel. Unglücklicherweise treten sie alle gegen praktisch unantastbare TV-Stationen wie Granada und Yorkshire an. Wenn Tony Wind davon bekommt, fliege ich raus.«

»Ist die Corinium-Bewerbung schon fertig?« erkundigte er sich beiläufig und füllte ihr Glas nach.

»Ja, Gott sei Dank. Tony bringt sie morgen zur IBA.«

Rupert stieß einen zweiten zufriedenen Seufzer aus. Wenn er ihr am nächsten Tag von Venturer erzählte, würde sie wenigstens keine Gelegenheit mehr finden, das Corinium-Gesuch zu ändern.

Cameron sah sich in dem schönen Zimmer um, registrierte den Gainsborough, den Stubbs und den Lely an den hellgelben Wänden. Fest entschlossen, sich nicht beeindrukken zu lassen, fragte sie aggressiv: »Wie kann man allein in diesem Riesenschuppen leben?«

»Das tu ich nicht. Mr. und Mrs. Bodkin wohnen hier und betreuen mich, die Kinder verbringen viele Wochenenden bei mir, und normalerweise ist ein – eh – Hausgast da.«

Das hab ich mir selber eingebrockt, dachte Cameron und biß sich auf die Unterlippe.

Rupert las ihre Gedanken. »Reg dich nicht auf. Um die Erinnerung an unser letztes traumhaftes Beisammensein nicht zu besudeln, war ich seither enthaltsam. Aber du hast dich sicher mit Lord B. vergnügt?«

»Viel seltener als sonst«, erwiderte sie hastig.

Die Großvateruhr schlug Mitternacht, und Rupert sagte leise: »Der 1. Mai hat begonnen – der Monat, wo die Liebe unter freiem Sternenhimmel am schönsten ist.« Lächelnd ging er auf Cameron zu. »Oder würdest du draußen frieren?«

»Nicht, wenn du mich wärmst«, wisperte sie.

Unter den mondhellen Magnolienzweigen zog er sie aus, küßte langsam und ausgiebig alle Körperstellen, bis sie sich stöhnend hin und her wand, hilflos vor Begierde. Unter ihrem Rücken spürte sie das taufeuchte Gras, über sich Ruperts fühlbare Erregung. Als er in sie eindrang, staunte sie über das unbeschreibliche Glück, das sie vollkommen ausfüllte.

Wenn sie mit Tony schlief, schloß sie immer die Augen, weil sie das uncharakteristisch zerzauste Haar, die vorquellenden Augen, die zusammengebissenen Zähne, die hervortretenden Adern an den Schläfen nicht sehen wollte. Sie mochte ihn nur gepflegt, wohlfrisiert und kontrolliert. Während sie unter Rupert lag, blieben ihre Augen die ganze Zeit offen, denn er war aus dem Stoff, aus dem Träume bestehen, und es widerstrebte ihr, auch nur eine einzige Sekunde zu versäumen.

Sie erwachte allein in Ruperts großem Vier-Pfosten-Bett aus der Regierungszeit Jakobs' I. und fand eine Nachricht auf dem Nachttisch. Er mußte einer Verpflichtung in seinem Wahlkeis nachgehen und würde zum Lunch zurückkommen. In dem schönen Raum mit den pfirsichfarbenen Wänden, dem weizengelben Teppich, den rosagelb gestreiften Seidenvorhängen am Bett und an den Fenstern kam sie sich vor wie mitten in einem Sonnenaufgang. Auf dem Ankleidetisch, zwischen Silberbürsten, Zigarrenpapier und Kleingeld, standen Fotos von Ruperts Kindern. Das Mädchen hatte die gleichen arroganten Blauaugen wie der Vater, der Junge dunkelrotes Haar und große, dunkle, wachsame Augen. Sicher waren sieben Hunde leichter zu erobern als zwei Stiefkinder. Helen muß spektakulär sein, wenn sie solche Sprößlinge geboren hat, dachte Cameron. Sie stand auf, trat ans Fenster und blickte auf das grüne, von blühenden Bäumen und Büschen erfüllte Tal. Wie konnte Helen eine solche Aussicht und einen solchen Mann verlassen haben?

Cameron duschte, zog sich an und ging nach unten. In der Halle lagen die Hunde, schwanzwedelnd folgten sie ihr in die Küche. Mit einem Glas Orangensaft und Kaffee aus der noch heißen Maschine betrat sie die Terrasse. Auf der anderen Seite des Tals, kaum sichtbar hinter dem dichten Buchenwald, sah sie ein Haus. Das mußte Declans Priory sein. Was mochte er getan haben, nachdem er bei Tony in Ungnade gefallen war? Seltsam – am 1. Januar hatte sie mit Patrick zu Ruperts Penscombe Court hinübergeschaut und gedacht: Ein Königreich. Und jetzt, vier Monate später, war sie hier.

Begleitet von den Hunden, wanderte sie durch den Garten. In den struppigen Rosenbüschen entfalteten sich grüne Blätter, welkes Laub bedeckte das Wasser des Swimmingpools, die Buchenhecke um den Tennisplatz mußte gestutzt werden. Rupert und sein Heim brauchten offensichtlich dringend eine Frau.

Sie schaute auf ihre Uhr – schon halb eins. Graue Wolken überzogen den Himmel, vereinzelte Tropfen fielen herab, und Cameron beschloß umzukehren. Sie hatte einen Rundgang durch den Garten gemacht und näherte sich nun der Vorderfront des Hauses. Bestürzt hielt sie den Atem an. Ein nächtlicher Sturm hatte alle weißen Blütenblätter von den Magnolienzweigen gerissen und auf dem Rasen verstreut. Die Braut war nackt.

Kläffend rannten die Hunde auf ein Auto zu, das vor der Haustür stehengeblieben war. Cameron hoffte, es würde Rupert sein, aber es war ein junger Mann, der Schachteln voller T-Shirts ablieferte und Cameron bewundernd anstarrte. »Die erste Ladung«, erklärte er. »Mr. Campbell-Black wollte sie so schnell wie möglich haben. Sagen Sie ihm bitte, die Aufkleber, Poster und Buttons sind am Montag fertig.«

Cameron konnte nicht widerstehen und inspizierte die T-Shirts. Kornblumenblau, mit der dunklen Bronzezeichnung eines Jungen, der seine Augen mit der Hand beschattete und der Aufschrift »Venturer«. Offenbar waren diese Shirts für ein Sportereignis bestimmt. Sie nahm eins mit nach oben und zog es an. Es reichte gerade bis zu den Oberschenkeln. Als die Haustür ins Schloß fiel, stieg sie langsam die Treppe hinab. Rupert schaute auf die Schachtel in der Halle. »Die Shirts sind todschick«, meinte sie. »Darf ich das da behalten?«

Er hob den Kopf und erstarrte für ein paar Sekunden. »Hallo, Engelchen! Wie hast du geschlafen?«

»So gut, daß ich mich liebend gern wieder bis zur Erschöpfung verausgaben würde«, erwiderte sie in verführerischem Ton und hob das T-Shirt, um Rupert zu zeigen, daß sie nichts darunter anhatte. Als er nicht wie erwartet reagierte, fragte sie: »Was ist eigentlich Venturer?«

Seine Augen schienen sich zu verdunkeln, eine undurchsichtige Blauschattierung anzunehmen, verloren allen Glanz. »Komm, trinken wir was.«

Enttäuscht folgte sie ihm in den Salon. Auf einmal wirkte er unglaublich nervös, und als sie einen Drink ablehnte, goß er sich einen doppelten Whisky ein und leerte das Glas in einem Zug. Dann zog er sie neben sich auf das Sofa. »Hör mal, Schatz, es ist ein bißchen schwierig, aber ich muß dir was sagen.«

Cameron wurde blaß. Plötzlich fühlte sie sich in dem zu großen T-Shirt so wehrlos wie die Magnolienblüten auf dem Rasen. »Du willst mich nicht mehr sehen?« flüsterte sie.

»Ganz im Gegenteil.« Mit sanften Fingern strich er eine dunkle Haarsträhne hinter ihr Ohr. »Aber vielleicht willst du nichts mehr mit mir zu tun haben. Freddie Jones, Declan und ich haben ein Konsortium namens Venturer gegründet und wollen Corinium die Konzession wegschnappen.« Er wollte sich also nicht von ihr trennen...

Zunächst war sie so erleichtert, daß sie kaum einen klaren Gedanken fassen konnte. »Du und Declan? Wie lange geht das schon so?«

»Seit dem Tag, wo er gekündigt hat.«

»Du bist also nicht nach Madrid gekommen, um ein Fußballspiel zu sehen?«

»Nein.«

»Hast du die Bewerbung in meinem Aktenkoffer gelesen?«

»Ich habe sie kopiert.«

Jetzt zitterte sie am ganzen Körper, ihre Lippen waren weiß.

»Du brauchst dir keine Sorgen zu machen«, versicherte er. »Declan war entsetzt über meine üblen Tricks und weigerte sich, euer Gesuch zu lesen. Also ist nichts bei der ganzen Sache herausgekommen.«

»Aber in der Nacht vor meinem Abflug nach Los Angeles

habe ich dir so viel über die Corinium-Projekte erzählt – und letzte Nacht auch«, sagte Cameron tonlos und schaute auf ihre Uhr. »Und jetzt ist unsere Bewerbung schon bei der IBA.«

Rupert hatte einen Wutanfall erwartet – nicht diese starre Miene.

»Ich habe dir vertraut«, fuhr sie langsam fort, »und ich dachte, du würdest dir wirklich was aus mir machen, du verdammter Verräter.«

»Du hast mich von Anfang an interessiert«, erwiderte Rupert besänftigend. »Wenn Tony nicht ständig in deiner Nähe gewesen wäre, hätte ich schon längst einen Annäherungsversuch unternommen. Und wenn ich dich nicht so wahnsinnig begehrt hätte, wäre ich nie nach Madrid gekommen. Ich wollte dir das schon früher erklären, aber ich wußte nicht, wie du reagieren würdest. Wir konnten nicht riskieren, daß du zu Tony läufst und ihm alles brühwarm erzählst.«

Cameron sprang auf. »Und ich habe allen Ernstes geglaubt, ich würde dir was bedeuten. Welch ein Witz! Ich weiß, wie Declan mich verabscheut. Sicher macht er sich jetzt Tag und Nacht über mich lustig, und Patrick und diese alberne Taggie finden es wohl auch irre komisch. O Gott, ihr müßt euch krank gelacht haben!«

Zornestränen liefen ihr über die Wangen. Er spürte ihre Unsicherheit, ihre Angst und Verletzlichkeit, und zum erstenmal flog ihr sein Herz entgegen. Er stand auf, versuchte sie in die Arme zu nehmen und zu trösten. »Engelchen, du siehst das ganz falsch. Niemand verspottet dich. Ich begehre dich, ich bete dich an, und wir alle möchten, daß du zu Venturer kommst. Wir haben nur auf den richtigen Augenblick gewartet. Du wirst das Juwel in unserer Krone sein und kannst das Programm machen, das du dir wünschst.«

»Geh mir aus dem Weg!« schrie sie. »Ich hasse dich, und

ich will dich nie wiedersehen.« Sie schlüpfte unter seinen ausgestreckten Armen hindurch und stürmte zur Tür hinaus.

Erst muß sie ihre Sachen von oben holen, dachte er, und auf der Treppe kann ich ihr den Weg versperren. Aber sie rannte aus dem Haus, und im nächsten Augenblick hörte er den Kies unter den Reifen ihres Lotus knirschen. Tony befand sich vermutlich noch auf der Rückfahrt von London nach Cotchester. Mit nichts als einem T-Shirt am Leib konnte Cameron nicht in der Falconry auftauchen. Aber sie würde ihn anrufen. Es war nur noch eine Frage der Zeit, bis die Bombe platzte.

28

Am Sonntag, dem 2. Mai, stellten alle unabhängigen TV-Sender und die Konsortien, die sie auszubooten versuchten, ihre Bewerbungen fertig, damit sie bis Montagmittag im IBA-Hauptquartier in der Londoner Prompton Road abgeliefert werden konnten.

Um sicherzugehen, hatte Corinium sein Gesuch schon am Samstag eingereicht. Die Mitglieder von Venturer gerieten in Zeitnot, verbrachten einen hektischen Tag in Freddies Haus am Holland Park und rangen mit der endgültigen Fassung des Gesuchs. Alle hielten Declans Darlegung der Projekte für eine Meisterleistung. Nun bearbeitete Fred mit Marti Gluckstein den Abschnitt über die Finanzierung und mit Harold White den technischen Teil.

Bas hatte Baupläne für die Umwandlung der Cotchester Hall in ein Studiogebäude vorgelegt, damit das Unternehmen gerüstet war, falls Tony den Verkauf der Corinium-Anlagen ablehnte. Nun spielte er abwechselnd mit dem königlichen Vertreter im County, der seit fünfundzwanzig Jahren keinen Sonntag mehr in London zugebracht hatte, und mit dem Kricketstar Wesley Emerson, der dem Gesuch nichts weiter hinzuzufügen wußte als seine illustre Persönlichkeit, Schach.

Sofort nach der Abendmesse fuhr der Bischof von Cotchester nach London. Maud, die ihren Mann begleitet hatte, spielte Klavier. Im Oberstock hämmerten Ursula und Freddies Sekretärin auf Schreibmaschinen ein, tippten hektisch einen Entwurf nach dem anderen ins reine und steckten alle Seiten, die das Okay des Konsortiums gefunden hatten, in den Fotokopierapparat.

Taggie machte sich in der Küche zu schaffen. Zum Lunch hatte sie Pastete und Käse serviert. Nun bereitete sie für ein feierliches Dinner Hühner mit Estragon, Möhren und Zwiebeln zu. Später würde sie eine äußerst komplizierte, risikofreudige Sauce mit Eigelb und Zitronensaft anrühren, die leicht gerinnen konnte. Aus dem Nebenraum drangen Lachsalven zu ihr, ein Witz jagte den anderen.

Wie amüsant und geistreich sie alle sind, dachte Taggie schmerzlich. Und sie selbst hatte überhaupt nichts beizutragen. »Nur eine wohlgenährte Armee funktioniert«, pflegte ihr Vater zu beteuern. Aber sie bezweifelte nicht, daß sie alle mit Sandwiches genauso glücklich gewesen wären und daß er ihr nur vorgeschlagen hatte, für die Verpflegung zu sorgen, um sie mit einzubeziehen. Seufzend beugte sie sich über das Rezept, aber da es zur Hälfte aus französischen Wörtern bestand, mußte sie eine von Caitlin besprochene Kassette zu Hilfe nehmen und schloß die Tür, damit der Recorder niemanden störte.

Zu allem Überfluß mußte sie sich auch noch um Rupert Sorgen machen. Vor einer Weile hatte er nervös und reizbar in die Küche geschaut und sich geweigert, etwas zu essen. Dann war er wütend geworden, weil er vergessen hatte, die

T-Shirts mitzubringen, und weggelaufen, mit dem Versprechen, später wiederzukommen und für die Lieferung der Shirts zu sorgen. Taggie befürchtete, daß er nicht gut genug auf sich aufpaßte. Wenn sie das Huhn besonders hübsch anrichtete, würde er am Abend vielleicht etwas davon essen.

Um acht Uhr knallte die erste Flasche Bollinger, während sie auf die endgültige Fassung des Gesuchs warteten. Gerade hatte Declan die letzte Seite neu geschrieben, um eine gewisse stilistische Einheitlichkeit zu erreichen. Ursula und Freddies Sekretärin ordneten die einzelnen Abschnitte, Freddie und Declan steckten die vertraulichen Aktennotizen, in denen Harold White, Georgie Baines, Charles, Seb und Billy Lloyd-Foxe als Leiter der verschiedenen Abteilungen angegeben wurden, in Umschläge.

»Schade, daß wir Cameron Cook nicht dazutun können«, seufzte Freddie.

»Rupert hätte inzwischen angerufen, wenn es in diesem Zusammenhang irgendwas Neues gäbe«, entgegnete Declan.

Dame Enid und Maud, beide schon leicht beschwipst, spielten Duette am Klavier. Der königliche Vertreter im County hatte am Schachbrett so viel Geld an Bas verloren, daß er vermutlich ein weiteres präraffaelitisches Gemälde verkaufen mußte, hatte sich aber schon lange nicht mehr so amüsiert. Hier gab es viele hübsche Frauen, die man anstarren konnte. Janey Lloyd-Foxe stillte gerade ihr Baby, und der Bischof, der soeben eingetroffen war, rief gerührt: »Mutter und Kind – welch ein schöner Anblick!«

Unterstützt von Seb, verteilte Taggie die Hühner und Reissalat auf große Platten. Allen Befürchtungen zum Trotz, war die Sauce wohlgeraten.

»Das sieht köstlich aus, Taggie«, lobte Bas, der gemütlich mit Janey und einer vollen Flasche auf dem Sofa saß. »Hoffentlich heiraten Sie mich, wenn ich erwachsen bin.«

»Der Tomatensalat ist nicht von dieser Welt«, schwärmte

Seb, während er die Schüssel ins Wohnzimmer trug. Taggie mochte ihn. Er war kräftig gebaut, aber nicht dick, fast so groß wie sie, und hatte dichtes hellbraunes Haar und sehr direkte schiefergraue Augen.

Als Big Ben neun Uhr schlug, waren vierzig Kopien von der Bewerbung fertig, säuberlich getippt, in Ringbüchern geheftet. Unter der Plastikhülle des Deckels prangte die Zeichnung eines hübschen Jungen, die Hand über der Stirn. Vor einem kornblumenblauen Himmel stand er auf den Lettern von VENTURER. Die Rückseite zeigte, ebenfalls von Plastikfolie geschützt, eine von Caitlin angefertigte Aquarellkarte des Sendebereichs, mit allen Dörfern und Städten und kleinen Zeichnungen der wichtigen Häuser, wo die künftigen Venturer-Direktoren wohnten. Von jedem einzelnen Domizil zeigten hellblaue Pfeile auf Cotchester. Es hatte einiges gekostet, das Aquarell drucken zu lassen, aber alle meinten, es habe sich gelohnt.

Aufgeregt blätterten sie in den Broschüren, hielten endlich etwas in den Händen, einen greifbaren Beweis für die Realität des Geschehens.

»Ich habe ganz vergessen, wie gut du schreibst, Declan«, bemerkte Harold White. »Besonders gut gefällt mir die Formulierung von den dicken Teppichen und schalldichten Wänden in der Corinium-Chefetage, ›wo man nur ein ganz, ganz leises Blöken hört, wenn die Schäfchen ins trockene gebracht werden‹.«

»Und ich bin ganz begeistert von dem Abschnitt über die Corinium-Lokalnachrichten«, dröhnte Dame Enid, »über ›Cotswold Roundup‹, das von einem ›anmaßenden, in Pastellfarben gehüllten Narziß‹ moderiert wird. Das dürfte diesen langweiligen kleinen Furz namens Vereker gewaltig ärgern.«

»Mein Cottage ist wirklich süß«, meinte der Buchhalter Marti Gluckstein und betrachtete die Landkarte. Er haßte das Landleben und hatte Rupert nur widerwillig gestattet, ein Cottage bei Penscombe für ihn zu kaufen, weil er als Aufsichtsratsmitglied von Venturer in dieser Gegend wohnen mußte. »Vielleicht werde ich's mir irgendwann sogar mal ansehen... Autsch!« schrie er, als er gegen das Schienbein getreten wurde.

»Tut mir leid«, flüsterte Freddie, »aber Declan glaubt, daß Sie jedes Wochenende in Ihrem neuen ländlichen Heim verbringen.«

Declan vergewisserte sich, daß alle Gläser gefüllt waren, und stand auf. »Ich möchte Ihnen allen für den Mut danken, bei Venturer mitzumachen, und für die harte Arbeit, die Sie bereits in unser Unternehmen investiert haben. Aber ich muß Sie warnen – bis jetzt war's ein Kinderspiel. Sobald es allgemein bekannt wird, daß wir Coriniums Stelle einnehmen wollen, wird Tony Baddingham sein Bestes tun, um uns mit Dreck zu bewerfen. Unsere einzige Hoffnung liegt in unserem festen Zusammenhalt, in unserem Vertrauen zueinander.« Lächelnd blickte er in die Runde. »Das ist ein stolzer Tag für mich. Und nun wollen wir die Gläser heben.«

Nachdem sich alle zugeprostet hatten, verkündete Dame Enid: »Ich werde ein Kampflied für Venturer komponieren, und das nehmen wir auf Platte auf.«

»Hoffentlich wird es besser als der Liederzyklus, den sie gerade geschrieben hat«, flüsterte Seb in Taggies Ohr. »Das hört sich an, als würde eine ganze Katzenhorde mit der Garrotte hingerichtet. Also ich finde, dieses Huhn ist genauso ein Kunstwerk wie die von ihrem Vater verfaßte Bewerbung. Kann ich noch ein bißchen was haben?«

Alle zuckten zusammen, als die Türglocke läutete.

»Womöglich ist das Tony mit einer Mistgabel«, meinte Georgie Baines nervös.

Aber es war nur der Mann mit den T-Shirts. Unter lautem Jubel zog jeder eins an, sogar das Baby und Gertrude.

Selbst der Bischof streifte das blaue Markenzeichen über sein Kollar. Janey trug nur ihren Slip darunter, damit ihre langen braunen Beine zur Geltung kamen, und nach einigem Zureden folgte Taggie ihrem Beispiel.

»Sie sind viel schöner als die Corinium-Shirts!« rief Seb entzückt. »Die sind senfgelb, und vorn ist nur ein Schriftzug zu sehen – ›Corinium, der menschliche Sender‹. Tony fand den Rammbock zu geil.«

Der Champagner floß in Strömen, und etwas später erschien der Fotograf.

»Wo bleibt denn Rupert?« fragte Declan ärgerlich.

»Wir müssen uns eben ohne ihn knipsen lassen«, erwiderte Freddie.

Taggie haßte Gruppenfotos, weil sie meistens größer war als die Hälfte der Männer, und Seb mußte sie aus der Küche ins Wohnzimmer zerren. »Sie gehören ebenso zu Venturer wie alle anderen.«

Sie saß auf dem Sofa, Gertrude im Schoß, zwischen Maud und Janey mit dem Baby. Bas hatte sich hinter ihnen postiert. Plötzlich sah Taggie, wie seine sonnenbraunen Finger Janeys Nacken streichelten, und wandte sich rasch ab.

»Ziehen Sie die T-Shirts stramm, damit ich alle Venturers sehen kann!« befahl der Fotograf. »Und jetzt schauen Sie alle glücklich drein! Könnte der kleine Hund vielleicht die Ohren spitzen?... Wunderbar! Lächeln, bitte!«

Zwei Minuten später knipste er immer noch, als Gertrude von Taggies Knien sprang und sich mit wildem Gekläff auf Rupert stürzte, der in der Tür stand. Er grinst genauso triumphierend wie früher, wenn er ein Springreiten gewonnen hat, dachte Janey.

»Meine Damen und Herren«, begann er gedehnt, »darf ich Ihnen die Leiterin der Venturer-Abteilung für Fernsehspiele und Serien vorstellen?«

Taggie schnappte entsetzt nach Luft, Harold White erblaßte, Seb, Georgie und Charles sprangen in ihrer Panik beinahe aus dem Fenster, während Rupert sich umdrehte, besitzergreifend einen Arm um Cameron Cooks Schultern legte und sie ins Zimmer führte. Sie sah bleich und scheu aus und unglaublich schön, mit einem liebevollen Lächeln, das ihre Gesichtszüge weicher erscheinen ließ.

Maud brach das verblüffte Schweigen. Monatelang hatte sie trotz Declans gegenteiliger Beteuerungen geglaubt, Rupert würde ein wachsendes Interesse für Taggie zeigen. Das wäre unerträglich gewesen. Um so freudiger begrüßte sie die öffentliche Bezeugung seiner Gefühle für Cameron, lief auf die beiden zu und umarmte sie. »Herzlichen Glückwunsch, meine Lieben! Nun bezweifle ich nicht mehr, daß Venturer die Konzession bekommen wird!«

»Starrt uns nicht so ängstlich an!« verspottete Rupert das erschauernde Venturer-Kontingent. »Cameron ist auf unserer Seite, ihr Name wird ebenso wie die euren in den vertraulichen Angaben unseres Gesuchs stehen. Und ab Dezember arbeitet sie für uns.«

Charles beschloß gute Miene zum bösen Spiel zu machen. »Willkommen bei Venturer, Schätzchen«, sagte er und küßte Cameron.

»Verdammt!« murmelte Seb in Georgies Richtung.

»Sehen Sie mal, wie sie Rupert anhimmelt!« seufzte Georgie. »Jetzt hat er sie genau da, wo er sie haben wollte.«

»Fragt sich nur, wie lange er sie haben will.« Seb schüttelte den Kopf.

Bald fing der Champagner wieder zu zirkulieren an. Cameron saß auf dem Sofa, blätterte mit einer Hand im Gesuch und hielt sich mit der anderen an Rupert fest.

»Warum heult Taggie in der Küche?« erkundigte sich Dame Enid bei Maud.

»Wahrscheinlich grämt sie sich, weil sie das schriftstellerische Meisterwerk ihres Vaters nicht so genießen kann wie alle anderen«, entgegnete Maud leichthin. »Sie ist legasthenisch, wissen Sie?«

»Ach, das arme liebe Ding!« rief Dame Enid. »Dafür ist sie eine verdammt gute Köchin. Ich werde mir noch eine dritte Portion nehmen.«

In der Küche legte Seb eine Hand auf Taggies Schulter. »Stimmt was nicht, Baby?«

»Alles in Ordnung«, erwiderte sie tonlos und schneuzte sich in ein Geschirrtuch. »Ich bin nur müde.«

Cameron ging zur Bar, wo Declan gerade eine weitere Flasche öffnete. »Ich bin ganz hingerissen von Ihrem Gesuch. Es stellt die Corinium-Bewerbung weit in den Schatten, und nachdem ich es gelesen habe, sind meine letzten Zweifel geschwunden – jetzt bin ich wirklich froh, daß ich zu Venturer gegangen bin. Hoffentlich mußte Rupert Ihnen nicht die Pistole auf die Brust setzen, damit Sie mich akzeptieren?«

Finster starrte er sie an. »Für mich ist alles okay – solange Sie nicht versuchen, irgend jemanden herumzukommandieren. Ein Team ist immer nur so gut wie sein Teamgeist.«

Mit Declan werde ich noch einige Probleme haben, dachte sie. Aber das spielte keine Rolle. Nur eins zählte – daß Rupert sie liebte.

Freddie klatschte in die Hände. »Der Fotograf braucht noch ein paar Aufnahmen!«

»Los, Cameron, ziehen Sie das an!« rief Charles und schwenkte ein T-Shirt.

»Ich – ich weiß nicht recht«, stammelte Cameron, als ihr bewußt wurde, welch ein kompromittierendes Beweismaterial diese Fotos wären.

»Ziehen Sie's an!« fauchte Declan.

Charles streifte ihr das T-Shirt über den Kopf, und alle versammelten sich wieder auf und hinter dem Sofa.

»Ziehen Sie die Shirts stramm, und lächeln Sie glücklich!« verlangte der Fotograf.

Seb strahlte in die Kamera und flüsterte Cameron aus einem Mundwinkel zu: »Wenn Sie uns bei Tony verpfeifen, machen wir Sie fertig.«

Da Venturer für den nächsten Nachmittag eine Pressekonferenz einberufen hatte, übernachtete Declan in Freddies Haus. Kurz nach Mitternacht fuhr Taggie ihre Mutter und Gertrude nach Penscombe zurück. Maud war ziemlich beschwipst und schwärmte in einem fort von dem wundervollen Abend. Wie aufregend, daß Rupert plötzlich mit Cameron aufgetaucht war... Würde er sie heiraten oder nur zu sich nach Penscombe Court holen oder was?

Ihre Tochter gab einsilbige Antworten. Glücklicherweise schlief Maud bei der Auffahrt nach Reading ein, so daß Taggie in Ruhe ihren Gedanken nachhängen konnte. Warum zum Teufel fühlte sie sich so elend? Rupert war ebenso außerhalb ihrer Reichweite wie die Sternenblumen auf der schwarzen Himmelswiese und völlig immun gegen die Liebe, die sie ihm entgegenbrachte. Diese Liebe war genauso albern wie die Schwäche eines Teenagers für Rock- oder Filmstars – für ferne Märchenprinzen, von denen man im Bett oder auf einsamen Waldwanderungen träumte.

Wahrscheinlich war Rupert nur nett zu ihr, weil er seine Kinder vermißte. Die silberne Halskette mit dem Anhänger, der Valentinsgruß für Gertrude, das goldene Osterei – das sind lauter Geschenke, die man auch einem Kind geben könnte, sagte sie sich energisch. Und daß sie unwiderstehlich sei – so was redete ein Mann jedem Mädchen ein. Cameron war schön, brillant, gebildet und knochenhart. Sicher paßte sie gut zu Rupert. Und Taggie mochte sie nur deshalb nicht, weil sie Declan geärgert und Patrick so weh getan hatte. Aber Rupert würde sich so was nicht bieten lassen, also war bestimmt alles in bester Ordnung.

Eine kalte Nase berührte ihre Hand, und sie streichelte

Gertrude, die über die Handbremse kroch, um sich mit einem gequälten Seufzer auf Taggies Knien niederzulassen. Eigentlich durfte sie das dem Hund nicht erlauben, während sie den Wagen steuerte, aber sie brauchte die tröstliche Nähe des kleinen warmen Körpers. Ohne es zu wissen, war sie glücklich gewesen seit jenem Valentinstag, wo Rupert begonnen hatte, regelmäßig die Priory aufzusuchen. Und nie zuvor hatte sie so tiefe Verzweiflung empfunden wie in dem Augenblick, als Rupert und Cameron – offensichtlich bis über beide Ohren ineinander verliebt – Freddies Wohnzimmer betreten hatten.

29

Als Tony Baddingham am nächsten Tag nach dem Lunch in sein Büro zurückkehrte, surrte die Sprechanlage, und Miß Maddens Stimme teilte ihm mit: »Barney Williams vom *Telegraph* ist am Apparat, Lord B. Er hat eine Frage bezüglich der Konzession.«

»Verbinden Sie mich mit ihm.« Tony nahm eine Zigarre aus der Kiste auf seinem Schreibtisch, lehnte sich entspannt in seinem Ledersessel zurück und beschloß, Großzügigkeit zu zeigen, was die armselige Bewerbung von Mid-West betraf.

Barney Williams kam sofort zur Sache. »Wußten Sie, daß Declan O'Hara Ihnen Konkurrenz macht?«

Tony lachte herzlich. »Soll das ein Witz sein?«

»Leider nicht.«

»Wer steckt sonst noch dahinter?«

»Rupert Campbell-Black, Freddie Jones...«

»Waaas?« Trotz der schalldichten Tür hörte es sich so an, als würde eine riesige Eiche umstürzen, und nebenan zuckte die Sekretärin erschrocken zusammen. Gleich darauf stützte sich Tony auf den Knopf der Sprechanlage. »Madden!« brüllte er. »Notieren Sie die Namen! Wer noch?« fragte er Barney.

»Henry Hampshire, der Bischof von Cotchester, Marti Gluckstein.«

»Der war noch nie in Gloucestershire.«

»Offenbar hat er dort ein Wochenendhäuschen. Janey Lloyd-Foxe, Dame Enid Spink, Crispin Graystock, Wesley Emerson... Ach ja, und dann noch Ihr Bruder Bas.«

Tony holte tief Atem, es klang wie ein langgezogener Seufzer.

»Hatten Sie wirklich gar keine Ahnung?« wollte Barney wissen.

»Nicht die leiseste.«

»Und das sind alles Ihre Freunde?«

»Das waren sie.«

»Um halb fünf geben sie in London eine Pressekonferenz. Haben Sie das auch vor, oder kann ich schon jetzt eine Stellungnahme haben?«

»Ich sage nichts, bevor ich mit meinen Mitarbeitern gesprochen habe.« Tony warf den Hörer auf die Gabel. Bastarde! Verräter! Wildes Geschrei hallte den Korridor hinab. »Ginger, Cyril, Georgie, Cameron, Charles! Kommt sofort zu mir!«

»Georgie ist in Manchester bei einem Werbekunden«, erklärte Miß Madden, »und Miß Cameron bei Außenaufnahmen für den ›Blinden Passagier‹.«

»Beordern Sie die beiden hierher! Auf der Stelle!«

Ginger Johnson glaubte, der Boß würde jeden Augenblick einen Herzinfarkt erleiden. Das Gesicht war hochrot, an den Schläfen traten die Adern wie mächtige Schlangen hervor. Er wollte Tonys Job haben – aber nicht, ehe die Konzession verlängert wurde. »Was um alles in der Welt ist denn los?«

Wütend rannte Tony auf und ab, die Hände geballt. Nachdem er die Zigarre am falschen Ende angezündet hatte, schleuderte er sie aus dem Fenster. Nur mühsam brachte er seine Stimme unter Kontrolle, so daß er seine Mitarbeiter informieren konnte. Ohne die Flasche zu öffnen, versuchte er sich einen Whisky einzugießen, dann knallte er sie auf den Schreibtisch.

»Wie nennt sich das Konsortium?« fragte Cyril Peacock.

»Venturer – und Abenteurer sind sie tatsächlich, alle miteinander. Oh, die werden sich noch wundern!«

Ginger ging zur Bar, schenkte ihm einen Brandy ein, und Miß Madden meldete über die Sprechanlage. »Die *Sun*, Lord B. . . Moment mal, Beryl sagt, daß der *Mirror* auf der anderen Leitung ist.«

Ginger ergriff die Initiative. »Sagen Sie ihnen, Lord B. sei bei einer Besprechung und würde in einer halben Stunde zurückrufen. . . Reden Sie jetzt nicht mit ihnen«, fuhr er fort, zu Tony gewandt. »Sehen Sie zu, daß Sie erst mal zu Atem kommen. In dieser Phase dürfen wir keine Panik zeigen. Überlassen wir es Venturer, im Dreck zu wühlen. Wir haben noch sieben Monate Zeit, um diesen Leuten die Daumenschrauben anzusetzen.«

In der Nachrichtenredaktion nahm Seb Burrows den Telefonhörer ab. ITN war am Apparat. »Hallo, Seb! Jesus, was für eine Story! Wußtest du was davon?«

»Welche Story meinst du?« fragte Seb unschuldig.

ITN sagte es ihm. »Und du wußtest wirklich nichts?«

»Keiner von uns wußte was. Oh, mein Gott!«

»Kannst du Tony für unsere Fünf-Uhr-Fünfundvierzig-Nachrichten interviewen?«

»Ich versuch's. Aber er ist sicher nicht in Karnevalslaune.«

Zu Sebs Überraschung stimmte Tony dem Vorschlag zu. Als das Team ins Chefbüro kam, standen alle Preise, die Corinium jemals gewonnen hatte, auch die aus Camerons Büro entwendeten EMMYs und BAFTAs, im Bücherregal, oder sie hingen an der Wand hinter Tonys Kopf.

Der Sturm hatte sich verzogen, jetzt war Tonys Zorn eiskalt. Er hatte sogar eine lachsrosa Nelke aus der Vase auf dem Schreibtisch genommen, um sie in sein Knopfloch zu stecken.

»Was halten Sie von Venturers Bewerbung?« fragte Seb.

Tony lächelte liebenswürdig, aber leicht verächtlich. »Nun, das sind lauter nette Jungs, und sie gehören zu meinen besten Freunden. Sicher ist ihr Gesuch ernst zu nehmen, und sie verfolgen die besten Absichten. Aber ehrlich gesagt – ich interessiere mich mehr für die Corinium-Projekte, zum Beispiel für das geplante Zehn-Millionen-Pfund-Studio bei Southampton, das etwa vierhundert zusätzliche Arbeitsplätze bieten wird, und für die neue, zwei Millionen schwere Technologie in Cotchester, die uns ein besonderes Programm ermöglichen wird. Damit sind wir der Herausforderung aller Kabel- und Satellitenstationen gewachsen. In den letzten Jahren haben wir viele Preise gewonnen.« Lässig wies er auf die Trophäen, die hinter ihm prangten. »Wir können mit einem ausgezeichneten lokalen Nachrichtendienst aufwarten, und wir haben ein phantastisches Unterhaltungsprogramm. Darauf stützen wir unsere Bewerbung.«

So komme ich nicht weiter, dachte Seb. »Angeblich hat sich Declan O'Hara nach seiner Trennung von Corinium mit Ihrem Bruder Basil verbündet, um Sie auszubooten.«

Tony betrachtete seine Fingernägel. »Tatsächlich?«

»Wußten Sie von dieser Verbindung?«

»Nein. Ich wünsche den beiden alles Gute. Die Bewerbung um die Konzession wäre langweilig, wenn es keine Mitstreiter gäbe, aber so etwas beeinträchtigt mein Selbstvertrauen nicht im mindesten.«

»Welches Konsortium bereitet Ihnen größere Sorgen – Mid-West oder Venturer?«

»Weder – noch. Ich gratuliere Venturer zu der großartigen Leistung, in so kurzer Zeit und unter so strikter Geheimhaltung eine Kandidatur hinzukriegen. Und ich bin gespannt, was in diesem Gesuch steht.«

»Und sie empfinden keine Bitterkeit gegenüber Freddie Jones, Rupert Campbell-Black und Henry Hampshire, die alle Ihre Gastfreundschaft genossen haben?«

»Keineswegs!« Tony lachte auf, als läge ihm ein solcher Gedanke völlig fern. »Und Corinium hat auch nicht die Absicht, schmutzige Kämpfe auszutragen. ›Dorothy Dove‹, die Taube, die kürzlich einen BAFTA-Preis für uns errungen hat, soll ein Symbol unserer Firma sein – friedlich, aber siegreich.«

Sobald das Surren der Kamera verstummte, erlosch Tonys Lächeln. »Jetzt verschwindet! Nach ›Cotswold Roundup‹ kommt ihr wieder, Seb. Sie bringen James Vereker mit.«

Cameron ignorierte den Befehl, sofort zurückzukehren und blieb bis zur Teepause um halb fünf am Drehort. Sie mußte sich stur zeigen wie sonst auch, sonst würde Tony Verdacht schöpfen. Während sie mit heruntergeklapptem Verdeck durch das engelsgleiche Frühlingsgrün fuhr, hörte sie aus dem Autoradio die Fünf-Uhr-Nachrichten, Declan O'Hara wolle sich nach seinem Krach mit Corinium und der daraus resultierenden Kündigung im März an Tony Baddingham rächen und ihm die Konzession wegschnappen. Als die Namen seiner Mitstreiter genannt wurden – Rupert, Freddie, Dame Enid, der Bischof, und so weiter –, wartete sie angstvoll auf ihren eigenen, doch der Sprecher erwähnte ihn nicht.

Sie stand immer noch unter der Nachwirkung des Schocks, den sie am Wochenende in Ruperts Haus erlitten hatte. Sofort war sie nach Hause gefahren, um Tony in der Falconry anzurufen – trotz seines strengen Verbots. Und prompt hatte sich Monica gemeldet. Da fiel Cameron ein, daß Tony einige Leute von einer französischen Coproduktionsgesellschaft zu Gast hatte, die wahrscheinlich gerade die welkenden Narzissen seiner Gattin mit zahlreichen *Mon Dieus* bewunderten. Sie legte auf und verbrachte die nächsten vierundzwanzig Stunden schaudernd im Bett, hinter verschlossenen Türen, mit ausgehängten Telefonen, und stellte sich verzweifelt vor, wie ein Leben ohne Rupert verlaufen würde. Wann immer es an der Haustür läutete, rührte sie sich nicht. Als er am Sonntagnachmittag die gläserne Verandatür an der Rückfront des Hauses einschlug, die Treppe heraufstürmte, Cameron in die Arme riß und beteuerte, er halte es ohne sie nicht aus, war die Qual so groß geworden und die Erleichterung über das Wiedersehen so maßlos, daß sie sich mit allem einverstanden erklärte. Ja, sie würde sich Venturer anschließen, vorerst bei Corinium bleiben und Tony nachspionieren.

Jetzt war der Augenblick der Bewährung gekommen. Am Drehort hatte sie das Ensemble den ganzen Tag angeschrien und ihm miserable schauspielerische Leistungen vorgeworfen. Nun mußte sie selber BAFTA-würdig agieren. Wenigstens hatte sie die Neuigkeit schon im Radio gehört, also blieb ihr die Notwendigkeit erspart, vor Tony völlige Verblüffung zu simulieren.

Kurz vor den Hauptnachrichten der BBC betrat sie sein Büro. Er sah sich mit Ginger und Cyril die Werbespots an, und sie ging schnurstracks auf ihn zu und nahm ihn in die Arme. »Es tut mir so leid. Ich hab's im Radio gehört. Diese Verräter! Freddie und Bas sind die allerschlimmsten.«

»Wurde Basils Name im Radio angegeben?« Cyril zückte seinen Bleistift. »Welcher Sender?«

»Daran erinnere ich mich nicht«, erwiderte Cameron hastig. »Ich habe hin und her gedreht, um möglichst viel herauszufinden.« Verdammt, das war knapp. Sie ging zur Bar, goß sich einen Wodka mit Tonic ein. Von nun an mußte sie äußerst vorsichtig sein, auch mit ihrem Alkoholkonsum. Sie war so müde. Wie leicht konnte ihr ein unbedachtes Wort herausrutschen...

Während die BBC die Venturer-Story brachte, stellte sich Cameron hinter Tony, denn sie wollte nicht, daß er ihr ins Gesicht sah. Eine Hand auf seiner Schulter, lehnte sie an der Wand. Nach außen hin blieb er ruhig, aber sie spürte die Verkrampfung seiner Muskeln. In seinem Kinn zuckte es, und die rosa Nelke im Knopfloch welkte zusehends, als würde sein Zorn sie vergiften.

Das Venturer-Team sah großartig aus, als es die Pressekonferenz gab. Am vergangenen Abend hatte Declan so feindselig gewirkt, daß Cameron nicht aufgefallen war, wie erholt er wirkte – sonnengebräunt von der Gartenarbeit, ohne die gewohnten Sorgenfalten im Gesicht. Rupert lachte mit Janey, die ihn vergnügt anstrahlte, trotz der gewaltigen Menge des am Vortag genossenen Champagners. Er hatte Cameron versichert, auf diese Frau brauche sie niemals eifersüchtig zu sein. Aber sie nahm sicherheitshalber die Hand von Tonys Schulter, falls sich ihre Finger trotzdem anspannen sollten.

»Warum wollen Sie Corinium die Konzession abjagen?« fragte der BBC-Reporter.

»Wir wollen einen reinen Lokalsender gründen«, erklärte Declan, »und ein verdammt gutes Programm machen.«

»Und ein Vermögen?« ergänzte der *Mirror*.

Alles johlte. Declan grinste. »Das auch. Dann können wir uns ein noch besseres Programm leisten.«

Aber dann floß das Vitriol in Strömen.

»Corinium hat den Kontakt mit dem Publikum in der Region verloren«, sagte Rupert.

Und Freddie fügte hinzu: »Nachdem Tony Baddingham seit elf Jahren im Geschäft ist, finden wir es erstaunlich, daß er erst jetzt beschlossen hat, ein Studio bei Southampton zu bauen.«

»Neulich trat ich in ›Cotswold Roundup‹ auf«, dröhnte Dame Enid. »Ich wurde von einem Gecken in Pastellkleidung interviewt, der keine Ahnung hatte, wovon er sprach. Die schlimmste Sendung meines Lebens...«

»Und was hat Sie bewogen, Venturer zu unterstützen, Exzellenz?« fragte der *Catholic Herald* den Bischof.

»Heutzutage ist das Fernsehen ein Schlüsselfaktor in der Lebensqualität«, erwiderte Hubert Brenton freundlich, »in der Gemeinde und in der Etablierung christlicher Werte. Ich hoffe, bei Venturer die Möglichkeit zu erhalten, das Fernsehen sowohl belehrend als auch unterhaltsam zu gestalten, und...«

Rupert bemerkte, daß der Bischof zu einer längeren Rede ansetzte, und fiel ihm rasch ins Wort. »Seine Exzellenz meint ebenso wie ich, daß Corinium zuviel Sex und Gewalt bringt.«

»Dieser verdammte Heuchler!« donnerte Tony.

»Allerdings«, stimmte der Bischof zu. »In ›Vier Männer auf dem Heuboden‹ gehen die jungen Menschen ständig mit anderen jungen Menschen ins Bett.«

»Und die ganze Abteilung für Fernsehspiele und Serien ist grausig«, ergänzte Janey.

»Biest!« zischte Cameron. »Wie kann sie es wagen!«

»Natürlich arbeiten gute Leute bei Corinium«, warf Declan ein, »aber die werden von einem habgierigen, inkompetenten Management behindert.«

Tony paffte seine Zigarre, und seine Fingerknöchel traten weiß hervor, als er seinen silbernen Brieföffner wie einen Dolch umklammerte, um ihn in eine imaginäre Brust zu stoßen.

»Nachdem ich sieben Monate lang für Corinium tätig war«, fuhr Declan fort, »weiß ich, wie schlimm es dort zugeht.« Auf die Frage des *Stars*, wen Venturer von anderen Konsortien weglocken wollte, antwortete er lächelnd: »Wir haben bereits unglaublich talentierte Experten verpflichtet, die unsere diversen Abteilungen leiten werden, sobald wir die Konzession bekommen. Aber da sie alle noch für ITN und die BBC arbeiten, können wir keine Namen nennen.«

»Wie denken Sie über Ihren anderen Rivalen, Mid-West?« erkundigte sich die *Sun*.

Rupert lachte. »Die haben letzte Woche in der Lokalzeitung annonciert, mit der Bitte, Ideen für die Programmgestaltung einzusenden. Also müssen sie an erheblichem Phantasiemangel leiden. Und da sie ihre regionale Trumpfkarte in einem Geographielehrer sehen, der noch nie in London war, fühlen wir uns nicht sonderlich von ihnen bedroht.«

Nun fand die BBC offensichtlich, daß sie Venturer genug Sendezeit geopfert hatte, und ging zum prachtvollen Wetter über. Tony schaltete sofort zu »Cotswold Roundup« um, wo ein scheinbar unparteiischer Bericht über die beiden Rivalen Coriniums und Sebs Gespräch mit dem CTV-Boß in voller Länge gebracht wurde.

Nach der Sendung kamen James Vereker und Seb Burrows in den Konferenzraum. In geschäftsmäßigem Ton erklärte Tony, man müsse möglichst viel Dreck ausgraben, um Venturer zu schlagen, und andere Leute dazu bringen, die Storys durchsickern zu lassen. »Hier ist eine Liste von den Mitgliedern des Konsortiums«, setzte er hinzu und überreichte James und Seb je eine Kopie. »Declan war völlig pleite, als er Corinium verließ. Wieso hat er plötzlich wieder Geld? Findet mal raus, ob er Kontakte zur IRA hat. Und seine Frau ist eine Nutte. Auch da müßte sich was machen lassen.«

»Rupert gehört dem Kabinett an«, sagte Ginger, »und er versteht sich recht gut mit der Premierministerin. Also könnte er sie veranlassen, die IBA in seinem Sinn zu beeinflussen.«

»Ausgezeichnet«, meinte Tony. »Rufen Sie Paul Stratton an, Ginger. Er soll das Thema im Unterhaus anschneiden. Und Sie stellen fest, mit wem Rupert schläft, Seb – vielleicht immer noch mit Sarah Stratton. Bohren Sie da mal nach.«

Seb wagte nicht, Cameron anzuschauen. Plötzlich tat sie ihm sehr leid.

»Graystock ist ein Linker«, fuhr Tony fort. »Checken Sie eventuelle kommunistische Sympathien, Seb, und hängen Sie in der Universität rum, und finden Sie raus, ob er's mit seinen Studenten treibt.«

»Und Dame Enid?« fragte Ginger und stieß ein trockenes, freudloses Lachen aus. »Wahrscheinlich ist sie sauer auf uns, weil wir dieses Jahr eine Oper von Michael Tippett senden und keine von ihr.«

»Möglich«, stimmte Tony zu. »Diese Story könnten wir in den Klatschkolumnen lancieren. Und der Bischof müßte irgendwann mal engere Beziehungen zu einem Chorknaben unterhalten haben.« Sein Zeigefinger glitt über die Namensliste. »Henry Hampshire ist ein Spanner, Janey Lloyd-Foxe eine Hure. Soviel ich weiß, hatte sie mal eine Affäre mit einem von Billys Sponsoren. Und die beiden sind ständig bankrott. Da müßte sich eine Menge Schmutz ausgraben lassen. Wesley Emerson ist ein Junkie und Säufer. Also müssen wir nur einen passenden Augenblick abwarten, um eine wirklich saftige Story unter die Leute zu bringen.«

Ginger schüttelte den Kopf. »Da sollten wir vorsichtig sein. Wesley ist ein Lokalheld, und die Öffentlichkeit verzeiht ihm alles.«

»Sarah Stratton soll ihn interviewen«, schlug Tony vor. »Dabei kommt sicher ein netter Skandal raus.«

James' Magen knurrte vernehmlich. Bei seiner ausgedehnten Mittagspause mit Sarah hatte kein Lunch auf dem Programm gestanden. »Ich glaube, wir dürfen eins der wenigen menschlichen Gesichter bei Corinium nicht besudeln«, protestierte er mit kraftloser Stimme und bleicher denn je.

»Der Meinung bin ich auch«, murmelte Cameron, die ebenfalls erblaßt war. »Können wir uns nicht einfach auf unsere Erfolge berufen? Wir sind besser als Venturer. Es wäre so entwürdigend, wenn wir uns auf dieselbe Stufe stellten wie diese Leute.«

»Sei nicht so dumm!« fauchte Tony. »Das ist ein Krieg! Übrigens, ich glaube nicht, daß Marti Gluckstein in Penscombe wohnt. Macht seine angebliche Adresse ausfindig und horcht die Nachbarn aus.«

»Das übernehme ich«, erbot sich Seb hastig.

»Charles ist mit Rupert und Declan befreundet«, sagte Tony. »Er soll feststellen, was sie vorhaben. Wo zum Teufel, steckt er eigentlich?« Wütend drehte er sich zu Cyril um.

»Er – er verbringt zwei Tage in einem Kloster im Wald von Dean, um Mönche zu interviewen«, stammelte Cyril. »Die Nummer steht nicht im Telefonbuch.«

»Dann fahren Sie hin, und holen Sie ihn«, entgegnete Tony mit übertrieben geduldigem Augenaufschlag. »Wenn ihr beide Wert auf eure Jobs legt, sorgen Sie dafür, daß er mich heute abend nach elf zu Hause anruft.« Er öffnete seinen Aktenkoffer, um ein frisches Hemd und eine Krawatte herauszunehmen. »Die Handelsbank hat mich zu einer Dinnerparty eingeladen. Und jetzt verschwindet alle, bis auf Cameron. Ich möchte mit ihr reden.«

Nachdem sie gegangen waren, konnte Cameron nicht verhindern, daß sie am ganzen Körper bebte. »Es ist so schrecklich«, wisperte sie.

»Vielleicht wird's sogar komisch«, entgegnete Tony sanft.

»Wenn der richtige Augenblick gekommen ist, drücke ich auf einen ganz bestimmten Knopf und zermalme sie alle. Die ahnen gar nicht, worauf sie sich eingelassen haben. Diese Bastarde! Alle haben sie mich hintergangen!« Langsam kam er auf Cameron zu und legte die Hände um ihren zitternden Hals. »Wenn du mich auch verrätst, bringe ich dich um.«

Der Programmdirektor von Radio Cotchester weiter unten an der High Street erhielt einen wütenden Anruf seines Chefs, der sich nicht mehr in der Nähe der Station hatte blicken lassen, seit sie vor fünf Jahren von Prinzessin Michaela eröffnet worden war. »Soeben wurde ein äußerst positives Interview mit Bas Baddingham gesendet!« brüllte er. »So eine Scheiße will ich nie wieder hören! Sagen Sie allen unseren Kommentatoren, daß wir Corinium bei dieser Kampagne hundertprozentig unterstützen. Immerhin gehören wir Tony Baddingham zu zwanzig Prozent.«

Weiter oben an der High Street las der Chefredakteur der *Cotchester News* den Leitartikel für die morgige Ausgabe. »›Die Leute, die zu groß für ihre Stiefel werden, sollten lieber die Teppiche anderer Leute abnutzen‹, sagte Tony Baddingham, als er sich von Declan O'Hara trennte. Wie hohl müssen diese Worte jetzt in seinen eigenen Ohren klingen, nachdem der irische Superstar ein Konsortium gegründet hat, um ihn auszubooten! Nach dem 15. Dezember wird Declan über die Teppiche von Corinium schreiten, denn seine Gesellschaft dürfte finanziell bestens gesichert sein und genug Talente in ihren Reihen haben, um das große Ziel zu erringen...«

Der Chefredakteur hatte genug gelesen und rief den Verfasser dieser Zeilen an. »Das können Sie nicht veröffentlichen! Wir besitzen zwanzig Prozent von Corinium, und Tony Baddingham hat fünfundzwanzig Prozent von uns. Schreiben Sie das noch mal!«

»Corinium mag nicht perfekt sein«, tippte der Redakteur schweren Herzens. »Welcher Fernsehsender ist das schon? Aber Tony Baddingham hat inzwischen ein Niveau erreicht, das ein Neuling erst in mehreren Jahren vorweisen könnte. Corinium hat ein stetig expandierendes Programm zu bieten, zahllose Preise gewonnen und beschäftigt hervorragende Fachkräfte, vor allem Cameron Cook.« Danach verließ er sein Büro und betrank sich.

Cameron fuhr nach London und fing Rupert nach einer Abstimmung vor dem Parlament ab. »Alles okay, Schätzchen?« fragte er. »Hat Tony einen Herzinfarkt gekriegt?«

»Ich hasse dich, und ich hasse mich selbst!« jammerte sie. »Wie kann Janey Lloyd-Foxe es wagen, in aller Öffentlichkeit zu behaupten, meine Abteilung sei grausig! Und dieser verdammte Bischof hat so getan, als wären die ›Vier Männer auf dem Heuboden‹ völlig unmoralisch.«

»Das war natürlich taktlos. Tut mir leid. Aber wenn wir dich nicht angreifen, wird Tony Lunte riechen.«

»Hör mal, Rupert – ich glaube, ich eigne mich nicht zur Doppelagentin.«

»Was ist passiert?«

»Tony hat Seb beauftragt, herauszufinden, mit wem du schläfst.«

»Dann wird sich der arme Seb gräßlich langweilen«, entgegnete Rupert lachend. »Du bist die einzige, mit der ich schlafe oder wache.«

»Wirklich?« Ihre Stimme brach. »Ich bin ganz verwirrt. Das alles kam so plötzlich, und ich will dich viel öfter sehen – nur um mit dir zu reden.«

»Ich möchte was ganz anderes mit dir machen, aber das

wäre Wahnsinn. Die Presse hängt ständig um uns rum. Wir müssen vorsichtig sein.«

»O Rupert, ich schaffe das einfach nicht.«

»Doch, du schaffst es. Du bist tapfer und stark, das ist es ja, was ich so an dir liebe. Sicher ist es nur deine Müdigkeit, die dich im Augenblick so deprimiert. Nimm ein paar Valium und schlaf dich aus. Und tröste dich mit dem Gedanken, daß du im Dezember ein Stück vom ganz großen Kuchen bekommen wirst.«

»Ich dachte, wir wären nur daran interessiert, ein gutes Programm zu machen.«

»Klar, das auch.«

30

Innerhalb einer Woche hatte die IBA die Presse mit präzisen Angaben über alle Bewerbungen versorgt und Kopien in ihrer Bibliothek bereitgelegt, damit sich die Öffentlichkeit informieren konnte. Tony schickte Miß Madden sofort ins IBA-Hauptquartier, wo sie das Venturer-Gesuch in säuberlichem Steno abschreiben sollte. An der Drehtür traf sie Declans Sekretärin Ursula, die einen ähnlichen Auftrag erhalten hatte.

»Ich darf nicht darüber reden«, sagte Joyce.

»Ich auch nicht«, erwiderte Ursula.

Aber dann entschieden beide, man könne viel Zeit sparen, wenn man einander die benötigten Kopien per Post schicke. Statt Abschriften anzufertigen, gingen sie zu Harrods, wo sie gut zu Mittag aßen und sich mehrere Gläser Sherry genehmigten. Danach entschlossen sie sich zu einem gemeinsamen Kinobesuch.

»Wir dürfen uns keinesfalls über die Konzession unterhalten«, gab Joyce zu bedenken, »sonst werde ich gefeuert. Du ahnst ja nicht, wie Lord B. tobte, als er von Declans Bewerbung erfuhr, und er wird ihn bis aufs Blut bekämpfen. Es ist so schade, daß wir auf verschiedenen Seiten stehen. Ich habe Declan immer gemocht. So ein netter Mann...«

Nach der Lektüre des Venturer-Gesuchs startete Tony seine Gegenoffensive. »Es wäre albern, die Konkurrenz zu verunglimpfen«, erklärte er der Presse jovial, dann begann er genau das zu tun. Außerdem spielte er seine Mitarbeiter gegeneinander aus, bot ihnen doppelte Drinks und Zigarren an und erklärte jedem, er sei der einzige, auf den er sich verlassen und der den anderen nachspionieren müsse. An der Anschlagtafel hing eine Aktennotiz mit der Drohung, jeder Corinium-Angestellte werde sofort entlassen, falls man ihm Machenschaften mit Venturer nachweisen könnte.

Deshalb war der Bischof von Cotchester ziemlich verwirrt. Wann immer er die High Street entlang oder um die Kathedrale herum wanderte, um sich die Zeit zu vertreiben, und Corinium-Mitglieder traf, ergriffen sie die Flucht wie Eichhörnchen, die auf den nächstbesten Baum springen.

Am Sonntag berief Declan eine Venturer-Sitzung in der Priory ein. Billy, Janey und Wesley Emerson waren verhindert, aber jener tat ohnehin schon genug, indem er bei jeder möglichen Gelegenheit ein Venturer-T-Shirt trug.

Georgie, Seb und Charles (mit Zylinder und einem Schutzschild aus dem Corinium-Fundus) fuhren hysterisch kichernd in James Verekers auffälligem blauem Porsche vor. »Der blöde Kerl hat ihn auf dem Corinium-Parkplatz stehen und die Zweitschlüssel in seinem Büro liegenlassen«, erklärte Georgie. »Später stellen wir ihn vor deinem Haus ab, Enid, dann rufen wir Tony an und geben ihm einen Tip.«

»Was tut sich denn bei euch?« fragte Freddie.

»Tony ist hochgradig nervös«, berichtete Charles. »In alle

Haustelefone hat er Wanzen einbauen lassen. Paß bloß auf, Declan! Wenn dein künftiger Cheftechniker in einem gelben Lieferwagen ankommt, als Fernsehmechaniker verkleidet, mußt du ihm die Tür weisen.«

Es war so warm, daß sie alle draußen saßen. Apfelbäume und Fliederbüsche blühten und verströmten süße Düfte. Vergißmeinnicht und Ringelblumen wucherten am Ufer des Bachs, im Wald wurden die verblühenden Glockenblumen vom leuchtenden Weiß des wilden Knoblauchs verdrängt. Der Tag schien wie geschaffen für die Liebe. Cameron und Rupert tauchten gemeinsam auf, offensichtlich soeben dem Bett entstiegen, die Haare noch feucht von der Dusche. Sie saß auf dem Rasen, an ihn gelehnt, eine Hand auf seinem Schenkel – eng mit ihm verbunden und doch weit weg.

Die Lieferung des restlichen Venturer-PR-Materials verursachte freudige Erregung – Buttons, Stoßstangenaufkleber, Lesezeichen und Zipfelmützen. Das Poster diente als *pièce de résistance*. Es zeigte das vergrößerte Gruppenfoto mit Taggie und Gertrude auf deren Knien, beide in Venturer-T-Shirts.

»Grandios«, meinte Freddie. »Jeder Tankwart wird es neben seine Zapfsäulen hängen.«

»Ich nehme gleich mehrere für die Bar Sinister mit«, kündigte Bas an.

»Und ich ein paar für den Domhof«, fügte der Bischof hinzu.

»Ich verstecke meins unter dem Kissen«, bemerkte Seb, »falls Tony eines Abends zum Kaffee kommt.«

Nur Cameron fand keinen Gefallen an dem Poster. »Verdammter Kitsch!« schimpfte sie.

»Vielleicht wollt ihr einen Blick auf das Konkurrenzmaterial werfen«, sagte Georgie und entrollte ein Poster von Sarah Stratton, die unter der Überschrift »Corinium – der menschliche Sender« ein Kälbchen herzte und entschieden zu viele Blusenknöpfe geöffnet hatte.

»Die große Sex-Schlacht hat Venturer eindeutig gewonnen«, meinte Rupert verächtlich und sprang auf, als Taggie mit einer großen Schokoladentorte und einer Platte voller Gurkensandwiches aus dem Haus kam. »Lassen Sie mich das tragen, Schätzchen.« Sie wich seinem Blick aus und gab keinen Kommentar über das Poster ab, denn es erinnerte sie viel zu schmerzlich an jenen Augenblick, wo sie noch glücklich gewesen war, vor Ruperts und Camerons Ankunft in Freddies Salon.

Nach dem Tee ging Declan zum ersten Teil der Sitzung über. »In den nächsten beiden Monaten, vor den öffentlichen Besprechungen im Juli, wird die IBA alle Bewerbungen gründlich checken. Während dieser Zeit muß Venturer in der ganzen Umgebung bekannt werden. Dank unseres ausgezeichneten Mitarbeiterstabs haben wir keine PR-Probleme. Wir müssen nur mit allen wichtigen Leuten reden – in Rathäusern, Handelsbanken, Rotary Clubs – und ihnen klarmachen, daß wir keine Dilettanten sind. Auch an Universitäten, Kirchengemeinden, junge Farmer, Polizisten, Sportvereine, politische Gruppen und so weiter müssen wir herantreten, unsere Absichten erklären, herausfinden, wie wir ihnen helfen können, und ihre Unterschriften als Freunde von Venturer sammeln. Diese Listen schicken wir der IBA. Natürlich wäre es noch wirksamer, wenn einige Organisationen private Briefe an Lady Gosling schreiben und sich für uns einsetzen würden. Wir müssen die ganze Gegend erfassen. Ich weiß, ihr habt alle viel zu tun, und es ist mühsam. Die Corinium-Agenten sowie Billy und Harold dürfen sich natürlich nicht bei einer solchen Tätigkeit blicken lassen.«

»Oh, bitte, ich würde euch so gern helfen!« rief Taggie

flehend. »Ich könnte rumfahren und Flugzettel verteilen und allen erzählen, wie gut ihr seid.«

»Wie soll sie den Leuten denn erklären, warum sie Venturer unterstützen müssen«, sagte Cameron ein wenig zu laut, »wenn sie nicht mal die Bewerbung lesen kann?«

Seb sah, wie Taggie puterrot anlief, und kam ihr sofort zu Hilfe. »Ich werde alles auf Band sprechen, was Sie wissen müssen, Tag.«

Er hielt Wort. Die Kassette enthielt nicht nur die wichtigsten Punkte der Bewerbung, sondern auch die Antworten, die Taggie auf bestimmte Fragen geben sollte. »Wenn Sie mit linken Organisationen reden, sagen Sie, Professor Graystock und Ihr Dad würden zu unserem Konsortium gehören. In Tory-Kreisen erwähnen Sie Freddie, Henry, Rupert und Marti Gluckstein, bei Sozialdemokraten Dame Enid. Wenn irgend jemand über Sex und Gewaltakte im Fernsehen schimpft, betonen Sie, der Bischof von Cotchester habe sich uns angeschlossen und würde alle Sendungen kontrollieren. Und wenn jemand mehr Sex und Gewalt auf dem Bildschirm will, schwärmen Sie von Rupert, Bas und Wesley Emerson.«

Er übte mit ihr, bis sie den Text perfekt beherrschte, und sie fand ihn unglaublich nett und geduldig. »Hätte ich in der Schule doch nur solche Lehrer gehabt wie Sie!« sagte sie wehmütig.

Da Rupert an chronischer Überlastung litt, Freddie mit seinem Elektronik-Imperium und Declan mit der Yeats-Biographie beschäftigt war und die anderen nur wenig Zeit fanden, blieb ein Großteil der PR-Arbeit an Taggie hängen. Das Auto voller Aufkleber, Buttons und Poster, fuhr sie zu Gewerkschaftsgruppen, Jugendvereinen und Künstlerclubs, zu allen Organisationen, die auf irgendeine Weise Druck ausüben konnten, bat um Unterschriften, ersuchte sie, an die IBA zu schreiben und Venturer bei der öffentlichen Versammlung im Juli zu bejubeln. Wegen ihrer Schönheit, ihrer liebenswürdigen Art und ihres leidenschaftlichen Glaubens an Venturer hatte sie erstaunlichen Erfolg. Manchmal wurde sie vom Bischof oder von Dame Enid begleitet. Es machte ihr großen Spaß, im Kabrio der Komponistin mit heruntergeklapptem Verdeck durch den herrlichen Frühling zu fahren, braun zu werden, Zitroneneis zu schlecken und zuzuhören, wie die Leute insgeheim als »langweilige kleine Furze« beschimpft wurden, ehe sie ihre Unterschrift leisteten. Die Touren mit Professor Graystock waren weniger erfreulich, denn er entwickelte die schreckliche Gewohnheit, Taggie in den nackten Schenkel zu kneifen, wenn er seinen Worten Nachdruck verleihen wollte. Schließlich trug sie in seiner Gesellschaft nur noch Hosen.

Der dritte Samstag im Mai nahm einen für Taggie sehr betrüblichen Verlauf. Sie war müde, weil sie am Vorabend eine endlos lange Dinnerparty für Valerie Jones organisiert hatte. Nun mußte sie nach Winchester fahren, wo sie sich nicht auskannte. Obwohl sie vorher auf Band gesprochen hatte, wie die einzelnen Orte zu erreichen waren, und die Kassette immer wieder im Autorecorder abspielte, verirrte sie sich und geriet in Zeitnot. Völlig genervt, erwähnte sie in einem sozialdemokratischen Vereinslokal Dame Enid statt Professor Graystock. Ein mürrischer Schuldirektor weckte böse Erinnerungen an die Kindheit. Mühsam unterdrückte sie das Zittern in ihrer Stimme, als sie ihn fragte: »Wie könnte Venturer Ihnen persönlich helfen?«

»Nehmen Sie einen Bleistift, und schreiben Sie's auf«, befahl er.

»Ich – ich werd's mir merken«, stammelte sie.

»Schreiben Sie's auf!« herrschte er sie an.

Unglücklich senkte sie den Kopf. »Das kann ich nicht. Ich bin Legasthenikerin.«

Danach war er unglaublich nett und lud sie zu einem Glas Sherry ein. Sein ältester Sohn war legasthenisch gewesen und in Nordirland ermordet worden. Der Schuldirektor kramte zahlreiche Fotos hervor, um sie ihr zu zeigen.

Es war schon dunkel, als sie nach neuerlichen Irrwegen zu Hause ankam. Gertrude kläffte sie fröhlich an, und die Spur von Kleidungsstücken in der Halle und auf der Treppe verriet, daß die Eltern ziemlich überstürzt zu Bett gegangen waren. Auf dem Küchentisch standen die Reste des Abendessens, der Kater Aengus hatte eine halbvolle, unverschlossene Whiskyflasche umgeworfen, aus der es auf den Fliesenboden tropfte.

»O Gott«, seufzte Taggie, »können sie denn gar nichts selber machen?« Der Wiesenkerbel, den sie am Morgen gepflückt hatte, ließ seine Blütenblätter auf den Tisch rieseln. Nichts ist von Dauer, dachte sie bedrückt.

Auf der anderen Seite des Tales wurde Ruperts Haus fast völlig vom dichten Laub der Bäume verdeckt. Aber sie sah Licht brennen. Wahrscheinlich lag er mit Cameron im Bett. Wie immer, wenn sie müde war, stieg unerträgliche Sehnsucht in Taggie auf.

In Wirklichkeit war Rupert allein. Am Nachmittag hatte er das Pokalfinale im Wembley-Stadion besucht und anschließend eine feierliche Rede gehalten. Trotz einiger Rückschläge war es ihm als erstem Sportminister gelungen, das Rowdytum einigermaßen in den Griff zu bekommen, und man hatte ihn lauthals bejubelt. Nun saß er in seiner Bibliothek neben einer Whiskyflasche und stützte verzweifelt den Kopf in die Hände. Die politischen Triumphe, der aufregende Wettkampf mit Tony und die Affäre mit Cameron konnten ihn nicht über die hoffnungslose Leere in seinem Leben hinwegtäuschen. Nachdem er das Springreiten aufgegeben hatte, war er weder ein Dickwanst noch ein Alkoholiker geworden, und er langweilte die Leute auch nicht mit endlosen Anekdoten über seine sportlichen Ruhmestaten wie so viele ehemalige Athleten. Er konnte sich auch nicht über ein unausgefülltes Leben beklagen, aber irgend etwas war in ihm gestorben.

Taggie hatte gerade in der Küche Ordnung gemacht, als es an der Haustür läutete. Mit schrillem Gebell rannte Gertrude in die Halle. Taggie folgte ihr. Hastig beförderte sie den etwas schäbigen BH ihrer Mutter und ein französisches Spitzenhöschen mit der Fußspitze unter die Heizung. Sekundenlang glaubte sie zu träumen, denn auf der Schwelle schwankte Rupert, in einem Dinnerjackett. »Hallo, Engelchen. Ich wollte mich mal über den neuesten Klatsch informieren. Ist Ihr Vater da?«

»Ja, aber er ist schon mit Mummy ins Bett gegangen.«

»Tut mir leid. Ich hab Licht gesehen und gedacht, er arbeitet noch.«

»Möchten Sie einen Drink?« fragte Taggie und erinnerte sich zu spät an die ausgelaufene Whiskyflasche.

»Davon hab ich genug. Aber ich hätte gern eine Tasse Kaffee.« Das normalerweise wohlgepflegte blonde Haar hing ihm wirr in die Stirn, die schwarze Krawatte war zerknittert, und die blauen Augen hatten einen leichten Silberblick.

»Sie sind doch nicht hergefahren?« fragte sie erschrocken.

»Nein, nein, mein Chauffeur Syd hat mich rübergebracht.«

Taggie führte ihn in die Küche und setzte Wasser auf. »Wo waren Sie denn heute?« fragte sie und überlegte, ob er vielleicht wie durch ein Wunder mit Cameron Schluß gemacht hatte.

»Beim Pokalfinale.«

»Ach ja. Natürlich, da mußten Sie eine Rede halten. Wie war's?«

»Ich glaube, es ist ganz gut gegangen. Die Rede, die in meinem Ministerium für mich geschrieben wurde, war so gräßlich, daß ich sie zerriß und eine Menge schmutziger Geschichten aus dem Stegreif erzählte. Hoffentlich war niemand von Corinium mit einem Recorder da.«

»Hat's den Leuten gefallen?«

»Anscheinend schon. Sie konnten sich's leisten, freundlich zu sein, denn das war vermutlich die letzte Rede, die ich in meinem Leben gehalten habe.«

»Wie meinen Sie das?« Taggie tat drei Löffel Zucker in den schwärzesten Kaffee, den sie je gebraut hatte, und stellte die Tasse vor Rupert auf den Tisch.

»Danke, Schätzchen. Am Montag gibt die Premierministerin den Wahltermin bekannt. Der 20. Juni.«

»Sicher werden Sie gewinnen«, sagte sie und setzte sich neben ihn.

Er zuckte die Achseln. »Da bin ich mir nicht so sicher. Und was am allerschlimmsten ist – es kümmert mich einen Dreck. Ich hab die Nase voll von der Politik.«

»Morgen werden Sie ganz anders denken.«

In diesem Augenblick sprang Gertrude zu Taggies Verblüffung auf seine Knie und leckte über sein Gesicht, ehe sie sich zusammenrollte und weiße Haare auf seinem Dinnerjacket hinterließ. Lachend streichelte er sie. »Ein paar kleine Siege kann ich also doch noch feiern.«

»War C-C-Cameron mit Ihnen beim Finale?«

»Nein, da sind zu viele Fotografen rumgelaufen. Außerdem macht Tony an diesem Wochenende seine Ansprüche geltend.«

»Das muß schrecklich für Sie beide sein!«

»Vor allem für Cameron. Ich muß wenigstens nicht mit Tony schlafen. Wenn sie bloß nicht so verdammt unsicher wäre...«

»Patrick sagte mir, ihre Kindheit sei grauenvoll gewesen. Einzelheiten hat er nicht erzählt«, fügte sie rasch hinzu und fragte sich: Um Himmels willen, warum verteidige ich sie?

»Irgendwie glaube ich nicht an die Nachwirkung schmerzlicher Kindheitserlebnisse. Ich hatte vier Stiefmütter und fünf Stiefväter. Und Sie haben Declan und Maud, was noch schlimmer ist.« Taggie kicherte, und Rupert fügte hinzu: »Trotzdem sind wir nicht verkorkst.«

Darüber ließe sich streiten, dachte sie.

Rupert griff nach der Unterschriftenliste. »So viele Namen! Sie haben wirklich hart gearbeitet, Mädchen.« Ohne die Hand vor den Mund zu halten, gähnte er und zeigte sämtliche plombenlose Zähne. »Warum haben Sie L und R auf Ihren Handrücken geschrieben?«

Taggie wurde rot und versteckte schnell die Hände unter dem Tisch. »Ich fahre Sie nach Hause.«

Als sie den Motor startete, schaltete sich der Recorder ein, verlegen wollte sie ihn ausschalten, aber Ruperts Finger umschlossen ihre Hand wie ein Schraubstock. »Lassen Sie's laufen.«

»Auf der A412 links abbiegen«, sagte Taggies tiefe, heisere Stimme. »Nach zwei Meilen links, direkt vor dem Pub Old Mill. Bei einer großen Scheune rechts abbiegen, dann links eine kurvenreiche Straße hinauf. Das Winchley-Laueninstitut liegt rechts, direkt auf dem Gipfel...«

Rupert knipste das Gerät aus und schaute auf die Buchstaben L und R, die an die Windschutzscheibe gemalt waren. »Arme Kleine«, flüsterte er. Kastanienkerzen ließen weiße Blüten auf seine Zufahrt regnen, Pferdeaugen funkelten im Dunkel. Als Taggie vor der Haustür hielt, wiederholte er: »Arme Kleine.«

Sie ließ den Kopf hängen. »Ich kann nicht gut Landkarten lesen, und mit den Wegweisern habe ich auch Schwierigkeiten. Mit der Kassette geht's viel schneller, und wir müssen bis zum Juli noch so viele Leute abklappern.«

Rupert ertrug es nicht. Was hatte Taggie bloß an sich, das ihm so oft die Kehle zuschnürte? »Engelchen, Sie können das nicht allein machen, abends schon gar nicht.«

»Manchmal kommt Dame Enid mit. Oder der Bischof. Und Professor Graystock.«

Er schauderte. »Das ist ja noch schlimmer, als wenn Sie allein wären.« Mühsam beherrschte er sich, um Taggie nicht in die Arme zu reißen und sie zu trösten. Nur Gott wußte, wohin das führen konnte... Declan würde ihn auseinandernehmen und Cameron schnurstracks zu Tony zurücklaufen. Als er aus dem Auto stieg, hatte er eine brillante Idee. »Nächsten Monat beginnt meine Wahlkampagne, und da fahre ich durch die ganze Gegend. Kommen Sie doch mit, und verteilen Sie Ihre Venturer-Poster und Aufkleber. Wenn niemand von der Partei zuhört, dürfen Sie sogar den Tory-Lautsprecher benutzen.«

»Ist denn das erlaubt?« fragte Taggie ehrfürchtig.

»Die Politik ist ein schmutziges Geschäft. Letztes Mal zahlten die Sozialisten mehreren Schauspielern fünfundzwanzig Pfund, damit sie in Lumpen gehüllt vor einer Volksküche Schlange standen und sich fürs Wahlplakat fotografieren ließen.«

31

Am nächsten Morgen rief Caitlin in heller Aufregung an. »Gertrude ist im *Daily Mail!* Sie sieht so süß aus!«

»Was macht sie denn?« fragte Taggie.

»Sie trägt ein Venturer-T-Shirt und sitzt auf deinen Knien. Und du bist viel hübscher als diese alte Nutte Sarah Stratton auf ihrem Poster. Warte, ich lese dir mal vor, was unter deinem Foto steht. ›Agatha O'Hara, die achtzehnjährige Tochter des TV-Superstars Declan, unterstützt ihn im Konzessionskampf gegen seinen ehemaligen Boß Lord Baddingham. Sie betreibt einen Partyservice und kocht für viele berühmte Leute. Leider kann sie nicht mehr für ihre Lieblingskundin arbeiten, Tony Baddinghams Gattin Monica, sonst würden womöglich Staatsgeheimnisse aus dem Soufflé schlüpfen.‹«

»Wo haben die denn das alles her?« rief Taggie verblüfft. »Hoffentlich ist Lady B. nicht böse. Und wie geht's dir?«

»Ganz gut. Könntest du mir ein bißchen Geld schicken und meinen verdammten Eltern sagen, sie sollen mir endlich schreiben?«

Allmählich wurde Taggies Arbeit etwas leichter. Mehrere andere Zeitungen veröffentlichten das Poster, und bald wurde sie auf ihren Touren von den Leuten erkannt, freundlich begrüßt und sogar um Autogramme gebeten. Im Juni begleitete sie Rupert auf seinen Wahlkampfreisen. Während er um Stimmen warb, besuchte sie Vikare, Jugendclubs und Handelskammern. Viel zu oft für den Geschmack Tony Baddinghams und die Tory-Parteizentrale verschmolzen die beiden Kampagnen. Rupert war sich keineswegs zu gut, um sein Publikum per Lautsprecher zu bitten, es möge Venturer unterstützen, oder zusammen mit seinen Wahlplakaten auch Venturer-Poster zu verteilen. Nach Einbruch der Dunkelheit machte er sich einen großen Spaß daraus, mit Taggie herumzufahren und die Torpfosten von Corinium-Direktoren, sogar das CTV-Gebäude selbst, mit Venturer-Aufklebern zu zieren. Um Tonys Wut noch zu schüren, trug er während der ganzen Wahlkampagne das Venturer-T-Shirt, trat zweimal damit in ›Cotswold Roundup« auf und klebte, um das Maß voll zu machen, Venturer-Poster an den Tory-Lieferwagen.

Angeblich behauptete Tony, Rupert habe das Blau dieser

Shirts passend zu seinen Augen gewählt. Und der Junge, der seine Augen mit einer Hand beschattet, symbolisiere zweifellos all die Ehemänner in Gloucestershire, die herauszufinden versuchten, wo Rupert ihre Frauen versteckt hielt. Rupert konterte mit der Bemerkung, jeder wisse, wen der Corinium-Rammbock darstelle.

Und so ging die Schlammschlacht weiter. Die Lokalpresse und die Rundfunkstationen von Gloucestershire standen hinter Corinium, während die überregionalen Medien nach einem gründlichen Check der Bewerbungen übereinstimmend meinten, Venturer habe die interessanteren Projekte vorzuweisen. Dame Enid komponierte ein Kampflied mit dem Titel »Venturer über alles«, das – von Maud gesungen – auf Platte aufgenommen wurde, aber unglücklicherweise nicht in die Charts kam.

Am 20. Juni gewann die Labour-Partei die Wahl mit zwanzig Mandaten, die Sozialdemokraten spielten weiterhin ihre Rolle als Zünglein an der Waage. Paul Stratton verlor seinen Sitz im Parlament, Rupert behielt den seinen. Da er als einer der wenigen Torys mit gestiegener Mehrheit wiedergewählt worden war, konnte ihm die Parteizentrale nicht mehr vorwerfen, daß er Tory-Gelder und -Ausrüstungsgegenstände für die Venturer-PR benutzt hatte. Owen Davies, der neue Labour-Premierminister, bat ihn, Sportminister zu bleiben. Doch das lehnte er dankend ab und übergab die angeblichen Drogenprobleme der Wimbledon-Stars nur zu gern seinem Nachfolger. Auch den angebotenen Job im internationalen olympischen Komitee nahm er nicht an, weil er wußte, daß die daraus resultierenden Pflichten mit weltweiten Reisen verbunden wären.

Er brauchte eine Atempause, wollte den restlichen Sommer daheim verbringen, sich auf seine Pferde konzentrieren, seine Kinder öfter sehen und Cameron bearbeiten, die zusehends nervöser wurde.

Während ihre Liebe zu Rupert wuchs, fiel es ihr immer schwerer, Tonys sexuelle Wünsche zu erfüllen und ihre anstrengenden Aufgaben als Programmdirektorin bei Corinium zu erledigen. Während des Wahlkampfs war Rupert ständig von der Presse verfolgt worden, die begierig auf den neuesten Klatsch über den Konzessionskampf lauerte und sein Privatleben zu erforschen versuchte. Deshalb war doppelte Vorsicht geboten. »Wir müssen gewaltig aufpassen, wie Ehebrecher, Darling«, meinte er bei einer der seltenen Begegnungen. »Wenn du mal verheiratet bist, wirst du für dieses Training dankbar sein.«

»So eine zynische Bemerkung habe ich noch nie gehört!« fauchte Cameron.

Nach der Wahl, als Tony einen Tag lang von Besprechungen in London festgehalten wurde, traf sie sich mit Rupert in einem Hotel außerhalb von Henley. Am nächsten Tag belauschte sie in der Corinium-Kantine ein Gespräch zwischen Daysee Butler und Deirdre Kilpatrick, die sich an einem Ecktisch über Hüttenkäse mit Kiwischeiben hermachten.

»Normalerweise interessiert mich der *Scorpion* nicht«, sagte Deirdre, »aber hast du den Artikel über Rupert Campbell-Blacks Affäre mit Declan O'Haras Tochter gelesen? Sie ist bildhübsch.«

Cameron starrte auf ihren Joghurtbecher hinab, den sie so fest umklammert hatte, daß der Inhalt herausgequollen und auf das Tischtuch gespritzt war. Ohne die Bescherung wegzuwischen, verließ sie die Kantine und ging in die nächste Telefonzelle an der High Street.

Rupert lenkte gerade einen jungen Hengst über ein paar Hindernisse hinter den Stallungen, als das Telefon in seiner Tasche läutete und das Tier aufschreckte. Rasch drückte er auf den Knopf, brachte den Apparat zum Schweigen und mußte seine ganze Kraft aufbieten, um das

Tier zu bändigen. Zunächst hörte Cameron nur Hufschläge und Obszönitäten, dann meldete er sich endlich. »Hallo?«

»Hast du den *Scorpion* gelesen?«

»Ja. Und?«

»Da steht alles über dich und Miß O'Hara drin.«

»Im *Scorpion* von gestern. Im heutigen werde ich mit Mary Whitehouse in Verbindung gebracht.«

»Kannst du nicht endlich mal ernst sein, verdammt noch mal?« schrie sie. »Alle reden darüber.«

»Sehr gut. Dann werden sie wenigstens von uns abgelenkt.« Um sie zu besänftigen, fügte er hinzu: »Da steckt wirklich nichts dahinter, Darling. Wie Taggie heute im *Star* zitiert wird – ›Rupert ist alt genug, um mein Vater zu sein und sogar mit Dad befreundet.‹«

Das nächste große Ereignis im Konzessionskampf war die öffentliche Versammlung im Rathaus von Cotchester Anfang Juli. Einige IBA-Vorstandsmitglieder führten den Vorsitz. Bei dieser Sitzung sollte das Publikum Gelegenheit finden, Beschwerden über das derzeitige Fernsehprogramm vorzubringen und die rivalisierenden Bewerber nach ihren Plänen zu fragen. Außerdem wollte die IBA die Kandidaten in Aktion sehen und das Ausmaß der jeweiligen öffentlichen Unterstützung abschätzen.

Den ganzen Tag lang war dringend benötigter Regen vom Himmel gefallen, versiegte aber kurz vor dem Beginn der Zusammenkunft. Venturer erschien zuerst auf der Bildfläche. Widerstrebend hatte sich Declan den Anordnungen Ruperts gefügt und trug einen Anzug mit Hemd und Krawatte.

»Und du kannst endlich mal auf deine Jeans verzichten«, hatte er Taggie angefahren. »Seit deiner Geburt habe ich deine Beine nicht mehr gesehen.«

Nach einer verzweifelten Inspektion ihrer Garderobe hatte sie sich in Cheltenham ein schönes violettes Kleid mit

U-Ausschnitt und Volantrock gekauft. Bauschig fiel das frischgewaschene Haar auf ihre Schultern, als hätte sie es mit dem Schneebesen geschlagen.

In wenig schmeichelhafter Verblüffung erklärte Declan, sie sehe zauberhaft aus. Darüber war sie froh, als sie später feststellte, daß Sarah Stratton, Cameron, Daysee und Janey alle Register gezogen hatten. Zu ihrem Entzücken entdeckte sie im Publikum viele Leute, die sie von ihren PR-Fahrten her kannte.

Marti Gluckstein, der noch nie auf dem Land gewesen war, versuchte die Halle in Gummistiefeln und mit aufgespanntem Regenschirm zu betreten, worauf er von Bas rasch über die Straße ins Cotchester Arms geführt und zu einem Beruhigungsdrink eingeladen wurde. Rupert rannte ihnen mit seinem Flachmann nach. »Füllt diese Flasche mit schwachem Rum für Wes!«

Wesley, der am Nachmittag beim Kricketmatch fünf Malwürfe geschafft hatte, gab emsig Autogramme.

Theatralisches Zischen erklang im Venturer-Lager, als die Corinium-Mafia Einzug hielt, angeführt von Tony in einem neuen blaurosa gemusterten Seidenhemd mit rosa Krawatte und rosa Nelke im Knopfloch. Alle im Saal bis auf die Venturer-Leute strahlte er an. Ginger und Georgie Baines, der offenbar einige Drinks gebraucht hatte, um seine Nerven zu stärken, folgten ihm. Dann erschienen Mike Meadows, der Chef der Sportredaktion, Charles Fairburn, Seb Burrows, Simon Harris, den Tony als Berater wieder aufgenommen hatte, um die IBA zu beeindrucken, und dessen Vollbart weiß geworden war, Cyril Peacock, dessen falsche Zähne klapperten, und schließlich Cameron im aufsässigen schwarzen T-Shirt, das fünf Zoll über den Knien endete. Sarah Stratton trug jungfräuliches Blau mit puritanischem weißem Kragen – ebenfalls, um die IBA zu beeindrucken – und bildete zusammen mit James Vereker die Nachhut, der seinen

Kopf krampfhaft hochreckte, um von möglichst vielen Leuten erkannt zu werden.

Cameron setzte sich ans Ende der Corinium-Reihe, weit weg von Tony, so daß sie nur einen seiner glänzend polierten schwarzen Schuhe sah, den er rotieren ließ, als wollte er den Knöchel fit halten. Anscheinend war er nervös. Angelegentlich ignorierte das gesamte Corinium-Kontingent die Venturer-Abordnung. Henry Hampshire, der gerade von einer Cocktailparty kam, hatte keine solchen Hemmungen. »Hallo, alle miteinander!« rief er, als er den Saal betrat. »Wie reizend Sie aussehen, Taggie-Darling! Hallo, Rupert!« Grinsend wandte er sich zur Corinium-Schar. »Ah, da sind ja Charles und Georgie und Cameron! Die muß ich unbedingt begrüßen.«

Rupert packte ihn am Arm und zischelte! »Henry! Du darfst doch nicht wissen, daß sie auf unserer Seite stehen!«

»Was!« fragte Henry viel zu laut. »Wie meinst du das? Nicht auf unserer Seite? Natürlich sind sie auf unserer Seite.«

Glücklicherweise unterhielt sich Tony gerade mit dem Erzdiakon und hörte nicht zu. Während Rupert die Situation zu erklären versuchte, schaute Henry so niedergeschlagen drein wie ein begossener Pudel, dann heiterte ihn Daysee Butlers Anblick auf. »Wer ist sie? Gehört sie zu uns?«

»Nein, zu Corinium.«

»Verdammt schade, so ein hübsches Mädchen! Und neben ihr sitzt Sarah Stratton, nicht wahr? Warum ist sie nicht auf unserer Seite?« Energisch riß sich Henry von Ruperts Hand los und marschierte zu Sarah, die ihn mit Daysee bekannt machte. »Gerade habe ich zu Rupert gesagt, so hübsche Mädchen müßten auf unserer Seite stehen. Was macht ihr beide nachher?«

»Verschwinde, Henry!« knurrte Tony.

»Henry!« Rupert versuchte ihn wegzuzerren.

Zum Glück wurden in diesem Moment alle von Basil abgelenkt, der mit einem mittlerweile seriös gekleideten Marti Gluckstein und Janey Lloyd-Foxe im rosa Jogginganzug zurückkehrte.

»Hallo, lieber Rupert!« Ungeniert küßte Janey ihn auf den Mund. »Tut mir leid, daß ich mich verspätet habe.«

Rupert zog ihren Reißverschluß bis zur Grenze der Wohlanständigkeit hoch. »Um Himmels willen, versuch Henry von Corinium wegzulocken!«

Basil führte ihn beiseite. »Ich habe den Flachmann für Wesley gefüllt«, berichtete er, dann senkte er die Stimme. »Die schönen Lippen, die dich soeben küßten, hielten heute morgen um acht noch meinen Schwanz umschlossen.«

»Was hast du gesagt?« explodierte Rupert.

Basil grinste. »Du hast es doch gehört.«

»Wie kannst du es wagen!« donnerte Rupert. »Sie ist mit einem meiner besten Freunde verheiratet!«

»Natürlich, und sogar sehr glücklich. Ich habe nur dafür gesorgt, daß sie nicht an postnatalen Depressionen leidet, während Billy verreist ist.«

Rupert hätte Basil vielleicht niedergeschlagen, wären in diesem Augenblick nicht die IBA-Repräsentanten in den Saal gekommen, um ihre Plätze auf dem Podium einzunehmen.

»Welche Ehre für uns!« flüsterte Charles in James' Ohr. »Lady Gosling höchstpersönlich. Wenn sie sich hierherbemüht hat, muß für die IBA der Ausgang des Konkurrenzkampfs schon feststehen.«

»Ich verstehe nicht, warum Sie so fröhlich dreinschauen!« sagte James ärgerlich. »Die Venturer-Leute müssen mich engagieren, wenn sie die Konzession bekommen. Immerhin mache ich ›Cotswold Roundup‹. Aber da der Bischof das religiöse Programm übernehmen soll, wird man wohl kaum Verwendung für Sie haben.«

»Was sind denn das für Gammler da drüben?« wandte sich Janey an Bas.

»Das Mid-West-Konsortium. Die werden uns sicher nicht in die Quere kommen.«

Rupert hatte Henry endlich veranlaßt, seinen Flirt mit Daysee zu beenden und sich zu setzen, und sank auf einen Stuhl zwischen Taggie und Declan. »Wie zum Teufel soll ich diese Bande bis Dezember unter Kontrolle halten?«

Mittlerweile hatte sich auch das Publikum niedergelassen, und die Halle war bis auf den letzten Platz gefüllt. Für einen schrecklichen Augenblick sah es so aus, als wollte niemand Fragen stellen. Dann erhob sich ein bebrillter Mann und beklagte sich über den schlechten Fernsehempfang in Gloucester. Der Cheftechniker von Corinium gab einige langwierige Erklärungen ab, was allen Gelegenheit verschaffte, ihre Gedanken zu ordnen. Nun folgten Klagen von Lokalpolitikern, die noch nicht in »Cotswold Roundup« interviewt worden waren und den mangelhaften regionalen Nachrichtendienst bemängelten. Und dann stand Mrs. Makepiece auf, James' Putzfrau, und erklärte, »Cotswold Roundup« sei die allerbeste TV-Sendung. Warum könne man sie nicht sieben Tage pro Woche sehen?

Ein Gewerkschaftsvertrauensmann bei Corinium, der Tony kürzlich eine Gehaltserhöhung für alle seine Gewerkschaftler sowie eine beträchtliche Bestechungssumme für sich selbst entlockt hatte, schrie aus dem Hintergrund, er würde Declan O'Haras Mob niemals über den Weg trauen. Seiner Behauptung, die Beziehung zwischen Arbeitgebern und Gewerkschaften sei bei Corinium unübertroffen, wurde von einem Großteil des Publikums entschieden widersprochen. Und Bas brüllte unter dem Jubel der Venturer-Anhänger zurück: »Da Corinium alles macht, was die Gewerkschaften verlangen, und die meisten Techniker mehr verdienen als der Premierminister, sind diese Beziehungen tatsächlich unübertroffen!«

Eine große Frau aus Chipping Sodbury erhob sich und erklärte mit durchdringender Stimme, sie habe es satt, immer nur Neuigkeiten aus Cotchester zu hören und keine aus Chipping Sodbury. Daraufhin beugte sich Rupert über Taggie hinweg zu Declan hinüber und wisperte: »Anscheinend hat sie Miß Chipping Sodburys Titten vergessen.«

Beide brachen in schallendes Gelächter aus, wurden aber sofort von Lady Goslings hochgezogenen Brauen zur Vernunft gebracht. Sie hatte eine lange, dünne Nase, ein spitzes Kinn und wildes graues Haar, das Schildpattkämme zu beiden Seiten mühsam bändigten. Trotz des warmen Abends waren mehrere Schals um ihr olivgrünes Kleid gewickelt. Als Vorstand eines Oxford-Colleges hatte sie Russisch unterrichtet und von Kollegen den durchaus ernst gemeinten Spitznamen »Chruschtschow« erhalten. Gwendolyn Goslings funkelnde kleine Augen strahlten ebenso wenig Wärme aus wie einst die Blicke des Sowjetführers.

Tony stand auf, um auf die Beschwerde der Frau aus Chipping Sodbury zu antworten. »Wie es der Zufall will, wird ›Cotswold Roundup‹ noch diese Woche in Ihre Stadt kommen, Madam.«

James wandte sich verwirrt zu Sarah. »Tatsächlich?«

»Und wir haben überhaupt großartige Pläne, die den ganzen Sendebereich von Corinium betreffen« fuhr Tony lächelnd fort.

»Seit acht Jahren leiten Sie den Sender!« rief der Schuldirektor, den Taggie für Venturer gewonnen hatte. »Warum haben wir nie was von solchen Plänen gemerkt? Ich habe die Bewerbungen von Corinium und Venturer in der Bibliothek studiert. Und das Venturer-Programm erscheint mir viel origineller. Ich möchte Lord Baddingham fragen, inwiefern seine grandiosen Projekte – Berücksichtigung der Minderheiten, kulturelle Verbesserung und spektakuläre Unterhaltung – mit seinem Wunsch zusammenhängen, diese äußerst lukrative Konzession zu behalten?«

Tony wollte aufspringen und den Jubel der Venturer-Sympathisanten überschreien, aber James war schneller. »Als Moderator von ›Cotswold Roundup‹ spreche ich für alle Mitarbeiter unseres Senders, wenn ich sage, daß sich das Ethos von Corinium mit zwei Wörtern ausdrücken läßt...«

»Einfach gräßlich!« unterbrach ihn Bas und löste ohrenbetäubende Lachsalven aus.

»Mit zwei Wörtern«, sprach James unbeirrt weiter. »Menschlichkeit – Nächstenliebe!«

»Das einzige, was Tony wirklich liebt, ist ein schneller Profit!« donnerte Freddie.

Cameron wußte, daß sie nun aufstehen und Corinium verteidigen müßte, fürchtete aber, von Declan in der Luft zerrissen zu werden. Eine schnurrbärtige Emanze rettete sie mit der Bemerkung, man müsse mehr Frauen im Fernsehen einsetzen, worauf Lady Gosling wohlwollend nickte und sich Notizen machte.

Die Sitzung zog sich in die Länge, und Wesley Emerson mußte sich immer öfter stärken. Niemand außer Rupert und Bas wußten, daß er jedesmal, wenn er den Charakterkopf zu seinem rechten Knopfloch neigte, durch einen Strohhalm Rum aus dem Flachmann sog.

Im Cotchesterpark blühten die Linden, und ihr süßer Duft, vom vorangegangenen Regen verstärkt, strömte durch die offenen Fenster herein. Cameron sah die weißen Bäuche von Hausschwalben aufblitzen, während sie Insekten jagten. Auf den Tennisplätzen wurde den Wimbledon-Stars emsig nachgeeifert. Verstohlen schaute sie zu Rupert hinüber, der neben dieser albernen Taggie saß. Nichts außer einem gelegentlichen Gähnen, kein einziger Blick in Camerons Richtung verriet, daß er erst um sechs Uhr morgens ihr Bett verlassen hatte. Manchmal überlegte sie, ob sie sich die ganze Affäre nur einbildete. Sie war so tief in Gedanken versunken, daß Seb sie in die Rippen stoßen und veranlassen mußte, die Frage eines blassen Mädchens zu beantworten, das wissen wollte, ob die lesbische Schäferin in »Vier Männer auf dem Heuboden« auch in weiteren Folgen auftreten würde.

Als Cameron sich setzte, ging die große Frau aus Chipping Sodbury erneut zum Angriff über. »Nichts bei Corinium ist wirklich regional. Sogar diese Taube, Dorothy Dove, spricht mit Londoner Akzent.«

»Da wir gerade von Akzenten reden«, höhnte ein von Tony bestochener Volksverhetzer, »in der ersten Juliwoche wurden vier Menschen brutal von der IRA abgeschlachtet. Wollen wir wirklich einen Iren, nämlich Declan O'Hara, der seine linken und subversiven Ansichten in so vielen Sendungen zum Ausdruck gebracht hat, an der Spitze einer englischen TV-Station sehen?«

»Einspruch!« schrie das Venturer-Kontingent.

Declan war bleich geworden und wollte antworten, aber Rupert flüsterte ihm zu: »Vorsicht!«

»Der Sprecher wird diese Frage zurückziehen«, sagte Lady Gosling frostig. »Der Nächste, bitte...«

Der Erzdiakon verdammte Sex und Gewalt auf dem Bildschirm, gefolgt vom Bischof, der beteuerte, wie besorgt er um seine Schäfchen sei. Er wollte nicht nur Sex und Gewalt aus dem Fernsehen verbannen, sondern auch die weitverbreitete Blasphemie. Während er sich für sein Thema zu erwärmen begann, kam Henry Hampshires alter Gärtner mühsam auf die Beine und murrte: »Ich gehe gern früh ins Bett, und mir wär's lieber, Corinium würde die Sexfilme nicht erst am späten Abend bringen, denn meine Frau und ich können nicht so lang wach bleiben.«

Alle lachten, sogar Lady Gosling, die in die Hände klatschte und erklärte, sie bedauere es, diese anregende Versammlung aus Zeitgründen allmählich beenden zu müssen. Zum Abschluß sollten die drei Leiter der Konsortien für jeweils sieben Minuten das Wort erhalten.

Tony erhob sich als erster. »Guten Abend. Ich bin der Boß von – eh. . .« Er schaute auf seine Notizen hinab und brachte sein Publikum zum Lachen. ». . . Corinium Television. Heute abend sind sehr interessante Themen angeschnitten worden, und ich bitte alle, die noch irgendwelche Fragen haben, mir persönlich zu schreiben.«

»Arschloch«, murmelte Rupert. Kampflustig verschränkte er die Arme und kämpfte gegen die Versuchung, mit der verborgenen Hand Taggies linke Brust zu streicheln, die sich verführerisch unter dem violetten Kleid wölbte. Um sich abzulenken, schaute er zu Cameron hinüber, die mürrisch ins Leere starrte. Am liebsten hätte er auf der Stelle mit ihr geschlafen, aber dieses Privileg würde Tony an diesem Abend genießen – von der aufregenden Versammlung in die richtige Stimmung versetzt.

Nachdem Tony die lange, ehrwürdige Erfolgsgeschichte von Corinium umrissen hatte, pries er den strebsamen, kreativen Mitarbeiterstab, dem er vorstehen durfte. »Meine Damen und Herren, wir wissen sehr wohl, daß es auch westlich von London Leben gibt. Unsere Herzen sind weder in der Hauptstadt noch in ›Dallas‹ beheimatet. Unser Sender wird von Leuten aus dieser Region betrieben, ihr wollen wir dienen, in aufrichtiger und menschlicher Weise.«

Unter gemäßigtem Jubel setzte er sich, und der Leiter des Mid-West-Konsortiums kam an die Reihe. Schwankend stand der dicke, weißhaarige Mann auf und brauchte eine halbe Ewigkeit, um seine Notizen zu finden. »Das muß der Geographielehrer sein, der noch nie in London war«, sagte Rupert leise zu Taggie.

»Ich fühle mich tief geehrt. . .«, begann der Dicke.

»Name! Name!« schrie das Publikum.

»Ich heiße Cedric Bonnington«, murmelte er, »und hoffe, der Aufsichtsratsvorsitzende von Mid-West-Television zu werden.« Stammelnd las er vor, er sei fasziniert von den interessanten Fragen, die man während der Versammlung gestellt hatte. »Wer uns unterstützt, kann ich nicht verraten«, fuhr er fort, »aber es werden ausreichende finanzielle Mittel zur Verfügung stehen, falls unsere ungemein talentierten Mitarbeiter, deren Namen ich ebenfalls nicht preisgeben darf, die Konzession erhalten.«

»Wahrscheinlich kriegt er sie«, meinte Georgie Baines zu Seb Burrows.

»Wie steht es mit den Frauen?« rief die Emanze.

Sir Cedric konsultierte seine Notizen und erklärte, Mid-West würde eine äußerst erfahrene Programmdirektorin verpflichten, deren Name er nicht nennen könne. Das Publikum wartete auf weitere sensationelle Enthüllungen, und als diese ausblieben, begann es den Saal zu verlassen, angeregt vom Corinium-Kontingent, das wie ein Mann aufstand. Draußen war die Dunkelheit hereingebrochen, und die Pubs lockten.

»Niemand wird Daddy zuhören«, klagte Taggie, während Declan sich erhob und die Leute auf die High Street hinausströmten.

»Zuerst möchte ich dem Sprecher antworten, der das Recht eines Iren, eine englische Fernsehgesellschaft zu leiten, angezweifelt hat«, begann er in sanftem Ton. »Vielleicht steht ihm das genauso zu, wie damals jener große Ire, der Herzog von Wellington, berechtigt war, ein englisches Heer zu kommandieren.« Er sprach, ohne sich an Notizen zu orientieren, und seine tiefe Stimme füllte mühelos den Saal, in den ein Großteil des Publikums zurückkehrte. »Ich bin stolz darauf, Ire zu sein – und auf meinen Wunsch, die Tyrannei zu bekämpfen, wo immer ich ihr begegne. Aber ich bewundere auch das britische Fernsehen, das ich für das beste der Welt halte. Deshalb arbeite ich dafür, so wie viele meiner Landsleute, lerne aus dieser Tätigkeit und hoffe, würdige Beiträge zu leisten. Doch ich mußte auch hier gegen die Tyrannei kämpfen – als ich dem Mitarbeiterstab von Corinium angehörte. Deshalb habe ich mich von diesem Sender getrennt, deshalb möchte ich Lord Baddingham zusammen mit meinen englischen Freunden ablösen.« Er lächelte das Venturer-Konsortium an, dann übte er vernichtende Kritik am langweiligen, heuchlerischen Programm von Corinium. Schließlich erklärte er, was Venturer anders machen würde, daß sein Konsortium in erster Linie die Region berücksichtigen und lokale Talente fördern wolle. »Ich hoffe, in Zukunft werden viele große Künstler sagen, sie hätten bei Venturer ihre erste Chance erhalten.«

Das Publikum sprang auf und applaudierte fast drei Minuten lang. Mit steinerner Miene verließ Tony den Saal. Cameron versuchte ihm zu folgen, wurde aber vom dichten Gedränge daran gehindert. Sie beobachtete, wie Rupert mit Declan, Taggie und den restlichen Venturer-Mitgliedern fröhlich zur Bar Sinister aufbrach, ohne ihr auch nur einen einzigen Blick zu gönnen. Krank vor Sehnsucht fragte sie sich, wie lange sie dieses doppelte Spiel noch ertragen würde.

Obwohl die *Cotchester News* von einem rauschenden Corinium-Erfolg bei der Versammlung berichtete und mehrere fingierte Leserbriefe veröffentlichte, in denen Lord Baddingham unterstützt wurde, war die Allgemeinheit der Ansicht, daß Venturer diese Runde gewonnen hatte.

32

Nach seiner Demütigung intensivierte Tony die Verleumdungskampagne gegen Venturer. Als er am nächsten Morgen die Namensliste studierte, fand er, daß seine Nachrichtenredaktion der Aufgabe, schmutzige Geheimnisse auszugraben, keineswegs gerecht wurde. Der Bischof von Cotchester hatte sich anscheinend weder an Spendengeldern noch an rosigen Chorknaben vergriffen, Dame Enid nichts Aufregenderes umarmt als ihr Cello. Graystock galt zwar als geiler alter Bock, aber nicht mehr oder weniger als der Durchschnittsprofessor. Immerhin hatte sich inzwischen herausgestellt, wie leicht Henry Hampshire von Daysee Butler verführt werden könnte. Vielleicht müßte sie ihn mal interviewen.

Es gab keine nachteiligen Informationen über Rupert, abgesehen von dem angeblichen Verhältnis mit Taggie O'Hara, an das Tony nicht glaubte. Trotzdem wäre es eine gute Idee, das Mädchen wieder einmal als Köchin in die Falconry zu holen und mit ein paar Brandys zu Indiskretionen über die Leute zu verleiten, die von anderen TV-Stationen zu Venturer überwechseln wollten. Er fügte Taggies Name der Liste hinzu, doch das brachte ihn nicht weiter, was Rupert anging. Er beschloß, Beattie Johnson aufzuspüren, die Ruperts Memoiren geschrieben hatte und dann fallengelassen worden war. Eigentlich müßte das Mädchen Rachegelüste hegen.

Freddie Jones ist Venturers beste Trumpfkarte, entschied Tony mißmutig. Solide, verläßlich, populär – und ungemein erfolgreich nach einem bescheidenen Anfang, was der IBA natürlich ganz besonders imponierte . . .

Ha! *Cherchez la femme*, dachte Tony und drückte auf den Knopf der Sprechanlage. »Miß Madden, James Vereker soll sofort heraufkommen.«

James war gar nicht glücklich. Trotz seiner fast unerschütterlichen Eigenliebe erkannte er, daß er bei der Versammlung einen Narren aus sich gemacht hatte. Außerdem ärgerte er sich, weil ihn bisher noch kein Konsortium um seine Mitarbeit gebeten hatte. Er glättete sein Haar, rückte die Krawatte zurecht und hoffte, Tony würde ihm den wenig glanzvollen Auftritt vor den IBA-Repräsentanten nicht verübeln.

Aber Tony führte ihn liebenswürdig zu dem großen, weichen beigen Sofa, erklärte Miß Madden, er wolle nicht gestört werden, und bot ihm einen Drink an. James trank zur Lunchzeit normalerweise nur Perrier, um seine schlanke Linie und einen klaren Kopf für die abendliche Sendung zu behalten. Aber nun fand er es angemessen, einen doppelten Scotch entgegenzunehmen, um zu demonstrieren, daß er ebenso wie Tony ein ganzer Mann war und einiges vertrug.

»Ich habe einen besonderen Auftrag für Sie, James«, begann Tony.

Eine halbe Stunde später kehrte James in euphorischer Verfassung in sein Büro zurück, wo eine erwartungsvolle Sarah ihre Anais-Anais-Wolken verströmte. »Gehen wir zum Lunch, Darling?«

»Wahrscheinlich. Zuerst muß ich telefonieren.«

Als er Valerie Jones anrief, war sie »entzückt«, von ihm zu hören. »Ach, reden wir doch nicht von dieser dummen Konzession! Die tut unserer Freundschaft gewiß keinen Abbruch. Ich wollte Sie ohnehin schon anrufen, um Sie und Ihre – eh – reizende Gattin ...«, immer wieder vergaß sie Lizzies Namen, »... an die Öffnung von Green Lawns für die Allgemeinheit zu erinnern, die am Samstag stattfinden soll.«

»Welch ein Zufall! Und ich rufe an, um Ihnen mitzuteilen, daß wir in ›Cotswold Roundup‹ über dieses Ereignis berichten werden. Hoffentlich dürfen wir ein Kamerateam mitbringen und . . . Hallo? Hallo? Sind Sie noch da?«

»Sie ist in Ohnmacht gefallen«, meinte Sarah.

»Natürlich bin ich da!« kreischte Valerie.

»Könnte ich heute nachmittag vorbeikommen und mich mal im Garten umsehen? Wird Freddie da sein?«

»Der ist unterwegs.«

»Wunderbar! Dann habe ich Sie ganz für mich allein.«

»Was soll das?« fragte Sarah, als James auflegte.

»Tony braucht einen Spitzel im Venturer-Lager. Diese Rolle hat er mir zugeteilt, weil er mich für den einzigen weit und breit hält, dessen Charme der guten Valerie einige Geheimnisse entlocken könnte.«

Es war ein windstiller Nachmittag. Der am Horizont graue Himmel vertiefte sich höher oben zu Vergißmeinnichtblau, die Felder färbten sich allmählich goldgelb. An der Jones-Zufahrt stand auf einem großen Schild: »Gartenöffnung am 9. Juli. ›Cotswold Roundup‹ wird darüber berichten. Lernen Sie James Vereker persönlich kennen! Die Einnahmen gehen an das Rote Kreuz.« Selbstgefällig grinste James und folgte der langen, breiten, schwarz asphaltierten Auffahrt. Lange, ehe er das Haus erreichte, war er fast geblendet von der bunten Pracht. Auf zahllosen Blumenbeeten drängten sich Studenten- und gelbe Pantoffelblumen, königsblaue Zinerarien, flammendrote Geranien, rosa Zinnien und malvenfarbene Astern. Vor dem Haus wurde gerade ein Laster entladen. Valerie hatte bei einer Gärtnerei vierhundert scharlachrote Salbeiblumen und vierhundert gelbe Begonien bestellt. Ein verschwitzter junger Mann rollte einen Schubkarren voller scharlachroter und malvenfarbener Petunien um die Ecke und wurde von Valerie angeschrien: »Was treiben Sie denn da, Spicer?«

»Ich bringe das alles zum Abfallhaufen, Ma'am.«

»Sie Idiot! Diese Blumen sollen in den Schubkarren gepflanzt werden! Verstehen Sie denn überhaupt nichts von kreativer Gartengestaltung? Fahren Sie den Karren sofort in den Patio zurück!« Dann sah sie, wie der hübsche James aus seinem hellblauen Porsche stieg, und ihr Gesicht nahm etwas weichere Züge an. »James!« Mit ausgestreckten Armen eilte sie ihm entgegen. »Wir haben uns schon so lange nicht getroffen.«

»Sie sehen zauberhaft aus, Mousie«, versicherte er und hielt ihre Hände etwas zu lange fest. »Und Ihr Garten ist einfach himmlisch.«

Sie führte ihn in den Patio und fragte, ob er Eiskaffee trinken oder sich zuerst umsehen wolle. James entschied sich für den Eiskaffee und setzte sich rasch, aus Angst, das halbe Dutzend Hängekörbe voller Petunien in allen Farben könnte ihm eine Gehirnerschütterung zufügen. »Tony sendet Ihnen herzliche Grüße – und Monica auch«, log er, während sie den Eiskaffee einschenkte.

»Oh, wir vermissen die beiden so schmerzlich«, seufzte sie. »Ich wünschte, Freddie wäre nie auf die Idee gekommen, sich mit dieser albernen Konzession zu befassen. Das ist alles so sinnlos.«

»Nehmen Sie an den Besprechungen teil?«

»Nein, aber die gesellschaftlichen Aspekte sind recht amüsant. Henry hat uns nach Ascot mitgenommen.«

»Da das Venturer-Konsortium so ein interessantes Programm vorlegen kann, muß es großartige Experten verpflichtet haben«, meinte James beiläufig.

»Hoffentlich gefallen Ihnen die dichten Gladiolen am Rand des Rasens. Kommen Sie, nehmen Sie den Kaffee mit, wir wollen uns auf den Weg machen.«

Nachdem er jede einzelne Blüte, jeden Gartenzwerg und jede Venus von Milo aus Plastik bewundert hatte, wußte er noch immer nichts über Venturer. »Früher kam Freddie oft zu Corinium«, bemerkte er, während sie an einem Delphin vorbeischlenderten, der blaugefärbtes Wasser in einen Teich spuckte. »Kommen seine alten Freunde immer noch hierher? Sicher sind sie ganz begeistert von diesem herrlichen Garten.«

Valerie lächelte selbstzufrieden. »Ja, er ist schön, nicht wahr? Ich wünschte nur, man könnte in Gloucestershire Rhododendren züchten.«

»Sucht Venturer die Mitarbeiter hier in der Gegend?« Aber Valerie sprang über einen Bach, um den Schweif einer Stute glattzustreichen, und als sie zu ihm zurückkehrte, versuchte er erneut sein Glück. »Ich weiß, daß Tony bei Corinium nach Maulwürfen Ausschau hält.«

»Wir auch. Maulwürfe sind Freddies größte Sorge.«

»Vielleicht sollten wir mal unsere Notizen vergleichen, Mousie.« Da sie von einer gelben Koniferenhecke gegen das Haus abgeschirmt wurden, legte er einen Arm um ihre schmale Taille.

»Freddie hat irgendein giftiges Mittel verstreut«, erzählte Valerie, »aber ich habe immer noch Angst, ich könnte eines Morgens erwachen und einen Maulwurfshügel auf dem Rasen sehen.«

James gab seine Bemühungen auf, vereinbarte mit ihr, er würde seine Crew um halb vier hierherbringen, und fragte, ob sie die Venturer-T-Shirts und -Poster auf ein Minimum beschränken könne. »Tony findet zwar, ein schöner Garten müßte über allen Interessenkonflikten stehen, aber in ›Cotswold Roundup‹ können wir wirklich keine Reklame für Venturer machen.«

James wollte den ganzen Samstagnachmittag im Jones-Garten filmen, und Lizzie beabsichtigte an ihrem Buch zu arbeiten. Aber dann fühlte sie sich alt und vertrocknet und rieb gewaltige Mengen von Anti-Falten-Creme mit Collagen in ihr Gesicht. Beinahe vergaß sie den Hals, erinnerte sich aber, daß er das Alter am ehesten verriet und strich den Überschuß der Creme nach unten. Plötzlich fiel ihr noch etwas ein – man durfte nie abwärts streichen, wenn man eine Creme auftrug, sonst bekam man hängende Gesichtszüge. Wäre ihr Leben anders verlaufen, wenn sie stets das Gebot beherzigt hätte, nur nach oben zu streichen? Wäre James ihr dann treu geblieben? Unklugerweise – sie wußte, daß sie sich nur Kummer einhandeln würde – durchstöberte sie seine Schubladen und fand ein hinreißendes Foto von Sarah Stratton unter den Boxershorts. Sie fühlte sich elend und überlegte, wie nett es wäre, Freddie Jones wiederzusehen. Und so verwarf sie ihre Arbeitspläne und beschloß, zu Valeries Gartenöffnung zu gehen.

Als sie durch das Tor von Green Lawns fuhr, entdeckte sie einen großen Venturer-Aufkleber an dem Schild, das den Besuch von James Vereker und Corinium ankündigte. Wenig später sah sie, wie der unverschämte Rupert die Windschutzscheiben der parkenden Autos mit weiteren Aufklebern verzierte. »Darling!« rief er und küßte sie. »Da wir auf verschiedenen Seiten stehen, sollten wir nicht miteinander verkehren, aber wandern wir trotzdem zusammen herum. Ich möchte mich endlich wieder amüsieren. Mrs. Jones' neuer Felsengarten sieht aus wie die Eisbärengrube im Zoo, und im Treibhaus brennen rund um die Uhr Neonlampen, um die Christrosen aus dem Erdreich zu zwingen.«

Lizzie lachte. »Den Hund dürfen Sie nicht mitnehmen«, meinte sie, als er seinen Labrador namens Beaver aus dem Auto springen ließ. »Schon gar nicht ohne Leine. Valerie würde einen Schlaganfall bekommen.«

»Um so besser.« Rupert schloß den Wagen ab. »Sehen

Sie doch, wie gut er erzogen ist!« fuhr er fort und zeigte auf Beaver, der über einer lachsrosa Petunientruppe ein Bein hob.

Langsam gingen sie auf das Haus zu. Am Rasenrand wurden in einem Kiosk Kleider aus Valeries Boutique ausgestellt, mit dem Hinweis, der Verkaufserlös würde dem Roten Kreuz zufließen. Models schwitzten in Valeries Herbstkollektion, schlenderten ziellos umher und fächelten sich mit Preisschildern Kühlung zu. Nirgends zeigte sich ein Venturer-T-Shirt.

»So viele Leute!« bemerkte Rupert. »Nach dem Mob zu schließen, der sich auf dem Rasen tummelt, hält dort Ihr Gatte Hof. Schlagen wir lieber die andere Richtung ein.«

Sie folgten der gelben Koniferenreihe und begegneten der dicken Sharon Jones, die Rupert errötend anstarrte und dann hastig weiterwatschelte. Auf der anderen Seite der Hecke hörten sie Valerie rufen: »Hallo, Bischof! Wie nett, daß Sie vorbeikommen! Ich soll hier vom Fernsehen interviewt werden. Falls Sie Fred-Fred suchen – Sie finden ihn irgendwo im Garten.«

Rupert nahm Lizzies Arm. »Schauen wir uns den Teich an. Ich möchte dem Bischof nicht über den Weg laufen.«

Keuchend hielt sie mit ihm Schritt. »Ich dachte, er wäre auf Ihrer Seite.«

»Das ist er auch – und außerdem sterbenslangweilig und verrückt nach Taggie. Ständig taucht er unangemeldet in der Priory auf, wo sich Declan und Maud im Bett vergnügen oder einander mit Geschirr bewerfen. Natürlich macht das keinen guten Eindruck – Sie wissen ja sicher, wie er über Sex und Gewalttätigkeit denkt.«

»Angeblich hat Taggie eine Affäre mit *Ihnen*.«

Rupert verdrehte die Augen. »Wenn es bloß so wäre! Sie ist wahnsinnig süß.«

»Dann stimmt es also nicht?«

»Declan würde mich umbringen. Außerdem ist sie zu jung für mich.«

»Früher haben Sie sich von solchen Erwägungen nicht zurückhalten lassen.«

»Aber jetzt wollen wir die Konzession kriegen.« Rupert bückte sich, um einen Venturer-Aufkleber gegen den Plastikbauch einer Venus von Milo zu drücken. »Deshalb müssen wir uns alle gut benehmen. Wieso haben Sie diesen Ausschlag an den Händen?« fragte er teilnahmsvoll, während Lizzie den Aufkleber herunterriß.

»Der Arzt sagt, das liege am Streß«, erwiderte sie bitter. Und plötzlich konnte sie sich nicht mehr beherrschen. »James hat eine Affäre mit Sarah Stratton. Aber das hätte ich Ihnen nicht verraten dürfen. Sie werden *Private Eye* informieren und Corinium noch mehr verunglimpfen.«

»Warum verlassen Sie ihn nicht? Er ist so ein Widerling.« Rupert verpaßte einem nackten Cherub einen Venturer-Aufkleber als Feigenblatt und zerrte Lizzie mit sich, ehe sie sein Werk zerstören konnte.

»Helen hat Sie auch nicht verlassen.« Sie blieb stehen, um das Chaos aus roten und gelben Seerosen auf dem Teich zu betrachten. »O Gott, ist das die Hölle?«

»Letzten Endes hat sie's doch getan. Außerdem – ich bin kein Widerling.«

Sie erreichten das Ende des Gartens. Senfgelbe Felder und blaugrüne Wälder erstreckten sich bis zum Horizont. Ein roter Traktor tuckerte eifrig hin und her, um vor dem Regen, der für den Abend angekündigt war, die Heuernte einzubringen. Sie kehrten um, und unter einer Trauerweide trafen sie Freddie, der müde im Gras saß und nur höflich nickte, bis ihm bewußt wurde, wen er vor sich hatte. Dann sprang er auf und umarmte Lizzie. »Hallo Rup, hallo, Lizzie, Sie sehen phantastisch aus! Paß auf, daß Valerie deinen Beaver nicht sieht, Rupert. Sie ist ein bißchen nervös und hat schreckliche Angst um ihre Petunien. Kommt, gehen wir hinein, und trinken wir was. Val gibt James Vereker gerade ein Interview. Sie glaubt, die Sonne würde aus seinem Arsch scheinen... Tut mir leid, Schätzchen...« Reumütig drückte er Lizzies Arm. »Ich hab vergessen, daß er Ihr Mann ist.«

Rupert spießte einen Aufkleber mit der Angelrute eines Gartenzwergs auf. »Ich glaube, James ist nur hier, weil er deine Frau aushorchen will, Freddie«, sagte er und überlegte, daß es Lizzie viel eher gelingen würde, Freddie Geheimnisse zu entlocken. So, wie die beiden sich anschauten...

Cameron hatte erwartet, den Freitagabend mit Tony verbringen zu müssen. Aber er war einen Tag früher als geplant nach Frankreich geflogen und so hatte sie einen unverhofften freien Abend. Da sie Rupert nicht erreichen konnte, schlief sie allein – und zum erstenmal seit Monaten tief und fest. Sie erwachte frisch und munter, und da sie Rupert vor dem Abend nicht treffen würde, beschloß sie, James bei den Dreharbeiten im Jones-Garten zu beobachten.

Sie kämpfte sich durch die Menschenmenge, bis ihr ein Beet voller lachsrosa und violetter Gladiolen den Weg versperrte. Am anderen Ende sah sie Valerie, die von James interviewt wurde, und verbiß sich ein Lachen. Valerie trug ein weißgelbes Hemdblusenkleid im Ascot-Stil und einen großen dotterblumengelben Hut mit gelben Rosen und schien nicht zu ahnen, daß ihr jemand einen Venturer-Aufkleber ans Hinterteil geklebt hatte.

Als Cameron über das violette Blütenmeer hinwegschaute, hielt sie erfreut den Atem an, denn da drüben stand Rupert neben Freddie und Lizzie Vereker und mußte sich ebenfalls zusammenreißen, um nicht in Gelächter auszubrechen. Er spürte ihren Blick und schenkte ihr ein Lächeln, ehe er wieder seine ausdruckslose Miene aufsetzte.

»Cotswold Roundup Green Lawns, Take vier«, sagte ein Assistent und ließ die Klappe fallen.

Langsam glitt die Kamera über die Blütenpracht, und James sagte: »Man braucht Ihre Blumenbeete nur zu betrachten, um zu erkennen, was für eine hingebungsvolle Gärtnerin Sie sind, Valerie. Verraten Sie uns doch bitte Ihr Geheimnis.«

»Nun, James ...«, begann sie, dann ging ihr sanftes Lachen in einen schrillen Schrei über, als der normalerweise sittsame Beaver plötzlich Cameron entdeckte, die in letzter Zeit häufig das Bett seines Herrn geteilt hatte. Und so stürmte der große Labrador über das Beet, zertrampelte einen Großteil der Gladiolen und warf sich ekstatisch auf Cameron. Nur für wenige Sekunden schwenkte die Kamera auf Cameron und Rupert, die sich vor Lachen ausschütteten, dann folgte Beaver einem scharfen Befehl seines Herrn und kehrte zu ihm zurück.

Als Lizzie später mit James nach Hause fuhr, meinte sie: »Tony sollte Cameron im Auge behalten. Ich bin überzeugt, daß sie eine Affäre mit Rupert hat.«

»Das ist doch lächerlich!« stieß James hervor. »Cameron interessiert sich nur für Corinium.«

Am späten Sonntagabend – nach dem Rückflug aus Frankreich, wo er bei seinen Verhandlungen über den Erwerb von Anteilen am französischen Fernsehen große Fortschritte erzielt hatte – ging Tony in sein Büro, um nachzusehen, ob wichtige Nachrichten hinterlassen worden waren. Der Kameramann hatte ein Video mit dem Film über Valerie Jones' Garteneröffnung auf den Schreibtisch gelegt, und Tony ließ es durch den Recorder laufen. Die letzten zehn Sekunden spielte er fünfmal hintereinander ab. Danach fuhr er zur Hamilton Terrace. Cameron war nicht da. Er ging hinein und durchsuchte systematisch das ganze Haus. Im Schlafzimmer wurde er fündig. Der Papierkrob enthielt winzige Papierfetzen. Nur wenn man etwas verbergen wollte, zerriß man einen Zettel in so kleine Stücke. Es dauerte lange, bis er sie zusammengesetzt hatte, weil seine Hände heftig zitterten. Aber schließlich konnte er die Notiz lesen: »Venturer-Besprechung, Henrys Haus. Sonntag, zwölf Uhr dreißig.«

Gegen Mitternacht kam Cameron nach Hause. Restlos befriedigt und immer noch beglückt von den Stunden in Ruperts Bett, hatte sie nachher nicht geduscht, um seinen Geruch und das Gefühl seiner Berührungen möglichst lange festzuhalten.

In der Halle ließ sie ihren Aktenkoffer fallen, dann ging sie in den Salon. Die Glühbirne in der Deckenleuchte war zersprungen, und so konnte Cameron nicht auf den Schalter neben der Tür drücken. Im schwachen Licht der Straßenlaternen, das durch die Fenster hereinfiel, tastete sie sich zur Schreibtischlampe. Plötzlich zuckte sie in wilder Panik zusammen, als eine Hand heranschnellte und ihr Bein packte, oberhalb des Knies. Ein Einbrecher, war ihr erster Gedanke. In der nächsten Sekunde flammte das Licht auf, und sie sah Tony auf dem Sofa sitzen, geduckt wie eine giftige Kröte. »Wa – warum schmollst du denn im Dunkeln?« stammelte sie.

»Und was machst *du?*« Der Klang seiner Stimme ließ das Blut in ihren Adern gefrieren. »Du warst heute in Henry Hampshires Haus, nicht wahr? Bei einer Venturer-Konferenz.«

Entsetzt schnappte sie nach Luft, womit sie alles verriet. »Ich – ich – ich hatte einen Tip bekommen. Und so ging ich hin, um zu spionieren. Ich wartete vor dem Gartentor und wollte sehen, wer zu dieser Besprechung kam.«

»Wer hat dir den Tip gegeben?«

Ihre Gedanken überschlugen sich. »Ich hörte ein Gespräch in der Bar Sinister – in der Nachbarnische . . .«

»Du verdammte Lügnerin!« zischte Tony. »Wie lange treibst du's schon mit Rupert?«

»Das stimmt nicht...« Cameron stöhnte auf, als die Hand ihr Bein noch fester umklammerte. »Er ist ein Bastard – der letzte, mit dem ich mich einlassen würde!«

Tony zog sie zu sich heran und vergrub die Nase zwischen ihren Beinen. »Du stinkst noch nach ihm, du verfluchte Hure! Und wieso kennt dich dieser Hund so gut? Ich hab's auf dem Video gesehen.«

Eine kraftvolle Ohrfeige jagte sie quer durch den Raum, sie stürzte, und ihr Hinterkopf prallte gegen das Bücherregal. Blitzschnell sprang Tony ihr nach, zerrte sie am Blusenkragen hoch und schlug ihr die linke Faust ins Gesicht. Diesmal stieß sie gegen einen kleinen Tisch und warf eine Vase mit Fliederspeeren um. Er wird mich umbringen, dachte sie, als er ihr in die Rippen trat, bis sie um Gnade flehte. Trotz kalter Todesangst überlegte ein anderer Teil ihres Gehirns, daß ihm auf keinen Fall der Aktenkoffer mit ihren Notizen über die Venturer-Sitzung und – noch schlimmer – der Namensliste aller Corinium-Doppelagenten in die Hände fallen durfte.

Während er sie auf die Beine zog und wieder nach ihr schlug, gelang es ihr, einen Stuhl zu packen, herumzuschwingen und Tonys Schläfe zu treffen. Nur um Haaresbreite verfehlte ein Stuhlbein das Auge. Rasch hob sie die Vase auf, schleuderte sie in die Richtung ihres Gegners, taumelte aus dem Zimmer und knallte die Tür hinter sich zu, dann eilte sie aus dem Haus und sperrte Tony ein. Als er aus dem Wohnzimmerfenster kletterte, hatte sie bereits den Lotus gestartet, um nach Penscombe Court zu fahren.

Sie strich über ihren Hinterkopf, der gegen das Bücherregal geschlagen war, und spürte klebriges Blut. Im Rückspiegel sah sie Blut aus ihrem rechten Auge rinnen und verlor beinahe die Besinnung. Es mußte ihr gelingen, mit dem Aktenkoffer Ruperts Haus zu erreichen – oder Tony würde sie einholen und töten. Irgendwie schaffte sie es in einem Nebel aus Schmerzen und Übelkeit, nach Penscombe zu fahren. Immer wieder wischte sie sich Blut aus dem verletzten Auge.

Ruperts Haustür war unverschlossen, die Halle schwach erleuchtet. Cameron stolperte über die Hunde und schrie nach ihm.

»Engelchen, wie nett, daß du noch mal kommst! Hast du was vergessen?« Er stieg die Treppe herab, nur mit Jeans bekleidet, eine Ausgabe des Magazins *Horse and Hound* in der Hand.

Sie fand den Schalter für die Deckenlampe in der Halle, und da konnte er sie deutlich sehen. Das rechte Auge hatte sich mittlerweile geschlossen, die wunde Oberlippe war angeschwollen, das Gesicht, das Haar und die Bluse voller Blut. »Mein Gott!« rief er erschüttert. »Was ist passiert?«

»Tony hat's rausgefunden.«

»Armes kleines Baby!« Er lief die restlichen Stufen herab, zog sie an sich und spürte den wilden Schlag ihres Herzens. »Jetzt rufe ich erst mal einen Arzt, dann werde ich diesen Bastard zur Rechenschaft ziehen. Wo ist er?«

»Nein – nicht, ich bin okay«, murmelte sie, und im nächsten Moment fiel sie in Ohnmacht.

Als sie zu sich kam, lag sie in Ruperts Doppelbett und trug eins seiner Hemden. Ein Dr. Benson, dessen Dinnerjackett nach Brandy roch, versicherte, sie würde keine Narben im Gesicht behalten. Er hatte sie zusammengeflickt, und nun gab er ihr eine Beruhigungsspritze, mit der Erklärung, die Kopfwunde müsse am nächsten Morgen genäht werden, dann ging er. Gleich darauf kam Rupert ins Schlafzimmer und sie murmelte: »Ich will mir den Kopf nicht kahlrasieren lassen.«

»Das wird nicht nötig sein. Dein Haar ist sicher kurz genug.« Er setzte sich auf das Bett und ergriff ihre Hände. »Es tut mir so schrecklich leid, Engelchen. Ich habe dich da reingezogen.«

Cameron mußte ihre ganze Überredungskunst ins Feld führen, um ihn davon abzuhalten, zur Hamilton Terrace oder sogar zur Falconry zu fahren und Tony zusammenzuschlagen. »Stell dir mal vor, was für eine PR das gäbe! Venturer wäre erledigt.«

Behutsam berührte Rupert ihre geschwollene Lippe. »Wie hat er's rausgekriegt?«

»Er hat sich das Video über Valeries Garteneröffnung angeschaut und Beaver über die Gladiolen trampeln sehen, und irgendwie hat er herausgefunden, daß ich gestern bei der Venturer-Besprechung war.«

Er streichelte ganz sanft ihre Wange, und trotz ihrer Schmerzen hatte sie sich niemals geborgener gefühlt – und Rupert noch nie so nahe.

»Nun, irgendwann hätte er's ohnehin erfahren«, meinte er. »Am besten ziehst du hierher.«

Cameron verachtete Frauen, die vor Männern weinten und sich dadurch unfaire Vorteile verschafften. Das verstieß gegen ihre feministischen Prinzipien. Aber als die Tränen aus ihren blutunterlaufenen Augen zu fließen begannen, konnte sie ihnen nicht mehr Einhalt gebieten.

»Ist dieser Gedanke denn so furchtbar?« Rupert nahm sie in die Arme.

»Nein, es ist der schönste Gedanke von der Welt. Aber ich möchte keinen Druck auf dich ausüben.«

»Das tust du nicht. Du hast keine Ahnung, wie schlimm es für mich war, dich immer wieder gehen zu lassen – ausgerechnet zu Tony! Mach dir keine Sorgen um deine brillante Karriere. Ich kümmere mich um dich. Und morgen werfe ich diesen verdammten Aktenkoffer in den See.«

Sie brachte ein schwaches Lächeln zustande. »Nimm lieber vorher die Papiere raus. Womöglich kommt Tony vorbei und flößt deinen Enten eine Wahrheitsdroge ein.« Das Beruhigungsmittel machte sie schläfrig, sie sank in die Kissen zurück. »Ich werde mich bemühen, dir nicht im Weg zu sein. Rupert – ich liebe dich so sehr.«

»Ich weiß«, sagte er leise und stand auf. »Schlaf jetzt.«

»Bitte, geh nicht weg!«

»Gleich bin ich wieder da. Ich bringe nur die Hunde hinaus.«

Ziellos wanderte er durch den Garten, blieb am Ufer des Sees stehen und hörte die Frösche quaken. Keine Sterne funkelten am Himmel, und in Taggies Turm auf der anderen Seite des Tals brannte kein Licht.

33

Valerie Jones war wütend, weil der Bericht über ihre Gartenöffnung nicht in »Cotswold Roundup« gesendet wurde. Doch ihre Empörung wurde noch übertroffen von dem Zorn, der Declan erfaßte, als Rupert Bericht erstattete. »Warum mußtest du einen Hund, den du nicht unter Kontrolle hast, zu Valerie mitnehmen? Wenn ich mir die negative PR vorstelle ...«

»Es war so komisch. Du hättest Valeries Gesicht sehen sollen.«

»Ich finde das gar nicht komisch!« donnerte Declan. »Sicher bist du dran gewöhnt, daß dein Charakter in den Schmutz gezogen wird, aber das dürfte Venturer empfindlich schaden. Die IBA mag so was nicht.« Er verstand nicht, wie Rupert diese Katastrophe so gleichmütig hinnehmen konnte, und fuhr erbost fort: »Wer wird wohl schlimmer dabei wegkommen? Du, nachdem du Cameron kaltblütig verführt und zu unserer Agentin bei Corinium umfunktioniert hast – oder Tony, von dem sie brutal zusammengeschlagen wurde? Viele Leute werden sagen, sein Verhalten sei verständlich und er habe sich in der Hitze des Gefechts hinreißen lassen.«

»Jetzt mach keinen Elefanten aus einer Mücke. Wir lancieren die Story, Cameron und ich hätten uns ineinander verliebt, als ich im Februar von dir interviewt wurde. Weil wir auf gegnerischen Seiten standen, unterdrückten wir unsere Gefühle, so lange wir's konnten. Aber jetzt ist sie in mein Haus gezogen, und Venturer hat die beste TV-Expertin im ganzen Land erobert. Jesus, wir beide sind freie Menschen! *Tony* ist der Ehebrecher, der seine Geliebte verdroschen hat. Sicher wird er die Sache nicht an die große Glocke hängen, wegen seiner Frau und der IBA.«

Die Story wurde in Umlauf gebracht und am nächsten Tag erschien in der *Mail* ein Artikel, demzufolge Cameron ins feindliche Lager übergewechselt und Tony völlig verzweifelt über den Verlust seiner Starproduzentin war. Die Affäre zwischen den beiden wurde ebensowenig erwähnt wie die Prügelszene.

Nachdem Tonys Zorn nachgelassen hatte, litt er in der Tat entsetzlich unter Camerons Verrat. Am Donnerstag fuhr er zu ihr nach Penscombe, denn seine Spitzel hatten eruiert, daß Rupert an diesem Tag einen Termin in London wahrnehmen mußte. Umgeben von den Hunden, glaubte Cameron, ihn gefahrlos ins Haus lassen zu können – insbesondere, weil die Haushälterin, Mrs. Bodkin, in der Küche arbeitete und Mr. Bodkin das Schilf am Seeufer stutzte. Tony folgte ihr zum Pool, dessen türkisblaues Wasser im Sonnenschein funkelte, von allen welken Blättern befreit. Es brachte ihn fast um, Cameron in dieser luxuriösen Umgebung zu sehen, eingeölt in Ruperts Liegestuhl, bewacht von Ruperts Spürhund Blue, der keuchend zu ihren Füßen lag und jedesmal knurrte, wenn der Besucher ihr etwas zu nahe kam.

Wortreich flehte Tony sie an, zu ihm zurückzukehren, beteuerte zum erstenmal, wie sehr er sie liebe, und als das jede Wirkung verfehlte, versprach er, sich von Monica scheiden zu lassen und Cameron zu heiraten. Er verlor nicht einmal die Geduld, als sie sagte, er solle abhauen.

»Dein Job wartet auf dich, wann immer du zurückkommen möchtest. Und da sind die Schlüssel zur Hamilton Terrace.« Er warf den Schlüsselbund auf den Gartentisch. »Das Haus gehört zwar Corinium, aber es steht dir immer noch zur Verfügung, wenn du es brauchst. Du kannst jederzeit deine Sachen holen. Ich weiß – ich hätte dich nicht schlagen dürfen, aber ich liebe dich so sehr, und in jener Nacht sah ich plötzlich rot.«

»So wie damals, als ich zu spät nach Hause kam, nachdem ich den Tag mit Patrick verbracht hatte. Verschwinde.«

Erwartungsgemäß konnte er nicht allzu lange nett bleiben. »Es ist nur eine Frage der Zeit, bis Rupert dich rauswirft. Fünf Tage, fünf Wochen – vielleicht behält er dich sogar fünf Monate, bis wir die Konzession bekommen und Venturer durch die Röhre sieht. Dann wird er dich mit einem Fußtritt aus dem Haus befördern wie all die anderen Mädchen, und du wirst auf allen vieren schluchzend zu mir zurückkriechen.«

In den ersten Tagen benahm sich Rupert wie ein Engel. Er verwöhnte sie, veranlaßte Mrs. Bodkin, ihr die köstlichsten Leckerbissen zu servieren, und ging erstaunlich sanft mit ihr um, wenn er mit ihr schlief, voller Rücksicht auf ihre schmerzenden Rippen und die blauen Flecken im Gesicht. Auch das Wetter blieb schön – auf lange, heiße Tage folgten kurze, süße Nächte. Cameron las, nahm Sonnenbäder, erforschte mit den Hunden Ruperts Wälder und Felder. Während ihre Verletzungen langsam verheilten, glaubte sie, auch innerlich zu genesen.

Der einzige Schatten, der auf ihr Glück fiel, war die Anwesenheit von Mr. und Mrs. Bodkin. Nicht an Dienstboten gewöhnt, fühlte sie sich von ihnen gestört, denn sie wollte Rupert für sich allein haben. Außerdem neigte sie dazu, die beiden wie Corinium-Lakaien zu behandeln, erteilte ihnen schrille Befehle, warf ihnen Trägheit und Ignoranz vor. Sogar Rupert, bekannt für seine Launen und seine Ungeduld mit dem Personal, ermahnte sie. »Taggie O'Hara erweitert ihr Vokabular, indem sie sich jeden Tag ein neues Wort einprägt. Du könntest mit ›bitte‹ und ›danke‹ anfangen.«

Wann immer Taggie erwähnt wurde, konnte Cameron ihre Wut nur mühsam unterdrücken. In der zweiten Woche nach ihrem Einzug in Penscombe Court beschloß sie, Rupert zu beweisen, daß sie viel besser kochen und einen Haushalt führen konnte als Taggie, und überredete ihn dazu, Mr. und Mrs. Bodkin ein paar Tage frei zu geben. »Ich möchte endlich mal was Anständiges auf den Tisch bringen. Du kriegst viel zuviel Cholesterin.«

»Sehe ich so aus, als würde mir das schaden?« fragte Rupert, während er Weißbrot mit Schmalz aß und den *Scorpion* las.

»Nein, aber man muß auf seine Gesundheit achten, sonst wird man unweigerlich krank. Und warum mußt du ständig diesen Schund lesen? Versuch's doch mal zur Abwechslung mit dem *Guardian.*«

»Da stehen zu lange Wörter und spöttische Bemerkungen über meine Partei drin.«

»Um Himmels willen, objektive Kritik ist überaus wertvoll.«

»Für mich nicht. Ich mag nur Leute, die mich für vollkommen halten. Und fürs Wochenende sollte ich Mr. und

Mrs. Bodkin lieber zurückbeordern. Am Samstag kommen die Kinder. Die machen eine Menge Arbeit.«

»O nein, wir kümmern uns selber um sie!« rief Cameron in plötzlichem Eifer. »Wir könnten im Garten grillen und ein urgemütliches Picknick veranstalten.«

Wie viele unsichere Menschen, war Cameron umgänglicher, wenn sie sich niedergeschlagen fühlte. Nachdem sie zusammengeschlagen worden war, hatte ihre Verletzlichkeit Rupert ans Herz gegriffen, den Wunsch geweckt, sie zu beschützen, und ihn bewogen, sie in seinem Haus aufzunehmen. Aber als sich ihr Zustand besserte, kam ihre alte Aggressivität wieder zum Vorschein.

Am Tag vor der Ankunft seiner Kinder beschloß sie, eine üppige Paella fürs Abendessen zu kochen, deren Reste am Samstag aufgewärmt werden konnten. Inmitten ihrer Vorbereitungen merkte sie, daß sie Safran und Tintenfische zu kaufen vergessen hatte, und beauftragte Rupert, in den Dorfladen zu gehen. Aber er wollte in Ruhe *Horse and Hound* lesen und erwiderte: »So was haben die dort nicht.« Aus dem Küchenradio tönte Dame Enids neuestes Lied, auf dem Tisch lagen der *New Statesman* und die Literaturbeilage der *Times* und vermittelten ihm ein unangenehmes *déjà-vu*-Gefühl. Es war wieder so wie in der Ehe mit Helen.

»Dann fahr nach Stroud!« fauchte Cameron. »Und bring auch noch Parmesan mit!« schrie sie ihm nach.

Vor kurzem war der Dorfladen in einen kleinen Supermarkt umgewandelt worden. Rupert trug einen roten Einkaufskorb zwischen den Regalen hindurch, warf Kekspakkungen hinein, weil die Kinder sie mochten, und eine Dose Corned beef, weil er das selber mochte. Tintenfische fand er nicht, nahm aber an, daß eine Dose Sardinen in Tomatensauce denselben Zweck erfüllen würde.

Auf dem Weg zu den Gewürzen erkannte er die Stimme

Mrs. Makepieces, die bei Lizzie und Valerie saubermachte und neuerdings auch einmal pro Woche bei Maud. »Declan und seine Frau genießen im Lake District ihre zweiten Flitterwochen, und sie ist ganz allein . . .«

Rupert erstarrte und schaute blicklos auf Paprika, getrockneten Dill und Cayennepfeffer.

»Ganz allein in diesem großen Haus«, fuhr Mrs. Makepiece in noch lauterem Ton fort, von einem Chor schnalzender Zungen ermutigt, »und wir alle wissen doch, daß es dort spukt. Vor kurzem ist die Hälfte der Sicherungen durchgebrannt, also ging sie zum Kasten. Aber sie mißverstand die Gebrauchsanweisung, das arme Lamm, und da explodierten die restlichen Sicherungen. Jetzt muß sie die ganze Nacht im Dunkeln zittern, und nur der kleine Hund Gertrude leistet ihr Gesellschaft.«

Trotz des heißen Tages erschauerte Rupert. Taggie hätte sich bei ihrer Fummelei in dem Sicherungskasten umbringen können.

»Als ich heute morgen dort war, weinte sie sich das Herz aus dem Leib«, setzte Mrs. Makepiece ihren Bericht fort, angespornt von einer Reihe erschrockener Mienen. »Zuerst wollte sie mir nicht sagen, was los war, aber dann machte ich ihr eine Tasse Tee, und da kam's raus. Alle hatten ihren Geburtstag vergessen.«

Rupert war so wütend, daß er den Einkaufskorb fallen ließ und aus dem Laden stürmte, die Sardinendose in der Hand. Sobald er zu Hause ankam, rief er Ursula an. »Wo zum Teufel sind Maud und Declan?«

»In Windermere.«

»Geben Sie mir die Nummer.«

»Die darf ich niemandem verraten, das habe ich versprochen. Die beiden wollen nicht gestört werden und in Ruhe ihre Ehe kitten. In letzter Zeit hat sich Declan viel zu oft mit seiner Yeats-Biographie beschäftigt.«

»Sie haben Taggies Geburtstag vergessen.«

»O mein Gott!«

»Und Sie hätten Maud und Declan verdammt noch mal dran erinnern müssen! Geben Sie mir die Nummer!«

Die O'Haras waren nicht im Hotel, als Rupert anrief. Er ließ Declan ausrichten, es gehe um die Konzession, und bat um einen Rückruf. Dann telefonierte er mit Taggie. »Alles Gute zum Geburtstag, Darling! Cameron und ich führen Sie zum Essen aus ... Nein, keine Widerrede! Um acht holen wir Sie ab.« Bei dem Gedanken an das arme kleine Ding, ganz allein in dem riesigen dunklen Haus mit diesen Wendeltreppen und langen Korridoren, wurde ihm immer noch übel. »Zum Teufel mit Maud und Declan!« schimpfte er, als er in die Küche ging.

»Was haben sie denn jetzt schon wieder angestellt? Nein, schalt das Radio nicht ab, das ist Vivaldi!« protestierte Cameron. »Hast du die Tintenfische gekriegt?« Rupert gab ihr die Sardinen, und sie jammerte: »Das paßt doch nicht zu einer Paella, du Schwachkopf! Wo ist der Safran? Und der Parmesan?«

»Sie haben Taggies Geburtstag vergessen«, sagte Rupert tonlos.

»So schlimm ist das nun auch wieder nicht. Hast du noch nie die Geburtstage deiner Kinder vergessen?«

»Nein – doch, vielleicht schon. Aber Helen denkt immer dran.« Als er den geplanten Restaurantbesuch mit Taggie erwähnte, bekam sie einen Wutanfall. »Das ist unser letzter Abend zu zweit! Und es sollte ein festliches Dinner werden, weil ich was ganz Besonderes für uns gekocht habe.«

»Dann holen wir's eben ein andermal nach.«

Das Telefon läutete. Declan war am Apparat. »Du verdammter Heuchler!« schrie Rupert. »Ständig regst du dich über Tyrannei und Ausbeutung auf! Und was spielt sich unter deinem eigenen Dach ab?«

»Zum Teufel, wovon redest du?«

»Von Taggie! Wie eine Sklavin rackert sie sich für euch ab, und zum Dank dafür laßt ihr sie in diesem riesigen Haus allein, mit durchgebrannten Sicherungen, und vergeßt auch noch ihren verdammten Geburtstag!«

»Großer Gott!« rief Declan erschrocken, »haben wir den wirklich vergessen?«

»Sobald ich aufgelegt habe, rufst du sie an und sagst ihr, wie leid es dir tut!«

»Wir sollten nach Hause fahren.«

»Nein, Cameron und ich kümmern uns heute abend um sie. Trotzdem mußt du zurückkommen und ihr ein anständiges Geschenk mitbringen, kein beschissenes Buch voller Wordsworth-Gedichte, die sie nicht lesen kann.«

»Oh, mir ist so elend zumute ... Und was ist das für eine dringende Sache, bei der's um die Konzession geht?«

»Das war's!« stieß Rupert erbost hervor. »Wenn sie sich nicht die Füße wundgelaufen und Unterschriften für deine verdammte Konzession gesammelt hätte, würden wir in diesem Wettrennen bestimmt nicht so weit vorn liegen.« Er warf den Hörer auf die Gabel und goß sich einen doppelten Whisky ein. »Solche Eltern verdient sie einfach nicht. Sie ist doch noch ein Baby.«

»Neunzehn, um genau zu sein.« Cameron steckte den hölzernen Kochlöffel in den Reis und schaltete den Herd aus. »Also längst volljährig.« Sie wußte, wie unklug es war, seine Nerven zu reizen, konnte sich aber nicht zurückhalten. »Du hast eine Schwäche für sie, was? Eine geheime Leidenschaft. Und wo bleibe ich?«

Er musterte sie von Kopf bis Fuß, ohne eine Spur von Zärtlichkeit in den Augen. »Du wohnst hier – oder etwa nicht?«

»Ja – vorerst.«

»Eins muß ich dir klarmachen«, sagte er sanft. »Wenn du

weiterhin hier wohnen willst, darfst du nicht so ein ekliges Biest sein.« Er leerte das Whiskyglas und griff nach seinen Autoschlüsseln. »Ich kaufe jetzt ein Geschenk für Taggie. Ruf den White Elephant in Painswick an, und bestell einen Tisch für neun Uhr.«

Henry Hampshires Spaniel hatte kürzlich sechs Junge geworfen. Alle waren verkauft worden, bis auf den Rüden mit der eingegipsten Pfote. Jemand war daraufgetreten und hatte sie ihm gebrochen. Die großen Augen in dem gefleckten Gesicht blickten leicht über Kreuz, als hätte er die ganze Nacht an der Flasche gehangen, und der vibrierende Stummelschwanz schien den ganzen Körper mit Energie zu versorgen.

»Ein großartiger Charakter«, behauptete Henry. »Für hundert Pfund kannst du ihn haben.«

»Mit gebrochener Pfote? Mach dich nicht lächerlich.«

»Nächste Woche kommt der Gips runter, dann ist er so gut wie neu.«

»Fünfzig«, erwiderte Rupert. »Er wird immer ein bißchen lahmen.«

»Also gut. Übrigens habe ich heute mit Daysee Butler zu Mittag gegessen.«

»Das hättest du lieber bleibenlassen. Du neigst dazu, Geschäftsgeheimnisse zu verraten.«

»Sie erzählte mir, Tony sei nach Los Angeles geflogen, um eine neue Programmdirektorin zu suchen.«

Als Rupert wieder in Penscombe eintraf, hatte Cameron ihr Haar gewaschen und das gletscherblaue Kleid angezogen, das er von der Preisverleihung in Madrid her kannte. Sie lief ihm entgegen und legte die Arme um seinen Hals. »Ich war nur eifersüchtig. Tut mir leid.«

Er atmete Fracas ein, den trockenen, etwas bitteren Sexy-Duft, der seine Sinne immer wieder betörte. »Mir tut's auch leid. Ich hab übertrieben reagiert, aber ich war so wütend auf Taggies Eltern.« Als er spürte, wie sich ihre Brustwarzen unter dem blauen Stoff aufrichteten, schaute er zur Küchenuhr. Kurz vor acht. »Wir haben keine Zeit mehr. Außerdem würde ich dein Make-up ruinieren.«

»Nicht unbedingt.« Sie sank auf die Knie und öffnete den Reißverschluß seiner Hose. Gewisse Dinge konnte sie besser als Taggie O'Hara.

Ein verbeulter grüner GTI parkte vor der Priory. Die Haustür stand offen, in der Halle lagen Koffer, Kleider und Bücher herum.

»Vielleicht will sie nicht mitkommen«, murmelte Cameron hoffnungsvoll.

»Natürlich will sie«, entgegnete Rupert.

Es ließ sich nicht feststellen, wer einen größeren Schock erlitt, Cameron oder Rupert, als sie die Küche betraten und Taggie in den Armen eines großen, schwarzhaarigen, unglaublich schönen jungen Mannes schluchzen sahen. Der einzige deutliche Unterschied bestand darin, daß Cameron ihn sofort erkannte, Rupert hingegen nicht. Patrick drehte sich um, ohne seine Schwester loszulassen. »Ja, bitte?« fragte er eisig.

Taggie hob den Kopf, schnappte nach Luft, dann befreite sie sich aus Patricks Armen, griff blindlings nach einer Papierserviette, wischte hektisch über ihre Augen und putzte sich die Nase. »Tut mir leid. Hallo, Rupert, hallo, Cameron.« Erstaunt beobachtete sie, wie Rupert auf Patrick starrte. »Haben Sie meinen Bruder Patrick noch nicht kennengelernt?«

»Ihr Bruder!« Sofort verflog die Feindseligkeit. »Natürlich, das war Ihre Party zu Silvester, nicht wahr, Patrick? Wie ist's Ihnen bei den Abschlußprüfungen im College gegangen?«

»Gut«, lautete die knappe Antwort.

Rupert wandte sich zu Taggie und stellte zwei Flaschen Dom Perignon auf den Tisch. »Herzlichen Glückwunsch zum Geburtstag, Engelchen! Die kommen direkt aus dem Kühlschrank. Machen Sie sie auf«, sagte er zu Patrick, ohne dessen haßerfüllten Blick zu bemerken.

Verdammt, dachte Cameron, armer Patrick. Taggie muß ihm erzählt haben, daß ich zu Rupert gezogen bin.

Rupert unterbrach Taggies gestammelte Dankesworte, nahm ihre Hand und führte sie zu seinem Wagen hinaus. »Jetzt müssen Sie sich Ihr eigentliches Geburtstagsgeschenk anschauen.«

»Oh, Sie hätten sich nicht bemühen müssen. Mein Geburtstag ist wundervoll. Vorhin haben Mummy und Daddy angerufen. Morgen nachmittag bringen Sie mir mein Geschenk. Sie konnten es erst heute kaufen. Und von Patrick habe ich einen ganz tollen Pullover gekriegt. Er ist eben erst nach Hause gekommen, mit schrecklich vielen Sachen. In drei Jahren hat sich eine Riesenmenge angesammelt.« Die Worte sprudelten nur so aus ihr heraus, und sie war wieder den Tränen nahe.

»Was ist los, Schätzchen?«

»Gar nichts, mir geht's gut, wirklich.« Wie konnte sie ihm erklären, wie bedeutungslos die durchgebrannten Sicherungen, das nächtliche Dunkel und der vergessene Geburtstag waren – verglichen mit der Neuigkeit von Camerons Einzug in Penscombe Court, jener Nachricht, die eine Welt zum Einsturz gebracht hatte?

Das Hündchen grinste sie durch das Autofenster an, und sie hauchte: »Oh, wie hinreißend! Was ist denn mit seiner Pfote passiert?«

»Nichts Schlimmes. Bald wird der Gips abgenommen. Das ist Ihr Geburtstagsgeschenk.«

Taggie geriet in Ekstase. So etwas Wundervolles hatte ihr noch niemand geschenkt.

»Am Anfang wird Gertrude eifersüchtig sein«, warnte Rupert, während der junge Spaniel über den Rasen hinkte, auf der Suche nach Katzen- und Hundegerüchen. »Deshalb müssen Sie sie jetzt ganz besonders verhätscheln.« Erst jetzt fiel ihm auf, daß Taggie immer noch Jeans und ein altes, rotweiß gestreiftes Hemd von Declan trug. »Ziehen Sie sich nicht um? Für neun haben wir einen Tisch bestellt. Patrick soll auch mitkommen, ich kenne ihn noch gar nicht richtig.«

Taggie wurde rot. »Das ist furchtbar nett von Ihnen, aber wir kommen sehr gut allein zurecht.«

»Seien Sie nicht albern. Ich werde nicht erlauben, daß Sie an Ihrem Geburtstag kochen.«

»Patrick und ich haben uns eine Ewigkeit nicht gesehen.«

»Ihr habt noch den ganzen Sommer.«

»Morgen reist er ab. Er – eh – er ...«

»Ja?« Rupert drückte sie auf die alte Bank am Rand des Rasens und setzte sich zu ihr.

Die Röte in ihren Wangen vertiefte sich. »Er liebt Cameron, verstehen Sie? Und seit er weiß, daß sie bei Ihnen wohnt, ist er völlig verzweifelt.«

»Aha.«

Nervös kratzte Taggie abblätternden Lack von der Bank. Als der Spaniel heransprang, zog sie ihn auf den Schoß und umarmte ihn, um Trost zu suchen. »Camerons Affäre mit Tony Baddingham störte ihn nicht, weil er dachte, sie wäre nur wegen ihrer Karriere mit ihm zusammen. Aber bei Ihnen ist das was anderes.«

»Warum?« Die Antwort interessierte ihn brennend.

»Weil man keinen zusätzlichen Anreiz braucht ...«

»Ist das Ihr Wort des Tages?«

Heftig schüttelte sie den Kopf. »Weil man keinen zusätzlichen Anreiz braucht, um bei Ihnen zu wohnen.«

Cameron starrte Patrick an. Er ist erwachsen geworden, dachte sie, härter und distanzierter und nicht mehr so verletzlich. »Wie waren die Prüfungen?«

»Lauter Einser.« Er nahm eine Packung Marlboro aus seiner Duty-free-Tasche und zündete sich eine Zigarette an, ohne Cameron die Schachtel hinzuhalten. Als das Streichholz aufflammte, sah sie die Bitterkeit in seinem Gesicht. »Jetzt sind wir also Nachbarn. O Gott, was für einen gräßlichen Geschmack du hast, was die Männer angeht! Tony ist ein widerlicher Schuft, und dieser da...« Er brachte Ruperts Namen nicht über die Lippen. »Der ist ein wilder Fuchs. Begreifst du's denn nicht? Du kannst ihn nicht zähmen. Ständig wird er neuen Eroberungen nachjagen. Das liegt ihm im Blut. In ein paar Wochen wirst du ihn langweilen, und wenn nicht, wirst du ihn satt haben. Er ist ein schrecklicher Banause, der noch nie im Leben ein Buch gelesen hat.«

»Du bist nur eifersüchtig.«

»Nicht mehr«, erwiderte Patrick müde. »Wo früher ein Feuer gebrannt hat, ist nur mehr Asche. Morgen reise ich ab.«

»Wohin?«

»Nach Australien. Dort werde ich auf einer Schaffarm arbeiten. Ich habe keine Lust, für den Rest des Jahres zuzuschauen, wie ihr euch um die Konzession balgt und wie deine Beziehung zu diesem Bastard in die Brüche geht.«

»Er ist kein Bastard. Du siehst doch, wie rührend er sich um Taggie kümmert.«

»Er hat sie völlig durcheinandergebracht.«

Camerons Mund wurde trocken. »Ist er mit ihr...«

»Nein, zumindest behauptet sie, es sei nichts zwischen

ihnen gewesen. Aber er bombardiert sie mit Geschenken – Silberhalsketten, Fabergé-Eiern ...«

»Mit Fabergé-Eiern?« wiederholte sie entsetzt.

»Taggie wußte nicht, daß es eins ist. Er hat's ihr aus Madrid mitgebracht. Was er ihr heute schenkt, weiß ich noch nicht – vielleicht einen Monet oder einen Henry Moore.«

»Einen jungen Hund«, sagte Cameron tonlos.

Im nächsten Moment schoß der Kater Aengus in die Küche, den Schwanz gesträubt wie eine Klobürste, und floh unter einen Schrank. Der Spaniel sprang hinter ihm her und kreischte schrill auf, als Aengus ihn mit einem rechten Haken auf die rosa Nase bestrafte. Gleich darauf eilte Gertrude herein, die personifizierte Empörung. Der Spaniel stürzte sich auf sie und heulte erneut, nachdem sie ihn ins Ohr gebissen hatte.

»O Gott«, stöhnte Patrick, »es genügt Rupert nicht, die Menschen zu verwirren, er muß auch noch die Tierwelt in Aufruhr versetzen.«

»Um Himmels willen, mach endlich eine von diesen Flaschen auf«, sagte Cameron.

»Ich will nichts trinken.«

»Du wirst aber eine Stärkung brauchen. Wir führen euch zum Dinner aus.«

»Wir kommen nicht mit.« Eine schwarze Locke war ihm in die Stirn gefallen, und in der rechten Wange zuckte ein Muskel. Sein Blick wirkte so düster und abweisend wie die hohe Zeder vor dem Fenster.

»Bitte, hasse mich nicht so sehr.« Cameron staunte selbst über den flehenden Klang ihrer Stimme.

Beide fuhren erschrocken zusammen, als das Telefon läutete. Caitlin war zu Besuch bei einer Freundin in Newbury und rief ihre Schwester an, um ihr alles Gute zum Geburtstag zu wünschen. Als Taggie den Hörer auflegte, waren Rupert und Cameron gegangen. »Wie bist du sie losgeworden?« fragte sie.

»Ich habe gesagt, sie sollen abhauen.« Patrick öffnete eine von Ruperts Champagnerflaschen. »Wenigstens können wir uns auf ihre Kosten besaufen.«

34

Das Dinner im White Elephant verlief katastrophal. Rupert war außer sich vor Wut, weil Patrick ihn aus dem Haus geworfen hatte. »Arroganter kleiner Scheißkerl! Genau wie sein Vater.«

»Ich dachte, du magst Declan«, erwiderte Cameron.

»Nicht, wenn er den Allmächtigen spielt und seine Kinder vernachlässigt.«

»Eins davon vernachlässigst du gewiß nicht – Silberhalsketten, Fabergé-Eier, behinderte junge Hunde . . . Dieses letzte Geschenk ist beim Kampf um die Konzession besonders PR-wirksam.«

»Ach, halt den Mund!«

Der Streit wurde fortgesetzt, bis sie im Bett lagen, wo Rupert mitten in einer Tirade von Cameron einschlief und sie damit fast zum Wahnsinn trieb. Am nächsten Morgen erwachte sie mit Selbstmordgedanken.

Rupert war verschwunden, und sie nahm an, daß er seine Kinder bei Helen abholte. Sie ging in die Küche, entdeckte eine Fliegenversammlung auf der Paella und schüttete den ganzen Inhalt des Topfs in den Abfalleimer. Im Kühlschrank fand sie ein Huhn und beschloß, es für den Lunch zu braten. Mutlos schälte sie Kartoffeln, kochte sie und begann eine französische Salatsauce zu machen. Es gab keinen Dill.

Wenn sie Rupert in den Dorfladen schickte, würde er wahrscheinlich mit Muskatnuß zurückkommen.

Die Sonne schien durch den Morgennebel, und Cameron sehnte sich nach dem frischen Wasser des Pools, das sie von ihrem Kater befreien würde. Wehmütig dachte sie an die schwelgerischen Tage, die sie in Abwesenheit der Bodkins mit Rupert verbracht hatte. Fast immer war sie nackt gewesen, einmal auch mitten in der Nacht, und über die Felder geritten, bis er sie eingeholt und im Mädesüß geliebt hatte.

Der Zank am vergangenen Abend hatte alles zerstört, und wenn die Kinder das Wochenende in Penscombe Court verbrachten, würde sie nicht mehr nackt herumlaufen können. Sie zuckte zusammen, als die Hunde bellten und die Haustür ins Schloß fiel.

»Cameron!« schrie Rupert. Fröhlich schlenderte er in die Küche, als hätte es niemals Streit gegeben, und sie rührte verbissen in ihrer Salatsauce.

»Wir haben keinen Dill mehr.«

»Tut mir leid, daß ich dir nichts geschenkt habe.« Er küßte ihren Nacken. »Eitel, wie ich bin, dachte ich, meine Gesellschaft würde dir genügen. Welche Hand soll ich aufmachen?«

»Beide«, antwortete sie mürrisch.

»Das muß Gedankenübertragung sein.« Rupert öffnete beide Fäuse und auf jeder Handfläche funkelte ein diamentenes Ohrgehänge in Gestalt eines Kristallüsters. Cameron war sprachlos.

Ungläubig nahm sie ihre Goldringe aus den Ohren, hakte die Kronleuchter fest und rannte zum Küchenspiegel, wischte den Dunstschleier weg und bewunderte sich. Der Schmuck hing bis zur Mitte ihres schlanken Halses herab, warf Regenbogenlichter auf ihr angespanntes Kinn und milderte die feindseligen, aufsässigen Gesichtszüge.

Ruperts Spiegelbild tauchte neben ihr auf. »Gefallen sie dir?«

Statt einer Antwort küßte sie ihn so leidenschaftlich wie noch nie. Als er ihr Gesicht mit beiden Händen umfaßte, spürte er Tränen zwischen den Fingern. Behutsam hakte er die Ohrgehänge los. »Eine Schande, daß ich sie dir schon wieder wegnehmen muß, aber ich brauche dich ganz dringend, bevor ich die Kinder abhole.«

Danach waren die Kartoffeln zu weich, um gebraten zu werden, und Cameron zerstampfte sie zu Brei.

Schwindlig vor Liebe, wartete sie darauf, Ruperts Kinder liebzugewinnen. Um halb zwei stürmte Tabitha in die Küche, gefolgt von einer Hundeschar, die Wangen gerötet, die leuchtenden Augen voller Aufregung, die große Bonbonniere an die Brust gedrückt. »Mrs. Bodkin! Mrs. Bodkin!« Verblüfft blieb sie vor Cameron stehen. »Wo ist Mrs. B.?«

»Sie ist mit ihrem Mann übers Wochenende weggefahren.«

»Das hat Daddy uns gar nicht erzählt. Sind Sie für Mrs. B. eingesprungen?«

»Hoffentlich nicht nur das.« Cameron lächelte. »Du mußt Tabitha sein.«

»Nun, Marcus bin ich jedenfalls nicht.« Die neunjährige blonde Tabitha hatte die lässige Eleganz ihres Vaters geerbt. Mit den mißtrauischen blauen Augen eines verirrten Kätzchens starrte sie Cameron an. Der Junge folgte ihr – elf Jahre alt, sehr mager, mit dunkelrotem Haar, erstaunlichen gelben Augen und bleichen, zarten, sommersprossigen Gesichtszügen. Er sah wie ein Rehkitz aus, das jeden Augenblick davonlaufen würde.

»Dann bist du also Marcus«, sagte Cameron. »Hoffentlich seid ihr beide hungrig. Es gibt Brathuhn zum Lunch.«

»Jetzt noch nicht.« Tabitha nahm sich einen Apfel aus der Obstschüssel. »Zuerst gehe ich in den Stall.«

Markus lächelte scheu und entschuldigend »Ich habe einen Brief von meiner Mutter. Den gebe ich wohl am besten Ihnen. Die Bonbonniere ist auch für Mrs. B., aber wenn Sie sie vielleicht möchten ...« Seine Stimme erstarb.

»Nein, nein, die heben wir für sie auf«, erwiderte Cameron.

»Liebe Mrs. B.«, hatte Helen geschrieben. »Hoffentlich hat sich Ihre Arthritis gebessert und die Kinder machen Ihnen nicht zuviel Arbeit. Die Medikamente für Marcus finden Sie in seinem Koffer. Bitte, sorgen Sie dafür, daß er sie nimmt, wenn er einen Asthmaanfall hat. Ich lege eine Kleiderliste bei. Könnten Sie sie überprüfen, ehe die beiden abreisen? Letztes Mal haben sie so viel liegenlassen. Und achten Sie darauf, daß Tabitha ihre Vokabeln lernt, daß beide täglich eine halbe Stunde Klavier üben und abends beten. Ich füge auch Fotokopien ihrer Zeugnisse bei. Würden Sie sie bitte Mr. C.-B. geben? Mit freundlichen Grüßen, Helen Gordon.«

Mein Gott, wie förmlich, dachte Cameron, dann lächelte sie Marcus an. »Wo ist Daddy?«

»Im Stall. Soll ich ihm was ausrichten?«

»Sag Daddy und Tabitha, der Lunch ist in zehn Minuten fertig.«

Cameron wärmte den Kohl auf, nahm das Huhn aus dem Backofen, begann in der Sauce zu rühren und las zwischendurch die Zeugnisse der Kinder. Tabitha hatte gräßliche Noten, abgesehen von Sport. Um so brillanter waren Marcus' Zensuren. Mit sorgenvoller Miene kehrte er in die Küche zurück. »Sie probieren gerade ein neues Pony für Tabitha. Daddy läßt fragen, ob sie um halb zwei zum Essen kommen können.« Erschrocken wich er vor Camerons wütender Miene zurück. »Wenn's Ihnen nichts ausmacht, gehe ich jetzt nach oben und packe meinen Koffer aus.«

Wie kann ich Taggie O'Haras Standard erreichen, wenn

mir solche Steine in den Weg geworfen werden, fragte sie sich erbost. Dann erinnerte sie sich an die diamantenen Ohrgehänge und die Tatsache, daß Rupert die Kinder ein paar Wochen lang nicht gesehen hatte. Deshalb beschloß sie, kein Aufhebens zu machen.

Vierzig Minuten später kamen sie in die Küche. »Ich bin halb verhungert«, sagte Tabitha und ging schnurstracks in die Speisekammer. »Ich dachte, Sie hätten gesagt, der Lunch ist fertig«, fügte sie hinzu, und als sie zurückkehrte, riß sie mit den Zähnen eine Packung Kartoffelchips auf.

»Iß das nicht, du verdirbst dir den Appetit.« Tab ignorierte sie und setzte sich mit dem *Pony*-Magazin an den Tisch.

Rupert überreichte Cameron einen großen Wodka mit Tonic. »Hallo, Darling.« Sie sah, wie Tabitha den Kopf hob und die Stirn runzelte, als sie das Kosewort hörte. »Tut mir leid, daß wir uns verspätet haben. Aber Geoffrey Gardener hat das Pony eigens herübergebracht, und ich wollte, daß Tab es ausprobiert.«

»Ist es okay?«

»Wir möchten es über das Wochenende hierbehalten, dann werden wir weitersehen.«

»Es heißt Biscuit«, verkündete Tabitha.

»Da sind die Zeugnisse der Kinder und ein Brief von Helen«, sagte Cameron, während Rupert das Huhn tranchierte.

»Ich esse nur die Brust«, protestierte Tabitha, als er ihr einen Schenkel reichte.

»Dann kriegt Marcus das Bein«, erklärte Rupert und beugte sich über die Zeugnisse.

Cameron öffnete den Mund und schloß ihn wieder. Sie merkte, wie nervös Marcus in Gegenwart seines Vaters war und Rupert das Zeugnis seines Sohnes kaum beachtete, aber eine halbe Ewigkeit brauchte, um Tabithas Zensuren zu studieren. »Tab muß lernen, beim Volleyball nicht so wettkampfbewußt zu denken – was zum Teufel soll das heißen?« stieß er ärgerlich hervor. »Natürlich will man bei solchen Spielen gewinnen.«

»Im nächsten Schuljahr müßte ich ins Team kommen«, prahlte Tab, »und da bin ich bei weitem die jüngste ... Nein, das will ich nicht!« fuhr sie fort, zu Cameron gewandt, und riß ihren Teller weg, so daß ein großer Klecks Kartoffelbrei auf dem Tisch landete. »Kohl und Salat mag ich auch nicht.«

Cameron kniff die Lippen zusammen und schaufelte den Klecks auf Ruperts Teller. »Du mußt aber Gemüse essen. Das tust du zu Hause sicher auch.«

»Ich bin *hier* zu Hause.« Tabitha musterte sie mit den arroganten blauen Augen ihres Vaters. »Nicht wahr, Daddy?« fragte sie Rupert, der immer noch den Bericht ihrer Schuldirektorin las. »Ich bin hier zu Hause.«

»Natürlich, mein Engel«, bestätigte er und küßte sie, dann schlug er den Sportteil der *Times* auf. »Im Drei-Uhr-dreißig-Rennen läuft ein Pferd namens Venturer. Auf das müssen wir unbedingt setzen.«

»Setz ein Pfund für mich«, sagte Tabitha. »Nächstes Schuljahr lernen wir alles über Schlangen.«

Rupert griff nach dem Telefon. »Da könntest du einen guten Anfang machen, indem du Tony Baddingham interviewst.«

Cameron sah eine Gelegenheit, seiner Tochter zu helfen und Vertrauen zu gewinnen. »Fang lieber mit Adam und Eva an«, empfahl sie und nahm sich etwas Salat.

»Es geht um Schlangen, nicht um Sex«, erwiderte Tabitha.

»Eva wurde von der Schlange verführt, du dumme Gans«, warf Marcus ein. »Deshalb mußte sie mit Adam das Paradies verlassen. Eine tolle Idee«, fügte er freundlich hinzu, an Cameron gewandt.

»Bei mir in der Schule reden wir nur über richtige Schlangen«, fauchte Tab. Sie stand auf, wühlte in ihrem Koffer und nahm ein Foto heraus, das sie ihrem Vater gab. Gerade hatte er wieder den Hörer aufgelegt. »Diese Ponystute hat Malise für mich gekauft. Sie ist einsame Spitze im Querfeldeinreiten.«

»Du hast schon ein Pony?« fragte Cameron entgeistert.

»Ja, Dollop the Trollop.«

»Warum kauft Daddy dir dann noch eins?«

Tab schaute Cameron an, als zweifelte sie an deren Verstand. »Weil ich mindestens zwei brauche, wenn ich nächsten Sommer in der Juniorklasse reite.«

»Wer möchte Fruchtsalat?« fragte Cameron und räumte das benutzte Geschirr weg.

»Ich nicht«, entgegnete Tab. »Gibt's Eiscreme im Gefrierschrank?«

Cameron hatte sehr lange gebraucht, um die Weinbeeren zu schälen. »Wenn du keinen Fruchtsalat magst, mußt du eben auf ein Dessert verzichten«, zischte sie.

»Dann hole ich mir noch eine Packung Kartoffelchips. Daddy, in diesem Sommer kann ich jedes Wochenende zu dir kommen, nur in der letzten Augustwoche nicht. Da gehe ich mit dem Ponyclub ins Camp.«

»Wunderbar!« meinte Rupert.

O bitte, nein, dachte Cameron. Sie war überzeugt, daß sich Marcus nur aus Höflichkeit eine zweite Portion Fruchtsalat nahm.

Glücklicherweise besserte sich die Stimmung, als Venturer mit drei Längen siegte. Das bedeutete, daß Rupert und Tabitha um dreihundert beziehungsweise acht Pfund reicher waren.

»Wollen wir das Geld in Stroud ausgeben?« Tab kletterte auf den Schoß ihres Vaters.

»Großer Gott, nicht an einem Samstagnachmittag!«

»Können wir heute abend den Horrorfilm im TV sehen?«

»Kommt nicht in Frage«, sagte Cameron. »Der fängt erst um zehn an, und danach hättet ihr monatelang Alpträume.«

»Können wir wenigstens ein James-Bond-Video in Stroud kaufen?« beharrte Tabitha.

»Okay, ich fahre euch hin«, erbot sich Cameron.

Dieser Ausflug nach Stroud war der erfolgreichste Teil des Wochenendes. Das Verdeck des Lotus wurde heruntergeklappt, und wenn Marcus auch blaß wurde, fand Camerons Fahrweise Tabs uneingeschränkten Beifall.

Auf der Rückfahrt lächelte das Mädchen honigsüß. »Sie haben keinen Mann, nicht wahr?«

»Ich hätte gern einen«, antwortete Cameron und dachte sehnsüchtig an Rupert.

»Aber nicht meinen Daddy«, fauchte Tab.

»Das ist einfach lächerlich«, sagte Cameron später zu Rupert, während sie zuhörten, wie Tabitha auf dem Klavier widerwillig ein Beethoven-Menuett mißhandelte. »Sie hat Ferien und muß Vokabeln lernen!«

»Helen fürchtet, die Kinder könnten meine mangelnden geistigen Fähigkeiten geerbt haben.«

»Marcus ist hochintelligent – und so ein lieber, feinfühliger Junge.«

»Er ist genauso wie seine Mutter«, meinte Rupert verächtlich. »Tab gerät eher nach mir. Ich hatte noch viel schlimmere Zeugnisse als sie.«

»Ich glaube, sie ist nicht dumm, nur unmotiviert.«

»Sie sieht hinreißend aus, und sie reitet wie ein Traum«, entgegnete Rupert kühl. »Alles andere spielt keine Rolle.«

Beim Dinner verfütterte Tab ihre ganze Fleischpastete demonstrativ an Beaver. Danach schickte Rupert beide Kinder nach oben, wo sie das James-Bond-Video anschauten. Cameron las im Salon den *Guardian* und fühlte sich elend. Wie zum Teufel konnten die Mütter das Tag für Tag verkraften?

Plötzlich stürmte Marcus herein und schwenkte die Fernbedienung. »Ich finde, Tab dürfte diesen Film nicht sehen«, keuchte er. »Das ist kein James Bond.«

Tab folgte ihm erbost und versuchte ihm die Fernbedienung zu entreißen. Als er sie hoch über seinen Kopf hielt, trat sie ihn gegen das Schienbein und rammte ihm die Faust in den Magen, so daß er sich zusammenkrümmte.

»Hört auf!« schrie Rupert und zerrte sie von Marcus weg.

»Es ist ein schöner Film!« kreischte Tabitha. »Über junge Frauen, die einander ablecken.«

»Ich werde mir das mal anschauen.« Rupert eilte nach oben, kehrte nach einer Weile grinsend zurück und warf das Video aufs Sofa. »Marcus hat recht. Ein Lesbenfilm. Den müssen wir uns später zusammen ansehen, Cameron.«

Sie trug ein ärmelloses T-Shirt, und nachdem er die Kinder wieder nach oben beordert hatte, schob er seine Hände unter ihre Achselhöhlen und tastete nach ihren Brüsten. Im Oberstock ertönte schrilles Geschrei, gefolgt von einem Krach auf der Terrasse. Rupert lief durch die Glastür hinaus und fand die Fernbedienung, deren Eingeweide heraushingen. Wütend lief Cameron die Treppe hinauf. »Warum hast du das Ding aus dem Fenster geworfen?« brüllte sie Tab an. »Ich weiß, daß du's warst!«

»Marcus hat mir verboten, den Horrorfilm im Fernsehen anzuschauen!« schluchzte Tab. »Ich hasse ihn! Ich hasse ihn!«

Rupert steckte seine rebellische Tochter ins Bett, und Cameron war erleichtert, weil sie sich nur mit Marcus' Asthmaanfall zu befassen brauchte. »Tut mir leid, daß Tab sich so aufführt«, murmelte sie, als sie ihn zudeckte. »Daheim benimmt sie sich bestimmt nicht so.«

»Natürlich nicht. Malise und Mum sind sehr streng, und wenn sie hier ist, tobt sie sich so richtig aus. Daddy und Tab lieben sich sehr«, fügte er wehmütig hinzu.

»Dich liebt er auch«, versicherte sie und küßte ihn. Dann ging sie zu Rupert, der auf Tab einsprach. Das Mädchen lag endlich im Bett und umarmte einen Teddybären, dem das Familientaufkleid ein düsteres Transvestitenflair verlieh. »Du solltest jetzt schlafen, Tab«, mahnte Cameron. »Marcus sagt, deine Mummy macht immer um neun das Licht aus.«

»Marcus ist ein verdammter Kriecher«, erwiderte Tab gähnend.

»Hast du gebetet?«

»Okay.« Tab wälzte sich aus dem Bett und kniete nieder. »Lieber Gott, bitte beschütze Daddy, Mummy, Marcus, Dollop und Beaver und schenk mir Biscuit, wenn's recht ist.« Aus den Augenwinkeln sah sie Cameron auf der Schwelle stehen, in der Hoffnung, erwähnt zu werden. »Und bitte, lieber Gott, laß Mummy und Daddy wieder heiraten, damit ich immer in Penscombe wohnen kann, und hilf mir, brav zu sein. Amen.«

Cameron folgte Rupert in sein Schlafzimmer und bebte vor Zorn, aber er fand die Situation ungemein komisch. »Ist sie nicht schrecklich? Vorhin fragte sie, warum ich mein Doppelbett nicht verkaufe, wo ich's doch nicht mehr brauche.«

Am nächsten Tag verschlechterte sich die Lage noch. Rupert fuhr weg, um seinen für den Wahlkreis zuständigen Sekretär zu treffen. Tab verschwand im Stall und erschien nicht zum Lunch. Grimmig machte sich Cameron auf den Weg, um sie zu holen, und fand sie auf dem Parcours, wo sie – von drei müßigen Reitknechten beobachtet – mit dem neuen Pony trainierte. Jedesmal, wenn das Tier zu einer hohen Mauer kam, blieb es bockig stehen. »Dieses Biest springt nicht!« schrie Tabitha.

»Denk mal vor dem Absprung an was besonders Garstiges, und dann gibt ihm die Peitsche«, riet einer der Burschen.

Entschlossen ritt Tab wieder auf die Mauer zu und brüllte: »Ich denke an Cameron!« Die Peitsche knallte auf Biscuits Hinterbacke, die Reitknechte lachten schallend, dann jubelten sie, als das Pony in hohem Bogen die Mauer übersprang. Sie schwang sich aus dem Sattel und tätschelte das kleine Pferd. »Braver Junge, guter Junge.«

»Komm jetzt zum Essen, Tabitha«, sagte Cameron eisig.

Sogar Tab besaß soviel Anstand, um etwas verlegen dreinzuschauen, und rannte voraus, auf das Haus zu. »Wann kommt Daddy?« fragte sie in der Küche, wo Marcus bereits seit einiger Zeit wartete.

»Am Nachmittag.«

»Dann esse ich erst, wenn er wieder da ist.«

»Setz dich!« befahl Cameron.

»Reden Sie nicht so mit uns«, entgegnete Tab kühl. »Sie sind nicht unsere Mutter.«

Cameron verließ die Küche und schwamm zwanzig Längen im Pool, um ihren Zorn abzureagieren. Im Oberstock stellte sie fest, daß Tab sich an diesem Tag mindestens viermal umgezogen und den Teppich in Ruperts Schlafzimmer als Schmutzwäschekorb benutzt haben mußte. »Tab!« rief sie.

»Ja?« Das Mädchen kam aus dem Fernsehraum, einen Marsriegel in der Hand.

»Heb deine Sachen auf, ja?«

»Das macht Mrs. Bodkin.«

»Mrs. Bodkin ist nicht hier, also räum das Zeug weg.«

»Den Teufel werde ich!« Tab stürmte an Cameron vorbei, die Treppe hinab und zum Stall.

Um ihre stechenden Kopfschmerzen zu bekämpfen, schluckte Cameron ein Valium und ging in die Küche hinunter, wo sich Marcus redlich bemühte, Ordnung zu machen.

Ohne vorher das Fett abzugießen, hatte er die Bratpfanne ins Spülbecken gestellt, so daß sich dicke, gelbe Blasen auf dem Wasser drängten. »Tut mir leid wegen Tab«, murmelte er.

Sie legte einen Arm um seine Schultern. »Dafür bist du um so netter. Möchtest du, daß deine Eltern wieder heiraten?«

Marcus wurde grün im Gesicht. »O nein ...«

»Tab will es schon.«

»Oh, die kommt viel besser mit Daddy aus als ich«, erwiderte er bitter. »Und wenn sie hier wohnen würde, könnte sie die ganze Zeit reiten.«

Cameron traf Vorbereitungen für ein gemütliches Dinner mit Rupert nur zu zweit. Die Kinder wollte sie möglichst früh ins Bett schicken. Marcus unterhielt sich mit ihr, während sie kochte, und später spielte er ihr am Klavier mit erstaunlicher Meisterschaft ein Chopin-Impromptu vor. Plötzlich stürmte Tab in den Salon, schaltete das Radio ein und drehte es auf volle Lautstärke.

»Mach es sofort aus!« befahl Cameron in scharfem Ton.

»Warum sollte ich?«

»Mach es aus!« schrie Marcus, hörte aber zu spielen auf und schloß den Klavierdeckel.

Grinsend schaltete Tab das Radio aus. »Noch nie im Leben habe ich mich so gelangweilt. Und ich bin schon fast verhungert. Was gibt's zum Abendessen?«

»Spaghetti.«

»Hm. Und was brutzelt im Ofen?«

»Bœuf Provençal.«

»Meine Lieblingsspeise. Und im Kühlschrank habe ich Kiwis gesehen. Die mag ich auch.«

»Da du bis jetzt nichts von alldem essen wolltest, was ich gekocht habe, bekommst du Spaghetti aus der Mr. Heinz-

Packung«, erklärte Cameron frostig. »Und gleich danach gehst du ins Bett. Ich möchte mit deinem Vater allein sein.«

Um halb sieben kam Rupert nach Hause und verblüffte sie, indem er ihr den Rücken stärkte. »Marsch ins Bett, alle beide. Cameron hat sich den ganzen Tag um euch gekümmert und braucht eine Erholungspause.«

»Tab war einfach gräßlich«, seufzte sie, sobald die Kinder nach oben gegangen waren.

Später sagte er seiner Tochter gute Nacht. Sie saß im Bett, in einem himmelblauen Nachthemd, und blätterte in einem Fotoalbum aus der Zeit, als er noch mit Helen verheiratet gewesen war. »War ich nicht ein süßes Baby? Schau mal, da reite ich auf Badger.«

Doch er ließ sich nicht ablenken. »Warum warst du so gemein zu Cameron?« fragte er und setzte sich auf den Bettrand. »Ich habe dir doch gesagt, du sollst dich anständig benehmen.«

»Ich hasse sie«, entgegnete Tab seelenruhig. »Und die Reitknechte hassen sie auch, und sie sagen, Mr. und Mrs. Bodkin hassen sie, weil sie die beiden ständig herumkommandiert. Sogar Beaver und Blue hassen sie.«

»Unsinn! Beaver und Blue beten sie an.«

»Dann sind sie blöd.«

»Ich habe gesagt, du sollst nett zu ihr sein«, mahnte Rupert.

»Der liebe Gott ist schuld«, schmollte Tab. »Heute morgen habe ich gebetet, er soll mir helfen, nett zu Cameron zu sein, und er hat überhaupt nichts getan.«

Das fand er so komisch, daß er sofort nach unten gehen und Cameron davon erzählen mußte. Wütend saß sie im Wohnzimmer und gab ihm ein in Elfenbein gebundenes Gebetbuch. »Warum liegt das auf meinem Nachttisch? Schau mal hinein!«

»Für meinen geliebten Rupert«, las er auf dem Vorsatzblatt. »In ewiger Liebe, Helen.« Grinsend schaute er auf. »Dieses Gelübde hat sie nicht lange gehalten, was?«

»Tab muß es neben mein Bett gelegt haben«, zischte Cameron.

»Na und? Die meisten Kinder wollen, daß ihre Eltern sich lieben. War das bei dir vielleicht anders?«

»Sie ist furchtbar verwöhnt. Merkst du denn nicht, wie sie dich dauernd umschmeichelt und alle anderen Leute vor den Kopf stößt? Ihr zwei habt eine übertrieben symbiotische Beziehung.«

»Ich weiß zwar nicht, was symbiotisch ist.« Plötzlich klang seine Stimme brutal und eiskalt. »Aber es sollte dich wirklich nicht kümmern, wie ich meine Kinder behandle. Ich schlage dir vor, mal ein bißchen in diesem Gebetbuch zu lesen. Vielleicht wird es ein paar christliche Gefühle in dir wecken.«

»Wohin gehst du?« fragte sie, als er sich zur Tür wandte.

»Ins Bett, ich will kein Dinner. Und du kannst im Gästezimmer schlafen.«

Eine Minute später hörte sie die Hunde bellen, die Haustür wurde geöffnet. Voller Angst, Rupert könnte die Flucht ergriffen haben, lief sie in die Halle. Mr. und Mrs. Bodkin blinzelten verlegen ins Licht, ihre Koffer in den Händen.

»Hoffentlich macht's Ihnen nichts aus, daß wir einen Tag früher zurückkommen«, murmelte die Haushälterin. »Aber wir wollten die Kinder sehen, und ich dachte, Sie brauchen vielleicht Hilfe beim Kochen und bei der Wäsche. Mrs. Gordon legt großen Wert darauf, daß sie saubere Sachen zurückbringen.«

Noch nie hatte sich Cameron über ein Wiedersehen so gefreut. »Natürlich, das ist schon okay. Wir alle haben Sie sehr vermißt. Das Dinner steht noch im Backofen, falls Sie hungrig sind.«

Im nächsten Augenblick wurde sie beiseite gestoßen, Tabitha war die Treppe herabgestürmt und warf sich in Mrs. Bodkins Arme. »Oh, Mrs. B.!« rief sie mit halberstickter Stimme. »Ich bin so froh, daß Sie wieder da sind! Es war einfach grauenhaft ohne Sie!«

Der nächste Tag verlief ohne Zwischenfall, bis zum Abschied der Kinder. Nach dem Tee sollten sie nach Warwickshire zurückfahren. Rupert hatte das Pony für Tab gekauft und wollte es in seinem Pferdeanhänger transportieren.

Während Mrs. Bodkin die frischgewaschenen Sachen bügelte und die Koffer packte, sahen Rupert und die Kinder fern. Tab saß auf seinen Knien und küßte ihn immer wieder, um ihre Dankbarkeit für Biscuit zu demonstrieren. Auf dem Sofa, möglichst weit weg von ihm, löste Cameron entschlossen das Kreuzworträtsel im *Guardian*. Seit dem vergangenen Abend hatten sie kein Wort miteinander gewechselt. Doch der Anblick ihrer glatten braunen Schenkel in den kürzesten aller Khakishorts war schließlich zuviel für ihn, und so neigte er sich beim Nachspann hinüber und legte eine Hand auf ihr Knie.

»Rühr sie nicht an!« schrie Tab. »Das ist widerlich!« Schluchzend floh sie die Treppe hinauf.

Er folgte ihr, um herauszufinden, was los war, und kam kopfschüttelnd zurück. »Dieselbe alte Geschichte. Sie will, daß Helen und ich uns wiederfinden wie Bing Crosby und Grace Kelly, damit sie immer hier leben kann.«

Am nächsten Morgen bekam er einen Brief von Taggie.

»Lieber Rupert, danke für das süße Hündchen. Wir haben es Claudius genannt, denn Patrick meint, das past zu Gurtrude. Die beiden haben sich jetzt ser lieb. Danke für den Schampanjer. Tut mir leid, das wir nicht zum Dinner mitgekomen sind. Ich hoffe, Sie verstehen es. Mit freundlichen Grüsen, Taggie O'Hara.«

Am liebsten hätte Rupert geweint.

Cameron fühlte sich nach dem Wochenende wie eine elende Versagerin. Was für ein Monstrum war sie eigentlich, wenn sie ein unschuldiges neunjähriges Mädchen verabscheute?

Während sie unglücklich durch das Haus wanderte, fuhr Rupert zur Priory, weil er versuchen wollte, das gefährliche Eis zu schmelzen, das sich zwischen Declan und ihm zu entwickeln schien.

Aber Declan freute sich sichtlich über den Besuch, schaltete Brahms' Vierte an und mixte Pimms mit viel Gin. »Genau der verdammte englische High-Society-Drink, wie du ihn magst«, meinte er und führte Rupert in den Garten.

Auf dem Rasen entdeckte Rupert einen zerfetzten Pantoffel, und er sah auch die flachgewalzten Blumenbeete. »Hat das Claudius verbrochen?«

»Leider ja. Gestern wälzte er sich in Fuchsscheiße, dann kam er heim und sprang auf Graystock, der vorbeigekommen war, um Taggie anzuschmachten. Wenigstens sind wir den Professor schnell wieder losgeworden, also hat der Hund auch seine Meriten. Wir lieben ihn alle hier«, fügte Declan hastig hinzu, als er Ruperts gerunzelte Stirn bemerkte. »Jetzt geht er gerade mit Caitlin und Gertrude spazieren.« Er schenkte den Pimms ein und stellte den Krug in den Schatten eines Kastanienbaums. Der Nachmittag war wieder einmal strahlend schön. Im hohen Gras wimmerten Heuschrecken wie Spielzeuggeigen, ein marmorierter weißer Schmetterling nahm auf einem Thymiankissen ein Sonnenbad. Zwischen silbrigen Buchenstämmen sah Rupert, wie sich die Ährenfelder goldgelb färbten. Die Vögel schwiegen, ermattet von der Fütterung ihrer Jungen.

Declan streckte sich auf der Wiese aus. »Solche Tage versöhnen mich mit dem schrecklich langen Winter. Weißt du, daß wir schon fast ein Jahr hier sind?«

Rupert prostete ihm zu. »Auf viele weitere Jahre. Wie kommst du mit deinem Buch voran?«

»Ganz gut, und es ginge noch besser, wenn ich nicht von meiner Frau und meiner Tochter gestört würde, die sich ständig anschreien.«

»Taggie schreit?« fragte Rupert verwundert.

»Nein, aber Maud und Caitlin. Mauds Wechseljahre fallen anscheinend mit Caitlins Pubertät zusammen. Ich überlegte schon, ob ich die Truppen der Vereinten Nationen zu Hilfe holen soll.«

»Letztes Wochenende hätte ich die beiden brauchen können. Meine Kinder waren da, und Tab und Cameron fuhren sich wie Wiesel an die Kehlen. Warum können sich die Frauen einfach nicht vertragen?«

Declan lachte. »Tja – die Mary Poppins würde ich nie mit Cameron besetzen.«

Sie unterhielten sich über die Konzession, und Declan berichtete, er habe ein tüchtiges Mädchen von Yorkshire-Television für das Kinderprogramm engagiert. Dann gestand er, von Rupert bedrängt, wie knapp er wieder bei Kasse sei.

»Hast du die dreißigtausend schon ausgegeben?« fragte Rupert mißbilligend. »Du solltest dich nicht andauernd davonstehlen, um Maud im Lake District zu betatschen.«

»Ich weiß, aber in letzter Zeit hatte ich nur gearbeitet, und sie ist immer so rastlos. Neulich mußte ich eine gewaltige Steuerrechnung und Patricks Flug nach Australien und Caitlins nächstes Schuljahr bezahlen. Und so was wie die Stromrechnung habe ich überhaupt noch nie gesehen. Da wir gerade von elektrischem Strom reden – Taggie ist derzeit unsere einzige Ernährerin, gerade füllt sie drüben bei Monica die Gefriertruhe.«

»Kann sie Tony nicht auch reinschieben?« Rupert fischte ein Gurkenstückchen aus seinem Glas.

Aber Declan war mit seinen Gedanken schon wieder woanders, nämlich bei einem Mini, einem 1976er Modell, das nun endgültig den Geist aufgegeben hatte. Er erzählte davon, und Rupert erbot sich: »Ich leihe dir eins von meinen Autos, aber eine Finanzspritze brauchst du noch viel dringender. Wie wär's mit einem Venturer-Vorschuß?«

»Den habe ich mir sogar verdient. Letzte Woche habe ich ein Drehbuch für einen Dokumentarfilm über Yeats geschrieben.«

»Über wen?«

»Den irischen Dichter«, erklärte Declan ungeduldig, »den Mann, über den ich das Buch schreibe.«

»Aha. Klingt nicht besonders lukrativ.«

»Wird's aber sein – wenn man einen guten Film draus macht. Die Idee habe ich schon an Channel Four verkauft. Die IBA wird jubeln. Lady Gosling ist eine halbe Irin.«

Während Rupert auf dem Rücken lag, dem Gesumm der Insekten lauschte und zu Taggies Schlafzimmer hinaufschaute, hatte er plötzlich einen Geistesblitz. »Wenn Freddie und ich Geld reinstecken, könntest du dir's leisten, Cameron als Produzentin und Regisseurin für den Film zu engagieren. Dann bleibt alles in der Familie.«

»Unmöglich, ich verstehe mich nicht mit Cameron.«

Rupert blinzelte in die Sonne. »Dann wird's höchste Zeit, daß du umdenken lernst. Sie findet dich großartig und hat nur Kommunikationsschwierigkeiten. Außerdem hätte sie was zu tun. Sie braucht dringend Arbeit.«

»Damit sie dir nicht im Weg ist?«

»Ich denke weniger an mich selbst als an Venturer«, erwiderte Rupert tugendhaft, während Declan die Gläser nachfüllte. »Sie soll doch nicht rastlos werden und zu Tony zurücklaufen.«

»Sie müßte mehrere Wochen in Irland verbringen. Die

Dreharbeiten sollten Anfang September beginnen, dann brauchen wir noch eine Woche gegen Ende November, um die Coole-Wälder im Herbst einzufangen.«

»Wunderbar. Gelegentlich werde ich rüberkommen und Pferde kaufen, dann wird Cameron nicht so sehr unter Entzugserscheinungen leiden. Ich schwöre dir, sie vergöttert alles, was du bisher geleistet hast.«

Declan wurde ein bißchen rot. »Nun ja, bevor sie sich verpflichtet, muß sie erst mal das Drehbuch lesen. Sie darf keinen Job übernehmen, von dem sie nicht hundertprozentig überzeugt ist.«

Cameron rief Declan am Abend an und versuchte mühsam, die Erregung in ihrer Stimme zu unterdrücken. »Gerade habe ich Ihr Drehbuch gelesen, und ich bin restlos begeistert. Die einzelnen Charaktere, der poetische Text ... Ich würde den Film liebend gern drehen, wenn Sie glauben, daß ich mich dafür eigne.«

Declan war völlig entwaffnet. »Natürlich, Sie sind genau richtig dafür. Soeben habe ich mit Jeremy von Channel Four telefoniert und gesagt, Sie wären vielleicht interessiert. Da ist er fast ausgeflippt vor Freude.«

»Du scheinst ja auf Wolken zu schweben«, meinte Rupert, als sie auflegte.

»Wird's dir nichts ausmachen, wenn ich so lange weg bin?«

»Doch, natürlich«, entgegnete er und nahm sie in die Arme. »Aber du sollst deine Freiheit haben so wie ich, als ich noch Springreiter und zum einzigen Mal in meinem Leben ernsthaft motiviert war.«

»Und du schwörst, daß es Declans Idee war, mich für den Film zu engagieren?«

»Würde ich dich denn anlügen?« fragte er unschuldig. »Er hat mich gebeten, dich zu fragen, und er bewundert alles, was du bisher geleistet hast, aber er hat nun mal gewisse Kommunikationsschwierigkeiten.«

»Wow!« seufzte sie. »Ich komme mir vor wie die erste Frau auf dem Mond.«

35

Cameron war überglücklich, weil sie endlich wieder arbeiten konnte, und ging zielstrebig ans Werk. Einen Großteil ihrer Zeit verbrachte sie in London oder in der Priory, und sie funktionierte eines von Ruperts Gästezimmern in ein kleines Studio um. Auch Ruperts Tage waren ausgefüllt. Er kümmerte sich um die Pferde und seine Geschäftsinteressen, außerdem hatte er als Abgeordneter einen vollen Terminkalender, trotz der parlamentarischen Sommerpause. Die Situation sagte ihnen beiden zu. Nach wie vor stritten sie häufig, genossen aber immer noch ein wunderbares Sexualleben. Nicht einmal die Besuche der Kinder warfen Probleme auf. Mrs. Bodkin erfüllte alle Pflichten, die damit zusammenhingen, und wenn Tabithas Verhalten unerträglich wurde (was meistens der Fall war), zog sich Cameron in ihr Arbeitszimmer zurück.

In der Konzessionsfrage hatte die IBA mittlerweile alle Bewerbungen gründlich studiert und stellte nun den Kandidaten brieflich einige Zusatzfragen nach Programmplänen, Managementstrukturen und Finanzierungsbelangen. Wieder einmal hielt das Venturer-Team Besprechungen ab. In den Häusern von Mitgliedern wollte man sich nicht mehr treffen. Das war zu riskant, da Tony seine Spionagetätigkeit intensiviert hatte. Rupert, ein erfahrener Ehebrecher, wurde beauftragt, einen Versammlungsort zu finden, der nicht so leicht aufgespürt werden konnte. Schließlich fiel seine Wahl auf ein schäbiges Zimmer über einem Nachtclub in einer Seitenstraße von Cheltenham.

»Wenn du deine Gespielinnen auch hierherbringst«, murrte Georgie Baines bei der ersten Konferenz, »müßten sie dich eigentlich bald satt haben.«

Ende Juli und in einem langen heißen August setzten sich Declan, Freddie, Bas, Rupert, Cameron, Harold White und die Corinium-Agenten zusammen – wann immer sie sich freimachen konnten – und formulierten die Antworten, die sie der IBA geben wollten. Charles Fairburn erschien zum allgemeinen Amüsement jedesmal in einer anderen Verkleidung. Solche Aufheiterungen brauchten sie, denn Declan meinte es inzwischen todernst und bestand darauf, daß bis zum Ende der jeweiligen Besprechung nur Perrier getrunken wurde. Der langwierige Kampf um die Konzession war erst zur Hälfte überstanden, und die nervöse Spannung wuchs.

Glücklicherweise blieb ihnen die Anwesenheit des Bischofs erspart, der einen Monat im Gelobten Land verbrachte. Professor Graystock recherchierte in Griechenland für ein Buch und war ebenfalls entbehrlich. Aber sie vermißten Dame Enid, die mit einer Freundin eine Wandertour durch Wales unternahm. Janey Lloyd-Foxe ließ sich nur selten blicken, weil sie mit ihren beiden Kindern alle Hände voll zu tun hatte und ein Buch fertigstellen mußte, und Billy drehte in Australien einen Film für die BBC. Wesley Emerson glänzte in mehreren Kricketmatches während des Leeds-Tests, und Venturer sonnte sich in seinem Ruhm.

Anfang September wurde der Brief mit den Antworten auf die Zusatzfragen an die IBA abgeschickt. Die langen, heißen Sommerferien näherten sich dem Ende.

Cotchester war immer noch voller Touristen, die ziellos durch die High Street streiften, um die Kathedrale, die alten Häuser und die Statue von Charles I. zu fotografieren. Monica Baddingham schritt hingegen äußerst entschlossen durch die Menge. Sie haßte Einkäufe, brauchte aber neue Batterien für ihren Walkman und Klavierauszüge von der »Lustigen Witwe«. Der West Cotchester-Jagdclub inszenierte alljährlich ein Stück, das im November vor einem lärmenden Publikum aufgeführt wurde. Dieses Jahr hatte man sich für ein etwas ehrgeizigeres Projekt entschieden und mit dem Cotchester Opernverein zusammengetan, um die »Lustige Witwe« auf die Bühne zu bringen.

Die Valencienne, eine tugendhafte Ehefrau, war bereits angemessenerweise mit Monica besetzt worden, ihr lüsterner Bewunderer Camille unpassenderweise mit Charles Fairburn. Bas Baddingham zögerte noch, die männliche Hauptrolle, den Grafen Danilo, zu übernehmen, der Regisseur Barton Sinclair – immerhin mit Covent Garden-Erfahrung – suchte nach wie vor eine geeignete Hanna, die lustige Witwe. Jeden Tag hielt er im Rathaus Auditionen ab, war aber äußerst pessimistisch. Wo sollte er eine schöne, stilvolle Frau hernehmen, die außerdem singen konnte? Aber das Glück stand auf Sinclairs Seite. Direkt vor der Bar Sinister liefen sich Monica und Maud über den Weg.

»Oh, wie nett!« rief Monica mit ihrer durchdringenden Stimme. »Schon seit einer Ewigkeit hoffe ich, Sie endlich mal zu treffen. Ich wollte Ihnen sagen, wie wundervoll Taggie war. Den ganzen Sommer hat sie für all die Horden gekocht und mir praktisch das Leben gerettet. Sicher sind Sie sehr stolz auf sie.«

»Ja, sicher.«

»Aber sie ist zu dünn. Früher war sie ein bißchen runder und viel fröhlicher. Ich vermute, sie übernimmt sich. Aber Sie sehen phantastisch aus, Maud. Wie geht's Declan?«

»Der denkt nur noch an diese verdammte Konzession«, antwortete Maud frustriert.

»Tony hat auch nichts anderes im Kopf«, seufzte Monica. »Das alles ist so deprimierend, aber ich sehe nicht ein, warum wir keine Freundinnen werden sollten – nur weil unsere Ehemänner auf verschiedenen Seiten stehen.«

Es war heiß auf der Cotchester High Street, und das kühle, nach Wein und Knoblauch duftende Halbdunkel der Bar Sinister lockte.

»Ich auch nicht«, sagte Maud. »Wollen wir reingehen und zusammen essen?«

»Eine großartige Idee!« jubelte Monica. »Ein Bauernlunch – und dazu ein halber Liter Cidre!«

Maud hatte etwas größere Ansprüche, und bald saßen sie bei Muscadet und Crespolini. Beim dritten Glas lockerte sich ihre Zunge, und sie erzählte, Declan habe sie einmal überreden wollen, die Maud Gonne in seinem Dokumentarfilm zu spielen, doch ihre Nerven seien dieser Aufgabe nicht gewachsen. »Ich möchte mich nicht von Cameron anschreien lassen. Der Sarkasmus dieser Frau ist unerträglich, und es war schon immer eine Qual für mich, vor Declan aufzutreten.«

Monica wurde sehr nachdenklich, kramte in ihrer Einkaufstasche und holte einen Klavierauszug von der »Lustigen Witwe« hervor. Auf dem Titelblatt prangte das Gemälde einer schönen Frau mit wehendem Haar unter einem großen rosa Hut, in einem zyklamenfarbenen Kleid. Ihre Taille war so schmal wie ihr Hals, eine violett behandschuhte Hand hob ein Champagnerglas. Vier hübsche Männer mit gezwirbelten schwarzen Schnurrbärten prosteten ihr bewundernd zu.

»Versuchen Sie Ihr Comeback doch mit einer leichteren Partie als Maud Gonne«, schlug Monica vor. »Wir suchen händeringend eine Hanna.«

»Unmöglich!« protestierte Maud. »Das ist eine viel zu schwierige Rolle.«

»Unsinn, das schaffen Sie mit links.«

»Was, meine beiden Lieblingsfrauen lunchen in meinem Lokal, ohne mir Bescheid zu geben?« Basil Baddingham trat an den Tisch, dunkelbraun nach einer vierzehntägigen Polo-Tournee durch Amerika.

»Bas!« rief Monica erfreut. »Ich weiß, ich darf kein Wort mit dir wechseln, nachdem du Tony so niederträchtig hintergangen hast. Aber setz dich trotzdem und hilf mir, Maud eine Hanna-Audition einzureden.«

Das ließ er sich nicht zweimal sagen. Bis jetzt hatte er Maud in seine amourösen Aktivitäten nicht einbezogen, aber heute sah sie umwerfend aus. Das violette Kleid betonte ihren hellen Teint und vermied es um Haaresbreite, sich mit den zauberhaften roten Locken zu beißen. Eine weitere Flasche Muscadet wurde bestellt.

»Bas spielt mit dem Gedanken, den Danilo zu übernehmen«, erklärte Monica.

»Hoffentlich kann ich noch was anderes übernehmen«, bemerkte er und rieb seinen muskulösen, Polo-gestählten Schenkel an Mauds Knie, als er ihr Glas nachfüllte.

Monica und Bas gönnten ihr nicht einmal eine Tasse Kaffee und schleppten sie die High Street hinab zum Rathaus, wo Barton Sinclair kurz vor einem Schreikrampf stand. An diesem Tag war er bereits mit zehn hoffnungsfrohen Dilettantinnen konfrontiert worden, die den Klavierauszug ermordet hatten. Die elfte, eine Wasserstoffblondine jenseits der Fünfzig, stand gerade auf der Bühne und mißbrauchte das Vilja-Lied. Verzweifelt versuchte der Pianist im Takt zu bleiben.

»Besser als die können Sie's ganz bestimmt«, wisperte Bas in Mauds Ohr.

»O nein!« murmelte sie angstvoll. »Jetzt hat sie das hohe G verpatzt.«

»Doch, Sie können's.« Als sie fliehen wollte, schlang er einen Arm um ihre Taille. »Stellen Sie sich mal vor, welchen Spaß wir bei den Proben hätten, und wir würden nicht nur singen, das verspreche ich Ihnen.«

»Vielen herzlichen Dank«, sagte Barton Sinclair gedehnt.

»1979 habe ich die Partie gesungen«, erzählte die Blondine und wankte auf zwölf Zentimeter hohen Absätzen die Bühnenstufen herab. »Und der Applaus war so gewaltig, daß das Haus zusammenbrach.«

»Schade, daß Sie unter den Trümmern nicht begraben wurden«, flüsterte Barton und fügte mit etwas lauterer Stimme hinzu: »Wir bleiben in Verbindung. Am Wochenende werde ich mich entscheiden.«

»Würden Sie sich noch eine Kandidatin anhören?« bat Monica.

Seufzend schaute Barton auf seine Uhr. »Muß das sein? Ich hatte gehofft, den Drei-Uhr-fünfundvierzig-Zug nach Paddington zu erwischen.«

»Es lohnt sich, den nächsten Zug zu nehmen, das verspreche ich Ihnen. Das ist Maud O'Hara. Sie war mal Schauspielerin und Sängerin.«

Er rückte seine geblümte Krawatte zurecht und strich sich über das zottige mausbraune Haar. »Wenigstens sehen Sie wie die Hanna aus, Maud.«

»Ich habe nicht geübt!« blökte Maud und spürte, wie die Crespolini und der Muscadet in ihrem Magen rumorten.

»Dasselbe Lied.« Barton reichte ihr den Klavierauszug. »In etwas langsamerem Tempo, Mike«, wandte er sich an den Pianisten.

Maud starrte auf die Gesichter hinab – Monica, eifrig, puterrot und ohne Make-up – Basil, glatt und mahagonibraun – Barton Sinclair, eine bleiche Londoner Nachteule. Und alle jagten ihr viel mehr Angst ein als ein Premierenpublikum in Covent Garden. »Ich kann nicht«, wisperte sie und rang die schweißnassen Hände.

»Legen Sie einfach los, Darling«, riet Bas. »Wir stehen auf Ihrer Seite.«

Der Pianist begann zu spielen, und Maud verpaßte ihren Einsatz. »Tut mir leid. Könnten wir noch mal anfangen?«

»Natürlich«, sagte Barton.

Wieder ertönten die einleitenden Takte, und Maud öffnete den Mund. »›Es lebt' eine Vilja, ein Waldmägdelein. Ein Jäger erschaut' sie im Felsengestein. . .‹«

Ihre Stimme klang süß und rein und zögernd, aber beim Hauptthema erhob sie sich plötzlich strahlend und siegesgewiß.

Monica wischte sich über die Augen. »Ein Star ist wiedergeboren.«

»Ich glaube, ein überaus erfreulicher Herbst liegt vor mir«, überlegte Bas. »Mit vierzig sind sie immer so dankbar.«

»›Vilja, o Vilja, was tust du mir an? Bang fleht ein liebkranker Mann.‹«

Sekundenlang blieb es still, dann klatschten und jubelten die Zuhörer, und Barton versicherte: »Sie haben die Rolle, Maud. Da gibt's nur ein Problem – Sie werden die anderen an die Wand singen.«

»Danke, Barton!« riefen Monica und Bas unisono.

Danach gingen sie mit Barton in die Bar Sinister zurück, wo noch einige Flaschen Muscadet geleert wurden, und der Regisseur erreichte mit knapper Not den Sechs-Uhr-fünfundvierzig-Zug.

Tony und Declan machten sich große Sorgen, als sie von der engen Verbrüderung zwischen den rivalisierenden Konsortien erfuhren. Allerdings erleichterte es Declan, der die zweite Septemberhälfte und einen Großteil des Oktobers mit Cameron in Irland verbringen mußte, daß Mauds Frust verflogen war und daß sie viel glücklicher wirkte. Ihre Gesangsübungen erinnerten ihn an die unbeschwerten Tage in Dublin, an die erste Zeit seiner Ehe. Wenn die »Lustige Witwe«

ein Erfolg wurde, könnte ihr das genügend Selbstvertrauen geben, um auf die Bühne zurückzukehren.

Caitlin hingegen, die ihr senfblondes Haar blauschwarz gefärbt hatte, fand die Euphorie ihrer Mutter noch ärgerlicher als die vorangegangenen, aus einem Gefühl der Vernachlässigung heraus entstandenen Depressionen. Sie beschloß, ein paar Tage in London bei Freundinnen zu verbringen. Die Schule würde erst in der übernächsten Woche wieder beginnen, und sie wollte das Leben noch ein wenig genießen, ehe die Gefängnistore erneut hinter ihr zufielen. Sie fand Taggie in der Küche, zusammengesunken über dem Zahlungsbefehl vom Elektrizitätswerk. »Ich verstehe nicht, warum die Rechnung so hoch ist.«

»Mummys Vibrator wird von Batterien betrieben, also kann's nicht daran liegen«, meinte Caitlin und umarmte Claudius. »Kannst du mir fünfzig Pfund für meine Reise nach London leihen?«

»Die habe ich nicht«, protestierte Taggie. »Gerade mußte ich Daddy hundert Pfund leihen, weil er sich einige neue Kordhosen für Irland kaufen will.«

»Immerhin bin ich fast eine Woche weg, und in dieser Zeit mußt du mich nicht ernähren«, argumentierte Caitlin. »Das ist mindestens fünfzig Pfund wert.«

36

Nach rasanten fünf Tagen in London traf Caitlin auf dem Bahnhof von Paddington ein und hatte gerade noch genug Geld für eine Kinderfahrkarte nach Hause. Das mit Gel gestärkte blauschwarze Haar ragte korkenzieherförmig nach oben. Sie trug Ohrgehänge aus Pfauenfedern, einen engen schwarzen Minirock, der ganz knapp ihre Hinterbacken bedeckte, schwarze Strumpfhosen, ein ärmelloses schwarzweißes T-Shirt, ein üppiges schwarzes Augen-Make-up und aufgemalte Slogans auf den Armen. Deshalb war es nicht verwunderlich, daß sich der Mann am Fahrkartenschalter zu glauben weigerte, sie hätte das sechzehnte Lebensjahr noch nicht erreicht. Es kam zu einem lautstarken Wortgefecht, das die Warteschlange hinter Caitlin zunächst amüsierte und dann ärgerte, weil man allmählich fürchtete, den Zug nach Hause zu verpassen.

»Mein Vater ist weltberühmt«, kreischte Caitlin. »Der wird Sie ganz sicher zur Rechenschaft ziehen!«

»Drohen Sie mir nicht, junge Dame!« erwiderte der Schalterbeamte.

»Typen wie Sie machen aus liberalen jungen Leuten Rassisten!« schrie Caitlin noch lauter. »Sie diskriminieren mich nur, weil ich weiß bin!«

In diesem Augenblick erreichte Archie Baddingham (auf der Rückreise aus der Toskana, wohin er von den Eltern wegen seiner unpassenden Beziehung zu der gräßlichen Tracey Makepiece verbannt worden war) die Spitze der Warteschlange am benachbarten Erste-Klasse-Schalter. Er hörte den Lärm, erkannte Caitlins schrille Stimme vom Silvesterabend her wieder und kaufte ihr eine Fahrkarte. »Erinnerst du dich an mich?« fragte er und klopfte ihr auf die Schulter.

»Nein – ja. Du bist Archie, nicht wahr? Leihst du mir das Fahrgeld? Dieses blöde Arschloch glaubt nicht, daß ich unter sechzehn bin.«

»Ich hab schon eine Karte für dich.«

»Das kann ich nicht annehmen!« tobte Caitlin. »Dein Vater war wirklich ganz beschissen und eklig zu meinem!«

»Mein Vater ist zu allen Leuten eklig.« Archie nahm gelassen ihren Arm. »Komm, wir müssen einsteigen.«

In letzter Sekunde sprangen sie in den Zug und fanden zwei gegenüberliegende Plätze. Caitlin rekelte sich auf dem orangegelben Sitz und lehnte den Nacken genüßlich an die Kopfstütze. »Ich bin noch nie Erster Klasse gefahren.« Archie sieht wundervoll aus, dachte sie. Er war größer und dünner geworden, ebenso wie sie trug er schwarze Jeans und einen schwarzen Rollkragenpullover, in einen Westerngürtel mit Silberschnalle gesteckt, schwarze Kreuze an den Ohren und eine braune Wildlederjacke. Das blonde Haar – mit Seife gewaschen, um allen Glanz zu entfernen – war vorn lang, an den Seiten und hinten kurz. Die Sonnenbräune ließ das immer noch leicht gerundete Gesicht schmaler wirken. »Warum bist du so widerlich braun?« fragte sie.

»Ich war drei Wochen in der Toskana. Meine Eltern haben mich hingeschickt, damit ich ein Mädchen vergesse.«

»Tracey Makepiece.«

Er grinste, was ihn noch attraktiver machte. »Wieso weißt du das?«

»An Patricks einundzwanzigstem Geburtstag hast du ständig auf ihr geklebt.«

»Stimmt. Aber ich bin längst drüber weg. Dad und Mum wollten das nicht glauben, und ich sah keinen Grund, einen angenehmen Urlaub abzulehnen. Komm, ich lade dich zu einem Drink ein.« Auf dem Weg zum Speisewagen bewunderte er ihre schmale Taille und die langen Beine. »Du kannst auch was essen.«

»Waren Sie auf einem Begräbnis?« Laszív musterte der schwule Barkeeper Archies schwarz umhüllte Schenkel.

»›An Personen unter achtzehn Jahren dürfen keine alkoholischen Getränke verkauft werden‹«, las Caitlin mit durchdringender Stimme vor, was auf einem Schild stand.

»Nicht so laut!« zischte Archie, während er die Drinks und das Essen bezahlte.

Die Rückkehr zum Erste-Klasse-Abteil mit zwei Plastiktabletts voller Wodka und Tonics, Schinkensandwiches,

Marsriegeln und Kartoffelchips verlief wesentlich gefährlicher als der Hinweg. Im schwankenden Gang stieß Caitlin immer wieder gegen Archie. »Tut mir leid«, entschuldigte sie sich, hochrot vor Verlegenheit.

»Wer beklagt sich denn?«

»Danke«, sagte sie, als sie wieder saßen und weite Felder und vergilbende Bäume vorbeiglitten. »So ein gutes Schinkensandwich habe ich noch nie gegessen.«

»Das überrascht mich. Immerhin kocht Taggie für dich. Wie geht's ihr?«

»Schlecht. Sie ist hoffnungslos in Rupert Campbell-Black verliebt.«

»So ein Pech!« Archie goß einen zweiten Wodka-Tonic für Caitlin ein. »Rupert wirft die Frauen um wie ein Blitzschlag. Jetzt treibt er's gerade mit der Exfreundin meines Vaters.«

»Cameron Cook«, sagte Caitlin verächtlich. »Ich verstehe nicht, was die Männer an ihr finden. Mein Bruder war auch verknallt in sie. Jetzt dreht sie mit Daddy einen Film in Irland. Hoffentlich landen sie nicht im Bett. Das tun doch die meisten Leute bei Dreharbeiten.«

»Dad war ganz verrückt nach ihr. Ich hatte schon Angst, er würde sich von Mummy scheiden lassen und Cameron heiraten.« Archie brach einen Marsriegel entzwei und gab Caitlin die Hälfte. »Ich habe Angst vor einer Scheidung, denn wenn sie wieder heiraten, vererben sie das ganze Geld den neuen Kindern.«

Sie kicherte. »Meine Eltern haben nichts zu vererben.«

In Didcot stiegen viele Fahrgäste aus, so daß Caitlin und Archie den Waggon praktisch für sich allein hatten.

Der schwule Barmann erschien mit einer großen schwarzen Plastiktüte, um den Abfall einzusammeln, und Caitlin rief: »Ich will meine Tonic-Dose behalten!« Während sie das Souvenir in ihrer Tasche verstaute, musterte Archie ihr herzförmiges Gesicht, das spitze Kinn, das mit dem spitz zulaufenden Haaransatz harmonierte, die schön geformten grünen Augen, die Stupsnase, den Korallenmund – süß und weich, nicht mehr schmollend verzogen.

Sie sah auf, begegnete seinem Blick, und er gestand, die Wangen hochrot: »Als wir uns vorhin wiedersahen, hast du mir sofort gefallen.«

Sie näherten sich Cotchester, dichte Wälder klammerten sich an die Hänge zu beiden Seiten und lichteten sich dann, um den Häusern Platz zu machen, wo bereits die Lichter aufflammten. Archie nahm seine Ohrgehänge ab und steckte sie ein – um seinen Vater nicht aufzuregen, wie er erklärte. Dann stieg ihm erneut das Blut in die Wangen, als er eine Zehn-Pfund-Note in die Tasche von Caitlins engem Lycra-Rock schob.

»Warum?« fragte sie verblüfft. »Ich bin doch *dir* Geld schuldig.«

»Für ein Taxi. Dads Chauffeur holt mich ab, und wenn wir dich heimbringen, wird er mich verpetzen.«

»Wie die Montagues und Capulets«, seufzte sie. »Hoffentlich enden wir nicht wie Romeo und Julia.«

»Morgen ruf ich dich an. Vielleicht können wir uns mal sehen, wenn alle unsere Eltern woanders sind.«

Als Archie am nächsten Morgen seine Bankauszüge inspizierte, fiel er fast in Ohnmacht. Um alles noch schlimmer zu machen, hatte seine Mutter am Freitag Geburtstag, und er hatte ihr eine neue Plattenaufnahme vom »Fliegenden Holländer« versprochen. Wie dumm von ihm, so anzugeben, Erste-Klasse-Fahrkarten und einen so üppigen Imbiß zu kaufen...

Düster starrte er zwanzig Minuten lang auf dieselbe Aristophanes-Seite, dann warf er das Buch quer durchs Zimmer. Wenn er sich beeilte, würde er noch vor dem Lunch in der Bar Sinister eintreffen und konnte Onkel Bas abfangen, bevor er zum Polo oder einem amourösen Abenteuer ging.

Bas summte gerade das Vilja-Lied und nahm fünfzig Pfund aus seiner Kasse. »Kann ich mit dir sprechen?« fragte Archie.

»Ich dachte, das hätte dein Vater dir verboten. Wo ist Rambo eigentlich?«

»In Edinburgh. Versuch bloß nicht, mich auszuhorchen!« Archie bewunderte seinen Onkel, der stets die schrillsten Tweedjacketts trug und mit den hübschesten Mädchen herumzog.

»Willst du was trinken?« Bas griff nach einer Flasche Chamberry und zwei Gläsern.

»Ja, bitte! Wenn ich drei Tage lang in deiner Küche Schwerstarbeit leiste – übernimmst du dann am Samstagabend eine Rechnung für ein Dinner zu zweit?«

»Bringst du Tracey Makepiece mit?«

»Nein.«

»Gut. Es gibt nämlich gewisse Grenzen. In dieser Hinsicht stand ich stets auf Tonys Seite. Also gut, ich bin einverstanden.«

Am Samstagabend stattete Taggies violettes Kleid innerhalb von zehn Tagen seinen zweiten Besuch in der Bar Sinister ab. Diesmal steckte nicht Maud darin, sondern Caitlin, aber mit dem breiten, elastischen schwarzen Gürtel war es fast unkenntlich. Archie hatte drei Tage lang in der Küche Muscheln geschrubbt und fand, daß er dieses Rendezvous wirklich verdiente. Bas verbrachte den Abend woanders, aber die Kellner waren eingeweiht und führten das junge Paar in einen Alkoven, wo es gegen neugierige Blicke abgeschirmt wurde. Entschlossen, seine Dienstleistungen nicht allzu billig zu verkaufen, bestellte

Archie eine Flasche Dom Perignon und ein Luxusmenü. Aber weil sie einander so aufregten, hatten sie keinen Appetit.

»So was Köstliches habe ich noch nie gegessen.« Caitlin stocherte in einer *foie gras* auf Radicchio herum. »Ich verstehe nicht, warum ich kaum einen Bissen runterbringe.«

Langsam befreite Archie eine große Hummerkrabbe von ihrer Schere und tauchte sie in Dillsauce. »Versuch das mal.«

»Mmm, gut! Ich wünschte, in der Schule bekämen wir auch so was. Letztes Jahr fand Nellie Newstead in ihrer Fleischpastete eine gebrauchte Damenbinde. Hast du Angst davor, wieder aufs College zu gehen?«

»Nicht, wenn du mir schreibst«, erwiderte er und dachte: Wie süß sie ist, wenn sie lächelt...

»Jeden Tag, wenn du willst.«

»Ich habe rausgefunden, wie weit Rugborough von Upland House entfernt liegt. Nur vierzig Meilen. Einer meiner Kumpel hat schon den Führerschein, also werden wir mal am Sonntag rüberfahren und dich ausführen.«

Sie fand, daß er großartig aussah in seinem Dinnerjackett, den weiten schwarzen Hosen und dem grauweiß gestreiften T-Shirt. Wie im Traum beobachtete sie, wie sich seine braune Hand über ihre weiße legte. Er bestellte noch eine Flasche Dom Perignon.

»Das solltest du nicht«, protestierte Caitlin. »In solchen Restaurants ist Champagner schrecklich teuer, und ich bin dir noch die Bahnfahrkarte und das Taxi schuldig.«

»Du kannst es mir auf ganz besondere Weise zurückzahlen.« Archie streichelte ihr Handgelenk. »Ein Kuß pro Pfund... Nein, das kann ich mir nicht leisten. Ein Kuß pro Penny.«

»*Da mi basia mille*«, seufzte Caitlin.

»Was?«

»Catull. Gib mir tausend Küsse.«

»Du bist wohl schrecklich schlau, was?«

»Klar. Deshalb ist meine Wahl auf dich gefallen.«

Sie lachten schallend, plötzlich erschienen ihnen die albernsten Dinge wahnsinnig geistreich und witzig.

»Was machen wir nachher?« fragte Archie. »Sagtest du nicht, deine Eltern seien weg?«

»Daddy ist in Edinburgh, wo er vermutlich gerade deinen Vater ermordet, aber Mummy könnte schon von der Probe zurück sein, obwohl sie immer später heimkommt.«

»Bei mir daheim ist kein Mensch. Ich bestelle ein Taxi.«

Erst als sie das Lokal verließen, merkte Caitlin, wie betrunken sie war. Kichernd verglich sie den Weg zum Auto mit dem Intercity.

Auf der ganzen Fahrt zur Falconry küßten sie sich. Drei Tage lang hatte Caitlin Küsse auf der Handfläche geübt und fand Archies Mund viel interessanter.

Auf Monicas großem geblümten Chintzsofa nahmen sie einander vorsichtig die Ohrgehänge ab. Und Archie entdeckte, daß Caitlins kleine, unglaublich federnde weiße Brüste ihn viel mehr aufregten als Tracey Makepieces Oberweite. Nektarinen gefielen ihm eindeutig besser als Melonen. Und nachdem er den breiten schwarzen Gürtel entfernt hatte, erschien ihm ihre Taille so unglaublich dünn, daß er fürchtete, sie zu zerbrechen.

»Hoffentlich bin ich nicht zu besoffen, um mich morgen an alles zu erinnern«, flüsterte sie.

»Warst du noch nie mit jemandem im Bett?« murmelte er in ihre gelversteiften strohigen Haare.

»Nein. Du?«

»Ja.«

»Mit vielen?«

»Etwa zweieinhalb.«

»Welch ein erfahrener Mann!« hauchte sie ekstatisch.

Archie, der nur sein T-Shirt und die Jeans trug, öffnete ein paar weitere Knöpfe, zog mit seinen Lippen eine Spur von Caitlins Schulter zur rechten Brustwarze und rang mit seinem Gewissen. Sollte er wirklich mit ihr schlafen? Er begehrte sie ganz schrecklich, fürchtete aber, er könnte zu betrunken sein und alles vermasseln. Und sie war so blau, daß sie es am nächsten Morgen womöglich bereuen würde. In der Brusttasche seines Jacketts, das über einem Stuhl hing, steckte ein Kondom. Aber wenn er aufstand, um es zu holen, würde er vielleicht die Stimmung verderben. Andererseits bestand die Gefahr, daß sie monatelang kein Haus mehr für sich allein haben würden.

Als sie ihre kleinen Hände unter sein T-Shirt schob, glitten seine Finger wie durch Zauberei zwischen ihre Schenkel, und er flüsterte: »Ich glaube, ich bin im Paradies.« In der nächsten Sekunde fuhr er hoch. Grellweiße Scheinwerfer strahlten durchs Fenster herein. »Scheiße!«

»Oh!« quietschte Caitlin in freudiger Aufregung. »Das wird verdammt knapp.«

»Zu knapp. Mein Vater ist aus Edinburgh zurückgekommen.« Für eine Flucht war es zu spät. Geistesgegenwärtig knipste er alle Lampen an, rammte ein Video in den Recorder, drückte die Zwölf auf der Fernbedienung und schloß Caitlins Knöpfe, während James Verekers Pilotfilm »Fitneß für Senioren« über den Bildschirm flimmerte.

Glücklicherweise hatte Tony eine erfolgreiche Dinnerparty für die IBA gegeben und befand sich – nach mehreren Schlucken aus dem Brandy-Flachmann während der Heimfahrt – in sanftmütiger Stimmung. Diese verbesserte sich noch, als er seinen Sohn mit einem reizenden schwarzhaarigen Mädchen im Salon sah, das ihm vage bekannt vorkam. Aber er war zu eitel, um seine Brille aufzusetzen, und Tracey Makepiece konnte es auf keinen Fall sein.

»Das ist Caitie«, verkündete Archie freundlich. »Gerade wollte ich ein Taxi für sie bestellen.»

»Wo wohnt sie denn?« fragte Tony.

»In Chalford«, log Archie.

»Dann bringe ich sie heim«, erbot sich Tony großzügig. »Es ist ja nicht weit. Aber vorher trinken wir alle noch was.«

»Caitie ist müde«, protestierte Archie verzweifelt.

»So sieht sie aber nicht aus.« Tony bewunderte Caitlins erhitzte Wangen und die leuchtenden grünen Augen. »Im Kühlschrank ist eine Flasche Moet.«

Archie schob Caitlins schwarzen Gürtel unter ein rosa-weiß gestreiftes Kissen und verließ widerstrebend das Zimmer.

»Warum schaut ihr euch dieses Band an?« fragte Tony und beobachtete, wie eine Seniorentruppe mit feuerroten Gesichtern Liegestütze übte.

»Ich liebe alle Corinium-Sendungen«, antwortete Caitlin träumerisch. »Am besten gefällt mir ›Herr und Hund‹. Wir haben zwei Hunde. Einer ist dick, einer klug. Der würde sicher einen Preis in dieser Sendung gewinnen.«

»Rufen Sie mich nächste Woche im Büro an. Schlaue Hunde können wir immer brauchen.«

»Da bin ich schon wieder in der Schule.«

»Wo?«

»In Upland House.«

Das wird ja immer besser, dachte Tony entzückt, das Mädchen ist eine Lady. »Kennen Sie meine Nichte, Tonia Martin?«

»Eine schreckliche Nutte! Im letzten Schuljahr wäre sie beinahe rausgeflogen, weil sie Jungs auf ihrem Zimmer hatte.«

Tony grinste hoch erfreut, die Tochter seiner Schwester

war stets als wahrer Tugendbold hingestellt worden. »Kennen Sie zufällig auch Caro McKay? Ich glaube, sie unterrichtet Biologie.«

»O ja«, bestätigte Caitlin strahlend. »Eine gräßliche alte Lese! Sie wohnt mit Miß Reading in einem Haus mit zwei Schlafzimmern und Gästeraum.« Sie schrie vor Lachen, und Tony stimmte ein.

Sobald Caitlin Publikum hatte, war sie nicht mehr zu bremsen. Archie wurde zwischen hysterischem Gekicher und kalter Panik hin und her gerissen, während sie seinen Vater mit skurrilen Geschichten über die Töchter seiner Freunde und Bekannten beglückte. Als die Flasche leer war, bestand Tony darauf, den Gast nach Hause zu fahren. Tracey wäre bestenfalls in einem Leichenwagen entfernt worden, überlegte sein Sohn.

Es war eine wundervolle Nacht. Ein buttergelber Mond glitt an blauschwarzen Wolken vorbei und vergoldete ihre Ränder. Nebel stieg auf, und es roch nach feuchtem welkem Laub. »Was für ein himmlisches Auto!« meinte Caitlin und spielte mit der elektrischen Fernbedienung, die das Seitenfenster öffnete und schloß.

»Wie lange kennen Sie Archie schon?« fragte Tony.

»Etwa neun Monate. Ich finde, Sie haben ihn großartig erzogen. Er ist so rücksichtsvoll.«

Tony schnurrte geschmeichelt. »Ja, ein netter Junge. Ich wünschte nur, er würde ein bißchen härter arbeiten. Hatten Sie gute Noten?«

»Ja.«

»Wie schön!«

»Dafür scheinen Sie sich mehr zu begeistern als meine Mutter«, sagte sie bitter. Sie fand Archies Vater wirklich nett und begriff nicht, daß ihr Dad und Tag ihn so völlig falsch beurteilten. Jetzt lud er sie auch noch zum Jagdball ein – falls sie Internatsurlaub bekäme – und zu einem Schiurlaub. »Das wäre großartig!« erwiderte sie. Als sie sich Penscombe näherten, entdeckte sie das Autotelefon und fragte, ob sie es benutzen dürfe.

»Natürlich.«

Ohne sich etwas dabei zu denken, rief sie in der Priory an. Es war zwei Uhr morgens, und es dauerte eine Ewigkeit, bis eine verschlafene Stimme murmelte: »Hallo?«

»Habe ich dich geweckt, Taggie-Darling?«

Beinahe fuhr Tony in einen wilden Rosenbusch, und die Temperatur im Auto sank plötzlich unter Null. »Wie heißen Sie mit dem Nachnamen?« fragte er, als Caitlin auflegte.

»O'Hara«, gestand sie kleinlaut.

»Declans Tochter?«

»Ja.«

»Zum Teufel, was für ein Spiel treiben Sie? War das die Idee ihres Vaters?«

»Bitte, erzählen Sie ihm nichts!« flehte sie atemlos, »er wäre schrecklich wütend.«

»Nicht so wütend wie ich!« brüllte Tony. »Wenn ich nach Hause komme, bringe ich Archie um!«

»Bitte, nicht!« Verzweifelt brach sie in Tränen aus.

»Um Himmels willen!« explodierte er.

»Ich mag Sie so sehr, und ich dachte, Sie mögen mich auch.«

»Klar mag ich Sie.« Seufzend reichte er ihr sein blau getupftes Taschentuch, das nach Paco Rabane duftete. »Aber ich kann Ihren Vater nicht ausstehen. Sie werden ihm nicht erzählen, daß Sie mit Archie befreundet sind?«

»Großer Gott, nein! Ich will doch nicht in der Blüte meiner Jahre niedergemetzelt werden.«

Auf der Rückfahrt dachte Tony gründlich nach, und als er in Archies Zimmer das Licht anknipste, sah er seinen Sohn im Bett liegen und krampfhaft die Augen zukneifen. Nicht zum erstenmal verblüffte er seinen Sohn. »Du darfst das Mädchen weiterhin treffen, wenn du möglichst viel über die Aktivitäten von Venturer herausfindest.«

Archie riß die Augen auf und rief schockiert: »Das ist unmoralisch!«

»Sei nicht so verdammt naiv!« schimpfte Tony brutal. »Willst du, daß Corinium die Konzession verliert?«

»Nein.«

»Oder daß ich auf ein Jahreseinkommen von mindestens vierhunderttausend verzichten muß?«

»Nein«, sagte Archie. Als reicher Mann muß ich nicht drei Tage lang Muscheln schrubben, wenn ich Caitlin zum Dinner einladen will, dachte er. Eines Tages wird sie mit mir in der Falconry leben. Dad hat recht. Blut ist dicker als Wasser. Und wenn Declan die Konzession nicht bekommt, werde ich für seine Tochter sorgen.

37

Es war schon schlimm genug, eine völlig verwirrte, verliebte Caitlin ins Internat zurückzubringen. Der Abschied von Declan fiel ihr noch schwerer. Während der Tag seiner Abreise nach Irland näher rückte, widerstrebte es ihm zusehends, seine Frau zu verlassen. Maud schwelgte in der »Lustigen Witwe«. Darüber freute er sich, fand ihre Euphorie aber etwas übertrieben. Mußte sie wirklich vor jeder Probe baden und sich die Haare waschen? Während sich die gelben Wälder goldbraun färbten und die Schwalben ihren Abflug hinauszuzögern schienen, hoffte er, sie würde sich nicht mit ihrem Partner einlassen.

Maud war erleichtert, als Caitlin auf die Schule zurückgekehrt war, aber nun tauchte Cameron Cook regelmäßig in der Priory auf, um Delcan oder das Telefon zu monopolisieren. Man könnte meinen, die beiden planten eine sechsmonatige Expedition in die Arktis, statt idiotischer dreiwöchiger Dreharbeiten.

Am Nachmittag vor der Abreise traf sich das Venturer-Team zu einer letzten Besprechung. Cameron saß in einer Ecke und hörte nur mit halbem Ohr zu, in Gedanken bereits auf dem Birmingham-Flughafen. Mehrmals hatte sie sich vergewissert, daß die Busse mit den Klimaanlagen bei der Landung bereitstehen würden, um die ganze Crew nach Sligo zu fahren, und daß sie im Hotel zum Dinner erwartet wurden.

Sie schaute zu Rupert hinüber. Düster starrte er aus dem Fenster, beobachtete, wie Claudius ein Buch aus der Bibliothek zerkaute, und wußte, daß er sich langweilte. In letzter Zeit war er nicht besonders liebevoll, sondern eher distanziert. Vielleicht wollte er vor der langen Trennung für einen gewissen Abstand sorgen. Er wollte für ein paar Tage nach Virginia fliegen, und das paßte ihr überhaupt nicht, denn sie konnte sich kaum vorstellen, daß die Amerikanerinnen ihn in Ruhe lassen würden.

»Wenn ich zurückkomme, wird unser IBA-Interview stattfinden«, sagte Declan. »Für die Proben habe ich Harry Bissett engagiert.«

Rupert wandte sich vom Fenster ab. »Wann werdet ihr den Yeats-Film im Kasten haben?«

»Irgendwann im Dezember. Wenn wir aus Irland zurückkommen, müssen wir uns noch um den Schnitt und den Kommentar kümmern.«

»Hoffentlich bringen Sie auch die Story, wie Yeats seinen kostbaren Pelzmantel entzweischnitt, um eine Katze nicht zu stören, die darauf schlief«, bemerkte Dame Enid.

»Oder wie er seine Schecks mit ›Freundliche Grüße, W.B.

Yeats‹ unterschrieb«, ergänzte Professor Graystock, um sich nicht übertrumpfen zu lassen. »Oder...«

Rupert hatte genug gehört. Diese verdammten Intellektuellen! Er stand auf, verließ die Bibliothek und ging in die Küche, wo Taggie Radiomusik hörte, einen Stapel von Declans Hemden bügelte und gleichzeitig versuchte, ein Kochrezept zu entziffern.

»Sie werden das Hemd verbrennen«, warnte er.

»Oh, gut, daß Sie kommen.« Sie stellte das Bügeleisen beiseite. »Übernächste Woche soll ich auf Sarah Strattons Dinnerparty kochen. Sie hat mir dieses französische Rezept gegeben, und ich werde einfach nicht schlau daraus. Würden Sie mir's diktieren?« bat sie und griff nach einem Bleistift.

Rupert wollte erwidern, es würde viel schneller gehen, wenn er es selber aufschreiben würde. Doch dann entsann er sich, neulich irgendwo gelesen zu haben, daß man Legastheniker ermutigen mußte. Ganz langsam begann er den Text zu übersetzen und widerstand der Versuchung, Taggies weißen Nacken zu berühren, der so verletzlich wirkte, als der schwarze Pferdeschwanz zur Seite fiel.

»Wie gut Sie das hingekriegt haben!« seufzte sie, als er das Diktat beendet hatte. »Daddy und Mummy können nicht Französisch lesen – nicht mal Miß Cook.«

Rupert erinnerte sich, wie oft Cameron schon über seine mangelnde Bildung gespottet hatte. Plötzlich fühlte er sich viel besser. Schade, daß er morgen nach Virginia fliegen mußte... Aber er brauchte dringend einen neuen Deckhengst.

Nervös packte Cameron ihre Sachen und warf sich vor, in letzter Zeit zu wenig für ihre Beziehung mit Rupert getan zu haben. Auf dem Boden des Koffers lag ein Buch über die Problematik der Stiefmutterschaft. Sie war fest entschlossen, nach ihrer Rückkehr aus Irland ihr Verhältnis zu Tab und Markus entscheidend zu verbessern.

Sie schlenderte ins Ankleidezimmer hinüber, wo Rupert ebenfalls packte. »Ich liebe dich«, beteuerte sie und umarmte ihn. »Du fliegst doch nach Irland, wenn du aus Virginia zurückkommst?«

»Natürlich.« Hastig legte er ein paar Hemden über ein Buch mit dem Titel »Für ein besseres Verständnis der Legasthenie«.

Für einen so selbstsicheren Geschäftsmann war Freddie Jones in Herzensdingen erstaunlich schüchtern. Seit Monaten wollte er Lizzie Vereker anrufen, brachte aber erst an dem Tag, wo Declan und Cameron nach Irland flogen, den Mut dazu auf. Er kam sofort zur Sache. »Gehen Sie heute mittag mit mir essen?«

»Wo ist Valerie?«

»In Portugal.«

Weil sie ihre Periode und einen großen Pickel im Gesicht, schmutzige Haare und unlackierte Zehennägel hatte, erwiderte Lizzie, sie habe keine Zeit. Danach fühlte sie sich elend und fragte hoffnungsvoll: »Wie wär's nächste Woche?«

»Dann ist Valerie wieder da.«

»Rufen Sie mich trotzdem an.«

Die ganze Woche war sie geistesabwesend. Sie goß Rotwein auf ein Belegexemplar ihres letzten Romans, das James seiner Mutter zum Geburtstag schenken wollte. Am Donnerstag schluckte sie eine für den Hund bestimmte Pille gegen Fadenwürmer und fragte sich, ob sie demnächst überschnappen und zu bellen anfangen würde. Sie wußte, daß sie an ihrem neuen Buch arbeiten müßte, konnte aber nur an Freddie denken. Eines Vormittags wanderte sie durch strömenden Regen zum See. Ein Sumpfhuhn beorderte seine Nachkommenschaft mit seltsamen Flötenrufen ins Schilf.

Die Buchen warfen ihre roten Blätter in die Pfützen. Plötzlich hörte sie die Stimme ihrer Perle Jilly, die in der Terrassentür stand und in noch größerem Maße zur Perle wurde, als sie verkündete, Mr. Jones sei am Telefon.

»Hallo«, sagte Freddie. »Was halten Sie von einem Picknick zu zweit?«

»Aber es gießt!« erwiderte Lizzie fröhlich.

»Wir könnten es in den vier Wänden von Green Lawns veranstalten.«

»Wo ist Valerie?«

»Auf einem Basar, wo gebrauchte Kleider und andere Sachen verkauft werden. Der Erlös soll verarmten Adeligen zufließen.«

Lizzie lackierte sich die Zehennägel, wusch ihr Haar, badete und säuberte ihre Ohren, dann rieb sie Bodylotion auf jeden einzelnen Quadratzentimeter ihres Körpers. Das einzige Problem war der Corinium-Gärtner, der an diesem Vormittag erschien (eine von James' Vergünstigungen). Das hatte sie völlig vergessen, und der Mann mußte ziemlich erstaunt gewesen sein, als Lizzie zu Mittag auftauchte, mit Kriegsbemalung und heftig duftend, und ihm erklärte, sie müsse Einkäufe erledigen – könne er inzwischen das Unkraut in der Staudenrabatte jäten? (Für diese Arbeit hatte sie ihm bereits in der Vorwoche überschwenglich gedankt.) Sie rief sogar James an, erklärte, sie würde zum Basar gehen und fragte, ob er irgend etwas aus Cotchester brauche.

Sie beabsichtigte nicht, an diesem Tag mit Freddie zu schlafen. Und es wäre auch nicht dazu gekommen, hätte sie nicht den schönen blauen Tweedrock gekauft, nur für ein Pfund, und Valerie an einem der Kioske getroffen. Stolz schwenkte sie ihre Neuerrungenschaft. »Schauen Sie, was für ein Schnäppchen ich gemacht habe!«

»Da kommen Sie niemals rein«, lautete die niederschmetternde Antwort. »Das hat mal Sarah Stratton gehört.« Valerie sah für Lizzies Geschmack viel zu aufgetakelt aus, in hellblauem Kaschmir, dunkelblauen Strümpfen und Gucci-Schuhen, das Haar von einer Samtschleife aus der Stirn gehalten. »Wissen Sie, was Tony Baddingham, dieses Schwein, uns angedroht hat?« fuhr sie mit gesenkter Stimme fort. »Er will auf einem Feld direkt neben unserem Grundstück zwanzig Reihenhäuser bauen. Das würde unsere Aussicht völlig ruinieren. Die Situation ist um so peinlicher, weil ich mit Monica so eng befreundet bin.« Ihr Stechblick fiel auf Lizzies Geldbörse. »Was wollen Sie denn kaufen? Von diesen eingelegten roten Beten wäre James sicher begeistert. Ich könnte Ihnen einen Penny nachlassen.«

»Ich nehme lieber den Kaffeekuchen, der sieht köstlich aus. Wie lange sitzen Sie denn noch hier fest?«

»Bis vier«, entgegnete Valerie seufzend. »Irgend jemand muß ja die Stellung halten.«

»Wie tapfer Sie sind!« murmelte Lizzie.

»Ich dachte schon, Sie würden nicht kommen«, sagte Freddie, als er die Tür öffnete. In der Küche standen ein Eiskübel mit einer Flasche Dom Perignon und eine große Platte mit Räucherlachs. Freddie hatte sich Ruperts Verführungstaktik angeeignet.

»Ein ideales Picknick«, meinte Lizzie. »Fürs Dessert habe ich Kaffeekuchen mitgebracht.«

Sie blieben in der Küche, um die Kissen auf Valeries Sofa nicht zu beschmutzen.

»Ich möchte Sie viel öfter sehen, Mrs. Vereker«, beteuerte Freddie, »aber da hätten wir Tony und Valerie und James am Hals.«

»James nicht.«

»Wo ist er denn gerade?«

»In Sarah Stratton, nehme ich an.«

Sie brüllten vor Lachen, und die Untreue ihres Mannes

war Lizzie zum erstenmal gleichgültig. Sie mochte alles an Freddie – die Art, wie sich seine äußeren Augenwinkel nach oben zogen, seinen Bierbauch, die feuchten Flecken unter den Achseln, Zeichen seiner Nervosität, und die Zigarre zwischen Daumen und Zeigefinger.

Als Schriftstellerin, sagte sie sich entschlossen, als er sie nach oben führte, muß man Lebenserfahrungen sammeln. Trotzdem wäre sie nicht an jenem ersten Tag mit Freddie ins Bett gegangen und ganz gewiß nicht im Schlafgemach seiner Frau, hätte sie nicht in einem Regal im Gästezimmer vier ihrer Lieblingsbücher entdeckt, die sie Valerie geliehen hatte, als diese an Grippe erkrankt war – und hätte Valerie nicht geschworen, alle vier zurückgegeben zu haben.

Aber zunächst schien Freddie größeren Wert darauf zu legen, ihr den Whirlpool in seinem Bad zu zeigen und das große, ovale Wasserbett, dessen sanftes Schaukeln mittels eines Armaturenbretts am Kopfende reguliert werden konnte.

»Sollen wir drauf schlafen oder es stehlen und damit ins Paradies fliegen?« wisperte Lizzie.

»Du sagst so wundervolle Dinge.« Er zog sie an sich, und sein Bauch ruhte direkt unter ihren vollen Brüsten und hob beide hoch, so daß er sie mühelos küssen konnte. »Welche Musik willst du hören?«

»Brahms' Zweites Klavierkonzert.«

Unglaublicherweise erfüllten die gewünschten Klänge wenige Sekunden später den Raum.

»Erst muß ich mal«, sagte Lizzie und watete durch den dicken Teppich zum Bad.

»Ich ziehe mich inzwischen aus«, versprach er.

Sie wusch sich mit Valeries Waschlappen, aber nur oberflächlich, um die Feuchtigkeit zwischen den Beinen nicht zu entfernen. Freddie sollte wissen, wie sehr er sie erregte.

Auf dem Rückweg öffnete sie die falsche Tür und landete

beinahe im Wäscheschrank. Gott, wie ordentlich, dachte sie, als wäre alles mit Hilfe eines Lineals aufeinandergestapelt worden. Bei einem Ehebruch erfährt man eine ganze Menge über den Haushalt anderer Leute. . .

Sie erwartete, Freddie würde inzwischen vollständig entkleidet sein, aber er mußte so viele Schmuckstücke ablegen, daß sie ihn um einige Längen schlug. »Von diesem Augenblick habe ich so lange geträumt«, gestand er, während er sich neben ihr ausstreckte. »Seit wir uns auf diesem Jagdball vor achtzehn Monaten kennenlernten. Was für eine schöne Frau, sagte ich mir.«

»Ich bin so dick«, seufzte Lizzie.

»O nein. Es macht viel mehr Spaß, den Everest zu erklettern, als die Gebirgsausläufer.«

Lizzie legte ihre Hand auf seinen Penis. »Und es ist wunderbar, zu beobachten, wie aus Software Hardware wird.«

Als er sich auf sie legte, dachte er, wie herrlich es sein würde, nicht die zerbrechliche Mousie, sondern prächtige, ausladende Hüften zwischen den Schenkeln zu spüren.

»Hoffentlich benutzt du ein Kondom Perignon«, murmelte sie halb lachend, halb weinend vor Freude, als er in sie eindrang. Das Zweite Klavierkonzert von Brahms war ihr Lieblingsstück, doch sie vergaß es bis zu den letzten ekstatischen Allegretto-Takten.

»Du bist einfach perfekt«, wisperte Freddie, »und von jetzt an das Allerwichtigste in meinem Leben.«

»Ich liebe dich«, sagte Lizzie leise.

»Und ich dich.«

Danach tranken sie noch eine Flasche Champagner, aßen den Kaffeekuchen auf und sehnten sich nach einem zweiten Liebesakt, entschieden aber, daß es zu riskant wäre. Um sich ein Alibi zu verschaffen, ging Lizzie in Cotchester einkaufen, so betrunken und glücklich, daß sie die anprobierten Kleider nur mühsam auf die Bügel zurückhängen konnte.

Als sie die Parfümerie verließ, wo sie schuldbewußt eine Flasche Aramis für James erstanden hatte, hörte sie ein Auto hupen. Völlig uneitel, kam sie gar nicht auf den Gedanken, dies könne ihr gelten und drehte sich erst um, als Tony Baddingham ihren Namen rief. Die Lippen fest zusammengekniffen, damit er die Champagnerfahne nicht roch, ging sie zu ihm.

»Sie sehen großartig aus, wirklich«, versicherte er aalglatt. »Was haben Sie denn gekauft?«

»Ein Eau de Toilette für James.«

»Wie nett! Und dabei hat er nicht einmal Geburtstag. Sie sind eine gute Ehefrau, Lizzie, und ich freue mich schon darauf, Sie nächsten Samstag zu sehen.«

»Samstag?« wiederholte sie verwirrt.

»Auf Sarah Strattons Dinnerparty. Da müssen wir uns mal ausführlich unterhalten.«

Im Lake House angekommen, rannte sie nach oben, wusch das Make-up und den Parfumduft weg, entfernte den Lack von den Zehennägeln und zog alte Sachen an – für den Fall, daß James früher nach Hause kam. Glücklicherweise erschien er erst ziemlich spät, und so konnte sie ungestört fast den ganzen »Sommernachtstraum« im TV sehen. Eine zauberhafte Produktion, die Corinium viele Pluspunkte bei der IBA einbringen müßte, dachte Lizzie.

»Bei Venturer passieren komische Dinge«, erzählte James zufrieden und goß sich, sobald er das Wohnzimmer betreten hatte, einen uncharakteristischen Drink ein. »Anscheinend ist Declan mit Cameron nach Irland abgehauen, und soeben habe ich Maud mit Bas aus der Bar Sinister kommen sehen.«

Woanders passieren auch komische Dinge, dachte Lizzie versonnen, ich und Freddie, James und Sarah. . . Und Rupert ist wahrscheinlich immer noch hinter Taggie her. Als wären sie alle von Pucks boshaften Streichen verhext worden wie die Sterblichen und Titania im »Sommernachtstraum«.

James schlief ein, kaum daß sein Kopf das Kissen berührt hatte und Lizzie schrieb ekstatisch in ihr Tagebuch: »Ich bin die Geliebte eines hinreißenden Mannes geworden.«

38

Am ersten Samstag im Oktober verschlief Taggie. Sie hatte bis spät in die Nacht hinein gearbeitet und war erst um vier ins Bett gekommen. Als sie sich eine Tasse Kaffee machte, kam Aengus gräßlich miauend in die Küche, eine lebende Feldmaus im Maul.

»Biest!« Empört entwand sie ihm die schreckensstarre Beute, sperrte ihn zur Strafe in die Speisekammer und setzte das arme Tierchen in eine Schachtel. Damit ging sie, nur mit einem Nachthemd und Gummistiefeln bekleidet, über die Wiese, um die Maus am Feldrand auszusetzen. Vorsichtig setzte sie das arme Ding auf den Boden, aber es rührte sich nicht. Vielleicht war es vor Schreck gestorben. Im nächsten Moment starb sie beinahe auch, denn aus dem blauen Nebel ritt Rupert über das taufeuchte Feld heran, auf einem großen, dunkelbraunen, schweißnassen Pferd. Als er den Hut lüftete, legte sie einen Finger an die Lippen und deutete auf die immer noch reglose Maus. »Aengus hat sie gefangen«, flüsterte sie. »Glauben Sie, daß sie's überleben wird?«

Rupert nahm an, ein flinker Stoß mit seiner Stiefelspitze würde die Maus von ihrem Elend erlösen, doch das hätte Taggie schockiert. Und so erwiderte er, sicher sei das Tierchen vor Angst erstarrt und am besten lasse man es jetzt allein. Dann blickte er auf das Nachthemd und die Gummistiefel und fragte, ob Taggie ausgehen wollte. Sie lief dunkelrot an und erklärte, sie habe am Vorabend auf einer Dinnerparty gearbeitet und dabei sei es sehr spät geworden. Danach entstand drückendes Schweigen, und um es zu brechen, meinte sie: »Ein schöner Tag, nicht wahr?«

»O ja. Eben war ich im Wald und habe Pilze gesammelt. Gerade wollte ich Ihnen welche bringen«, fügte er hinzu und zog das Geschenk aus der Tasche seines Reitjacketts.

»Oh, wie schön!« Taggie musterte die rosa Lamellen an den Unterseiten so hingerissen, als hätte er ihr ein zweites Fabergé-Ei überreicht, und fragte stotternd, ob sie ihn zum Frühstück einladen dürfe.

»Darauf habe ich sogar gehofft. Ich bringe nur mein Pferd in den Stall und komme sofort zurück.«

Taggie raste in ihr Turmzimmer, und vor dem Spiegel sah sie entsetzt den langen Riß in ihrem Hemd, die verschlafenen Augen, die Wimperntuschflecken. Hastig wusch sie sich, zog alte abgeschnittene schwarze Cordjeans und ein braunes T-Shirt an und begann das Frühstück vorzubereiten. Sie fürchtete, ein häusliches Drama könnte Rupert an der Rückkehr hindern oder Maud würde den brutzelnden Speck riechen und sich hinzugesellen. Doch nach einer Viertelstunde erschien er mit einer Flasche Champagner, und Maud blieb oben in ihrem Schlafzimmer und setzte ihre Gesangsübungen fort.

Sie frühstückten draußen auf der abblätternden weißen Bank. Der Lavendel, die Rosen und die Herbstprimeln blühten immer noch und warteten tapfer auf den ersten Frost. Rupert zog seinen Pullover aus. »Die Oktobersonne war noch nie so warm. Wenn noch ein paar Blätter von den Bäumen fallen, kann ich Ihr Haus wieder sehen.«

»Wie war's in Amerika?« Taggie verteilte ihren Speck an Gertrude und Claudius.

»Ich habe einen wunderbaren Hengst und eine gute Zuchtstute für Freddie gefunden. Da fällt mir ein – gestern sah ich seinen roten Jaguar vor dem Vereker-Haus parken, als gerade ›Cotswold Roundup‹ lief. Wenn er auf Abwege geraten ist, sollte er ein diskreteres Auto fahren.«

Taggie kicherte und brach ein Würstchen für Claudius und Gertrude entzwei. »Lizzie ist so nett, nicht wahr?«

»Natürlich verdient sie ein bißchen Spaß. James behandelt sie wie einen alten Rollstuhl, in den er an seinem Lebensabend ermattet sinken kann. Das Frühstück schmeckt köstlich. Warum geben Sie alles den Hunden?«

»Normalerweise frühstücke ich nicht.«

Gertrude sprang auf die Bank, so daß Taggie näher zu Rupert rücken mußte, und er grinste. »Gut gemacht, Gertrude, du stehst wirklich auf meiner Seite.«

Heftig pochte Taggies Herz, in einem ganz anderen Takt als Mauds Gesang, und sie begann angelegentlich Gertrude zu streicheln.

»Haben Sie was von Ihrem Vater gehört?« fragte Rupert.

»Nein – und – und Sie von Cameron?« stammelte sie.

»In letzter Zeit nicht.«

»Sie brauchen sich keine Sorgen zu machen, weil Daddy und Cameron so lange beisammen sind«, platzte sie nach kurzem Zögern heraus. »Natürlich ist Daddy wahnsinnig attraktiv, aber er liebt nur Mummy.«

Er wollte entgegnen, er mache sich nicht die geringsten Sorgen um Cameron, doch statt dessen zupfte er ein langes schwarzes Haar von Taggies Schulter und steckte es in die Hemdtasche. »Letzte Nacht habe ich von Ihnen geträumt.«

»Wirklich?« fragte sie verblüfft. »Was Schönes?«

»Es war sehr schön und sehr aufregend.« Seine Finger glitten über ihren Arm. Sie zitterte und hörte auf, Gertrude zu streicheln. »Heute abend bestreitet Tabitha ein

Pferderennen«, fuhr er fort. »Gehen wir zusammen hin? Danach könnten wir essen!«

Taggie weinte beinahe. »Ich muß arbeiten. Sarah Stratton gibt eine Dinnerparty.«

»Schade«, meinte er leichthin.

»Die Baddinghams und Verekers sind eingeladen. Wahrscheinlich reden sie die ganze Zeit über die Konzession, und ich muß in der Küche bleiben.«

»Halten Sie die Ohren steif, und tun Sie ein bißchen Arsen in Tonys Whisky.« Rupert stand auf und stieg in sein Auto. »Nächste Woche muß ich an einem Tory-Parteitag teilnehmen. Wenn ich zurückkomme, rufe ich Sie an. Das war ein wunderbares Frühstück, vielen Dank. Übrigens«, fügte er hinzu, während er den Motor startete, »vielleicht ist Ihnen aufgefallen, daß ich dieses Jahr meine Stoppelfelder nicht abgebrannt habe.«

Wie in Trance trank Taggie die Champagnerflasche leer. Rupert hatte von ihr geträumt und sie eingeladen und die Stoppelfelder nicht abgebrannt. Wie verwirrend das alles war...

Nur mühsam konnte sie sich auf ihre Hausarbeit konzentrieren. Bevor sie zum Haus der Strattons aufbrach, kam es zu einer neuen Krise. Aengus, stundenlang in der Speisekammer eingeschlossen und völlig in Vergessenheit geraten, hatte sich bitter gerächt und die für Sarahs Party bestimmte Forellenmousse gefressen. Trotzdem gelang es Taggie, sich während der Fahrt einigermaßen zusammenzureißen.

Paul spielte geruhsam Golf im Garten, aber Sarah befand sich in heller Panik. Alles mußte für Tony, ihren Boß, und mehr noch für James vollkommen werden. »Eine Dinnerparty zu geben, das ist noch schlimmer, als im Fernsehen aufzutreten«, stöhnte sie. »Hören Sie, ich weiß, es klingt gräßlich nach Valerie Jones, aber macht es Ihnen was aus, wenn wir so tun, als hätte ich gekocht? Wenn jemand anruft, mimen Sie Mrs. Maggs, meine Putzfrau.« Nachdem sie Taggie eine endlose Liste mit Instruktionen in die Hand gedrückt hatte, fuhr sie nach Bath, um sich ein Kleid zu kaufen.

Taggie holte das französische Rezept hervor, das Rupert für sie übersetzt hatte. Anderthalb Stunden später war alles unter Kontrolle. Das *bœuf daube* schmorte im Ofen, das Dessert stand im Kühlschrank und mußte nur noch mit Schlagsahne und gezuckerten Veilchen verziert werden. Allmählich war es an der Zeit, mit der Forellenmousse anzufangen. Vielleicht sollte sie noch einmal nach dem Rindfleisch sehen. »O Gott!« flüsterte sie entsetzt, nachdem sie den Löffel abgeleckt hatte. Sie versuchte es auf der anderen Seite des Gerichts, dann in der Mitte, wo es noch schlimmer war. Die Begegnung mit Rupert mußte sie so durcheinandergebracht haben, daß sie einen Eßlöffel voll Salz statt Zucker dazugetan hatte. Sie kostete den Zucker in der Glasschüssel und erblaßte. Eindeutig Salz.

Das Rindfleisch war ungenießbar, völlig versalzen. Und alle anderen Zutaten hatte sie verbraucht. Es war schon nach fünf, und sie würde es nicht schaffen, nach Cotchester zu fahren und rechtzeitig zurückzukommen. Entsetzt stöhnte sie auf. Sie hatte Sarahs Party verdorben, und Sarah konnte schrecklich unangenehm werden, wenn irgend etwas nicht klappte.

Das Telefon läutete. O Gott, ich muß dran denken, daß ich Mrs. Maggs bin, prägte sie sich schluchzend ein und hob mit bebenden Fingern den Hörer ab.

»Hallo«, knisterte eine Stimme aus irgendeinem Autotelefon.

»Mrs. Stratton ist gerade einkaufen. Vielen Dank für Ihren Anruf. Darf ich ihr etwas ausrichten?« murmelte Taggie.

»Das ist der schlimmste Gloucestershire-Akzent, den ich

je gehört habe«, entgegnete Rupert lachend. »Na, wie geht's denn?«

Sie brach in Tränen aus. »Es war James' Lieblingsrezept, und es sollte so aussehen, als hätte sie's eigens für ihn gekocht.«

Nachdem sie ihr Mißgeschick geschildert hatte, riet Rupert: »Hören Sie zu heulen auf, sonst wird das *bœuf* noch salziger, und fangen Sie mit der Fischmousse an. In einer halben Stunde bin ich da.«

Fünfundzwanzig Minuten später hielt der Aston Martin mit quietschenden Reifen und so ruckartig in einer Staubwolke, daß Beaver und Blue beinahe vom Rücksitz durch die Windschutzscheibe flogen. Rupert schlenderte in die Küche und stellte eine riesige Kasserolle auf den Tisch, die ein *bœuf bourgignon* für zwölf Personen aus dem Luigi's enthielt, einem Fünf-Sterne-Restaurant in Cheltenham.

»Oh, Sie sind wundervoll!« Taggie warf ihm die Arme um den Hals.

»Hände weg, für Tändeleien haben wir keine Zeit«, ermahnte er sie, goß das *bourgignon* in eine von Sarahs großen Servierschüsseln und schüttete Taggies versalzenes Unglück in Luigis Kasserolle. »Erzählen Sie Paul und Sarah nichts, sagen Sie einfach, das hier sei bei dem Rezept herausgekommen. Die werden ohnehin zu besoffen sein, um was zu merken. So, und jetzt verschwinde ich lieber, bevor Sarah zurückkommt.«

Taggie bedankte sich stotternd und begleitete ihn zum Wagen hinaus. Eine Eule schrie, ein orangegelber Halbmond stieg aus den Ahornbäumen empor. »Ich weiß gar nicht, wie ich das jemals wiedergutmachen kann«, klagte sie.

Rupert zog sie kurz an sich und küßte ihre Wange. »Das können Sie. Auf bald.«

Die Dinnerparty wurde ein voller Erfolg, besonders das überaus zarte *bœuf bourgignon*, das man mit dem Löffel zerteilen konnte. Sarah ließ sich als Köchin feiern und flüsterte James zu: »Erinnerst du dich an das *daube*, das wir in Painswick im White Elephant gegessen haben? Ich ließ mir das Rezept geben, um dieses köstliche Gericht heute abend zu kochen – eigens für dich.«

Tony Baddingham setzte seine Hornbrille auf, um sein Gegenüber genauer zu betrachten, und entschied, daß er sich nicht getäuscht hatte – Lizzie Vereker sah sensationell aus. Während des Dinners unterhielten sie sich über belanglose Dinge und sprachen erst über die Konzession, als Taggie – hoffentlich für längere Zeit – das Speisezimmer verlassen hatte. »Es gibt da einige faszinierende Entwicklungen«, begann er in schmeichelndem Ton, »aber darüber rede ich erst im November, wenn die IBA-Besprechungen näher rücken. Und dann, bei Gott, wird Venturer wünschen, uns nie herausgefordert zu haben...« Er verstummte, als Taggie mit dem Salat hereinkam.

Nicht, daß sie irgend etwas von der Tischkonversation wahrgenommen hätte. In der Küche starrte sie immer wieder auf den Fernseher. Das Jugendrennen wurde übertragen, und sie hoffte, einen Blick auf Rupert zu erhaschen. Wenigstens sah sie Tabitha auf einem Pony – hinreißend und Rupert, ihrem Vater, so ähnlich. Als das Finale begann, rief Sarah nach Taggie und befahl ihr, die Dessertteller wegzuräumen.

Nach dem Dinner war James so gerührt über Sarahs kochkünstlerische Bemühungen, daß er sich von Tony erwischen ließ, als er sie in der Halle nicht nur küßte, sondern auch noch eine Hand in den Ausschnitt ihres neuen Seidenkleides schob.

Tony beorderte James am Montagmorgen in sein Büro. »Ich finde, es ist an der Zeit, daß Sie Ihre eigene Serie machen. Und die wollen wir an das gesamte TV-Netz verkaufen.«

»Das ist wahnsinnig nett von Ihnen, Tony.«

»Die Serie soll alle Aspekte der Ehe umfassen.«

»Finanzielle Dinge, Berufstätigkeit beider Partner, die Frage, in welchem Maße sich ein liebevoller Gatte an der Hausarbeit beteiligen sollte«, rasselte James eifrig herunter. »Sex, Streit, Wohnungseinrichtung...«

»Genau. Auch Kinder sollen einbezogen werden – und der Druck, den sie auf die Eltern ausüben. Aber hauptsächlich wollen wir Paare ansprechen, die für den Rest ihres Lebens beisammen sein möchten. Wir nennen die Serie ›Wie man verheiratet bleibt‹.«

»Angesichts der Aids-Panik müßte das ein Knüller werden, der uns die Konzession unwiderruflich sichert«, meinte James aufgeregt.

»Allerdings. Sie werden die Sendung gemeinsam mit einer charmanten Dame moderieren, die Ihrem Herzen sehr nahe steht.«

»Da muß ich nicht lange raten, Tony«, erwiderte James hoch erfreut. »Aber glauben Sie, daß sie schon genug Erfahrung besitzt?«

Tony amüsierte sich königlich. »Viel wichtiger – sie ist ein Naturtalent, nicht besonders glamourös, aber sie hat jene himmlische, warmherzige, überschäumende Persönlichkeit, die den Eheleuten gefallen und eine phantastische Publikumsreaktion auslösen wird.«

»Sicher weiß Sarah die Ehre zu würdigen, die Sie ihr erweisen.«

»Ich rede nicht von Sarah, Sie Idiot«, erwiderte Tony eisig, »sondern von Ihrer Frau Lizzie. Und wenn Ihnen was an Ihrem Job liegt – je weniger Sie in den nächsten drei Monaten von Mrs. Stratton sehen, desto besser.«

Taggie verbrachte die nächste Woche mit Tagträumen von Rupert, obwohl sie wußte, daß er mit Cameron zusammenlebte und sie liebte und bald wiedersehen würde. Am Donnerstag sah sie ihn im Fernsehen. Er hielt auf dem Parteitag eine brillante Rede und erklärte, die Torys müßten sich von ihren Fettärschen erheben, um zielstrebig über die Arbeitslosigkeit und deren Einfluß auf die Tumulte in zahlreichen Städten nachzudenken. Dabei hörte sie Declans Gedankengut heraus und war sehr stolz.

Am Freitag wurde sie ein wenig von ihrer Sehnsucht abgelenkt, weil Caitlin ankam, um ein verlängertes Wochenende daheim zu verleben, das schwarze Haar über der Stirn weiß gefärbt und immer noch bis über beide Ohren in Archie verliebt. »Er war in der Stadt und hat mit einem Taxi acht Dosen Bier ins College geschmuggelt und zu Schwarzmarktpreisen an die anderen Jungs verkauft, um mir diesen herrlichen Pullover zu schenken. Den trage ich, seit er ihn mir geschickt hat. Würdest du ihn heute abend waschen, auch die schwarzen Jeans, damit ich morgen beides anziehen kann? Archie führt mich zum Lunch aus. Was macht Mummy morgen abend?«

»Ich glaube, sie hat Probe.«

Wie auf ein Stichwort schlenderte Maud in die Küche und lächelte strahlend. »Hallo, Darling!« begrüßte sie Caitlin, dann schwenkte sie eine große Papiertüte in Taggies Richtung. »Ich habe auf dem Markt Äpfel gekauft. Sie sind so billig.«

Da sie im Obstgarten der Priory überhaupt nichts kosteten und alle zwei Minuten einer ins Gras fiel, hätte Taggie am liebsten geschrien. Manchmal würde sie am liebsten ihre Mutter ermordet haben.

Maud musterte ihre jüngere Tochter. »Ein hübscher Pullover. Wo hast du den her?«

»Das ist ein Geschenk. Du wirst ihn doch ganz vorsichtig

waschen, Tag? Wie kommt ihr mit der ›Lustigen Witwe‹ voran?« fragte sie ihre Mutter.

»Oh, es ist anstrengend, macht aber großen Spaß. Übrigens«, fügte Maud beiläufig hinzu, »morgen abend gehe ich nach der Probe mit dem ganzen Ensemble ins Kino. Taggie wird kochen. Du kommst doch ohne mich zurecht, Caitlin?«

»Klar«, bestätigte Caitlin überglücklich. »Bleib so lange weg, wie du willst. Ich muß massenhaft Hausaufgaben machen.«

Als Taggie das Geschirr vom Abendessen gespült und Caitlins Pullover und die Jeans gewaschen hatte, war es zwei Uhr morgens. Zugegeben, sie hatte die Arbeit etwas verzögert, um ständig aus dem Fenster zu blicken und nach Ruperts Hubschrauber oder seinem Auto Ausschau zu halten. Vergeblich... Vielleicht war er doch zu Cameron nach Irland geflogen.

Sie glaubte erst wenige Minuten geschlafen zu haben, als sie von einer hysterischen Caitlin geweckt wurde. »Diese verdammte Mummy hat das ganze warme Wasser verbraucht! Ich kann weder baden, noch meine Haare waschen, und – was noch schlimmer ist – sie ist in meinem neuen Pullover und meinen Jeans losgezogen. Jetzt kann ich Archies Geschenk nicht für ihn anziehen, und er wird niemals glauben, daß ich's verloren habe so wie Desdemona ihr Taschentuch! Oh, ich hasse diese alte Kuh! Sicher werden meine Jeans platzen, wenn sie drinsteckt!«

»Ich fahre nach Cotchester und kauf dir was anderes«, erbot sich Taggie. »Gestern wurde ich bar bezahlt.«

»Das nützt mir nichts!« kreischte Caitlin. »Ich wollte, daß Archie mich in seinem Pullover sieht! Oh, ich bringe sie um!«

Nach mehreren erfolglosen Versuchen, ihre Schwester zu beruhigen, schlug Taggie vor: »Ich rufe Rupert an und frage, ob du bei ihm baden darfst.« Den Mund wie ausgedörrt, fühlte sie ihr Herz bis zum Hals schlagen und wählte in ihrer Nervosität dreimal die falsche Nummer. Als er sich nicht meldete, legte sie beinahe auf, doch dann erklang seine ärgerliche, verschlafene Stimme. »Hallo.«

»Hier ist Taggie.«

»Darling!« Sofort klang sein Tonfall viel sanfter.

»Es tut mir schrecklich leid...« Stotternd schilderte sie die Ereignisse, ohne Archies Namen zu erwähnen. »Könnte Caitlin vielleicht bei Ihnen baden und sich die Haare waschen?«

»Natürlich, wenn wir das alles zu dritt machen...«

Er war noch unrasiert, als sie ankamen, wanderte auf bloßen Füßen herum, in einem weißen Hemd und der schwarzen Hose eines Abendanzugs, den er am Vortag getragen hatte.

»Ich bleibe nicht«, erklärte Taggie, die ihm keinesfalls zur Last fallen wollte. »In einer Stunde hole ich Caitlin ab, okay?«

Rupert zog sie ins Haus. »Da ich ein berüchtigter Schürzenjäger bin, müssen Sie Caitlin zuliebe als Anstandsdame fungieren.«

Prompt fing Caitlin über Maud zu schimpfen an. »Diese verdammte alte Kuh! Erst verbraucht sie das warme Wasser, dann läuft sie auch noch in meinem verführerischen Outfit weg! Was will sie denn damit? Sicher ist sie hinter einem Mann her, die alte Nutte! Höchste Zeit, daß mein Vater heimkommt!«

Taggie war hochrot geworden. »Cait-lin!« mahnte sie. »Rupert hat nicht den ganzen Tag Zeit. Ich dachte, du willst um zwölf fertig sein. Also geh jetzt ins Bad.«

Rupert führte ihre Schwester grinsend nach oben, und Taggie schaute sich inzwischen Fotos von Tabitha an, die auf dem Küchentisch lagen. »Das sind wundervolle Bilder«, meinte sie, als er zurückkam. »Einen Teil des Rennens habe ich bei den Strattons im TV gesehen, aber das Finale leider verpaßt. Hat Tabithas Team gewonnen?«

»Nein, es kam auf den dritten Platz. Sie hat sich sehr gut geschlagen – laut *Horse and Hound* ›ganz der alte Campbell-Black‹.«

»Wie nett! Bin ich Ihnen auch wirklich nicht im Weg?«

»Überhaupt nicht. Ich habe einen gräßlichen Nachdurst. Wollen wir was trinken?«

»Das darf ich nicht, sonst verpatze ich heute abend wieder mein Dinner.«

»Arbeiten Sie etwa schon wieder?« fragte er bestürzt, und sie nickte wehmütig. »Jesus, dann verabreden wir uns am besten für *nächsten* Oktober.«

Taggie ließ den Kopf hängen. »Tut mir leid. Es – es ist keinesweg so, daß ich nicht gern mit Ihnen ausgehen würde...«

»Ich habe eine Idee. Heute nachmittag kommen meine Kinder. Würden Sie den morgigen Tag hier verbringen und mir helfen, die beiden zu amüsieren?«

Ihre Augen leuchteten freudig auf. »Ich mache ein Picknick.«

»O nein, ausnahmsweise werden Sie nicht mal ein Ei kochen.«

Da sowohl Maud als auch Caitlin ihre Garderobe geplündert hatten, wußte Taggie nicht, was sie anziehen sollte. Obwohl sie schuldbewußt an das Elektrizitätswerk, die TV-Leasingfirma und diverse andere Gläubiger dachte, gab sie ihr Honorar vom Freitaglunch im Dorfladen für einen hellgrauen Kaschmirpullover aus, der das Silbergrau ihrer Augen hervorhob. Danach war kein Geld mehr übrig, also würde sie ihre alte schwarze Kordhose dazu tragen müssen.

Am nächsten Morgen brach Maud schon zeitig zu einer weiteren Probe auf. Caitlin behauptete, sie würden den ganzen Tag lernen, und scheuchte ihre Schwester nach draußen. »Du siehst phantastisch aus. Sicher wird Rupert, dieser Lustmolch, seine Finger nicht bei sich behalten können. Du kannst dir ruhig Zeit lassen. Ich fühle mich sehr wohl, wenn ich allein bin. Na ja...« Sie grinste anzüglich. »Nicht ganz allein, Archie wird irgendwann vorbeischauen.«

Tabitha, von aufgeregten Hunden umringt, öffnete Taggie mit kampflustiger Miene die Haustür. Sie trug einen rosa Pullover mit blauen Blumen bestickt und einen blauen Ballonrock.

»Hallo!« rief Taggie entzückt. »Ich hab dich sofort erkannt. Letzten Samstag warst du im Fernsehen. Du hast mir so gut gefallen! Und was für ein kluges Pony du hast! Es war bei weitem das schnellste. Wie heißt es denn?«

»Biscuit«, antwortete Tab kühl.

»Darf ich's mal sehen?«

»Es ist in meinem anderen Haus.«

»Oh, wie schade, ich habe ihm Möhren mitgebracht – und Fondant gemacht.« Taggie kramte in ihrer Einkaufstasche.

»Danke«, sagte Tabitha, ein wenig besänftigt. »Kann ich schon jetzt ein Stück haben?«

»Warum nicht? Ich finde deinen Ballonrock süß. So einen würde ich auch gern tragen, aber meine Knie sind zu knubbelig.«

»Mummy meint, ihre auch. Vielleicht paßt so was nicht zu Erwachsenen. Wie heißen Sie doch gleich?«

»Taggie, eigentlich Agatha. Ist das nicht grauenhaft? Tabitha klingt viel netter. Manchmal nennen mich meine Eltern Tag. Das hört sich so ähnlich an wie Tag, nicht wahr? Ich glaube, wenn Rupert ›Tab‹ schreit, werden wir beide in die Küche stürmen, um zu sehen, was er will, und in der Tür zusammenstoßen.«

Tabitha runzelte nachdenklich die Stirn, dann lächelte

sie, und Taggie fuhr fort: »Du bist erst neun, was? Schrecklich jung für ein Pferderennen. Sicher warst du die Jüngste.«

»Ja. Wenn Sie heute abend mit nach Warwickshire kommen, können Sie sich Biscuit ansehen. Wir haben auch ein Fohlen, haben Sie Lust?«

»Natürlich, vielen Dank.«

Marcus kam in die Halle. »Dad will wissen, was ihr so lange macht.«

»Wir unterhalten uns, du Dummkopf«, erklärte Tab. »Sie hat uns Fondant mitgebracht.«

»Tag!« brüllte Rupert aus der Küche. »Wo stecken Sie denn?«

»Hier!« riefen Tag und Tab wie aus einem Mund, schauten sich an und brachen in Gelächter aus.

Tabitha nahm Taggies Hand und zog sie in die Küche. »Darf sie heute abend nach Warwickshire mitkommen und sich Biscuit ansehen?«

Rupert, der gerade schwarzen Kaffee trank und den Sportteil der *Sunday Times* las, hob erstaunt den Kopf. »Klar. Ich dachte schon, du hättest sie gekidnappt.«

Tab packte die Einkaufstasche aus. »Sie hat uns Fondant mitgebracht und Möhren für Biscuit und eine große Flasche Hustensaft.«

Taggie wurde rot. »Das ist Schlehdornschnaps. Den hab ich gestern gemacht. Man sollte ihn erst in drei Monaten trinken.«

»Danke, Engelchen.« Rupert küßte sie auf die Wange und flüsterte: »Auf Sie muß ich hoffentlich nicht so lange warten.«

»Mmm, dieser Fondant schmeckt ganz toll!« jubelte Tab.

Sie aßen in Cheltenham zu Mittag, in einer Hamburger-Bar. Die Kinder bestanden darauf, zu beiden Seiten von Taggie zu sitzen, tranken Milchshakes, und Rupert bestellte eine Karaffe Rotwein. »Der Pullover steht Ihnen gut, Tag«, meinte er. »Wie haben Sie ihn denn vor Mauds Krallen gerettet?«

»Ich habe ihn nachts unter meinem Kissen versteckt«, gestand sie verlegen.

Tabitha pflückte einen Pilz aus dem Salat und legte ihn an den Tellerrand. »Kann ich mir eine Punkfrisur machen lassen wie Cameron?«

»Nein«, erwiderte Rupert.

»Warum nicht?«

»Weil ich kurzes Haar nicht mag.«

»Sie haben eine sehr hübsche Frisur«, sagte Marcus zu Taggie, wurde tomatenrot und biß hastig in seinen Hamburger.

»Finde ich auch«, stimmte sein Vater zu.

Träumerisch starrte Tabitha ins Leere. »Mrs. Bodkin muß schrecklich oft mit Mr. Bodkin geschlafen haben.«

»Wie um alles in der Welt kommst du darauf?« fragte Rupert erstaunt.

»Sie erzählte mir, sie hätte vier Fehlgeburten gehabt.«

Taggie wagte Rupert nicht anzuschauen. Noch nie in ihrem Leben war sie glücklicher gewesen. Die banalsten Dinge – ein Hamburger mit Ketchup, ein Wandgemälde an einer Dorfmauer, der Milchwagen, der Briefträger – gewannen plötzlich eine ganz besondere Bedeutung, weil sie mit Rupert und diesen zauberhaften Kindern zusammensein konnte.

»Alles in Ordnung, Mr. Campbell-Black?« fragte der Geschäftsführer.

»Perfekt. Könnten wir noch eine Karaffe Rotwein haben?«

»Ich möchte Ihnen gern gratulieren.« Hingerissen starrte der Mann auf Marcus, Tag und Tab. »Ich wußte gar nicht, daß Sie drei so schöne Kinder haben.«

Nach dem Lunch gingen sie in Ruperts Wald spazieren. Es war unglaublich mild. Träge bewegten sich die Insekten in den Sonnenstrahlen, die durch das schon spärliche Buchenlaub fielen, wie Staubkörnchen, vom Licht eines Projektors eingefangen. Die Vögel zwitscherten schläfrig. Orangegelbe Blätter wehten auf bereits orangegelbe Wege herab.

Rupert hatte seinen Fotoapparat mitgenommen und verknipste zwei Filme. Später schlief er, müde von einer anstrengenden Arbeitswoche, unter einem Kastanienbaum ein, während Taggie mit den Kindern spielte. Sie führte die beiden etwas weiter weg, um ihn nicht zu wecken, und erklärte: »Jedesmal, wenn man ein welkes Blatt auffängt, das von einem Baum fällt, erlebt man einen glücklichen Tag. Mal sehen, ob wir dreißig fangen. Dann können wir Daddy einen glücklichen November schenken, wenn er aufwacht.«

»Das ist doch ganz einfach.« Tabitha sprang unter ein gelbes Ahornblatt, das in einer Spirale zu ihr herabflatterte, dann aber von einem Windstoß erfaßt wurde, einen Bogen beschrieb und am Boden landete.

»Es ist schwerer, als es aussieht«, keuchte Marcus, als ein kleines Bündel von Eschenblättern spöttisch aus seiner Reichweite flog. »Hätte das als sieben Stück gezählt?«

»Eigentlich nicht«, erwiderte Taggie.

»Verdammt!« kreischte Tab, als sie um Haaresbreite ein Buchenblatt verfehlte.

»Nicht so laut!« mahnte Taggie. »Wir dürfen Daddy nicht stören.«

Schweigend rannten sie umher und versuchten ihre Freudenrufe zu unterdrücken, wann immer sie ein Blatt einfingen. Nach einem durchdringenden Schrei seiner Tochter, die über eine Brombeerstrauchwurzel stolperte, aber ein Büschel Kastanienblätter festhielt, erwachte Rupert. Doch er stellte sich weiterhin schlafend und beobachtete Taggie, die mit wehendem Pferdeschwanz umhersprang und – wie der Geschäftsführer in der Hamburger-Bar geglaubt hatte – keinen Tag älter als vierzehn aussah.

»Da, Daddy!« Tab lief zu ihm, die Hände voller Blätter. »Ein ganzer glücklicher Monat für dich!«

Er bedankte sich und dachte, im Augenblick könnte ihn nur ein Monat in Taggies Bett richtig glücklich machen.

Später gingen sie ins Kino und schauten sich einen großartigen Woody-Allen-Film an, aber Taggie nahm kaum etwas davon wahr. Ihre Aufmerksamkeit galt vielmehr Rupert, der in sich zusammengesunken zwei Plätze weiter saß, neben Tab, und unbewegt auf die Leinwand starrte. Wie schrecklich mußte es für ihn sein, daß Helen ihn verlassen und daß er diese entzückenden Kinder verloren hatte...

Sein Verlust wurde ihr noch eindringlicher bewußt, als sie Helen kennenlernte, die schönste Frau, die ihr je begegnet war, mit großen hellbraunen Augen und langem rotem Haar, von zwei Kämmen aus dem sommersprossigen Gesicht gehalten.

Bevor Taggie Zeit fand, Helen oder deren Mann Malise, der ihr uralt vorkam, eingehender zu betrachten, wurde sie von Tabitha zum Stall gezerrt, wo sie mit Biscuit und Dollop bekannt gemacht wurde.

Wieder im Salon, sah sie Helen ungeduldig mit einer Fußspitze auf den Boden klopfen, den Blick auf ihre Armbanduhr gerichtet. Rupert stand vor dem kalten Kamin, ein leeres Glas in der Hand, wirkte er wie versteinert.

Malise wandte sich an Taggie. »Was möchten Sie trinken?«

Fast unmerklich bewegte Rupert seinen Kopf in Richtung Tür, und sie antwortete: »Nichts, vielen Dank.«

»Ich muß dieses Kind heimbringen«, erklärte Rupert.

Der wundervolle Tag war also zu Ende. Taggie hatte beinahe Selbstmordgedanken, und Malise schien ihre Depression zu spüren, denn er versuchte sie zu trösten. »Helen und ich sind große Fans Ihres Vaters. Ich hoffe, er bekommt die Konzession. Das Corinium-Programm ist einfach grauenhaft.«

»Oh, der ›Sommernachtstraum‹ war ausgezeichnet«, protestierte Helen. »Marcus sagte, Cameron Cook hätte irgendwas mit dieser Sendung zu tun gehabt. Du mußt sie mal zu uns bringen, Rupert. Ich würde gern mit ihr über die originelle Interpretation diskutieren.«

Er unterdrückte ein Gähnen, und Malise legte sanft einen Arm um die Schultern seiner Frau. »Ich glaube, Taggie und Rupert wollen gehen.«

Die Kinder verabschiedeten sich, und Tab umklammerte Taggie wie ein Äffchen. »Versprechen Sie, daß wir uns wiedersehen, wenn wir nächstes Mal nach Penscombe kommen!«

Rupert war sehr still auf der Rückfahrt, und Taggie fühlte sich elend, weil der Aston-Martin die Meilen zu fressen schien.

Sie nahm an, Rupert wäre unglücklich, weil seine Frau und seine Kinder nicht mehr bei ihm lebten. In Wirklichkeit kämpfte er zum erstenmal in seinem Leben ernsthaft mit seinem Gewissen. Taggie war Declans blutjunge Tochter, er selbst mit Cameron liiert, deren Eifersucht auf Taggie allmählich paranoide Züge annahm, und außerdem gab es schwerwiegende Dinge wie die Konzession zu bedenken.

Im Licht einer Cheltenhamer Straßenlampe sah er Taggies Profil. Alles schien sich nach oben zu wenden, ihre Nase, die langen schwarzen Wimpern, die anbetungswürdige kurze Oberlippe, die schönen weichen Brüste, von denen er erst letzte Nacht geträumt hatte. Sein Gewissen verlor den Kampf. »Wollen wir essen gehen?«

»O ja, bitte!« entgegnete sie erfreut. »Wenn Sie nicht zu müde sind und ich schick genug bin...«

»Werden Sie bloß niemals schick! Ich verabscheue aufgetakelte Frauen.«

Der White Elephant in Painswick war ausgebucht. Trotzdem fand sich ein Ecktisch für Rupert. Taggie floh auf die Toilette. In ihrer Tasche hatte sie nur Wimperntusche, Eau de Toilette, einen Kamm und ein Foto von Claudius. Aber sie tat ihr Bestes, kämmte sich sorgfältig und band den Pferdeschwanz zusammen.

Als sie zum Tisch zurückkehrte, hatte Rupert eine Flasche Pouilly Fumé und Räucherlachs mit Rührei bestellt. Zunächst sprachen sie von den Kindern. »Ich wünschte, sie würden besser mit Cameron auskommen«, sagte er. »Aber sie ist weder an Kinder gewöhnt noch bereit, irgendwelche Zugeständnisse zu machen.«

Es ist gut, daß wir ganz natürlich über Cameron reden können, dachte sie und sehnte sich danach, die feinen Linien in seinen Augenwinkeln zu berühren. Vielleicht werde ich seine engste Vertraute, und er kommt mit achtzig noch immer in die Priory gelaufen, um mir von der Eroberung einer bezaubernden Fünfzigjährigen zu erzählen. Das wäre besser, als ihn gar nicht zu sehen. »Sind Sie traurig, wenn Sie Ihre Tochter bei einem Pferderennen sehen und selber keine Cups mehr gewinnen?« fragte sie vorsichtig.

»Ja«, bestätigte er. »Deshalb wollte ich Sie letzte Woche mitnehmen – damit Sie meine Hand halten. Damals wußte ich gar nicht, wie sehr mich der Verzicht auf meinen Sport bedrücken würde. Nach der Weltmeisterschaft hörte ich praktisch über Nacht auf, vergrub mich in der Politik und gestand mir nicht ein, daß ich an schlimmeren Entzugserscheinungen litt wie ein Junkie bei einer Entwöhnungskur.« Er griff nach ihren Fingern, schaute in ihre Augen, las Zuneigung und Verständnis darin. O Gott, so etwas hatte er noch niemandem gesagt, nicht einmal seinem Freund Billy.

»Und tut es auch noch weh, an Helen zu denken?« fragte sie.

Er zuckte die Achseln. »Wahrscheinlich hat es mich mit der Zeit gelangweilt, sie zu hassen. Es ärgert mich nur, daß Malise erfolgreich ist, wo ich versagt habe. Ich kann wirklich nicht behaupten, eine Frau jemals glücklich gemacht zu haben.«

»Mich machen Sie sehr glücklich«, entgegnete sie leise.

Sie sahen sich an, und er beobachtete, wie das Blut in ihre Wangen stieg. »Ich würde es gern versuchen. Und jetzt werde ich zahlen, dann gehen wir.«

Langsam fuhren sie nach Penscombe. Der Mond verbarg sich hinter einer großen ebenholzschwarzen Wolke, die wie eine Eibe geformt war, und versilberte ihre Ränder. Sterne übersäten den restlichen perlgrauen Himmel. Kurz vor der langen Kastanienallee, die zum Court führte, drosselte Rupert das Tempo des Autos, so daß es beinahe stehenblieb und strich über Taggies Wange. »Bist du dir auch wirklich sicher, mein Engel?«

Sie nickte nur. Ganz und gar von ihrer Liebe erfüllt, konnte sie ihm nichts verweigern.

»Verdammt!« fluchte Rupert, als er das Haus erreichte und einen Lotus neben Taggies geparktem Wagen sah. Die Farbe war in der Dunkelheit nicht zu erkennen.

Cameron, dachte Taggie entsetzt. Aber die junge Frau, die aus der Haustür trat, hatte langes, dichtes, glänzendes Haar, golden wie die Ahornblätter auf dem Kies. Schluchzend warf sich Sarah Stratton in seine Arme. »Ich muß mit dir reden.«

»Ich muß nach Hause«, sagte Taggie.

»Nein!« widersprach Rupert in scharfem Ton, dann besann er sich. »Nun ja, es ist schon spät. Morgen gehen wir die restliche Namensliste durch, und im Lauf der Woche kümmern wir uns um den südlichen Teil der Region...«

»Oh, diese verdammte Konzession!« kreischte Sarah.

Er drückte Taggies Hand und versprach, sie am nächsten Tag anzurufen, dann führte er Sarah in den Salon, wo sie schluchzend auf dem Sofa zusammenbrach. Das Haus wirkte schrecklich kalt und leer ohne Taggie und die Kinder.

Es dauerte einige Minuten, bis er verstand, was hinter Sarahs Verzweiflung steckte. Offenbar hatte James ihr den Laufpaß gegeben. »Tony befahl es ihm. Er meinte, alle würden über James und mich tratschen, das sei schädlich für Corinium, besonders im Jahr der Konzessionsvergabe. Jesus, wenn man dran denkt, wie er's mit Cameron getrieben hat!«

»*Hat* – auf dieses Wort kommt es an.« Er goß ihr ein Glas Brandy ein. »Niemand ist prüder als ein ehemaliger Wüstling.«

»Ich weiß, daß James mich liebt!« rief sie hysterisch. »Aber dieser Scheißkerl beauftragte ihn, eine Serie über die dauerhafte Ehe zu machen, zusammen mit Lizzie. Deshalb müssen James und diese fette Kuh auf dem Bildschirm das liebende Paar mimen, bis Tony die Konzession im Sack hat. Und James ist gezwungen, nach seiner Pfeife zu tanzen.«

»Hm, dann seid eben ein bißchen diskreter – bis nach dem 15. Dezember.«

»Das sagte ich ja auch, aber James weigert sich sogar, was mit mir zu trinken. Wenn ich ihn bei Corinium anspreche, rennt er davon wie ein Tausendfüßler. Nicht einmal in der Pause von ›Cotswold Roundup‹ redet er mit mir. Ich weiß, er ist eitel und ehrgeizig, aber ich liebe ihn. Ich kann ohne ihn nicht leben.« In einem bernsteinbraunen Minirock und dem safrangelben Pullover, das blonde Haar zerzaust, hätte sie äußerst verführerisch auf Rupert wirken müssen. Aber als er ihr hartes, schmollendes, forderndes kleines Gesicht mit Taggies unendlich sanften Zügen verglich, fragte er sich, wie er diese Frau jemals hatte begehren können. »Ich kann ohne ihn nicht leben«, wiederholte sie schrill.

»Ich erinnere dich nur ungern daran, aber genau das hast

du mir nach Weihnachten auch gesagt. Und du bist sehr schnell drüber weggekommen. Zweifellos hättest du's auch zu Paul gesagt, wäre er pflichtbewußt gewesen und bei Winifred geblieben.«

»Das kann man nicht vergleichen!« stieß sie wütend hervor. »Ich ertrage Paul nicht mehr. Ständig betatscht er mich. Und er ist so alt – neunzehn Jahre älter als ich. Als ich für ihn zu arbeiten begann, fand ich das okay. Da war ich zwanzig und er neununddreißig. Er kam mir so wunderbar dynamisch und erfahren vor. Jetzt bin ich neunundzwanzig, er ist achtundvierzig, er geht in die Breite, und wenn er morgens aufwacht, sieht er so grau und zerknittert aus. Dauernd räuspert er sich, zupft an seiner Nase und starrt mich über den Brillenrand hinweg an. Ich halte das nicht mehr aus.«

Automatisch streichelte Rupert ihre bebenden Schultern und überlegte, daß derselbe Altersunterschied auch zwischen Taggie und ihm bestand.

Allmählich versiegten Sarahs Tränen. Sie setzte sich auf und wischte ihre verschmierte Wimperntusche unter den Augen weg. »Vielleicht sollte ich Tony verführen, aber der steht auch schon mit einem Pferdefuß im Grab. Du und Cameron, ihr habt wirklich Glück. Ihr seid fast im selben Alter.«

Es war, als hätte der Zahnarzt mit seinem auf Hochtouren laufenden Bohrer einen bloßen Nerv getroffen. Glücklicherweise rettete ihn das Telefon. Und dann schien der Zahnarzt einen weiteren Nerv zu attackieren. »Jesus, habe ich dich vermißt!« ertönte Camerons verlockende rauchige Stimme. »Tut mir leid, daß ich nicht früher angerufen habe, aber hier gibt's jede Menge Ärger. Perry O'Donovan ist so ein Arschloch, und er kann Esther McDermott nicht ausstehen. Sie ist auch ein Arschloch, und beide streiten in einem fort mit Declan. Zweimal ist er schon vom Set weggelaufen.«

»Dann läuft also alles wie geplant«, bemerkte Rupert.

Während Cameron über die Frustrationen der Dreharbeiten weiterschwatzte, glaubte er zu hören, wie sich Gefängnistore hinter ihm schlossen, ». . . und so sind wir einen Tag früher fertig geworden«, fügte sie schließlich hinzu.

»Gott, wie schrecklich«, erwiderte Rupert, der nicht zugehört hatte.

»Liebling, die Verbindung ist grauenhaft. Ich sagte, ich würde einen Tag früher nach Hause kommen. Declan und ich fliegen morgen zurück.«

»Großartig.« Er fühlte sich elend. »Ich hole dich ab.«

»Nein, mein Auto steht am Flughafen. Wir sehen uns am späten Nachmittag, und – Darling. . .« Aufreizend senkte sie die Stimme. »Drei Wochen lang war ich enthaltsam. Wir müssen eine ganze Menge nachholen, also sag alle Termine ab. Ich liebe dich.«

»Ich dich auch«, antwortete er mechanisch.

»Sehr gut«, meinte Sarah, als er aufgelegt hatte und sich einen doppelten Whisky einschenkte. »Ein Bastard wie du braucht ein Biest wie sie, dann hat alles seine Ordnung.«

Nachdem sie gegangen war, wanderte er mit den Hunden durch den Garten. Ein heftiger Wind fegte Buchenblätter über den Rasen. Die Priory lag im Dunkel, bis auf das Licht in Taggies Turmzimmer. Wie gern hätte er sie besucht, um ihr zu erklären, warum sie morgen und auch an den nächsten Tagen nicht anrufen konnte. . . Doch er wagte es nicht aus Angst, schwach zu werden. Inzwischen hatte sein Gewissen wieder die Oberhand gewonnen. Er war zu alt, zu verdorben, zu verkommen und würde sie nur unglücklich machen. Außerdem kam Cameron morgen nach Hause und er durfte Venturer nicht gefährden, indem er es riskierte, daß sie zu Tony zurückrannte. Die Gefängnistür war nicht nur zugefallen – nun drehte sich auch noch ein großer Schlüssel im Schloß herum.

39

Fünf vor zwölf betrat eine sternenäugige, aber schuldbewußte Maud die Priory – gerade rechtzeitig, um einen Anruf von Declan entgegenzunehmen, der seine morgige Heimkehr ankündigte. Cameron hatte versprochen, ihn nach Hause zu fahren, am frühen Abend würde er da sein.

Den ganzen nächsten Tag wartete Taggie auf das Telefonat mit Rupert, und wie das Schicksal es wollte, klingelte der Apparat unaufhörlich, während sie Staub saugte, das Chaos in der Bibliothek ihres Vaters ordnete und die Betten ihrer Eltern frisch bezog. Aber es waren nur Archie, der sich von Caitlin verabschieden wollte, Mauds Bühnenkollegen oder Venturer-Mitglieder, die fragten, wann Declan zurückkomme. Jedesmal, wenn das Telefon klingelte, stürzte sie sich darauf, jedesmal gab sie den Hörer niedergeschlagen weiter. Und während der Tag verstrich, schwanden auch ihre Hoffnungen. Sobald Cameron daheim war, würde er sich nicht mehr melden.

Während sie in der Küche auf den unglaublich winzigen Slips ihrer Schwester einen Platz für die Namensschilder suchte, meinte Caitlin: »Eines Tages wirst du den Namen Baddingham und ein Krönchen auf meine Wäsche sticken müssen. Übrigens, nächstes Wochenende schleiche ich mich aus dem Internat und treffe Archie.«

Taggie biß einen Faden ab. »Das würde ich an deiner Stelle nicht tun. Man wird dich rauswerfen.«

»Das ist mir egal. O Gott, wie soll ich bis zum nächsten Wochenende ohne Archie leben?«

Wie soll ich für immer ohne Rupert leben, fragte sich Taggie, stand auf und rührte in dem Tomatenchutney, das auf dem Herd köchelte. Erschrocken zuckte sie zusammen, als Claudius und Gertrude hereinstürmten und auf die Fensterbank sprangen. Maud folgte ihnen, in einem flauschigen rosa Badetuch. »Was kochst du denn da?« fragte sie entsetzt.

»Tomatenchutney.«

»Welch ein grausiger Gestank! Ein schöner Empfang ist das für deinen armen Vater. Und diese riesigen Biester legen überall in unseren Garten Kuhfladen hin. Die müssen Rupert gehören. Ruf ihn an und sag, er soll sie wegholen.«

»Ruf ihn selber an!« schrie Taggie. »Ich kann nicht alles machen!«

»Oh, was für ein Temperament...« Maud wechselte einen erstaunten Blick mit Caitlin. »Nun, ich habe jedenfalls keine Zeit für Telefongespräche«, fügte sie hinzu und rauschte die Treppe hinauf.

Caitlin legte eine Hand auf Taggies Schulter. »Bist du okay?«

»N-nein.«

»Geht es um Rupert? War's schön gestern?«

Taggie nickte. »Aber als wir zurückkamen, stand Sarah Strattons Auto vor seiner Tür, und so fuhr ich nach Hause. Er sagte, er würde anrufen, aber...« Ihre Stimme erstarb, und sie starrte trübe in die gelierende Masse aus Zwiebeln, braunem Zucker und Tomaten. Ihre Mutter hatte recht. Dieses Gebräu roch grausig.

»Ich rufe ihn wegen der Kühe an«, erbot sich Caitlin. »Das wird ihn dran erinnern.« Aber Rupert sprach gerade auf einer anderen Leitung, und sein Sekretär sagte, er würde den Gutsverwalter zur Priory schicken. »Sicher hat er wahnsinnig viel zu tun«, meinte sie tröstend, und als der Apparat klingelte, rief sie: »Oh, das wird er sein!«

»Hallo... O Archie! Darling... Ich überleb's auch nicht...« Wildes Gekläff unterbrach sie. Claudius und Gertrude schnellten von der Fensterbank und rasten in die Halle, als draußen Autoreifen auf dem Kies knirschten. »Gerade ist mein Vater zurückgekommen, er wird mich lynchen, wenn er merkt, daß ich mit dir rede«, fügte Caitlin hastig hinzu. »Heute abend schreibe ich dir. Ciao! Ich liebe dich wahnsinnig!«

Taggie unterdrückte ihre Tränen und ging in die Halle, um Declan zu begrüßen. Er sah wundervoll aus, sonnenbraun von den Außenaufnahmen und längst nicht mehr so müde. Als er sie umarmen wollte, wurde sie von Maud beiseite gefegt, einem Tornado aus Arpêge und Begierde in Taggies neuem grauen Kaschmirpullover. Sie warf sich auf Declan und preßte ihr Gesicht an seine Brust, damit er das schlechte Gewissen in ihren Augen nicht sah. »Darling, wie hübsch du bist! Ich habe dich so vermißt, jede einzelne Minute.«

Caitlin lehnte am Türrahmen und stieß einen ironischen Pfiff aus, den Declan in seiner Freude über Mauds liebevolle Stimmung überhörte. »Cameron ist draußen... Kommen Sie doch rein!« rief er durch die offene Haustür. »Sagen Sie guten Tag, während ich meine Sachen aus dem Wagen hole.«

Schweren Herzens beobachtete Taggie, wie Cameron die Halle betrat, das Gesicht weicher als zuvor, die Frisur nicht mehr so streng, in einer weißen Seidenbluse und Reiterhosen aus braunem Wildleder.

Cameron ignorierte die beiden Schwestern und umarmte Maud. »Irland war traumhaft, aber wir haben Sie schrecklich vermißt. Hätten Sie Maud Gonne gespielt, würden wir einen Emmy kriegen. Declan war so inspirativ!«

»So?« erwiderte Maud ohne große Begeisterung.

Taggie ertrug es nicht mehr. Sie eilte zum Auto hinaus, wo sie den verbeulten, zusammengeschnürten Lederkoffer mühelos von Camerons Louis-Vuitton-Gepäck unterscheiden konnte. Sie nahm auch ein paar Tragtüten mit.

»Nein!« Cameron erschien in der Tür. »Das sind Geschenke für Rupert und die Kinder. Oh, ich muß Ihnen zeigen, was ich für Tabitha gefunden habe, Maud!« Sie packte ein kleines Lederpony aus, auf dem eine Puppe ritt. »Ist das nicht niedlich?«

»Sehr süß«, bestätigte Maud desinteressiert.

»So, jetzt muß ich aber gehen«, erklärte Cameron. »Wiedersehen, Declan!« rief sie dem Hausherrn nach, der seine Koffer nach oben trug. »Ich rufe an, sobald ich weiß, wann wir die ersten Kopien sehen können!«

»Biest!« schrie Caitlin den davonbrausenden Lotus an.

Declan und Maud gingen mit einer zollfreien Whiskyflasche ins Bett. Und Taggie zog sich ebenfalls in ihr Zimmer zurück, wo sie mit zitternden Händen Caitlins Fernglas auf Penscombe Court richtete. Genug Blätter waren von den Bäumen gefallen, so daß sie sah, wie der Lotus die Auffahrt hinaufstürmte. Nur im Erdgeschoß brannte Licht – und unerträglicherweise gleich darauf auch im Obergeschoß. Sie machten sich nicht die Mühe, die Vorhänge an den Schlafzimmerfenstern zuzuziehen.

Schluchzend sank Taggie auf das Bett, und als es an der Tür klopfte, stöhnte sie: »Geh weg!«

Ihre Schwester kam mit den Hunden herein, die auf Taggies Schoß sprangen und ihr die Tränen abzulecken versuchten. »Du hast Ralphie verkraftet, du wirst auch Rupert verkraften«, meinte Caitlin, »aber vielleicht ist das gar nicht nötig. Er muß ja nur nett zu dieser Bestie sein, bis wir die Konzession haben.«

»Zum Teufel mit der Konzession!« heulte Taggie. »Was tätest du denn, wenn du Archie mit einer anderen Frau im Bett sehen würdest?«

»Ich würde mir einen Drink eingießen und eine Zigarette rauchen. Hör mal, ich störe dich nur ungern in deinem Gram, aber Tomatenchutney riecht noch ekliger, wenn es anbrennt, und diese Lüstlinge werden vor morgen früh nicht aus dem Bett kriechen. Also mußt du mich leider in mein Gefängnis zurückbringen.«

Am nächsten Vormittag sah Declan seine Post durch, die hauptsächlich aus Rechnungen bestand, aber es war auch ein interessanter Brief von der IBA mit der Ankündigung dabei, die Besprechung würde am 29. November um zehn Uhr im IBA-Hauptquartier in der Brompton Road stattfinden. Sofort berief er für nächste Woche eine Venturer-Konferenz ein. Das Zimmer über dem Nachtclub in Cheltenham wurde als zu riskant betrachtet, also mietete man eine Suite in einem obskuren Hotel in Bloomsbury. Die ganze Venturer-Gemeinde erschien, bis auf Dame Enid, die in New York ein Konzert gab.

Cameron gab sich besonders große Mühe mit ihrem Aussehen, weil sie Ruperts guten Freund Billy Lloyd-Foxe zum erstenmal treffen würde und einen angenehmen Eindruck auf ihn machen wollte. Und so trug sie ein rotes Seidenkostüm mit Schulterpolstern, tiefem Ausschnitt und extrem kurzem Rock. Ihre Sorge war überflüssig, denn Billy kam sofort auf sie zu, mit jenem berühmten Lächeln, das »ohne Satellitenhilfe in Millionen von Wohnzimmern strahlte«, wie man es einmal ausgedrückt hatte. »Hallo, ich konnte es kaum erwarten, Sie kennenzulernen«, rief er und küßte sie. »Ich bin ganz verrückt nach ›Vier Männer auf dem Heuboden‹. Janey hat alle Folgen für mich aufgezeichnet. Genauso haben's Rupert und ich als Junggesellen auch getrieben. Kurz vor meiner Abreise aus Australien lief die Serie dort an und wurde mit großer Begeisterung aufgenommen.«

Sie fand ihn ungemein attraktiv. Sein dichtes braunes Haar war mit grauen Strähnen durchzogen, und er hatte seit seinen Springreitertagen einige Pfunde zugelegt, aber sein Gesicht war jung geblieben, und die Augen funkelten so fröhlich, daß man die gebrochene Nase und das Doppelkinn kaum bemerkte. Janey ist verrückt, wenn sie ihn betrügt, dachte Cameron.

Rupert und Billy schienen sich in- und auswendig zu kennen. Sie paßten zueinander wie ein Paar alter Pantoffel, stritten über Pferde, schrien vor Lachen, und immer wieder vollendete der eine die Sätze des anderen. Es tut gut, Rupert wieder glücklich zu sehen, sagte sich Cameron. Seit ihrer Rückkehr aus Irland war er meistens schlecht gelaunt gewesen.

Declan klopfte auf einen großen Mahagonitisch in der Mitte des Zimmers und bat die Venturer-Mitglieder Platz zu nehmen.

»Wo ist die Bar?« fragte Rupert.

»Wir werden erst nach der Besprechung trinken«, erklärte Declan energisch.

Wesley Emersons Züge entgleisten, Billy wurde bleich und wollte wissen: »Ist das ein Konzentrationslager?«

Declan lächelte dünn. »Konzentration ist genau das, was wir brauchen. Falls jemand Durst hat – es ist genug Perrier da.«

Billy seufzte tief auf, wandte sich zu Cameron und klopfte auf den Stuhl an seiner Seite. »Setzen Sie sich zu mir, damit ich mich wenigstens am Anblick Ihrer Beine erquicken kann.«

Er zuckte ebenso zusammen wie Harold White, Seb Burrows, Georgie Baines und die von Declan engagierte Leiterin des Kinderprogramms, Sally Mapels, als ein bebrillter Unbekannter mit Bürstenhaarschnitt zielstrebig hereinmarschierte.

»Alles okay«, beruhigte Declan die Versammlung. »Das ist Hardy Bissett. Er hat mal für die IBA gearbeitet und weiß genau, welche Fragen man uns stellen wird. In den nächsten Wochen wird er uns drillen. Wie ihr alle wißt, findet die

Besprechung am 29. November statt«, fuhr er fort, nachdem Hardy einen Platz gefunden hatte. »Glücklicherweise ist das Corinium-Interview für den Nachmittag davor anberaumt, also gibt es keine Probleme für die Leute, die beide Termine wahrnehmen müssen.«

Alles zuckte erneut zusammen, als ein dicker Mann mit Strumpfmaske und blauem Plastikrevolver hereinwatschelte. »Das ist ein Überfall!« krächzte er, dann zog Charles Fairburn sich den Strumpf vom Kopf und grinste. »Ätsch!«

»Um Himmels willen, Charles!« explodierte Declan. »Hier geht es um ernste Dinge! Inzwischen wird die IBA unsere Bewerbung verdaut, unsere Antworten auf die Zusatzfragen gelesen und unseren Auftritt bei der öffentlichen Versammlung beurteilt haben. Zweifellos kommt der Besprechung am 29. eine Schlüsselfunktion zu. Und nun erteile ich Ihnen das Wort, Hardy«, fügte er hinzu und setzte sich.

Trotz seiner unkonventionellen Frisur verbreitete Hardy Bissett eine amtliche Aura, die allen auf die Nerven ging. Er erhob sich und klopfte mit einem Kugelschreiber auf die Tischplatte. »Sie werden zwölf IBA-Mitgliedern an einem ovalen Tisch gegenübersitzen, mit Lady Gosling in der Mitte. Keiner weiß allzu viel übers Fernsehen. Es sind Akademiker, Geschäftsleute und Beamte, einer war zum Beispiel mal Labour-Kultusminister. Hinter ihnen sitzt ein halbes Dutzend Mitarbeiter, die *alles* übers Fernsehen wissen. Während der Besprechung schweigen sie, aber sie erteilen vor- und nachher Instruktionen und passen auf wie die Luchse.«

Billy wischte sich über die Stirn. »Klingt alarmierend.«

»Vor allem müssen Sie beweisen«, setzte Hardy seinen Vortrag fort, »daß Sie nicht nur ein zusammengewürfelter, mit Stars gespickter Haufen sind, der möglichst schnell Geld machen will, sondern ein tüchtiges, eng zusammengeschweißtes Team. Da Sie nebeneinander sitzen werden und sich nicht in die Augen schauen können, müssen Sie vorher festlegen, wer welche Fragen beantworten soll. Freddie müßte vielleicht alle technischen Themen übernehmen, der Bischof die religiösen, Dame Enid die Musik, und so weiter. Außerdem ist es wichtig, daß jeder mal drankommt. Vor ein paar Jahren verlor ein ausgezeichnetes Konsortium die Konzession, weil der brillante Aufsichtsratsvorsitzende alle Fragen beantwortete und die IBA den Eindruck gewann, die Aufgabe wäre zuviel für eine einzelne Person. Also, fangen wir an.« Er klatschte in die Hände. »Ich werde mal jeden direkt mit Fragen bombardieren. Bei späteren Proben frage ich die Luft, und der für den jeweiligen Themenkreis Zuständige wird sich melden. Mr. Hampshire, warum haben Sie sich Venturer angeschlossen?« wandte er sich an den königlichen Vertreter von Gloucestershire.

Einige Sekunden lang schloß und öffnete Henry hilflos wie ein Goldfisch den Mund. »Weil Rupert mir sagte, dabei könne ich ein Vermögen verdienen.«

Alle außer dem Bischof, Declan und Hardy lachte schallend.

»Ich dachte, wir wollten ernsthaft arbeiten«, bemerkte Hardy eisig und schaute Wesley an. »Wie beabsichtigen Sie die kulturellen Traditionen der ethnischen Minderheiten in Ihrer Region zu fördern, Mr. Emerson?«

Wesley blinzelte verständnislos. »Keine Ahnung, Mann.«

»Mr. Lloyd-Foxe – wie wollen Sie als Leiter der Venturer-Sportredaktion die Sportberichterstattung in Ihrer Region revolutionieren?«

»Nun ja«, begann Billy verdattert, »TV-Sendungen zu machen – das ist wie Sex. Ich tu's ständig, aber ich rede nicht drüber. Fernsehsendungen, vor allem im Sportbereich, sind was sehr Lebendiges. Irgendwie entwickeln sie sich von selber.«

»Sehr aufschlußreich«, meinte Hardy so sarkastisch, daß

Billy rot wurde, und richtete seinen Blick auf Graystock. »Könnten Sie vielleicht eine vernünftige Antwort auf die Frage geben, die ich Wesley gestellt habe, Professor?«

Graystock räusperte sich. »Natürlich wird Venturer den ethnischen Minderheiten die Chance geben, ihr eigenes Programm zu gestalten. Das wird den Kulturen und Traditionen helfen, am Leben zu bleiben. Sonst könnten sie vernachlässigt werden, während sich die Minderheiten immer stärker in die Bevölkerung integrieren.«

»Ausgezeichnet, Professor«, lobte Hardy und erkundigte sich bei Freddie, ob dieser eine besondere Politik bezüglich des Verhältnisses zwischen Arbeitgeber und Arbeitnehmer anstreben wolle.

Rupert schlug unter dem Tisch den *Evening Standard* auf und las verstohlen das Horoskop des Skorpions, das ihm karrierefördernde Möglichkeiten versprach und empfahl, angesichts von Provokationen cool zu bleiben. Dann ging er zum Krebs über, weil er in letzter Zeit Taggies Horoskop genauso automatisch studierte wie sein eigenes. »Diese Woche ist Neumond, und Sie werden sich wahrscheinlich fragen, wann der nächste Schicksalsschlag über Sie hereinbrechen wird und das Gefühl haben, alle wären gegen Sie.« Oh, das arme Engelchen, dachte er, überwältigt von Sehnsucht und dem Wunsch, sie zu beschützen.

»Rupert!« fauchte Cameron. »Hardy will wissen, ob wir eine bestimmte Arbeitgeberpolitik betreiben.«

»Ja«, erwiderte er cool. »Wir beschäftigen sehr gute Leute, zahlen extrem hohe Gehälter, und wenn sie nicht spuren, schicken wir sie zum Teufel.«

Der Bischof und Professor Graystock wechselten schmerzliche Blicke, Declans abgebissene Fingernägel trommelten auf den Tisch, und Hardy entgegnete bissig: »Das ist etwas zu simplizistisch. Hoffentlich hat jemand anderer etwas Konkreteres zu diesem Thema zu sagen.«

Eine halbe Stunde später beendete er den ersten Teil der Probe. »Das war grauenvoll, Declan, Sie lassen sich zu sehr von Ihrem eigenen Schmus hinreißen und Sie auch, Bischof. Sie beide äußern sich viel zu weitschweifig, die anderen zu knapp. Nach einer kurzen Pause hängen wir noch eine halbe Stunde dran, hinterher können wir was trinken.«

Als Freddie gefragt wurde, wie die Idee zu Venturer entstanden sei, kratzte er sich nur das Kraushaar. Aber Harold White und Cameron hielten ausgezeichnete Referate über ihre Programmpläne, Georgie sprach brillant über die PR und Seb wundervoll ätzend über die Corinium-Nachrichtenredaktion. Trotzdem zeigte sich Hardy nur mäßig zufrieden. »Sie alle müssen viel mehr Eifer zeigen«, meinte er abschließend, »und geradezu platzen vor Enthusiasmus.«

Während die Drinks verteilt wurden, bat Declan um allgemeine Aufmerksamkeit. »Die miserablen Leistungen dieses Abends sollten euch nicht entmutigen. In anderer Hinsicht sieht's großartig aus. Eine besonders dramatische Neuigkeit: Mid-West hat seine Bewerbung zurückgezogen. Die bringen kein Geld auf, also wird der Geographielehrer vermutlich nie nach London kommen. Jetzt müssen wir uns nur noch gegen Corinium behaupten.« Alles jubelte, und er fuhr fort: »Außerdem habe ich erfahren, daß die IBA mindestens dreitausend Briefe von regionalen Organisationen bekommen hat, die sich für Venturer einsetzen. Demzufolge sind wir bereits auf dem besten Weg zu unserem Ziel.«

»Ich auch.« Freddie wandte sich zur Tür, und Rupert folgte ihm.

»Wohin gehst du?«

Freddie wich seinem Blick aus. »Ich bin verabredet.«

»Mit Mrs. Vereker? Um Himmels willen, sei vorsichtig! Neulich kam Sarah völlig aufgelöst zu mir und erzählte,

James habe den Befehl, sie fallenzulassen und sich auf Lizzie zu konzentrieren, mit der er eine TV-Serie über dauerhafte Ehen machen soll.«

»Ich weiß. Das erschwert die Dinge, und deshalb treffe ich mich mit Lizzie hier in dieser Gegend.«

Declan kam erst um halb drei Uhr morgens nach Hause, aber Taggie war noch auf und legte Äpfel auf den Boden einer Abstellkammer im Oberstock. »Wie ist's gewesen?« fragte sie.

»Gräßlich, aber Hardy Bissett erklärte, am Anfang sei es immer so und er würde sie schon noch alle zurechtbiegen. Rupert war während der ganzen Besprechung unglaublich schnodderig. Ich begreife nicht, was in ihn gefahren ist und wie's Cameron mit ihm aushält.«

Auf einmal ist sie die arme Cameron, dachte Taggie grimmig.

»Sie war phantastisch«, fügte er mit unerwarteter Herzenswärme hinzu. »Je öfter ich sie sehe, desto mehr halte ich von ihr. Übrigens haben sich alle unsere Corinium-Agenten ausgezeichnet. Und Billy Lloyd-Foxes gewinnende Persönlichkeit müßte die IBA vollends überzeugen. Ich möchte keinen übertriebenen Optimismus verbreiten, aber wenn wir bis zum Dezember keine Dummheiten machen, dürfte uns die Konzession verdammt sicher sein.«

In der ersten Novemberwoche gab Tony Baddingham eine Pressekonferenz, lächelte siegessicher, und die rote Mohnblume im Knopfloch betonte den hedonistischen Effekt seiner Los Angeles-Sonnenbräune. Er sei in LA gewesen, erklärte er dem Reporter- und Fotografenheer, um eine brillante Programmdirektorin zu verpflichten, die zu Beginn des nächsten Jahres bei Corinium anfangen würde.

»Vorausgesetzt, Sie behalten die Konzession?« fragte ITN.

»Daran besteht kein Zweifel«, antwortete Tony selbstgefällig.

»Ist die Neue besser als Cameron Cook?«

»Auch daran zweifle ich nicht«, erwiderte Tony und erwähnte, Corinium halte sechszehn Millionen Pfund für neue Sendungen im nächsten Jahr bereit und wolle der Region ein »lebendigeres verantwortungsbewußteres Programm« bieten.

»Der alte Fuchs führt was im Schilde«, murmelt der Reporter von der *Mail on Sunday*. »Nur wegen dieser Scheiße hat er uns nicht hergeholt.«

»Warum wollten Sie nicht mit Declan O'Hara in Radio Cotchester diskutieren?« fragte der *Scorpion*.

»Weil sich Corinium nicht auf eine vulgäre Stufe begibt und...« Tony senkte die Stimme, so daß sich die Journalisten vorbeugen mußten, um ihn zu verstehen. »... und weil mir Declan nur ungern gegenübergetreten wäre, hätte er erfahren, daß ich über seine Machenschaften Bescheid weiß.«

»Jetzt kommt's«, meinte ITN, während Tony langsam eine Zigarre hervorholte und eine große Show abzog, als er die Spitze abschnitt, ehe er das andere Ende anzündete. »Declan O'Hara hat in meinem Mitarbeiterstab gewildert. Im Sommer hat er Cameron Cook von mir weggelockt, bereits im Mai meinen Verkaufsdirektor Georgie Baines, meinen Religionsexperten Charles Fairburn und meinen besten Reporter, Sebastian Burrows. Übrigens möchte ich die BBC, London Weekend und Yorkshire Television warnen. Auch Billy Lloyd-Foxe, Harold White und Sally Maples haben bei Venturer unterschrieben für den höchst unwahrscheinlichen Fall, daß dieses Konsortium die Konzession bekommt.«

Verblüfftes Schweigen trat ein, dann fragte die *Mail on*

Sunday, während die übrige Presse bereits zu den Telefonen raste: »Wie zum Teufel haben Sie das alles rausgefunden?«

»Ich wäre nicht der Boß von Corinium, wenn ich nicht wüßte, was in meinem eigenen Betrieb vorgeht«, entgegnete Tony grimmig.

Vierundzwanzig Stunden lang ließ Tony die drei Corinium-Agenten schwitzen und die übrige Belegschaft im ungewissen. James war zunächst wütend, weil Declan ihm den fetten, trunksüchtigen, schwulen Charles und den wesentlich jüngeren Seb vorgezogen hatte. Doch dann freute er sich, als er erkannte, daß die Köpfe aller drei Maulwürfe in der Schlinge steckten. Er gab mehreren Zeitungsreportern Interviews und beteuerte, das illoyale Verhalten der bewußten Kollegen würde ihn anwidern, und er empfinde großes Mitgefühl mit Tony Baddingham, der so schmählich im Stich gelassen worden sei. James war nicht der einzige, der in der Nachrichtenredaktion auf ein Donnerwetter wartete, als Tony am nächsten Morgen den schlotternden Georgie Baines zu sich rief. Währenddessen dachte Seb angstvoll an den Kredit, den er dem Filialleiter seiner Bank für einen Ferrari entlockt hatte. Charles konnte nur an seinem Rotwein nippen und düstere Überlegungen bezüglich des fünfstelligen Solls auf seinem Konto anstellen.

Eine halbe Stunde später taumelte Georgie in die Nachrichtenredaktion, schnitt schmerzliche Grimassen, hielt sich den Hintern, als wären dort mehrere Fußtritte gelandet, dann brüllte er vor Lachen. »Tony sagte, wenn ich noch mal mit Venturer paktiere, verklagt er mich wegen Vertragsbruchs«, erzählte er seinem staunenden Publikum, »aber dieser Fall habe ihm vor Augen geführt, wie wertvoll ich für Corinium sei. Deshalb hat er mein Gehalt verdoppelt und mich zum stellvertretenden Boß ernannt, also nehmt euch vor mir in acht, meine Lieben!«

Daysee Butler brach in Tränen aus. »Oh, wie wundervoll!«

»Du gehst also nicht zu Venturer?« fragte Seb.

»Vorerst nicht«, erwiderte Georgie.

Zehn Minuten später wurde Seb gerufen und ähnlich behandelt. »Tony schickt mich für sechs Monate ins New Yorker Büro, damit ich aus dem Weg bin. Wenn ich mich ordentlich benehme, darf ich zurückkommen. Ich finde, das ist besser als ein Rauswurf.«

»Viel besser.« Charles Fairburn leerte seine Rotweinflasche und folgte frohen Mutes Tonys Ruf. Fünf Minuten später kehrte er zurück, weiß wie die Wand, und unterbrach die heitere Feier.

»Was ist los?« fragte Georgie, der mit Daysee zwischen den Schreibtischen »Hasch-mich« gespielt hatte.

»Ich bin gefeuert«, wisperte Charles. »Fristlos. Und er zahlt mir nicht mal eine Abfindung, weil ich bereits dreimal erwischt wurde.«

Bei der BBC, London Weekend und Yorkshire Television dachten Billy Lloyd-Foxe, Harold White und Sally Maples bebend und aschfahl an ihre überzogenen Konten, leugneten jede Verbindung mit Venturer und blieben im ungewissen, bis man weitere Nachforschungen angestellt haben würde.

Tagelang beherrschte die Story alle Schlagzeilen. Rupert und Declan wurden des unlauteren Wettbewerbs bezichtigt, und das Venturer-Team war empfindlich dezimiert, bis Seb – wütend über Charles' Kündigung – zu Tony ging und ihm sagte, er solle sich den Job in New York sonstwohin stecken. Das war zwar sehr edel von Seb, bedeutete aber, daß Venturer aus dem rasch dahinschmelzenden Budget auch noch zwei zusätzliche Gehälter zahlen mußte. Seb würde mühelos einen neuen Job finden, aber für den einundfünfzigjährigen, ziemlich berüchtigten Charles sah die Situation etwas problematischer aus.

Bei Venturer war die Hölle los. Kurz nach Tonys Putsch trafen sich Rupert, Freddie und Declan in der Priory.

»Es muß einen Doppelagenten geben«, meinte Declan, »sonst hätte Tony nichts erfahren.«

Freddie nahm das Telefon auf dem Schreibtisch auseinander und verkündete tonlos: »Eine Wanze. Ich rufe sofort meine Leute, sie müssen das ganze Zimmer absuchen und alle Telefone im Haus checken. Und du solltest dich in Penscombe Court umsehen, Rupert.«

»Aber wie zum Teufel sind seine Leute hier reingekommen?« fragte Declan bestürzt. »Das Hundegekläff würde jeden vertreiben, außerdem ist immer jemand im Haus.« Da Taggie eine Dinnerparty in Cheltenham arrangierte, rief er Maud in die Bibliothek. »Wurden in letzter Zeit die Telefone überprüft?«

Sie nickte. »Letzten Freitag war jemand von British Telecom hier, so ein netter junger Mann... Er sagte, die Lieblingsoperette seiner Mutter sei die ›Lustige Witwe‹. Er hörte mir zu, als ich probte, und bat mich immer wieder, das Vilja-Lied zu singen.«

»Und was hat er gemacht?« fragte Declan seufzend.

»Seine Abteilung hatte die Information erhalten, unsere Rechnungen seien zu hoch, deshalb checkte er alle Apparate, um zu sehen, ob wir zu viele Anschlüsse benutzen«, erklärte sie strahlend. »Er meinte, vielleicht würden wir eine Rückzahlung erhalten. Ich habe ganz vergessen, dir davon zu erzählen.«

Declan stützte den Kopf in die Hände und stöhnte: »Wie lange war er hier?«

»Etwa drei Stunden.«

Rupert und Freddie starrten sich entsetzt an. Wäre es nicht so schrecklich gewesen, hätte es komisch sein können.

In einer bedrückenden Atmosphäre wachsenden Mißtrauens, wobei sich jeder fragte, wer von den anderen Tony informiert haben mochte, traf Venturer weitere Vorbereitungen für das Gespräch mit der IBA. Bei geheimen Kontakten mit Georgie, Billy, Harold und Sally wurde vereinbart, daß sie sich der Firma anschließen sollten, falls sie die Konzession erhielt – was nicht mehr so sicher erschien. Aber sie konnten unmöglich am 29. November an der Besprechung mit der IBA teilnehmen. Hardy Bissett feuerte endlose Fragen auf das restliche Konsortium ab, bis alle perfekte Formulierungen beherrschten und antworteten, ohne nachzudenken. Dann warf er ihnen vor, sie seien zu aalglatt.

Charles Fairburn versuchte verzweifelt, seine Angst vor der Arbeitslosigkeit zu verbergen, und tauchte bei einer Probe als Lady Gosling verkleidet auf – mit grauer Perücke, Halbmondbrille und zahllosen Schals. Hardys Fragen beantwortete er im hohen Sopran, bis er energisch zur Ordnung gerufen wurde. Auch Rupert zog sich den Unmut des Coachs zu, indem er auf die Frage, wie er für Chancengleichheit der Frauen sorgen wolle, erwiderte: »Ganz einfach – ich bumse sie alle.«

»Sie dürfen witzig sein, aber nicht frivol«, warnte Hardy. »Und machen Sie sich angesichts eines weiblichen Vorstands niemals über Frauen lustig.«

Rupert hatte das ganze Getue satt. Warum zum Teufel konnten sie nicht die Wahrheit sagen – daß sie ein gutes Programm planten und viel Geld verdienen wollten – und mit dieser Scheiße aufhören? Erleichtert atmete er auf, als Declan und Cameron wieder für eine Woche nach Irland flogen, um noch einige Szenen des Dokumentarfilms nachzudrehen. Er brauchte Zeit und einen gewissen Freiraum, um nachzudenken. Einen Großteil dieser Woche verbrachte er in London, um seinen politischen Pflichten nachzugehen und die nervösen Venturer-Investoren bei Laune zu halten. Vor seinem Büro warfen die Ahornbäume ihre letzten Blätter ab und erinnerten ihn schmerzlich an Taggie. Die dreißig Blätter, die sie ihm zusammen mit den Kindern geschenkt hatte, besaß er immer noch. Sie hatten ihm kein Glück gebracht. Mühsam zwang er sich, sie weder anzurufen noch zu besuchen, und seine Sehnsucht nach ihr erschreckte ihn.

40

Als Rupert die Abwesenheit Camerons nicht nutzte, um die Priory aufzusuchen, hätte Taggie am liebsten im Turmzimmer ihrer Verzweiflung gefrönt. Aber Monica bat sie, das Buffet für die Premierenparty der »Lustigen Witwe« zusammenzustellen. Wenn Taggie nicht gerade kochte, mußte sie das ständig wachsende Lampenfieber ihrer Mutter dämpfen. Corinium wollte die Höhepunkte der Aufführung senden, und Maud erwartete, daß Declan rechtzeitig vor dem großen Ereignis aus Irland zurückkehren würde. Allein konnte sie all die Aufregungen nicht verkraften.

Die Presse lauerte auf eine Sensation. Die Corinium- und Venturer-Konsortien würden in geballten Formationen zur Premiere erscheinen; der soeben gefeuerte Charles Fairburn spielte Monicas Liebhaber; Declans charmante Frau feierte ihr Bühnen-Comeback; und ihr Partner war der hübsche Bas, ein erbitterter Gegner seines verhaßten Bruders Tony. Wenn Declan mit Rupert Campbell-Blacks Geliebter – Tonys Exfreundin – aus Irland zurückkam, würde es eine Menge Zündstoff geben.

Die Generalprobe der »Lustigen Witwe« am Freitagnachmittag war eine Katastrophe. Die Anwesenheit des Fernsehteams zerrte an den Nerven des Ensembles, Temperamente explodierten, Scheinwerfer erloschen zu früh, Stichworte wurden verpaßt. Gähnend standen die Techniker herum, einer schlief sogar ein und schnarchte laut während des ganzen zweiten Aktes.

Nach dem Abschluß der Dreharbeiten im County Galway gab das Filmteam eine Party und versuchte Cameron und Declan zur Teilnahme zu überreden. Aber beide waren müde und mußten am nächsten Abend eine lange Premierennacht überstehen. Deshalb entschieden sie sich für ein geruhsames Dinner im Hotel. Danach saßen sie allein in der Bar. Fröhlich knisterten Apfelbaumscheite im Kamin, verbreiteten süßen Cidreduft und warfen Flammenschatten auf das Gesicht Declans, der sich in die *Galway Post* vertiefte und seinen Whisky kaum anrührte.

Cameron genügte es, ihn zu betrachten, sich jeden einzelnen winzigen schwarzen Bartstoppel einzuprägen, jede Linie der markanten, zerklüfteten Züge. Obwohl sie die ersten Kopien noch nicht gesehen hatte, wußte sie, daß der Film großartig geworden war. Die Zusammenarbeit mit Declan beglückte sie. Jeder erforschte und bewunderte das Talent des anderen. Sie hatte schon so viel von ihm gelernt, und sie kannte keinen charmanteren Mann. Morgen werde ich zu Rupert und in die Realität zurückkehren, dachte sie und legte noch ein Scheit ins Feuer. Oder war es Unwirklichkeit, weil jeder in dem riesigen Haus seine eigene Karriere verfolgte, weil es keine Gemeinsamkeiten gab außer dem Kampf um die Konzession und sexuellen Begegnungen in dem großen Vier-Pfosten-Bett mit den rosa und gelb gestreiften Seidenvorhängen?

Nichts auf der Welt wünschte sie sich sehnlicher, als ihn

zu heiraten, diesen schönen Mann zu zähmen und festzuhalten, seinen Reichtum und seine Privilegien zu genießen. Aber nun fühlte sie sich auf beängstigende Weise zu Declan hingezogen. Mit ihm könnte sie ein erstaunliches Gespann bilden. Er würde sie viel besser verstehen als Rupert, und sie würde für ihn sorgen und seine finanziellen Probleme viel besser bewältigen als Maud, diese nutzlose Schmarotzerin. Und was sollte aus der Beziehung zu Rupert werden, wenn Venturer die Konzession nicht bekam?

Lächelnd hob Declan den Kopf. »Ich vernachlässige Sie. Trinken Sie noch was?«

Der Barkeeper hatte sich entfernt und die Whiskyflasche mit einer Wasserkaraffe auf dem Tisch stehenlassen. Cameron lernte sogar, Whisky ohne Eis zu mögen.

»In einem Monat werden wir wissen, ob wir gewonnen haben«, bemerkte Declan und füllte ihr Glas. »Gerade habe ich mich gefragt, ob es im Fall einer Niederlage eine Zukunft für Rupert und mich gibt. Ich würde es mir wünschen, weil ich Sie beide sehr gern mag.«

»Oh – wirklich?« stammelte sie.

»Wirklich. Unter Ihren ekligen Stacheln sind Sie weich wie Distelwolle. Da gibt's nur ein Problem. Vielleicht sind Sie in Ihrem Beruf zu tüchtig für Rupert. Er braucht eine Frau, zu der er nach Hause kommen kann, und keine, die mit ihm nach Hause kommt.«

»Ein Heimchen am Herd«, meinte sie bitter.

»Wenigstens teilweise. Er muß dominieren, aber Sie wetteifern mit ihm, und er könnte es wohl kaum ertragen, wenn sie ein großer Star würden.« Plötzlich schnitt er ein Thema an, daß er nie zuvor erwähnt hatte. »Warum waren Sie eigentlich so gemein zu Patrick?«

Sekundenlang stockte ihr Atem. »Ich glaube, ich mochte ihn zu sehr. Ich hatte Angst. Und Tonys Eifersucht war pathologisch. Ich nahm meine Karriere wichtiger als alles andere und wollte unbedingt auf den Gipfel des Ruhms steigen, um die Freiheit zu erringen, die ich brauche. Ein mittelloser Student paßte mir nicht in den Kram.«

»Ich wünschte, Sie hätten sein Theaterstück gelesen.«

»Außerdem wußte ich, wie sehr Sie eine engere Beziehung zwischen Patrick und mir mißbilligt hätten«, ergänzte sie.

Declan grinste. »Allerdings. Aber jetzt kenne ich Sie besser. Mit ihm könnten Sie glücklicher werden als mit Rupert. Und er würde Sie nie betrügen.«

Aber ich will dich, dachte sie und widerstand der Versuchung, Declans Hand zu nehmen und ihn die schwarze, glänzend polierte Wendeltreppe hinaufzuführen, zu ihrem harten, schmalen Bett. Obwohl es verrückt war, das bisher intimste Gespräch mit ihm zu gefährden, erwiderte sie: »Maud betrügt Sie oft genug.«

»Maud ist süchtig nach dramatischen Situationen. Sie verschlingt Romane, Seifenopern und Zeitungen wie ein Junkie. Gelegentlich erstreckt sich diese Manie auch auf das wirkliche Leben, und sie muß selber eine romantische Rolle spielen. Es dauert nie sehr lange.«

»Hat sie im Augenblick einen Liebhaber?«

Declan schaute aus dem Fenster, auf den Mond, spähte wie ein Gefangener durch das gitterartige Geäst eines Holunderstrauchs. Dann trank er die Hälfte seines Whiskys in einem Zug. »Ja, Bas.«

»Und das stört Sie nicht?«

Er zuckte die Achseln. »Ehebruch ist nicht die einzige Art von Untreue. Ich bin ihr jedesmal untreu, wenn ich mich in die Arbeit stürze. Das kann ich ebensowenig verhindern wie sie. Und wenn man eine Frau wie Maud heiratet, muß man akzeptieren, daß schöne Menschen das blaue Blut der Menschheit sind und nicht dieselben Regeln befolgen wie normale Sterbliche.«

»*So* schön ist sie nun auch wieder nicht«, protestierte Cameron und betrachtete ihr eigenes, äußerst zufriedenstellendes Ebenbild im Spiegel über dem Kamin.

»Für mich schon«, entgegnete er schlicht.

Am liebsten hätte sie ihn geschüttelt. Sie stand auf, begutachtete ein Messingpferd, das den Kaminsims schmückte, und zog mit den Daumen ihren schwarzen Ledergürtel nach vorn, damit Declan ihre schmale Taille bewundern konnte. »Haben Sie Maud noch nie betrogen?« murmelte sie in die Flammen.

»Nein.«

»Und Sie wollten es auch nie?« flüsterte sie seinem Spiegelbild zu.

»Doch. Die ganze Woche.«

Reglos blieb sie stehen, bis die Feuerhitze zu stark wurde. »Mit mir?«

»Wenn man gemeinsam etwas Wunderbares schafft, wäre es nur natürlich, sich vollends zu vereinen. Gerade bei Dreharbeiten kommt so etwas immer wieder vor.«

»Nicht auf diese Weise.« Flehend wandte sie sich zu ihm, und er strich spielerisch über ihre Gürtelschnalle.

»Es würde die Dinge zu sehr komplizieren«, entgegnete er mit rauher Stimme. »Und im Moment brauchen wir keine Komplikationen. Maud würde zusammenbrechen, und ich kann mir einen Streit mit Rupert nicht leisten. Derzeit kann ich mir überhaupt nichts leisten.«

»Machen Sie keine Witze, das ist zu wichtig«, zischte Cameron, stellte sich zwischen seine Beine und preßte ihren Unterleib gegen seine Hand. Sie spürte, wie er zitterte. »Es wäre so wundervoll«, drängte sie. »Gehen wir nach oben.«

Sie fuhren auseinander, als der Barmann zurückkehrte. »Der Wind bläst immer heftiger.«

»Sie sehen halb erfroren aus«, meinte Declan. »Setzen Sie sich, und trinken Sie was.«

Verdammt, verdammt, verdammt, dachte Cameron, als der Barkeeper ein Glas holte und bei ihnen Platz nahm und fragte: »Wußten Sie, daß ganz in der Nähe ein Kollege von Ihnen wohnt, Declan? Ein anglo-irischer Schriftsteller namens MacBride.«

Declan erstarrte wie ein Jagdhund, der das Unterholz rascheln hört. »Dermot MacBride?«

Der Barkeeper nickte. »Gestern abend war er hier. Soeben hat er ein Theaterstück beendet, aber er meint, das würde niemanden interessieren und alle hätten ihn vergessen.«

»Vergißt man Ibsen oder Arthur Miller?« rief Declan ungläubig. »Haben Sie seine Adresse?«

»Die Telefonnummer. Er wollte ein bißchen Pferdemist für seinen Garten haben.«

Declan eilte zum Telefon und kam zehn Minuten später aufgeregt zurück. »Er ist nach Dublin gefahren, und ich habe ihn dort angerufen. Morgen um elf sehe ich ihn.«

»Großartig!« bemerkte Cameron. »Um eins startet unser Flugzeug. Maud würde ›zusammenbrechen‹, wenn Sie es verpassen«, fügte sie bitter hinzu.

»Ich treffe ihn allein. Er hält nichts von Frauen. Danach komme ich mit einem Taxi zum Flugplatz.« Er strich über ihr Haar. »Gehen wir schlafen. Morgen müssen wir zeitig aus den Federn.«

Als Maud am Samstag ihre Garderobe betrat, blieb ihr der Atem weg. Noch nie hatte sie so viele Blumen gesehen – von der Familie und Rupert und Cameron und den Verekers und den Jones und den Baddinghams und von so vielen Londoner Freunden. Da lag auch ein Glückwunschtelegramm aus Brisbane, von ihrem geliebten Patrick. Doch all diese Freundschaftsbeweise machten sie nur noch nervöser. Wenn sie die Leute enttäuschte ...

Sie schaute auf ihre Uhr. Fünf. Zwanzig Minuten brauchte sie, um ihr Textbuch zu studieren, sich die Anweisungen einzuprägen, die man ihr gestern bei der Generalprobe gegeben hatte. Die Maske würde eine Stunde beanspruchen, danach müßte Declan eintreffen, und sie konnten noch eine stille Stunde zu zweit verbringen. Als sie sich auf ihren Text zu konzentrieren versuchte, wurde sie durch die Lieferung weiterer Blumen und von Monica gestört, die nur sehen wollte, ob alles in Ordnung war. Und Bas brachte ihr eine schwarze Stoffkatze, die »Toi, toi, toi« miaute, wenn man darauf drückte.

Maud war entzückt. »Wir haben gerade noch Zeit, um ›Lippen schweigen‹ zu proben.«

»Am besten im Liegen«, schlug er vor.

»Nicht vor der Aufführung!« protestierte sie schockiert. »Da wäre ja meine ganze Konzentration beim Teufel.«

»Natürlich will ich nicht riskieren, daß du mich auf der Bühne mit klappernden Zähnen küßt. Nun, dann gehe ich noch mal in die Bar Sinister. Wir machen schon vor der Premiere ein Riesengeschäft.«

Während Taggie große Kasserollen mit Huhn Marengo durch die Bühnentür hereinschleppte, sah sie eine Menschenmenge, die sich in der Hoffnung auf zurückgegebene Eintrittskarten im Foyer drängte. Aufgrund der zusätzlichen PR durch die Fernsehaufzeichnung war die Premiere restlos ausverkauft.

Taggie stolperte über Kabel und Versatzstücke. Hinter jeder Garderobentür hörte man die Stimme eines Ensemblemitglieds, das sich einsang. In angstvollem Mitleid dachte sie an ihre Mutter. Nachdem sie ihre Töpfe und Schüsseln abgeladen hatte, gab es nicht mehr viel zu tun. Die Desserts waren kalt, die Salate mußten nur noch angemacht, die Hühner, der Kartoffelbrei und das Knoblauchbrot im Backofen aufgewärmt werden. Wenn sie die Herde in der Pause auf schwache Hitze schaltete, würde nach dem Schlußapplaus alles fertig sein, für den Fall, daß irgend jemandem der Hungertod drohte. Zum Glück hatte Monica genug Hilfspersonal engagiert.

Als Taggie den letzten Schokoladenkuchen hereintrug, läutete das Telefon neben der Bühnentür, und der Portier rief: »Maud O'Hara!«

»Das ist meine Mutter«, erklärte Taggie. »Soll ich den Anruf entgegennehmen und sehen, ob er wirklich dringend ist?«

Das war er. »Maud?« fragte eine nur allzu vertraute rauhe Stimme.

»Nein, hier ist Taggie.«

»Ihr verdammter Vater hat das Flugzeug verpaßt.«

»O mein Gott! Sind Sie sicher?«

»Natürlich, ich war ja an Bord«, fauchte Cameron. »Die nächste Maschine landet erst um neun Uhr fünfundvierzig. Ich habe ein Auto zum Flughafen geschickt, das wird ihn direkt zum Theater bringen.«

»Aber – Mummy wird sterben. Sie hatte schon die ganze Woche gräßliches Lampenfieber.«

»Kümmern Sie sich um sie, bis wir da sind. Ich muß mich nur noch umziehen, dann komme ich zusammen mit Rupert.«

Schweren Herzens klopfte Taggie an Mauds Tür.

»Declan!« rief eine leise, atemlose Stimme. Maud, inmitten eines Blumenmeers, trug nur ein smaragdgrünes Badetuch, das langsam nach unten rutschte. Sie saß vor einem hell erleuchteten Spiegel, der Schminktisch war mit Lidschattenstiften und Puderdöschen übersät. Soeben hatte sie sich fünfundvierzig Minuten lang mit ihren Augen befaßt. Riesig, goldgrün, hypnotisch und verführerisch, schienen sie das herzförmige, gerötete Gesicht auf fast übertriebene

Weise zu beherrschen. »Wo ist Daddy? Er müßte schon seit fünf Minuten hier sein. Sucht er einen Parkplatz?«

Taggie holte tief Atem, und der schwere Duft von Fuchsien und Jasmin raubte ihr fast die Besinnung. »Tut mir leid, er hat das Flugzeug verpaßt.« Maud öffnete den Mund, um zu schreien, und ihre Tochter fügte rasch hinzu: »Aber er kommt ganz bestimmt zur Party. Er hat's nicht absichtlich getan.«

Von hysterischem Schluchzen geschüttelt, verschmierte Maud ihr Augen-Make-up über das ganze Gesicht, den Hals und die Schultern. »Ich glaube es nicht! Das kann er mir nicht antun! An diesem einzigen Abend, wo ich ihn wirklich brauche! Das hat er mit Absicht getan, weil er neidisch ist! Er will mich nicht im Rampenlicht sehen! Oh, ich kann nicht auftreten, unmöglich!«

Monica hörte den Lärm und stürmte herein, im Unterrock, mit einem geschminkten Auge. »Du *mußt* auftreten!« rief sie erschrocken. »Sei nicht so egoistisch! So viele Leute sind gekommen, um dich zu bewundern.«

»Er hat es absichtlich getan! Einen Schicksalsschlag wie technische Probleme oder Nebel hätte ich ihm verziehen, sogar einen Flugzeugabsturz.«

Taggie wurde blaß. »Sag so was nicht!«

»Halt den Mund! Du bist genauso wie dein Vater! Ihr denkt nur an eure verdammte Arbeit!«

»Das ist unfair«, protestierte Monica.

Mauds verschmiertes Gesicht und die nackten Brüste über dem Badetuch, das inzwischen bis zu den Hüften hinabgeglitten war, wirkten fast obszön. Hastig zog Monica es hoch, als Barton hereinkam. Aber weder Monicas Vorhaltungen noch Bartons Haareraufen oder Charles Fairburns Scherze konnten die Hauptdarstellerin umstimmen. Schließlich verloren alle die Beherrschung und schrien sie an wie ein Operntrio, das einen Übeltäter brandmarkte. Cameron, die in letzter Zeit zu viele Loblieder auf Maud vernommen hatte, ergänzte die Darbietung bereitwillig zu einem Quartett, nachdem sie über die Situation informiert worden war. »Um Himmels willen, Maud!« brüllte sie. »Sie dürfen das Ensemble und das Publikum nicht im Stich lassen! Seien Sie nicht so verdammt unprofessionell!«

»Ich trete nicht auf!« heulte Maud. »Warum hat Declan das Flugzeug verpaßt?«

»Er traf sich ...«, begann Cameron, dann fiel ihr ein, daß sie Dermot MacBride vor Monica nicht erwähnen durfte, weil die ihrem Mann Bescheid geben könnte. »Er traf sich mit jemandem, der großen Einfluß auf die IBA hat.«

Diese Erklärung wirkte wie ein Funke, der in einer Streichholzschachtel landet. Maud begann Amok zu laufen. »Er denkt nur an diese verdammte Konzession, an sonst gar nichts!« Außer sich vor Wut, sprang sie auf, riß die Blumen aus den Vasen und warf sie zu Boden.

»Sollen wir ihr eine Ohrfeige geben?« fragte Cameron sehnsüchtig.

»Hör auf, Maud!« mahnte Monica ungehalten. »Du benimmst dich wie ein unvernünftiges Kind.«

»Das ist mir egal!« tobte Maud und zerfetzte die armen gelben Rosen, die Taggie ihr geschickt hatte.

Verzweifelt floh ihre Tochter auf den Korridor und stieß mit Rupert zusammen. Hinter ihm spähten das Ensemble und die Corinium-Crew aus Türen und um Ecken herum. »Wo ist sie?« fragte er grimmig.

»Oh, bitte! Alle schreien sie an und merken nicht, wie verängstigt sie ist.«

Rupert überlegte kurz, dann berührte sein Zeigefinger Taggies Kinn und schenkte ihr wie ein Zauberstab himmlisches Glück. »Hol einen großen Brandy, Engelchen. Ich werde sie schon beruhigen ... Verschwindet alle!« befahl er, als er die Garderobe betrat, deren Boden unter einem Blütenteppich verschwand.

»Sie will nicht auftreten«, berichtete Cameron verächtlich.

»Kein Wunder, wenn ihr sie in einem fort anschreit. Raus mit euch!« Energisch warf er die Tür hinter ihnen zu, nahm Maud in die Arme und setzte sich mit ihr auf die Couch, sanft streichelte er ihre bebenden Schultern, ließ sie weinen, und ihr Schluchzen ließ allmählich nach. »So ist's besser«, sagte er aufmunternd. »Braves Mädchen.«

»Er bat mich, nach Irland mitzukommen und die Maud Gonne zu spielen«, erklärte sie mit halberstickter Stimme.

»Ich weiß.«

»Ich hab's mir so gewünscht, aber ich hatte Angst zu versagen – gerade vor Cameron. Sie hat eine Affäre mit Declan, ganz bestimmt. Ständig stellte ich mir vor, wie sie sich abends nach den Dreharbeiten heimlich trafen und über mich schimpften.«

»Sie dummes Ding«, tadelte Rupert leise.

»Unsere Liebe begann, als er mich zum erstenmal auf der Bühne sah. Und ich wollte, daß er sich heute abend von neuem in mich verliebt.«

»Declan betet Sie an. Nie hat er eine andere Frau angeschaut.«

»Warum ist er dann nicht hier?« Ihre Stimme nahm wieder einen schrillen Klang an.

»Er traf sich mit Dermot MacBride.«

»Mit *dem* Dermot MacBride?«

Rupert nickte. »Er hat ein neues Stück geschrieben, und Declan glaubt, es würde die IBA beeindrucken, wenn wir die Rechte bekämen.«

Maud zitterte vor Zorn. »Ich hasse Venturer«, sagte sie tonlos.

»Declan ist nur davon besessen, weil er in der Konzession

den einzigen Ausweg aus seiner finanziellen Misere sieht. Sie wollen doch nicht, daß die Priory verkauft wird?«

Heftig schüttelte sie den Kopf. »Könnte es dazu kommen?«

»Beinahe war's schon soweit.«

Es klopfte an der Tür, und Maud rief hysterisch: »Ich möchte niemanden sehen!«

Rupert wickelte sie fester in das Badetuch, aber es war nur Taggie, die einen überdimensionalen Brandy für Maud und einen ebenso großen Whisky für Rupert brachte. »Danke, Engelchen.« Er nahm ihr die Gläser ab. »Und jetzt verschwinde wieder.«

Maud nahm einen so großen Schluck, daß sie würgen mußte. Er verschwieg ihr, daß die Reporter draußen wie Schakale heulten und daß sich die schlechte PR katastrophal für Venturer auswirken würde, wenn sie nicht auftrat. »Ihr Entschluß enttäuscht mich«, bemerkte er leichthin. »Ich habe Sie oft in der Priory üben hören und mich sehr auf die Premiere gefreut. Natürlich verstehe ich, daß Sie einen Schock erlitten haben. Trinken Sie doch Ihren Brandy aus!«

Ein langes Schweigen entstand, dann stellte sie mit zitternden Fingern das Glas ab. »Lieber nicht, sonst vergesse ich meinen Text.« Rupert sagte nichts. Er schraubte einen Tiegel Reinigungscreme auf, begann ihr Gesicht einzureiben und entfernte die verschmierte Farbe.

»Oh, ich habe Ihr Hemd schmutzig gemacht«, murmelte sie zerknirscht und zeigte auf die grüngoldenen Streifen.

»Betrachten wir's als Kriegsbemalung. Später werde ich gegen Tony kämpfen.«

»Sie verlassen mich doch nicht?«

»Ich bleibe den ganzen Abend bei Ihnen, aber wie ich gestehen muß, übersteigt Ihr Bühnen-Make-up meine Fähigkeiten.«

Draußen schaute Barton zum hundertsten Mal auf die

Uhr. Es war zehn nach sieben, und die Presse forderte kategorisch eine Entscheidung.

»Wenn sie nicht auftritt, hätte Rupert uns inzwischen informiert«, meinte Cameron.

»Er konnte schon immer gut mit schwierigen Pferden umgehen«, sagte Bas, der bereits sein Kostüm trug. Auch die Zweitbesetzung für die Hanna war mittlerweile darauf vorbereitet, notfalls einzuspringen.

Als die Tür aufging, drängten sich alle heran. Rupert legte einen Finger auf die Lippen und zeigte mit dem anderen Daumen nach oben. »Hat irgend jemand Augentropfen?«

»Ich habe ein Präparat, das auch die Königinmutter benutzt.« Monica eilte in ihre Garderobe. »Die lassen auch völlig verheulte Augen strahlen.«

41

Im Foyer begrüßte Tony den Bürgermeister und dessen Frau. »Ich muß Sie warnen«, schnurrte er beglückt, »wahrscheinlich verzögert sich der Beginn der Aufführung. Declan O'Hara, die Unpünktlichkeit in Person, hat das Flugzeug verpaßt und wird das Comeback seiner bedauernswerten Gattin nicht miterleben. Sie ist zusammengebrochen, weigert sich aufzutreten, und die Zweitbesetzung wartet. Ich fürchte, auf Venturer kann man sich wirklich nicht verlassen. Nun, wir wollen uns erst mal mit einem Glas Champagner die Zeit vertreiben.« Er führte sie zu einer Tür mit der Aufschrift »Privat«, hinter der seine Neuerwerbung in einem neuen schwarzgoldenen Kleid mit neu eingefärbten Haarsträhnen den Bollinger kostete. »Darf ich Sie mit Lizzie Vereker bekannt machen?« sagte er warmherzig. »Sie moderiert zusammen mit James eine neue Serie über dauerhafte Ehen.«

»Da könnten Norman und ich Ihnen einige gute Tips geben«, erbot sich die Frau des Bürgermeisters. »Nächste Woche feiern wir unseren fünfundvierzigsten Hochzeitstag.«

Tony hob sein Glas. »Dann müssen Sie unbedingt in Lizzies Sendung auftreten. Cotchesters berühmtestes Ehepaar!«

Ich ertrage es nicht, dachte Lizzie und ließ sich noch etwas Champagner einschenken. Wie gern wäre sie ins Foyer gegangen, um nach Freddie Ausschau zu halten . . . Weil James sich neuerdings als Pantoffelheld aufführte und die Sicherheitsmaßnahmen allgemein verstärkt worden waren, hatte sie in dieser Woche nur ein einziges Mal mit ihrem Liebhaber telefonieren können.

Als das erste Klingelzeichen ertönte, das den Beginn der Vorstellung ankündigte, schaute Tony auf seine Uhr. Fünf nach halb acht. Bedauerlicherweise hielt sich die Verspätung in Grenzen, aber man konnte wenigstens mit einer schauderhaften Darbietung der Zweitbesetzung rechnen. »Ich glaube, allmählich sollten wir unsere Plätze einnehmen«, meinte er.

Charles spähte durch eine Ritze im dicken preußisch-blauen Samtvorhang, während er mit Monica und dem Chor auf die erste Szene wartete. »Jeder Platz ist besetzt«, verkündete seine hohle Stimme. »Die Leute stehen sogar hinter der letzten Reihe und in den Seitengängen.«

Taggie half Maud, das Haar mit zwei juwelenbesetzten Kämmen hochzustecken, und zog den Reißverschluß des engen schwarzen Ballkleids zu. Sie überließ es Rupert und Bas, ihrer Mutter den Schmuck anzulegen und schlüpfte auf ihren Sitz. Nur zwei leere Plätze lagen zwischen ihr und Cameron, aber weil Declan und Rupert neben ihr sitzen müßten, erschien ihr die Lücke breiter als der Atlantik. Wie Camerons verkniffenes Profil verriet, ärgerte sie sich über Ruperts Abwesenheit, insbesondere, weil sich soeben ein höhnisch grinsender Tony zusammen mit dem Bürgermeister und dessen Gemahlin direkt hinter ihr niedergelassen hatte.

Zum erstenmal seit drei Monaten sahen sie sich wieder, und nun mußte Tony sie ausgerechnet in einem Augenblick erwischen, wo sie nur wenige Minuten Zeit zum Umziehen gefunden und weder gebadet noch ihr Haar gewaschen hatte. Sie trug das rote Samtjackett, über das Taggie letztes Jahr ein Dessert geschüttet hatte und das keine allzu glücklichen Erinnerungen weckte. Mit dem übertriebenen Makeup, das den Blick von den unansehnlichen Haaren ablenken sollte, fühlte sie sich schrecklich vulgär. Aber wenigstens sah sie nicht ganz so schlimm aus wie Taggie, die ein grauenvolles braunes Kleid mit unmöglicher Rocklänge anhatte. Das weite Oberteil vermittelte den Eindruck, sie hätte überhaupt keinen Busen.

Auch der Platz links von Taggie war leer. Wo zum Teufel bleibt Caitlin, fragte sie sich. Vor einer halben Stunde war sie mit einem Taxi angekommen und verschwunden, trotz ihres Versprechens, sich anständig zu benehmen.

Ringsum erklang erwartungsvolles Flüstern, als die Lichter erloschen. Das Orchester begann zu spielen, das Corinium-Team – von Tony in Dinnerjacketts gezwungen – nahm seine Positionen hinter den Kameras ein. Und die Tontechniker checkten ein letztes Mal die Mikrophone, als sich Caitlin mit wortreichen Entschuldigungen an mehreren irritierten Leuten vorbeiquetschte und keuchend auf den Sitz neben ihrer Schwester sank.

»Mach die Blusenknöpfe zu!« tuschelte Taggie wütend. Eine Reihe weiter hinten sank Archie, der auf der anderen Seite hereingekommen und der Bürgermeistersgattin auf die

Hühneraugen getreten war, keuchend auf den Sitz neben Tony, die Krawatte hinter dem linken Ohr.

Im nächsten Augenblick steigerte sich Tonys Ärger zu hellem Zorn. »Wie kannst du es wagen, eine Konfektionskrawatte zu tragen!« zischte er. Gleichzeitig hob sich der preußisch-blaue Vorhang und zeigte die Botschaft des Fürstentums Pontevedro in Paris. Der Botschafter gab einen Ball, und als Ehrengast wurde die lustige Witwe erwartet.

Nach einer zündenden Chornummer erfolgte Monicas erster Auftritt als Gattin des Botschafters, eine ehemalige Schauspielerin. Sie besaß keinerlei schauspielerische Talente, ging die Rolle aber mit derselben munteren Kompetenz an, die sie an den Tag legte, wenn sie den Vorsitz von Wohltätigkeitskomitees führte oder Labradors badete, und gab dem übrigen Ensemble dringend benötigtes Selbstvertrauen. Die Ehe sei ihr heilig, versicherte sie Charles, zum Amüsement des Publikums, das ausnahmslos wußte, daß sie mit Tony verheiratet war. Lasziv streichelte Charles ihren nackten Arm, was den gleichen Heiterkeitserfolg bewirkte, da seine homosexuelle Veranlagung als offenes Geheimnis galt. Als ihm der Schnurrbart herunterfiel und seine enge Hose beinahe platzte, während er ihn aufhob, kannte der Jubel kaum noch Grenzen.

»Wie viele Goldplomben Monica hat!« wisperte Caitlin in Taggies Ohr. »Und wenn Dame Enid den Taktstock schwingt, sieht sie aus, als würde sie für Gertrude ein Apportierzweiglein in den Garten werfen. Wann ist Mutter Courage dran?«

»Bald«, erwiderte Taggie und betete stumm.

Hinter der Bühne klammerte sich Maud zitternd an Ruperts und Bas' Hände. Ihr schwarzes Samtkleid entsprach dem Stil der Jahrhundertwende, aber ihr Partner war aus irgendwelchen Gründen als Regency-Dandy verkleidet. Hohe, glänzende schwarze Stiefel brachten die längsten

Beine von Gloucester bestens zur Geltung. Der Schnitt des graublauen Jacketts hätte Beau Brummel zu Begeisterungsstürmen hingerissen, das glatte schwarze Haar war in Byron-Locken gelegt. »Du siehst umwerfend aus«, flüsterte er Maud zu.

»Du auch.« Ihre Zähne klapperten laut genug, um das Orchester wie Kastagnetten zu untermalen.

Beruhigend tätschelte Rupert ihre Schulter. »Es wird ganz bestimmt klappen.«

Und er hatte recht. Plötzlich brauchte sie keine Hilfe mehr und konnte es kaum erwarten, die Bühne zu betreten. Jetzt flatterten ihre Nerven nur mehr, weil sie eine etwas schüchterne, aber herzzerreißend schöne junge Witwe aus der Provinz war, die in der Pariser Gesellschaft eingeführt werden sollte. Von Trommelgetöse und Hörnertrara begleitet, stellte sie sich direkt unter den Kronleuchter, um ihre Juwelen funkeln und ihren schönen Körper im hautengen schwarzen Kleid, das leuchtend rote Haar und die durch rote Lippen betonte edle Blässe bewundern zu lassen. Bescheiden wehrte sie die Komplimente eines faszinierten französischen Aristokraten – von einem Bankdirektor aus Cotchester dargestellt – ab und sang ein glockenklares hohes F.

»Scheiße«, murmelte Caitlin, »sie ist verdammt gut.«

»Gott sei Dank«, hauchte Taggie. »Jetzt kann nichts mehr schiefgehen.«

Ich halte es nicht aus, dachte Cameron. Sie hatte Maud als schlampigen Parasiten in mittleren Jahren abgetan, der sich wie ein Tramp kleidete und unmodisch lange Haare trug. Und nun lag ihr nach der ersten Arie das ganze Publikum zu Füßen.

Bas' Auftritt steigerte den Enthusiasmus noch. Er hatte eine wunderbare, etwas rauhe Stimme und genau den richtigen Touch von schurkischem südländischem Glamour.

»Scheiße«, wiederholte Caitlin. »Was für ein Glück Mummy hat! Er ist wahnsinnig attraktiv.«

Die erotische Spannung zwischen Bas und Maud war unglaublich, als sie am Ende des ersten Aktes allein auf der Bühne zurückblieben und einen Walzer tanzten. Elegant und romantisch drehten sie sich unter dem Lüster, bis der Vorhang fiel und donnernder Applaus aufklang.

Erleichtert atmete Maud auf. Jetzt spielte es keine Rolle mehr, daß Declan nicht erschienen war, und sie schickte sogar Rupert in den Zuschauerraum.

Sie hatte sich so intensiv auf den ersten Akt konzentriert, daß sie jetzt wie ein Automat fungierte, obwohl Charles ihr fast die Schau stahl, als er seinen Schnurrbart ein zweites Mal aufhob, wobei seine Hose tatsächlich platzte und rosa Boxershorts enthüllte, war es eindeutig Mauds Abend. Immer wieder mußte sie am Schluß vor den Vorhang treten und sich ihrem verzückten Publikum präsentieren. Sogar Tony war aufgesprungen, klatschte minutenlang und schrie: »Bravo!«

Triumphierend wandte sich Rupert zu Taggie. »Wir haben's geschafft.«

»Nein, das war ausschließlich dein Verdienst.«

»Nicht weinen«, murmelte Bas, als er sich zum letztenmal mit Maud verneigte.

»Du warst besser als in unseren kühnsten Träumen«, meinte Barton, als er ihr die Hand küßte und unter frenetischem Beifall einen Blumenstrauß überreichte.

Maud eilte in die Garderobe, um das goldene Kleid, das sie im letzten Akt getragen hatte, mit einem blauen Seidenkostüm – eigens für die Premierenfeier gekauft – zu vertauschen. Leute kamen und gingen, umarmten und küßten sie und gratulierten ihr. Der Champagner floß in Strömen, die Presse bestürmte sie mit Fragen, aber sie äußerte sich nur vage zu dem Thema Declan. »Mein Mann ist in Irland und wird später kommen.«

Sie wollte sich gerade bei Rupert für seinen Beistand bedanken, als sie eine warme Hand auf dem Rücken spürte. »Hoffentlich ist Ihnen mein Geschrei aufgefallen. Ich habe wie ein Schuljunge gebrüllt.«

»War ich wirklich so gut?«

»Grandios. Es gab keinen Mann im Zuschauerraum, der sich nicht unsterblich in Sie verliebt hätte. Tut mir leid, daß Ihr Mann nicht kommen konnte. Aber er hatte ja schon immer gewisse Schwierigkeiten mit seinen Terminen, nicht wahr?«

»Leider nimmt er die Konzession genauso ernst wie Sie«, entgegnete sie bitter.

Er lachte bösartig. »Aber da besteht ein gewisser Unterschied. Er wird sie nicht bekommen.«

Monica unterbrach das Gespräch, indem sie einen distinguierten, grauhaarigen älteren Gentleman in einem Lederjackett zu Maud führte. »Meine Liebe, das ist Pascoe Rawlings.«

Mauds Kinnlade klappte nach unten. Der mächtigste Theateragent von London... »Waren Sie in der Vorstellung?«

»O ja, und völlig verzaubert.« Pascoe zog sie in eine Ecke, wo er unter einer nackten Glühbirne ihr Gesicht musterte. »Aus der Nähe betrachtet, sind Sie sogar noch schöner. Hören Sie, Jonathan Miller sucht eine Nora für seine neue Inszenierung. Würden Sie Anfang nächster Woche mit mir zu Mittag essen?«

Die Party wurde ein großer Erfolg. James hielt Lizzie den ganzen Abend wie einen Schutzschild vor seinen Körper, um Sarah Strattons Annäherungsversuche abzuwehren, und ließ sie nur los, weil er Pascoe Rawlings vorgestellt werden sollte. Schon in der nächsten Sekunde wurde sie von Freddie hinter eine Pappsäule im Pariser Ballsaal geführt. »Ich liebe dich«, beteuerte er verzweifelt.

»Und ich dich. Morgen abend fährt James nach London.«

»Wann schlafen die Kinder ein?«

»Um neun – und wenn ich ihnen Drogen verabreichen müßte.«

»Gut, dann komme ich um neun Uhr fünfundvierzig.«

Caitlin lag in Archies Armen, im Blütenmeer am Boden von Mauds Garderobe. Worte waren überflüssig.

Taggie verbrachte den Abend damit, benutzte Teller wegzuräumen, Rupert aus dem Weg zu gehen und nach ihrem Vater Ausschau zu halten. Nicht nur Tony fand, daß Declan sich unmöglich benahm.

»So was Rücksichtsloses!« fauchte Cameron.

»Man müßte ihm die Ohren langziehen«, meinte Monica. »Aber irgendwie hat der Wutausbruch Mauds Leistung gesteigert.«

»Ich hab's ja schon immer gesagt«, bemerkte Valerie Jones. »Man kann den Iren nicht trauen.«

»Falls Declan heute nacht gar nicht mehr kommt...«, wisperte Bas um Mitternacht in Mauds Ohr.

Alle Gespräche verstummten, als Tony mit einem Löffel gegen sein Glas klopfte. »Im Namen von Corinium möchte ich unserem Bürgermeister und seiner Gemahlin für den Besuch dieser Premiere danken. Außerdem will ich Barton und dem Ensemble zu der großartigen Aufführung gratulieren. Unsere Anerkennung gilt natürlich in erster Linie Maud O'Hara, die trotz schwieriger Umstände zweifellos der Star des Abends war.«

Wie auf ein Stichwort erschien Declan, totenblaß, immer noch in den Jeans und dem dunkelblauen Pullover von gestern, aber mit einer Ausstrahlung, die alle anderen wie Pygmäen wirken ließ.

»Hallo, liebster Declan!« begrüßte ihn der mittlerweile betrunkene Charles Fairburn im Bühnenflüsterton. »Es verblüfft mich, daß du nicht in einer Schwefelwolke aus der Falltür emporgestiegen bist.«

Declan ignorierte ihn und ging zu Maud. »Tut mir schrecklich leid, Liebling. Ich habe gehört, daß du sensationell warst. Aber das wußte ich von Anfang an. Ich habe gute Gründe für meine Abwesenheit. Aber davon erzähle ich dir später, weil mir ein Teil deiner Gesellschaft auf dieser Party mißfällt. Gehen wir.«

»Aber sie ist unser Ehrengast!« rief Monica empört.

Nur eine Sekunde lang erwarteten alle, Maud würde ihren Mann ohrfeigen. Statt dessen küßte sie ihn. »Armer Darling, du mußt furchtbar müde sein. Ich danke Ihnen allen ...« Herrlich theatralisch, ganz der große Star drehte sie sich langsam um die eigene Achse und lächelte allen zu. »... für diese wundervolle Feier.«

Dann nahm sie Declans Arm und verließ mit ihm die Bühne.

Caitlin, soeben mit Archie aus der Garderobe ihrer Mutter aufgetaucht, schüttelte den Kopf. »Dieses Paar werde ich nie verstehen.«

Auf dem Weg nach draußen kamen die O'Haras an Rupert und Cameron vorbei.

»Rupert hat mich gerettet«, erklärte Maud und ignorierte Cameron, der sie die Schimpfkanonade am frühen Abend nicht verzieh.

Declan nickte. »Ich weiß. Taggie hat's mir bei meiner Ankunft erzählt.« Er zog Rupert kurz beiseite. »Es tut mir furchtbar leid, aber Dermot MacBride bestand darauf, daß ich sein ganzes Stück lese. Seine Mutter stammte aus Gloucestershire, was ich zuvor nicht wußte, und das Stück handelt von seiner Kindheit in der Nähe von Stroud. Er stellt es uns zur Verfügung, ebenso wie sein nächstes Drama. Morgen muß ich mit seinem Agenten die finanziellen Belange regeln. Es ist ein verdammt gutes Stück.«

»Hoffentlich«, erwiderte Rupert eisig. »Beinahe hättest du einen zu hohen Preis dafür bezahlt.«

42

Sechs Tage später gab der Gatherum-Club, dem das Jagdrevier neben dem Gelände des West Cotchester-Vereins gehörte, seinen alljährlichen Ball in Henry Hampshires schönem, vermoderndem elisabethanischen Haus. Dabei begegneten sich die beiden Konsortien zum letzten Mal vor den Gesprächen mit der IBA, die nächste Woche stattfinden sollten. Henry und seine Frau Hermione saßen mit Freddie, Valerie, Declan, Maud, Rupert und Cameron an einem Tisch, Bas würde später hinzustoßen. Zwei Tische entfernt hatten die Baddinghams Platz genommen, mit Ginger Johnson und dessen Frau, Georgie Baynes, der die langen Wimpern gesenkt hielt, und dessen Frau, Paul und Sarah Stratton, James und Lizzie Vereker. Während die Frauen der beiden Gesellschaften gelegentlich ein Scherzwort oder ein Lächeln tauschten, ignorierten sich die verfeindeten Männer.

Als einziges Mitglied der Venturer-Gruppe erfreute sich Maud bester Laune. Die beiden nächsten Vorstellungen der »Lustigen Witwe« am Dienstag und Mittwoch waren genauso erfolgreich gewesen wie die Premiere. Inzwischen hatte sie mit Pascoe Rawlings zu Mittag gegessen und war zu einer Audition für die »Nora« eingeladen worden. Sie sah hinreißend aus in ihrem goldenen Taftkleid, das verdächtig neu wirkte und ihren grünen Augen einen tigergelben Schimmer verlieh.

Hingegen machte Cameron, die während der ganzen Woche an den ersten Yeats-Kopien gearbeitet hatte, einen erschöpften Eindruck. Sie grämte sich, weil Declan ihr plötzlich so distanziert begegnete. Die in Irland entstandene Intimität war geschwunden. In Tonys Gegenwart fühlte er sich sichtlich unwohl, war bleich und reizbar. Rupert bereitete ihr noch größere Sorgen. Seit ihrer Rückkehr aus Irland zog er sich in ein Schneckenhaus zurück und litt an Überarbeitung. Die sozialistische Mehrheit war so knapp, daß sie von den Torys bei jeder Abstimmung attackiert wurde, was zu endlosen nächtlichen Sitzungen führte.

Valeries Gekreisch unterbrach Camerons Gedanken. »Was machst du denn, Fred-Fred?«

»Ich suche Wanzen«, erklärte ihr Mann, der unter den kostbaren antiken Eichentisch gekrochen war.

»Du wirst eher Holzwürmer finden«, meinte sie mißbilligend. »Ich begreife nicht, warum Henry und Hermione diesen alten Plunder nicht rauswerfen und anständige moderne Möbel kaufen.« Sie wandte sich zu Cameron. »Sie sehen ziemlich mitgenommen aus, und ich glaube, Schwarz ist nicht Ihre Farbe. Kommen Sie doch mal in meine Boutique, dann suchen wir was Hübsches für Weihnachten aus.«

Die Kellnerinnen begannen geräucherte Forellen zu servieren, und Rupert schaute sich um. Im Saal wimmelte es von schönen, verfügbaren Frauen, aber keine interessierte ihn. Was zum Teufel war los mit ihm? Er wollte nicht einmal mehr mit Cameron schlafen.

»Wo ist denn Taggie?« fragte Valerie und griff nach ihrer Gabel. »Nein, Fred-Fred, nimm dir bloß kein Weißbrot!«

»Sie hütet die Hunde.« Maud hielt ihr Glas hoch, um es noch einmal mit Muscadet füllen zu lassen. »Ich weiß nicht, was in sie gefahren ist, sie wirkt so lethargisch. Heute abend wollte ich sie mitnehmen, aber sie hatte keine Lust. Ich verstehe nicht, warum sie keinen Freund hat. In ihrem Alter wurde ich von den Jungs geradezu belagert.«

»Wenn die Konzession vergeben ist, müssen wir mal die Köpfe zusammenstecken und einen netten jungen Mann für sie finden«, schlug Cameron vor.

»Sei nicht so dumm!« fauchte Rupert. »Taggie ist durchaus imstande, sich selber jemanden zu suchen.« Er schob seinen Teller mit der kaum berührten Forelle beiseite und bat eine Kellnerin um eine Flasche Whisky.

In der Priory fragte sich Taggie bedrückt, was sie mit dem Abend anfangen sollte. Der einzige gute Film im Fernsehen lief in italienischer Sprache, und sie würde die Untertitel nicht schnell genug lesen können. Der Wind ratterte an den Fenstern und versuchte ins Haus einzudringen, um der Kälte zu entrinnen. Schnee lastete auf den Kletterpflanzen an den Mauern. Wenigstens brannte im Wohnzimmerkamin ein angenehmes Feuer. Träge streckten sich Gertrude, Aengus und Claudius davor aus. Die Scheite stammten aus dem familieneigenen Wald – nein, aus Ruperts Wald. Alles erinnerte sie an ihn. Wie soll ich ohne ihn leben, fragte sie sich hoffnungslos.

Erschrocken zuckte sie zusammen, als das Telefon läutete. Bas war am Apparat. »Sie gehen mit mir auf den Ball, Taggie-Baby.«

»Unmöglich! Ich habe nichts zum Anziehen.«

»Keine Bange, ich bringe was mit. In einer Stunde bin ich da.«

Er hielt Wort und traf genau eine Stunde später ein, den Rücksitz seines Autos voller Ballkleider.

»Wo haben Sie das alles her?« fragte Taggie fassungslos.

»Aus dem Corinium-Fundus. Die haben ein elendes Sicherheitssystem.«

»Dieses Kleid ist von – B-a-l-m-a-i-n«, buchstabierte sie mühsam.

»Nehmen Sie lieber das rote, das ist die beste Farbe für Sie, außerdem sieht man den Rotwein nicht, der sich vermutlich auf Sie ergießen wird.«

Skeptisch runzelte sie die Stirn. »Aber es ist so tief ausgeschnitten.«

Auf dem Ball hatte man inzwischen zu tanzen begonnen. Valerie – fest entschlossen, ihre Grazie zu demonstrieren – schleppte einen widerwilligen Freddie aufs Parkett. Zwischen roten Jagdröcken und bunten Kleidern sah er Lizzie in Fuchsienrosa. Sie tanzte mit James, der soeben eine Attacke von Sarah Stratton abgewehrt hatte. Eifrig preßte er seine Wange ans Gesicht seiner Frau, als sie an Tonys Tisch vorbeiglitten. Ich ertrage das nicht, dachte sie unglücklich. Sie hatte gedacht, es wäre besser, Freddie auf diesem Fest zu sehen als überhaupt nicht. Aber es war noch viel schlimmer.

Freddie beobachtete das Paar und hätte James am liebsten die wohlgeformte Nase eingeschlagen, Lizzie nach oben geführt, auf ein mottenzerfressenes Vier-Pfosten-Bett geworfen, ihr das Kleid vom Leib gerissen und sie überall geküßt.

»Fred-Fred«, kreischte Valerie, »meinst du denn nicht, daß das ein Foxtrott ist?«

Declan tanzte mit Maud. Über seiner Schulter schaute sie auf ihre goldene Armbanduhr. Bas verspätete sich.

Am Venturer-Tisch beobachtete Cameron, wie sich Rupert einen weiteren doppelten Whisky eingoß. Offensichtlich wollte er sich betrinken. Immer wieder blieben Leute stehen, um sich mit ihm zu unterhalten, aber angesichts seiner düsteren Miene ergriffen sie bald die Flucht. Auch Cameron versuchte mehrmals ein Gespräch mit ihm in Gang zu bringen, und ihr Ärger über seine einsilbigen Antworten wuchs. Warum zeigte er sein Desinteresse an ihr so deutlich? Wollte er sie in Tonys Arme zurücktreiben?

»Ah, da ist Bas ja endlich«, sagte Maud.

»Großer Gott!« Henrys Weinglas erstarrte auf halbem Weg zu seinen Lippen. »Was für ein traumhaftes Mädchen!«

»Bildhübsch...« Freddie setzte seine Brille auf. »Verdammt, das ist ja Taggie!«

Rupert drehte sich um und hielt den Atem an. Da war tatsächlich Taggie, mit Rouge und Lippenstift, die Augen von Kajal umrandet, das schwarze Haar zu Ringellocken gelegt. Die Schultern, heller und seidiger als die ihrer Mutter, ragten aus einem roten Rüschenkleid. Alle gafften sie an, und Basil, der sich vierzehn Monate lang ganz vorsichtig immer näher an sie herangepirscht hatte, platzte beinahe vor Stolz.

Die Sensation, die Taggie hervorrief, drohte sie zu überwältigen. Sie hatte ihr Bestes getan, um Rupert zu gefallen und ihm zu zeigen, daß sie endlich erwachsen geworden war. Aber als er sie anstarrte, ohne zu lächeln, sank ihr Mut, und sie zog ihr Dekolleté nach oben. Im selben Augenblick, wo sie mit Bas den Venturer-Tisch erreichte, begann das Orchester wieder zu spielen. Triumphierend grinste er Rupert an und zog sie zur Tanzfläche.

»Ich kann nicht tanzen!« protestierte sie flehend.

»Mit mir schon.« Bas schlang einen Arm um ihre Taille. »Das ist eine hübsche langsame Melodie, genau richtig für den Anfang.«

»Ich komme mir so komisch vor mit diesem Lippenstift.«

»Keine Bange, den küsse ich später weg.«

Das Blut stieg ihr in die Wangen. Er war mindestens zehn Zentimeter größer als sie, und dank seines Rhythmusgefühls konnte sie sich schon sehr bald seiner Führung anpassen.

»Sie sind bezaubernd«, flüsterte er, neigte sich herab und preßte seinen Mund auf ihre nackte Schulter.

Maud beobachtete ihn mit frostiger Miene, und Cameron ließ Rupert nicht aus den Augen. Sein Gesicht war wie versteinert, seine Finger umklammerten das Whiskyglas, und die Sehnen auf dem Handrücken glichen unterirdischen Kabeln. Unverwandt schaute er zu Taggie hinüber, und als die Musik verstummte und Bas ihre roten Lippen küßte, zerbrach das Glas. Erstaunlicherweise schnitt sich Rupert nicht, aber die Scherben flogen zu Boden.

»Meine Tante war so abergläubisch«, erzählte Valerie, während eine Kellnerin mit einer kleinen Schaufel und einem Handfeger erschien, »daß sie jedesmal, wenn sie etwas Kostbares zerbrochen hatte, in den Garten lief und zwei Marmeladengläser zertrümmerte, um harte Schicksalsschläge abzuwehren.«

»Soeben ist auch Ruperts Herz gebrochen«, meinte Cameron bissig, »also müssen wir nur noch einen Gegenstand zerschlagen.«

»Halt den Mund!« herrschte er sie an und goß Whisky in ein leeres Weinglas.

Declan warf ihm einen warnenden Blick zu, und die Stimmung besserte sich keineswegs, als Bas mit Taggie an den Tisch kam. »Habe ich das nicht gut gemacht?« fragte er selbstgefällig. »Ich wußte, du würdest dich freuen, liebe Maud«, fügte er hinzu, beugte sich hinab und küßte ihre verkniffene Wange. »Erst gestern hast du geklagt, die arme Taggie habe überhaupt keinen Spaß.«

»Woher ist denn dieses Kleid?« fragte Valerie.

»Aus dem Corinium-Fundus«, erklärte Basil. »Steht ihr gut, was?«

»Sie sieht phantastisch aus«, meinte Declan voller Stolz,

»Aber ihr solltet mal nachschauen, ob keine Wanzen eingenäht sind.«

Bas drückte Taggies Hand. »Die würden nur ihren wilden Herzschlag aufzeichnen, wenn sie mit mir zusammen ist.«

Schüchtern blickte sie zu Rupert hinüber, der sie gleichgültig musterte, und empfand plötzlich tiefe Verzweiflung. Selbst wenn alle Hindernisse aus dem Weg geräumt wären, würde sie ihn niemals für sich gewinnen. Aber sie fand keine Zeit für trübe Gedanken, denn ein übereifriger Henry führte sie auf die Tanzfläche. Zunächst bewegten sie sich in dezentem Rhythmus, dann begann die Band »Rock around the Clock« zu spielen, und da verwandelte er sich in eine Tarantel mit Adrenalin-Überschuß. »Ha, diese Melodie kenne ich! Auch in alten Knochen steckt noch eine Menge Leben!« Enthusiastisch begann er Taggie umherzuschwenken und zerrte sie beinahe aus ihrem Kleid. Immer wieder zog sie es hastig hoch. Danach wurde sie von jungen Männern umlagert und ließ kaum einen Tanz aus. Alle baten um ihre Telefonnummer und versprachen, sie anzurufen.

Freddie war unter dem Vorwand verschwunden, ein Perrier für Valerie zu holen, blieb aber eine Dreiviertelstunde weg. Inzwischen suchte James hektisch nach Lizzie und rannte vor Sarah Stratton davon. Bas tanzte wieder mit Taggie, und der Inhalt von Ruperts Whiskyflasche war auf ein Viertel zusammengeschmolzen.

Entschlossen stand er auf, als Basil mit Taggie zum Tisch zurückkehrte, packte ihre Hand und zerrte sie auf das Tanzparkett. Langsam glitt sein Blick über die großen, schwarz umrandeten, fast fiebrigen Augen, den zitternden rubinroten Mund, die weißen, von der karmesinfarbenen Rüsche kaum verdeckten Brüste. In alten Kleidern, ohne Make-up, fand er sie anbetungswürdig. Diese neue, erwachsene, glamouröse Taggie verabscheute er.

»Was – ist denn los?« stammelte sie und wich zurück,

bestürzt über die Ablehnung in seiner Miene. »Ich hatte gehofft, ich würde dir gefallen.«

»Du siehst wie eine Nutte aus!« stieß er hervor. »Und da du mit Bas gekommen bist, wirst du dich offensichtlich auch wie eine benehmen.«

Erschrocken schnappte sie nach Luft, als er sich auf dem Absatz umdrehte und zum Tisch zurückkehrte.

»Was hast du denn?« spottete Cameron. »Ich dachte, du magst kleine Mädchen, deren Intelligenzquotient von ihrem Brustumfang erheblich übertroffen wird.«

»Jedenfalls mag ich sie lieber als verdammte amerikanische Klugscheißerinnen«, herrschte er sie an.

Wütend floh sie an Wappenschildern, Ritterrüstungen und Hirschgeweihen vorbei in die Damentoilette. Rupert war ein Bastard, ein mieses Arschloch. Aber als sie in den alten, staubigen Spiegel schaute, konnte sie ihm nicht mehr übelnehmen, daß er sie vernachlässigte. Sie sah gräßlich aus, und das schwarze Kleid, dessen einfacher Schick ihr so kultiviert erschienen war, machte sie in seiner übertriebenen Schlichtheit fast unsichtbar. Warum zum Teufel hatte sie nicht ihr Wildlederkleid angezogen? Erbost tupfte sie Rouge auf ihre Wangenknochen und schüttete den Rest ihrer Jolie Madame-Flasche auf die Handgelenke und den Nacken.

Als sie in die Galerie trat, sah sie Tony hinter einer Rüstung auftauchen und schlug rasch die andere Richtung ein. Aber er war schneller als sie, ergriff ihren Arm und zog sie in einen Alkoven, hinter eine riesige Vase mit blauen Hyazinthen. Vergeblich versuchte sie sich loszureißen. Oh, warum weckte der süße schwere Blumenduft ein Verlangen, das ihr fast die Besinnung raubte? »Ich habe dich so vermißt«, beteuerte er. »Und ich werde nie aufhören, dich zu vermissen. Ich brauche dich. Corinium braucht dich. Komm zurück.«

»Sei nicht so kindisch!« zischte sie. »Nach all deinen schmutzigen Tricks?«

»Ich werde Venturer vernichten, und du wirst mit untergehen. Du ahnst ja gar nicht, was für einen Trumpf ich im Ärmel habe.«

Cameron bemühte sich um eine gelassene Miene. »Damit kommst du nicht durch. Die IBA weiß, welch ein Schurke du bist.«

»Wenn ich mit Venturer fertig bin, werde ich wie ein strahlend weißer Engel dastehen.« Er zog sie an sich, strich langsam mit einer Hand über ihre Brust und mit der anderen über ihre Hinterbacken – nicht aus Lust, sondern um sie zu taxieren. »O Gott!« seufzte er. »Du hattest mal so einen schönen Körper. Jetzt könntest du Reklame für die Welthungerhilfe machen.« Seine Finger kreisten immer noch auf ihrem Hinterteil, und sie erschauerte – unfähig, ihre hilflose, verhaßte Begierde zu unterdrücken. Das hatte er ihr schon immer angetan. »Du hast Ärger mit Rupert«, fuhr er fort. »Ich habe dich heute abend und letzten Freitag beobachtet.« Plötzlich wußte Cameron, woran sie der Hyazinthenduft erinnerte – an den viel schwächeren Geruch der Glockenblumen in Ruperts Wald. »Er ist scharf auf Taggie O'Hara, was?« spöttelte Tony schadenfroh. »Alle klatschen schon drüber.«

»Zum Teufel mit dir!« schluchzte sie und ergriff die Flucht. Sein Gelächter folgte ihr die lange Galerie hinab, und in ihrem Kummer sah sie Declan nicht, der im Schatten stand. Besorgt über den Zwist mit Rupert, war er ihr gefolgt, um sie zu trösten. Er wollte nach ihr rufen, doch da sah er einen Mann hinter der Vase hervortreten und erstarrte. Geradewegs kehrte er zum Venturer-Tisch zurück, wo er nur Maud und Freddie antraf.

»Was ist los?« fragte Freddie alarmiert, als er Declans Bestürzung erkannte.

Declan setzte sich und kam sofort zur Sache. »Cameron hat gerade mit Tony gesprochen. Sie rannte davon, in Tränen aufgelöst, und er wirkte hochzufrieden.«

»Scheiße, das ist Ruperts Schuld«, meinte Freddie. »Er war den ganzen Abend furchtbar gemein zu ihr.«

»Ich finde es viel schlimmer, daß sie ihm von unserem Vertrag mit Dermot MacBride erzählen könnte. Wenn er davon erfährt, sind wir erledigt.«

»Das traue ich ihr nicht zu. Wahrscheinlich haben die beiden nur von alten Zeiten geredet.«

»Wir gehen«, verkündete Bas, der neben dem Tisch stehenblieb, einen Arm um eine Taggie mit tränennassen Wangen gelegt.

»Ihr seid doch gerade erst gekommen!« rief Maud hysterisch.

»Ich weiß, aber wir haben jetzt was anderes vor.«

Plötzlich erklang aufgeregtes Geschrei, als Henry auf einem Hengst in den Ballsaal ritt, von Jagdhunden gefolgt, Schnee auf den Schultern und seinem schwarzen Hut. Alle jubelten ihm zu, und einer der Hunde hob sein Bein an der Rückenlehne von Tonys Stuhl.

»Schade, daß das ein IBA-Mitglied ist«, seufzte Freddie.

Als der Hausherr mit seiner Meute hinausgeritten war, kehrten Cameron und Rupert an den Tisch zurück. Auch Maud wirkte äußerst erregt, was sich noch zu steigern schien, als Valerie bemerkte, wie interessiert Basil an Taggie sei. »Es ist ja auch viel besser, wenn er sich eine Freundin sucht, die im Alter zu ihm paßt. Wo sind sie eigentlich?«

»Weg«, erwiderte Declan.

Ruckartig hob Rupert den Kopf. »Und wohin sind sie gegangen?«

»Das weiß ich nicht.«

»Hol deinen Mantel«, sagte Rupert zu Cameron. Er wartete in der Halle, starrte auf einen ausgestopften Büffel, der ebenso glasige Augen hatte wie er selbst, und machte keinen Hehl aus seiner Ungeduld.

»Es ist nicht so einfach, einen Mantel unter einem heftig zuckenden Ehemann und der Ehefrau eines anderen hervorzuziehen«, fauchte Cameron.

Draußen lag eine zehn Zentimeter dicke Schneeschicht; die langen Kleider der Damen, die das Fest verließen, zogen Spuren über den weißen Rasen, wirbelnde Flocken verschleierten das große Haus und eine Schar junger Männer, die sich eine Schneeballschlacht lieferten, alle zweifellos mit Taggies Telefonnummer in den Brusttaschen.

»Ich fahre«, sagte Cameron, als sie bei Ruperts Wagen ankamen. »Du bist sternhagelvoll.« Vorsicht, ermahnte sie sich, als der Aston-Martin die Straße entlangschlitterte. Seine Betrunkenheit hat ein Stadium erreicht, wo sie jeden Augenblick in Gewalttätigkeit umschlagen kann... Nachdem sie von Tony so brutal verprügelt worden war, fürchtete sie eine ähnliche Szene. Aber als sie vor Penscombe Court hielt, wartete Rupert, bis sie ausgestiegen war, rutschte auf den Fahrersitz hinüber und brauste in einer Schneewolke davon.

Schluchzend eilte sie ins Haus, schrie die Hunde an, die ihr den Weg versperrten, ging geradewegs in Ruperts Arbeitszimmer und begann es zu durchsuchen. In der untersten Schreibtischschublade fand sie Taggies unmöglichen, von Rechtschreibfehlern wimmelnden Dankesbrief für Claudius und zwei Fotos, die sie zeigten, wie sie durch den Wald rannte – mit Ruperts Kindern. Lachend hielten sie sich an den Händen, vor dem Hintergrund flammend roten Buchenlaubs. Also mußte es im Herbst gewesen sein – während Cameron in Irland gefilmt hatte. Deshalb weigerte sich Rupert seither, die Kinder hierher einzuladen, und unternahm lieber Ausflüge mit ihnen. Er fürchtete, sie könnten von

Taggie erzählen. Das erschien ihr am allerschlimmsten – daß es ihr mißlungen war, Freundschaft mit Tab und Marcus zu schließen, was Taggie offensichtlich mühelos geschafft hatte. In derselben Schublade lag ein Haufen welker Blätter, deren Bedeutung Cameron nicht verstand.

Rupert war zu betrunken, um ein Auto zu steuern, das wußte er, aber es störte ihn nicht. Er fuhr nach Cotchester und parkte vor der Bar Sinister. Schnee bedeckte die Dächer der honigfarbenen Häuser, und der dichte Flockenwirbel behinderte die Sicht, aber nicht stark genug, um das Licht im Apartment über dem Lokal zu verhüllen. Bas war eindeutig daheim.

Jesus, warum war ich so gemein zu Taggie, fragte sich Rupert. Sie war so wunderschön gewesen, und das hatte ihn maßlos geärgert, weil er seinen kleinen Teenager behalten wollte. Im Hintergrund seines Bewußtseins hatte er erwartet, sie würde immer für ihn da sein. Natürlich sagte ihm die Vernunft, daß sie eines Tages irgendeinen langweiligen Burschen in ihrem Alter finden würde. Doch er hatte das alles nicht richtig durchdacht und nicht geahnt, welch rasende Eifersucht er empfinden würde, nachdem sie ihm vor der Nase weggeschnappt worden war – vom zweitschlimmsten Wüstling im County, der sie wahrscheinlich gerade in die Geheimnisse der Fleischeslust einführte.

Stöhnend sank er über dem Lenkrad zusammen. Er wollte die Haustür aufbrechen, Bas umbringen, Taggie zur Priory zurückschleifen wie ein entehrter Vater aus einem viktorianischen Melodram. In seinem Elend spürte er die Kälte nicht. Allmählich bedeckte der Schnee die Windschutzscheibe, und Rupert mußte den Motor und die Scheibenwischer einschalten. Plötzlich öffnete sich die Balkontür, Bas und Taggie kamen heraus. Sie trug seinen roten Morgenmantel.

Rupert kurbelte das Fenster herunter und hörte, wie sie die weiße Pracht bejubelte. Bas drückte ihr einen Schneeball in die Hand, und sie warf ihn auf die geisterhaft stille Straße hinab, dann küßte er sie.

Die beiden waren so miteinander beschäftigt, daß sie Rupert nicht bemerkten. Ernüchtert fuhr der nach Penscombe zurück.

Am Wochenende herrschte kalter Krieg. Rupert und Cameron begegneten einander mit ausgesuchter Höflichkeit. Sie bereitete sich auf die Besprechung mit der IBA vor, er flog am Sonntag nach Rom zu einer Konferenz des Internationalen Olympischen Komitees. Am Mittwochabend würde er zurückkommen. Nur ein einziges Mal beobachtete sie, wie er seine starre Maske fallen ließ. Er saß in seinem Arbeitszimmer vor dem Fernseher, schaute sich einen Lassie-Film an, hielt Beaver in den Armen und kämpfte mit den Tränen.

43

Nach dem Lunch am nächsten Tag kratzte Declan den gefrorenen Schnee vom Vogelhaus, fütterte seine Lieblinge und steuerte seinen Wagen mühsam die verschneite Zufahrt hinunter, um Freddie zu besuchen. Nur die Hauptstraßen waren geräumt worden. Ausnahmsweise übte die schwarzweiße Landschaft keinen Reiz auf ihn aus. Er passierte mehrere Autos, die völlig im Schnee verschwanden, und einen Farmer, der verzweifelt seine Schafe auszugraben versuchte. Der Himmel schimmerte in dumpfem Senfgelb und versprach weitere Schneefälle. Was würde geschehen, wenn das Venturer-Konsortium wegen eines Verkehrschaos' nicht zur IBA-Besprechung nach London kommen konnte?

Freddie hatte seine Auffahrt üppig mit Sand bestreuen lassen. Er goß Declan einen doppelten Brandy ein und führte ihn ins Arbeitszimmer. Frohen Mutes schwenkte er den *Telegraph* durch die Luft, der einen Artikel über den Konzessionskampf enthielt. »Der Verfasser meint, vier Bewerber seien verletzlich, und zählt auch Corinium dazu. Und dann schreibt er: ›Venturer, Coriniums Rivale, muß als äußerst kreatives, gut gemanagtes Konsortium betrachtet werden. Also muß sich Corinium mit einem starken Gegner auseinandersetzen, wodurch die Aktien des Senders in letzter Zeit erheblich gesunken sind.‹ Ich glaube, wir haben unser Ziel fast schon erreicht, alter Junge.«

»Und was machen wir mit Cameron und Tony?«

Freddie kaute an einer Zigarre. »Ich bezweifle, daß sie ins feindliche Lager übergelaufen ist.«

»Will's auch nicht glauben, aber wir wissen noch immer nicht, wer Tony über unsere Corinium-Agenten informiert hat.«

»Wie war sie in Irland?«

»Wunderbar«, erwiderte Declan wehmütig. Es verblüffte ihn, wie nahe es ihm gegangen war, als er sie zusammen mit Tony gesehen hatte.

»Bis jetzt haben wir fair gekämpft.«

»Abgesehen von Ruperts Verführungskünsten, auf die Cameron hereingefallen ist.«

»Aber jetzt steht so viel auf dem Spiel, daß wir einen Privatdetektiv auf Tony ansetzen und Rupert veranlassen sollten, eine winzige Wanze in Camerons Handtasche zu schmuggeln.«

Neue Flocken fielen herunter und zeichneten sich dunkel vor dem gelben Himmel ab.

»Sie hat ein Dutzend Handtaschen«, wandte Declan ein.

»Also erwischt Rupert sicher die falsche, und morgen fliegt er für drei Tage nach Rom.«

»Okay.« Freddie drückte seine Zigarre aus und stand auf. »Also begnügen wir uns erst mal mit dem Privatdetektiv. Ich kenne einen ausgezeichneten Mann.«

Declan spürte, daß Freddie ihn loswerden wollte. »Wo ist Valerie?«

»Bei ihrer Schwester in Cheam.«

»Willst du bei uns zu Abend essen?«

»Danke, bei diesem Wetter bleibe ich lieber daheim. Außerdem habe ich eine Menge zu tun. Ich vergesse immer wieder, daß ich der Chef eines riesigen Betriebs bin.«

Ein Ehebrecher wird zu schrecklichen Lügen gezwungen, überlegte Freddie schmerzlich, nachdem Declan gegangen war. James Vereker verbrachte die Nacht in London, wo er an einer Probe für den Corinium-Auftritt vor der IBA teilnahm, und Lizzies Kindermädchen war übers Wochende verreist. Er mußte daran denken, mit Valerie zu telefonieren, ehe er wegfuhr, sonst würde sie womöglich anrufen und ihn nicht zu Hause antreffen.

Als er Lizzies Haus erreichte, war er froh, daß der Schnee bis zum nächsten Morgen die Reifenspuren verbergen würden. Sie hielt bereits nach ihm Ausschau, damit die Türglocke ihre Kinder nicht weckte. In einem primelgelben seidenen Morgenrock empfing sie ihn, rosig, noch erhitzt vom Bad, nach Floris duftend. Im Kamin des Schlafzimmers brannte ein Feuer, lasziv leckten die Flammenschatten an den Wänden. Lizzie bat Freddie, eine Champagnerflasche zu öffnen. Statt dessen öffnete er ihren Morgenmantel und hielt den Atem an beim Anblick ihres schwarzen Korsetts, das ihre Brüste hochschob, kurz über dem blonden Schamhaar endete und mit vier schwarzen Bändern schwarze Netzstrümpfe festhielt.

»Du bist das Schönste, was ich je gesehen habe«, murmelte er und bat: »Nein, laß alles an«, als sie die Strumpfbänder loshaken wollte.

Er kniete nieder, zog ihr die hochhackigen Schuhe aus, küßte ihre Sohlen und die ganzen Beine, bis er sein Gesicht zwischen ihren weichen Schenkeln vergraben konnte.

An der Zimmerdecke hing ein großer Spiegel. James liebte es, sich selbst zu beobachten, wenn er mit Lizzie schlief. Neben seiner schlanken, bronzebraunen Schönheit war sie sich stets wie eine Vogelscheuche vorgekommen. In Freddies Armen fühlte sie sich wunderbar und reizvoll und schaute sich mit Vergnügen selber zu.

Später lag sie neben ihm, auf einen Ellbogen gestützt, und streichelte seine rotgoldenen gekräuselten Brusthaare. »Ich liebe dich.«

»Komm zu mir«, sagte er leise. »Für immer. Das meine ich völlig ernst.«

Am Dienstagmorgen genoß James Vereker ein sehr intimes Frühstück mit seiner fünfjährigen Tochter Eleanor. Normalerweise floh er vor dem Kinderlärm, nahm sein Müsli und den Kräutertee im Bett zu sich oder frühstückte nach seinem Fitneß-Training in der Corinium-Kantine. In dieser Woche zeichnete er mit Lizzie die zweite Folge der neuen Serie auf. Dabei ging es um das Thema, wie Kinder eine Ehe bereichern oder belasten können. Nun betrieb er neben seiner Lektüre des *Guardian* Recherchen in Sachen Vaterschaft.

Ellies Bruder Sebastian hatte seine Kleider bereits beim Bau eines Schneemanns völlig durchnäßt und wäre dann während eines Spaziergangs über die Eisschicht des Sees fast ertrunken. Jetzt wurde er im Oberstock von Jilly, der verläßlichen alten Kinderfrau, umgezogen. Lizzie arbeitete, und Ellie tauchte träumerisch gebutterten Toast ins Dotter ihres weichen Eis.

»Hoffentlich siehst du dir heute abend ›Roundup‹ an«, sagte James. »Wir gehen in den Zoo und filmen einen jungen Eisbären, der nach mir benannt wurde.«

»Gestern habe ich Freddie nackt gesehen«, erzählte Ellie versonnen.

»Freddie? Kommt der in einem neuen Trickfilm vor?«

»Nein, Freddie. Er lag mit Mummy auf dem Bett, und sie balgten sich.«

James legte seinen Löffel beiseite. »Wie bitte?«

»Ich wollte ein Glas Wasser trinken und ging in Mummys Zimmer. Freddie und Mummy lagen auf dem Bett. Freddie war nackt, und Mummy trug lange Socken, und der Hintern hing raus.«

James lief dunkelrot an. »Versuchst du mir mitzuteilen, Mummy sei mit jemandem im Bett gewesen, der nicht – eh – Daddy war?«

Ellie lächelte ihn strahlend an. »Ja. Freddie mit dem dicken Bauch, er ist sehr nett und bringt uns immer Lutscher mit.«

»Ich verbiete dir, solche Geschichten zu erfinden!« schrie er.

Lizzie war so unverschämt, zu allem Überfluß auch noch zu kichern, als er sie zur Rede stellte. »Das ist nicht komisch!« donnerte er.

»Nein, sicher nicht. Hoffentlich wird die arme Kleine nach diesem Zwischenfall keine lebenslänglichen Sexprobleme haben.«

»Ist das alles, was du zu sagen hast? Und ich?«

»Du wirst sicher keine Sexprobleme kriegen.«

»Sei nicht so frivol! Ich kann es einfach nicht fassen, daß du mich mit diesem gräßlichen, dicken, vulgären Zwerg betrügst!«

»Freddie ist sehr nett.«

»Er ist ehrlos, genau wie du.«

»Und deine Affären?«

»Die sind vorbei«, erwiderte James tugendhaft. »Außerdem ist das bei Männern was anders.«

»Also darfst du Freddie keine Vorwürfe machen.«

»Freddie«, fauchte er und steigerte sich in noch wilderen Zorn hinein, »gehört dem Konsortium an, das uns die Konzession wegschnappen will. Ich fühle mich schmählich verraten! Übrigens – was soll das heißen, daß du lange Socken trägst und den Hintern raushängen läßt?«

Lizzie kicherte wieder. »Ich hatte meine Netzstrümpfe und mein Korsett an.«

»Du kostümierst dich also wie eine Prostituierte! Wozu?«

»Um ihn zu reizen«, entgegnete sie schlicht.

»Mir zuliebe hast du dir nie soviel Mühe gegeben«, bemerkte James ärgerlich. Sie beobachtete, wie er in den Spiegel schaute, über sein Haar strich und eine Miene aufsetzte, die zu einem gehörnten Ehemann paßte. »Sicher weißt du, daß Freddie nur hinter dir her ist, um dich auszuhorchen. Ich muß Tony informieren. Wir sind verpflichtet, alle Verdachtsmomente zu melden. Am besten erkläre ich, du seist nicht an männliche Aufmerksamkeit gewöhnt und deshalb auf Freddie reingefallen, der dir Corinium-Geheimnisse zu entlocken versucht.«

»Jetzt reicht's aber!« rief sie erbost. »Freddie ist der ehrenwerteste Mann, den ich kenne. Aber als du Sarah den Laufpaß gegeben hattest, weil du auf Tonys Wunsch deine Ehe in Ordnung bringen mußtest, rannte sie schluchzend zu Rupert und erzählte ihm alles.« Erschrocken zuckte James zusammen, und Lizzie fuhr gnadenlos fort: »Rupert wollte diese Story an die *News of the World* weiterleiten. Es wäre zu schön gewesen... ›Deckhengst aus dem Corinium-Stall erhielt von seinem Boß den Befehl, seine Geliebte aufzugeben, um dem Fernsehpublikum und der IBA das Image einer idyllischen Ehe zu präsentieren.‹ Freddie hat das verhindert.

Er wollte nicht, daß die Kinder und ich in den Schmutz gezogen werden, denn er meinte, es sei unfair, wenn sie als Nachkommen eines Ehebrechers und – Trottels gebrandmarkt würden.«

»Du herzloses Biest!«

»Und *noch* etwas«, fügte sie mit scharfer Stimme hinzu, »wenn du irgend jemandem auch nur ein Sterbenswörtchen über Freddie und mich erzählst, verlasse ich dich. Dann wird deine dumme Eheserie noch dümmer aussehen.«

Sobald James aus dem Haus gegangen war, brach sie in Tränen aus.

Freddie wollte gerade zu einer Aufsichtsratssitzung gehen, als Lizzie ihn anrief. »Ich komme sofort und hole dich.«

»Nein, nein«, protestierte sie, »wir müssen vorsichtig sein. Ich will Tony keine Munition in die Hände geben. Deshalb dürfen wir uns erst nach dem 14. Dezember wiedersehen.«

»Das sind über zwei Wochen«, entgegnete er entsetzt.

»Jedenfalls müssen wir uns bemühen.«

Während der Sitzung war er nicht bei der Sache, und als ihm ein Abteilungsleiter zu dem neuen Milliardendeal mit den Japanern gratulierte, starrte Freddie ihn verständnislos an. Ein anderer berichtete, der ehemalige Aufsichtsratsvorsitzende sei an einem Herzanfall gestorben, und der Boß antworete: »Das sind ja großartige Neuigkeiten! Machen Sie so weiter!«

Im Garten vor der Firma versank die Sonne wie eine große rote Weihnachtsbaumkugel Und Freddie erschauerte bei dem Gedanken, die Sonne könnte auch in seiner Beziehung zu Lizzie untergehen. Eine Sekretärin holte ihn aus der Konferenz und erklärte, er werde an seinem Privattelefon verlangt, dessen Nummer nur Lizzie und der Detektiv kannten. Es war letzterer. Am frühen Nachmittag hatte er Tony und Cameron ins Royal Garden Hotel gehen sehen. Neunzig Minuten lang waren sie in der Fürstensuite geblieben.

Schweren Herzens beauftragte Freddie den Privatdetektiv, am Ball zu bleiben, und rief Declan an, der ebenfalls erschüttert war. Sie entschieden, falls Cameron Geheimnisse ausgeplaudert hatte, wäre es ohnehin zu spät, um etwas zu unternehmen – und wenn nicht, könnte sie vor der IBA als wertvolle Trumpfkarte fungieren und dürfte nicht vergrault werden. Sie beschlossen zu warten, bis Rupert am nächsten Tag aus Rom zurückkehren würde, ehe sie das Problem in Angriff nahmen.

Am nächsten Morgen hatte es so stark geschneit, daß Declan keine Autofahrt riskieren wollte und zu Fuß ins Dorf ging, um die Zeitungen zu holen. Im Laden schwenkte Mrs. Banks aufgeregt die *Times*. »Lord Baddingham bläst wieder in die Trompete! Seite fünf!«

Sie reichte ihm die Zeitung, und sein Mund wurde trokken. »Lord Baddingham peilt den Sieg an!« lautete die Überschrift. Auf einem Foto – aus günstigem Winkel geknipst, so daß das Doppelkinn reduziert wurde, zeigte Tony lächelnd seine strahlend weißen Zähne. Ein bekannter Börsenjournalist hatte ihn interviewt.

Dem Artikel zufolge rechnete Tony fest damit, die Konzession erneut zu erhalten. Er hatte drei neue Direktoren verpflichtet, darunter Ailie Bristoe, die nach ihrer dreijährigen Tätigkeit in Hollywood den Posten der Programmdirektorin übernehmen würde. Die dreizehnteilige neue Eheserie sollte James und Lizzie Vereker zum Starruhm verhelfen. Außerdem hatte Corinium Vereinbarungen mit der Royal Shakespeare-Gesellschaft getroffen und würde bestimmte Aufführungen aufzeichnen, die nach der Sendung als Videos für den Schulgebrauch verkauft werden sollten. Man würde auch Johnny Friedlanders Hamlet-Auftritt filmen, der auf nächsten Sommer verschoben worden war.

Scheiße, dachte Delcan, das alles muß Camerons Idee gewesen sein. Aber die schlimmste Neuigkeit las er erst jetzt. Corinium hatte ein neues Stück des Dramatikers Dermot MacBride aus Stroud erworben und sich die Option auf dessen nächstes Werk gesichert. In dem Interview hatte Tony betont, wie glücklich er sei, Gloucestershires genialen verlorenen Sohn in die Heimat zurückholen zu dürfen.

Wütend rannte Declan nach Hause und hielt Maud die Zeitung unter die Nase. »Tony hat MacBrides Stück gekauft! Das war Camerons Werk!«

»Ich habe ihr nie über den Weg getraut«, erwiderte Maud, die sich gerade die Augenbrauen zupfte.

Seine Hände waren so kalt, daß er lange brauchte, um die Nummer von MacBrides Agenten zu wählen. »Wir hatten eine Vereinbarung. Zum Teufel, was für ein Spiel treiben Sie?«

»Der Vertrag war nicht unterschrieben«, verteidigte sich der Agent, »und es ist meine Pflicht, die besten Bedingungen für meine Autoren zu erwirken. Tony hat uns dreimal soviel geboten wie Sie.«

»Wären Sie zu mir gekommen! Ich hätte Ihnen ein noch höheres Angebot gemacht.«

»Tony sagte, wenn ich mit Ihnen drüber rede, könne ich den Deal in den Kamin schreiben.«

»Mit Ihnen mache ich nie wieder Geschäfte!« brüllte Declan.

»Das stört mich nicht. Zu Weihnachten trete ich in den Ruhestand.«

»Wieso wußte Tony von unserer Abmachung?«

»Keine Ahnung. Gestern um fünf Uhr nachmittags rief

er mich an. Ich sprach mit MacBride, und heute morgen wurden die Verträge unterzeichnet.«

Sobald Declan den Hörer auf die Gabel gelegt hatte, rief Freddie an. »Hast du die *Cotchester News* gesehen? Da ist ein verdammt großes Foto von dir und mir und Rupert und Bas und Hernry, alle in roten Jagdröcken mit breitem Grinsen, und drunter steht: ›Wollen Sie, daß diese Schlächter Ihren Fernsehsender leiten?‹«

»Hast du die *Times* gelesen?« jammerte Declan.

»Allerdings«, bestätigte Freddie grimmig.

»Ich warte nicht auf Ruperts Rückkehr, ich stelle Cameron sofort zur Rede.«

Aber in Penscombe Court erklärte ihm Mrs. Bodkin, Miß Cook sei ausgegangen und werde erst abends heimkommen. Ihr schlechtes Gewissen hat sie aus dem Haus getrieben, dachte Declan verbittert.

Cameron informierte sich in Cheltenham über eine soeben gegründete Organisation, die Stiefeltern und Stiefkinder bei der Lösung ihrer Probleme unterstützen wollte. Sie fand, darüber ließe sich nicht nur eine interessante TV-Sendung machen, sondern hoffte auch, es würde ihr helfen, Ruperts Kinder zu lieben und ihre eigene gestörte Beziehung zu ihrer Mutter und Mike besser zu verstehen. Bei einem ausführlichen Gespräch gab ihr der Organisationsleiter mehrere Adressen.

Als sie in Gloucestershire herumfuhr, fand sie es erstaunlich, wie viele Leute sie willkommen hießen. Am Ende ihrer Weisheit, durch den starken Schneefall mit den Stiefkindern ans Haus gefesselt, schütteten sie Cameron nur zu gern ihr Herz aus. Sie hörte sich schrille Beschuldigungen an, erfuhr von halbherzigen Versuchen, Liebe zu schenken, gelegentlich auch von echter Zuneigung, sprach mit Frauen, die ihren Stiefmüttern Herzlosigkeit vorwarfen und aufgrund bitterer Erlebnisse unfähig waren, ihre Ehemänner und Kinder zu lieben. Darüber vergaß sie ihren eigenen Kummer und begann, einzelne Personen als Interviewpartner für die geplante Sendung auszuwählen.

Voller Optimismus kehrte sie nach Penscombe zurück und erfuhr von Mrs. Bodkin, Rupert habe zweimal angerufen, Freddie dreimal und Declan viermal. Sie goß sich einen doppelten Wodka ein und beschloß gerade, einige Ideen für die neue Sendung zu notieren, als sie die Hunde in der Halle bellen hörte. Rupert konnte nicht gekommen sein, dafür fiel die Begrüßung zu gesittet aus, aber offenbar kannten sie den Besucher.

Cameron verließ das Wohnzimmer, und ihre Augen leuchteten auf. »Declan! Tut mir leid, daß ich nicht zurückgerufen habe. Ich schmiede gerade Pläne für eine großartige neue Sendung.«

»Über Verrat?« fragte er tonlos. »In dieser Hinsicht sind Sie Expertin, nicht wahr?«

»Ich weiß nicht, wovon Sie reden. Möchten Sie was trinken?«

»Nein, danke.« Er folgte ihr ins Wohnzimmer. »Haben Sie die *Times* gelesen?«

»Nein, ich war fast den ganzen Tag unterwegs, um zu recherchieren.«

Er nahm die *Times* vom Couchtisch und schlug die Seite fünf auf. »Da.«

»Was für ein verrücktes Foto von Tony!« meinte sie belustigt. »Da sieht er ja beinahe wie ein Wohltäter aus.« Sie setzte sich auf das Sofa, um den Artikel zu lesen, und eine Minute später erlosch ihr Lächeln. »O mein Gott!« wisperte sie. »Ich kann's nicht glauben. Wie zum Teufel hat er das herausgefunden?«

»Das werden Sie mir sagen.«

Declans eisige Stimme jagte ihr einen Schauer über den Rücken. »Was meinen Sie?«

»Ich weiß, daß Sie am Freitagabend mit Tony gesprochen haben.«

»Großer Gott, er hat auf mich gewartet, als ich aus der Toilette gekommen bin!«

»Freddie läßt ihn von einem Privatdetektiv beobachten.« Er sah, wie sie seinem Blick auswich, und fügte unerbittlich hinzu: »Sie können mir nicht einreden, daß Sie sich mit Tony im Royal Garden anderthalb Stunden lang nur über Gurkensandwiches unterhalten haben.«

Schuldbewußt senkte sie den Kopf. »Ja, wir haben uns zum Tee getroffen. Ich brauchte einen Rat – in einer persönlichen Angelegenheit.«

»Sie gaben ihm Informationen über unsere Programmpläne – so wie Sie ihm letzten Monat die Namen unserer Corinium-Agenten genannt hatten.«

In ihrer Wut und Angst glich sie einem in die Enge getriebenen Habicht. »Ich habe ihm nichts erzählt.«

»Sie verdammte Lügnerin!« schrie Declan. »Wie lange spionieren Sie schon für ihn? Von Anfang an, seit Rupert in Madrid mit Ihnen geschlafen hat?«

»Wie hätte ich für Tony spionieren können?« kreischte sie. »Um Himmels willen, er hat mich zusammengeschlagen! Das da...« Sie hielt die *Times* hoch. »Das sabotiert alles, wofür wir gearbeitet haben. Venturer wurde verraten, aber nicht von mir. Glauben Sie mir doch! Warum hätte ich mit Ihnen in Irland den Yeats-Film drehen sollen, wenn ich Tonys Spionin wäre? Er hat meinen Job Ailie Bristoe gegeben.«

»Nur zur Tarnung.«

»So ein Blödsinn!« Der Spürhund Blue sprang neben Cameron auf die Couch und starrte ihren Widersacher vorwurfsvoll an.

Declan packte ihren Arm und zog sie auf die Beine. »Niemand wußte von unserer Vereinbarung mit MacBride. Was haben Sie ihm sonst noch alles geflüstert?« Ohne Blues Knurren zu beachten, schüttelte er sie wie eine Ratte.

»Sie verdammtes, stures irisches Arschloch!« fauchte sie. »Warum wollen Sie mir nicht glauben?«

In seiner Wut über ihren Verrat und von Gewissensbissen übermannt, weil er sie so sehr begehrte, schlug er sie ins Gesicht. In der nächsten Sekunde sprang Blue ihn an und bohrte ihm die Zähne in den Arm.

»Laß ihn los, Blue!« Cameron umfaßte das Halsband des Hundes, sank auf das Sofa, zog ihn zu sich heran und vergrub schluchzend das Gesicht in seinem zottigen Fell.

Declan riß sich zusammen und zündete zwei Zigaretten an. Eine hielt er Cameron hin. Sie griff danach, wischte sich mit einem Ärmel über die Augen und inhalierte den Rauch. Ein Höllenfeuer schien in ihren Lungen zu brennen. »Sie sollten sich eine Tetanusspritze geben lassen«, sagte sie tonlos und streichelte Blue. »Mein einziger Freund. . . «

Declan massierte seinen Arm und bezog Stellung vor dem kalten Kamin, in sicherer Entfernung. »Okay. Um welche persönliche Angelegenheit ging es? Und warum mußten Sie sich ausgerechnet an Tony wenden?«

»Ich weiß, er ist ein Scheißkerl, aber vermutlich der einzige Mensch auf der Welt, der sich was aus mir macht.«

»Obwohl er Sie geschlagen hat?«

Sie zuckte die Achseln und strich über ihre gerötete Wange. »Das ist offenbar ansteckend.«

»Tut mir leid.«

»Ich habe mit Tony gesprochen, weil Rupert mich nicht mehr liebt und ich mit diesem Problem nicht fertig werde.«

»Nur weil er auf dem Jagdball schlecht gelaunt war!« rief Declan verächtlich. »Da waren wir alle nervös.«

Camerons Lippen zitterten. »Die Konzession ist ihm völlig egal. Er interessiert sich nur für Taggie.«

»Taggie«, wiederholte er entgeistert. »Meine Taggie? Sind Sie wahnsinnig?«

»Als wir in Irland waren, sah er sie. Und in seiner untersten Schreibtischschublade versteckt er Fotos von ihr – und einen Dankesbrief voller Rechtschreibfehler, den sie ihm geschickt hat.«

»Rupert und Taggie!« stieß er hervor. »Ich werde nicht zulassen, daß sich dieser Wüstling an meiner Tochter vergreift!«

Am frühen Nachmittag war Rupert aus Rom zurückgeflogen und hatte sofort sein Büro in Whitehall aufgesucht. Er ignorierte die lange Liste der Telefonanrufe, unterschrieb einige Briefe, nahm die Post an sich und fuhr mit dem Zug nach Gloucestershire. Zusammengesunken saß er in der Ecke eines Erste-Klasse-Abteils, einen doppelten Whisky in der Hand, und beobachtete, wie sich die Schneelandschaft in der Abenddämmerung bläulich färbte. Die Reise nach Rom war reine Zeitverschwendung gewesen. Er hatte keinen nennenswerten Beitrag zur Konferenz des Internationalen Olympischen Komitees geleistet, weder essen noch schlafen oder klar denken können, unablässig verfolgt von dem Bild Taggies und Basils auf dem Balkon über der Bar Sinister.

Er versuchte sich auf den *Standard* zu konzentrieren, aber abgesehen von der Meldung über den unerwarteten Höhenflug der Corinium-Aktien registrierte er nicht, was er las.

Er ahnte nicht, daß Taggie im selben Zug in einem Zweite-Klasse-Abteil saß, müde und genauso unglücklich. Sie hatte in Swindon einen Weihnachtslunch arrangiert und auf ihr Auto verzichtet. Maud brauchte es, um ein neues Kleid für die morgige »Nora«-Audition zu kaufen. Sie hatte versprochen, ihre Tochter am Cotchester-Bahnhof abzuholen, wenn Taggie rechtzeitig anrufen und ihr die Ankunftszeit mitteilen würde. Aber in der Priory war niemand ans Telefon gegangen.

Rupert glaubte zu träumen, als er Taggie auf dem Bahnsteig von Cotchester sah. Während sie am Schalter ihre Fahrkarte abgab, bemerkte er im Lampenlicht die dunklen Schatten unter ihren Augen. Zuviel Sex, dachte er voller Zorn.

Niemand holte sie ab, der Taxistandplatz war leer, das Telefon funktionierte nicht. Als sie durch die Glastür der Zelle schaute und Rupert in seinen Wagen steigen sah, gaben fast die Beine unter ihr nach. Sie lief auf die Straße, winkte ihm, aber er brauste an ihr vorbei und besprühte sie von Kopf bis Fuß mit Schnee. Im nächsten Moment stoppte der Wagen mit quietschenden Bremsen. »Was zum Teufel treibst du hier?«

»Ich versuche Mummy anzurufen«, erklärte sie mit heftig klappernden Zähnen.

»Steig ein!« Er griff nach dem Autotelefon, wählte die Nummer, die er so gut kannte, und ließ es zwei Minuten lang läuten. Niemand meldete sich. »Mummy ist mal wieder unterwegs. Ich bringe dich nach Hause.«

»Oh, mach dir bitte keine Umstände.«

»Wir haben ja beinahe den gleichen Weg«, meinte er sarkastisch.

Im Mondlicht funkelte der gefrorene Schnee wie Kristall. Nachdem sie Cotchester verlassen hatten, bot die Landstraße zwischen den hohen weißen Wällen nur für ein Fahrzeug Platz. Rupert brach sein Schweigen erst, als er Tränen über Taggies Gesicht rollen sah. »Was ist los, verdammt noch mal?«

»Ich dachte, wir wären Freunde.«

»Warum bist du dann mit Bas ins Bett gegangen?«

»Das habe ich nicht getan. Ich wollte es, weil ich deinetwegen so unglücklich war, und ich glaubte, ich würde dich interessieren, wenn ich einige Erfahrungen gesammelt hätte. Aber als es ernst wurde, konnte ich's einfach nicht. Dazu liebe ich dich viel zu sehr.« Abrupt steuerte er den Wagen in eine Toreinfahrt und stoppte ihn. Taggie zog schluchzend ein Papiertaschentuch hervor. »Es tut mir so schrecklich leid. Es muß furchtbar langweilig für dich sein, wenn sich jede Frau in dich verliebt, die dir über den Weg läuft. Ich habe mich so bemüht, um drüber hinwegzukommen. Die Arbeit nützte mir nichts. Und du warst ja auch immer so gut zu uns. Du hast mir so schöne Sachen geschenkt und Mummy vor der Premiere geholfen und viel mehr für unseren Wald bezahlt, als er wert ist.«

»Wer hat dir das erzählt?« fragte Rupert bestürzt.

»Ursula. Sie sah Daddys Bankauszüge. Verzeih, daß ich dir was vorheule...« Er preßte die Fäuste an die Schläfen, kämpfte mit der Versuchung, Taggie in die Arme zu reißen, und sie mißdeutete die Geste, hielt sie für einen Ausdruck seines Ärgers über einen unwillkommenen Annäherungsversuch. »Tut mir leid.«

»Um Himmels willen, hör endlich auf, dich zu entschuldigen! Glaub mir – ich mag dich wahnsinnig gern, Tag, aber es würde nicht klappen. Ich bin zu alt für dich. Erinnerst du dich an den Geschäftsführer in der Hamburger-Bar, der dich für meine Tochter gehalten hat? Ich war noch keiner Frau länger als ein paar Wochen treu, und ich will mich nicht auf eine kurze Affäre mit dir einlassen und dein Leben ruinieren.«

»Mein Leben ist ohnehin schon ruiniert«, klagte sie. Das Papiertaschentuch war inzwischen naßgeweint, und sie suchte in ihren Taschen nach einem neuen.

Rupert reichte ihr sein Seidentuch. »Du wirst drüber hinwegkommen.«

Die Priory lag im Dunkel.

»Sag deinem Vater, ich rufe ihn später an.« Jenseits des Tales sah Rupert Licht in seinem Haus. An diesem Abend konnte er Cameron nicht gegenübertreten. Er fuhr wieder nach Cotchester und parkte vor der Bar Sinister.

Ein Blick in sein bleiches Gesicht genügte. Bas goß ihm einen doppelten Whisky ein.

»Taggie sagte, ihr hättet nicht miteinander geschlafen.«

»Haben wir auch nicht«, bestätigte Bas. »An mir lag's nicht. Sie ist hinreißend, aber sie liebt einen anderen, du Glückspilz.«

Rupert leerte sein Glas. »Ich werde nicht mit ihr schlafen.«

»Warum denn nicht?« fragte Bas ungläubig. »Wenn dir was auf dem Präsentierteller angeboten wird...«

»Ich bin zu alt, zu verbraucht...«

»Verschone mich mit deinem Selbstmitleid! Diese Possen und Launen sind doch nur die letzten verzweifelten Kämpfe eines Wildpferds, das ein Lasso um den Hals spürt. Du warst noch nie verliebt. Dieser Zustand kann wirklich angenehm sein, wenn man aufhört, dagegen zu kämpfen. Jeder muß irgendwann seine Kondome an den Nagel hängen. Für Taggie würde sich's lohnen.«

»Ich will nicht drüber reden.«

»Okay.« Bas füllte die Gläser ein zweites Mal.

»Störe ich dich?«

»Nicht allzu sehr. Ich habe gerade die Bücher durchgesehen. In diesem Jahr ist das Geschäft phantastisch gelaufen, dank der vielen unzufriedenen Corinium-Typen, die bei mir ihre Sorgen ertränken und gegen meinen großen Bruder intrigieren. Nächstes Jahr, wenn du mit Freddie und Declan am Ruder sitzt, werde ich den Gürtel enger schnallen müssen. Da werden die Leute wie verrückt arbeiten und keine

Zeit für Mittagspausen finden. Du glaubst doch, daß wir die Konzession kriegen?«

»Natürlich kriegen wir sie«, bestätigte Rupert, den diese Frage längst nicht mehr interessierte.

Bas schüttelte den Kopf. »Tony hat der *Times* ein verdammt gutes Interview gegeben.«

»Hat sie dir gesagt, daß sie mich liebt?« fragte Rupert und ignorierte die Zeitung, die ihm hingehalten wurde.

»Ja, und das war mir sehr peinlich. Immerhin kenne ich dich ziemlich gut.«

Verwirrt seufzte Rupert auf. »So hat's mich noch nie erwischt. Trotzdem werde ich nichts unternehmen.«

44

An diesem Abend hielten die vierzehn Direktoren und leitenden Mitarbeiter von Corinium-Television in London eine äußerst erfolgreiche Generalprobe vor dem Gespräch mit der IBA ab, das am nächsten Nachmittag stattfinden sollte. Tony – in einem neuen, von CTV bezahlten dunkelblauen Nadelstreifenanzug – war in Höchstform. »Vorher darf sich jeder einen Drink genehmigen«, erklärte er seinem Team. »Danach gibt's keinen Tropfen mehr, bis wir das ganze Programm durchgeackert haben. Beim morgigen Termin macht niemand den Mund auf, ehe er der IBA vorgestellt wurde. Unsere Finanzexperten wie Ginger Johnson und Georgie Baines, die uns gigantische Werbeeinnahmen verschafft haben, werden sich sehr zurückhalten. Das Wort ›Profit‹ wird am besten gar nicht erwähnt. Alle Männer lassen sich rechtzeitig die Haare schneiden.«

»Zweifellos wird er auch unsere Fingernägel inspizieren«, flüsterte Sarah Stratton in James Verekers Ohr.

Danach wurden sie alle zu einem anständigen, aber keineswegs luxuriösen Dinner im Carlton Towers eingeladen, wo sie übernachteten. Weder Schalentiere noch Liköre nach dem Essen waren erlaubt. Alle zeigten sich beeindruckt von Ailie Bristoe, der neuen Programmdirektorin, die anläßlich der IBA-Besprechung aus Hollywood herübergeflogen war und ebenso schön wie klug wirkte. James fand sie überaus menschlich.

»Ein Wunder, daß Tony die Frauen nicht in einem anderen Hotel untergebracht hat«, murrte Sarah, als sie alle zeitig ins Bett geschickt wurden.

»Kauft euch morgen den *Scorpion*«, riet Tony, ehe er ihnen eine gute Nacht wünschte. »Diese Lektüre wird euch sicher interessieren.«

In Gloucestershire stürmte Declan gegen zehn Uhr aus Penscombe Court, nachdem es ihm mißlungen war, Cameron ein Geständnis zu entlocken. Verzweifelt über sein Mißtrauen, saß sie zusammengesunken auf dem Sofa und drückte immer noch Blue an sich, als das Telefon läutete. Ein Mädchen erklärte, Rupert würde erst morgen früh nach Hause kommen und liebe Grüße schicken. Der Lärm im Hintergrund ließ darauf schließen, daß der Anruf aus einer Bar kam.

Bastard, dachte Cameron, war aber zu stolz, um zu fragen, wo er steckte. Sobald sie aufgelegt hatte, läutete der Apparat wieder.

»Kann ich Rupert Campbell-Black sprechen?«

»Er ist nicht da.«

»Sind Sie Cameron Cook?«

Die Stimme nahm einen öligen Klang an, als stünden Verhandlungen über einen Kredit bevor. »Hier ist der *Messenger*. Es würde mich interessieren, was Sie von Ruperts Memoiren im *Scorpion* halten. Verdammt schlechtes Timing – so kurz vor der IBA-Besprechung.«

Cameron hatte einen langen Tag hinter sich, und ihr Gehirn funktionierte nicht mehr so richtig, aber allmählich wurde ihr klar, daß Beattie Johnson schließlich doch noch Rache geübt hatte. Wie der *Messenger*-Reporter hinzufügte, hatte sie nicht nur schlüpfrige Details über ihre beiden Jahre mit Rupert verraten, sondern auch unglaubliche Intimitäten über sein Sexualleben mit anderen Frauen inklusive Helen.

»O mein Gott«, wisperte Cameron. »Werde ich auch erwähnt?«

»Bis jetzt nicht, Schätzchen«, erwiderte der Reporter, der schon öfter ihr Foto gesehen und bewundert hatte. »Aber vielleicht kommen Sie in der Samstagausgabe. Am Freitag, also an dem Tag, wo Sie Ihre IBA-Besprechung haben, wird alles über Ruperts Affäre mit Amanda Hamilton, der Frau des Außenministers vom Schattenkabinett, veröffentlicht. Eine bildhübsche Lady. Anscheinend wurde sie gern verprügelt.« Cameron stöhnte, und der Anrufer, der die Situation zu genießen begann, fuhr fort: »Und morgen erscheint ein besonders pikantes Kapitel. An Ihrer Stelle würde ich's lesen.«

»Ich will nichts mehr hören!« kreischte sie und warf den Hörer auf die Gabel. Sofort fing das Telefon wieder zu läuten an. Es war die *Sun*. »Lassen Sie mich in Ruhe!« schrie sie, legte auf und wählte eine Nummer.

»Geht doch alle zum Teufel!« knurrte eine heisere Stimme.

»Declan, hier ist Cameron. Haben Sie schon von Ruperts Memoiren gehört?«

»Ja. Und ich habe verdammt noch mal keine Ahnung, wo er zu erreichen ist.«

»Ich auch nicht«, schluchzte Cameron.

Die Laster, die über die Cotchester High Street rumpelten, weckten Rupert am nächsten Morgen, worauf er den schlimmsten Kater der geschichtlichen Überlieferung zu spüren bekam. Stöhnend zog er sich die Decke über den Kopf, als es an der Tür klopfte. »Verschwinde! Ich fühle mich miserabel!«

»Wenn du das hier liest, wirst du dich wohl kaum besser fühlen.« Bas reichte ihm einen Fernet Branca und den *Scorpion*.

Rupert überflog den Artikel und murmelte: »Dieses miese Biest! Also hat sie mir's doch noch heimgezahlt.« Ein grausiges Gespenst schien sich aus den Tiefen der Vergangenheit zu erheben und ihn in Schmutz und Schlamm hinabzuziehen. Er rannte ins Bad und übergab sich. »Leih mir eine Zahnbürste und ein Telefon!« Wenige Minuten später war er mit Freddie verbunden. »Gerade habe ich den *Scorpion* gelesen. Ich rufe nur an, um mich von Venturer zurückzuziehen.«

»Sei nicht so blöd!«

»Es geht nicht anders. In zwei Tagen habt ihr die IBA-Besprechung und diese Artikelserie dürfte immer schlimmer werden. Wenn ich nicht aussteige, habt ihr keine Chance, die Konzession zu bekommen.«

»Du solltest nichts überstürzen, Kumpel. Wir wären unfähig, einen TV-Sender zu leiten, wenn wir keinen Ausweg aus dieser Misere fänden. Komm rüber, und wir hecken einen Plan aus. Aber du wirst keinesfalls aussteigen.«

»Okay, ich komme, aber vorher muß ich mit Cameron reden.«

Eine lange Kette geparkter Autos säumte die Zufahrt von Penscombe Court, und auf dem Kiesplatz vor dem Haus drängten sich Journalisten, Fotografen und TV-Teams. Corinium war unverschämt genug gewesen, eine fahrbare Imbißstube herzuschicken. Mit steinernem Gesicht – grauer als der zertrampelte Schnee – stieg Rupert aus seinem Wagen. »Verschwindet!« stieß er hervor, als sie sich auf ihn stürzten. »Ich muß erst mal mit meinem Anwalt reden.«

»Was wird aus der Konzession?« fragte die *Mail on Sunday*.

»Nun reden Sie schon, Rupe!« verlangte der *Star*. »Wir haben die ganze Nacht gewartet.«

»Ich habe nichts zu sagen, und wenn ihr mich nicht in Ruhe laßt, hetze ich die Hunde auf euch!« Er bahnte sich einen Weg ins Haus und schlug die Tür zu.

»Ah, da bist du ja!« Cameron stand auf halber Höhe der Treppe, ohne Make-up, das Haar glatt aus dem leichenblassen Gesicht gekämmt.

»Tut mir leid...«, begann Rupert.

»Haut ab!« schrie sie, als ein Fotograf an einem Seitenfenster erschien, rannte herunter und zog alle Vorhänge zu.

»Komm mit nach oben.«

Sie gingen in sein Schlafzimmer, wo so viele Aktivitäten stattgefunden hatten, als die Memoiren entstanden waren. Cameron machte einen weiten Bogen um das große Vier-Pfosten-Bett, als fürchtete sie eine Vergiftung, und schlenderte zum Kamin.

»Wie konntest du nur?« flüsterte sie. »Hast du den Leuten auch solche Dinge über mich erzählt?«

»Niemals...« Plötzlich fühlte er sich schwindlig und sank auf den chintzbezogenen Sessel vor Helens altem Toilettentisch. »Beattie war ein Sonderfall. Sie kam nur auf Touren, wenn ich meine Intimitäten mit anderen Frauen schilderte. Offenbar ließ sie die ganze Zeit einen Kassettenrecorder unter dem Bett laufen.«

Cameron erschauerte. »Du weißt doch, daß deine Karriere beendet ist? Man wird dich aus der Partei werfen. Hoffentlich bist du inzwischen schon bei Venturer ausgestiegen. In der Samstagausgabe wird vermutlich eine rührende Story über deine Beziehung zu Taggie O'Hara erscheinen.«

Ungläubig schüttelte er den Kopf.

»Du liebst sie, nicht wahr?« fragte Cameron.

Rupert schaute über das Tal, auf seine weiten Felder. Stets hatte er Taggie nur beschützen wollen. Und jetzt zog er sie in diesen schmutzigen Skandal hinein. Er wandte sich wieder zu Cameron. »Okay, ich liebe sie«, gab er tonlos zu. »Um ehrlich zu sein – ich liebe sie seit der Silvesterparty, wahrscheinlich schon länger. Es tut mir schrecklich leid – ich weiß, ich habe dich zum Narren gehalten. Und ich mag dich viel zu gern, um dir noch länger was vorzumachen, nur damit Venturer den Kampf um die Konzession gewinnt.« Sie öffnete den Mund, um ihn anzuschreien, aber er hob die Hand und bedeutete ihr, daß er noch nicht fertig war. »Ich konnte nicht ahnen, was bei diesen Memoiren herauskommen würde. Aber eins mußt du mir glauben – heute wollte ich dir reinen Wein einschenken.«

Sie schwankte wie eine Viper vor dem Angriff, dann kreischte sie: »Schlag dir Taggie aus dem Kopf! Declan ist informiert, und er wird verhindern, daß du seine Tochter zwischen deine dreckigen Finger kriegst.«

»Ich weiß.« Er griff nach dem *Scorpion*, der auf dem Toilettentisch lag, und ließ ihn seufzend in den Papierkorb fallen. »Das hat mich endgültig um alle Chancen gebracht.«

»Geschieht dir verdammt recht! Ich ziehe sofort aus, und ich will dich nie wiedersehen.«

Sie rannte hinunter und aus dem Haus, kämpfte sich durch die Journalisten, und einige mußten sich mit gewaltigen Sprüngen in Sicherheit bringen, als der Lotus die Zufahrt hinabraste.

»Was für ein nettes Mädchen!« meinte die *Mail on Sunday* und rappelte sich aus dem Schnee auf.

In Green Lawns versuchten Freddie und Declan verzweifelt, Venturer zu retten. Zwei bedeutsame Investoren hatten sich bereits zurückgezogen, Professor Graystock war ausgestiegen. Als Rupert das Arbeitszimmer betrat, rief gerade der Bischof an. »Aufgrund der schauderhaften Enthüllungen über Mr. Campbell-Blacks Privatleben kann ich das Konsortium leider nicht mehr unterstützen.«

»Aber das müssen Sie!« erwiderte Freddie entsetzt. »Ohne Ihren Beistand sind wir verloren. Ich dachte, die englische Staatskirche vergibt allen Sündern.«

»Ich muß meinen Schäfchen ein gutes Beispiel geben«, sagte der Bischof und legte auf.

»Dieser feige Bastard!« schrie Freddie.

»Sicher hätte er die IBA günstig beeinflussen können«, meinte Declan bedrückt. Er konnte Rupert nicht in die Augen blicken. Wegen der Memoiren? Oder Taggies wegen?

»Dann muß ich aus dem Konsortium ausscheiden«, sagte Rupert. »Das ist der einzige ehrenwerte Ausweg.«

»Nein, das wirst du nicht tun«, widersprach Freddie. »Beattie Johnson ist zwar eine kleine Nutte, aber nicht bösartig. Ich glaube, sie posaunt diese Geschichten über dich nur deshalb in alle Welt hinaus, weil sie eine schöne Stange Geld dafür kriegt. Seb Burrows hat im Augenblick nichts zu tun. Ich werde ihn auf die Story ansetzen und sehen, was er ausgraben kann. Und könnten wir den *Scorpion* nicht mit einer gerichtlichen Verfügung lahmlegen?«

Müde schüttelte Rupert den Kopf. »Ich wünschte, wir könnten es, aber leider stimmt alles. Natürlich ist es furchtbar aufgebauscht. Es war nie für die Veröffentlichung gedacht, aber Beattie war so eine verdammt gute Zuhörerin, und ihr wißt ja, daß ich der Versuchung, Leute zu amüsieren, nie widerstehen kann. Immerhin waren wir zwei Jahre zusammen.«

»Wie hat Cameron das alles aufgenommen?« fragte Declan. »Gestern abend war sie in einer furchtbaren Verfassung. Sie glaubt, zwischen euch sei es aus.«

Rupert sank auf das Sofa und stützte das Kinn in die Hände. »Das ist wahr. Gerade hab ich's ihr gesagt.«

Da verlor Declan die Beherrschung. »Kannst du denn niemals deine verdammte Klappe halten? Erst weihst du Beattie Johnson detailliert in dein Liebesleben ein, dann gibst du Cameron den Laufpaß! Verstehst du denn nicht, daß du uns damit die letzte Chance auf die Konzession verdirbst? Kein Bischof, kein Professor, zu wenig Investoren, keine Cameron... Sie wird schnurstracks zu Tony laufen und alles ausplaudern, was sie ihm bisher noch nicht erzählt hat.«

»Wie meinst du das?« Rupert blickte auf, die blutunterlaufenen Augen plötzlich hellwach.

»Hast du die *Times* noch nicht gelesen?«

»Bas hat gestern abend irgendwas drüber gemurmelt. Aber ich habe vergessen, in die Zeitung zu schauen.«

»Cameron hat Tony am Dienstag alle unsere Pläne verraten.«

»Mach dich nicht lächerlich!«

»Wir lassen Tony von einem Privatdetektiv überwachen. Wie er feststellen konnte, verbrachten die beiden anderthalb Stunden im Royal Garden.«

»Na und?« rief Rupert. »Cameron ist sauber, das schwöre ich dir.«

»Ich auch«, pflichtete Freddie ihm bei. Der unrasierte, aschfahle Rupert, der im Hemd von gestern und in einem völlig zerknitterten Anzug wie ein Häufchen Elend auf dem Sofa hockte, tat ihm leid. Und so ging er hinüber und legte ihm eine Hand auf die Schulter. »Es hätte jedem passieren können. Du wirst schon irgendwie aus diesem Tief rauskommen.«

»Aber Venturer nicht. Ich habe euch alles vermasselt.«

In diesem Augenblick marschierte Valerie herein. »Ich habe alles über Ihre widerlichen Memoiren gelesen«, schrie sie Rupert an, und ich will Sie nicht in meinem Haus sehen!«

»Halt den Mund!« wurde sie von ihrem Mann angefahren. »Rupert ist schon genug gestraft. Und jetzt verschwinde und mach uns Kaffee!«

Bald danach ging Rupert, weil er spürte, wie sehr er Declan irritierte. In Bas' Wohnung verkrochen, verbrachte er den Rest des alptraumhaften Tages am Telefon und versuchte, aus der Partei auszutreten, seinen Wahlkreis abzugeben und seinen Posten beim Internationalen Olympischen Komitee zur Verfügung zu stellen. Zu seinem bitteren Frust wollte das niemand akzeptieren. Die Oppositionsführerin zeigte sich erstaunlich milde. »Warten Sie erst mal die Konzessionsvergabe ab. Beattie Johnson, dieser Tramp, hat mich kurz vor meiner Machtübernahme interviewt und mir jedes Wort im Mund umgedreht. Beinahe hätte mich das den Job gekostet. Und es ist ja keineswegs so, daß Sie während Ihrer Amtszeit verheiratet gewesen wären. Halten Sie noch ein bißchen durch.«

Hingegen reagierte Malise Gordon mit eiskalter Wut auf den Anruf seines Vorgängers, weil Helens Name in den Skandal hineingezogen worden war.

»Was geschehen ist, läßt sich gewißt nicht entschuldigen«, erklärte Rupert. »Aber ich war ziemlich verzweifelt, als Helen mich verließ. Beattie lebte zwei Jahre mit mir zusammen. Natürlich sprachen wir von meiner gescheiterten Ehe. Was jetzt im *Scorpion* veröffentlicht wird, war niemals für meine Memoiren bestimmt. Bitte, sag Helen, wie leid es mir tut. Ich habe Beattie so viel Gutes über sie erzählt. Aber das wird in dieser Artikelserie aus begreiflichen Gründen verschwiegen.«

»Sicher ist das ein großer Trost für Helen«, bemerkte Malise bissig.

»Hör mal, ich verreise sofort nach dem morgigen IBA-Gespräch und bin zu Weihnachten nicht hier. Vorher muß ich die Kinder sehen.«

»Das wäre keine gute Idee, und soviel ich weiß, ist Helen derselben Meinung. Tab ist zu jung, um das alles zu verstehen, und Marcus wird vermutlich nie mehr mit dir reden, nachdem du das alles über seine Mutter gesagt hast. Die Presse belagert uns, und deine Anwesenheit würde die Situation nur verschlimmern. Verschwinde und laß uns in Ruhe.«

»Ich muß ihnen klarmachen...« Nur für wenige Sekunden brach Ruperts Stimme. »... daß ich sie immer noch liebe. Um Himmels willen, Malise!«

»Du kannst ihnen ja schreiben«, erwiderte Malise und legte auf.

Lange Zeit saß Rupert reglos da. Dann lieh er sich von Bas zweihundert Pfund und Briefpapier. »Liebste Taggie«, schrieb er, »tut mir leid, daß ich bei unseren letzten beiden Begegnungen so eklig war. Natürlich sind wir immer noch Freunde. Eines Tages wirst Du einen netten Jungen finden, der Deiner würdig ist, und ihn zum glücklichsten Menschen auf der Welt machen. Könntest Du mit dem beiliegenden Geld Weihnachtsgeschenke für Marcus und Tab kaufen? Du wirst instinktiv wissen, was ihnen gefallen würde. Ich danke Dir für alles. Gott segne Dich, Rupert.« Er steckte den Brief mit den Geldscheinen in einen Umschlag und gab ihn Bas mit der Bitte, ihn in die Priory zu bringen.

Gegen Abend versuchten Declan und Freddie gerade, einen weiteren Investor am Rückzug zu hindern, als der Privatdetektiv auf einer anderen Leitung anrief. Er sagte, er habe eine wichtige Information, die er am Telefon nicht erzählen könne. Deshalb wolle er vorbeikommen. Zu Declans Überraschung entpuppte er sich nicht als schäbiger Exbulle im schmutzigen Trenchcoat, sondern als dezent gekleideter junger Mann mit unschuldigem rosigem Gesicht und mausbraunem Haar. Er hielt sich nicht mit langen Vorreden auf. »Tony Baddingham verbrachte den gestrigen Nachmittag in einem Motel, zusammen mit einer Frau. Ich habe Fotos von der getrennen Ankunft, dem gemeinsamen Verlassen des Hauses und den Küssen auf dem Parkplatz.«

Er legte die Bilder auf den Tisch, fasziniert beugten sich Declan und Freddie darüber. Auf dem ersten Foto hatte die Frau ihren schwarzen Mantelkragen hochgeklappt und trug eine schwarze Baskenmütze, eine dunkle Brille und einen Pferdeschwanz, auf dem zweiten trat sie aus dem Motel, lachend, den Mantel offen, die Sonnenbrille und die Baskenmütze in einer Hand, das schöne rote Haar fiel ihr auf den Rücken. Auf dem dritten küßte sie Tony vor Taggies Auto.

»Soll das ein Witz sein?« zischte Declan.

»Leider nicht«, erwiderte der Privatdetektiv. »Tut mir schrecklich leid, Mr. O'Hara. Später erfuhr ich von der Empfangsdame, die beiden seien schon mehrmals im Motel gewesen. Sie zeigte mir das Register. Darin hatten sie sich als Mr. und Mrs. Jones eingetragen. Die junge Dame erinnerte sich genau an Mrs. O'Hara, weil ihr deren Schönheit aufgefallen war.«

Declan begann zu zittern und murmelte: »Es war Bas, nicht Tony.«

»Die Affäre mit Bas muß eine Tarnung gewesen sein«, meinte Freddie.

»Du weißt doch, wie unglücklich sie war, als Bas mit Taggie auf dem Jagdball auftauchte.« Verzweifelt versuchte Declan sich selbst zu überzeugen.

»Weil sie auf Taggie eifersüchtig ist. Erst später war sie wirklich beunruhigt – als du mit der Neuigkeit zu uns kamst, du hättest soeben Cameron zusammen mit Tony gesehen. Und Maud wußte alles über MacBride und unsere Shakespeare-Pläne.«

»Ich glaube es nicht«, flüsterte Declan. »So etwas würde sie nicht tun. Ich muß mit ihr reden.«

Er wankte zur Tür, und Freddie rief ihm nach: »Um Gottes willen, fahr langsam!«

Als Declan die Priory betrat, kam Maud mit einem Glas Champagner aus dem Salon, ganz in Schwarz, von der Baskenmütze bis zu den Schuhen. Groß und verträumt leuchteten die Augen in dem bleichen Gesicht. Nie zuvor war sie ihm schöner erschienen, und plötzlich wußte er, daß sie sich schuldig gemacht hatte.

»Darling – ich hab's geschafft!« rief sie ekstatisch.

»Was?«

»Ich werde die Nora spielen. Gleich nach Weihnachten fangen die Proben an. Ich verdiene vierhundert pro Woche, also sind unsere Geldsorgen endgültig überstanden.«

Sie versteht überhaupt nichts, dachte er. Wie kann so ein Kind diese schrecklichen Dinge getan haben? »Wo ist Taggie?«

»Ich glaube, sie kocht das Abendessen. Anscheinend freust du dich nicht mit mir, Darling.«

Wie in Trance führte er sie in den Salon, schloß die Tür und öffnete sie wieder, um Claudius und Gertrude einzulassen. »Wie lange hast du schon schon eine Affäre mit Tony?« fragte er fast im Konversationston

Ihr Gesicht wurde so leer wie eine Digitaluhr bei einem Stromausfall. »Ich weiß nicht, wovon du redest.«

»Mach keine Ausflüchte! Ich habe Beweise.« Er warf die Fotos aufs Sofa, und Maud studierte sie eingehend.

»Das da ist ganz gut.« Lässig nippte sie an ihrem Champagner. »Ich könnte es als PR-Foto verwenden.«

»Wie lange dauert es schon?«

»Seit September.«

»Und du hast ihm alles erzählt?«

Sie zuckte die Achseln. »Ich erinnere mich wirklich nicht. Wir hatten so viel Gesprächsstoff.«

Das kann mir nicht passieren, dachte Declan. Ich empfinde überhaupt nichts – als würden wir über zwei Figuren aus einem Theaterstück reden. »Warum Tony? Ein Verhältnis mit Bas könnte ich verstehen, aber...« Zum erstenmal zeigte er Emotionen. »Aber dieser Dreckskerl...«

Maud schaute ihn an und streichelte zärtlich Claudius' Ohren. »Weil er freundlich war, weil er mir zuhörte, weil ich ihn als Mensch interessierte, nicht nur als Loch zwischen zwei Beinen.« Ihre uncharakteristische Vulgarität schokkierte ihn beinahe noch mehr als der Verrat.

»Tony – freundlich?« fragte er verblüfft.

Da verlor sie die Fassung und schrie: »Du warst ja völlig besessen von deiner verdammten Konzession und nahmst meine Existenz nur zur Kenntnis, wenn du mit mir bumsen wolltest! Nicht mal zu meiner Premiere konntest du kommen, obwohl ich dich damals so dringend brauchte. Vorher hatte ich nur mit Tony gespielt. Erst danach wurde es ernst. Er arrangierte meine Begegnung mit Pascoe Rawlings, stellte mir einen Wagen zur Verfügung, der mich letzte Woche zu Pascoes Büro brachte und heute zur Audition, und obwohl er heute seine IBA-Besprechung hatte, rief er mich heute abend an, um zu erfahren, wie es gelaufen war. Du hattest meinen wichtigen Termin natürlich vergessen.«

»Begreifst du denn nicht, daß er dich nur ausnutzt?« fragte Declan langsam. »Durch deine Schuld haben wir jede Hoffnung auf die Konzession verloren. Und du wolltest untätig zusehen, wie ich Cameron dafür verantwortlich mache.«

»Geschieht ihr ganz recht – dieser arroganten Kuh!« schrie Maud hysterisch.

In der Halle hörte Taggie, wie die Stimme ihrer Mutter immer lauter und schriller wurde. O Gott, Daddy durfte vor der morgigen IBA-Besprechung nicht noch mehr aufgeregt werden...

Im nächsten Moment flog die Salontür auf. »Ich verlasse dich!« kreischte Maud.

»Komm zurück!« brüllte Declan.

»Niemals!« Sie rannte an Taggie vorbei und warf die Haustür so heftig hinter sich zu, daß die ganze Halle bebte.

Taggie riß die Tür wieder auf. Es hatte erneut zu schneien begonnen, und sie beobachtete, wie ihr Auto die Zufahrt hinabraste. »Was ist denn los, um Gottes willen?« Sie drehte sich zu Declan um, der wie vom Donner gerührt dastand.

»Sie war der Maulwurf.«

Taggie schnappte nach Luft. »Unmöglich. Und wenn, dann wollte sie es nicht.«

»Jedenfalls hat sie's getan«, erwiderte er in wilder Verzweiflung. »Weil ich sie vernachlässigt habe. Alles ist meine Schuld. Gestern machte ich Cameron Vorwürfe, heute Rupert, vorhin Maud. Durch meine verdammte Besessenheit und Anmaßung habe ich uns alle ins Unglück gestürzt.«

45

Am nächsten Morgen überboten sich die Zeitungen mit Berichten über Rupert Campbell-Black, den Aufstieg und Fall des Tory-Goldjungen. Die Reporter der Boulevardblätter hatten mehrere seiner früheren Freundinnen aufgespürt, die nur zu gern von gewissen Erinnerungen erzählten.

Die noch verbliebenen Venturer-Mitglieder versammelten sich vor dem IBA-Termin in Freddies Haus. Ohne den Bischof, ohne Graystock, Cameron und die Corinium-Agenten war das Team auf ein armseliges nervöses Häuflein zusammengeschmolzen. Die erste Fortsetzung der Campbell-Black-Memoiren war noch schlimmer als die gestrige Publikation und berichtete sogar über Beziehungen zu minderjährigen Schulmädchen. Die halbe Nacht hatte Freddie versucht, einem todunglücklichen Declan klarzumachen, Tonys Machenschaften müßten ans Licht der Öffentlichkeit gebracht werden – nicht nur die Verführung Mauds und die Wanzen, sondern auch Beattie Johnsons Bestechung, für die Seb inzwischen Beweise gefunden hatte.

Aber wie Wellington bei Waterloo weigerte sich Declan, die Kanonenrohre auf den feindlichen Kommandanten zu richten. Niemand durfte Tony anklagen, denn Mauds Name sollte nicht mit der ganzen Sache in Verbindung gebracht werden. Er stand immer noch unter der Einwirkung des Schocks und sah genauso elend aus wie Rupert, der zusammen mit Bas gekommen war.

Henry Hampshire erschien mit einem Gipsbein und erklärte, sein Pferd sei in das Loch eines Hasenbaus getreten. »Guten Morgen!« rief er und hinkte zu Rupert, der auf dem Sofa saß und sich bemühte, eine Tasse Kaffee im Magen zu behalten. »Großartig, deine Memoiren! Auf Mandy Hamilton war ich auch mal scharf. Gott, so eine hübsche Frau! Vielleicht wäre was mit ihr gelaufen, wenn ich schon damals gewußt hätte, daß sie sich gern den Hintern versohlen läßt.«

Rupert brachte ein dünnes Lächeln zustande. »Wenigstens wirst du jetzt von der Presse verschont.«

In diesem Moment traf Dame Enid ein, in einem Nadelstreifenanzug mit Al-Capone-Hut – begleitet von Marti Gluckstein, der ein grasgrünes Norfolk-Jackett mit Knickerbockers trug und Pfeife rauchte.

»Hast du das in Valeries Boutique gekauft?« fragte Bas, dann klappte er rasch den Mund zu, aus Angst, Freddie könnte zuhören.

»Ich dachte, ich müßte als Landedelmann auftreten«, erwiderte Marti. »Wo steckt der Bischof?«

»Der ist leider ausgestiegen«, erklärte Freddie.

»Gut, daß wir ihn los sind, den bombastischen alten Furz«, meinte Dame Enid. »Könntest du als Ersatz nicht einen Rabbi aus dem Hut zaubern?« fragte sie Marti.

»Für dich tu ich alles, meine Liebe«, entgegnete er grinsend.

»Auf Crispin Graystock müssen wir auch verzichten«, sagte Freddie.

»Wunderbar!« rief Dame Enid. »Seine verbale Diarrhö war mir schon immer ein Dorn im Auge.«

»Du tust mir ehrlich leid, Junge«, sagte Marti zu Rupert. »Aber alle vernünftigen Leute betrachten die Serie im *Scorpion* als Ausgeburt einer übererregbaren Phantasie. Was ist denn mit Declan los?«

»Eheprobleme«, antwortete Rupert.

»So was passiert immer, wenn um die Konzession gekämpft wird. Als wir uns vor acht Jahren um die Midlands bewarben, liefen uns alle Ehefrauen davon.«

Seb kam mit Charles heran, der triumphierend verkündete: »Wir sind viel mehr, als ihr glaubt! Soeben sah ich Billy, Janey, Harold White und Sally Maples aus einem Taxi steigen.«

Mit Tränen in den Augen hieß Freddie alle willkommen. »Ich weiß, was ihr riskiert, aber ich bin verdammt froh.«

Bei Billys Anblick schluckte Rupert krampfhaft. »Du bist völlig übergeschnappt.«

»Ich liebe scheinbar aussichtslose Kämpfe«, konterte der Sportreporter fröhlich. Bei der Olympiade in Los Angeles habe ich dir Glück gebracht. Und du mir. Hätte ich nicht den

Kommentar für die BBC gemacht, wäre ich niemals zu meinem Job gekommen. . .«

». . . den du jetzt verlieren wirst.«

Als die Uhrzeiger auf halb zehn wanderten, entschieden sie, daß es sinnlos wäre, noch länger zu warten. Mit Cameron konnten sie nicht mehr rechnen.

Um der Presse auszuweichen bog der Venturer-Konvoi von der Londoner Brompton Road nach links auf den Lancelot Place, damit die Mitglieder des Konsortiums das IBA-Gebäude von der Tiefgarage aus durch einen Hintereingang betreten konnten. Sie fuhren mit dem Lift zum achten Stock hinauf und wurden in ein leeres Büro geführt. Während sie warteten, erschien ein Weihnachtsmann, der seine Verkleidung ablegte und sich als Georgie Baines im dunklen Anzug entpuppte. Jubelnd wurde er begrüßt.

»Großer Gott, du warst ja gestern mit Corinium hier!« rief Freddie.

»Da trug ich eine andere Krawatte.»

»Wie lange wart ihr drin?« wollte Seb wissen.

»Genau eine Stunde«, antwortete Georgie.

»Und wie war's?«

»Ein Kinderspiel. Keine einzige schwierige Frage. Tonys Stern ist eindeutig im Aufgehen. Deshalb bin ich jetzt hier bei euch. Ich war schon immer der Ansicht, die Ratten sollten einen hochsteigenden Scheißkübel verlassen.«

»Wie bist du von CTV weggekommen?« Janey zupfte ein letztes weißes Barthaar von Georgies Kinn.

»Tony glaubt, ich bin bei Saatchi's.«

Eine IBA-Beamtin versuchte den Einmarsch des Teams in den Konferenzraum zu organisieren, damit die Behörde sofort über die Identität der einzelnen Personen Bescheid wußte. »Ich hatte elf Leute erwartet«, erklärte sie verwirrt. »Aber es sind viel mehr.« Sie wandte sich zu Janey. »Sie kenne ich... Sie auch«, sagte sie etwas distanzierter zu Rupert. »Sind Sie der Bischof von Cotchester?« fragte sie Marti und konsultierte ihre Notizen. Alles kicherte. »Auf Mr. White, Billy und Miß Maples war ich nicht gefaßt. Und da sind Sie ja schon *wieder*, Mr. Baines!«

»Nun, jedenfalls sind wir alle hier«, entgegnete Harold White. »Wir gehören zu Venturer.«

Verzweifelt kratzte sich die Beamtin am Kopf. »Und wo ist Cameron Cook?«

»Sie kommt nicht, der Bischof und Professor Graystock auch nicht«, erwiderte Freddie. »Emerson Wesley gehört zwar noch zu uns, bestreitet aber gerade ein Kricketmatch im Ausland.«

»Nein, tu ich nicht«, sagte eine Stimme, tiefer als die Karibik. Wesley, in einem Venturer-T-Shirt, wurde begeistert empfangen.

Dame Enid schlug ihm auf den Rücken, bis er um Gnade flehte. »Wie hast du dich denn von deinem Verein losgeeist?«

Er grinste von einem Ohr bis zum anderen. »Ich hab einfach die Muskeln spielen lassen. Aber ich konnte die ganze Nacht nicht schlafen und hoffe, man stellt mir keine kniffligen Fragen über ethnische Minoritäten.«

Rupert zog ihn beiseite. »Du bist wirklich ein großartiger Junge.«

»Wir haben diesen ganzen Scheiß über dich gelesen, Mann. So was ähnliches ist mir auch mal passiert. Und ich dachte, wir sollten in möglichst geschlossener Formation auftreten.«

»So, ich glaube, jetzt kann ich die einzelnen Venturer-Leute auseinanderhalten«, verkündete die IBA-Funktionärin. »Ich werde mal sehen, ob Lady Gosling bereit ist.«

Eine schreckliche Viertelstunde mußten sie noch warten, dann wurden sie in den Konferenzraum geführt. Die zwölf

Mitglieder des Gremiums, flankiert von sechs leitenden Beamten, saßen bereits an einer Seite des glänzend polierten Tisches, und das Venturer-Team nahm ihnen gegenüber Platz.

Trotz der warmen Heizung trug Lady Gosling einen flaschengrünen Cardigan unter ihrem dicken warmen Tweedkostüm. Mrs. Manzies-Scott, ehemals Aufsichtsratsvorsitzende eines großen englischen Frauenvereins, war dumm genug gewesen, einen rostroten Angorapullover anzuziehen. Das Gesicht über dem Rollkragen hatte sich bereits scharlachrot gefärbt. Außerdem gehörten dem Komitee so distinguierte Persönlichkeiten wie der walisische Richter Davies und Lady Barnsley an, die angeblich jedesmal, wenn sie Prominenz erblickte, einen Orgasmus bekam. Schützend preßte sie ihre Handtasche gegen den Unterleib und starrte, halb erschrocken, halb fasziniert, auf Rupert.

Freddie setzte sich Lady Gosling gegenüber, zwischen Declan und Rupert. Rechts von Rupert – so offenkundig und entstellend wie eine Zahnlücke – blieb der Stuhl frei, wo Camerons Platz gewesen wäre. Henry ließ sich an einem Ende des Tisches nieder, damit er sein Gipsbein ausstrecken konnte.

Die Begrüßung durch Lady Gosling fiel ziemlich kühl aus. »Tut mir leid, daß Sie so lange warten mußten. Doch das ließ sich wegen einiger Veränderungen in der Mitgliederzahl Ihres Konsortiums nicht vermeiden. Wie ich sehe, sind auch die sogenannten ›Maulwürfe‹ erschienen.« Ihr Tonfall verdeutlichte, wie sehr sie diesen Slangausdruck mißbilligte. »Und das trotz der drohenden Kündigungen. Natürlich haben wir nicht mit ihnen gerechnet. Und ich dachte, Sie müßten an einem Kricketspiel teilnehmen, Mr. Emerson?«

Wesley schenkte ihr sein strahlendes Bananenlächeln.

»Das hatte ich auch vor, Mylady, aber ich wurde verletzt. Und dieser Termin war mir auch viel wichtiger. Immerhin werden wir sehr, sehr lange einen Fernsehsender betreiben.«

»Hm – diese Erklärung klingt ein bißchen überheblich. Wo sind der Bischof und Professor Graystock?«

Freddie räusperte sich. »Eh – sie sind von ihren Ämtern zurückgetreten, aufgrund von Interessenkonflikten.«

»Verständlich. Und Cameron Cook?«

Freddie öffnete den Mund, doch da sagte eine Stimme hinter ihm: »Da bin ich. Tut mir leid, Lady Gosling, ich hatte eine Karambolage auf der Old Brompton Road.« In ihrem roten Seidenkostüm verlieh Cameron dem Raum wundervolle Farbe. Sie war sehr blaß unter ihrem Rouge, und eine dunkle Brille verbarg ihre Augen, aber sie wirkte sehr selbstsicher. Sie setzte sich neben Rupert, griff nach seiner Hand und lächelte in die Runde. »Es tut mir wirklich sehr leid.«

Ihre Ankunft schien die Venturer-Mitglieder auf magische Weise enger zu verbinden. Zunächst beantwortete Freddie – mit Ruperts, Martis und Georgies Hilfe – finanzielle und technische Fragen. Als geborener Showman paffte er seine Zigarre, brach gelegentlich in ansteckendes Gelächter aus, verströmte Aufrichtigkeit, Energie und großen Enthusiasmus für seine Aufgabe.

Dann erkundigte sich Lady Gosling, ob die Programmplanung des Konsortiums auf den Eigenheiten und Bedürfnissen der Region basierte.

»Fast ausschließlich«, entgegnete Cameron. »Wir alle kennen und lieben die Gegend, in der wir wohnen, und möchten ihre regionale Identität fördern, mit den Zuschauern Freundschaft schließen und ihnen das Gefühl geben, einer großen Venturer-Familie anzugehören. Aber wir wollen auch allgemeingültige Probleme behandeln, die uns alle angehen – Arbeitslosigkeit, Einsamkeit, Pubertät, Liebe. Sogar...«, lächelnd schätzte sie das Durchschnittsalter des Gremiums ab,«... das Trauma der Großeltern, die zu Weihnachten von ihren Enkeln besucht werden.» Warmherzig wurde ihr Lächeln erwidert.

»Von sich selbst kann Cameron da wohl nicht reden«, warf Charles ein. »Aber ich würde gern erwähnen, daß sie vor kurzem mit Declan in Irland einen grandiosen poetischen Film über Yeats gedreht hat, der ein Millionenpublikum ansprechen wird. Es wäre schön, wenn sie ähnliche Dokumentarfilme über die Cotswolds machen könnte.«

Lady Gosling nickte weise, merkte jedoch, daß Declan teilnahmslos ins Leere starrte.

Dame Enid und Charles referierten brillant über künstlerische Themen; Billy beeindruckte das Gremium mit Charme und sportlichem Fachwissen; Janey hatte gute Ideen für Frauensendungen; Seb erklärte, wie er das Nachrichtenwesen revolutionieren wollte; und Henry schwärmte von einer TV-Serie über die Tierwelt von Gloucestershire.

Immer wieder blickte Lady Gosling auf Declan, der zusammengesunken dasaß und in nichts mehr an den brillanten, charismatischen, selbstbewußten Demagogen erinnerte, der Tony Baddingham bei der öffentlichen Versammlung so mühelos übertrumpft hatte. »Wer wird den Sender leiten?« fragte sie ihn.

»Ich bin der Aufsichtsratsvorsitzende«, sagte Freddie, als Declan die Antwort schuldig blieb. »Mindestens einen Tag pro Woche will ich Venturer widmen. Henry wird mein Vize, Rupert und Harold kümmern sich um die Finanzierung, Cameron und Declan um die Programmgestaltung, Georgie übernimmt den Verkauf. Charles, Janey, Selly, Billy und Seb leiten die verschiedenen Abteilungen. Marti, Bas, Dame Enid und Wesley sollen nicht-exekutive Direktoren werden, aber auf beratender Basis mitarbeiten und ihren Beitrag zum reibungslosen Ablauf der Betriebsvorgänge leisten.«

»Ja, aber wer ist der Chef?« beharrte Lady Gosling.

Da Declan immer noch schwieg, erwiderte Rupert: »Ich.«

»Verfügen Sie denn über ausreichende Erfahrungen, um ein solches Unternehmen zu leiten?« fragte sie eisig.

»Meine Pferdezucht macht im Jahr zehn Millionen Umsatz. Außerdem bin ich Parlamentarier und habe vier Jahre lang äußerst erfolgreich dem Sportministerium vorgestanden.«

»Finden Sie nicht, daß sich in Ihrem Konsortium zuviel Prominenz, zu viele Primadonnen befinden? Können Sie uns den engen Zusammenhalt des Venturer-Teams tatsächlich garantieren?«

»Ja.« Rupert schaute ihr direkt in die Augen. »Diese Woche, in der meine sogenannten Memoiren erschienen sind, war nicht einfach für uns. Aber außer dem Bischof und dem Professor sind wir alle hier, oder?«

Lady Gosling senkte als erste den Blick.

Als Cameron auf die Wanduhr schaute, stellte sie fest, daß die Besprechung schon anderthalb Stunden dauerte. War das ein gutes Zeichen, oder wollte die IBA jeden Zweifel an Venturers Inkompetenz ausräumen. Von Tonys Affäre mit Maud wußte sie nichts, merkte aber, daß mit Declan irgend etwas nicht stimmte. Jetzt müßte er allmählich zu einer Schlußrede ansetzen und Corinium auseinandernehmen, aber er blieb stumm.

Sie betrachtete die anderen – Billy und Janey, die trotz ihrer finanziellen Probleme Mut und Zuversicht ausstrahlten, Charles, der keine Zukunft hatte, wenn Venturer eine Niederlage erlitt, Georgie, Sally und Harold, die ihre Karrieren aufs Spiel setzten, Wesley, der ein paar tausend Meilen weit geflogen war, um das Konsortium zu unterstützen, und vermutlich Ärger mit seinem Kricketverein bekommen würde. Rupert, der sich trotz schwerer Schicksalsschläge so tapfer hielt – und wieder Declan, der ihr Menschlichkeit beigebracht hatte. Dies waren ihre Freunde, mit denen sie zusammenarbeiten wollte.

Lady Gosling konsultierte ihre Armbanduhr und goß sich ein Glas Mineralwasser ein. »Gibt es noch etwas zu sagen?«

»Ja.« Entschlossen stand Cameron auf. »Meine Damen und Herren, letzte Woche hat sich der junge Nachrichtenchefredakteur eines Senders im Norden erhängt.« Der Reihe nach blickte sie in die schockierten Gesichter. »Sicher, wir alle kennen die offizielle Story von seinen häuslichen und finanziellen Schwierigkeiten. In Wirklichkeit wurde er mit der Belastung angesichts der bevorstehenden Konzessionsvergabe nicht fertig. Ständig mußte er verschiedene Lobbys, lokale Würdenträger und Freunde seines Vorgesetzten in der Nachrichtensendung auftreten lassen, um die IBA zu beeindrucken, damit der Sender die Konzession behält und auch weiterhin ein Vermögen macht. Das ist eine Tragödie und eine Schande – und eine Anklage gegen das ganze IBA- und TV-System. Wir Produzenten sollten uns nicht gezwungen fühlen, alle acht Jahre langweilige, aber sogenannte ›wertvolle‹ Sendungen zu machen, um den Kampf um die Konzession zu gewinnen. Wir müßten *immer* ein gutes Programm gestalten.«

Sie zeigte auf ein gerahmtes Dokument an der Wand mit dem Wappen der IBA und dem Motto »*Servire populo*« und fuhr fort: »Sie wollen dem Volk dienen, meine Damen und Herren. Aber das tun Sie nicht, wenn Sie die Sender veranlassen, Programme zu bringen, die Ihnen gefallen, die das Publikum nach Ihrer Meinung sehen müßte, statt nach seinem eigenen Geschmack unterhalten zu werden. Ich weiß, wovon ich rede. Immerhin habe ich vier Jahre für Tony Baddingham gearbeitet.«

». . . und ein paar sehr gute, wertvolle und keineswegs langweilige Sendungen gemacht«, ergänzte Lady Gosling trocken.

Cameron lächelte. »*Touché.*« Dann wurde sie sofort wieder ernst. »Meine Sendungen waren nur gut, weil Tony mir freie Hand ließ und mir ein unbegrenztes Budget zur Verfügung stellte, was zu Kürzungen in anderen Abteilungen führte. Bei Corinium gab und gibt es keine Moral. Declan O'Hara...« Flehend schaute sie ihn an und wünschte sehnlichst, er würde endlich aus seiner Erstarrung erwachen, »Declan gehört zu unseren wenigen echten Fernsehgrößen. Bei Corinium wurde er beinahe vernichtet, weil Tony ihn zwang, völlig unbedeutende Leute zu interviewen – Geschäftsmänner, lokale Würdenträger, Personen, deren Einfluß für den Erhalt der Konzession gebraucht wurde. Glücklicherweise ergriff Declan die Flucht und gründete Venturer. Die letzten zwei Monate habe ich mit ihm zusammengearbeitet und gelernt, daß man niemanden terrorisieren oder zum Selbstmord treiben muß, um gute Sendungen zu machen. Sobald man Autorität besitzt, kann man seine Mitarbeiter mit Freundlichkeit und Interesse an ihrem Wohl zu viel besseren Leistungen motivieren.«

Der walisische Richter setzte seine Brille auf, um Cameron genauer zu betrachten. Eine erstaunlich attraktive, kluge junge Frau... Vielleicht könnte sie später einmal als Sprecherin der Anwaltskammer fungieren, wenn sie das Fernsehen satt hatte.

»Venturer will das alles ändern«, fügte sie hinzu. »Wir werden das unabhängige Fernsehen wiederbeleben und nicht nur gute Sendungen bringen, sondern auch die Programmgestaltung der überregionalen TV-Sender erneuern, die auf einer exakten Analyse der Publikumswünsche basieren sollte. Natürlich wissen wir, welche Schwierigkeiten wir bewältigen müssen. Und wir können nicht profitabel arbeiten, wenn wir nur lauter anspruchsvolle Sendungen machen. Auf unserem Zukunftsweg brauchen wir Ihre Hilfe, Ihr Verständnis und Ihren Rat... Tut mir leid, ich habe viel zu lange geredet.« Verlegen sank sie auf ihren Stuhl. Es war ein gewisser Trost, daß Rupert ihr voller Stolz die Hand drückte.

»Normalerweise müßte der Chef zum Abschluß einer solchen Besprechung seine Intentionen zusammenfassen«, meinte Lady Gosling. »Aber ich glaube, Miß Cook hat uns die Venturer-Strategie zur Genüge erläutert. Ich danke Ihnen allen.»

Nach all der Mühe war das eine äußerst knappe Verabschiedung. Niedergeschlagen verließ das Venturer-Team den Raum.

Weil es nichts Besseres zu tun gab, fuhren sie alle zu Freddies Haus zurück, um die Totenwache für Venturer zu halten.

Unterwegs wurde Cameron von Billy, Janey und Freddie über Declans Eheprobleme informiert. »Das muß die IBA erfahren!« rief sie wütend. »Irgend jemand sollte ihr endlich klarmachen, was für ein Bastard Tony ist!«

»Das will Declan nicht«, erwiderte Freddie.

Am Ziel angekommen, ging Rupert mit Cameron in eine ruhige Ecke, um sich zu bedanken. »Du warst einfach wunderbar, Schätzchen.«

Sie zuckte die Achseln. »Wenn du mit einer verrenkten Schulter eine Goldmedaille gewinnen kannst, muß ich wohl auch imstande sein, mit gebrochenem Herzen ein paar zusammenhängende Sätze zu sagen.«

»O Gott, ich bewundere dich so sehr.«

»Es wäre schöner, wenn du mich lieben würdest«, entgegnete sie traurig.

Für einen kurzen Moment schob er ihre dunkle Brille nach unten und sah die rotgeweinten Augen. »Tut mir leid, mein Engel. Übrigens, du kannst in Penscombe Court bleiben, so lange du willst. In den nächsten Wochen werde ich nicht da sein. Heute nachmittag fliege ich nach Amerika. Ich muß schleunigst aus England flüchten und warten, bis sich die Wogen geglättet haben.»

»Also bist du zu Weihnachten nicht daheim?«

Müde schüttelte er den Kopf. »Was für Weihnachten wären das denn für mich?«

»Und am 15. Dezember, wenn die IBA ihr Urteil bekanntgibt...«

»Wie das ausfallen wird, können wir uns jetzt schon denken. Hast du nicht die Mißbilligung und die Ablehnung gespürt, die von diesen Tweedbüsten ausgegangen ist? Wir haben keine Hoffnung mehr.«

»Wahrscheinlich nicht.« Cameron schaute zu Declan hinüber, der mit hängendem Kopf in einem Sessel saß und unkontrolliert zitterte, eine Glas Whisky in der Hand, aus dem er noch keinen Schluck getrunken hatte. »In den nächsten Tagen braucht er Hilfe.«

»Nicht von mir«, antwortete Rupert bitter. »Es ist für alle O'Haras besser, wenn ich aus ihrem Leben verschwinde.« Er warf einen Blick auf seine Uhr. »Jetzt muß ich gehen.«

»Darf ich dich noch um einen Gefallen bitten? Könnte ich Blue behalten?«

Es klingelte an der Tür, und gleich darauf führte Freddies Sekretärin einen Mann herein. Sekundenlang glaubte Cameron, an Halluzinationen zu leiden, denn sie sah den alten Declan vor sich – selbstsicher, aggressiv, mit klaren Augen. Dann erkannte sie Patrick, der während seiner fünfmonatigen Arbeit auf einer australischen Schaffarm kräftiger und männlicher geworden war. Anscheinend kam er direkt vom Flughafen, denn er brachte seinem Vater zollfreie Zigaretten und Whisky mit. Beides würde Declan in den nächsten Tagen dringend brauchen.

Den Tränen nahe, stand er auf, ignorierte alle übrigen Anwesenden und umarmte seinen Sohn.

»Ich weiß alles, Pa«, sagte Patrick sanft. »Als ich nach der Landung zu Hause anrief, erzählte mir Taggie von Mum. Was sie tat, war schrecklich, aber sie hatte sicher ihre Gründe. Glaub mir, alles wird wieder gut. Du bist der einzige, den sie wirklich liebt. Sie kommt ganz bestimmt zurück.«

»Sie hat Venturer alle Chancen genommen«, stöhnte Declan. »Und es war ganz allein meine Schuld.«

»Unsinn! Jemand anderer trägt die Verantwortung.» Patrick ließ seinen Vater los und wandte sich an Rupert. »Sie haben Cameron verführt, um sie auf Venturers Seite zu ziehen, nicht wahr? Und das kriegen Sie jetzt, weil Sie ihr das alles angetan haben!« Ein blitzschneller Fausthieb traf Rupert am Kinn. Völlig überrumpelt taumelte er seitwärts, und ein weiterer Hieb aufs rechte Auge streckte ihn zu Boden. »Und das war für die Verzweiflung, in die Sie Taggie getrieben haben«, fügte Patrick hinzu.

Die Wochenendpresse erging sich in ausführlichen Spekulationen über die Frage, welchem betrogenen Ehemann Rupert Campbell-Black sein blaues Auge verdankte.

46

Von Schuldgefühlen geplagt, in der festen Überzeugung, daß sein Versagen bei der IBA-Besprechung dem Venturer-Konsortium die Konzession gekostet hatte, kehrte Declan in die Priory zurück. Taggie und Patrick sorgten dafür, daß er niemals allein blieb. Immer tiefer schien er in seinen Depressionen zu versinken, schwankte zwischen Haß gegen Maud und Sehnsucht nach ihr. Sie meldete sich nicht, war wie vom Erdboden verschwunden.

Patrick bewies eine verständnisvolle Geduld, die weit über

seine Jahre hinausging, als er auf ihn einredete. »Taggie erzählte mir, Mum sei vor der ›Lustigen Witwe‹ halb verrückt vor Angst gewesen. Es war so ein kolossaler Schritt aus dem Dunkel der Vergessenheit zurück ins Rampenlicht. Und sie hätte dich so dringend gebraucht, um ihren Triumph mit dir zu teilen – oder um aufgefangen zu werden, wenn sie in einen Abgrund gestürzt wäre.«

»Ich weiß«, gab Declan mit gepreßter Stimme zu. »Weil ich immer so hart um sie kämpfen mußte, merkte ich nie, wie sehr sie auf mich angewiesen war.«

»Und du weißt, wie intensiv sie in einer Rolle aufgeht. Jetzt ist sie die arme, geknechtete Nora, die letzten Endes davongeht und ihrem unsensiblen, tyrannischen Ehemann die Tür vor der Nase zuschlägt. Außerdem darfst du Tony Baddinghams Einfluß nicht unterschätzen. Ich weiß, welche Wirkung er auf Cameron ausgeübt hat. Er ist Jago, wie er leibt und lebt, und er mußte ihr nur vor Augen führen, wie brillant und schön und erotisch Cameron ist und daß du immer öfter mit ihr zusammen bist. Wie wäre es möglich, daß du keine Affäre mit ihr hättest? Du kennst Mums rege Phantasie. Außerdem bot er ihr einen Ausweg aus den ständigen finanziellen Schwierigkeiten an – neue Kleider, Schmuck, Pelze. Und er war ständig da, im Gegensatz zu dir. Du hast in Irland gefilmt, um die Konzession gekämpft oder dich mit Yeats beschäftigt. Natürlich mußte sich Mum von dir vernachlässigt fühlen.«

»Das verstehe ich ja alles – aber daß sie absichtlich unsere Geheimnisse verraten hat...«

»Vielleicht hat sie das gar nicht getan«, wandte Patrick ein. »Taggie war oft weg. Wahrscheinlich kam Tony hierher und sah deine Notizen auf dem Schreibtisch liegen.«

»Soll ich zur Falconry fahren und ihn umbringen?«

Patrick lächelte dünn. »Lieber nicht. Du weißt doch, daß Lady Gosling jede Art von Gewalttätigkeit verabscheut.«

Taggie hatte alle Hände voll zu tun, um Partys zu arrangieren und anderer Leute Gefriertruhen für die Weihnachtstage zu füllen. Heroisch bemühte sie sich, fröhlich zu wirken und ihren Kummer zu verbergen. Aber sie bereitete Patrick viel größere Sorgen als sein Vater. Wenn sie sich auch weigerte, über Rupert zu reden, wußte ihr Bruder, welche seelischen Qualen sie ausstand.

Am Sonntag, dem 15. Dezember, fuhren die Chefs aller TV-Gesellschaften in viertelstündigen Abständen zur Tiefgarage des IBA-Gebäudes. In einer hochdramatischen, geheimnisvollen Atmosphäre passierten sie Reporter- und Fotografenhorden und Kamerateams, ließen sich von den Aufzügen nach oben bringen und wurden in leere Büros geführt. Dort reichte man ihnen zugeklebte Briefe von Lady Gosling, dann blieben sie allein, damit sie die Kuverts in Ruhe öffnen konnten und erfuhren, ob sie die Konzession behielten, bekamen oder – wie es in einigen Fällen beschlossen worden war – mit ihren Rivalen fusionieren mußten. Ein paar Minuten lang durften sie die Information verdauen, danach wurden sie in Lady Goslings Büro beordert, um sich Beileidsbezeigungen oder Gratulationen anzuhören. Nachdem sie geschworen hatten, den Medien kein Sterbenswörtchen zu verraten, verließen sie das Haus.

Um halb fünf berief Lady Gosling eine Pressekonferenz ein, um die Beschlüsse bekanntzugeben. Diese wurden sofort an die Aktienbörse und den Innenminister weitergeleitet, der den Premierminister informieren mußte.

Siegessicher hatte Tony Baddingham eine Suite im Hyde Park Hotel gemietet. Die meisten Sonntagszeitungen hatten auf einen Corinium-Erfolg getippt. Bei einem Presseempfang floß der Krug in Strömen.

Um zwölf Uhr suchte er das IBA-Gebäude auf und war froh, daß die Konkurrenz ihren Termin erst am Nachmittag wahrnehmen mußte. Wäre er Declan im Lift begegnet, hätte er Polizeischutz gebraucht. Er zog es vor, sich in sicherer Entfernung an Venturers bitterer Niederlage zu weiden.

Es war ein eiskalter, windiger grauer Tag, und so legte er die zweihundert Meter vom Hyde Park Hotel zur IBA nicht zu Fuß zurück, sondern ließ sich von Percy chauffieren. Da er niemals eine PR-Chance verpaßte, betrat er das Gebäude durch die Vordertür, während ein Fahrer den Rolls-Royce in die Tiefgarage brachte. Blitzlichter flammten auf, hektische Reporter und TV-Teams drängten sich heran. Eine halbe Minute lang posierte Tony in seinem neuen Fünfhundert-Pfund-Anzug und erklärte einem grauen Wald aus Mikrophonen, er wolle den Tag nicht vor dem Abend loben, erwarte aber, am Nachmittag immer noch die Konzession zu besitzen.

»Arrogantes Arschloch«, schimpfte Declan, der in Freddies Haus vor dem Fernseher saß.

Patrick schaltete den Apparat ab. »Schau dir das nicht an, es regt dich nur auf. Allmählich solltest du dich umziehen und rasieren.«

»Warum muß man vor einem Exekutionskommando hübsch aussehen?« Es läutete an der Tür, und Declan zuckte zusammen. Warum betete er bei jedem Besuch, es möge Maud sein?

Schweren Herzens ging Freddie in die Halle. Er wußte, daß es keine Hoffnung für Venturer gab, aber in den letzten beiden Wochen hatte er versucht, alle aufzumuntern und Valerie ein guter Ehemann zu sein. Im Gegenzug war sie nicht einmal bereit gewesen, ihn nach London zu begleiten, weil sie Fehlschläge verabscheute. Als er durch das Guckloch spähte, stieg heiße Freude in ihm auf. Denn da draußen stand Lizzie, rot und blau gefroren. Nie zuvor war eine Tür schneller geöffnet worden. Sobald er sie – aus dem Blickfeld etwaiger lauernder Reporter – ins Haus gezogen hatte, sank sie in seine Arme.

»Du hättest nicht kommen dürfen«, flüsterte er.

»Ich weiß. Aber James ist so furchtbar selbstgefällig und siegesgewiß. Ich konnte einfach nicht länger dort herumsitzen und Tonys Champagner trinken. Der hätte mich womöglich vergiftet.«

In Tonys Stadthaus am Rutland Gate trafen sich Caitlin O'Hara und Archie Baddingham an ihrem ersten schulfreien Tag, nur mäßig an der Konzession interessiert.

»Wird dein Vater auch bestimmt nicht durch den Schornstein runtersausen wie Santa Claus?« fragte Caitlin, als sie in Monicas Schlafzimmer gingen.

»Nein, der feiert den ganzen Tag mit seinem Gefolge im Hyde Park Hotel. Und die arme Mum muß die ganze Zeit feuchte Küsse betrunkener Widerlinge wie James Vereker abwehren. Tut mir leid, daß dein Vater keinen Erfolg hatte.«

»Es ist eine Schande. Er hat so hart gearbeitet – und Tag auch.«

»Bald werde ich dich ernähren.« Archie stellte eine Flasche Sancerre und zwei Gläser auf den Nachttisch seiner Mutter. »Bist du auch wirklich sicher, daß du's willst?«

Im Gegensatz zu ihrer gewohnten coolen Attitüde zitterte Caitlin wie Espenlaub, aber sie nickte. »Ich bin alt genug. Wie ordentlich es hier ist . . .« Verblüfft schaute sie sich um. »Du solltest mal das Schlafzimmer meiner Eltern sehen. Wollen wir ein Handtuch drunter legen? Es wäre gräßlich, wenn ich Blutflecken aufs Laken deiner Mutter machen würde.«

»Wie spät ist es?« wisperte Archie.

Sie warf einen Blick auf die flackernden roten Zahlen der Digitaluhr. »Ein Uhr fünfundvierzig. Warum?«

»Ich will mich später an den genauen Zeitpunkt erinnern,

wo das wichtigste Ereignis meines Lebens stattgefunden hat«, erklärte er und begann ihre schwarze Strickjacke aufzuknöpfen.

Er sieht schrecklich aus, dachte Taggie, während sie Declans dunkelblauen Anzug bürstete und ihm die Krawatte zurechtrückte. Das blaugrün gestreifte Hemd, das Cameron ihm letzte Woche für diesen Sonntag gekauft hatte, war bereits zu groß geworden. In den letzten vierzehn Tagen hatte sich sein dichtes schwarzes Haar silbern gefärbt, die Verzweiflung noch tiefere Furchen in seine Stirn und zu beiden Seiten des Mundes gegraben.

Die Uhr schlug zweimal, und Freddie rief von der Halle aus: »Das Auto wartet, Declan!«

Taggie umarmte ihren Vater. »Alles Gute. In einer halben Stunde ist es vorbei.«

Die Venturer-Mitglieder schüttelten ihm die Hand, wünschten ihm viel Glück, und Billy gab ihm das vierblättrige Kleeblatt, das er in Columbia als aktiver Springreiter beim Gewinn der Silbermedaille im Stiefel getragen hatte. Henry überreichte ihm einen Zweig weißes Heidekraut, der ihm am Morgen vor dem Kaufhaus Harrods von einer Zigeunerin aufgedrängt worden war. Rupert hatte ein Telegramm aus Los Angeles geschickt. Alle winkten dem Auto nach, als es davonfuhr.

»Immer majestätisch, auch im Untergang«, meinte Patrick wehmütig.

»Noch ist es nicht soweit«, dröhnte Dame Enid. »Sei nicht so defätistisch, mein Junge.«

Die Medien gerieten aus dem Häuschen, als Declans Wagen vorfuhr. Es war ein langer, kalter, ziemlich langweiliger Tag gewesen. Da die Reporter keinen Zugang zum IBA-Gebäude hatten, mußten sie im Freien ausharren und zwischen dem

Vorder- und Hintereingang hin und her rasen, unentwegt auf der Suche nach einer Sensation. TV-Bosse sind zwar ungemein mächtig, aber nicht sonderlich bekannt. Einem Fernsehteam unterlief der peinliche Fehler, den eigenen Chef zu fragen, für welche Gesellschaft er arbeite. Eine andere Crew verschwendete mehrere Filmmeter an den eigenen Pressesprecher.

Aber jeder wußte, wer Declan war. Mehrere Teams hatten mit ihm zusammengearbeitet, liebten ihn und wünschten, er hätte die Konzession bekommen. Auch einige Passanten, die ihre Weihnachtseinkäufe erledigten, erkannten und bejubelten ihn. Er brauchte einige Minuten, um sich einen Weg zum Hoteleingang zu bahnen, und nachdem er die Drehtür passiert hatte, schenkte ihm eine dicke Frau einen Mistelzweig als Glücksbringer. Johnny Abraham kam ihm entgegen, sein alter Boß bei der BBC, der gegen Granada angetreten war.

»Wie ist's gelaufen?« fragte Declan.

»Wir haben's nicht geschafft«, antwortete Johnny todunglücklich.

Die Liftkabine aus grauem Stahl trug Declan zum achten Stock hinauf, wo er in einen großen Vorführungsraum mit braunen Sitzreihen und einer großen Leinwand geführt wurde. Er blickte auf den Mistelzweig hinab, an dem immer noch zwei rote Beeren hingen, und fand es nett, daß sich all die Leute so gefreut hatten, ihn zu sehen. Vielleicht würde er eines Tages, wenn diese Farce von einem Konzessionskampf hinter ihm lag, wieder arbeiten können. Was mochte Maud gerade tun? Wahrscheinlich feierte sie im Hyde Park Hotel mit Tony. O Gott, wie sollte er ohne sie leben?

»Mr. O'Hara!« Er zuckte zusammen und drehte sich zur Tür um. Dort stand eine bebrillte Frau mit freundlichem Gesicht. Sie hielt einen Ablagekorb voller Briefe in der

Hand und gab ihm ein weißes Kuvert und einen größeren braunen Umschlag. »Alles Gute!«

»Danke«, murmelte Declan. Höflich wartete er, bis sie gegangen war, dann steckte er die Umschläge in seine Manteltasche. An Zahlungsforderungen gewöhnt, haßte er es, unangenehme Post zu öffnen. Durch das Fenster sah er eine Reitergruppe zu den Ställen im Hyde Park zurückkehren. Wie schön wäre es, ein Pferd zu sein und sich auf einen Hafersack und ein Lager aus warmem Stroh zu freuen... Natürlich mußte er die Priory sofort zum Verkauf anbieten, aber vielleicht konnte er vorher noch ein oder zwei Tage lang auf einem Pferderücken den Wald durchstreifen.

»Mr. O'Hara...«

»Verzeihen Sie, ich wollte gerade gehen.«

»Würden Sie mich nach oben begleiten? Lady Gosling erwartet Sie.«

»Das ist doch sinnlos. Aber es ist nett von ihr, daran zu denken.«

»Sie hat mich gebeten, Sie nach oben zu bringen«, erklärte die Brillenträgerin energisch.

Lady Gosling saß hinter einem massiven Schreibtisch, der IBA-Generaldirektor und sein Stellvertreter hatten auf einem Sofa Platz genommen. Zigarettenqualm erfüllte den Raum.

»Guten Tag, Mr. O'Hara.« Lady Gosling erhob sich halb aus ihrem Sessel und reichte ihm eine dünne sommersprossige Hand. Als Declan seine Rechte ausstreckte, merkte er verlegen, daß sie immer noch den Mistelzweig umklammerte. »Sie feiern etwas verfrüht«, fügte sie trocken hinzu. »An Ihrer Stelle würde ich mich erst mal setzen.«

Declan murmelte, er ziehe es vor, stehenzubleiben.

»Nun«, begann sie in strengem Ton. »Ihre Bewerbung enthält einige interessante Punkte. Freddie Jones versteht offensichtlich eine ganze Menge von finanziellen Angelegenheiten, und Cameron Cook ist große Klasse – ein hochintelligentes, mutiges Mädchen. Natürlich haben Sie auch ein paar faszinierende Programmpläne vorgelegt.«

Was soll das, fragte er sich müde. Genausogut könnte man einem zum Tode Verurteilten erzählen, sein Henker sei wirklich sehr sympathisch.

»Andererseits war die PR schauderhaft, zumindest teilweise«, fuhr Lady Gosling fort. »Und Ihre Sicherheitsvorkehrungen lassen sehr zu wünschen übrig. Aber davon waren wir tief beeindruckt.«

Sie schob einige Papiere über den Schreibtisch. Auf dem ersten standen ein paar getippte Zeilen, und es dauerte eine Weile, bis seine müden Augen sie entziffern konnten. »Die Unterzeichneten möchten erklären, daß sie Declan O'Haras Bewerbung um die Corinium-Konzession unterstützen. Er macht die Art von Fernsehen, an die wir glauben, und während seiner kurzen Tätigkeit für Corinium überzeugte er uns alle mit seiner unwandelbaren Integrität und seiner Freundlichkeit zu den Mitarbeitern auf allen Ebenen. Wenn sein Konsortium die Konzession erhält, würden wir alle gern für ihn arbeiten.«

Ganz langsam glitt sein Blick über die Namensliste – Georgie Baines, Cyril Peacock, Daysee Butler, Deirdre Kilpatrick, Mike Meadows, darunter hatten Buchhalter, Sekretärinnen, Bühnenbildner, Sicherheitsbeamte, Empfangsdamen, Maskenbilderinnen, Regisseure, Produzenten, Kameraleute, Aufnahmeleiter, Tontechniker, Bildmischer und Kellnerinnen aus der Kantine unterschrieben. Er drehte das Blatt um, und auf der Rückseite reichte die Liste bis nach unten, dreispaltig. Die Namen verschwammen vor seinen Augen. Rasch wandte er sich zum Fenster, und schlug die Hände vors Gesicht. Seine Schultern zitterten krampfhaft.

»Ja, ein höchst bewegendes Dokument«, meinte Lady

Gosling sanft. »An Ihrer Stelle würde ich es rahmen lassen und mir ansehen, wann immer mich der Mut verläßt.«

Declan drehte sich wieder zu ihr und rieb sich die Augen. »Tut mir leid, daß ich die Leute enttäuschen muß«, beteuerte er mit halberstickter Stimme. »Jedenfalls war es nett von Ihnen, mir diesen Brief zu zeigen.«

»Aber Sie haben die Leute doch gar nicht enttäuscht. Schauen Sie sich doch endlich den Inhalt Ihrer Kuverts an!«

Immer noch den Mistelzweig in der Hand, riß er den weißen Umschlag mit so heftig zitternden Fingern auf, daß er den Brief zerriß und zusammensetzen mußte. »Lieber Mr. O'Hara«, las er ungläubig, »es ist uns eine große Freude, Ihnen mitzuteilen, daß das Venturer-Konsortium die Corinium-Konzession erhält.« Zweimal wiederholte er die Lektüre der wenigen Zeilen, dann öffnete er den braunen Umschlag, der vertragliche Einzelheiten enthielt.

»Darum würde ich mich jetzt nicht kümmern«, riet der sichtlich gerührte Generaldirektor. »Ich kann Ihnen versichern, es handelt sich ausschließlich um günstige Bedingungen. Herzlichen Glückwunsch, Mr. O'Hara.«

Stumm schüttelte Declan den beiden Männern die Hände, schenkte Lady Gosling den Mistelzweig und ging aus dem Büro. Er vergaß Freddies Chauffeur, der in der Tiefgarage wartete, und fuhr mit dem Lift nur bis zum Erdgeschoß. Vor dem Gebäude stürzte sich die Presse auf ihn. »Wie war's, Declan?«

Dann merkten sie alle, daß er mit den Tränen kämpfte, traten zurück und ließen ihn passieren. Auf unsicheren Beinen ging er zum Holland Park.

Das Venturer-Konsortium hatte sich am Radio versammelt, weil das Fernsehen erst um achtzehn Uhr Nachrichten senden würde. Lauter Jubel brach aus, als ein Reporter berichtete, Tony Baddingham sei vor dem IBA-Gebäude mit steinerner Miene in sein Auto gestiegen und davongefahren.

»Vielleicht sind wir doch nicht zu einer Totenwache zusammengekommen«, meinte Freddie verblüfft. »Jedenfalls wollen wir mal was trinken.«

»Womöglich will die IBA, daß wir mit Corinium fusionieren«, bemerkte Cameron.

»Ohne mich!« rief Charles.

Alles zuckte zusammen, als der Reporter die neuesten Nachrichten von der Konzessionsfront ankündigte. »Soeben kam Declan O'Hara in Tränen aufgelöst zur Tür heraus, also fürchte ich, daß es schlecht um Venturer steht. Er ging einfach durch die Menschenmenge und wurde zuletzt gesehen, als er die Richtung zur South Kensington-U-Bahn-Station einschlug. Anscheinend hatte er einen Schock erlitten.«

Cameron schaute Patrick an. »Das war's dann.«

»Dieser verdammte Baddingham hat uns also doch geschlagen!« stieß Dame Enid erbost hervor. »Aber ich werde Gwendolyn Gosling erzählen, wie er Maud verführt und Beattie Johnson bestochen hat. Es ist mir egal, was Declan sagt! Wir müssen Berufung einlegen!«

»Ich glaube, das geht nicht«, erwiderte Freddie erschöpft. »Die Entscheidung ist endgültig.«

»Nichts ist endgültig!« widersprach Dame Enid temperamentvoll.

Taggie wurde blaß. »Glauben Sie, Daddy wird sich was antun?«

»Unsinn!« fauchte Cameron ungehalten, weil ihr derselbe beängstigende Gedanke gekommen war.

Lizzie griff nach Freddies Hand. »Es tut mir so leid, Darling.«

Er schüttelte den Kopf, ebenfalls den Tränen nahe, und konnte nicht sprechen. Gleich darauf rief sein Chauffeur vom Wagen aus an. »Gerade habe ich die traurige Nachricht im Radio gehört, Mr. Jones. Ich habe Mr. O'Hara im U-Bahn-Schacht aufgelesen.«

»Ist er okay?« fragte Freddie.

»Nun ja, es ergibt nicht viel Sinn, was er da alles vor sich hin murmelt. Jedenfalls bringe ich ihn jetzt zum Holand Park.«

Zehn Minuten später betrat Declan den Salon. Zunächst sah er aus wie eine Gewitterwolke, so daß alle Anwesenden den letzten winzigen Rest ihrer Hoffnung fahren ließen. Dann schenkte er ihnen zum erstenmal seit Wochen sein boshaftes Schuljungengrinsen. »Alles klar, meine Freunde, wir haben's hingekriegt.«

Verdutztes Schweigen erfüllte den Raum, gefolgt von einer unbändigen Freudenexplosion. Alles lag sich in den Armen. James und Charles brachen in Tränen aus. Dame Enid und Billy wischten sich über die Augen. »Verdammt! Verdammt!« brüllte Freddie in einem fort und sprang auf und ab.

Und Taggie ertappte sich dabei, wie sie Camerons Hals umschlang. »Wir haben's geschafft! Wir haben's geschafft!« kreischten sie wie aus einem Mund.

»Bist du auch ganz sicher, Declan?« fragte Billy ungläubig. »Könnten wir den Beweis sehen?«

Lächelnd zog Declan den zerrissenen weißen Brief aus der Tasche, und alle drängten sich heran, um einen Blick darauf zu werfen.

»O Mann, es ist wirklich wahr«, jubelte Janey und warf sich an die Brust ihres Mannes. »Jetzt können wir nach Penscombe ziehen.«

»Vielleicht werde ich mein Cottage sogar behalten«, überlegte Marti.

Cameron wandte sich an Declan und überschrie das Freudengeheul und die knallenden Champagnerkorken: »Was hat sie denn veranlaßt, uns die Konzession zu geben?«

»Vor allem Sie.« Er legte einen Arm um ihre Schultern. »Sie waren großartig, Cameron, aber auch Freddie wurde bewundert – und alle andern.« Er hob eine Hand, bat um Stille und fuhr fort: »Daß ihr alle bei der IBA-Besprechung aufgetaucht seid, hat letzten Endes wohl den Ausschlag gegeben. Ich bin so stolz und glücklich.«

Caitlin lag in Archies Armen. »Bist du auch sicher, daß es richtig war?« fragte er zum hundertsten Mal und streichelte ihren flachen weißen Bauch.

»Natürlich.«

»Ich liebe dich mehr denn je. Du bist so schön. Hat es sehr weh getan?«

Sie kicherte. »Schönheit muß leiden.«

»Bist du hungrig? Mal sehen, ob ich irgendwas in der Küche finde.« Archie stand auf. Nackt, immer noch mit ein bißchen Babyspeck behaftet, aber in Caitlins Augen vollkommen, stand er auf und spähte zwischen den Vorhängen hindurch. Schon um halb vier wurde es dunkel. »Ach, du Scheiße!« rief er. »Da unten steigt meine Mutter aus einem Taxi!«

Hastig warf Caitlin die Weinflasche unter das Bett, verstaute die zwei Gläser in der Nachttischschublade, schlüpfte in Jeans, Strickjacke und Stiefel. Die Bluse, den BH, den Slip und die Socken stopfte sie in ihre große Schultertasche.

Monica sah Archie und Caitlin zu beiden Seiten des Kamins sitzen. Caitlin las die Zeitschrift *Country Life*, verkehrt herum.

»Hallo, Mummy!« rief Archie herzlich, sprang auf und küßte sie. »Ich dachte mir schon, daß dich Dads Fete langweilen würde. Gerade wollte ich hinfahren und dich aufheitern.«

»Die Party wurde abgeblasen«, erwiderte Monica dumpf. »Wir haben die Konzession verloren.«

»Was? Unmöglich!« explodierte Archie. »In allen Zeitungen stand, wir hätten sie schon in der Tasche.«

»Das war ein Irrtum.«

Caitlin konnte es nicht fassen. »Soll das heißen«, fragte sie langsam, »daß Daddy die Konzession bekommen hat?«

»Ich weiß nicht.« Monica schaute sie mit leerem Blick an. »Wahrscheinlich.« Immer noch im Pelzmantel, setzte sie sich auf das Sofa, starrte auf ihre rauhen, von der Gartenarbeit gezeichneten Hände voller Diamanten und brach in Tränen aus. Archie hatte seine Mutter bisher nur ein einziges Mal weinen sehen – vor einigen Jahren, als einer ihrer Labradors eingeschläfert worden war – und fühlte sich völlig hilflos. Es kam ihm so vor, als würde er die *Titanic* sinken sehen. »Er tut mir so leid«, schluchzte sie. »Ich weiß, er hat schreckliche Dinge getan und keinen schmutzigen Trick ausgelassen, um die Konzession zu behalten. Aber er hat es sich so sehnlich gewünscht, Rupert und Declan zu besiegen.«

Caitlin lief zu ihr und nahm sie in die Arme. »Ich verstehe, was Sie jetzt empfinden. Natürlich freue ich mich für Daddy, aber das ist so wie bei einer Ruderregatta. Irgend jemand muß gewinnen. Doch das hindert den Verlierer nicht daran, in tiefer Verzweiflung zu versinken und sich in aller Öffentlichkeit gedemütigt zu fühlen. Bitte, weinen Sie nicht! Archie, gib ihr einen Brandy. Werden Sie jetzt sehr arm sein?«

»Nein.« Monica schluckte mühsam. »Ich glaube nicht. Tony hat noch alle seine anderen Firmen. Aber Corinium hat ihm so viel bedeutet, und es ist ein furchtbarer Schock. Er war seiner Sache völlig sicher.« Sie stand auf, wischte sich über die Augen und wankte ins Schlafzimmer, mit der gemurmelten Erklärung, sie müsse ein Taschentuch suchen.

Der Gedanke an das zerwühlte Bett veranlaßte Caitlin und Archie, einen entsetzten Blick zu wechseln.

»Allmählich werde ich senil«, klagte Monica, als sie zurückkehrte und sich die Nase putzte. »Ich hätte schwören können, daß ich heute morgen das Bett gemacht habe.«

»Sicher haben Sie unter einer schrecklichen inneren Anspannung gestanden«, meinte Caitlin mitfühlend. »Gestern hat mein Vater einen Whisky-Soda mit Milch aufgegossen.«

»Aber ich bin noch nie weggegangen, ohne das Bett zu machen«, wisperte Monica. »Ich kann mir keinen Nervenzusammenbruch leisten – jetzt, wo Tony meine Hilfe braucht.« Als sie an ihrem Brandy nippte, verzog sie das Gesicht wie ein kleines Mädchen, das eine bittere Medizin schlucken muß.

»Ich bringe das Schlafzimmer in Ordnung«, erbot sich Caitlin. »Dann werden Sie sich besser fühlen. Und Archie holt Ihnen was zu essen.«

Während der Freudenfeier in Freddies Haus läutete das Telefon, und Dame Enid nahm den Hörer ab. Ohne sich die Mühe zu machen, eine Hand auf die Sprechmuschel zu legen, schrie sie. »Es ist dieser langweilige Furz, Declan! Er will dich sprechen!«

»Ich gratuliere Ihnen, Declan«, sagte der Bischof von Cotchester herzlich. »Es freut mich, daß Sie die Konzession schließlich doch errungen haben. Da nun das Gnadenfest vor der Tür steht, habe ich lange und gründlich über das Wesen der Verzeihung nachgedacht. Ich glaube, meine Schäfchen werden es verstehen, wenn ich ein Auge zudrücke, was Rupert Campbell-Blacks beklagenswertes Verhalten angeht. Und ich möchte eine Rückkehr in den Venturer-Aufsichtsrat in Erwägung ziehen.«

Ein gütiges Lächeln breitete sich auf Declans Gesicht aus. »Fahren Sie zur Hölle«, sagte er und unterbrach die Verbindung.

Cameron kauerte auf dem Sofa, drückte Blue an sich, und Patrick setzte sich zu ihr. »Was denkst du?«

Sie grinste. »Wie sonderbar es ist, daß man so maßlos glücklich sein kann, obwohl einem das Herz bricht.«

Er schenkte ihr noch einmal Champagner ein. »Wie schön, daß du's letzten Endes doch noch überleben wirst.« Er schaute zu Taggie hinüber, die wie ein Zombie, mit starrem Lächeln, die leeren Gläser einsammelte. »Bei meiner Schwester bin ich mir da nicht so sicher.«

»Warum beklagt sie sich denn?« erwiderte Cameron bitter. »Rupert liebt sie.«

»Davon hat sie keine Ahnung, und er wird in dieser Hinsicht nichts unternehmen. Wahrscheinlich versucht er sie gerade bei einer Hollywood-Orgie zu vergessen. Freddie und Pa bemühen sich schon den ganzen Abend vergeblich, ihn zu erreichen.«

Cameron schaute auf ihre Uhr. »In Los Angeles wird jetzt gefrühstückt.«

47

Drüben in Kalifornien verlor Rupert vor Kummer langsam den Verstand. Die Abreise aus England hatte alles noch schlimmer gemacht. Er konnte weder essen noch schlafen. Und da er nicht einmal was trinken wollte, würde er wohl bald sterben müssen.

Die ganze Zeit brachte er nichts weiter fertig, als sich nach Taggie zu sehnen. Nie hätte er geglaubt, daß etwas so weh tun könnte.

»Rupert«, sagte Suzy Erikson, seine schöne Gastgeberin, mit der er nach einer ausgedehnten Party am Pool frühstückte, »seit zwanzige Minuten rede ich mit dir, und du hast kein einziges Wort gehört.«

»Ich weiß. Tut mir leid.«

»Außerdem habe ich dir vierzehn Tage lang die tollsten Frauen von Hollywood vorgeführt, und du hast keine beachtet.«

»Ich weiß. Auch das tut mir leid.«

»Trauerst du immer noch deinem irischen Teenager nach?« Suzy bohrte einen Löffel in ihre Melone. »Flieg heim und bums mit ihr, das ist die einzige Lösung für dein Problem.«

Er starrte in seinen kalten Kaffee. »Das kann ich nicht. Abgesehen von Billy ist sie der einzige wirklich gute Mensch, den ich kenne.«

»Ein gutes Omen. Billy ist der einzige, den du nie im Stich gelassen hast.«

Als er aufstand, um über die Terrasse zu wandern, schaute Suzy ihm beunruhigt nach. Er war ziemlich mager geworden und machte einen kranken Eindruck. Vor einigen Jahren hatte sie ihn verzweifelt geliebt und sich innig gewünscht, ihn am Boden zerstört zu sehen. Jetzt konnte sie angesichts seines Unglücks nur Mitleid empfinden.

»Ich will für sie sorgen«, sagte er. »Sie ist die einzige, die jemals den Wunsch in mir geweckt hat, einen Drachen zu suchen und ihr zuliebe niederzumetzeln. Obwohl sie das nicht zu schätzen wüßte«, fügte er mit einem schwachen Lächeln hinzu. »Sie haßt es, wenn man Tiere mißhandelt.«

»Gut, daß sie dich früher nicht gekannt hat«, meinte Suzy. »Hast du ein Foto?«

Er ging zu seinem Stuhl, über dem seine Segeljacke hing, und zog einen zerknitterten Schnappschuß aus der Tasche, der Taggie im Wald zeigte – noch erhitzt vom Blättersammeln mit den Kindern. »Keine umwerfende Schönheit, was?« bemerkte Suzy mit einer gewissen Befriedigung.

Rupert riß ihr das Foto aus der Hand. »Doch, das ist sie – das schönste Mädchen, das ich je gesehen habe.«

Das Telefon durchbrach ein drückendes Schweigen. »Ein

Typ namens Declan O'Hara will dich sprechen«, verkündete Suzy. »Anscheinend ist er sternhagelvoll.«

Rupert wappnete sich gegen neue Unbilden.

»Wir haben Sie!« schrie Declan. »Verdammt, wir haben sie!«

»Was meinst du?«

»Wir haben die beschissene Konzession!« Nach dem Gekreische zu schließen, mußte im Hintergrund eine wilde Party stattfinden. Nach der ersten leidenschaftlichen Erleichterung wünschte Rupert, er könnte sich intensiver mit Declan freuen, der in seiner Ekstase kaum einen zusammenhängenden Satz zustande brachte. Er sprach mit Freddie, der eine etwas ruhigere Euphorie erkennen ließ, dann mit einer ebenfalls außer Rand und geratenen Cameron. Schließlich riß Declan wieder den Hörer an sich. »Ist das nicht phantastisch? Am besten kommst du so schnell wie möglich zurück, damit wir rausfinden, ob wir wissen, wie man einen Fernsehsender betreibt... Was ist denn? Ach so, Taggie läßt dir was ausrichten – frohe Weihnachten.«

Rupert trat an den Rand des schimmernden blauen Pools und schaute auf die schneebedeckten Gipfel der Santa Monica Mountains, die emporragten wie ein Dessert von Taggie. Ob in Penscombe noch Schnee lag? »Ich fliege heim«, sagte er. »Wenn ich im selben Land bin wie sie, tut es vielleicht weniger weh.«

Die Heimreise war eine Hölle. Alle Stewardessen umflatterten ihn, überhäuften ihn mit Champagner und Delikatessen, die er unberührt ließ. Wie es eine gespenstische Ironie wollte, flimmerte auf der Leinwand derselbe Woody-Allen-Film, den er damals mit Taggie und den Kindern gesehen hatte. Er nahm genausowenig davon wahr wie beim ersten Mal und versuchte zu schlafen. Doch er war anscheinend zu ewigen TV-Phantasien verdammt, die vor seinem inneren Auge abliefen, mit Taggies Gesicht auf allen Kanälen.

Um halb acht an einem kalten Dezembertag war es noch dunkel in Heathrow. »Guten Morgen, Mr. Campbell-Black«, sagte der Zollbeamte und wurde nicht einmal mit einem Kopfnicken belohnt.

Hinter der Sperre schaute sich Rupert nach seinem Chauffeur um, den er verständigt hatte, aber niemand kam auf ihn zu. Großer Gott, das hatte ihm gerade noch gefehlt. Er ging zu den Telefonzellen, vorbei an Leuten, die Namenstafeln schwenkten. Plötzlich fiel ihm ein besonders großes Plakat ins Auge. Darauf stand in riesigen Buchstaben: »Ruupat Cambel-Blak.« Eine so verheerende Rechtschreibung war nur einer einzigen Person zuzutrauen. Litt er an Halluzinationen? Dann sah er unter dem Plakat lange, schlanke Beine in vertrauten ausgebleichten Jeans, die genauso heftig bebten wie die Schrifttafel. Er ging darauf zu und spürte, daß seine eigenen Beine ihn kaum trugen. Behutsam schob er das Plakat nach unten, sah zuerst das schwarze Haar, dann zwei silbergraue Augen, ein leichenblasses Gesicht, jenen verzweifelten zitternden Mund, den er schon seit so vielen Monaten küssen wollte. »O Tag«, flüsterte er unglücklich.

»Ich kann nicht anders«, schluchzte sie, »ich tu alles, ich fahre dich herum und betreue deine Kinder, ich koche für dich und mache dein Haus sauber, ich kümmere mich um deine Pferde und die Gartenarbeit. Ich will nur in deiner Nähe sein. Noch länger ertrage ich's einfach nicht mehr.«

Im nächsten Moment fiel das Plakat krachend zu Boden. Rupert hatte ihr Gesicht in beide Hände genommen, und nur, um sich zu beweisen, daß sie Wirklichkeit war, küßte er ihre Lippen, die feuchten, salzigen Lider und die Stirn. »Ich bin so ein selbstsüchtiger Bastard«, flüsterte er in ihr Haar.

»Ich bin an selbstsüchtige Leute gewöhnt«, heulte sie, »ohne die wäre ich ganz verloren.«

»Und die Memoiren?« In seiner Stimme schwang soviel Unsicherheit mit, daß sie erstaunt ein wenig von ihm abrückte, dann lachte sie unter Tränen. »Ich konnte sie nicht lesen. Es hat also auch gewisse Vorteile, wenn man legasthenisch ist.«

Da mußte auch Rupert lachen. Er nahm sie in die Arme und gab ihr einen Kuß, der laut Aussage aller Beobachter wegen seiner Länge und Leidenschaft ins Guinness-Buch der Rekorde hätte aufgenommen werden müssen. »Ich liebe dich«, keuchte Rupert, als er nach Luft schnappte. »Noch nie habe ich einen Menschen so geliebt wie dich.« Er sah, daß sie immer noch zitterte, und fügte rasch hinzu: »Alles wird gut.« Plötzlich glaubte er selber daran, und er wußte, daß er sie nie wieder gehen lassen würde. Er blickte sich um, stellte fest, daß sie von Reportern umringt waren, und flüsterte Taggie zu: »Wo ist das Auto?«

»Draußen, gleich vor der Tür.«

»Los, wir laufen!«

Auf dem Highway gelang es ihm, die Presse abzuschütteln und unbemerkt in eine Ausfahrt zu biegen, die zu einer Landstraße in Royal Berkshire führte. Auf einem Rastplatz hielt er an, wandte sich zu Taggie und umfaßte ihre Hände. »Du mußt wissen, daß ich nur deinetwegen diesem verdammten Konsortium beigetreten bin. Und zum einundzwanzigsten Geburtstag deines Bruders kam ich nur, um mich an dich ranzumachen. Von deinem Vater ließ ich mich nur interviewen, weil er mich sonst für einen Feigling gehalten und engere Kontakte mit mir abgelehnt hätte. Diesen idiotischen Wald kaufte ich nur deshalb zu einem völlig überhöhten Preis, weil ich dich liebe. Und es gibt nur einen einzigen Grund, warum ich nicht schon vor Monaten einen

Annäherungsversuch gemacht habe. Ausnahmsweise war ich mal selbstlos, was mir verteufelt schwerfiel. Ich fand es unfair, dich mit meinem miesen Charakter und meiner noch schlimmeren Vergangenheit zu belasten ...«

Taggie legte eine Hand auf seine Lippen. »Deine Vergangenheit ist mir egal. Ich will nur deine Zukunft.«

Als die Autofenster restlos beschlagen waren, hörte Rupert auf, Taggie zu küssen, und schrieb mit einer Fingerspitze auf die Windschutzscheibe: »Ich vergöttere dich. Willst du mich heiraten?«

Und Taggie kritzelte darunter: »Ja, bitte.«

Sie kehrten auf den Highway zurück, und nachdem es heller geworden war, bemerkte sie Ruperts Blässe, die Schatten unter seinen Augen, den deutlich erkennbaren Gewichtsverlust. »Ich kann es gar nicht erwarten, dich aufzupäppeln!« klagte sie und starrte auf den bleichen Vollmond, der letzte Nacht wie ein mitfühlender Freund in ihr Turmzimmer gespäht hatte, als sie auf und ab gegangen war, um zu überlegen, ob sie Rupert abholen sollte. Ehe sich der Mond nun schlafen legte, hopste er an Baumgruppen vorbei oder über frostweiße Hügelgipfel hinweg, als hätte er nur lange genug wach bleiben wollen, um zu erfahren, wie die Geschichte ausgehen würde. Stumm und dankbar gab sie ein Zeichen, zeigte ihm den hochgereckten Daumen, als er endgültig aus ihrem Blickfeld verschwand.

»Wieso hast du den Mut aufgebracht, mich vom Flughafen abzuholen?« fragte Rupert und legte seine Hand auf ihren Schenkel, während er vom Highway abbog.

»Gestern nachmittag ging ich zu den Kindern und brachte ihnen deine Weihnachtsgeschenke. Sie freuten sich so, und auch Malise und Helen waren wirklich nett. Sie luden mich zum Abendessen ein, und als die Kinder im Bett lagen, sprach ich mit Malise. Er meinte, er habe übertrieben auf die Memoiren reagiert, ebenso wie Helen, und das tue ihm leid.

Er sagte, Helen habe ihn so glücklich gemacht, obwohl er dreißig Jahre älter ist als sie, und ich solle es doch einfach mal versuchen.«

»Na so was!« rief Rupert verblüfft. »Der gute alte Malise!«

»Wohin fahren wir?« Taggie schmiegte sich an ihn.

»Zu deinem Vater. Wir fragen ihn um Erlaubnis, und wenn er nein sagt, müssen wir eben durchbrennen.«

»Mummy mußt du auch fragen.«

»Sie ist also wieder da!« stieß er erbost hervor. »Seit wann?«

»Vorgestern kam sie zurück, an dem Abend, nachdem wir die Konzession erhalten hatten.«

»Klar. Da wußte sie, daß sie aufs falsche Pferd gesetzt hatte.«

»Nein. Sie sah Daddy im TV weinen, als er die IBA verließ. Du weißt ja, wie sentimental er ist. Sie dachte, er wäre verzweifelt, weil er verloren hätte. Da tat er ihr so leid, daß sie auf unserer Freudenparty in Freddies Haus auftauchte – kurz nachdem Daddy dich angerufen hatte. Und sie sagte was, das so komisch war, daß ich mich genau dran erinnere: ›Mein Oberon, was für Gesicht' ich sah! Mir schien, ein Esel hielt mein Herz gefangen.‹ Patrick erklärte mir, das sei aus dem ›Sommernachtstraum‹. Jedenfalls weinten sie beide und fielen sich in die Arme und verschwanden in Freddies und Valeries Schlafzimmer.«

Taggie kicherte. »Es war so peinlich, denn gleich darauf wurden wir von Presse- und Fernsehhorden bestürmt. Sie wollten Daddy fotografieren und wegen der Konzession interviewen, aber er hatte sich mit Mummy eingesperrt. Also mußten Freddie und Cameron alle Fragen beantworten. Dann wurde es noch schlimmer, denn Valerie kam herein. Sie hatte sich sofort auf den Weg gemacht, nachdem sie von unserem Sieg gehört hatte. Alle waren schon betrunken, und Freddie saß auf dem Sofa und küßte Lizzie Vereker. Valerie wurde furchtbar wütend und wollte sich in ihrem Bett verkriechen, aber sie konnte nicht ins Schlafzimmer, weil da schon Mummy und Daddy drin waren.«

»Großer Gott, so werden wir uns niemals aufführen, was?« Grinsend drückte Rupert ihre Hand.

Aber vor der Begegnung mit seinem künftigen Schwiegervater war er überraschend nervös. Er hätte sich nicht beunruhigen müssen. Als er in die Bibliothek der Priory trat, wühlte Declan gerade in Broschüren über elektronische Apparaturen. »Rupert! Wie schön, daß du so schnell heimgekehrt bist. Schau dir mal dieses Zeug an. Das nächstemal bewerben wir uns um einen Satelliten.«

Rupert holte tief Atem. »Eigentlich bin ich nur zurückgekommen, weil ich dich um die Hand deiner Tochter bitten will.«

»Tatsächlich?« Declan spähte über den Brillenrand hinweg auf Taggie. »Das dachte ich mir. Nun ja, sie sieht eindeutig glücklicher aus als in den vergangenen neunzehn Jahren. Also sage ich wohl besser ja. Wir haben hier eine ganze Menge zu tun. Kannst du noch vor Weihnachten zu arbeiten anfangen?«

»Nein, verdammt noch mal! Zu Weihnachten machen wir unsere Hochzeitsreise.«

»So bald? Möchtet ihr nicht bis zum Frühling warten und dann nach Paris fliegen? Maud und ich waren in Paris. Ich werde sie mal rufen, und dann trinken wir was. Gut, daß du nicht schon gestern aufgetaucht bist! Da hatten wir alle einen gräßlichen Kater, und du wärst vielleicht weniger herzlich empfangen worden ... Maud!« schrie Declan die Treppe hinauf.

Maud schlenderte herunter und wirkte reizvoll zerknirscht nach ihrer langen Abwesenheit, aber ihre gewohnte Unbeschwertheit war keineswegs restlos verflogen. Sie umarmte das junge Paar, und später sagte Rupert zu Taggie: »Sie ist so froh über ihre gekittete Ehe, daß es ihr nicht einmal was ausmachen würde, wenn du beschlossen hättest, Kater Aengus zu heiraten.«

Gerade war eine Champagnerflasche geöffnet worden, als Patrick wie eine Gewitterfront hereinmarschierte. »Gerade habe ich die Neuigkeit im Radio gehört«, berichtete er kühl. »Ich nehme an, keiner von euch besitzt so viel Anstand, um Cameron zu informieren.«

»O Gott!« jammerte Declan. »Ich rufe sie an.«

»Das erledige *ich*«, widersprach Rupert. »Immerhin ist es meine Pflicht.«

»Nein, ich tu's«, verkündete Patrick mit einem tiefen Seufzer, ging mit dem Telefon ins Wohnzimmer und wählte die Nummer von Camerons Haus in Hamilton Terrace. Es dauerte lange, bis sie sich meldete. »Soeben hab ich's gehört«, sagte sie tonlos.

»Es muß furchtbar weh tun, und ich habe großes Mitleid mit dir.«

»Das ist überflüssig«, fauchte sie. »Warum sollte es mich stören, wenn deine Schwester ihn schließlich doch noch gekriegt hat, nachdem es zwischen ihm und mir aus war?«

»Trotzdem tut so was weh«, beharrte Patrick. »Jedenfalls macht es keinen Spaß, jemanden eine fehlerfreie Runde auf einem Pferd reiten zu sehen, das einen vorher abgeworfen hat. Später komme ich zu dir.«

»Wozu?« Ihre Stimme klang schrill vor Feindseligkeit. »Ich gehe aus!«

»Du bleibst, wo du bist.«

Cameron sank aufs Bett und wußte nicht, wohin sie sich wenden sollte. Vermutlich gehörte ihr Haus jetzt den Venturer-Leuten. Draußen eilten Passanten durch den Regen, mit Weihnachtspaketen beladen. Und wie ein gefrorenes Wasserrohr, das bei Tauwetter plötzlich aufbricht, überließ sich Cameron zum erstenmal seit Ruperts Abflug nach Amerika ihren Tränen.

Gegen halb sechs, als sie nicht mehr weinen konnte, versuchte sie sich zusammenzureißen, ging mit Blue spazieren und nahm dann ein Bad. Kurz nach sieben erschienen zwei Männer mit einem Laster und erklärten, sie hätten was abzuliefern.

»Was?« fragte Cameron unfreundlich.

»Sechs Kisten mit Büchern, Schallplatten und Kleidern.«

»Seien Sie nicht so blöd! Sie haben das falsche Haus erwischt! Bringen Sie das Zeug weg!« kreischte sie.

In diesem Moment kam Patrick zielstrebig zur Tür herein, unter einem Arm zwei Squashschläger und eine Reiseschreibmaschine, unter dem anderen einen großen Kater.

»Ich mag Katzen nicht!« schimpfte Cameron. »Genauso wenig wie Blue!«

»Ihr werdet euch bald mit Aengus anfreunden«, meinte er beruhigend und wandte sich zu den beiden Männern. »Es dauert nur fünf Minuten«, versprach er, schob Cameron ins Wohnzimmer und schloß die Tür.

»Was hast du eigentlich vor, Patrick? Und was soll der ganze Scheiß, den die hier abladen?«

»Ich ziehe ein.« Er setzte den Kater ab, was Blue bewog, sofort heranzuspringen, sich anmutig auf den Vorderpfoten niederzulassen und den Kopf schiefzulegen. Aengus fauchte, den Schwanz wie ein Weihnachtsbaum hochgestellt, und schlug nach der Hundenase. Blue heulte auf und zog sich zwischen Camerons Beine zurück. »Die werden sich schon aneinander gewöhnen«, versicherte Patrick. »Genau wie wir.«

»Nein, verdammt noch mal!«

»Doch. Ich liebe dich.«

»Das kannst du gar nicht mehr, nachdem ich so eklig war.« Sie wurde leichenblaß. »Außerdem liebe ich Rupert.«

»Du lügst. Sonst wärst du nicht in Irland mit meinem Vater ins Bett gegangen.«

»Aber – das habe ich nicht getan«, stammelte sie.

»Wie auch immer«, entgegnete er mit Declans Arroganz, »da ich eine viel jüngere, viel schönere, viel vernünftigere und mit der Zeit sicher viel erfolgreichere Ausgabe meines Dads bin, ist es nur logisch, daß du dich in mich verlieben wirst.«

»Du bist ein kleiner Junge«, erwiderte sie, als er die Arme um ihre Taille legte.

»Bin ich nicht, sondern sehr erwachsen. Soeben hat die BBC mein Theaterstück gekauft und ein weiteres in Auftrag gegeben.«

Cameron grinste. »Dann laß die Verträge annullieren, und ich produziere beide.«

»Kommt nicht in Frage«, erklärte er energisch. »Ich pflege Beruf und Freizeitvergnügen streng zu trennen, Liebling, und du bist ausschließlich mein Vergnügen.«

»Ich liebe Rupert«, klagte Cameron.

»Sei nicht albern.« Patrick zog sie näher zu sich heran.

»Nun, vielleicht nicht«, murmelte sie verwirrt, als sie einige Minuten später durch ein lautes Klopfen gestört wurden.

»Können wir das Zeug jetzt abladen, Sir?« fragte der Fahrer. »Es ist nämlich verdammt kalt draußen.«

Patrick schaute Cameron fragend an, und sie sagte: »Na ja, ich denke schon.«

»Taggie ist nicht wiederzuerkennen«, sagte Caitlin am nächsten Morgen zu Archie. »Die ganze Zeit kichert sie und grinst von einem Ohr bis zum anderen und bewacht Rupert wie eine Glucke. Als er vierundzwanzig Stunden lang im Gästezimmer schlief und wahnsinnig wichtige Leute anriefen, ließ sie niemanden mit ihm reden.«

Archie küßte sie. »Ich finde das nett. Nach allem, was ich gehört habe, kann die Liebe auch alte Menschen wie ein Blitzschlag treffen.«

Rupert erwachte bei blauem Himmel und Vogelgesang, im Widerschein eines Kaminfeuers und mit Panik im Herzen. Er hatte keine Ahnung, wo er war und wo Taggie steckte. Plötzlich spürte er etwas Warmes, Pelziges am Rükken. Gertrude lag an seiner Seite, und allmählich erinnerte er sich an die Ereignisse des vergangenen Tages. Vor lauter Glück schlief er beinahe wieder ein, doch da wurde vorsichtig die Tür geöffnet. »Ich bin wach!« verkündete er.

Taggie brachte ihm ein Frühstückstablett. Entzückt lächelte sie. »Du hast so gut geschlafen.«

»Weil ich mich zum erstenmal in meinem Leben sicher fühlte. Komm her.« Einladend klopfte er auf das Bett, und als er sie küßte, roch er Zahnpasta und das Parfum ihrer Mutter. Etwas später streichelte er ungläubig ihr Gesicht. »Ich kann's noch immer nicht fassen. Bis ans Ende meiner Tage werde ich mit dir zusammensein.«

»Für mich ist es genauso unwirklich«, seufzte sie. Das Frühstück bestand aus hausgemachtem Apfelgelee, Croissants, Kaffee und Orangensaft. Taggie holte mit einem Löffel einen Kern aus dem Glas. »Ich wollte Speck mit Spiegeleiern für dich braten, aber ich dachte, das wäre vielleicht zu schwer für dich, nachdem du in letzter Zeit kaum was gegessen hast.« Kichernd fügte sie hinzu: »Gerade hat eine Reporterin vom *Daily Mail* angerufen.«

»Was wollte sie?« Wie gut ihr das Glück steht, dachte er.

»Sie fragte: ›Wann haben Sie Ihren Verlobten kennengelernt, und was machte er gerade?‹ Ich konnte ja nicht sagen, daß du mit Sarah Stratton splitterfasernackt Tennis gespielt hast. Also antwortete ich, du seist mit Basil auf einen Drink vorbeigekommen. Und die Oppositionsführerin hat schon zweimal angerufen. Anscheinend wurde die Regierung zum

Rücktritt gezwungen, und es wird bald Neuwahlen geben. Sie will, daß du sofort zurückrufst. Aber ich erklärte ihr, du würdest schlafen.«

Seine Augen strahlten. »Offensichtlich bist du genau die richtige Frau für mich. Wir müssen sofort heiraten. Gegen das Wort ›Verlobung‹ bin ich nämlich allergisch.«

»Und ich kann's gar nicht aussprechen«, entgegnete Taggie.

Nachdem sie hinuntergegangen waren, wurden Hochzeitspläne diskutiert.

»Ich nehme an, die Zeremonie muß im Standesamt von Cotchester stattfinden«, sagte Maud, die über eine passende Garderobe nachdachte.

»Das erste Mal habe ich auf dem Standesamt geheiratet«, erwiderte Rupert. »Und da es diesmal für immer ist . . .« Er zog Taggies Hand an die Lippen und küßte sie. ». . . sollten wir unseren Lebensbund in der Kirche schließen. Sicher finden wir in London einen trendbewußten Priester, den es nicht stört, daß ich geschieden bin.«

»Ich habe eine bessere Idee.« Declan griff nach dem Telefonbuch, und Taggie wandte sich zu Caitlin.

»Tabitha wird eine meiner Brautjungfern sein. Möchtest du auch mitmachen?«

»Nur wenn ich Jeans tragen darf«, entgegnete Caitlin.

Declan wählte auf Anhieb die richtige Nummer, was nur selten vorkam, und wurde sofort mit dem Bischof von Cotchester verbunden. Er entschuldigte sich, weil er neulich so unverschämt am Telefon gewesen war, und fragte, ob Seine Exzellenz trotzdem eine Rückkehr in den Venturer-Aufsichtsrat erwägen würde.

Der Bischof antwortete, zunächst müsse er überlegen, welchen Standpunkt er bezüglich der ekelerregenden Memoiren von Rupert Campbell-Black einnehmen solle. Doch dann versicherte er salbungsvoll, er sei entzückt und würde sich Venturer sehr gern wieder anschließen und notierte das Datum der ersten Vorstandssitzung im Januar.

»Da wäre noch was«, sagte Declan. »Meine Tochter Taggie wird heiraten, und es wäre ihr größter Herzenswunsch, von Ihnen in der Cotchester-Kathedrale getraut zu werden.«

Taggie wurde feuerrot. »Das stimmt ja gar nicht!« japste sie und starrte Rupert an, der laut auflachte.

Der Bischof beteuerte, er sei entzückt und habe Taggie im Verlauf des vergangenen Jahres richtig liebgewonnen.

»Eine ganz einfache Zeremonie«, entschied Declan, »die Familie, sehr enge Freunde und natürlich die ganze Anhängerschaft von Venturer.«

»Wunderbar!« meinte der Bischof. »Und wer ist der glückliche junge Mann?«

»Das wollte ich Ihnen gerade erzählen.«